当代中国小说榜

# 山中秀才

李耀振 著

中国文联出版社

图书在版编目（CIP）数据

山中秀才 / 李耀振著. ﹣﹣北京：中国文联出版社，
2016.9（2023.3 重印）
　ISBN 978－7－5190－1997－6

　Ⅰ.①山… Ⅱ.①李… Ⅲ.①长篇小说—中国—当代
Ⅳ.①I247.5

　中国版本图书馆 CIP 数据核字（2016）第 225316 号


著　　者　李耀振
责任编辑　卞正兰
责任校对　茹爱秀
装帧设计　中联华文

出版发行　中国文联出版社有限公司
地　　址　北京市朝阳区农展馆南里 10 号　　邮编　100125
电　　话　010－85923025（发行部）　　85923091（总编室）
经　　销　全国新华书店等
印　　刷　三河市华东印刷有限公司

开　　本　880 毫米×1230 毫米　　1/32
印　　张　17.75
字　　数　445 千字
版　　次　2023 年 3 月第 1 版第 2 次印刷
定　　价　89.00 元

根据本人父亲生前所讲的苗坦之……

根据本人父亲生前所讲的苗坦之的故事，和《东海县民间故事资料本》中，朱守和先生采录的《苗二赖子的传说》的部分素材，首次以小说形式再现"非遗"项目传承。

# 目 录

# 前　言

　　早在上小学的时候，就经常听到祖父和父亲讲苗坦之的故事。尤其是父亲讲很多有关苗坦之的故事，至今记忆犹新。如《是树不卖》《烧轿》《胡判官吃驴肉》《钻蒲包上大堂》《六月烤火》《少女飞上门楼》《计救民女》等等。听后很受感动，非常羡慕苗坦之的聪明机智。后来才知道，父亲为什么能讲那么多有关苗坦之的故事，原来是父亲经常赶竹墩集，喜欢到书场听说书，再一点是我们家离双店苗坦之的家比较近，只有二十多里路，东来西往赶集上店，走亲戚的人多，自然传播讲述苗坦之的故事也就多了。由于听得多了，感觉苗坦之是个了不起的人物，在脑海里留下了深刻的印象。

　　后来参加工作了，接触全县各个乡镇的人也多了，还经常听到有的同志讲述苗坦之的故事和趣事。1988 年，东海县文化馆副馆长、省作家协会会员苗运勤同志送给我一套共四册的油墨打印本，这套书由东海县委宣传部牵头，县文化局组织人员编写的《东海县民间故事资料本》。当我翻到有苗坦之的传说故事时，我非常高兴，这是我第一次看到有关苗坦之故事的文字记载，看了后很受启

1

发，当时就萌发出若能把苗坦之的故事写成长篇小说该多好。可是，由于当时行政工作比较繁忙，始终拿不起笔。直到退休了，有一天看到连云港日报刊载《连云港市首批非物质文化遗产公示名录》里有东海县文化局申报的《故事传说》和《房四姐》获得评审通过。我深感县、市做了一件很有意义的工作。这时，我对苗坦之有了进一步了解，他是双店乡南双店人，他天资聪慧、机智过人，穷苦人家出生，18岁便考取了秀才，因得罪官府、恶霸劣绅，而被废黜廪生资格，一生不能进考做官。由于痛恨贪官污吏、土豪劣绅，他经常帮助穷苦人出主意，跟平民百姓一起与他们斗争，所以被尊称为苗先生、苗二爷（因为排行第二）、苗秀才。因为贪官、土豪、恶霸恨他，贬称他为"苗二赖子"。因为为民办事太多，穷苦百姓爱戴他，死后为他树碑。据说，他的碑在1958年被垫在南双店的小桥上。于是，我又想写这位生活在下层的知识分子了。

苗坦之真有此人，传说的故事也很多，可是如何把在东海、海州地区民间传讲200多年前的故事串联起来，的确感到困难。可是，苗坦之的故事传说成为了非物质文化遗产了，要传承下去，我觉得这件事要办成了，也是对本县家乡文化的一个贡献，也是个非常令人荣幸的事，也是对家乡热爱的一个具体表现。至今，还没有人把苗坦之的故事传说用小说形式表现出来。本人考虑了很长时间，如果用小说这种文艺形式再传播一下，使更多的人进一步了解东海、海州地区在清朝时期有这样一位受很多人爱戴，被传扬歌颂200多年的人物，那将是一件很快乐的事。因此，苗坦之的故事在头脑里总是挥之不去，于是决定试试。有一天，我把这个想法跟原在县党史办工作的花景庭同志说一下，他说这个想法很好，并说朱守和同志写了不少有关苗坦之的文章，我说我知道朱守和擅长写民间文学，我也读过他的一些文章，想请教他，可我又怕麻烦他，不好意思打扰他。不几天，朱守和同志托花景庭带给我两本有关苗坦之的资料书，一本是他采录的《苗二赖子的传说》，另一本是东海县政协文史资料《东海诗存》。

当我看到苗坦之的传说后，每篇都很精练，又有地方方言特色。可是我考虑利用小说形式去写，就要体现小说的优势和特点。首先，小说要为读者提供更广泛、多面、完整、细致的生活图画，人物的情境、性格、生活等方面之间的关系必须显得丰富多彩。其次，小说为了人物故事的发展，有的情节需要虚构、夸张，才能达到刻画人物的性格目的。而单一的讲述故事，在这两个方面就显得很单薄和不足，甚至无法插人。本书也考虑到了地方特色，安排了苗坦之在高兴愉快的时候，除了吟诗外，还给穷苦兄弟讲故事、说笑话，书中也把尚爱民和朱守和两位专家主编的《东海民歌》中的小唱小调引人了几段。还考虑到作为长篇小说，必须把主要人物，也就是苗坦之从头到尾要联系起来，从低潮发展到高潮。而资料故事本中都是单一独立存在的一个故事，人物少而不统一，互相没有牵连，因此，导致有很大的局限，这就给我写作长篇小说时带来很大的困难，那就得考虑想办法添加人物和情节，尽可能有联系，使读者能读下去。同时，《故事传说》资料中用地方方言较多，我考虑作为长篇小说来讲，不再用地方方言为好，如果用了，那就要在篇中或篇末添加注释，读者看起来比较麻烦。这以上是我的想法和做法，由于水平所限，很难达到读者的要求，那就敬请谅解了。

该小说虽然写成了，但是它不是我一个人的功劳，它是 200 多年来东海、海州地区民间辛苦传承的结果。《东海县民间故事资料本》和朱守采采录有关苗坦之的故事，都有讲述人和录言者，是他们提供了大量的而有趣的文字故事资料，比民间口头传讲的要丰富得多。所以说，《山中秀才》的问世，应是集体创作，是老祖宗的创作。我只是个综合的串讲者罢了，或者说我是一个执笔的统稿编写者。

此外，还有要说明的是，小说在写作过程中，为了使故事、人物、事件发展的连续性，虚构了许多故事情节，有些故事在民间传说中张冠李戴，这完全是讲述者对故事主人公的敬仰和爱戴的结果，200多年前的事，没有可靠的文字记载，谁也说不准。还有些故事的题目不一样，但内容是一致的，由于年代久远，在民间的口头传讲中不可避免地会出现，这无损于苗坦之的机智勇敢的形象。

苗坦之的传说故事很多，都是些有意义又有趣的故事，再写一本两本也写不完。考虑到篇幅和现代人的阅读习惯，以及本人的能力所限，只选了一部分，请读者赐教！

作者于 2015 年 12 月

# 第一章

清朝，乾隆末期，直隶州海州府所属西乡南双店村出了一位秀才一苗坦之。由于南双店村西傍马陵山，北邻羽山，东与牛山相望，坐落在三面环山之中，所以又称苗坦之为"山中秀才"。至今东海和海州地区民间还流传着有关苗坦之的故事和传说……

南双店百多户人家，杂姓，最多是苗、钱、宋。东西南北各两条大道，几条小路小巷把村子分为南场和北场。北场穷庄户人家苗培元万万没有想到的事情发生了，而且发生在他的家中。

这天中午，苗培元和大儿子苗平之在田里锄玉米地里的杂草回到家，把锄靠在大门后，到石磨旁边的一棵老槐树下歇歇。苗平之把驴拴在树桩上，转过脸说："俺大（父亲），俺妈去妹家还没有回来，我去做饭。"

"咣当——"大门突然被踢开，苗青早耀武扬威地走进院，身后紧跟着家丁熊二和马三。

苗培元惊慌地忙站起身来，连话也说不出来，像呆子似的愣愣地看着苗青早。苗平之从锅屋里走出来，吃惊地走到苗培元身旁。

苗青早气鼓鼓地手指着苗培元说："你凭什么说我家霸占那片松树林，那本来就是我们家的。"

苗培元慢吞吞地说："你甭生气，大侄子你听我说。"

"谁是你大侄子，谁听你胡嚼蛆，你个老混蛋！"苗青早打断苗培元的话，手边指边骂。

"你个混蛋，你怎么骂俺大呢，他是你的长辈。"苗平之生气地说。

苗青早手指向苗平之："你骂谁呢！？"边说边走向前。

苗培元手忙抓住苗平之的一只膀子向自己的身后拉，并走向前一步说："那祖坟地共九亩，共栽三百多棵松树，是苗姓共有，你家靠边也栽了松树，就想把公有的松树占为你家的，七大家姓苗的都知道。"

苗青早理屈词穷愣了半天说："俺大临去京前说的，那就是我们家的！"边说边伸拳打向苗培元。

苗培元"哎哟"一声，手忙摸向脸说："你打我——"

苗青早两只眼睁得像鸡蛋似的穷凶极恶地又打又骂："今天就来揍你个老东西，嘴没有遮拦，胡说八道。"

苗平之气呼呼地握拳走向前说："你怎么还打俺大呢，我跟你没完！"

苗青早说："今天就要教训教训你！"边说边一脚踢向苗平之。

苗平之没有想到苗青早用脚踢他，他歪歪斜斜地倒在地上了，苗平之双手捂着肚子"哎哟——哎哟——"地喊。

熊二和马三一起动手打苗培元，苗培元两手抱头围着磨道躲着跑，只有招架之力，没有还架之功。熊二追，马三拦，把苗培元打翻在磨道，又是抓脸又是脚踢，顿时，苗培元鼻孔流血，满脸是血，身上全是泥土。

苗平之歪躺在地上"哎哟——哎哟——"边哭边号。

苗青早看苗培元和苗平之都躺在地上，狠狠地说："再胡说八道，揍死你，咱们走！"转身趾高气扬地向大门走去，熊二和马三随后。

苗培元慢慢地坐起身，擦了擦脸，手上都是血，又看看苗平之，仍躺在地上又哭又喊。苗培元呜呜咽咽地哭了起来，边哭边说："咱这穷日子怎么过呀！有钱有势的人都欺负到咱家了，老天爷呀，你怎么不睁眼哪，天哪！"

苗培元边哭边手扶着磨槽子站起身，向四周看了一圈，慢慢地把目光盯在堂屋门东，又悄悄地向苗平之看一眼，苗平之仍然哭着不动，他走到堂屋门旁，手哆哆嗦嗦地伸向墙上挂着的一串绳，又转脸向苗平之看一眼，然后慢慢地取下，走到槐树下，又转过脸看一下苗平之，苗平之还是在哭着不动。他忙把绳子向槐树杈甩去，第一次甩，用劲少了，绳头不到树杈就掉下，又甩第二下，偏了，绳头又掉下，接着甩第三下，绳头终于穿过树杈从那边垂掉下来，他把两个绳头向下拉一拉，拉齐了，转过脸走向锅屋，两手抱着小板凳蹑手蹑脚地走到树下。

"大大——大大——你干吗！？"苗平之在地上歪头看见父亲要上吊，惊诧地连滚带爬跑去，双手抱住了苗培元，苗培元和苗平之都摔倒在地。

苗平之抱着苗培元慢慢地坐起来哭着说："大大，你怎能这样想？"

苗培元含着泪挣扎着要站起身："儿子，你让我去死吧，有钱有势的人都欺负到咱家了，你大大无能呀！这日子怎么过呀？"

苗平之边哭边抱着苗培元的肩膀说："大大，我的好大大，你死了，我和弟弟、妈妈怎么办哪！？"

"天哪，哪有咱穷人过的日子呀！"

苗平之边哭边抹眼泪。

苗青早和两个家丁跨出苗培元家的大门一路得意扬扬回到家。

苗自芳坐在家院里，手捧着烟袋边吸烟边皱着眉头。俗话说："眉头一皱，计上心来"，苗自芳从小就坏点子多，在全南双店和北双店都是出了名的，因为他脸上麻子多，所以被许成为"苗坏麻子"。他有两件事情坏得使人记在心中，骂在嘴上：第一件事，由于他有钱有势，村庄上有些人家娶媳妇，都要请他去喝酒，本村有一户娶儿媳妇，新郎比苗自芳长一岁，在宴席上把新郎灌醉，他假心假意借照顾之名，把新郎扶进洞房，把灯灭了，硬是把新娘强暴了，这事被新郎家知道了，不敢张扬，不敢得罪苗自芳，一家人只有生闷气，只有在背地里大骂。第二件事，有一年发大水，苗自芳地里庄稼受淹，他偷偷把水引到邻居家地里，邻居家发现后与他吵，晚上，他偷偷又在人门前挖了个大坑。从此，苗自芳的"苗坏麻子"出了名。

苗自芳的父亲本来想把苗自芬和苗自芳两人培养成才的，可是苗自芳无论如何不愿意和哥哥苗自芬一起上私塾，说捧起书本头就难受，后来，苗自芬刻苦读书功成名就，而苗自芳只有在家中务农。在苗自芳的父亲去世后，兄弟俩分了不少财产，再加上苗自芬当了官，谁都不敢得罪他。自从苗自芬到京做官，也想把儿子苗青早带走，可是苗青早文也不会，武也不懂，头脑简单，也干不了什么事情。再者，他苗自芬父亲去世后，分了不少财产，再加上自己当官多年的积蓄，又舍不得丢下，因此把苗青早娘俩留在南双店，自个儿在京又娶妻生子。苗自芬临去京之前交代苗自芳，要好好关照这个侄儿，并且连婚姻大事都要苗自芳负责，苗自芳满口答应。实际苗自芳对苗青早也很好，拿当自己亲生儿子一样。苗青早因做事没有什么考虑，所以，家中的一切事都向苗自芳请教，全听苗自芳指挥。

苗自芳看见苗青早和家丁进门，从嘴里拔出烟袋，看着苗青早问："都在家吗？"

"苗培元和他大儿子苗平之正好在家。"苗青早和颜悦色地回答。

"被我们三人揍了！"熊二得意献媚，"老爷！"

8

"没有被别人看见吧？"苗自芳问。

"叔，就是有人看见，俺们还怕他个鸟！"苗青早自豪道。

苗自芳把眼一翻，猛地吸了一口烟，慢慢地吐出一串青烟，两眼瞪向苗青早说："肤浅，头脑简单！"

苗青早真的没有动脑子，确实也没有什么头脑，总认为自己父亲是国子监翰林，是皇帝身边的大官，又有叔叔出谋划策，有钱有势，在全南双店是没有人敢怎么着他的。就是那严居林、钱开通和刘匡道三大财主家有什么大事还要找他叔苗自芳商量。因而，当听到他叔说他"肤浅，头脑简单"时，仍像个傻子似的呆看着苗自芳。

苗自芳慢吞吞地说："如果有人看见了，就会在暗地里说三道四，说我们欺负到人家里，人言可畏！"

"人言可畏？"苗青早重复一句。

"如有看见你带家丁到他家打伤苗培元爷俩，那我们就没有理啦。"苗自芳瞅着苗青早说。

"没有人看见，就我们三人。"苗青早边说边用眼瞄向熊二和马三。

熊二和马三立即附和说："请老爷放心，在他家院里打的，没有人看见。"

"还有，你要记住，苗坦之你不能动，他比你们聪明，那小子鬼点子多，读书比你多，如果他考中秀才，做了官，对我们，尤其是你青早，根本对付不了他。"

"二叔有远见，我记住了。"苗青早忙接着说。

"青早，你还记得吗？"

"什么事？"

苗自芳吸了口烟，吐出烟雾说："你跟他一起在学馆里读书时，你们在门外玩，你与吴宝怀捣乱，你打了吴宝怀一拳。当时，苗坦之过来拉架，苗坦之边拉吴宝怀边说，'君子动口，小人动手'，把你比成小人，把他们比成君子，他这是孬你，你不要看苗坦之比你还小两岁，可他肚子里的墨水比你多，你玩不过他。"

"叔，有这事，我记得。"苗青早不好意思地说。

"叫你读书，你死活不读，你大大进京前再三叮嘱我，要关照你好好念书，将来混个功名，可你有这样好的条件却不念书，和几个小兄弟混在一起。"苗自芳瞅了苗青早一眼。

苗青早不好意思地说："我一拿书本，头就疼。"

"好了，不说了，有点像我小时候，我那时也是一拿书本，头就晕了。不愿意读，就把这份家业守住，有你大和我，你不必担心。"苗自芳停了一下，又接着说："我刚才说到苗坦之，还有一件事，你记得吗？"

苗青早手摸着头，想了半天也没有想出来，说："叔，我想不起来了。"

苗自芳眨了眨眼说："前年春节的前两天，我叫吴宝怀跟我杀一头猪，我坐在吴宝怀家门东旁，当时有许多人来看杀猪，和你一起在学馆里念书的几位同学也来了，有苗坦之、苗贵之、李万福、周小民，还有钱开通家的钱云钗等。当时，你拉苗贵之和李万福去玩，他们都不愿意去，要看杀猪的。可是，苗坦之过来却轻易拉走了苗贵之和李万福，他边走边说，他们几个人是一伙的，结果苗贵之、李万福、周小民都跟苗坦之走了，钱云钗看见了也追上去，跟他们一起到东街去玩了，而你与严寒冬、刘晓晓却没有去。"

"嗯，我想起来了，有这回事，我当时看他们都去了，我也想去，可苗坦之在，我又看你在看吴宝怀杀猪，我就没有去。"

"苗坦之说他们几个人是一伙的，那就是说你苗青早不是跟他们一伙的。"苗自芳看着苗青早说。

"可我并没有得罪他们呀！"苗青早看着苗自芳疑惑地说。

"这也不奇怪，古人说，'物以类聚，人以群分'，他们是一群穷光蛋的孩子，而你是京里大官的孩子，吃的穿的和住的都比他们好，他们无法和你比，他们属于下层人，你和严寒冬、刘晓晓、钱云钗才是一伙的。"苗自芳看着苗青早说。

"侄儿知道了，不过，钱老爷家钱云钗一"苗青早说。

苗自芳忙打断苗青早的话说："钱云钗，你是知道的，她跟你们几个人都在学馆里读过书。钱开通很开明，叫他女儿读书，确实也很娇惯、疼爱，养成天不怕地不怕的男孩性格，男孩子上树，她也爬树，男孩子下河游泳，她裤子不脱就跳进水里，钱开通也管不住她，她被称为'假小子'。而钱云钗觉得无所谓，但是有一条，钱云钗虽然被说成是假小子，但人品很好，聪明讲理。"

"嗯，对，很讲道理。对我也不错。"苗青早说。

"什么？对你也不错，那好啊！"苗自芳惊喜地说。

"是的，见到我都很热情，我对她印象也不错。"

"是吗？那就好，那就好！"苗自芳高兴地边嗑烟袋里的灰边不停地说。

"叔，你说什么那就好？"苗青早丈二和尚摸不着头脑。

苗自芳一愣，"没有什么，没有什么，我说你们相处好就好呗！"

苗青早又重复着说："是的，我觉得她对我不坏，我对她也不错。"

"嗯，好，今天的事你们三人在外面都不准说。"苗自芳说。

"是的，二叔。"苗青早忙说。

熊二和马三异口同声回答："保证听老爷的！"

"你们看清啦，没有把他爷俩打死？"苗自芳担心地问。

"没有，二叔你放心。"

"没有打死，我是最后离开的，他爷俩都在'哎哟，哎哟'地边喊边呼呼喘着气呢。"熊二说。

"好，没有把他们打死就好，让他爷俩哭去吧！"苗自芳高兴地站起身，接着说："穷鬼还想跟我胡说八道，这回我叫你当哑巴，再瞎说，再揍你个半死，看谁厉害！你们都去做事吧，我去家休息休息。"苗自芳把烟袋包向身后一甩，向大门外走去，边走边自言自语地说："苗元培，你爷俩就哭去吧！"

苗青早和熊二、马三走后，苗培元和苗平之爷俩一边抹泪一边哭。这时，苗坦之从门外走进门，看到父亲和大哥坐在磨道里痛哭流泪，满脸血迹，浑身泥土，他吃惊的愣站了半天，然后，手摸了一下耳朵，急忙奔向前，跪在苗培元身旁，看着满脸血绺子，哭得伤心的父亲，惊讶地问："俺大，你怎么成这个样子？"

苗培元和苗平之仍旧呜呜咽咽地哭，没有说话。

苗坦之一把抓住苗平之的肩头，大声问："大哥，到底发生什么事啦？快说呀！"

苗培元慢慢地坐起身子，用衣袖擦一下脸，不擦便罢，这一擦满脸血和泥土混在一起，脸更加难看，他眨了眨眼说："我昨天在田头和几个人围坐着闲谈，我指着苗姓老祖宗坟地上的松树林，他苗自芬当了国子监翰林，就霸占了这块七大家的老祖宗公地，有钱有势，连同宗兄弟都不认了，欺负穷兄弟，到哪去讲理，我感到憋屈……"停了停又接着说："我没有想到，万万没有想到，苗自芬的儿子苗青早竟然带家丁熊二和马三找上门来，把我和你哥打成这个样子。"

苗坦之手轻轻抚摸着苗培元的脸："大，还痛吗？"

"那怎么不痛呢？"

苗坦之突然站起身，两只拳头紧握，气呼呼地喘着气。

"孩子，你要干什么？你打不过他们！"苗培元着急地说。

苗坦之没有吱声，气得咬牙切齿，双眼冒火，忙转过脸看着苗培元说："大，这仇非报不可！他竟敢欺负到俺家！"

"唉——，孩子，你斗不过人家。"苗培元唉声叹气道。

苗坦之气愤地说："大，上次俺哥被打，我就叫你到官府去告他，你说没有用，人家有钱有势，有大柱子扛着，告不赢，你还说是同宗兄弟，惊官动府的，外人会说我们不好。这回倒好啦，欺负到家里，我们不能咽这口气，我就不信没有讲理的地方！"

苗平之歪着头看苗坦之说："弟，俺大说得对，我们忍着吧，你斗不过人家，你想啊，苗青早他大是皇上身边大官，他二叔苗自芳又会出坏点子，你对付不了他们。"

"他苗青早仗势欺人太甚！"苗坦之义愤填膺地说。

"孩子，你小点声，有人听见再偷偷告诉苗青早，那你也要挨打，那咱家都遭殃啦，苗自芳从小就坏。"苗培元忙打断苗坦之的话，焦急地说。

"大，你放心，我知道，我也考虑了，我现在正在读书，快要考秀才了，一是我不会跟他们动武，二是我们不能再忍下去了，要去告他们去！"苗坦之气得咬牙切齿。

"孩子，人家有大官，你有什么？"

"大大，别怕，俺有理！"

"唉，这年头，有理到哪里去讲呀，俗话说'八字衙门朝南开，有理无钱莫进来'，你也没有钱。"

苗坦之愣了愣说："我想总归有讲理的地方，就如上次苗青早打俺哥，他苗青早无中生有，是无理的，我要告他，你再三劝说我要忍，现在还能再忍吗？"

提起苗平之无缘无故被苗青早打之事，那是苗培元亲眼所见，事情就像刚刚发生在昨天：那是今年夏初，苗培元和苗平之到沙河边去锄玉米地杂草，苗平之把毛驴拴在河边草地上吃青草。苗培元和苗平之下到田里锄草，正巧爷俩的锄头碰在一起，发出"吭当"一声。这突然一声，把正在河边吃青草的驴惊吓到了，驴挣脱绳子就跑到苗青早家玉米地头吃青草。

这一切正巧被苗青早发现，苗青早边跑边大声喊："你家驴吃

13

俺家玉米啦！"

苗平之慌忙跑过去牵驴，边跑边骂驴："你个驴东西，不要吃人家玉米！"

苗青早边跑边叫："苗平之你不是个东西，怎么骂我呢？"

苗平之忙牵过驴说："驴没有吃到玉米，是吃的青草。"

苗青早看了下玉米地头，然后说："你刚才为什么骂我？"边说边握着拳头向苗平之面前走去。

苗平之说："我是骂驴的，不要吃玉米。"

"你骂驴，驴它能听见吗，你分明是骂我的！"

"我真的不是骂你的。"

"你还嘴硬，我揍你！"苗青早边说边挥拳打向苗平之的脸。

"哎哟——"苗平之痛得用手忙捂向脸，鼻子里的血顺着手指缝就流了出来。

这时，苗培元看见，忙跑向前拉着苗平之。苗培元还没有跑到，苗青早飞快踢出一脚，把苗平之踢个仰八叉，苗培元忙去扶苗平之。苗平之气急，忙捡起脚边一块石头，刚一扬手要打向苗青早，却被苗培元迅速抓住往后拉。苗青早瞪大双眼，骂道："有种你把石头扔过来，你驴吃我家玉米，还骂我，看我怎么收拾你！"

苗培元边拉苗平之边向苗青早赔礼："大侄子，你消消气，是平之不对，你看在我的面上，算啦，算了吧！"说完，把苗平之拉到一边，悄悄地说："你把他打死了，你抵命，打伤了，你花钱给他治，咱家哪里有钱赔他？那就没有安宁日子过啦，好儿子，听我话，忍了吧！"

苗平之边擦泪边说："要不是你抓住我手，那石头非打他身上不可！"

苗坦之看着苗平之说："大大拦你是对的，把他打死，你也活不成，打伤了，他苗青早就赖上你了，咱没钱，不能伤人。"停了一下，接着说：“大大，哥，你俩都别哭，哭有什么用，被人欺负到家，得想个办法。”

“能有什么办法想啊？”苗培元边擦眼泪边说。

“吱呀——”一声，院门开了一扇。苗坦之惊奇地抬起头说：“啊，贵之哥、宝怀、万福，你们怎么来啦？”

苗贵之说：“我走到苗青早家大门前，听见苗自芳问苗青早，把苗平之爷俩打成什么样，苗青早说都躺地上了，苗自芳说，只要打不死没有事，让他爷俩哭吧！我不放心，就拉着他们一起来看看。”

“是贵之告诉我们的，找周小民，他不在家，就我们三人来看看你。”吴宝怀说。

苗贵之看着苗培元问：“大爷，伤怎么样？”

苗培元手指着划破的脸：“你看，还有这只膀子和两个小腿都被打紫了。”

吴宝怀气愤地说：“二哥，咱几个兄弟去揍他去，叫他尝尝我们几个穷哥们的拳头！我们也不是好惹的。”

苗坦之忙拦着说：“兄弟为我，心意我知，不可鲁莽，把他打死我们要抵命，打伤要赔钱，吃官司，我们必输，我们必须想点子对付他。”

李万福说：“对，不能鲁莽行事，坦之，你文的比咱几人强，点子也比我们几人多，你说是对的，想想点子吧！”

几个人都把目光集中到苗坦之脸上。苗坦之伸开双臂把几个人都揽在一起，悄悄地说：“我想叫我大大去告状！”

李万福忙说：“恐怕不中，大爷老实怕事，又不大会说话，这是我们大家都知道的，真的见了州官，那不吓得有话也说不出来啦！”

吴宝怀说：“万福说地没错，大爷没有见过州官，就是有理，也讲不出。”

苗培元听见了忙说："算了，我不去，我不知怎么打官司，到了公堂，我，我不行。"

苗坦之眨了眨眼，右手摸了一下耳朵说："那让我再想想。"

吴宝怀说："二哥，你如果需要我们几个兄弟做什么，你就跟我说，反正我靠你家最近，我再去告诉他们几个人。二哥，你书比我们几个人读得好，又有点子，一定能想出好点子来。"

李万福说："对，你只要说一声，我们从小穿开裆裤就在一起玩，是铁哥们，说一声保证立即到！"

苗坦之高兴地说："好，你们几个人都是我的好兄弟，不是一天的了。"

吴宝怀说："那我们都回家吃饭吧！"

苗坦之说："好，让我好好想想怎么办。"

吴宝怀说："好好想办法治治那狗日的！我真想剁他一刀！"

苗坦之把他们送出门，太阳已经偏西了，他走到父亲和大哥面前愣了愣，看了看苗平之说："哥，你能做饭吧，我有点饿了。"

苗平之说："能，能，我现在就去做。"

苗坦之把小板凳搬到苗培元面前说："大，你坐下。这仇一定得报，人家讹到咱家了，咱不能再软弱了！"

"怎报？咱没钱没势的。"

"我写张状子，你到海州衙门去告他，人家讹到你头上了，你打盹装不了死，去告他试试。"

"咱穷人命苦，还是忍了吧？"

"大大，你怎么这样怕事？被人欺负到家，挨打好几次，连赶集都不敢去，下田干活与大哥一起，怕人再打，这啥时是个头！"苗坦之有些急了。

"咱穷庄户人家不知道怎么告状？"

苗坦之愣了愣说："今天是不能去了，到海州还有百多里路呢，

16

明早去。"

苗坦之走到驴槽旁，解下驴缰绳，牵着驴，另一只手又跨个簸箕和镰刀，向大门走去。

苗培元着急地问："你要干什么？"

"你别怕，他不会来打你的，我出去放驴，一会儿就回。"

苗平之手中端着水瓢从锅屋走出来："坦之去哪里？"

"他说去放驴了。他叫我去海州衙门告状，我不知道怎么告状，我害怕呢！"

苗平之说："这次你就听咱弟的吧，他毕竟是读书人，懂得多。"

苗坦之出了大门，就跳到驴身上，一只臂弯挎着簸箕，一只手紧握驴绳，然后拍一下驴脆，向老祖坟地奔去。

这时，正是响午，田里干活的人都回家了，一眼望去，没有一人。苗坦之在想，要在人下田干活之前回到家，不能被任何人发现。于是，很快来到老祖宗坟地松树林的南地头，他向四周望了一圈，然后打驴围着松树林不紧不慢地跑了两圈，接着走进松树林里，来到老祖坟地，从驴身上跳下，把驴拴在一棵松树干上，在有坟碑的墓前看了一圈，又走进土墓群，来回看了两趟，然后进入最东边的松树林里。

苗坦之坐在驴身上来到松树林东头，再走一会就到庄稼地头了，他忙拍了两下驴脆，黑驴就加速跑了起来，不多一会儿到家了。

苗坦之把驴牵进家院，苗培元和苗平之正在磨道上坐着闲谈。

苗培元惊奇地说："哪有响午去放驴的，快吃饭吧，我和你哥已经吃过啦！"

苗坦之拴好驴，向锅屋里走去。苗培元很纳闷，正响午去放什么驴，没有人这样做的，刚要张嘴问，可苗坦之已走进锅屋，到嘴边的话又憋回去。

苗坦之吃过饭，走出锅屋问："玉米地锄完了吗？"

"没有。"苗培元回答。

"下午不去锄啦？"

"去，可再打我们怎办？"苗培元胆怯地问。

"不会的，你和俺哥就装作没有发生任何事一样，该干什么就干什么。"

"能行？"

"行。"

苗平之走过来说："大，那咱去锄玉米去。"

"我上学馆去了。"苗坦之说。

晚饭后，天刚刚上黑影，吴宝怀、李万福、苗贵之和李小民都来到苗坦之家，他们没有点灯，都紧紧地围坐在磨道旁。

苗坦之看着苗平之说："哥，明早，我和大大起早，你自个在家，把大门门上，如果有人问到大大到哪里去了？你就说牵驴去河边放啦，别的一句话也不要多说，你能记住吗？"

"能，我记住了。"

"你把驴草多添些，去睡觉吧。"转过脸看着苗培元说："大，你不要担心，你也去睡觉，明早好赶路呢。"苗坦之说。

苗坦之把父亲和大哥支配走后，就悄悄地与几个穷兄弟谈起来，一直谈到两更天才散。

苗坦之到床上怎么也睡不着，他与苗平之睡在一间屋里，苗平之呼啦呼啦地直打呼噜，苗坦之又不好推醒哥哥，于是更加睡不着了。他坐起身，坐了一会儿，披上衣服蹑手蹑脚地走到院里，看着驴槽里还有许多草，就坐在槐树根旁，向天空望去。

他在想着，首先想到憨厚老实的哥哥苗平之，因为家穷，至今已经三十岁了，还没有娶媳妇，心里感到难受，想到姐姐已经出嫁。又想到母亲在家一天做三顿饭，其他事一概不管，也管不着，想到父亲半辈子受苦受累，因为忠厚老实，心直口快，不服气苗自芬兄弟的霸道行为而说了几句话遭到多次毒打，心灰意冷，对生活生存失去了信心和希望。本来节衣缩食，供自己念书，盼望自己读成书取得功名，不被人欺负，过上好日子，可是，现在连秀才都还没有考，感到希望很渺茫。苗坦之想到此，他必须鼓励父亲，支持父亲，使父亲有生活的信心。于是他决定，明早和父亲一起去海州衙门告状。可是，一想到告状，心里也有顾虑，没有见过告状场面，如果输了，怎么办？那不更糟吗？如果打赢了，那又会怎么办？老爷给自己进大堂吗？自己还是个学生呀，衙役是不是会打人……

一系列问题缠绕在苗坦之心头。

# 第二章

天空还是满天星星，苗坦之就叫醒了父亲苗培元和哥哥苗平之。

苗培元说："起太早了吧！"

"百多里路呢，晚了被人看见不好。"苗坦之悄悄地说。

苗平之捧着布包走到苗坦之面前说："给，我把煎饼和咸菜都包好了，足够你和咱大吃两顿了。"

苗坦之仔细地看着苗平之说："好，哥，你在家一定要把大门门上，不要出去。"

"噢。"苗平之随口答应。

苗坦之把煎饼布包斜挎在肩上说："大，你骑咱家的驴，我骑贵之家的驴，咱家驴你熟悉，也稳当。"

"行，那就去吧！"

"走。"苗坦之到驴槽前牵苗贵之昨晚送来的驴。

苗坦之和苗培元各自牵着走出大门，苗平之到大门外站了一会儿，直到他俩走远了才转回头门上门。

苗坦之骑在驴身上边走边想，自己陪着父亲来打官司，父亲才同意来，到了衙门如果把门的衙役不给进怎么办？如果光给父亲一人进，不给自己进去，那怎么办？父亲肯定不愿意进去，如果给父亲进去，父亲说不出道理，那大堂老爷又会怎么办？会不会把父亲打一顿，逐出衙门？这一连串问题始终在苗坦之的大脑里来回地翻滚着，不知不觉来到了西石榴树庄的大白果树旁。

苗坦之向东方望了望，东方已出现鱼肚白，天快亮了。他到了大白果树前跳下驴，转过身看着苗培元说："大，下来歇一歇。"

苗培元"哦——"一声，从驴身上下来说："坦之，我从昨晚上到现在一直琢磨着，衙门的差役和老爷会不会打咱爷俩？"

苗坦之一愣说："大，你别害怕，有我呢。"苗坦之说这句话是安慰苗培元的，他没有回答打还是不打。苗坦之考虑，大大是被人打怕了，本来就胆小，被苗青早几次殴打，心理产生了恐惧，可认真想一想，自己心中也没有底，因为自己也不知道到了大堂之上会是个什么样子，从来也没有进过大堂，更不了解州衙里老爷是怎么审案判案的。只有在海州学馆里学习时，有几次与同窗好友从衙门前大道经过，看见衙门向南开，两旁有两个大石狮子，门口各站着一位衙役手执着黑红水火棍，一位衙役的旁边还有一大鼓悬挂在架子上，再向衙门里望去，里面黑洞洞的，不知道里面是什么情况。苗坦之想到父亲和大哥受人欺辱，这个仇，这口气非报不可。于是心中又产生了信心和力量，抱着被打的心理，也一定要到大堂去走一趟。苗坦之也考虑到自己是念书的生员，万一不给进大堂，那只有父亲进去，因此，必须鼓励父亲，要不怕，要有勇气，才能说出告状的理由，所以，苗坦之决定再跟父亲说几句。

苗坦之和父亲说几句后，立即骑上驴身，苗坦之手连续在驴屁股上拍了两下，苗贵之家的驴还真不赖，四蹄奋起向前奔跑，苗培元也拍着驴脆紧紧地随后。这时天刚刚亮，路两旁的村庄里传出了阵阵鸡叫和狗吠，过了村庄就是田野，两旁的风景一闪而过，苗坦之无心去看，头脑里还是萦绕着刚才跟父亲说的几句话，虽然自己嘴上是这么说，鼓励父亲，可是自己确实没有底，不知会是个什么样的结果……这个答案始终解不开。于是，苗坦之心里暗暗地横下一条心，就是龙潭虎穴也要闯一闯，到州衙里见识见识，学习学习怎样打官司。这时苗坦之头脑里不仅仅是为了自己打官司了，而是想到以后为那些穷哥弟兄出出气，为穷庄户人家打官司，使穷人不再受那些有钱有势的人欺压，使穷哥们抬起头来。可苗坦之连自己也没有想到，这一想法竟成为现实，成为他一辈子的职业了。

苗坦之爷俩来到海州衙门，把驴拴扣在对过路边的树上，苗坦之背着布包走在苗培元的身后，穿过大路，来到衙门前的空场，苗培元停下了脚步，两眼惊恐地边看边说："你看那两个狮子多吓人，嘴张那么大。"

"那是石头雕刻出来的，又不是真的，你怕什么？"苗坦之走到苗培元身旁说。

"你看，台阶上还有两个衙役，手里拿什么花棍，会不会打咱们？"

"大，你别怕，那衙役就是把门的，手里拿的叫水火棍，吓唬人的。你别怕，你把腰挺直直的，头抬高高的，只管大胆走，照我说的做。"苗坦之紧紧地靠在父亲身侧边走边鼓励父亲说。

当苗培元和苗坦之走向台阶时，门两旁的衙役各把水火棍向前一拦，问："干什么的？"

苗培元向苗坦之瞄一眼说："我冤，来告状的。"

两衙役异口同声道："要击鼓！"

苗培元向大鼓慢吞吞走去，走到大鼓前，站了一会儿。苗坦之紧随后看见苗培元发呆，忙悄悄地说："快拿鼓槌打鼓！"

苗培元手慢慢地抬起，去拿挂在旁边的鼓槌，由于手哆嗦，没有拿稳掉在地上，苗坦之忙弯腰帮捡起来看着苗培元说："事已至此，不要怕，你使劲连敲四下。"

苗培元手握鼓槌喘了口粗气，猛一扬起："咚——咚——咚——

咚——"苗坦之接苗培元手中的鼓槌忙挂在鼓旁边，看见苗培元的脸上汗珠直往下滚，说："大，你不要怕，快擦擦脸上汗！"

苗培元抬起衣袖擦完脸问："下面干什么？"

一位衙役走过来说："等老爷喊升堂，你们再进大堂！"

苗培元看见衙役，两个小腿已不停地颤抖起来。

苗坦之悄悄地说："大，我怎么跟你说的来？"

苗培元一愣，忙说："哦，我记住啦！"

苗坦之说："我在路上和刚才说的话你要记住了。"

苗坦之站在父亲苗培元身后悄悄地向大堂里望去：心里不由一惊，好家伙，公案上方高悬的巨大匾额"明镜高悬"下面坐着一个人，嘴里自语：那就是大老爷；再向左右看去，还有一个人坐在老爷的一侧，后面还坐一个人，手握笔在写字，台下两侧各站着四位差役，手里紧握着水火棍严肃站立着。

苗坦之悄悄地碰一下苗培元说："你看，那台上公案后坐的就是大老爷，他也是人，你别怕。"说完后，就看到大老爷向坐在侧面的那位点点头。

大老爷把惊堂木一拍，高声道："升堂！"

台下面八位差役一起喊道："嗷——"

苗坦之在苗培元身后拽着衣襟胆怯地边走边向差役瞅去。苗培元和苗坦之走到大堂中仍站着，旁边一位年纪比较大，满脸络腮胡子的差役说："快跪下！"

苗培元和苗坦之这才跪下，苗坦之躲躲闪闪就怕被大老爷看见。

"递上状纸来！"老爷看着台下苗培元说。

苗培元手哆哆嗦嗦从怀里掏出递给一位衙役。

大老爷打开一看是一张学生用的描红仿纸，端端正正写着十六个字："官大地肥，民穷地缩，老爷不来，小民难活。"不由一愣，看着台下的苗培元，大声地说："你穷？穷得不安分！"

23

苗培元听到后战战兢兢地半天也说不出个话来，刚要说时，后面衣襟被苗坦之一拽，他陡然不吱声了。州官大老爷仔细向苗培元身后看去，看见苗培元身后跪着一个半截桩大的小孩，一身童生打扮，满脸秀气，一双聪慧的大眼忽闪忽闪的向台上瞅着。州官感到新奇和纳闷，皱了皱眉头就问："你身后跪着的小孩是什么人？"

苗培元胆怯地头也不敢抬回答："大老爷，他是我的儿子。"

州官感到很有趣，并转过脸向坐在一侧的人微微一笑，那人默默点头。

苗坦之跪在苗培元身后听到后，心里忐忑不安，心里想，老爷不知要怎么处置他呢。

州官老爷转过脸，假装恼怒地说："嗯？你这小小儒生，不在家好好攻读诗书，怎么到公堂来教你大大诉讼呢？"

苗坦之一骨碌站起身，不卑不亢地说："请大老爷息怒，容童生苗坦之直言。"

州官看到苗坦之很有礼貌，满脸稚气可又很认真，不觉心里有些喜欢起来，于是随口说："说吧，不怪罪你。"

苗坦之说："天下只有父教子的，哪有子教父的呢？何为孝？子曰，'无违'。小童生今日恪守孝道，路远崎岖陪父来诉冤出苦，请老爷勘察实情，给小民公道。今在大老爷面前，我不敢乱为，一心恭听老爷教化，一言未敢发。请问大老爷，我哪里做错了吗？"

州官听了苗坦之这一番话，感到惊叹，自己无话可说，愣了半天，心里越发感到苗坦之虽然是小童，但是说话有理有节，暗暗感到将来必定有出息，又转脸向侧面那个人点点头，那人也微笑着，向州官老爷点点头。

州官心里同时又感到苗坦之厉害，说话伶牙俐齿，不可小视，忙问："你大大叫什么名字？家住哪里？状告何人？什么事情？——讲来。"

苗培元抬起头看着台上老爷问："我说吗？"

苗坦之在身后忙扯一扯衣襟："就你说，叫什么名字？快说。"

苗培元说："我叫苗培元。"便停下了。

苗坦之着急地悄悄地说："家住哪里？"

苗培元慌慌忙忙地说："家住哪里？"

台上台下凡是听到的都把嘴捂上闷笑起来。

苗坦之忙拽一下苗培元衣襟说："错啦，说你家住哪里？"

苗培元用衣袖忙擦一下脸上汗水说："我家住海州西乡南双店村北场。"

苗坦之忙悄悄地说："状告苗青早。"

苗培元接上说："状告苗青早。"

苗坦之又悄悄地说："他霸占苗姓公地祖坟松树林，还打我。"

苗培元接着说："他霸占苗姓公地祖坟松树林，还打我。"

苗坦之悄悄地歪过头向台上望去。

州衙大老爷发话道："过两天到现场去看看，看你说的是否真实。"然后，停了一下向坐在一侧的那个人看了一眼，那个人微微点了点头。

州衙大老爷高声宣道："退堂！"

台下的衙役长长"嗷"一声，便收起了手中的水火棍，都向衙门外走去。

坐在大老爷侧面那位走下台，到了苗坦之面前微笑着看了半天才问："你多大岁数？"

"我今年十六岁了。"苗坦之看着面善的从台上走下的人问，"请问大人，我该怎么称呼你？"

那人笑着说："我叫郑生安，是州衙的师爷。"

苗坦之高兴地说："那我就喊你郑师爷啦！"又接着说，"一生平安！"

"可以，可以！"郑生安哈哈地笑了起来说："你很聪明！""谢谢师爷夸奖，小生无知。"苗坦之接着说。

苗培元惊奇地向郑生安和苗坦之看去，心里在说："州官就这个样子，就这样打官司？这个郑生安是陪大老爷的人，肯定也是个什么官，说话态度怎么这样和气？"苗培元越想越糊涂。

在苗培元陷入迷茫时，苗坦之走到身后说："大，咱们回家。"

"就这样走啦？！"

"是啊，老爷不是说退堂了吗？"

"这就是打官司？"苗培元感到不理解又问："到底谁输谁赢？"

"现在还不知道。"苗坦之说。

苗坦之和父亲苗培元走出大堂。苗坦之自言自语地说："原来衙门公堂就是这样的，就是这样告状。"

苗培元说："儿子，老爷怎么今天不判咱输赢呢？"

苗坦之说："州官要到实地看个究竟，看你说的是不是事实，然后才能判谁输谁赢呢。"

"那还没个准，那怎办？"苗培元不放心地问。

"大，你不要担心，担心这，担心那，这不也过来啦。"

"那你可心中要有数啊，反正把苗青早告上了，装否种也不能装了。"

"大，这你说对了，既然已经到了衙门告了，就告到底，拼下去！"

苗培元向路两旁边瞅边说："哪地方有卖茶的，我有点饿了，吃张煎饼吧。"

"噢，走，就在秦东门西边不远有一茶房，是穷庄户人家开的。"

苗坦之和父亲苗培元坐在靠路边的一张小桌前，边啃着煎饼边看路上的行人。不多一会儿，从小巷里走出个人，苗坦之一看，原来是州衙里的差役，满脸络腮胡子，年纪比其他衙役要大。那衙役走到路边看到苗坦之和苗培元爷俩说："你爷俩不是刚才在衙里告状的吗？"

"是的，差爷，你坐下吃张我们西乡的煎饼吧！"苗坦之忙站起说。

苗培元也说："尝尝呗！"

那络腮胡子衙役也不客气边坐边说："好，我尝尝你们乡下煎饼什么味！"

苗坦之从一摞煎饼中抽出一张，说："尝尝，看好不好吃。"

那络腮胡子忙接过煎饼就往嘴里送，大口大口嚼着，由于吃得太快，噎得脖子通红。

苗坦之忙端上一碗茶："你喝口茶，喝口茶！"

那络腮胡子忙把茶碗端起来就咕噜咕噜一口气喝光。"哎呀！妈呀，差点把我噎死啦，好吃好吃，又香又甜。"停了一下，又接着说，"是什么做的？"

苗培元说："是玉米、山芋干和黄豆做的。"

那络腮胡子说："我姓周，大号叫周大年，你就喊我周衙头，那些衙役都听我的。"停了一下又说，"你们是第一次到州衙来吧！"

"是的。"苗坦之回答。

"你们那些乡间财主，有钱有势欺压没有本事的穷苦人就该告，治治他们。"周衙头气哼哼地说。

"咱们穷人不敢告呀！说句不中听的话就挨他们打。"苗培元接上说。

"怕什么，今后要再打你们，你们就来告！"周衙头气愤地说。

"周衙头你是个好人，从今后咱就认识了。"苗坦之说。

"对，对，对！"周大年边吃边说，一张煎饼几口被他吃完了。

苗坦之从一摞煎饼的当中又抽了两张递给周大年说："继续吃。"周大年不好意思地说："这好吗？我不吃了，我拿去家给他们尝尝。"

"好啊！"苗坦之笑着说。

周大年高兴地拿着煎饼边走边回头说："以后来，有啥事就找我。"

"好啊，有事一定找你。"苗坦之笑着看着周衙头走进小巷里。

"衙门衙役是这样的？不熟悉不认识的人，二话不讲坐下就吃。"苗培元不高兴道。

苗坦之说："这些人在州衙里还不是看便宜就上，怕强欺弱的主。"停了一下，端起碗一口气把碗里水喝光，抹一下嘴，"你吃好了吧，上路！"

苗坦之和苗培元骑在驴身上一起向前走，不知不觉来到蔷薇河桥头。

"大大，咱们要快点赶路，不然，大哥在家等着急了。"

"我估计，不到西石榴树庄天就黑了，好，快点！"

过了蔷薇河，苗坦之和苗培元在驴屁股上连续拍了两下，两头驴一前一后就不停蹄地跑开了。

苗培元在驴身上说："这个州老爷判案还怪认真的，还要到现场看看，怕我们说假话。"

苗培元的这句话给苗坦之敲了个警钟，苗坦之暗自思索，后天州老爷到现场看，肯定要看松树林，是不是与财主苗自芳有什么关系呢？是不是要私下与苗自芳谈些有关他告苗青早的事呢？这个官司能打赢吗……一系列问题在他脑海里盘旋。

苗坦之清楚地知道，苗青早到家中打人，全是苗自芳在后面指挥的，苗青早是个头脑简单，不会想事的主，仗着他父亲是皇帝身边的高官，在村里耀武扬威，欺弱穷人，打这场官司实际就是与苗自芳打的。在这紧要关头，苗自芳会不会出面干涉或者代替苗青早与自己对簿公堂？苗坦之想到这个问题时，心里感到有些困难，不知道应该怎么办？苗坦之又陷人到极为痛苦的思索中。

不知不觉来到西石榴树庄大白果树下，苗培元说："哦，该给驴歇歇了。"边说边跳下驴。

　　苗坦之没有吱声也跟着跳下驴，伸手摸一下驴脖子说："大，驴跑出汗了，没想到能跑这么快！"

　　苗培元说："这驴通人性，听说回家也跑得欢。我担心，咱这官司要打输了，那咱家在南双店就蹲不下了，你可想好了呀！"

　　"大，你别担心，打盹不能装死，苗自芳、苗青早这样欺负咱，我不管怎么办，我要和他打到底，再说，那些凡是受到苗自芳欺压的穷人都会支持咱的，我也要为他们打下去，出口气。"

　　苗培元说："如果在村里，老爷叫我说，你能不能替我说？"显然苗培元还是有些害怕。

　　"不知能不能，看州老爷的样子，不是咱们开始想象的那样可怕，到时候再说吧！经过一场，你怕什么？"

　　"我——"苗培元没有说下去。

　　"走吧，大哥在家等急了。"苗坦之翻身上驴。等苗培元骑上驴身，苗坦之的驴已跑了几十丈远了。

　　很快到了南双店街头，苗坦之勒住驴绳停了下来，等苗培元赶到身旁说："大，你直接去家，吃过饭就睡觉，不要担心。如果路上遇见熟人问你在哪里的？你就说在我姐家的，其他任何话不要说。"

　　"你干什么去？"

　　"我把驴还给苗贵之家，照我说的去做。"苗坦之说完，骑上驴向苗贵之家走去。

　　苗贵之家住在南场。他虽然与苗贵之是平辈，但是，不是一个老太的后人，两人从小志趣相投，都一起上学馆，后来苗贵之父亲去世了，他也就不念书了，可与苗坦之的关系非常好，比亲兄弟还亲。有两件事感动了苗贵之：第一件事是，苗贵之的父亲去世，苗坦之帮助苗贵之一起料理后事，跟苗贵之一样披麻戴孝，虽然都姓苗，也是平辈，但是，不是近的，村上的人都夸奖苗坦之，苗贵之受很大感动；第二件事情是，苗贵之不上学馆后，苗坦之就把自己在学馆里学的东西，晚上到苗贵之家教苗贵之，所以苗贵之虽然没有继续上学馆，但是也学到了不少的东西，他很感激苗坦之。作为比苗坦之长几岁的苗贵之来说，很珍惜与苗坦之相处得比亲兄弟还好的关系。苗贵之有个亲戚经常会带瓶桃林大曲酒给苗贵之，可苗贵之从来不自个儿喝，他知道苗坦之喜欢喝酒，所以，每次当有酒的时候，不是叫苗坦之到他家去喝，就是把酒拿到苗坦之家喝，或者与吴宝怀、李万福、周小民几个兄弟一起喝。在苗坦之和苗贵之的带动和影响下，周小民、吴宝怀、李万福三人也亲密了，这在南双店的很多人的心中，是有名的"五兄弟"。

苗贵之家也穷，是苗姓七大家族之一，那苗姓老祖坟也有苗贵之家一份，不过苗青早仗父亲之势霸占公地祖坟，苗贵之也是跟苗坦之一样反对的，只是苗贵之这人很谨慎，不轻易乱说乱讲，如果在暗地里也像苗培元那样讲，肯定也会挨苗青早的殴打。因而，对苗坦之的打官司是极力支持的，他也巴不得苗坦之把官司打赢，替他以及他们一伙穷人出口气。

苗坦之将苗贵之家大门拍了两下，门立即拉开，苗贵之高兴地看着苗坦之说："回来得怪早嘛，我还认为要到半夜呢，快进来！"

"我心中有事，就快驴加鞭了，你把驴拴好，喂喂，我有事跟你说。"

"噢，驴槽里饲料早已放好了。"苗贵之边牵驴走边说。

苗坦之走到石磨前一个石礅上坐下，苗贵之拴好驴忙走到苗坦之身边蹲下问："什么事？你说。"

苗坦之附在苗贵之的耳朵旁，叽叽咕咕地说个不停，说完之后两人一起走出大门，苗贵之把门锁上，他往东急走，苗坦之向西急走而去，很快消失在黑夜里。

苗培元牵着驴到大门前连拍了两下，苗平之急忙把门放开，"大，回来啦，弟呢？"

苗培元边走进院边说："他把驴还给苗贵之家了，还有饭吗？"

"有，我都热两次了，可急死我了，官司打输了？还是打赢了？"

"我又渴又饿。"

苗平之忙从锅里盛碗玉米稀饭，拿两张煎饼放桌上。苗培元边吃饭边告诉苗平之："州衙里大老爷说要到现场看看后，才能定下谁输谁赢呢。"

苗培元照苗坦之的吩咐，吃过饭就去睡觉了，至于苗坦之什么时候到家的，天什么时候亮的，他一概不知。

天亮了，苗平之起身，看见苗坦之衣服没有脱就睡了，睡得正香，作为大哥的苗平之很疼爱这个弟弟，他蹑手蹑脚地穿好衣服。

# 第三章

平之穿好了衣服，来到父亲的屋里。

苗培元披着褂子坐在床上，看见苗平之走进屋忙问："你弟夜里什么时候回来的？"

苗平之揉了揉惺忪的双眼说："我不知道，现在睡得正香呢，我舍不得叫醒他。"

苗培元皱着眉头："他昨晚也不知道怎么想的？"

"咚——咚——"敲门声。

苗培元一惊说："快，谁敲门，去看看。"

把门拉开，苗平之大惊失色，愣了，半天说不出话。

"我是州衙，现发给你一支火签前来告诉苗培元，早饭后到老祖坟地松树林旁等候，州里范老爷来勘察现场，不得有误！"说完转身走去。

苗平之叫醒了苗坦之，苗坦之手揉着双眼问："什么，州里范老爷来了？他不是说过两天吗？怎么来这么快？"

对于州里范老爷的提前到来，苗坦之并没有十分惊讶，聪明的苗坦之想到，你范老爷提前到来现场无非是两个原因：一个是看到状子感到事情严重，事关穷人；二个是你想趁咱思想不备，查看真实情况。

这天天气很好，风和日丽。苗坦之站在路边的树下向大路那东头望去，大约有一里路远的路上有一撮人在蠕动。不多一会儿，苗青早和苗自芳也来到这里。

苗青早气愤地走到苗培元面前说："你苗培元还会告状，今天叫你，吃不完，兜着走！"

苗培元没有吱声，苗坦之说："你无故殴打人还有理呀！"

苗自芳不服气地向苗培元瞅一眼："不要跟他穷鬼废话！看州老爷来能叫他有什么好果子吃！"

苗坦之说："你不就是有钱有势吗，想叫穷人怎样就怎样吗？也难说吧。"

苗自芳鄙视笑着："走着瞧，看谁赢！"

苗坦之说："对，看谁赢！"

不多一会儿，两个衙役扛着水火棍走在前，后面是四人抬的小轿，跟着两个衙役，又紧跟着三位骑驴的，最后，还有一位赶着牛车的人，车上有个条桌和几张长板凳。

苗坦之一眼扫过，他发现第二位骑驴的是郑生安师爷，轿子后面那位络腮胡子衙役是周衙头。苗坦之向郑师爷和周衙头看去，郑师爷和周衙头看见了他，都无表情，苗坦之不知道该不该打招呼，一犹豫，郑师爷骑驴走过去了，再看周衙头，周衙头抬头昂胸也走过去了。

"都走，都走，到松树林去！"骑在驴身上的人高声说。

通向松树林正好有条牛车路，于是小轿停下，范老爷走出轿子，向四周环视一下，接着三位骑驴的人也都从驴身上下来。

周大年扛着水火棍走到第一个骑驴的人面前说："胡判官，公案就放在这路上？"

胡判官环视一下四周，然后说："也只有这样，地里都是玉米，不能踩坏了。"

苗坦之这才知道那位是胡判官，可在公堂上并没有看见他，他是干什么的呢？苗坦之纳闷着。

周大年和另几个衙役在路上画出几条线，凡看景的人不准进线。

范大老爷走在郑师爷面前嘀咕几句，然后郑师爷就叫喊："苗坦之和苗青早！"

苗坦之忙回答："在这里。"忙走向郑师爷。

郑生安说："苗坦之你可以代替你父亲诉讼。"

苗青早忙回答："我在这里。"忙走向郑师爷。

郑师爷向苗青早看去问："你就是苗青早，你是被告，要回答诉讼。"

苗青早眨了眨眼说："苗青早就是我。"

苗坦之向郑师爷看去，又看看范老爷。知州范思玉向苗坦之看去："你告苗青早霸占公地祖坟松树林，可就是这片？"

"回老爷话，正是。"苗坦之回答。

"不是霸占，就是我们家的！"苗青早忙接着说。

范思玉说："你们都跟我一起看一趟！"

于是苗坦之和苗青早就在范思玉的左右，一起从松树林的南边向北边走去。前面两个衙役开路，在范思玉身后跟着胡判官、郑生安以及苗培元和苗自芳等人。

范思玉边走边看，来到松树林中间，有一块大大小小、高矮不齐的墓群，有的树石碑，多数没有碑。在老坟的上首，也就是东面有七座新坟。

苗青早看见新坟吃惊地说："哎，怎么出现七座新坟，老爷，你看，这是假的！"

范思玉、胡判官和郑生安看后都没有吱声。苗坦之心里像藏个小兔子，乱蹦乱跳，悄悄地看了一眼范思玉。苗培元和苗平之看到七座新坟也都很惊讶。苗自芳走到新坟旁惊奇地说："这就怪了，怎么出现七座新坟呢？"

这时，四面八方的乡民听说海州衙门大老爷来判案，都感到是个天大的新鲜事，都赶来看，一时整条南北路边挤满了人。

范思玉看着胡判官和郑师爷说："今天海州公堂就设在这田边，现场办案。"

胡判官和郑师爷微微笑着点点头。

范思玉坐在一长条桌后，胡判官和师爷坐在一侧，四名衙役手持水火棍分列在两侧。范思玉看了一圈，把八字胡一捋，把惊堂木一拍，高声叫道："升堂！"

四位衙役齐声"嗷——"

围观的乡民拥挤不堪，被州衙老爷的惊堂木一震，顿时鸦雀无声。

苗坦之向围观的乡民扫了一眼，最先看到的是吴宝怀、苗贵之、周小民、李万福。苗自芳和严居林、刘匡道、钱开通几个财主也都来了，他们几个人站在人群后面。

"传，原告苗坦之，被告苗青早上堂！"范思玉高喊。

苗坦之到过公堂，知道该怎么做，于是他不慌不忙走到范思玉面前的长桌前跪下。

苗青早不知道自己该怎么办，转念一想，你是穷鬼，我怎么能跟你一样下跪呢，于是就慢慢走到苗坦之旁边站着。两边手持水火棍的衙役就立即"嗷——"起来。苗青早不知道是怎么回事，惊恐地四处看着。实际苗坦之也没有经历过这种情形，也惊恐地向四处看去。

"跪下，快跪下！"不知从哪个方向传来的声音。苗青早才勉勉强强跪下，全场寂静无声。

范思玉双目向苗坦之和苗青早看去，问："苗坦之，你说这片松树林是你家的，有什么证据？"

苗坦之沉着回答："回老爷话，你刚才看到的七座祖坟就是证据，那就是我们家老祖宗，苗青早他依官仗势想霸占。"

坐在后面的吴宝怀惊奇地左右瞅瞅，看着苗贵之和李万福，他们悄悄地点点头。站在侧面的苗培元和苗平之十分惊讶，心里这才明白，这七座新坟是苗坦之干的，怪不得昨夜很晚才回家，苗培元又暗暗地担心，这新坟谁看不出来，何况州官的眼睛更能看出来，你苗坦之怎么干这个蠢事呢，又担心又埋怨。

可是，站在另一侧的苗自芳，可一点也不担心，他沾沾自喜，你苗坦之太笨了，原来都认为你聪明过人，点子多，可做这件事，你是个真实的大笨蛋，这场官司咱赢了，你苗培元永远是个输的，情不自禁地"哼"了一声。

苗青早忙接上说："老爷，那七座新坟是假的，想赖俺松树林和地！"

知州范思玉说："也是啊，怎么是新坟？"

苗坦之不慌不忙地抬起头高声说："回老爷话，那坟是清明节刚添的新土，至今老天又没有下雨，再加上在松树林里，松树遮阴挡风，那坟上土自然还跟新的一样啦！"

范思玉一愣说："嗯，说得有道理。"停了一下，接着又问："那这些坟怎么都葬在老祖坟的上首呢？"

知州老爷的话一落，旁边的胡判官、郑生安都把目光集中到苗坦之身上。站在侧面的苗培元、苗平之以及吴宝怀等人都惊恐地向苗坦之看去，心里都默默地说，这下完了，苗坦之无理回答了，这个造假的坟墓白费了。

而站在另一侧的苗自芳却非常高兴，自言自语地说："抱起石头砸自己的脚，看你还有什么理由，聪明过头了吧！"

苗坦之抬起头向知州老爷看去说："回老爷的话，咱们乡村对自己生养的孩子有个说法。"苗坦之稍微停了一下。

州老爷范思玉问："什么说法？"

苗坦之说："老爷，咱们乡村说'娇头生，惯老末'，俺苗姓老祖共生七个儿子，俺家七祖最小，老祖宗格外疼爱，拿当心肝宝贝，整天惯吃、惯穿、惯玩，俺家七祖喜欢坐在老祖宗的肩上玩耍，所以死了后就埋葬在上首，叫'坐肩坟'。"

州老爷笑笑说："好！儒子说得有理！"

胡判官和郑生安都相视地微笑着。

苗培元和苗平之也微笑起来，吴宝怀向苗贵之、李万福、周小民边微笑边竖起大拇指，站在钱开通身旁的钱云钗高兴地手舞足蹈，钱开通也微笑着。苗自芳、苗青早气得脸都紫了。

刘匡道歪头跟严居林说："这孩子长一张利嘴。"

严居林忙附和说："没有想到不会说话的苗培元生个孩子挺会说话的，将来不是凡人。"

苗自芳早憋不住了，走到苗青早身旁大声说："他胡说八道，那松树林，根本就是咱们家的，他赖人！"

范思玉举起惊堂木一拍，说："肃静！肃静！"

苗青早忙说："老爷，苗坦之胡说八道，松树林根本就是咱家的，他赖人，不信，请老爷挖开坟墓查看。"

范思玉一愣，向胡判官看去，胡判官摇头。

范思玉高声说："大清律条规定，'开棺掘墓，翻尸倒骨'是要治重罪的，难道你小小年纪叫本官犯律条吗？苗青早，你说是你家的有何证据？"

苗青早嘴嘀嘀咕咕，半天才说："就是咱家的。"

苗坦之说："老爷，谁家的东西谁都有数，你说是你家的，是几亩，几棵松树呀？"

范思玉接着问："苗青早，你说是你家的，我问你，你家松树林的地多宽多长，共几亩？"

苗自芳和苗青早万万没有想到州老爷会问这个问题，苗自芳气得直翻白眼，苗青早向州老爷直眨眼，却一个字也说不出。

范思玉又接着问："苗青早，你说是你家的，连几亩地也不知道，那地栽几棵松树该知道吧！"

苗青早目瞪口呆，没办法来回答。

全场一片嗡嗡声。

范思玉又把惊堂木一拍"啪"，全场才静了下来。范思玉向苗坦之看去，大声说："苗坦之！"

苗坦之立即回应："老爷，苗坦之在。"

范思玉问："你说松树林老祖坟地是你家的，多宽，多长，共几亩？"

范思玉这一问，连胡判官和郑生安都愣着看苗坦之，全场都死一般沉静，苗培元和苗平之惊讶地看苗坦之，吴宝怀等一伙穷兄弟没有想到范老爷还会回头再问苗坦之。

苗坦之抬起头，精神抖擞地向左右乡民扫了一眼高声说道："回老爷话，这地宽是四丈，长是六十七丈五，共计四亩五分。"

范思玉转过脸看着郑生安："请郑师爷记下。"

郑生安微笑着说："记下了。"

全场人都惊讶地向苗坦之看去，有的怀着高兴的神情，有的抱着怀疑的眼神。苗自芳和苗青早像呆子似的愣在那儿。

范思玉又问："苗坦之，再问你，你说你家老祖坟的松树几棵？如实讲来！"

全场又是一片沉静，目光都投向苗坦之。苗坦之抬起头说："回老爷问话，我家老祖坟松树共一百九十六棵，北头东北角死了一棵，活着的一百九十五棵。"

范思玉说："好，我们要当场丈量清点，如果不是你说的怎么办？"

苗坦之胸有成竹地说："如果我苗坦之说的不是实话，地亩和松树数字不对，那我就是赖苗青早的，请老爷当众打我四十棍，再蹲班房也行，由老爷判定。"

范思玉高声说："好，一言为定，公堂不允许说假话。"

苗坦之接着说："老爷，如果我说的数字都对，那就证明这松树林和地是咱家的，那就是苗青早赖咱家的，要当众重打他四十大棍蹲班房。"

范思玉说："老爷我判案一项是非分明，不错判一人一事。"

苗坦之微笑说："真是清正大老爷。"

范思玉转过脸看胡判官和郑生安，又转过脸，把惊堂木一拍，说："大家稍等，由胡判官带衙内人员当场丈量土地，细数松树棵数。"

苗培元对苗平之说："这大老爷真厉害，坦之说得能对吗？"

苗平之："大，你说咱弟说得对吗？他怎知道几亩几棵松树，我看，他准要挨四十大棍了。"

站在一侧的苗自芳陷入迷茫，暗自思索：苗坦之这个小东西说的数字很具体，到底是真的假的？若是真的，难道你苗坦之事先已经丈量过土地，数过松树了？如果是胡说的数字，来戏弄州官，那你小东西吃苦还在后头呢！

严居林和刘匡道窃窃私语，严居林说："苗坦之是否事先与州官串通好，来治苗青早的？"

刘匡道说："不可能，堂堂州官与一个穷鬼小儒生串通，他能得到什么好处，这只能说明苗坦之聪明，点子多。"

严居林说："看来是苗自芳、苗青早对苗培元太过分了，不然怎么会告他呢？"

刘匡道说："真是想不到的事情，不过现在不好说，你可不要忘记他苗青早父亲可是皇帝身边国子监翰林呢，他知州范思玉得罪了苗青早、苗自芳，以后也不一定有好果子吃。"

严居林说："这也不一定，鞭长莫及，山高皇帝远。"

吴宝怀悄悄地对苗贵之说："他苗青早四十大棍儿挨准了，咱弟坦之聪明他不知多少倍呢！"

苗贵之高兴地说："真没想到，坦之是个有点子的人。"

很快胡判官带领几人把土地和松树都丈量并数清了，回到范思玉身旁。郑生安递给范思玉一张纸。范思玉手拿着纸向全场看了一圈，高声喊道："审案继续！"

手执水火棍的衙役棍头不停地捣地，嘴里"嗷——"叫起。

范思玉高声说："经胡判官等衙内人员亲自丈量土地，地宽是四丈，长是六十七丈五，共计四亩五分地，苗坦之说得对。经几个人亲点松树，活的松树是一百九十五棵，在北头东北角死了一棵，苗坦之说得完全对。"

全场乡民立即议论起来：

"苗青早是依仗父亲是大官赖苗坦之家的。"

"苗青早还带家丁到苗培元家打人。"

"苗青早有钱有势欺负咱穷人。"

"该打！"

……

范思玉高举惊堂木，"啪——"一声，"肃静！肃静！"然后向苗青早看去。苗青早已吓得全身颤抖。

范思玉高声气愤地说："苗青早，你还有什么话说？"

苗青早结结巴巴地说："我，我，本来就是咱家的嘛！"

范思玉双目一瞪："是你家的，你又不知道数，又无证据，强词夺理，在事实面前还抵赖。给我打四十大棍！"于是，四位执水火棍的衙役扬起水火棍打了起来。

苗自芳气鼓鼓地向范思玉几个人看去，退到站在围观的乡民身后，又挤了进来，又挤到乡民身后，坐立不安。

范思玉看了看郑生安问："郑师爷写好了吗？"

郑生安边写边说："就好，就好！"然后，把写好后的一张纸递给胡判官说："请胡判官审阅。"

胡判官手捧着仔细看着，看完向范思玉点点头。

范思玉把惊堂木又一拍："下面请海州府衙胡仁贵判官宣读判案结果。"

胡仁贵走到桌前，向全场环视一圈，然后高声读道："直隶州海州府衙判决书。原告苗培元由其儿子苗坦之代为诉讼，系海州西乡南双店村人，状告同村人苗青早，仗势欺人霸占公祖坟地松树林，无理多次殴打庄民苗培元及大儿子苗平之一案，经州衙实地场勘察，公祖坟地东西宽四丈，长六十七丈五，计四亩五分地，活松树一百九十五棵，实属苗坦之家所有，证据确凿。苗青早无根无据，不得霸占。此告。直隶州海州府衙，大清乾隆四十一年六月十日。"

苗坦之跪着发呆。

苗青早满身泥土缩成一团。

范思玉高声道："退堂！"

执水火棍的衙役接着"嗷——"一声。

全场村民顿时议论起来。

"坐肩坟，没有听说过，新鲜！"

"苗坦之这小子，肚子里有货，坐肩坟，新奇！"

……

吴宝怀、李万福、周小民、苗贵之、钱云钗等人都一起涌到苗坦之周围。苗培元在苗平之的陪同下也高兴地向苗坦之走来。

苗自芳立即向家丁熊二、马三嘀咕了几句，几个家丁忙跑到苗青早面前，把苗青早扶回家。

苗坦之皱着眉头，"哥，你怎么不高兴呢？"吴宝怀憋不住了忙问。

苗坦之悄悄地说："我在想，苗自芳、苗青早不会就此罢休的，不知又要想干什么？"

"哥，你不要担心，有我们几个人，只要你吱一声，咱兄弟几个全力以赴，马到成功！"吴宝怀雄赳赳地说："七座坟，咱兄弟几个不是一夜就造好了。"

"那是，那是！"李万福和周小民附和着。

"你那么聪明，还怕他什么？"苗贵之接着说。

钱云钗跨前一步说："苗坦之，你真厉害，在大堂怎么不害怕呢？"

苗坦之向钱云钗微笑着并没有说话。

这时，苗自芳等人从苗坦之身旁走过，苗自芳停下，瞪着苗坦之说："你可真会赖，不要高兴过早！"

苗坦之瞅着苗自芳说："全是你们逼的，到我家打我父亲和哥，欺人太甚！"

苗自芳哼了一声走了过去。

苗青早被家丁扶到家后，坐在院中长条板凳上，一只手摸着一条腿，另一只手抚摸着脆："哎哟——哎哟——"

苗自芳走到苗青早板凳旁坐下，问："骨头伤了没有？"

苗青早的母亲陈苗氏慌忙从堂屋走出问："怎么啦？伤怎样？"

苗青早含着泪说："骨头看来没伤，他们扶我走到家。"

陈苗氏说道："乖儿，怎被打成这样。"

"这些王八蛋，这笔账一定要算！"苗自芳气鼓鼓地说。

"叔，这本是咱家的，怎么就被他苗坦之赖去了呢？"苗青早含泪问。

"看来，苗坦之与官府有勾结，专门对付咱的。"

42

"连我们自家都不知地几亩几分，松树多少棵，他苗坦之为什么都很清楚呢？肯定是事先就量好数清的。"

"不对呀，这两天我都在这块地干活，要过来人必走咱南地头路上，再走西面路去松树林，再说苗培元和苗平之被你揍了后，没有看见到松树林去，更不用说苗坦之，他天天去学馆念书，我亲眼看见他早上刚从家中走出来。"苗自芳皱着双眉回忆着说。

"要不，是昨夜里干的。"苗青早说。

"黑灯瞎火，他苗培元三人两天也堆不出来七座坟墓。"

"真奇怪，还能老天帮他忙！"

这时，刘匡道和严居林两位财主推开院门。苗自芳抬头一看忙说："你两位老兄怎么来啦？"

刘匡道说："咱兄弟俩今天在现场都看了，这是怎么回事？"

"是呀，明明是你家地和松树，怎么成苗坦之家的呢？"

"我也正在想这事呢。"苗自芳说。

刘匡道埋怨地说："你苗青早也是心中无数，自家地和松树林都不知道数。"

苗青早说："谁还会去数这些。"

"可是，你连自家东西都无数，而苗坦之对答如流，难怪州衙判给苗坦之。"严居林说。

"我想，苗坦之一定与州衙串通好了办这件事情的。"刘匡道说。

"我也想了，不大可能，你俩想，州官与他一个穷小子串通有什么好处？"苗自芳说。

"也是啊，苗坦之还是个屁小子，就是在村上谁还在意他。"刘匡道说。

"这就真想不通了。"严居林也皱起眉头，接着说，"你别看苗坦之这个小屁孩，没想到说话锋牙利齿，句句在理，这个小东西将来可不凡！"

"是的，你别看他小，今天散场后，很多乡民都夸奖苗坦之呢。"

苗自芳气得脸发紫："真没有想到败在他手上。"转了一圈接着狠狠地说："哼，我叫你乖乖地还给我！"

"是的，你又有大哥在国子监当翰林，还怕他。"严居林说。

"大哥，你要被苗坦之弄倒了，那咱兄弟三人都无脸无光，他苗培元穷光蛋，怎么能爬我们头上呢？"刘匡道气愤地说。

"是啊，就这件事，咱南双店还不炸了锅，哼！我叫他苗培元生不如死！"苗自芳气哼哼地说。

# 第四章

苗青早输了官司，感到无脸见街上熟人，在家中待了两天。这天早饭后，他坐在院中沉思默想，越想越感到苦恼，不知不觉泪珠滚了下来。正在这时，他二叔苗自芳不声不响地推开院门走了进来。

苗青早发现苗自芳来了，忙在暗暗擦眼泪。苗自芳走到苗青早身旁坐下。

"叔，你吃过早饭啦？"

"男子汉大丈夫哭有什么用，装季种！"苗自芳说。

"叔，这官司输了，怎么见人，我——"

"那你就蹲家中一辈子，不出门，那些穷光蛋更加看不起你，我们这几家也看不起你，那天刘匡道和严居林说的话你忘了？"

"叔，我没有忘记，他们几家人是听你的，是跟着我们跑的。"

"对啦，我们要抬不起头，那他们的日子也不好过，整个南双店的穷鬼都要爬我们头上作威作福，所以，我们要抬起头来，与苗培元斗，苗坦之不是有点子吗，我们就想点子来对付他，不要看他一时得利，有你大大在国子监，还怕他不成，那州衙的知州又有什么了不起。"

这时，家丁熊二和马三慌忙走进院内，看见苗自芳在与苗青早说话，立即毕恭毕敬地站立旁边。

苗青早问："街上有什么动静？"

熊二说："你叫咱俩出去看看，我往东，马三往西。我走到杀猪的吴宝怀家门前，那里围着许多人在看杀猪，就听人群里叽叽喳喳在议论。"

"议论什么？"苗自芳忙打断熊二的话问。

熊二说："有的说没有想到有钱有势的苗青早输了官司，还挨四十棍。还有说，他苗青早仗着父亲是大官，又有苗自芳支持，欺负到苗培元家里，太过分了。苗坦之长这么大，没有与哪个闹过事，去告他苗青早，也是苗青早和苗自芳逼的。"

"他妈的，放狗屁，谁逼他的！"苗自芳大发雷霆。

熊二吓得忙后退："二老爷，二老爷，别发火，他们是这样说的，熊二不敢胡说八道。"

苗青早说："还说什么？"

"有的说，有的说……"熊二不敢说，支支吾吾着。

"说下去！"苗自芳催促。

"有的说，他苗自芳不是称有点子吗，在州官判案时也哑巴啦！"熊二说。

苗青早又看了看马三问："马三，你听到看到了什么？"

马三说："我走到西巷头张大头茶坊前，茶坊里有不少喝茶的，我就慢慢地走向前，只听他们嘻嘻哈哈谈笑着。"

苗青早忙问："他们在谈什么？"

"他们也在谈论你的事，说苗青早平时在乡里耀武扬威的，可那天变成"马三支吾着。

"变成什么啦？"苗青早追问。

马三鼓起勇气说："说你变成孬种了。还有的说，他苗青早企图霸占那些老祖宗坟地松树林无理，州衙判得公平。还有的说，苗青早这小东西原来还不错，硬是被他叔苗自芳给带坏了。"

"放狗屁，真是嚼舌头！"苗自芳转过脸看着苗青早气鼓鼓地说："你能装死吗？唾沫星也把你淹死了，不能装季种啦！"

苗青早愣了半天问："叔，怎办："

"能白白地受他苗培元的气吗？"

苗青早忙抬头看着苗自芳说："叔，我明白啦。"说着向大门外走去，熊二和马三趾高气扬地随后。

熊二问："少爷，到哪去？"

"今天街上怎么这么多人？"苗青早疑惑地问。

马三忙说："少爷你忘啦，今天是十九，竹墩逢集。"

"噢，我忘了，走，到集上逛一圈去！"苗青早、熊二和马三向竹墩集走去。

竹墩集是在南双店的南面，实际是紧靠着，中间有一条水沟隔开，路上赶集的人南来北往，络绎不绝，有买牛卖驴的，杀猪贩羊的，买柴卖粮的，逛街看景的。凡是北方人要赶竹墩集必走南双店村中心的路通过。

清晨，苗培元吃过饭，跟大儿子苗平之说，这两天下雨，蹲在家中闷得慌，想去竹墩集逛逛，叫苗平之边放驴边割青草。

虽然雨停天晴，但是路上和集市的洼地还有积水，苗培元走到一块水汪前，看一步跨不过去，怕湿了鞋，就绕个弯儿走过去，正巧碰见苗青早家两个家丁熊二和马三。苗培元心里想，真是冤家路窄。熊二一个大步蹿到苗培元的身旁，皮笑肉不笑地说："俺今天手又痒痒了。"马三也凑上前说："大概又要阴天了。"熊二手拍一下苗培元的肩头说："你说呢？"苗培元似理非理地说："我哪知道，不是阴天，莫非又想发横了。"熊二哈哈一声奸笑，说："你聪明，被你猜对了。"停了一下，向后面苗青早望一眼说，"我正想揍你呢！"苗培元说："狗仗人势，想打谁就打谁！你凭什么打我，俺老不欺，少不哄的，不拐不坑不骗，又没有得罪哪个！"

苗培元话没有落音，一阵拳头从身后从侧面落到苗培元身上。马三边打边说："你这几天高兴，皮痒痒了吧，找揍！"顿时，把苗培元打倒在泥泞地上，浑身泥水像泥牛似的。苗培元刚要爬起来，熊二一只脚踹向苗培元，苗培元两手护胸一抱，把熊二的脚紧紧抱住不松，熊二着急往后拽，结果鞋子被苗培元抓掉了。

熊二忙要去拿鞋，这时，苗青早大喊："熊二，快走！快走！"熊二不知什么事忙转身，跑到苗青早面前问："少爷，什么事？"

苗青早说："我看见苗贵之向西面跑去，此地不能久留，快走！"

"我鞋子掉一只呢！"熊二着急地说。

"不能耽误了，快走！"苗青早拉着熊二和马三急忙向人群中去。

苗培元坐在泥泞地里痛哭道："仗势欺人，仗势欺人……"

"大叔，大叔，他们人呢？"吴宝怀一手拿着杀猪刀，一手拿着铁桶走到苗培元身边问。

苗培元满脸泥水，用手向人群指去："钻人群里去了。"愣了一下，又问，"你怎么到这儿？"

"是苗贵之跑去告诉我的。"

"苗贵之他人呢？"

"他去找坦之哥啦！"

苗培元垂头丧气地说："大侄子，咱这穷人日子不能过啦，经常挨欺负。"

"大叔，不要怕，咱坦之哥有办法治他。"

"唉，甭提了，还不是被官府治了，不服气，又来报复咱啦！"

"大大，怎么样？"苗坦之和苗贵之从一辆马车上跳下来忙问。

苗培元吃惊地问："你这是干什么？"

苗贵之凑向前说："是坦之叫我雇的马车行的马车和赶车的赵

师傅，到海州告状去。"

苗培元忙摆着手说："不去，要不是上次去告状，他们也不会打我。"

"大，那没有告状之前，打咱哥和你，到家中打你，不是没有告状吗？"苗坦之激动地说。

"这雇马车，又雇人的，哪里有这么多钱？"

"大，这你就别担心，去告状看伤要紧！"苗坦之说。

"对，大叔，赶紧上车吧！"吴宝怀说。

"我不去，在家挨打，出来也挨打，哪里有我安身之地呀！"苗培元又哭着说。

"大大，现在人按住你脖子，朝你头上尿尿拉屎，打盹也装不了死，告他去。"苗坦之边说边拉苗培元的手。

"哎哟——哎哟——，我这只脚被打伤了，伤了骨头。"

"来，哥，我跟你俩抬着大叔，上车。"吴宝怀放下手中刀和铁桶说。

"哎哟，小狗日的把我脚骨都打断了！"苗培元喊道。

把苗培元扶上马车，苗坦之看到苗培元坐的泥地里有一只鞋子，说："大，你鞋子掉一只在泥泞地里。"

苗培元说："不是我的，是熊二用脚踹我，被我抱住拽下的。"

"啊，是熊二的鞋？"苗坦之忙走去把泥泞里的熊二鞋子拿起来。

苗培元看着说："你拿他臭鞋干吗，扔远远的！"

苗坦之说："有用。"边说边放马车里，然后对吴宝怀和苗贵之说："这样吧，宝怀弟还有猪肉摊子在集上，贵之哥你跟我一起去海州吧？"

"行，我没有事。"苗贵之接着说。

"我也能去，猪肉摊子叫咱大大看着。"吴宝怀忙说。

"甭争了，咱兄弟谁跟谁，贵之哥跟我去，你到我家告诉我哥一声，叫他不要担心。"苗坦之说。

"大叔，有坦之哥和贵之哥陪你去，你不用担心，就听咱哥安排，现在快走，马车快，天不黑就到海州啦！"吴宝怀说。

"赵师傅，咱上车走！"苗坦之看一眼赵师傅和苗贵之说。

赵师傅说："海州有看骨科的郎中，咱快走。"说完把小皮鞭在头顶上空一甩，马就不紧不慢地跑起来。

苗坦之把苗培元揽在怀里，说："大，经过上次告状，你现在还怕吗？"

"这次我不怕了，州官也就是那样，是正直人。"

"是啊，我看这个州官是为咱穷人办事的，在大庭广众面前办事公道，到了大堂上，你能把今天苗青早带家丁打你的经过说出来吗？"

"我，我不说吧！还是你说。"

"我又不在场，怎么说？我只写几句话，详细经过得你说，不要怕，我还在你身后。"苗坦之说。

苗培元想了半天才说："好，那我就跟州官说。哎哟——"

"怎么啦？"苗坦之忙问。

"我这只脚很疼。"苗培元抚摸着脚说。

苗坦之和苗贵之忙把苗培元鞋子脱下，顿时都吃惊地看着，苗坦之惊讶地说："这只脚全肿了，青紫色，看来脚骨头伤了。"边说手边慢慢抚摸着。

"哎哟，你手不能碰！"苗培元疼得直叫。

"看来脚被打得不轻！"苗贵之看着说。

赶车的赵师傅转过脸问："是什么人把你打成这样？"

"啊，我们光顾请你赶车，忘记跟你说了，他是我大大，被苗青早和他的家丁打的。"苗坦之看着赵师傅说。

"那个小东西，不就是倚仗他大大是国子监翰林吗？有钱有势欺压穷苦人，将来不得好死！是不是上次打官司输了不服气，对你报复？"

"赵师傅你也知道咱与苗青早打官司之事呀？"苗坦之惊奇地问。

"嗨，整个南双店，谁不知，都拍手称快，苗青早那样人，就得官府治治他。"

"赵师傅，打官司这事，也是他逼咱这样做的。"苗坦之说。

"是啊，不逼得过分了，谁愿意去衙门告他。"赵师傅说。

就这样边走边说，太阳离地面还老高，就到了海州府。苗坦之叫赵师傅把马车赶到州衙门前停下，苗坦之、苗贵之和赵师傅从马上跳下，苗坦之和苗贵之扶苗培元下车。苗培元咬着牙，被两人架着，刚想起来，可无法站立，"我这只脚不能站了，疼死我了。"

"那怎么办？"苗贵之看着苗坦之说。

苗坦之眨了眨眼，右手向右耳朵一摸说："我背你进大堂！""你把我背进去，我还是站不起来，有什么用，还是你一人进去吧？"

"不，打你的经过我不知道！"苗坦之为难地说。

"小弟，大叔不能站不能坐的，还是你去吧！"苗贵之说。

苗坦之又眨了眨眼："那我试试，州官大老爷还不知让不让我说。"说着斜挎着自己的布袋书包忙向衙门走去。由于来过，知道要击鼓鸣冤，老爷才升堂。于是，走到大鼓前，拿起鼓槌"咚——咚——咚——咚——"敲了四下，鼓声格外响，门两旁的两个衙役，其中一位衙役忙跑进大堂。

不多一会，那位衙役走到苗坦之面前说："进去吧！"

当苗坦之刚进大堂，只见州官老爷坐在案后，就把惊堂木向案桌上一拍，"升堂！"

台下两边的衙役手里的水火棍不停地向地面捣去，嘴里不停地发出"嗷——"声。

苗坦之走到堂中跪下，垂着头。知州范思玉向苗坦之望去说："有状纸吗？"

苗坦之仍然垂着头说："回老爷话，小民有状纸。"边说边从身上布包里掏出在学馆里写好的状纸，递给一位走过来的衙役。

苗坦之根据前次告状的经验，到大堂告状，州官首先要看状纸写，所以他在学馆里听到苗贵之的诉说，当下把描红仿撕了一张写了起来，写好了，才与苗贵之边走边商量告状。

知州范思玉接过状纸一看，惊奇地默读着："花花世界善人哭，朗朗乾坤恶鬼笑。狗仗官势官唆狗，平民百姓实难活。要求致人死者抵命，致人伤者治伤。"范思玉读完这简短的状纸，感到话语犀利，有理有节，重似千斤。他抬头向台下望去说："你抬起头说话。"

苗坦之慢慢地抬起头，台上和台下所有的人都向苗坦之看去。

"你是苗坦之？"知州范思玉问。

苗坦之回答："回老爷话，正是苗坦之。"

"你不好好读书，怎么又来告状，你替你父亲告状，你父亲干什么啦？"知州范思玉问。

"老爷有所不知，家父赶集，被苗青早带家丁打伤，不能站立，不能走，我雇马车拉来，本是他亲自到大堂，可他伤疼，在衙门外车上。"苗坦之说。

知州范思玉立即从案后站起惊讶地问："在衙门外，你去把他背来，本官要问个明白！"

"是。"苗坦之忙站起，向大堂外走去。

不多一会儿苗坦之把苗培元驮在背上吃力地走进大堂。苗坦之坐在地上，把苗培元揽在怀中，苗贵之两手抱着苗培元的脚。

知州范思玉说："苗培元，你把事情经过陈述一遍。"

苗培元满脸血迹泥土，向台上看去，又回过头看着苗坦之。

苗坦之悄悄地说："别怕，这大老爷是个好官，你就从头至尾说吧，有我呢！"

苗培元咳嗽一声说："请大老爷细听，容草民说……"经过前

52

面一次告状，又有苗坦之在身边，这次他没有害怕，他从头至尾把苗青早如何指挥家丁打他的全部经过讲了出来。

知州转过脸向判官胡仁贵、师爷郑生安说："去验伤！"

知州范思玉、判官胡仁贵、师爷郑生安立即从台上走到苗培元身前。

"啊呀，这脸上血是哪里的？"范思玉惊讶地问。

"老爷，是苗青早家丁熊二和马三打我脸，鼻子打伤出血，这边耳朵也流血了。"苗培元含着泪说。

胡判官说："这半边脸也打青了，这脚骨也打伤了，不然不会站立不起来，全脚都肿起来了。"

郑师爷边记录边说："看来骨伤了。"

范知州的手轻轻地来回摸着，正摸到脚骨，苗培元突然"啊呀"一声。

范知州说："看来这个地方骨伤了，还有哪个地方？"

苗培元手指两条大腿："老爷，你看，都被打青了。"

范知州和胡判官一人卷起一条裤子，费了一会工夫，才把裤子卷上去，发现两条大腿是青一块，紫一块的。范知州忙直起腰边说边向台上走去，胡判官和师爷也随后上台。范知州从竹筒里拿出一支火签扔下："周衙头！"

周大年衙头忙走向前一步，大声说："周大年在。"

"你带人火速到西乡南双店，把苗青早、熊二和马三传来，叫他们雇马快速，本官连夜审案！"

"是！"周大年手执水火棍回答。

苗坦之向苗培元悄悄地说了几句话。苗培元抬起头说："大老爷，熊二脚踹我脸，我抓住他的脚，因此，一只鞋子被我拽下。"边说边从苗坦之手里拿过鞋举起。

知州范思玉高声地说："好，是个证据，把鞋子递上来！"

一位衙役忙走向前，把苗培元手中的鞋子拿去，送到台上。

范思玉向台下苗坦之望去问："苗坦之，你父亲苗培元脚骨已伤，你有什么打算？"

苗坦之一愣，然后说："承蒙大老爷关心，小民正愁着呢，俺南双店又没有好先生，咱也无钱请先生看。"

范思玉说："本官为你做主，不远处有一位杨氏祖传接骨先生，你可到他那里看，至于钱吗，你不用担心。"

苗坦之忙跪下磕头："谢青天大老爷，关心草民疾苦，小民终生难忘！"

范思玉说："这是本官该做的，等苗青早到大堂，恐怕还得到明天早上，你苗培元就忍着吧，在大堂歇歇也行，出衙门找个地方歇歇也行，不能走远，退堂。"

苗坦之忙接着说："谢大老爷！那我们就到衙门外找个地方吧！"

当苗坦之和苗贵之把苗培元抬上马车，天还没有全黑，苗坦之看着赵师傅说："赵师傅等着急了吧，走，咱找个地方吃饭去。"

苗坦之四人草草在一家小饭店吃过饭后，苗坦之和苗贵之把苗培元抬上马车躺下。

赵师傅说："俺说呀，这六月天，夜里不冷不热，咱也不住旅店吧！咱四个人在马车上歇息，还能省钱。"

苗坦之接着说："赵师傅，这怎么成，俺该好好招待你，你这么为俺着想，实在过意不去。"

"你可别这么说，咱们都是穷苦人，甭客气，我把马车赶到衙门东边墙角，俺看那地方僻静，没有人去。"赵师傅说。

"那好，就照你说的办，你这情咱以后补！"苗坦之说。

"你这哪里话，咱们都是住在南双店，应该互相照应，别多心。"赵师傅边说边赶着马车。

苗坦之四人在马车上不知不觉都睡着了，天什么时候亮的，都不知道，直到一位衙役叫他们。

苗坦之刚进大堂，知州范思玉和判官胡仁贵、师爷郑生安已坐在台上。

知州范思玉把惊堂木向案上一拍，高声叫道："升堂！传原告，被告进大堂。"

一衙役向堂门外高喊："原告，被告进堂——"

台下两侧手持水火棍的衙役们棍头捣地，嘴里"嗷——嗷——"叫，显得威严。

苗坦之和苗贵之把苗培元抬到堂中，苗培元倚在苗贵之的怀中。苗坦之跪下头触地。

苗青早进海州大堂还是第一次，由于上次挨四十大棍，现在一进大堂看见两侧手执水火棍的衙役，棍头不停在捣地，不由地胆战心惊，又向台上望去，知州等官员神情严肃。看见苗坦之已跪下，自己便也跪下。那随后的熊二和马三更不用说，也是第一次到大堂，既感到新奇又害怕，虽然在路上苗青早已说了不少壮胆的话，但是还是被这堂内的威严吓蒙了。

知州范思玉把惊堂木一拍，苗青早、熊二和马三吓得一哆嗦。知州范思玉望着苗青早等人说："苗培元、苗坦之父子二人告你苗青早带领家丁熊二和马三在竹墩集市殴打苗培元，并把苗培元打伤一事，你可知罪！？"

苗青早向熊二和马三悄悄地瞅去，然后慢慢地抬头，望着知州范思玉吞吞吐吐地说："没有此事，他，他苗培元诬告赖人，老爷。"

苗培元气愤地说："你苗青早站在后面，指使熊二和马三把我打进泥泞地里，还说没有此事！"

苗青早说："他苗培元、苗坦之赖人，无证据，老爷不能相信。"

范思玉说："证人说话。"

苗贵之忙跪下说："老爷，我苗贵之亲眼所看，苗青早站在后边，熊二和马三把苗培元大叔打进泥水洼地的。"

熊二和马三悄悄地向苗青早看去。

知州范思玉大声问："熊二，你可知罪！"

熊二结结巴巴地说："老爷，咱没有打，没有罪。"

知州范思玉把熊二的一只鞋向熊二面前扔去，高声地说："你看这只鞋是谁的？"

苗青早、马三、熊二吓得一哆嗦，忙向鞋子看去。熊二立刻瘫坐地上，因为上次亲眼看见衙役把苗青早打了四十大棍，苗青早七、八天才恢复元气，不由自主地想到自己不知要挨多少棍。挨棍子吃苦为谁？不是为你苗青早出气吗？是你苗青早叫我和马三打的，俗话说"好汉不吃眼前亏"，你苗青早想全加在咱俩身上，那不公平。熊二想到这，认为再隐瞒已瞒不过去了，现在人证物证俱在，再抵赖也赖不过去了。

熊二说："老爷，鞋子是我打苗培元时，被他硬脱下的，咱俩是家丁，都听少爷的。"

马三忙抬起头接着说："对，对，咱俩都听少爷的。"

苗青早气得向熊二、马三瞪去。

知州范思玉问："你们少爷是谁？"

熊二和马三互相看看，又向苗青早瞅去，苗青早两眼瞪着他俩，半天没有吱声。

"啪——"知州范思玉突然把惊堂木狠狠一拍，像一个炸雷在大堂里响起。

苗青早、熊二和马三吓得魂飞魄散。熊二和马三哆哆嗦嗦地说："是，是苗青早。"

苗青早悄悄地转过脸向熊二和马三狠狠地说："你们……"

知州范思玉说："苗青早，你唆使家丁殴打苗培元知罪吗？"

苗青早没有想到熊二和马三会供出他，在这种情况下，不知罪也说不过去了，于是苗青早垂下了头。

知州范思玉大声问："苗青早，是不是你指使打苗培元的？"

苗青早垂头丧气道："是。"

知州范思玉声色俱厉地说："你苗青早仗势有钱，横行乡里，欺压穷苦百姓，扰乱社会秩序，藐视州衙判案，心存不满，对苗培元施加报复，唆使家丁把苗培元打入泥水汪，打伤苗培元，态度恶劣。"边说边从竹筒里拔出一支火签扔下台，高声道："苗青早，重打四十大棍！"

于是四位衙役举起水火棍打了起来。苗青早挨了四十棍后，全身泥土，像狗一样缩在地上。

知州范思玉又从竹筒里抽出两支火签扔下台说："把熊二和马三各重打三十大棍！"

熊二和马三被打得在地上滚，口里不停地喊："亲妈，哎哟——"

知州范思玉看衙役打完，把惊堂木向案上一拍问："苗青早，你以后还欺压穷人吗？"

苗青早含着泪，慢吞吞地说："小民不敢。"

知州范思玉说："好，今后如再有打人骂人的，欺压穷苦百姓的，定关你大牢！"

苗青早忙说："小民以后不这样做啦。"

知州范思玉说："苗青早，你好好想想，这两起官司都是你惹起来的，后果也只有你负责，历来是致人死者抵命，致人伤者治伤，对吧？"

苗青早回答："老爷说得对。"

知州范思玉接着说："苗培元现在左脚骨被打伤，不能站立走路，州府秦东门外有一位杨氏祖传接骨郎中，先生妙手技绝，苗培元去医治，费用你出，还有苗坦之和他父亲苗培元此行所花费用也是你给，下面由胡判官宣布本案判决书。"

胡仁贵从郑生安师爷手中接过一张纸，转过脸走到知州范思玉身旁宣读起来："原告苗培元，男，海州西乡南双店村人。诉同村苗青早带家丁熊二和马三在竹墩集北水塘殴打苗培元，致使苗培元身受多处伤，左脚骨伤，青紫浮肿，不能站立行走。苗青早和家丁熊二开始不承认殴打，后经见证人和物证出现，承认殴打苗培元一案。经现场验伤，苗培元左脚骨伤，由苗坦之和苗贵之雇马车行赵师傅赶一驾马车护送苗培元至州衙。现判决如下：苗青早付给苗培元全部医治费和误工费，先交州衙一百两纹银，等苗培元在海州治愈结算，多退少补。另外，苗青早付给苗坦之五十两纹银，用于雇马车赵师傅，苗贵之和苗坦之的误工费、吃住费。此告，直隶州海州府衙，大清乾隆四十一年六月二十日。"停了一下，接着说："限明日把一百五十两纹银交州衙来。"

苗青早像呆子似的跪在地上，熊二和马三悄悄向苗青早看去。

范思玉高声道："退堂！"

手执水火棍的衙役们"嗷——"了一声，把苗青早震醒了。苗坦之和苗贵之抬着苗培元向大堂外走去。台上的人也走了。熊二和马三这才去扶苗青早，苗青早含着泪慢慢站起，向大堂外一瘸一拐地走去。

# 第五章

苗青早和两个家丁被海州官府里衙役带走后，苗青早的母亲陈苗氏慌里慌张跑到苗自芳家，虽然只有一墙之隔，但是两家都有前后大院，陈苗氏从自家的后院跑到苗自芳的前院大门已累得大口大口地喘着粗气。

陈苗氏着急地边敲门边大喊："青早二叔！青早二叔！"连续喊了两声没有动静，又接着喊："二弟！二弟！二弟！"

苗自芳拉开院大门惊奇地问："什么事，这么慌？"

"不好啦，不好啦！"陈苗氏边手扶着门边喘着粗气。

"不急，慢慢说。"

"苗青早、熊二和马三都被官府人带走了！"

苗自芳眉头一皱，眨了眨眼说："我不知道呀，可能在外又惹什么事了？"

"你快想想办法呀！"陈苗氏着急地说。

"大嫂，你甭急，我想想。"停了一会儿说，"这两天他没有告诉我要到哪里去呀？"

"我再三叮嘱他有什么事跟你说，你不同意就不能去做，他答应过我的呀！"陈苗氏说。

"噢，我想起来了，还是苗坦之打官司，把松树林赖去，他心里窝着一口气。"

"对，青早又带家丁找苗培元算账去了，又惹事了，怎办？"陈苗氏眼巴巴地等待苗自芳拿主意。

"大嫂，你别急，如果是这事，苗青早会很快回来的，就看他惹的事情是大是小，等着吧！这孩子，怎么不跟我说一声呢？"

"我想起来，还有大事，你说跟青早找媳妇，这事包在你身上怎么没有动静呢？有个媳妇能拴住他的心，省得惹事。"

"我已考虑好了。"

陈苗氏惊奇地问："是哪家的闺女？"

苗自芳说："在闲谈中，青早说钱开通家的闺女钱云钗对他有好感，他对钱云钗也印象不错。"

陈苗氏忙高兴地说："唉，还真能成，那钱姑娘我见过，个条不高不矮，说话伶牙俐齿的，又是大户人家，行，行，你得叫人去提亲。"

"我正在考虑呢。"

"你哥在京做大官，享荣华富贵，连自己儿子事也不管，叫你操心。"

"大嫂，我作为叔叔的，能不管吗，你放心，回家忙去，这些事包我身上啦！"

陈苗氏高兴地边走边说："你真是我的好小叔子！"

第二天下午，苗青早和熊二、马三回到家，正巧，苗自芳正在与陈苗氏坐在庭院里。陈苗氏看见苗青早青头紫脸地走进院，惊讶地站了起来，苗自芳也迅速站起来。

陈苗氏忙让板凳给苗青早："快坐下，到底是为啥事，官府人把你们带走。"

苗青早含着泪看了母亲一眼，又转过脸向苗自芳看去说："叔，我没有听你的话，把苗培元打伤了。"

苗自芳右手把大腿一拍说："我就猜着你惹下麻烦啦！这一次州衙怎么判的？"

苗青早把事情从头到尾全部讲了出来。

陈苗氏忙惊讶地说："俺的娘，叫咱赔这么多银子，要咱命啊！"

苗自芳眼瞅着苗青早说："等治好了，还不知道要花多少银子呢？"

"俺个老天爷，他苗培元好了说没好，赖咱，什么是个头呀？"陈苗氏着急地叫喊。

"那银子是交到州衙去的，不给苗培元。"苗青早说。

"这点官府做得还对，要交给苗培元那可就不好说了。"苗自芳说。

陈苗氏气鼓鼓地说："青早啊，青早啊，这个家早晚给你败坏了。"

苗青早难为情地说："俺想出口气，教训一下苗培元，谁想把他打伤了。"

陈苗氏瞅着苗青早狠狠地骂："你个小东西，从今后再不听你叔的话，你跟我滚出这个家门！"边骂边手指着苗青早的脑袋。

苗自芳说："算啦，大嫂，反正事已发生，官府判你能不给吗，抓紧筹银子。"

"没想到苗坦之这个小羊羔子还真能赖人。"陈苗氏气鼓鼓地说。

苗自芳说："经过上次事，我就跟你说了，千万不要把人打伤了，更不能打死人，你把人打伤了，即便你全有理，官府也要判你赔钱给人治伤，抵命。"

熊二哆哆嗦嗦地说："不怪少爷，全怪我脚下去太狠，我打过后才发现苗培元的脚正好靠在一块石头旁，我连踩带踹，没想到脚骨被我踩断了。老爷，你怎么治我都行。"

苗自芳气愤地睁着鸡蛋大的眼睛威严地瞪着，熊二吓得全身发抖。

马三忙说："也有我的责任，我与熊二一起打的，咱俩看少爷自上次吃官司后心情一直不好，都想为少爷出口气。"

苗自芳叹了口气说："事已至此，我治你们，又有什么用。经过这次官司，想把他苗培元、苗坦之治倒是行不通的，从今以后，你们给我记住，咱们不来武的，要来文的！"

苗青早与两个家丁异口同声道："文的？"

"是啊，不管是谁对咱们不好，咱们都不能用手打，要想办法去治他，懂吗？"苗自芳两眼向他们扫了一圈。

"对，想点子治，拿证据，叫官府治。"苗青早忙接着说。

"对，对，对。"熊二和马三齐声附和着。

"今后出现任何事情，必须与我商量，我同意才能去办。"苗自芳说。

苗青早忙接着说："侄儿记住啦！"

"赶快把银子给州衙送去，什么话也不要说啦，两次官司都输给了苗坦之，真是太丢脸面啦！"苗自芳看一眼熊二和马三说："你俩该干什么就去干什么。"

熊二和马三走出院后，苗自芳看着苗青早说："我跟你妈商量过，要跟你娶媳妇，岁数也不小啦，你大大前年去京之前跟我说过，要我管你的事，你看谁家的姑娘可以，咱就托媒人去提亲。"

苗青早眨了眨眼说："周小民的姐姐长得漂亮。"

"不行，不行，周家穷得叮当响！"苗自芳说。

"那，那钱开通的女儿钱云钗。"苗青早兴奋地说。

苗自芳微微转过脸向陈苗氏瞄去，陈苗氏微微笑着。

苗自芳说："听说钱云钗像男孩性格，说话做事干脆，还爬墙上屋的。"

"那是钱开通惯的，女孩结婚后自然就好了。"陈苗氏说。

苗青早有些腼腆地说："在学馆念书时，我知道这些，很令人搞笑，我有好感。"

"那我就找媒人去给你提亲。还有，你得振作些，官司打输了也要装得跟没输一样，头抬高高的，受点挫折怕什么？"

"侄儿记住啦！现在咱南双店还没有多少人知道呢。"

"哼，这些消息传得快。"苗自芳说。

这话被苗自芳说中了，实际上苗青早和家丁被官府带走，南双店凡是知道苗坦之告状的，都在议论，苗青早官司必输。结果被这些人言中了，苗坦之第二次进大堂打官司又赢了，苗青早和家丁不仅挨打几十大棍，还赔了一百五十两纹银，这还是先暂时拿的，等苗培元伤全部好了，他苗青早还不知要出多少血呢！南双店大街小巷都在传讲着苗坦之和有钱有势的苗青早打官司的事。

苗坦之回到家刚坐下，吴宝怀、李万福、周小民和钱云钗等都来了。

苗坦之惊讶地问："你们怎么都来啦？"

"来祝贺你赢了官司！"吴宝怀等人异口同声地说。

"快，都坐下，你们知道这么快啊！？"苗坦之边递凳子边说。

吴宝怀笑着说："你忘了，苗贵之是飞毛腿呀！"

"哦，他真的快。"苗坦之说："这知州大老爷办事公道，熊二和马三把我父亲脚骨打断，他苗青早应该拿钱给治，并且钱交给州衙，也怕我会留一手。"

周小民忙打断苗坦之的话说："你上次打赢了官司，我就听见有人说你是赖子，把苗青早松树林赖去了，说你是'苗二赖子'。"

"哼，我也听说了，说这些话的人你知道是谁吗？是那些与苗自芳一个鼻孔出气的财主乡绅说的。"李万福说。

吴宝怀忙站起来说："他们是穿一条裤子，一个鼻孔出气，咱坦之哥有理有据，他苗青早无理无据，州官判的案，也不是哥判的。"

苗坦之微笑着说："咱们几个兄弟，还有钱云钗，咱一起在学馆里念书时，我是不欺负人的，不管你家穷也罢，富也罢，咱们应该好好相处，不要坏心眼，诚实待人。还有，不要把我逼急了，把我逼急了，或者把你们谁逼急了，我就要想办法对付他了。"

"对，对，我想起来在学馆里，有一次，我与苗青早玩耍，他输了，还打我，是坦之哥把我拉走的。"吴宝怀回忆说。

"对，有这事，我当时也在场。苗坦之当时可以与你一起把苗青早打了，可苗坦之没有这样做。"

"都在一村上，抬头不见，低头见，还是和气点。"苗坦之说。

"哥说得对，他苗青早带家丁到人家打人，这太过分了，把苗大叔打在泥水汪，又把脚骨打断了，你们说谁能忍下去，那些狗东西还说我哥赖他，简直是放狗屁。"吴宝怀气愤地说。

苗坦之看着大家说："有你们几个说的知心话，我真高兴，随他们怎么说，嘴长在人家头上，要怎么说就怎么说。"

"真痛快，哥，你两起官司胜了，可长了咱穷哥们志气了，为穷人出口恶气！钱云钗，可不包括你呀，你是富家小姐！"周小民说。

李万福说："钱云钗虽是富家小姐，但她喜欢听我们几个人讲话，喜欢跟我们一起玩，对吧？"

"这还用问吗？上学馆从开始，云钗就喜欢跟我们在一起，跟那些富家子弟不一样！"

苗坦之向钱云钗笑了笑。

他们几个人兴奋地谈论着，直到天黑各自回家。

钱云钗回到家后，吃过饭睡觉，躺在床上没有睡意，头脑里总是萦绕着苗坦之的事，在默默地羡慕着苗坦之，与他们几个人一起在学馆里念书的几年里，感觉到苗坦之是个心诚正直的人，而且比他们几个人都聪明，从来没有挨学馆先生的打。由于各自的原因，现在只有苗坦之、李万福在继续念书，几年过去了，都长成大人了，尤其感到苗坦之已经是大人了，见到她彬彬有礼，不是微微点点头，就是微笑。钱云钗也并不因为是个女的而远离他们几个男的，并且与他们几个男的一样在一起逗笑耍嘴。由于钱云钗从小聪明伶俐，长得可爱，钱开通拿当心肝宝贝，娇生惯养。她像男孩子一样爬墙上屋，与调皮捣蛋的周小民不相上下，周小民能捉一个小老鼠偷偷放在先生的教案上，钱云钗就能把一条死蛇用方瓜叶包好放在先生的教案里，能把先生惊吓一番。后来钱云钗不想在先生管教下念书，便不念了。钱云钗的母亲和父亲私下谈到钱云钗不想念书的事，说："不想念就不念，女孩子家，我们也不指望她科考做官。"这话正巧被钱云钗偷偷听到，钱云钗极为高兴地在学馆里郑重向苗坦之等同窗学友宣布："本姑娘今日向你们宣布一个好消息，由于本姑娘不喜欢整天之乎者也的，所以不读书啦！"

从那天起，钱云钗也就真的不到学馆里来了，在家里时间长了，大哥又不跟她玩，她自己又感到寂寞孤独，所以，很想知道外面的情况，特别是那几位学友的情况。所以，最近苗坦之的两场官司胜利，她感到很开心，并且对苗坦之有了进一步的了解，苗坦之的聪明智慧让她十分敬佩。

这天，钱云钗从集上回家，刚推开院门，只见街东的冯媒婆从院内向大门外走，钱开通和她的母亲在后送，钱云钗认识这南双店有名的媒婆，这冯媒婆也认识钱云钗。还是冯媒婆多年练就的薄嘴皮会说话："哎哟！这么俊美的大姑娘，谁看谁不喜欢。"

钱开通与老婆送走冯媒婆来到堂屋坐下，看见钱云钗坐在八仙桌旁愣神，小嘴嘟得老高。

钱开通笑看着钱云钗说："云钗，你看到冯媒婆到咱家，你肯定猜到什么事了。"

"我猜不到！"钱云钗生硬地回答。

"哼，这事能难住我聪明的女儿！"钱开通自豪地说。

钱云钗问："冯媒婆是来为我提亲的？"

"哈哈，我就知道我女儿会猜到。"

钱云钗问："你说，提的是谁家，怎么早不给我说？"

钱开通忙说："我跟你娘都不知道，冯媒婆这是第一次来。"

"我才不相信呢！"钱云钗有些不高兴地瞄了钱开通一眼。

钱开通的老婆宋钱氏忙说："你大大说的是实话，事先我和你大并不知道。"

"到底提的是谁家？"钱云钗有些不耐烦了。

"是苗青早。"宋钱氏脱口而出。

"他"钱云钗十分惊讶地看着钱开通。

"是他，小伙子长得很帅，父亲又在皇帝跟前做事，是国子监翰林呢。咱南双店，咱整个海州地区也很少有这样人在皇帝跟前。"钱开通看着钱云钗说。

宋钱氏忙接上说："这样人家到哪里找，有钱有势，咱南双店谁不羡慕人家！"

"你羡慕，我不羡慕！"钱云钗嘟着嘴说。

"冯媒婆刚才说了，如果咱俩家做亲家，是门当户对，谁不知道咱南双店，日子最好过的就是苗青早家、咱家、严居林家和刘匡道家四家，你要和苗青早做亲，一辈子不受人欺负，一辈子吃香的喝辣的，那些穷鬼想攀还攀不上呢。"钱开通瞅着钱云钗说。

"大，苗青早有钱有势，长得也不错，可他心眼不好，品德太差，我不愿意！"钱云钗不高兴地说。

"父母之命，媒妁之言，我与你大都愿意，就这样订下啦！"宋钱氏生气地说。

钱云钗突然从椅子上跳起来，说："你愿意，你去！"

宋钱氏生气地站起身扬起巴掌要打钱云钗，却被钱云钗一手抓住。

"云钗，不得无礼！"钱开通生气地说。

钱云钗说："哪有这样做母亲的，不容人家说话，抬手就要打人！"

"你也是的，咱自家商量嘛！听听云钗想法。"钱开通瞄一眼宋钱氏说。

"都给你娇惯坏了，连父母的话都不听！"宋钱氏瞅着钱开通说。

"云钗，你看咱们南双店谁家公子好些？"钱开通问。

"要我说。我看哪，我看苗坦之比苗青早好多了。"钱云钗说。

"啊，苗坦之——"钱开通吃惊地说，"几代穷鬼，你找苦吃找罪受呀！"

"不行，不行！"宋钱氏忙接着说。

"苗坦之家是穷，但苗坦之人品好，没有坏心眼，为人正直，肯帮助人，特别聪明，有胆量。而且书念得好，能考取功名。"钱云钗说。

"苗坦之聪明，人品好是不错，考取考不取功名难说，就是家境太贫寒，怎么能与咱家相比呢？不行！这要过日子的。"钱开通说。

"人活一辈子，就是为了吃好穿好，谁愿意过穷苦日子！呆子！"宋钱氏说。

"嫌贫爱富！"钱云钗气愤地说。

"对了，我就是嫌贫爱富，我只有你一个女儿，我不能把你往火坑里送！"钱开通瞪着钱云钗说。

"就是嘛，我跟你大不能让你受苦的！"宋钱氏说。

"我不怕！"钱云钗理直气壮地说。

"你不要看苗坦之两场官司打赢了，那是苗坦之点子多，赖苗青早的！"钱开通气愤地说。

"那是官府判的，苗青早无理无据，无物证无人证，而苗坦之有物证人证，你怎么也说苗坦之是赖子呢？"钱云钗有些激动。

"知州是判了不假，那松树林一案，秃头虱子明摆着，是苗坦之赖去的，那苗青早老实，没有苗坦之点子多而输了官司！"

"苗青早说是他家的，为什么对自家的地亩数，松树多少棵都不知道，而苗坦之说得清楚，州官亲自勘察证明苗坦之正确，州官怎么不判苗坦之赖苗青早的呢？你说苗坦之赖苗青早的，苗青早哪儿好，他三番几次打人，到苗坦之家去打苗培元和苗平之，在集市把苗培元打进泥水汪，把人脚骨打断了，难道不是事实，州衙判他先交一百五十两银子给苗坦之父治伤，州官难道判错啦！"钱云钗激愤地说。

"不管怎样，这是苗青早一时失策，这门亲事还是要答应的！"钱开通气鼓鼓地说。

"我就不愿意！"钱云钗坚定地说。

"你敢！反天了！"钱开通大发雷霆。

宋钱氏瞅着钱云钗说："父母话敢不听！"

"我就是不愿意，苗青早是混蛋！"钱云钗边说边向大门外跑去。

钱云钗跑出大门外，向左右扫了一眼，在学馆门侧有一棵大槐树，她不由自主地走过去，倚在树干上呜呜咽咽地哭了起来。

不多一会儿，学馆放学，苗坦之在最后走了出来，他发现一个人倚在槐树那面，并听见有哭的声音，就好奇地走了过去，他来到钱云钗面前，钱云钗手捂着脸哭，并没有发现苗坦之站在她面前。

苗坦之惊讶道："钱云钗！"

钱云钗听到声音，吃惊地看着苗坦之。

"你哭什么？"

"我——"钱云钗欲言又止，垂头不吱声。

苗坦之四处看了一圈说："大姑娘的站在这地方哭，被人家看见多不好啊，快，到那边墙角边。"

钱云钗跟着苗坦之来到墙角边，因为此处背路，没有人看见。

苗坦之说："在学馆里一起念书时，从来没有看见你哭过，你是坚强的，今天遇到什么事啦？"

钱云钗看一眼苗坦之又欲言又止。

"啊呀，我们都生长在南双店，从小念书到现在，经常在一起谈天说地，什么话不好说，说出来，也许我还能给想想办法呢！"

钱云钗犹豫了一下说："家中给我提亲啦！"

苗坦之一愣，笑着说："好啊，男大当婚，女大当嫁，你比我大一岁，也17岁了。"停一下又问道："介绍哪家公子少爷？"

钱云钗看着苗坦之又想说又不想说。

苗坦之看了钱云钗说："你不好意思说，我也不问，肯定是门当户对，有钱人家的少爷。"

"不，我说！"钱云钗说。

"你直管说，我绝不跟其他人说。"

"是苗青早。"

"啊，是他！"苗坦之停了一下，接着问，"你答应啦？"

"我没有答应，可父母之命，媒妁之言，我又能怎办？"

"云钗，你是了解我的，你要是真心不愿意，我就给你想个办法。"

"是的，我坚决不答应，就是死也不同意。"

"嗯，有了。"

"有什么？"

苗坦之向前一步悄悄地对钱云钗说着。钱云钗高兴地频频点头说："好，好，我就这样做。"

"一定要注意不要跟任何人讲。"苗坦之边说边要走。

钱云钗忙伸手抓住苗坦之一只手臂说："你急什么？"

苗坦之问："还有什么事？"

钱云钗微笑着腼腆地说："你猜我看中了谁？"

苗坦之一愣，半天才说："你这事叫我怎么猜，不知道。"

钱云钗一本正经地说："我看中你苗——坦——之。"

苗坦之惊讶地说："你气昏了头吧，胡说什么呢！"

"我没有胡说，我是认真的，并不是一天了，在学馆几年中，对你就有好感，难道你就没有感觉到？"钱云钗认真地说。

苗坦之像个呆子似的说："这，这怎么可能呢？你是有钱家千金小姐，我是穷光蛋，在学馆念书直到现在我们相处都很好，可我没有往这上想，我也不敢想。"

钱云钗说："不是你想的嫌弃你家穷，我是看你为人正直，心善，品德好，又聪明有智慧。苗青早有钱有势，但他人品差，心眼坏，看不起穷人，我不喜欢，难道你不喜欢我？"

苗坦之不好意思地手摸着头说："实际在学馆我就喜欢你的性格，可我家确实穷，你以后受苦……"

钱云钗忙打断苗坦之的话说："不要老说穷不穷的，我不怕，就这样，我愿意嫁你，就不怕吃苦。"

苗坦之说："那你父母就不同意，怎办？"

钱云钗坚定地说："非你不嫁，采取你想的办法。"

"那你父母要气得不问你事，你怎么办？"

"我不在乎，我拎个布包就上你的驴，跟你成亲！"

苗坦之听了钱云钗的话，心里很激动，他相信钱云钗说的话是真的，因为这几年，苗坦之知道，钱云钗的性格像男的，说到做到。苗坦之深感钱云钗是个好姑娘，不像其他有钱有势的财主乡绅家的子女。她很同情穷苦人，说话做事很讲道理，苗坦之喜欢。

"好，既然你有这样的想法和决心，跟我一起过穷日子，我也不在乎，你就是连布包也不提，我也牵着驴把你娶回家，今后生活无论如何，同甘共苦。我苗坦之说话算话。"

"我相信你，那你要快想办法也叫媒婆到我家去提亲。"

"中，这事就这样订下，暂时谁也不说，我想办法，我也非你不娶！"

苗坦之说到做到，到家中跟父亲和大哥一说，都很高兴，并再三关照父亲和大哥千万不要说出去，一切听他安排。

　　第二天，苗培元按照苗坦之想的办法去找冯媒婆，请冯媒婆到钱开通家提亲。冯媒婆一听到此事，感到太难，不愿答应苗培元的请求。可苗培元再三说，事成，友情后补。苗培元说完了就马上走了。冯媒婆追到大门外，还想再说不能办，可苗培元已经不见人影了。

　　冯媒婆边回院边想，这是什么事，从来没有过，一张嘴怎么能把一女说给两家，嫁给两个男人，这简直是天下奇闻，不办，不办！可是又一想，最近这两家打官司，苗坦之聪明过人，人品又好，是全南双店都知道的，绝大多数人家都夸苗坦之。苗坦之最近又赢了官司，深得穷人的心，自己也是属于穷人，为生活所逼，是凭三寸不烂之舌，混口饭吃的。从心底里说句良心话，苗坦之的人品比苗青早强百倍，说不定苗坦之将来还能考取功名，这门亲事如果说成了，那么自己在南双店也是个名人，有功之人，对自己不坏……冯媒婆想到这，觉得要去钱开通家去提亲，可是怎么开口呢？这钱开通财主不能得罪，怎么把苗培元的想法说出去，又能使钱开通不生气，把这个难事踢给钱开通，你钱开通不管与谁家做亲，我冯媒婆都有功。于是，她吃过了饭，就摇摇摆摆地走进钱开通家的大院。

　　钱开通笑着问："你有什么话说？"

　　冯媒婆微笑着说："老爷，我说，我说，你甭生气。"

　　钱开通一愣说："什么事啊？我不生气，不生气，你说。"

　　于是冯媒婆就调动了三寸不烂之舌："钱大老爷，你真是好人啊，养个女儿又漂亮又聪明，知书达理，人人都夸。"

　　钱开通与老婆美滋滋地听着。钱开通说："这不是自夸，我钱开通在南双店没有欺负过任何人，站得直，行得正。至于说我那宝贝女儿，什么都好，就是有一点男孩性，不过也好，到婆家不受男人欺负。"

"那是优点，钱姑娘为人直率，心好，好多人说，谁家要能娶到，那就烧高香了。"冯媒婆继续夸赞着。

"你说，到底什么事呀？"钱开通打断冯媒婆的话问。

"只因为你家女儿好，又有人叫我向你家提亲，我觉得不好，不过不向你钱老爷说吧，也不好。这么好的女儿，人家看中是好事，不是坏事。"冯媒婆说。

"这一点不假，人都说好，那证明咱养了个好闺女。"钱开通说。

"是呀，是呀，他苗培元叫我到你家提亲说给苗坦之呢！"冯媒婆边说出主题边瞅着钱开通。

钱开通突然从椅子上站起说："他家？门不当户不对，苗坦之人不坏，聪明和人品全南双店都知道，可他太穷了。好，我考虑。"

冯媒婆看钱开通没有发火，忙说："那就钱老爷考虑，我走啦！"说完就站起来向外走。

冯媒婆走后，钱开通说："有文章！"

钱开通老婆忙问："什么文章？"

钱开通说："你闺女干的好事！"

# 第六章

钱云钗与苗坦之说完话之后，苗坦之回家了，钱云钗走回到自家大门外，看到台阶下面左右的两个石狮子很难看，又向上看去，大门上方悬挂着金色的两个大字"钱宅"，怎么看都不顺眼，干脆不看，坐在门槛上，倚在门框上，两眼向门前路上看去，头脑里在闪现着苗坦之交给他的办法。

"小姐，小姐！"突然从家院里传来家丁郭奎的喊声，"老爷叫我找你吃饭呢。"

钱云钗慢吞吞地转过脸说："不吃啦！"

郭奎回去后不多一会，宋钱氏就走到钱云钗身后："乖乖儿，回餐厅吃饭，哪能不吃饭。"说完，一手拉着钱云钗的一只胳臂。

钱云钗勉强跟在宋钱氏身后走向餐厅。钱云钗以为父亲要训她，可是出乎她意料，钱开通吃过饭并没有说一句话，而是皱着眉头去书房了。

钱云钗吃过饭就回自己的房间了，也不想看什么书，躺在床上，反反复复地思虑着苗坦之跟她说的办法，这一夜钱云钗失眠了。

天亮后，吃过早饭，钱开通坐在饭桌旁对钱云钗开腔了："昨

73

天你见着苗坦之啦？"

钱云钗一愣，"我见他干什么？你问这干什么？"

钱开通眨了眨眼睛说："没有什么，反正跟你说过啦，你与苗青早的婚事订下啦！"

钱云钗从椅子上猛地站起身大声地说："你要逼婚，我就死给你看看，我要嫁给苗坦之！"

钱开通大发雷霆："你敢！"

钱云钗含着泪说："我就敢！"边说边向外跑去。

宋钱氏责备钱开通说："不能好好说，三句没说完就发脾气，真是的！"

钱开通叹着气说："怎么养了这么个闺女！"

"全是你娇惯的。"宋钱氏瞅着钱开通说。

钱开通没有吱声，站起来向外走去，看见家丁郭奎从大门外进来，问："你看小姐往哪里去啦！"

郭奎回答道："小姐边哭边向北跑去啦，我问她，她也不理我。"

钱开通"噢"了一声就往街中心走去。其实现在的街中心没有什么好去处，如果逢集还可以看到赶集的人以及卖土特产的，可是今天不逢集，只有苗家祠堂隔壁有两间旧屋。那是不知哪一年来了一对说书的夫妻，不知受到哪位好心人指点，在那两间旧屋里安下身。那男的唱山东柳琴戏，有时就说书，成了南双店人一个娱乐场所。那说书人姓韩名冬天，四十多岁了，人缘关系也不错，只要有三个以上人到他门前，他就讲故事或者说书。钱开通来到韩冬天门前，已有四五个人在听讲故事，韩冬天看见钱开通财主，忙上前施礼递凳子，韩冬天知道南双店情况，四大财主不可怠慢，于是笑嘻嘻地说："难得钱老爷今日来听我闲侃。"

钱开通是出来散心的，当听到韩冬天正在讲《三国演义》中的故事，就被迷住了，虽然钱开通认识字，也看过，但是他尤其爱好听古代人的故事，所以，一会儿就被韩冬天引到故事中去了，听着听着，不知不觉到晌午了。

这时，钱开通家丁郭奎急走到身后，在钱开通耳边嘀咕了几句，钱开通怕影响其他人听书，于是弯着腰向韩冬天打了个手势就迅速离开书场。

"夫人叫我们几个人找，找一上午，也不见小姐。"郭奎着急地说。

钱开通问："在学馆里吗？"

"找过两遍了，吴宝怀杀猪的地方，茶坊，都找了，没有。"

"这个丫头，能跑哪里去呢？"停了一下忙问，"你看见苗坦之在学馆里吗？"

"在，学馆的先生正跟苗坦之讲什么考秀才事。"郭奎说。

"啊，我想起来了，她早上往北边跑的，快，到北河堤！"钱开通突然大声地说。

郭奎在前，钱开通在后，慌里慌张向北河堤跑去，正巧碰见周小民。郭奎知道，钱云钗与周小民几个人相处不错，就大声问："周小民，你看见钱云钗了吗？"

周小民摇摇头，"怎么啦？"

"不知到哪去了呢？"郭奎边说边与钱开通继续向前跑，跑到了最后一排人家，就望见北河堤的一棵柳树下坐着一个人，身穿花褂，忙转脸向钱开通说："老爷，那堤上是不是小姐？"

钱开通定眼一望，忙说："是，是她，快，快！"

郭奎在前跑，钱开通在后，逐渐拉下距离，钱开通已五十多岁了，当然跑不过郭奎了。

钱开通边跑边喊："云钗！云钗！"

郭奎听见钱开通在喊，他在前边也大喊："小姐！钱小姐！"

钱云钗听见了喊声，知道她父亲会派人找她，因为一上午不在家，她妈宋钱氏肯定着急。实际不听喊声，她早已望见村庄后有人向河堤走来。钱云钗明明听见，就是不答应。

当郭奎和钱开通离河堤还有十几丈远时，他俩再也跑不动了，钱云钗忙站起身向河堤下跑去。这河堤下就是河床，河床下就是水，这个地方水面比任何地方都宽，曾经淹死不少人，几年干旱都不见底。

"小姐！危险！"郭奎惊呼道。

这时，钱云钗已走进河水里。钱开通跑到堤上看到女儿已到水中寻短见，着急地喊："云钗，停！"钱开通只顾看河里女儿，脚被堤边草绊倒，滚到河床边，满身泥土，他不顾一切大喊："快，郭奎，快拉住她！"

当郭奎离几丈远再三喊，钱云钗就是不听，"不要管我，让我死。"突然没人水中，实际这个地方水还没有一人深。郭奎见此不顾一切向前扑去。

钱开通在水中着急地说："云钗！我的宝贝，你不要胡来，有话好说……"

钱云钗在水中一会露出头，一会沉入水中。郭奎终于游到钱云钗身旁，当钱云钗头浮出水面，郭奎猛伸手抓住了钱云钗的衣服，拼命向身后拉。钱云钗在水中没有站稳，被拉倒，全身又没在水中。郭奎向水中摸去，把钱云钗一只手抓住，托出水面，此处水深已没到郭奎的胸部，郭奎拼命把钱云钗向浅水处拉。这时，钱开通赶到，和郭奎分在两边把钱云钗驾着往岸上靠去。

钱云钗长头发散贴在脸上，双目紧闭。

"快，把她扛到肩上，头往下放！"钱开通着急地对郭奎说。

郭奎试了一下扛不起来，说："老爷，小姐太重，我扛不动！"

钱开通向堤上看去说："快驾到河堤上，让她在堤坡上，你抓住两只脚，把她头放堤坡下！"

郭奎抓住钱云钗两只脚向后拉，钱云钗的头放在堤坡下，口里慢慢地向下流水，钱开通手拍着钱云钗的背。

"啊——"钱云钗突然一声。

钱开通惊喜地说："喝的水吐出来，就没有生命危险了。"钱开通用一只手轻轻在钱云钗的鼻孔前试了一下。

"怎么样？老爷？"郭奎问。

"吓死我了，快，把驴车拉来！"钱开通说。

"是！"郭奎答应完，转脸向家中跑去。

钱开通看着钱云钗还闭着眼，说："孩子，你是我的心肝宝贝，你怎么寻短见呢，老父是为你好啊，在我身旁吃不愁，穿不愁的，我就怕你出嫁后过不上好日子……"

钱云钗仍然紧闭双目，微微地呼吸着气。

不多一会，郭奎赶着驴车跑来了，后面跑来了许多人，有周小民、李万福、吴宝怀、苗贵之、苗坦之，还有苗青早，以及钱开通家的佣人等。

周小民走在前忙问："钱老爷，云钗怎么样？"

钱开通看着周小民说："看样子没有事，喝的河水，全吐出啦！"

"那就好，那就好！"周小民高兴地说。

苗青早挤向前向钱云钗看去。苗坦之在车的另一边边走边向钱云钗看去，都没有说什么，都默默向前走。

来到村中岔路口，钱开通对大家说："谢谢大家关心，小女没事，请各自回去吧。"

周小民说："坦之哥，那咱也回家吧。"

苗坦之说："真吓人，怎么会寻短见呢，没有事就好，好！"

钱云钗微微睁着眼向苗坦之瞄去，忙又闭上眼。

来到大门台阶下，钱开通看到宋钱氏和佣人都焦急地站在门外，说："没事，快抬到她房里，帮换衣服！"

宋钱氏与几个女佣人七手八脚忙把钱云钗抬到她房里去了。

宋钱氏来到客厅，看见钱开通坐在椅子上愁眉不展，钱开通问："云钗怎么样？"

"换好衣服，有气无力地躺在床上，这可怎么办啊？"

"太任性了！"

宋钱氏说："这要有个三长两短，可怎么办呀！我看就随她吧，愿意跟谁过跟谁过，不然死了，咱白养这么大！"

钱开通睁着双眼说："我这样人家闺女嫁给穷鬼，我这张老脸往哪搁呀！"

"虽说嫁给穷鬼，总比现在死了好吧，她要真死了，你嫌贫爱富那张老脸就有地方搁啦！现在苗坦之是穷，将来也不一定，那孩子人品好，心眼好，听说他快要考秀才了，说不定将来考取功名了呢。"

"唉，全怪我娇惯坏了，这么不听话！"停一会，接着说："随她吧，反正我不会大操大办，什么我也不陪送，她爱怎么走就怎么走，省得丢人！"

"那我跟她说，看她想怎么办？"宋钱氏看着钱开通说。

"去，去！反正我不管了，该怎么办就怎办，怎么养了这么个女儿！"

宋钱氏悄悄地坐在床沿边上，看着女儿问："想不想吃点什么？"

钱云钗不吱声。

"乖乖，爹妈就生你这么个宝贝女儿，可把娘吓死了，不管怎么样，不能寻短见去，万一死了，你叫妈怎么活呀！"停一下，又接着说，"孩子，刚才我跟你大大说了，你大也心疼你，他说你嫁给穷鬼，他那张老脸没法见人，这你知道的，你大是死要脸面的人，他生气地说了，婚姻事随你，你愿意嫁谁就嫁谁，他不管啦！"

钱云钗突然高兴地坐了起来忙问："真的？"

"丫头，你把我吓一跳，你怎么这样！啊呀，是真的，但是有一条。"

"什么？"钱云钗吃惊地问。

"你大说啦，出嫁什么也不陪送，你爱怎么走就怎么走！"

"真的！"

"啊呀，你老娘什么时候骗过你的。"

钱云钗忙跳下床说："那好，我什么也不要，我嫁给苗坦之。"

宋钱氏吃惊地问："你要上哪去？"

钱云钗边穿鞋边说："我找苗坦之去！"

"乖乖儿，心那么急，你喝河里那么多水，身子不好受，在家歇着吧。"

"不，我心好受呢，妈，别操心！"边说边向门外走去。

宋钱氏两眼愣愣地望着女儿大步出去，自言自语地说："这丫头怎么这种样子。"

钱云钗走了不多会，冯媒婆来到钱家客厅，钱开通正与宋钱氏谈话。冯媒婆边进厅边说："俺听小姐怎么要跳河呀？为什么呀？"

钱开通就把钱云钗不嫁苗青早，要坚决嫁给苗坦之的经过都说给冯媒婆听了。

冯媒婆说："女儿大啦，不由娘啦，这事我碰见得多啦，我看你二老就这么个宝贝闺女，随她心意，快快乐乐，那苗坦之说不定将来有什么大出息，咱听说，苗坦之最近要到海州去，州里有专门先生教儒生考前训练呢！"

钱开通气鼓鼓地说："随她吧，反正我不管了，也甭想我陪嫁什么！"

冯媒婆愣了半天试探地问："那，那我去跟苗自芳说，把他家苗青早辞啦！"

宋钱氏接上说："辞了吧，省得寻短见出人命。"

"也是，那万一真寻短见，你二老不白白养活那么多年吗！"冯媒婆接着又说，"那我去啦。"边说边站起身，边走边自言自语说，"这话叫我怎么说呀！那苗自芳可不是好惹的。"

冯媒婆多年来不仅练就了三寸不烂之舌，而且还练就了一双飞毛腿，虽然人已五十多岁，可走起路像刮风似的，很快来到苗自芳家。正巧，苗自芳在院中槐树下正坐着与老婆孙苗氏说话。

冯媒婆进门就张口："哎哟，苗老爷，你说，我没脸来见你二老，不来又不好，老爷你平时对俺都关照不错的，你也相信我，叫我去提亲。"

"钱老爷家不是同意与苗青早做亲吗！"苗自芳说。

"是呀，当面跟我说的，那天我不是跟你说了吗。"冯媒婆说。

"那要怎么娶？"苗自芳问。

冯媒婆一愣说："不是，钱老爷老两口同意，钱云钗丫头不同意，你没有听说她寻短见跳黑龙潭，被救活了啦！"

"媒妁之言，父母之命，从古到今就这规矩，她这个女孩子还能反了。"苗自芳生气地说。

"苗老爷，我也是这么说的，可，可钱老爷老两口没有办法，云钗她娘叫我来把苗青早亲事辞掉！"冯媒婆结结巴巴地说。

"简直胡闹！我找钱开通去！"苗自芳气鼓鼓地从板凳上跳起，边说边向大门走去。

苗自芳到钱开通家大约有半里路，苗自芳家住南双店中，钱开通家住在南双店东。苗自芳个高腿长，气鼓鼓地拣近路走，不一会到了钱开通大门前空场。这时，钱开通已下台阶，正看台阶下两侧的石狮子。

"嘿，老钱，你这叫什么事，一会同意，一会不同意呀！"苗自芳指责道。

"俺正要去跟你解释呢，不是我不同意，而是云钗这丫头，跟我和她老娘闹，寻短见去跳黑龙潭，苗青早不也去看的吗，南双店谁不知道，她不愿意！"钱开通眉头一皱说。

"从古至今是父母之命，媒妁之言，哪有小孩不听父母话的！"

"俺家的闺女，你也是知道的，从小被我娇惯坏了，任性，她想怎么就得怎么，你说，我要硬逼，她寻短见死了，咱南双店人还不都骂我！"

"那你这样大户人家，把女儿嫁给穷鬼家就不骂你啦！把女儿往火坑里送，你名誉就好听啦！"

钱开通眨了眨眼，欲言又止。

苗自芳缓和了语气说："老哥，我想这样，你不要急，慢慢引导做做云钗的思想工作，破解破解她的想法，过几天再提，女孩子家头发长，见识毕竟短，不能从长远看。你看我大哥在皇帝身边，苗青早虽然念书无果，但家产钱财还是有的，吃穿不愁，谁也不敢欺负。大哥前年回家嘱咐我关心青早事，俺觉得咱家门当户对，你还是再想想办法。"

钱开通说："难！我说我不管她，出嫁我也不陪送……"

"你这是气话！一辈子一个儿子，一个闺女，拿当心肝宝贝，谁人不知谁人不晓。你一定，一定。这亲我叫苗青早做定啦！我还有事，我走啦！"苗自芳撂下话，大踏步走了。

"你——"钱开通抬头想说什么，已晚了。

钱云钗高兴地走出家门，来到学馆门前，听到先生在讲课，她在门前来回走两趟，等到下课，苗坦之走出门看见钱云钗，忙向钱云钗顺了顺嘴，意思是到那墙角处说话。

钱云钗先走过去，苗坦之左右扫了一圈，才慢慢地走过去。

"你在河里有没有喝水？"苗坦之问。

"你叫我等人拉住或抱我起来，含一口水，到放下时，再慢慢从口里流出来。"

"对呀，那样证明你在河里喝了水，他们担心喝水多会淹死，要头往下控制你。"

"含水那阵子我憋得难受。"

"没真喝水就好，我看你在车上，眼迷迷糊糊斜看我，我心里松了口气，知道你没有事，咱俩计谋初步成功了。"

"下面怎么办？"

"还是按咱俩商量的办法，你父亲不是说不管你吗，不陪送你，那咱就快成亲，咱明天就找竹墩街秦先生看哪天是好日子，我提前两天跟你说，你做好准备，第三天我就去娶你。"

"俺想你越快越好，时间长了，俺大会察觉这事有蹊跷，那就露馅了，或者硬叫苗青早家来娶，我就没有办法了。"

"好，我知道啦，你心里有准备就是了，我今晚回家就商量。这几天，你还要假装愁眉不展，想寻死的样子。"

"我知道，那你快走吧。"

苗坦之大步走了。

苗坦之急忙走向周小民家，叫周小民告诉吴宝怀等人晚饭都到他家。然后，他急忙回到家，把苗培元和苗平之叫到一起说他要与钱云钗成亲的事。

苗培元问："是真的还是假的？"

"是真的。"苗坦之就把前因后果告诉了父亲和大哥，并再三嘱咐，人娶不到家，谁也不告诉，并要苗培元明天一早去竹墩请秦先生算算黄道吉日。

苗培元高兴地说："好，好，我明早天一亮就去。"

晚饭后，周小民、吴宝怀、李万福、苗贵之都陆续来到苗坦之堂屋里。苗坦之把要与钱云钗完婚的事一说，他们四个人又高兴又惊喜。

周小民惊讶地说："坦之哥，在学馆几年没有看出你与云钗有密切关系，这么突然！"

吴宝怀几个人异口同声地说："是啊，怎么这么快呀！"

苗坦之就把事情的经过全部说出来，大家才恍然大悟。

吴宝怀听过后忙说："坦之哥，这婚姻大事，咱虽然穷，也不能像你说的那样，牵个毛驴把钱云钗接来就成亲，我不同意。"

苗贵之说："吴宝怀说得对，不能用毛驴，钱云钗虽然她愿意，说明她是真心要与你过日子，可她是大家闺秀，咱也不能太寒酸了，太亏了人家。"

李万福和周小民异口同声地说："对！"

吴宝怀眨了眨眼习惯地把右手向下一劈说："哥，花轿不是四人抬吗？我想办法。"

苗坦之忙问："你有什么办法？咱没有那么多钱雇人。"

"哥，你甭管啦，宋庄俺表哥家专门有一顶花轿，我说准成。"吴宝怀高兴地说。

"那好，要多少钱先赊着，俺保证还。"苗坦之说，"可我跟钱云钗说了，我牵毛驴娶她，她也同意了。"

苗贵之接着说："不行，宝怀能办那就宝怀负责。结婚司仪，办两桌酒席由我安排。"

"好！好！"吴宝怀和周小民异口同声地说。

"床上新被子和枕头我有。"周小民明说。

苗坦之激动地流着泪说："小弟，你留用吧，我这一床被将就着能用。"

周小民说："我现在还没有人给我介绍媳妇呢，先给你用。"

李万福说："你几个人都有事做，那我就把鞭炮、喜字、杂事揽下来。"

苗贵之高兴地说："咱虽穷，办事简单，大家都有事做，俺这坦之弟大婚就成了。"

苗坦之边擦眼泪边说："俺坦之心里有在座兄弟，恩情永不忘，大恩不言谢，最后只有一事请大家注意。"

苗贵之忙打断苗坦之话说："你说！"

苗坦之向大家看了一圈说："在还没有把钱云钗娶到家之前，一点风声都不能说出去！"

"这你放心吧，咱几个兄弟不是一天的好兄弟了。"吴宝怀说。

"是啊，是呀！"大家异口同声地说。

周小民看着苗坦之问："坦之哥，你这也太突然了，你是怎么想与钱云钗结婚？"

苗坦之微笑着看着大家说："俺刚才不是跟大家说了吗，俺自打在学馆里念书直到现在都对钱云钗印象不错，她对我也不错，说心里话，俺连想都不敢想，财主的千金小姐怎么会看中俺穷人呢，可钱云钗死也不愿意与苗青早结婚。相中我，实际也是苗青早逼的，我才与钱云钗想的办法，如果不是苗青早他二叔苗自芳向钱开通提婚，也不会有这事。"

"咱坦之哥就是点子多，他苗自芳、钱开通两个老东西还被蒙在鼓里呢？"吴宝怀高兴地说。

"时间长了，恐怕钱开通能意识到钱云钗跳黑龙潭是假装。"苗贵之看着大家说。

"嗯，贵之哥说得对，我也是这样想的。"李万福附和着。

"所以，今晚叫你们几个兄弟来帮我忙的。"苗坦之说。

苗贵之看着大家说："我是老大，各位兄弟抓紧准备，三天之内做好。"

"好，那我们走！俺现在就找俺表哥去。"吴宝怀说。

等大家都走了以后，苗坦之与父亲苗培元和大哥商量新房、床铺等事，直到二更天才躺下睡觉。苗坦之很长时间也睡不着，他披件上衣悄悄走到庭院石磨旁，坐倚在石磨槽上，大脑里立即浮现出钱云钗，他深知钱云钗是个好姑娘，心眼好，为人正直，敢说敢做，就是性格像男的，这一点恰恰又是自己最喜欢的。他深深感到钱云钗是真心诚意要做自己老婆的，使自己很感动。想着想着，想到钱云钗说越快越好的话，怕时间长被他父亲看破的焦急心情。于是，站起身在院里来回踱着步，盼望天快亮。

这时，苗培元披着衣服从屋里走出来，苗坦之忙转过脸问："大，你怎么不睡觉呢？"

"俺睡不着，高兴呢，想不到的喜事突然来了，你说我能睡着吗？"

"天也就要亮了。"

"俺想现在就去竹墩，去晚了先生出门不在家，耽误事。"苗培元边扣衣纽扣边说。

"那也好，快去快回。"

苗培元刚走出大门，苗平之边穿衣服也过来说："小弟，你来和我把我的床抬到锅屋。"

"哥，你也起来啦！"

"你和大说话我都听见了，快，把你的新房打扫干净。"

"哥，不慌，没有什么可打扫的。"

"不，这家里事你听我的，把你的床调一下，我还要在锅屋用高粱秆做一道墙，外边做饭，里面我住。"

"哥，你住锅屋，我心里说不过去。"

"别说那话，等你喜事办完，我要好好把那间锅屋治治呢！"苗平之高兴地说。

兄弟俩边说话边干活，忘记了做饭，直到苗培元从竹墩回到家要吃饭，苗平之才想起还没有做饭。

"大大，哪天好日子？"苗坦之走向前迫不及待地问。

苗培元喜得合不拢嘴说："先生算了，今天是六月二十八日，后天三十日是好日子，往后到七月六日也是好日子。"

"好，不能到七月六日，就是六月三十日。"苗坦之说。

"那也太匆忙了吧。"苗平之说。

苗坦之凑到苗培元和苗平之面前悄悄地说："夜长梦多，再说，我要在七月六日到海州去呢，不能跟其他人讲。"

"噢！"苗平之边点头边说。

"哥，你快做饭，吃完饭我要出去有事。"苗坦之忙说。

苗平之边答应边向锅屋里走去："好，一会就好，烧点稀饭，还有饼。"

"大，你把院里整理干净，其他事你别管。"苗坦之看着苗培元说。

"也太仓促了！"苗培元说着去屋里了。

苗坦之刚要转身，周小民从门外走进问："定下大喜日子了吗？"

"来，定下了，放在六月三十日，就是后天，今天是二十八。"苗坦之悄悄地说。

周小民惊喜地说："这也太匆忙了吧。"

"我昨晚不是说了吗？时间长了，那钱……"苗坦之说。

周小民忙打断苗坦之话说："我明白，被子和枕头，白天我不能拿来，我怕人看见不好，留晚上天黑拿来。"

苗坦之高兴地说："对，对，小弟，你想得跟我想一块去了。你跑一趟腿，怎么告诉钱元钗，你就说我在原地方等她，越快越好。"

"中，中，那我现在就去。"周小民边说边转脸走出院门。

苗坦之像以往一样背着布袋包去学馆，到了学馆大门外，他并没有进去，而是来到墙角处，钱云钗已经站在那里了。

苗坦之高兴地说："你什么时候到的？"

"周小民跟我说后，不多长时间我就来了，时间定了吗？"

"我就是来告诉你的，定在六月三十日，就是后天，先生算好的日子。"

"好，越快越好。"

"我想你得这样，今天，你看你父亲和母亲同时坐在哪个地方，你突然向他两人跪下磕头，说'爹娘养育之恩，小女永记心中，以后报答，小女于六月三十日出嫁，望二老谅解'，这几句话能记住吧？"

"能！"

"我想你父母听后肯定惊讶，你大大可能大发雷霆，你母亲也可能说时间太短等话，不管他俩说什么，或者怎样气愤，你别怕，你要重复你大大说的话，你大大曾经说过，不管你，出嫁不陪送，你就可以顺水推舟说下去，'既然什么不陪送，也就无须准备了，那我也不需要在家惹你二老生气担心了，所以，小女心意已决，早晚要出嫁，还不如早点好'。"

"好，好，我正愁呢，到那天我也不能当哑巴偷偷走出家门吧，不知怎么办，你这样一说，也有理了，向他们告辞了，你点子真多！"

"到三十日，你听见你家门前鞭炮一响，你就提着包，谁也不理睬，你快走出大门，我会接你的！"

"好，就这样，这是我平时积攒的银子，你先拿去该买什么就买。"钱云钗边掏身上的小包边送给苗坦之。

"这，这——"苗坦之不知所措。

"快，快拿着，万一被人看见！"

苗坦之忙接过小包说："就这样，你把你要穿的用的衣物装进包里，其他不要带。"

"我知道，你快去准备吧！"钱云钗催促着。

苗坦之边走边回头向钱云钗微笑。

钱云钗回到家看到父亲钱开通和母亲宋钱氏正坐在客厅里闲谈，她慢吞吞地走进厅，向他们看了一圈。钱云钗按照苗坦之教给的话，忙跪下向钱开通和宋钱氏磕头。

钱开通和宋钱氏都惊奇地看着，愣了半天，钱开通才说："你这是干什么呀？"

钱云钗就把苗坦之教给她的前几句话说了出来。

"这么急呀？"钱开通和宋钱氏异口同声地说。

钱云钗又把苗坦之教给的后几句话说了出来。钱开通和宋钱氏一时说不出话来，钱云钗站起身。

钱开通生气但语气缓慢地说："那也得下聘礼过柬子呀！"

钱云钗忙接着说："苗坦之家穷，我叫废除那老一套，唉，父亲大人，你说不管我的事，怎么又……"

"好，好……我不管，我不管。"钱开通气哼哼地坐在桌边。

钱云钗转过脸，含着泪走出客厅门，向自己房间走去。

"唉，怎么这样！"钱开通拳头向桌上猛一捶。

"全是你娇惯的结果！"宋钱氏向钱开通瞅一眼边说边也走出客厅门，向钱云钗房间走去。

钱云钗走进房间后，就开始收拾自己的衣物。宋钱氏蹑手蹑脚地走到云钗房门，站在门口问："真的就这样出嫁？"

钱云钗边整理东西边说："大大说话算话，俺钱云钗说话也算话，也不要你陪嫁，我提个小包就走。"

宋钱氏愣站了半天，叹了口气，转身悄悄地走去。

钱云钗正整理穿过的衣服，忽然翻出自己的红肚兜，拿在手里坐在床边愣愣地看着，自言自语地说："应该有红棉袄、红棉裤、红鞋子，新娘子吗，这怎么办？！"思索了半天，猛地站起继续整理说："就这样，到他家再做……"

苗坦之有了钱云钗给的银子，心中万分高兴，他没有回家，而是去宋庄把母亲和姐姐带回家帮忙，到了姐姐苗凤之家，母亲和姐姐一家人特别高兴，母亲问起新娘的红棉袄、红棉裤和红鞋子的事，苗坦之说没有，苗坦之的母亲说，那不成，于是和苗凤之算一会账，叫苗凤之快去竹墩街布摊扯红布回家，点灯熬夜也要做上新娘穿的新衣服。

苗凤之挎着竹篮要走，苗坦之说："姐，扯好红布不要让人看

88

见，谁也不要说。"

苗凤之说："放心吧，我知道。你与俺妈也赶快回家做事。"

苗坦之和母亲回到家，忙这做那，不知不觉到喜事这天。天刚亮，吴宝怀就带着他表哥把花轿抬到苗坦之家门前。

苗坦之高兴地连声说："真谢谢你了，宝怀弟，你为哥费心了。"

"哥，别说那些话，快点把周小民给你的新郎官衣服穿上。"

"好！"苗坦之走进已打理好的新房里，穿着长大褂，戴上黑礼帽，斜挎一朵大红花走出了门。

吴宝怀等人喜笑颜开地说："人是衣，马是鞍，大哥这一打扮，像新郎官！"

苗贵之说："就是新郎官，怎么还像呢？"

吴宝怀忙说："对！对！就是！"

吴宝怀在前面带路，苗坦之骑上自己家的小黑驴走在花轿前，向钱云钗家走去。

苗坦之跟吴宝怀说："去时不要敲锣打鼓，等到钱云钗门外再敲锣放鞭炮。"

人逢喜事精神爽，不仅苗坦之高兴，而且吴宝怀和他表哥一帮子人都为自己的穷兄弟娶媳妇而高兴。说说笑笑，不知不觉来到钱云钗家前大路上，苗坦之跳下驴，走到吴宝怀身旁说了几句，于是，锣鼓声响起来了，过了大路，鞭炮声也响了起来，响声震动了整个南双店，震动了黎明后的清晨。许多大人小孩走出了家门，好奇地互相探问，都说没听说钱开通家女儿出嫁。这时，冯媒婆摇摇摆摆赶到，老远就责备苗坦之说："你也不早告诉我，刚刚苗贵之才叫人告诉我，连衣服都没有换，脸都没有擦粉呢！"

苗坦之笑着说："行呢，不擦粉也漂亮。"

冯媒婆高兴地说："还是读书人会说话，老娘不是吹的，要擦粉更好看。"边说边快步向钱云钗家大门里走去。

不多一会儿，冯媒婆扶着钱云钗，提着布包走出大门，宋钱氏和钱开通等佣人跟在后。

　　当钱云钗看到苗坦之新郎官打扮，又抬来花轿，高兴地向苗坦之说："你不是叫我骑毛驴的吗？"

　　苗坦之笑着说："这都是吴小弟办的。云钗，你进花轿去，把俺娘俺姐给你做的新衣新鞋换上！"

　　钱云钗高兴道："啊，好啊！"转过脸向宋钱氏和钱开通跪下磕头，然后忙起身钻进花轿里。

　　旁边观看的街坊邻居纷纷议论：

　　"看看，到底念几年书，云钗就是懂礼数。"

　　"苗坦之是个好小伙子，品德好，聪明，般配呢。"

　　"苗坦之就是穷点，不然门当户对……"

　　"钱开通也太抠门了，闺女出嫁怎么不陪送一点嫁妆？"

　　"你看钱开通那张老脸，怎么跟人欠他二百两银子似的？"

　　"看来钱开通不乐意！"

　　……

　　苗坦之向吴宝怀一顺嘴，于是锣鼓响起，四人把轿子抬起就往南面一条街走去。这时，各家都吃过饭，听到锣鼓声都跑到路边来看热闹。

　　敲锣打鼓是喜乐，南双店大人小孩都知道，于是男女老少都放下饭碗跑到大路两边观看，有许多人不知道出嫁的姑娘是谁家的，就跟着边跑边问，于是一传十，十传百，整个南双店人都知道钱开通的闺女嫁给了苗坦之。

　　当走到苗青早、苗自芳门前大路上时，锣敲得特别响，苗青早家人和家丁都高兴地站在路边向抬轿人看去。熊二看见骑在驴身上的新郎官是苗坦之，忙到苗青早身旁说："少爷，是苗坦之娶了钱云钗。"

苗青早仔细向苗坦之看去，苗坦之向苗青早看去，并且点点头。

苗青早转身向家里跑去，迎面正撞上苗自芳也向大路上走来。

"叔，这是怎么回事，你不是说钱开通同意她女儿嫁给我的吗？怎么被苗坦之娶回家了？"苗青早责问苗自芳。

"是真的吗？"苗自芳也惊讶地边问边向抬轿队伍看去。

"那一点也不错，熊二、马三都问过了，轿子里坐的就是钱云钗！"

"这个钱开通，不是个东西，还耍我，找他算账去。"苗自芳气鼓鼓地向钱开通家走去。

当钱开通从门外回到院子里，就心神不定，头脑在思索什么事，正要坐下，苗自芳跨进门就大声吼起来："钱开通，你耍我，到底怎么回事？"

钱开通忙转脸说："我也正在考虑，这到底是怎么啦？为什么钱云钗急着跳河，急着结婚……"停了一下又接着说，"一切事情来得那么快、急，这好像不是云钗想出的点子。"

苗自芳满肚子火气，听到钱开通自言自语，也感觉有点蹊跷，忙问："云钗是真跳河还是假的？"

钱开通皱了皱眉头，来回走了几步，突然停下说："云钗跳河自尽是假装的！"

苗自芳忙问："你看出啦！"

"她跟我怄气，我说非嫁给苗青早不可，她说要嫁给苗坦之，不然就死给我看看，她负气走出家门，就往北河走去。派人找一上午也没找着，当我想起来去北河找，我与郭奎远远望见她坐在柳树下，看我们走近了，她才往河里走，一上午为什么不跳河，到河里还没走到深水处，为什么就沉水中。"停了一下又接着说："回到家，换好衣服，她娘去看她，她闭上眼睛，等她娘说我说不管她的事，嫁给苗坦之也不陪送，她突然高兴地坐起跳下床，去找苗坦之。"

苗自芳说："对啦，这就是假装，用死来对抗你。老弟呀，你中了苗坦之这小子计啦，你那女儿能想出这些点子？为什么那么急？怕夜长梦多。"

"啊——"钱开通一愣，接着连续跺了两下脚说："唉，我怎么被两个小毛孩赚了呢，中计了，中计了，这个小东西点子真多。"

苗自芳像泄了气的皮球，什么话也没说，悄悄地走出钱开通家的大门。

# 第七章

苗自芳从钱开通家出来，一路垂头丧气，边气边想：钱开通的确不是要他，而确实证明了钱开通中了苗坦之的计，钱开通气得什么也没有陪送闺女，这就足够证明钱开通是不同意女儿嫁给苗坦之的，而是同意嫁给他侄儿苗青早的。可这偏偏事与愿违，本来最先提亲的，都觉得门当户对，双方都同意的事，怎么半路杀出个穷鬼苗坦之把钱云钗娶去了，自己这么有势有钱，三番两次却败在一个穷孩子手里，越想越感到丢人，在南双店抬不起头来，真是无脸无光，想着想着来到苗青早家。

苗自芳推开苗青早家的大门，看见苗青早坐在他母亲身旁正鼻涕一把泪一把地痛哭。

苗自芳坐在苗青早身旁，半天才说："男儿有泪不轻弹，哭也没有用，人家钱云钗不愿意嫁给你，俗话说'强扭的瓜不甜'，就是硬把她娶来，她整天与你闹不休，那又有什么用？好的女孩多着啦，叔一定给你找一个比钱云钗还强的姑娘。"

"叔，我在想，怎么苗坦之常跟我作对，而我都败给他呢？这是为什么？为什么？"苗青早看着苗自芳激愤地说。

"这个二赖子，你别担心，慢慢我会收拾他的，不要哭，精神振作起来，该做什么去做什么，给外人知道多不好，苗青早与苗坦之争女人，没有争过苗坦之在家中哭，多不好听。"

"孩子，听你叔的，别哭了！"陈苗氏附和着边说边向堂屋走去。

"二老爷，二老爷，严老爷和刘老爷来了。"熊二边推开院门边喊。

苗自芳忙站起身说："你两位老兄怎么有空到我这，来，来，到客厅坐。"

苗自芳转脸看着苗青早说："你们去做事吧，咱们三个兄弟闲谈谈。"

苗青早与熊二向大门外走去，苗自芳与严居林、刘匡道都坐下。

严居林看着苗自芳问："咱听到大街小巷都在议论你侄儿苗青早的婚事，你平时很有办法的，怎么让苗坦之那小子得逞呢！"

"一言难尽。"苗自芳说，"这事怪钱开通糊涂，中了苗坦之的计了。"

刘匡道接着说："你与钱开通平时都很有办法的，怎么算计不过小毛孩儿呢！"

苗自芳说："你可不要小看苗坦之这个二赖子，苗青早三番两次都输在他手上。"

严居林忙接上说："我倒不是认为苗坦之有什么点子，而是你们做事缺乏细致考虑，就像那松树林一事，很明显是苗坦之赖去的，自家的东西心中无数让他钻了空子。这次苗青早婚事，既然你与钱开通都同意应趁热打铁，同意就立即下聘礼过帖子，既然你已知道苗坦之也去提亲，你应抓紧娶，不然夜长梦多，可苗坦之就抓紧了时机，与钱云钗密商好，事先不走一点风声，突然提出娶，钱开通又大言说过不管，而又被苗坦之钻了空子，叫钱云钗抓住钱开通话柄，提包就走，你们却还蒙在鼓里，直到锣鼓声响到家门口，才恍

94

然大悟。"

刘匡道忙说："俗话说，'智者千虑，必有一失'，苗兄也是大意了，没有想到穷光蛋苗坦之会耍小点子。"

"刘兄说得对，在婚事上，我怎么会考虑到苗坦之这个赖子会插一杠子呢，确实没有想到，他会办得这样快！"苗自芳说。

严居林说："我们都知道，你拿苗青早当亲儿子一样，不要为这件事想不开，俺两人来也就是劝劝你老兄想得开，不要为此事懊悔恼怒，好的姑娘多得是，再托人找，犯不着跟这个二赖子呕气。"

"是啊，严兄说得极是，像苗青早这样的大户人家，还怕找不到好媳妇吗？"刘匡道说。

"两位老兄关心，我知道，是这么个道理，为这件事，人家苗坦之新婚之喜，高兴无比，咱再痛苦难受何必呢，不能在一棵树上吊死，我就不信咱侄儿苗青早找不到比钱云钗强的！"苗自芳说。

"肯定能找到！"严居林说。

苗坦之新婚之喜，高兴无比给苗自芳说对了。第二天，钱云钗跟苗坦之说，把几位帮忙办事的穷兄弟招在一起和全家一起吃顿饭，一是感谢他们，二是加深兄弟之间感情，三是趁当面把所花费的银两算清给他们。苗坦之高兴地说，正与他想的一样，越是好兄弟，越要算清账，他们的钱也是来之不容易。

这桌酒席是在自家办的，家中没有像样的大桌子，是两张旧的饭桌并在一起。菜是苗坦之的母亲和他姐姐办的，虽然简单，但是大家都非常高兴。

周小民举起酒杯说："先祝你钱云钗与苗坦之哥新婚愉快。"

"叫大嫂子。"吴宝怀和李万福异口同声地说。

周小民忙笑着看钱云钗说："好，好，大嫂子，大嫂子。大嫂子我问你，你就真的不怕走进黑龙潭深处淹死？"

钱云钗笑着说："是你哥事先告诉我的，从水边向北走二十一步就到深水处，所以我走到十七步就蹲下了。"

周小民忙问苗坦之："哥，你是怎么知道的？"

苗坦之说："我们经常在黑龙潭南岸边洗澡，你就没数过？我数过几次了，从南水边向北走二十一步就到深水，就要没头，危险。我跟云钗说好了，走到十六七步就假装被水没了。"

"原来小两口事先密谋好了的，怪不得没有淹死！"周小民说。

大家哄堂大笑。

"云钗嫂子，当你被控头往下时，口里吐水是怎么回事？"吴宝怀问。

钱云钗向苗坦之看去说："也是你哥教我的，当有人抱起时，含一口水，到控头时，慢慢从口中流出，在场的人就会相信我在水里已经喝水了，你们不知道，可把我憋死了。"

"还是坦之哥厉害，连我们钱老爷也中计了，哈哈！"李万福高兴地说。

苗坦之举起酒杯看着大家说："这桌除了我的家人，你们都是我的好兄弟，帮忙吃苦受累，帮物帮钱，我坦之心中永记，所用钱，该多少，就给你们多少，咱们穷兄弟都不容易，我没有钱，都是云钗平时积攒下来的，你们都知道，我历来不欠人债，你们也不必客气。第二件事，明天我就到海州去，州教谕要对全州要考秀才的人进行统一训导。"

"哟，嫂子还有私房钱？"吴宝怀惊讶地说。

"哪个大户人家小姐不攒私房钱。"李万福说。

"大哥祝你考中秀才！"苗贵之高兴地说。

"对，对，祝考上秀才！"大家都祝愿起来。

"那嫂子一人在家？"周小民忙问。

"不，我把她带走。"苗坦之说。

"看，你也离不开嫂子吗？去度蜜月吧！"周小民叫着。

全桌人又是一阵大笑。

吴宝怀说："今天我们兄弟几个人高兴，你给大家讲个故事吧？"

"唉，对，对，讲！"李万福几人异口同声吆喝着。

苗坦之高兴地说："今天高兴，我就讲给你们听，讲个什么呢！讲个《诸葛亮招亲》，就是《三国演义》中的蜀国丞相诸葛亮。"

吴宝怀忙说："好，好，我就喜欢听古时候人的故事。"

苗坦之说："诸葛亮十七八岁时，隐居在南阳卧龙岗，边读书边种地，岗下住着一位叫黄成彦的黄员外，他见诸葛亮聪明诚实，很喜欢，因而经常走访，诸葛亮也看黄员外有学问，诸葛亮好学，经常请黄员外批改他的文章。时间一长，黄员外就想把自己的闺女许配给诸葛亮，由于诸葛亮听说黄员外闺女丑，脸上还有麻子，就没有爽快答应，因此诸葛亮很少到黄员外家去了。一天，黄员外说，我常到你这儿来，你怎么不到我家去？诸葛亮说失礼了，改日一定去。过几天，诸葛亮自个儿找上门了，他向黄员外家人报姓名，家人说，员外吩咐过，说诸葛相公来，不用通禀，请进吧！诸葛亮走到第二道门发现紧闭着，他轻敲一下，门吱呀开了，待他进去，门自动关上，他感到很奇怪，突然蹿出一条白狗和一条黑狗，边叫边向他扑来，诸葛亮想退，门却拉不开，两只狗扑上扑下，急得他左拦右挡。这时，一个丫鬟走来向狗头拍一下，两只狗不动了，又拧了一下耳朵，狗就退到花坛后了。诸葛亮感到奇怪，仔细看去是木头做的，穿着狗皮，他问丫鬟是谁做的，丫鬟笑着跑走了。诸葛亮又进第三道门，两只老虎又吼又跳向他扑来。诸葛亮想，这又是木头做的，就不慌不忙向老虎头拍两下，哪料拍一下更厉害，两只虎站起来，前腿扒着他的肩膀，张开血盆大口，诸葛亮被老虎死死抓住不放，丫鬟又跑出来说，你这人自作聪明，拿对付狗的办法对付老虎行吗？说着拍了拍老虎的屁股，两只老虎就各自趴回原地了。诸葛亮又往里进，看到廊房里有一头木驴正拉着磨磨面，诸葛亮感叹道，黄老先生学问大，还会做这些巧妙的东西。丫鬟说，老爷才不管这些事呢。诸葛亮惊疑地问，那不是员外，又是哪个人呢？丫鬟说，你进屋就知道了。诸葛亮正犹豫，这时里面一道门开了，走出一位姑娘，高个儿，仪态端庄大方，潇洒利落，只是脸有点黑，还有几个麻子。诸葛亮来到廊前，姑娘问丫鬟，这是哪里来的客？没等丫鬟说，诸葛亮躬身说，卧龙岗诸葛孔明，来拜见黄老先生！姑娘听罢说了声请，转身进去了。丫鬟见诸葛亮还愣站着，催促说，快进呀。诸葛亮慢吞吞转了几弯，过了几道门，来到一座楼前。黄成彦把诸葛亮引到楼上，诸葛亮忙问那些东西发明人是谁，见到先生不容易呀。黄成彦哈哈大笑说，是我那丑闺女喜欢做那些玩意。诸葛亮脸"唰"地红了，不由抱怨自己，员外提亲还嫌人家丑，像这样有才艺的人哪里去找，何丑之有，想到此脱口而出：小姐智慧超群，万分敬仰！黄员外瞄着诸葛亮说，小女丑，托人提亲，人家还……诸葛亮没等员外说完话，慌跪下边磕头边说，学生今天特来拜见岳父大人！黄成彦哈哈大笑把诸葛亮扶起。后来诸葛亮与黄小姐结了婚，相亲相爱，互帮互学，据说后来诸葛亮当军师，制造的假牛战车，还是黄小姐教的。"

苗贵之忙说："俗话说，人不可貌相，海水不可斗量，你别看她丑，可有智慧，心灵手巧。"

苗坦之说："再讲一个，《憨女婿吟诗》。过去有个老头要过寿，三个女婿都来了，大女婿是举人，二女婿是商人，三女婿是种庄稼的庄户人。老丈人说，今天是我寿宴，俺边喝酒边吟诗。三女婿听了后直嘟嘴，他不知道什么叫吟诗。老丈人说，很简单，你们把我说的三句话，用在诗里就成，就可以喝酒吃菜，一'圆圆站站'，二'成千上万'，三'赶散赶散'。三个女婿谦让一会，大女婿说，还是我老大开始吧！大女婿看到老丈人家仓库里粮仓就吟，舅爹家粮仓圆圆站站，遭老鼠成千上万，老猫一来，赶散赶散！老丈人夸，

98

好诗！好诗！得酒得菜。二女婿看到家院有一棵槐树，阴凉遮地，就吟道，家院中这棵树圆圆站站，遭遇麻雀成千上万，小鹰一来赶散赶散。老丈人夸，好诗！好诗！得酒得菜。三女婿认为吟诗不过如此，向四周瞧了半天，一时找不到题目，这时，岳母端菜到桌前，他向岳母看去，就吟起来，老舅奶的肚子圆圆站站，遭孤老头成千上万，老舅爹一来，赶散赶散。老丈人听了气得活哼，老岳母气得直瞅三女婿。"

苗贵之几人笑得前俯后仰。钱云钗手捂嘴笑。吴宝怀笑得眼泪都流出来说："哥，你肚子里什么都有吗？"

苗坦之说："好啦，不讲了。"

苗贵之笑着说："周小民会唱《马陵山下姐儿溜》，来一段，大家高兴高兴！"

吴宝怀笑着忙附和着："对，对对，咱几个就数你能唱，还有什么《房四姐》。"

"对，对，周小弟肚子里不少小调小曲的，唱呗，这在我家。"苗坦之说。

钱云钗笑着说："对，周小弟会唱，在学馆里，我还听你哼过呢。"

周小民高兴地说："好，坦之哥与云钗姐成婚，小弟高兴，那就唱两段。我唱个《太阳一出黄又黄》锡缸调。太阳一出黄又黄，哎嗨哎嗨啊哟，担个锅炉我到王家庄啊，浪么浪的当啊。王家庄有个王员外，哎嗨哎嗨啊哟，生了三个花姑娘啊，浪么浪的当啊。大闺女婿是个秃子，二闺女婿是个一头疮，就数三闺女婿人才好，四面有毛当中光。"

大家不由自主哈哈大笑起来，钱云钗笑得直弯腰。

周小民接着说："我再唱一首《女婿赶老驴》。姐儿呀家住竹墩集哎哟，找个女婿赶呀么赶老驴呀，他是个做生意的呀，哎嗨哎哟他是个做生意哟。小郎睡觉奴喂驴，天明早起去赶集，白布袜子

99

碰上黄泥。初八去赶山左口，二、七、五、十赶桃林，捎带着李捻集。小郎要去赶大集，小奴我要他买东西，要藏蓝布做身衣。南京官粉来擦面，北京胭脂点唇边，留给小郎舔着玩。"

大家又是一阵笑声。

周小民继续说："我再来一首《唱花项》。走一走，晃三晃，走路好像神仙样。你不给，俺不走，睡在门前当死狗。没有零钱给整票，一百块钱我也要。你会听，我会唱，早晚唱到落太阳。你也粟，我也粟，粟驴拴在粟概上，你粟粟个八贤王，我粟粟个杨六郎。这山坡，那山坡，遇个兔子躲了窝。装上装，点上火，看你兔子哪里躲！你前走，我后段，早晚断到郯城县……"

大家高兴得一直说到三更天才散。

这天清早，苗坦之和钱云钗吃过早饭，就出了门，苗坦之让钱云钗骑在自家的小黑驴上，自己身上背个布包骑在苗贵之家的驴上，两头驴齐头并进，小两口有说有笑向海州奔去。

太阳还没有落山，苗坦之和钱云钗就到了海州，由于苗坦之常来海州，对州衙附近的情况熟悉，两人下了驴，就在秦东门边一家白虎山酒店住下，这家店很宽大，有住、有吃，还有牲口房，苗坦之安排好后，就与钱云钗住进一间房里。

苗坦之说："快把包给我。"

钱云钗惊奇地说："你洗洗脚休息，明日好去教馆。"

"不，我要写首诗。"苗坦之边说边从钱云钗手中取过布包，迅速在桌上摊开纸墨，手握狼毫小笔写了起来。

钱云钗站在旁边认真地边看边念："再上海州。抱山枕水海州衙，来往频繁似我家。且待春风一夜过，僵苗亦可再生芽。"

钱云钗高兴地说："好你个坦之再生芽。坦之，说心里话，我祝你考秀才，取得功名。即便就是考不上，没有功名也无所谓，只要咱俩能在一起像在教馆里念书一样，高高兴兴地生活就知足了。"

苗坦之手把笔放下，两眼看着钱云钗极为激动地说："你真是我的好妻子，知我者，云钗也！"

钱云钗微笑着瞅一眼苗坦之说："又之乎者也了，你是知道我当初为什么不继续念书吗？就是一听到宋先生摇头晃脑读起之乎者也，我心就烦。"

"好，我不读了。"苗坦之笑着说。

钱云钗忙笑着说："读，你读我不烦，你读好听呢！你复习功课吧！再过两天你就要考秀才了，我不能影响你。"

"没事，我不怕考！"苗坦之说，"考不上秀才，宋先生叫我跟他一起教书呢！"

"好啊，当先生也好。"

对于苗坦之的话，钱云钗深信不疑，因为她知道在学馆里念书的几年里，苗坦之是十几个人中最聪明的一个人。先生教过的书，要求背诵讲读，他都能流利地背出，就是缺一两天课，他也照样很快补上，因而学馆里的宋先生很喜欢他，对苗坦之充满希望，苗坦之也非常尊重宋先生，宋先生经常拿苗坦之的文章念给大家听，夸赞声不断。

苗坦之看着钱云钗说："等我考完试带你在海州城看看。"

"好啊！我等着！"钱云钗高兴地说，"你在哪里考试呀？"

苗坦之手握书卷看着钱云钗说："在海州城西大街，胸山书院。"

"远吗？"

"不远，在这店里出了门往北，再往西走一会就到了，等我考完试带你看。"

"好呀！"钱云钗高兴地边答应边走出门。

钱云钗虽然在蜜月期，但是她知道这两天的时间对于苗坦之来说是比黄金还贵重，于是她不在房间与苗坦之说笑，而是到房外院子里，或者到大门外看景，就是天黑了，她宁愿一个人坐在院子里数天上的星星，也不愿意在房间里影响苗坦之复习功课。

苗坦之很理解钱云钗的心意，所以他非常用功。不知不觉时间过去了，这天一考过试，苗坦之就急忙走到旅店，"云钗，云钗——"

钱云钗忙迎向前微笑着问："考完啦，什么时候发榜？"

"考完了，考完了，全身轻松无比。"苗坦之边说边伸开双臂把钱云钗抱在怀中说，"为了我考试，你这几天辛苦了，我的夫人，十天后带你来看榜！"

"放开，放开，被人看见多不好呀！"

"没有人，我俩房间没有人来。"苗坦之边说边把钱云钗抱拥到床上。

"慢点，慢点，昨夜里不是那个了吗？"

苗坦之紧紧抱着钱云钗一直睡到要吃晚饭时才起床。饭后，苗坦之带着钱云钗来到大街上，沿街店铺有的已经关门，街上行人稀疏，两人边走边看边说着，不知不觉来到海州衙门前大路上。

苗坦之抓住钱云钗的一只手说："到这边看看海州州衙大堂。"

"啊，打官司就在这里面？"

"是的，你看衙门前的两个大狮子，我第一次看到时感到很吓人的，你看那边台阶上，门东旁，那大鼓，就是喊冤告状时先击鼓，然后由衙役传话叫进才能进。"

"啊呀，那么大的鼓！"钱云钗略微停下，又接着问，"大堂里是什么样子的？"

苗坦之紧靠着钱云钗身边说："大堂有咱家家院两个大，靠山墙那头有个比戏台稍微矮小的台子，台子上方悬挂'明镜高悬'四个大字，下面是公案，知州判官坐在案后，旁边是师爷坐在一张小桌后做记录，台下两侧站着衙役，手执水火棍，就跟上次在松树林前判案一样。"

"啊，我知道了，这就是大堂，你第一次进去害怕吗？"

"怎么不害怕呢？俺和大大从击鼓到见到州官，大大的两只小腿一直在颤抖，直到退堂，才松口气。"

"现在你不害怕了，经过这几次打官司熟悉了。"

"是啊，不过就有一条讨厌烦人。"

"什么使你烦？"

"进了大堂，一会儿跪倒，一会儿又爬起，多麻烦人。"

"那是衙里规矩，见到州官不跪怎么成。"

"等哪天想点办法，再打官司，我不跪。"

"你又不是州官，你怎么能改州衙的规矩呢。"

两人边走边说来到西大街，苗坦之手指着路对面的一片场地，说："那就是朐山书院，不过，门上方字看不清楚了。"

"天黑了，回店吧。"钱云钗说。

"好吧，明天带你去云台山玩玩吧！"

钱云钗一愣说："等以后吧，咱们那里不有一个新媳妇八天回门的风俗吗。"

"啊，对，有这个风俗。"苗坦之笑着说，"是不是要新郎官陪新娘一起呀？"

"我也不知道。"

"明早早起，回到家问咱娘就知道了。"苗坦之高兴地说，"那我要见岳父岳母啦！"

钱云钗微笑着瞅了一眼苗坦之说："还不知俺大大生不生气呢？"

"不管他生不生气，咱礼数到了就行！"苗坦之说，"反正咱俩也成为夫妻了。"

"实际上咱大大和妈妈都很疼我，怕我嫁到你家受苦。"

"我理解，作为老人都疼爱自己的小孩。我也跟你说过，我也担心你跟我结婚后会受苦。"

"只要我相中你，我就不怕苦！"

"如果你大大还生气不认我这个女婿，不给进他家门怎办？"

"那我和你转脸就走，永不回去！"

两人边走边说，不知不觉来到旅店。苗坦之顺手把房门门上，点上蜡烛，然后伸出双臂把钱云钗紧紧抱在怀中，情不自禁地流下泪水，有点哽咽地说："云钗，你叫我怎么疼你才好——"

钱云钗紧紧地偎依在苗坦之的怀中什么话也没有说。

第二天清晨，苗坦之和钱云钗早早吃过早饭，骑上毛驴过了蔷薇河向西而行，很快来到白塔埠境内，只见蓝天下一片开阔的田野，苗坦之看了钱云钗一眼，心中无比舒畅，随口吟道："夏末初秋天气爽。"

钱云钗微笑着向苗坦之看去。苗坦向远方眺望，高声诵道："夏末秋初天气爽，娇妻陪我赶考场，情深意切记心间，企盼坦之登金榜。"

钱云钗高兴地说："你再吟一遍，我就记住啦！"

"好！"苗坦之又兴奋地吟诵一次。

钱云钗背诵着苗坦之吟的诗，不知不觉来到石榴树村，苗坦之向钱云钗微笑地看了看，问："你知道这个村为什么叫东石榴树村吗？"

钱云钗说："不知道！"

苗坦之说："在西汉时期，汉武帝派张骞出使西域，到大月氏国，相约共同攻打匈奴。张骞为先锋，大将霍去病征西。张骞在西域十三年征下了河西走廊，汉武帝看他有功，又第二次派张骞出使西域，由于张骞屡建奇功，汉武帝就封张骞为'博望侯'，把东海郡的东安县的博望做了他的封地。张骞就在博望这个地方种植从西域带回来的名贵瓜果，在博望的东边栽了石榴树，也就是现在的西石榴树村栽下了第一棵石榴树。为了供皇帝和显贵们品尝，张骞栽培了东西长约十里，南北宽五里的石榴园。由于石榴园大，需要多人来管理，就形成了村庄，人们就叫石榴树村。后来有一年，黄河发大水，把石榴树村从当中冲出一条河，把石榴树村分为两个村，就成了现在的西石榴树村和东石榴树村。"

"啊，原来是这样的，难怪我看村庄里到处都是石榴树。"钱云钗惊喜地说。

"看，走出西石榴树村，西面就到博望镇了。"

"博望镇有什么好看的？"

"有古城墙和东岳庙。"

"那就去看看东岳庙吧。"

"好的！"

不多一会，来到博望东岳庙前，苗坦之和钱云钗都从驴身上下来，钱云钗就势双手抱住了苗坦之的脖子。

苗坦之笑着说："人看见不好！"

钱云钗左右瞅瞅说："没有人我才这样。"

两人把驴拴在庙前的松柏树上，走进庙里的大门，只见院内荒凉，杂草丛生，只有一条黑砖铺的甬道通殿内，钱云钗紧靠着苗坦之走进。殿内正中是关公塑像，身着绿袍，手握青龙偃月刀，威严肃立，像前有一条香案，一只香炉放在中间，炉内还有没有燃尽的高低不齐的香。

钱云钗边看边说："看来祭祀关公的香火不断呀！"

"是呀，儒家奉为'忠孝节烈'典型，佛教列为护法十九迦蓝之一，道教奉为护法伏魔大帝。宋代宋真宗封为义勇武安王，宋徽宗又加封为崇宁至道真君，明朝万历加封为三界伏魔大帝神威远镇天尊关圣帝君，本朝乾隆加封为忠义神武灵佑关圣大帝，与文圣孔子并肩为武圣，列为国家祭祀要典，又为民间供奉对象，故各地都建有关帝庙。"

"的确，关公在人的心目中是个英雄圣人！"钱云钗边看边说。

"我看关公泥塑像，空握青龙偃月刀，华容道上放曹操。"

钱云钗笑着对苗坦之说："那是关公欠曹操情。"苗坦之伸手拉着钱云钗说："走，不然到家天黑了。"

两人忙走出庙门，苗坦之把钱云钗扶上驴身，自己也跳上驴一起向家走去。

回到家后，钱云钗把苗坦之用的仿纸折成书本样，取出自己玉佩月牙小刀，剪裁好后，用线订起来。

这时，苗坦之走进屋，惊奇地问："你裁纸干吗？"

"我专门订个本子给你，把你写的诗抄写在本子上。"

"真谢谢夫人，对坦之深爱之心！这玉佩小刀真漂亮别致，哪里来的？"

钱云钗放下手中的纸本，拿起小刀，把刀片按进月牙玉佩槽里，又把那片玉佩按上说："你看这小刀不见了，这是一个月牙玉佩。"

"唉，制刀的人真聪明，看上去是个月牙玉佩，可里面还藏着小刀，玉佩又是乳白色的，真漂亮！"苗坦之赞不绝口。

"新婚那天晚上，我就准备送给你，可一想，新婚夜晚送刀不吉利，所以我佩戴了几天，今天特送给你佩戴，还能裁纸，割个瓜皮什么的，不过要注意，刀尖很锋利，一定要把刀壳按合口。"

"我哪能夺夫人之所爱呢！"

"现在咱俩是夫妻，一家人，怎么还能分你的我的呢！"

"是，那我就佩戴身上啦，当我看到玉佩，就如看到夫人了。"苗坦之边说边往自己的腰带上系着说，"这是个宝贝，玉能养人呢！"

"对别人不能说玉佩里有刀，这个玉佩是我外祖父花很多钱买来的，俺娘出嫁时送给俺娘的。"

"我记住啦！"

"哼，看你美的，在你兄弟面前不能炫耀！"

"那当然了。"苗坦之微笑着看着钱云钗说，"我送你什么呢？

我送你一颗心。"

"那比什么都好，都贵重。"钱云钗高兴地说。

钱云钗把纸本订好说："你把这几天作的诗都抄写在本子上吧！"

苗坦之看着钱云钗装订好的本子高兴地说："好。"

于是，钱云钗边磨墨边看苗坦之写诗，两人又说又笑直到半夜才睡觉。

第二天吃过早饭，苗坦之和钱云钗按照苗坦之母亲说的，新婚的闺女要与丈夫一起回娘家，于是，钱云钗骑上小毛驴，苗坦之跟在驴后向钱开通家走去。

苗坦之和钱云钗来到了钱开通大门前，苗坦之扶钱云钗下驴，正巧，家丁郭奎放门走出。

钱云钗看到郭奎说："郭奎，你去向俺大、妈妈禀报，就说小姐新婚八天回门来啦！"

郭奎一愣说："好，俺马上就去！"

不多一会儿，郭奎慌忙跑到钱云钗面前难为情地说："老爷，老爷，他——"

"俺大大怎么啦？"钱云钗惊讶地问。

郭奎吞吞吐吐地说："钱老爷他，他说没有你这样的闺女。"

钱云钗双眉一皱生气地说："哼，死要脸，坦之，咱回家！"边说边走到驴旁。

苗坦之愣站着看郭奎。

"快，扶我上驴！"钱云钗气愤地向苗坦之说。

苗坦之忙扶钱云钗上驴，钱云钗跨上驴身，忙猛拍一下驴屁股，愤然而去。

郭奎双眼直愣愣地望着钱云钗骑在驴身上远去，忙转回身走进门。钱云钗的母亲宋钱氏慌里慌张跑来，正巧与郭奎撞个满怀。宋钱氏问："小姐呢？"

"小姐生气骑驴走了！"郭奎回答。

宋钱氏愣了，坐地上哭了起来。

郭奎忙着急地叫："老爷！老爷——"

钱开通听到郭奎喊声，连忙边跑边问："怎么啦？怎么啦？"

宋钱氏边抹眼泪边哭道："你个老东西嫌贫爱富，死要脸面呀，不要闺女呀！你不给我闺女进家门呐！"

钱开通站在宋钱氏身旁皱着眉头，也没有吱声。

宋钱氏边号边说："你个老东西呀，为了你那张老狗脸，闺女出嫁连一根针也不陪送，还不允许回家看我呀，你个狠心的老东西呀！"然后，擦了擦眼边忙爬起边说，"要脸不要闺女，俺也不过啦！"说完，站起身就要往墙上撞。

钱开通忙拉住说："你想干什么！"

郭奎说："老爷，还是把夫人拉进堂屋吧。"

"走，回堂屋，回堂屋。"钱开通拉着宋钱氏的胳膊说。

钱云钗和苗坦之气鼓鼓地回到家。苗坦之的母亲杨苗氏惊奇地问："怎么这么快回来啦？"

钱云钗气愤地说："不让我回门，俺这辈子也不回去！"

"孩子，甭气，你大大开始也是为你好，他是咱南双店有名的要面子的人，他认为你嫁给俺坦之丢他人，失去他面子，慢慢就想通啦！"杨苗氏耐心开导道。

"是啊，你大大还在气头上呢，等过段时间，他会想通的。"苗培元接着说。

苗坦之也劝着说："甭生气了，俺不埋怨他老人家，是俺俩结婚太快了，让他措手不及。"

苗坦之话还没有说完，突然，大门口响起了鞭炮声，全家人都惊愕了。

苗坦之惊奇地向大家看了一眼，忙说："我去看看是什么事？"

108

苗坦之大步奔向大门，忙拉开院门，苗坦之像呆子似的看着门口。海州府教谕杨伯礼和师爷郑生安站在门口场地中，州衙头周大年手中握着一根树棍，棍头挑着鞭炮还在响。后边跑来看景的人有老有少，有男有女。这时苗坦之的家人也都站在苗坦之身后用惊奇地目光看着。

鞭炮声结束了，全场突然静了下来。杨教谕从郑师爷手中接过一张黄纸，转过身向苗坦之高声宣读："海州地区今秋儒生考试，苗坦之考取第一名秀才，特此祝贺。海州府衙，大清乾隆四十二年秋八月二十日。"

郑生安师爷忙向前走一步接着说："苗坦之，祝贺你双喜临门，你考了全海州第一名秀才，不简单呀，这是范知州特意安排我们三人来祝贺的，这是海州历史上没有这样安排的事呀！"

全场立即沸腾起来，吴宝怀、苗贵之等人高声说："祝贺苗坦之考上第一名秀才！"

"苗坦之考取秀才啦！"

"苗坦之真不简单，全海州第一名！"

苗坦之激动万分，忙走到杨教谕等三人面前说："坦之谢谢范知州，谢谢你们三人，谢谢！"

钱云钗悄悄地凑近苗坦之身后说："要请他们三人进咱家喝喜酒！"

苗坦之大声说："请杨教谕、郑师爷、周衙头进家里喝喜酒！"

杨教谕说："不用啦，来时知州说还有事，等下次专门来喝，我们现在就回州里啦！"

苗坦之全家人和在场看热闹的人都愣愣地望着远去的三人。

这时，吴宝怀、苗贵之、李万福、周小民等穷兄弟们都走向前祝贺，还有左右邻居都对苗坦之表示羡慕和祝贺。

吴宝怀高兴地说："咱坦之哥要当官啦！要有出头之日啦！"

"不，秀才不是官，只是考入州学名额的生员，叫廪生，月给廪米六斗。廪生还要参加乡试考举人，才能获得做官的资格。"苗坦之忙向他们说。

"哎哟，妈呀，还要考，俺认为考上秀才就有了功名，做官了呢。"苗贵之惊讶地说。

"不管怎么着，咱坦之哥是秀才，是凭自己本事考第一名！"周小民说。

"对呀，对呀！就是考上秀才也不简单，也是咱们穷兄弟的光荣！"李万福、吴宝怀等人异口同声地说。

周小民高声地说："咱提议！"

全场顿时鸦雀无声，苗坦之笑着说："你说！"

周小民说："咱坦之哥，刚结婚，又考上秀才，这是双喜临门，喜事连连哪！咱们穷弟兄祝贺祝贺呀！"

苗坦之高兴地说："俺谢谢各位穷兄弟，走，进家喝酒！""好！好！"大家一窝蜂地涌进院里。

苗培元喜得合不拢嘴地跟左邻右舍说："真没想到咱老祖宗坟上还出棵蒿，坦之考取了秀才，还是全海州地区第一呢。"

苗坦之心情无比高兴，那就更不用说了，自己也没有想到能考取，并且还考全海州第一。更没有想到，也使他更为激动的事是，知州范思玉能派三人来祝贺，这是海州历史上没有的待遇，以往凡考取了秀才的，州衙里是没有人到门祝贺的，他深深感到海州府衙以知州范思玉为首的官员幕僚对自己的重视，对自己的好感和希望，同时也改变了以往自己对官府的片面看法。官府衙门里也有好官，范思玉就是个好知州，不仅是派人来到门上祝贺考取秀才的事，而且从几次的判案，在大堂的言行可以看出，知州范思玉、师爷郑生安对有钱有势的乡绅财主欺压穷苦百姓是痛恨的，对穷人是同情的，他们是好官。苗坦之想着想着，久久不能入睡，这一夜他失眠了，他从来没有尝到双喜临门的滋味，而且不知什么为双喜临门，现在他知道了，降到自己头上了，他的心情万分激动，不由自主地笑出了声。

坐在身旁的钱云钗高兴地问："你又笑什么？"

苗坦之微笑着伸出胳膊把钱云钗揽在自己怀中说："我想了许多许多，想到与你这么快结为夫妻，想到你时时处处与我志同道合，想到我考取了秀才，全海州地区第一名。"

"是呀，我也想了很多，想到我与你这么快结婚，想到父亲中了咱俩的计，却没有想到你会考上秀才。原来在我的头脑中的印象是凡考上秀才的，都是有钱有势人家的子弟，都是朝中有人的，没有想到你这穷人家也能考上。"

"你这个印象是不对的，在以前不少朝代都有穷人家子弟考取功名的，最后当大官的。"

"这完全是你的真本事，也说明海州府教谕没有舞弊。"

"是的，我也是这样认为的。"

这一夜，苗坦之和钱云钗完全沉浸在快乐幸福之中，不知不觉天亮了。

苗坦之坐在床边又嘿嘿笑了起来。

"你又笑什么？"钱云钗坐在床沿边惊奇地问。

"我在想，你大大，俺的岳父听到俺考取秀才怕也睡不着觉啦。"

"嗯，俺妈听到你考上秀才，那肯定会责怪俺大大的，吃过早饭都会来的！"

"岳父他也能来？"苗坦之惊讶地问。

"俺不是跟你说了吗，俺大大是个死要面子的人，又是个嫌贫爱富的人，他听到你考上秀才肯定是想来又太不好意思，可是俺妈妈说几句，他一定会一起来的，你考上秀才这样大的喜事，也给他装脸面，他到哪里，别人都会说，你女婿考上秀才啦。你说他心里不高兴？"

"好，那我得准备准备，你准备做菜！"

这事被钱云钗说中了，早饭后不长时间，钱开通和宋钱氏坐着郭奎赶的马车，来到苗坦之家。这时，苗坦之和钱云钗早已站在门前等候呢，苗坦之笑着迎向前扶着钱开通，钱云钗搀扶着她妈走进家里。

苗培元和杨苗氏高兴地亲家长亲家短地让坐，苗坦之家里顿时沉浸在欢乐气氛中。

苗坦之考上全海州地区第一名秀才的消息像风一样吹遍了南双店的各家各户。大街小巷都在议论，当然，苗自芳和苗青早也知道了，苗自芳心中像压了块石头，他跟苗青早说："真他妈的，没有想到这个二赖子能考上秀才，竟然还考个全海州地区第一名，并且州衙来人到门祝贺，这个事对我们不利。"

苗青早自从第一次打官司输给苗坦之，心中就仇恨苗坦之，时时都想出口恶气，接着第二次官司又输，特别使他难过的是，没有和钱云钗结为夫妻，本来百分之百认为钱云钗会成为自己的妻子，可是被苗坦之抢去了，夺去了。苗青早认为对苗坦之有夺妻之恨，一直像丢魂失魄一样，做事不认真，饭不想吃，整天盘算怎样治倒苗坦之，这又听到苗坦之考上全海州第一名秀才，心里更加难受，更加对苗坦之充满嫉妒和仇恨，深深感到难以对付苗坦之。

当苗自芳和苗青早议论苗坦之的事时，严居林和刘匡道两人推开院门走了进来。

苗自芳忙站起身说："你两位老兄来，坐，坐。"

严居林和刘匡道坐下看着苗自芳。

严居林说："没有想到苗坦之能考上全海州第一名秀才，这下可出名了，大街小巷都在议论纷纷呢，州里都来人庆贺，老兄，你点子多，你说我们几家要不要做做样子？也去庆贺庆贺？"

刘匡道忙接上说："严老兄拿不准，所以咱俩人来，还是听听你老兄的意见。"

苗自芳一愣，眨了眨眼睛说："以平常乡邻来说，咱南双店有人考取秀才以上功名什么的，也该登门庆贺庆贺，往后对咱们也不坏，可是你两位老兄也知道的，苗坦之与咱家打了几场官司，又夺了青早的妻子，是仇人啦，不好去。咱寻思着，他苗坦之就是今后考取功名了，做了大官，他也怎不着咱，怕他不成！"

"是啊！有你老兄的大哥在皇帝身边怕他个苗坦之！"严居林说。

"那咱们就不去庆贺，反正怎不了咱们！"刘匡道附和着说。

严居林说："没有想到这二赖子在咱南双店出名了，听说很多穷鬼去他家庆贺。"

"是的，咱也听说了，整个南双店像炸锅了，又娶新媳妇，又考上秀才！"刘匡道接上说。

"哼，不要高兴过早了！"苗自芳气愤地说。

"那咱们就听苗老兄的，不去庆贺，不管他！"刘匡道说。

严居林说："咱就不理睬这事，料他苗坦之再聪明也怎么不着咱！苗老兄和刘老弟今天都在这，我有事请你二位跟我想个办法。"

"你说，什么事，咱几个人还能说二话吗！"苗自芳问。

于是，严居林悄悄地嘀咕起来。

苗自芳瞅着严居林说："既然你已请地理先生看过了，是块风水宝地，将来做祖坟，后世能出大官，那你就千方百计把地搞到手，赵友礼是个穷鬼，多给点钱，要不卖，你就来个狠的。"

严居林忙打断苗自芳的话："什么狠的？"

苗自芳说："你先把赵友礼的地周围的地都买下，连路也买下，叫他无路可走，逼他找你卖地。"

"好，好办法。"严居林和刘匡道异口同声地夸赞。

"苗老兄真是点子多。"严居林夸道。

苗自芳说："对付这些穷鬼，简单小办法就行。"

"还是苗兄智慧多。"刘匡道接上说。

严居林站起身说："苗老兄，咱就照你的办法做，咱走了，不耽误做事。"

严居林高高兴兴地与刘匡道走出苗自芳家，路上刘匡道悄悄说："严兄，苗自芳他与苗坦之有仇恨，不理睬不庆贺苗坦之考上秀才，可咱两家与苗坦之没有仇恨啊。"

严居林随口说："是呀！"

"咱们得看远点，如果苗坦之将来考取功名，当了官。"

"是呀，咱也不能得罪苗坦之，俺想不去他家庆贺，在什么地方看见苗坦之或者他家什么人，咱就说两句祝贺的话，使他们也记得咱也庆贺过。"

"对，对，就这么办，你严老兄想的全面。"刘匡道说。

"以往咱们是四家经常在苗自芳家商谈事情，现在钱开通跟咱们不一气了。"严居林说。

"不管怎么说，苗坦之是他女婿，钱开通死要脸的人，开始嫌苗坦之穷，女儿出嫁一点不陪送，这考上第一名秀才，他脸上也有光哎，慢慢地还不是消气。"刘匡道说。

"是啊，咱猜，钱开通这时正在苗坦之家庆贺啦！"

"咱想也是的，趁苗坦之考取秀才，不计前嫌，好脸上增光，顺坡下驴，不然今后别人提起苗坦之考上秀才之事，他钱开通的老脸不火辣辣的！"刘匡道瞅了一眼严居林说。

"哈哈——"严居林大笑起来。

# 第八章

这几天苗坦之家热闹非凡，不仅是南双店人来到家祝贺，而且外村外乡凡是与苗坦之以及家人认识的都来祝贺。

这天下午，苗坦之刚刚送走学馆里的宋先生，刚转身要进家，却被一位五十多岁的老汉喊住。苗坦之回过头看去愣住了，那五十多岁老汉边走边说："苗秀才，苗秀才，你不认识咱，可咱认识你。"

苗坦之问："你怎么会认识俺？来，进家坐。"

那五十多岁老汉随苗坦之走进院里，在一棵槐树下坐了下来，那五十多岁老汉自我介绍道："咱是北双店人，名叫赵友礼，因为去年你打官司，海州衙门在田里判案时，咱认识了你，这又听你考取了海州地区第一名秀才，咱全北双店传遍了，你是个有本事的人，咱被逼得走投无路，才来找你，想请你给咱出出点子。"

苗坦之惊讶地问："走投无路？！"

"是的，咱是北双店有名的'穷大赵'，庄户人都这样称咱，家中孩子多，仅有八亩山地，在羽山脚下，三亩地种庄稼，那五亩地全是种树，全家七口人生活就指望卖树钱生活，那三亩地虽说种庄稼，但都是砂石地，不收什么粮食，可你南双店严居林财主硬要买咱的地，三番五次找咱，逼咱卖给他，他严居林第四次到咱家，恶狠狠地说，卖也得卖，不卖也得卖，还带着家丁扬言要打咱。"

"啊！还要打人，狗仗人势！"苗坦之惊讶地说。

"不瞒你讲，咱家小孩他妈气得死去活来，被逼得要上吊，她说这日子怎么过，外村的财主恶霸都上门欺负咱。她昨晚上甩绳子上吊被咱进门看见，救下来了，咱左劝右说，一夜没有睡觉。到天亮，咱做饭她也不吃，她说不想活啦，咱心中就有数了，她要真有个三长两短的，撇下几个孩子和咱，怎么过呀！咱就在家里看着她，可不是个办法，我就想怎么劝她不寻死，想来想去，咱穷人拗不过有钱有势的财主，只能听人摆布，如果咱真把地卖了，把钱花了，以后怎么生活，只有饿死，咱看到几个孩子还小，心不忍去死呀。可谁能为咱穷人想办法呢，咱实在没有办法可想，于是咱就跟小孩他妈说到你。小孩他妈突然眼睛一亮，她说，你识文解字，又听庄邻讲你苗坦之为人正直诚厚，点子多，叫咱赶快找你，请你为咱想个办法。于是，咱就急忙来了。"

"啊！不管怎么样，也不能寻短见。"

"就在咱刚出门，严居林又与家丁来找咱，他还是硬逼咱卖，可是咱不卖，他说出两倍价钱，咱还是不卖，可他来了个狠办法。"

"什么狠办法。"苗坦之忙打断赵友礼的话问。

"他把咱地周围人家的地都买去了，连路也买去了，不让咱进地干活。你说说，这个严居林对咱穷人怎么这样狠呢？什么好地呀，咱地也不好，可不知他为什么非硬逼咱把地卖给他不可！"赵友礼说着说着流了泪。

苗坦之看着赵友礼说："这个严居林，在南双店欺负人不算，还欺压到北双店啦，真是可恶！还使出这样坏主意。"

"苗秀才，不管怎么样，请你给咱想个办法。"赵友礼祈求着。

116

苗坦之慢慢站起身，习惯地用右手摸一下右耳朵，在树下走了几步，然后把板凳拉到赵友礼面前，坐下悄悄说起来。

　　赵友礼听着一会儿点头，一会儿愣一下，看着苗坦之，"你说能行吗？"

　　"赵老兄，你就照我说的去做，有我呢，别怕！"苗坦之说。

　　赵友礼高兴地站起身，边说边走："那咱明天响午前一定来！"苗坦之忙说："赵老兄，你可千万记住，不要跟任何人讲找我的事。"

　　"那是，那是！"说完走出大门。

　　赵友礼从苗坦之家出来，就三步并两步，直往家中走去，他推开院门就边走边问："孩他娘，孩他娘呢？"

　　"回来啦，怎么样，找到苗秀才啦？"赵友礼老婆从屋里走出问。

　　"找到了，找到了，这回有救啦，有救啦！走，到屋里咱跟你说。"

　　赵友礼把老婆拉进屋，悄悄地把苗坦之想的办法——告诉了老婆。

　　赵友礼老婆高兴地说："苗秀才就是有办法，好，咱谁也不能说，人家苗秀才是真心实意为咱出点子的。"

　　赵友礼说："对，千万不能对任何人讲。苗秀才说他要了解一下，严居林财主为什么要买那块砂石树林地。"

　　"苗秀才叫咱去找严居林，开出地的三倍价钱，他非买不可，有了钱咱买几亩好地，打粮食就够全家人吃用的了。"

　　"三倍价钱，严财主能出吗？"

　　"哼，他不出，咱抬腿就走！"

　　"那，严财主要叫家丁打你治你怎办？"

　　"放心吧，苗秀才说啦，他严居林不敢，如果真的治咱，苗秀才就出面与咱共同打官司。"

　　"苗秀才真是个仗义人，那你记好了，明天该怎么做！"

　　"是，咱记着呢。"

　　第二天，赵友礼按照苗坦之的说法，先走到苗坦之家门前，让

117

苗坦之看见了，再去严居林家。赵友礼不紧不慢地从苗坦之家门前的路上走，走了没几步，苗坦之出了大门，看见了赵友礼，苗坦之就向赵友礼点点头，赵友礼笑眯眯地从苗坦之面前走过去，等赵友礼走出几十丈远，苗坦之才跟上。

赵友礼到了严居林大门外，见到那位家丁，赵友礼按照苗坦之的交代，昂首挺胸地向那位家丁走去说："你对你家主人说，要买咱那块地，给附近地的三倍价钱，咱看你家主人一心想买，说话也实在，不然咱坚决不卖。"

那位家丁忙说："那你等等，俺向主人通报一声。"边说边向门里走去。

不多一会儿，严居林急急忙忙地走出门，边走边说："三倍价钱我出，我出，我买下啦！"

赵友礼说："那得请人写个字据什么的吧。"

"那当然啦，空口说白话不算数，那找谁写呢？"严居林左右看了一圈说。

赵友礼也假装向左右看看说："唉，听说你南双店出了个秀才苗坦之，请他写，那可是最体面最好的事啦！"

严居林眉头一皱说："秀才写当然好，可是离他家还远啊。"

赵友礼皱了一下眉说："你这地方离学馆不远，咱去学馆，请宋先生写，如果苗秀才在学馆那，就请苗秀才写。"

"中，走，去学馆！"严居林由于买地心切，在前边大步流星地走，赵友礼在后紧跟。

很快来到学馆，苗坦之正教几个孩子认字，看见严居林走进门里，后面跟着赵友礼，忙说："哟，严老爷怎么来学馆啦？"

严居林满脸横肉，咧着大嘴说："咱严某先恭贺你考取海州地区第一名秀才，只因最近杂事缠身，没有登门恭贺，请谅解呀！"

苗坦之笑着说："谢谢严老爷，坦之受不起，受不起。"

严居林向赵友礼看去说："这是北双店赵友礼，他卖地，我买他地，刚才在外还说，准备去请你写个字据，因到你家远，咱俩就到学馆来找宋先生写。"

苗坦之忙打断严居林的话说："太巧，宋先生这两天有事叫咱来替他教两天，你看怎么办？"

"嗨，就请你写，秀才写最好。"严居林转脸看看赵友礼说。

苗坦之接上说："那我坦之就为严老爷写！"边说边从教案旁的八仙桌上取出文房四宝，摊开仿纸，磨了几下墨，苗坦之手握狼毫看着严居林和赵友礼问，"地的位置，几亩几分，地里有什么，多少钱还是几石粮食，什么时候付清，都要说清楚。"

严居林看着赵友礼说："你说，还是我说？"

赵友礼说："你说，一样。"

严居林就一一说了出来。

苗坦之看着赵友礼问："你还有什么要说的？"

赵友礼皱了一下眉说："我那树林里有棵柿子树，我不想卖，想每年结个柿子给孩子打个馋瘾。"

严居林忙说："中呢，我不稀罕柿子树，你留着长也行，你刨掉也中。"

苗坦之写好了，又念了两遍，双方都说中。苗坦之又抄写一份，又把两份分给每人看。

严居林手捧着契约认真地看了两遍，实际他一个大字也不认得，边放下契约边咧着大嘴高兴地说："好，好，那还要双方画押吧？"

苗坦之说："是的，在各人的名字下。这要慎重，严老爷在这名下，赵大爷在这儿。"

双方画好押，苗坦之说："一人保存一份，今晚饭前，严老爷付清地钱。"

"那一定，咱严居林说话算话，现在去我家，钱就付清！"严居林忙高兴地说。

赵友礼在严居林家大门外坐了不多一会，严居林就把地钱交给了赵友礼。赵友礼心里暗想，这财主真有钱，说拿出来就一分不少地拿出来了，可见这严财主家里还不知有多少钱呢。没想到那砂石头卖了这么多钱，边走边想很快到家里，全家高兴得一夜没有睡觉。

第二天吃过早饭，赵友礼就找左邻右舍人帮忙去伐卖给严居林地里的树。到傍晚时，赵友礼伐树的消息传到严居林的耳朵里，于是严居林就带着家丁来到地头。

严居林看见满地都是人，伐的伐，刨的刨，锯的锯，已经伐倒许多棵了，严居林气得大嘴一咧一咧的，急忙走向赵友礼，边走边喊："赵友礼！赵友礼！你混蛋，怎么伐我的树呢？"

赵友礼直起腰看着严居林说："你说什么？树是你的，咱卖地，可没有卖树呢，你怎么不让刨呢？"

严居林气得满脸横肉直跳说："你只说有棵柿树不卖，怎么什么树都刨了呢？"

赵友礼不慌不忙地说："昨天契约上不都写了吗？你也看了几遍。"

严居林忙拦住赵友礼，大声吼道："不能刨，你只说柿树不卖，怎么能刨其他树呢？！"

赵友礼说："对呀，是树不卖，是所有树不卖的意思。"

严居林气鼓鼓地看着几位带来的家丁说："不对，不对，契约都写好的！不能让他们刨，再刨就不客气了！"

几个家丁如狼似虎地扑向正在刨树的人，立即发生了抢夺打斗的局面。

赵友礼忙向刨树的人说："坚决刨，难道还怕你外庄人来北双店欺负人。"

顿时，几十个刨树人喊骂声响起，把严居林所带的家丁团团围住，手里握着不是铁锹，就是铁铣。

严居林看了一圈急忙喊道："不准动手！"

几个家丁立即把手中工具放下，向严居林望去。

严居林说："赵友礼，今天不跟你多说，海州大堂见！"说完，看了一下几位家丁说："咱们走！"

赵友礼高声喊："你做梦吧，明天就跟你去海州大堂！"

"要走呀——"几个刨树的人向严居林狂叫狂喊。

严居林对家丁说："好汉不打庄，他们人多，打起来我们吃亏，明天大堂告他去！"

有几个刨树人担心赵友礼到海州大堂官司会输，都跑到赵友礼面前劝，不要再刨啦，咱们穷人跟有钱有势的财主打官司不会赢，肯定输。他严居林在南双店是有名的财主，南双店人称他是"严大嘴"，只要严居林看中的地，他非买到手不可，他要看中哪家姑娘漂亮，他非娶不可。

几位刨树人劝过赵友礼，赵友礼说："你们不必担心，咱有契约，他赢不了官司。"

于是，第二天清早严居林就在去海州的路边等着赵友礼，当赵友礼来到时，两人走一路争吵一路。

赵友礼看着严居林说："严居林，今天官司我要是输了，树就不刨，我再给你三吊钱。如果你输了，树我刨完，你给我三吊钱误工费。"

"中，中，哪个不给哪个是否种！"严居林忙赞同道。

两人来到海州府衙大门外广场，严居林气呼呼地走向大鼓前，忙拿起鼓槌敲了三下鼓。

衙役忙跑进大堂去，不多一会跑出门大叫："原告、被告进堂！"

严居林昂首挺胸走在前，赵友礼跟在后。

知州把惊堂木一拍，高声说："升堂！"于是台下两边列队站立的衙役手执水火棍，嘴里边发出"嗷嗷"声。严居林和赵友礼并排跪在堂下。

知州范思玉向堂下看去，然后问道："谁告谁？"

严居林接上说："我告他，赵友礼！"

知州范思玉说："把家住何地，姓名，为什么事情，讲来！"

严居林按照知州要求一一说出。

知州问："可有契约？"

"有！"两人异口同声地说。

严居林从口袋里掏出契约，递给一位衙役捧上知州面前，交给知州。

知州看了一遍，然后边念边看："……槐树千棵，是树一棵不卖……这不是写得清清楚楚吗？是树一棵不卖！姓严的，你怎么还告赵友礼说是你的树呢？"

严居林忙说："就是（柿）树一棵不卖，对呀！"

知州大怒："对，你还纠缠什么，你没有事胡闹什么！契约上写得很明白，赵友礼光卖地，是树一棵不卖！赵友礼，树你照刨！"

赵友礼忙叩头："谢大老爷明断！"

严居林忙着急地喊："大老爷，不对，你看错了！"

知州范思玉一愣，又看一下契约大声吼道："混账，本知州四书五经熟读于心，两榜进士，堂堂六品州官，多年来还就没有看错状纸契约的，难道我连个'是'也不认得吗？"说完，转过脸说："请师爷、判官你二人来看！"

师爷郑生安和判官胡仁贵忙走到知州范思玉身边，范思玉手指着说："你两人看'是树一棵不卖'，对不对？"

师爷郑生安对严居林说："契约写得明白不错，知州念得也不错！"

胡判官也说："知州念得不错！"

知州范思玉把惊堂木一拍"啪！"，这个声音震动全大堂。

知州抽一支签扔到台下，气愤地说："严居林胡搅蛮缠，无理取闹，扰乱公堂，打四十大棍！轰他滚！"

于是，四个衙役举起水火棍，每人十下，把严居林打得在地上滚着喊。

四十棍打完，赵友礼忙跪倒叩头："大老爷，咱二人在路上说好的，谁输给谁掏三吊钱作为误工费。"

"大老爷，我掏，我掏。"严居林手哆哆嗦嗦地从口袋里掏出三吊钱扔给赵友礼。

赵友礼忙捡起三吊钱，叩头道："多谢大老爷！"然后站起身昂首挺胸向大堂外走去。

严居林一瘸一拐地向大堂外走去。严居林从海州回家顺便走羽山脚下看看地里的树，当他还没有走到地头，已经望见地里的树全被赵友礼安排人刨光了，严居林像泄了气的皮球，立即软瘫了，欲哭无泪，他蹲在地头，头脑又在想着在回来路上想的问题，可始终没有想明白，到底问题出在哪里？越气越糊涂，越心疼越乱想，越乱想还是越糊涂，忽然想到风水先生说的：这块地北靠羽山，南临汤河头是块宝地，老祖葬此地，后世必出大官……想到此，严居林又充满希望，站起身向家中走去。

严居林刚进家院，四姨太正巧从屋里出来，看到严居林回到家便问："官司打赢啦？"

严居林没精打采地说："真他妈活见鬼了，契约上明明白白写着，知州老爷也念给我听，也对，怎么就判我输了呢？"

四姨太一愣，惊讶地问："那这赵友礼与知州关系好？"

"不可能，你想这赵友礼是北双店有名的'穷大赵'，知州范思玉又不是本地人，绝对不可能有什么关系。"

四姨太疑惑半天说："那到底是怎么啦？嗨，你把契约拿给苗自芳看看，他头脑聪明点子多，跟他说说情况，到底是怎么回事？"

"对呀，我怎么就糊涂了呢，苗自芳又读过私塾，在学馆学过几年，平时点子又多，嗨，我怎么就想不到找他呢！我现在就去！"

"哎呀，忙什么，看你灰头灰脸的，还像个老爷吗，把脸洗洗，换上衣服再去。"

"是！"严居林忙答应。

严居林洗过脸，换上衣服，带两个家丁来到苗自芳家。

苗自芳问："怎么样？"

严居林说："我照你说的，把赵友礼地的四邻都买下，逼他卖给我了。"

苗自芳自豪地说："咱不动脑，只要一动脑，办法就来了，逼他卖，不卖不行了。"

严居林愁眉苦脸地说："可我倒霉啦！"

苗自芳惊奇地问："怎么啦？"

严居林就把从写契约到打官司输了一五一十讲了出来。

苗自芳听后说："那是怎么回事？你契约带来了吗？"

"啊！我带来了，带来了，你不问我还忘记了。"严居林边说边从衣袖里掏出契约给了苗自芳。

苗自芳轻轻地读出声，严居林认真地听。

"契约写得很明白呀。"苗自芳眨着眼看着严居林。

严居林说："赵友礼说柿树一棵不卖，留结柿子给孩子打馋瘾，我说中。"

苗自芳恍然大悟说："问题出在'是'字上！"

"怎么出在"柿"字上？"严居林忙问。

苗自芳说："苗坦之写的契约，当时你看着写的？"

"对，他写每个字我和赵友礼都认真坐在旁边看，他写完给我看，你知道，我是不认字的。"严居林说。

"唉，你要认字就不会出现这样的事，苗坦之把结柿子的柿树写成是什么的是啦！"

"他苗坦之不知道我识不识字呀！"严居林疑惑地说。

"他不会问？都是南双店人，你又是有名富裕人家，不可能不知道吧。"

"这个苗坦之，这个苗二赖子，他把我坑了，又把我赖了！真他妈混蛋，我找他去！"严居林气急败坏道。

苗自芳忙把严居林按住说："不妥，要冷静。你找苗坦之，苗坦之他有八句话等着你，他会说是按照你俩说的话写的，又当面给你看，双方同意的，又都画押的，每人一份，你凭什么找人！弄不好再去海州府打官司，你还是输给他。"

"不，我可不想再打官司啦，四十大棍打得我疼死了，现在屁股还青一块紫一块的。"严居林停了一下，又接着问，"你看怎么办呢？"

苗自芳眨了眨眼，半天才说："看来你只有吃这个哑巴亏了。""哎哟，我怎么这样倒霉，被赖上了呢。"

"怪你想买地心切，你自己不认识字，为什么不找个识字的人看看，再签下契约。"

严居林骂道："苗坦之你个狗日的，怎么帮穷鬼一起来赖我呢，咱们南双店怎么出这么个赖皮呢？"

"你可不要小看苗坦之，他这考上秀才，鬼点子又多，我和青早都吃过他的亏，你不是不知道！"

"唉，我倒想起，这知州范思玉为什么都偏袒穷人，替穷人说话。苗坦之赖你家青早松树林地，第二次打官司，苗青早赔那么多银子。这回又对我这样，你说，咱们是不是没有送礼给他？"

苗自芳眨了眨眼说："上次我也考虑到这事了，可我又想我哥在皇帝跟前做事，不怕他一个州官，因此，也就没有往下想。"

"俗话说，天高皇帝远，远水不解近渴，你大哥是在京，但是鞭长莫及呀，我想咱们还是去打点打点，以后不能再吃亏啦！"严居林说。

"你说得也对，这几件事呀，秃头上虱子，明摆着是被苗坦之赖了，可你又拿不出足够证据，眼看着被赖。不知这范思玉能不能接受？"苗自芳说。

"哼，这些官，还有不贪的，我听说了，这范思玉也是穷苦人家出身，他苦读寒窗，还不是为了升官发财，俗话说'一年清知府，十万雪花银'，难道他不知道白银是好东西呀！"严居林说。

"那咱俩就拼凑去十两银子。"苗自芳说。

"十两有点少了吧？"

"咱想先投石问路，先少后多。"苗自芳瞅着严居林说，"咱就说顺便路过，没带多，以后再说，先把他胃口吊起来。"

"好，你老兄到底有办法，那就这样办，后天就去！"

"中！"苗自芳说。

赵友礼怀中装着严居林输了官司给他的三吊钱，一路高高兴兴，顺便走到卖给严居林的地头看看，他到地头一看高兴极了，地里的树全刨光了，所请的左邻右舍把刨倒的树给他拉回家了，地里留下大小不一的砂石坑。赵友礼越想越高兴，想到苗坦之给自己出的点子，不由自主地敬佩起苗坦之，默默地不停地念叨着："苗秀才，你是咱的救命恩人，你是咱穷人的主心骨。咱步步按照你的办法去做，达到目的了，真是没有想到，咱不仅又能买几亩好地，而且还卖了树赚了钱，咱的生活不困难啦，这下子老婆也不会寻死上吊了，咱放心了，咱感谢你。"赵友礼边走边想，天没有黑就到家了。

吃饭时，赵友礼说，多亏苗秀才给咱想的办法，咱感谢人家，赵友礼的老婆忙说："明天把树卖了，带点银子给苗秀才，感谢人家。"赵友礼极力赞成。

第二天来了两木匠找赵友礼要买槐树，因此也就有了钱。晚上，赵友礼吃过饭，就来到苗坦之家，告诉苗坦之，事情全照苗坦之预先说的话办的，硬要给苗坦之钱。苗坦之对赵友礼说："咱不要，咱是为穷哥们出气的，咱一看那些有钱有势人欺负咱穷人就气得慌，他们逼人太甚，不叫他们淌点血，吃点亏，今后还会欺负你。"苗坦之坚决不要，并对赵友礼说，今后有什么困难，只要他能帮助的就来找他。

赵友礼回家以后，无论在家中还是在外，经常夸赞苗坦之，说苗秀才心眼好，为人正直，做事认真，为人做事还不要报酬，他为咱穷哥们说话，真是少有……

从此"是树不卖"传遍了北双店、南双店，传遍了整个海州地区，后来又传到了西边新安镇，北边传到了郯城，都知道海州西乡南双店有一个为穷人出点子办事的苗秀才——苗坦之。

# 第九章

郯城县城逢会，苗坦之、苗贵之和吴宝怀三人闲来无事，就各自骑着小毛驴来到郯城，三人在郯城街上逛着看着，来到唱柳琴剧的戏场，看很多人在听唱，吴宝怀挤进人群听了几句唱，忙又挤出来。

吴宝怀说："哥，这什么剧唱着还怪好听的，咱听一会吧！"

苗坦之说："好，那我们就听听。"

三人左挤右钻，挤到人群前边，找个空地席地而坐，听了起来。听了几句后，苗坦之高兴地说："嗨，真好听，唱的是梁山伯与祝英台吗？"

苗贵之也附和着说："你甭说还真可听，这叫什么剧？"

吴宝怀说："我刚才听人说是山东柳琴剧呢。"

"这个曲调很好听，清亮而又婉转。"苗坦之边向戏台上看边说。

于是，三人就愉快地看起戏来，听完一场，又接着听第二场，不知不觉时辰不早，太阳要落山了。

苗坦之向周围看了一圈，忙说："时辰不早了，光顾听戏，连饭也忘记吃了，走吧，到住店地方还得走一会儿呢，驴也饿了。"

苗贵之说："还给戏迷住了呢！"

吴宝怀边向戏台上看去边说："甭忙走，等我把这场看完，反正天也晚了，就在这住一宿！"

苗坦之向苗贵之笑着说："那就把这场戏看完吧。"

三个人把这场戏看完，急急忙忙向拴驴的店家走去。这个客栈是在一条大路边上，门向南，是四合院房子，大门是高门楼，进了大门里，左右还各有一个偏门，牲畜和车辆放在另一个院子里，另一个偏门进去是吃饭和做饭的院子。当中院子有正堂屋四间，是儿子媳妇住的，进门楼的过道是店老板居住和办事用的，一边是一长排的柜台，家院东西厢房是客人住的。

苗坦之进院后，店老板领着苗坦之三人安排了住房，又向苗坦之三人介绍店里情况，这个店老板姓徐，名平安，五十多岁，家中雇佣人六个，儿子在外做买卖，家中只有他老伴和儿媳妇。正介绍着，老板儿媳妇走过来问什么事情，苗坦之看到徐老板的儿媳妇长得不错。

到了吃饭时，苗坦之三人到桌上一看很简单，一人一碗萝卜汤，桌上放着几张煎饼，和一盘辣椒咸菜。

苗坦之说："这个徐老板是个肉头，小抠。"

吴宝怀说："看他能收咱多少钱。"

吃过饭到了房间，也不送茶水，也没有洗脚水，还没点灯就叫睡觉了。

苗贵之气愤道："这是什么店？连个灯也没有。"

"黑店呗！"吴宝怀说。

"真是的，我说他抠门，还真抠，可见这个徐老板很差！从来住店也没有这家差的。"苗坦之道。

"人家再差，也有个灯照着亮，有个洗脚水泡泡脚呀！"苗贵之说。

"我得叫他出出血，这样的抠门户你不治治他，他一辈子对客人都不关心，舍不得花点该花的钱。"苗坦之说。

"你怎么治他，你都睡觉了，他恐怕也要睡觉了。"吴宝怀说。"我叫他明早请我们一桌酒席！"苗坦之说。

苗贵之说："这样抠门，小气鬼，能舍得办酒席，明早还是干煎饼。"

"你就等着瞧吧，现在睡觉。"苗坦之边说边躺下。

到了四更天时，苗坦之悄悄地起来，蹑手蹑脚地走到过道，过道的大门是门上的，北门因为通向家院就没门。苗坦之因为在白天看到徐老板住的床铺，他走到徐老板床前，把徐老板的麻鞋拿着就走出了北门，又把白天看到的西墙边上的葛针树枝折断了，然后来到徐老板的堂屋门前。苗坦之白天听徐老板说，这堂屋东两间是她儿媳妇和儿子居住的，他用小刀慢慢地把门门撬开，悄悄地又把徐老板的麻鞋放在她儿媳妇床前，卷起裤角，把一只腿肚伸到徐老板的儿媳妇脸上来回轻轻地荡着，等徐老板的儿媳妇醒了，感觉到有人要跟她亲嘴，伸手就乱抓乱挠，苗坦之感到腿肚子被抓了几道痕印有些痛。徐老板的儿媳妇在屋里一边哭一边喊，苗坦之悄悄溜出房间，又把门关上，把刚才折断的葛针树枝插在门上方，然后忙跑回屋，钻进被窝里睡起来。

徐老板听到儿媳妇在屋里大叫大喊，忙起床，可脚在床前怎么也找不到鞋，于是就光脚向堂屋跑去，到门前忙拍门，门没有门，门上方的葛针树枝顺势掉下来，把脸划了几道血印子，徐老板进门就问怎么回事？儿媳妇哭哭啼啼地不好意思说。徐老板就发火边转脸边喊："小贵子，小贵子！"

不多一会儿，一个小青年披着衣服，趿拉着鞋忙跑到徐老板面前问："老板，什么事？"

徐老板生气地说："你快把那两个房间住的人都给我喊起来，到这堂屋门前来！"

"是！"小贵子边穿衣服边跑走了。

小贵子喊到苗坦之住的房里，苗坦之说："正睡得香，被你吵醒了，干什么？住你的店吃不好，连觉也不给好好睡，真是的。"

苗贵之边穿衣服边说："叫赶快起来，肯定发生什么事啦，起来呗！"

吴宝怀还不想起，说："发生事与我们住店有什么关系，这个老板真可恶！"

两个房间共住九个人，徐老板站在堂屋门前，面对住客生气地说："你们这些住客不是人，竟然在我家干些伤风败俗之事！"

吴宝怀在人后气鼓鼓地冲向前，手指着徐老板说："你说谁不是人？"边说边伸出拳头就打向徐老板，徐老板一趔趄，忙站稳向左右看看大声地喊："小贵子，你们几个人给我上，打这个打我的人！"

看小贵子几个人要上，住客就一窝蜂吵嚷起来，有一个住客说："徐老板，你能打过我们几个人吗？这是住在你客栈里，万一出事，你徐老板逃不了干系。"

徐老板一听这话，一下子软了，不吱声了。

苗贵之说："徐老板，到底发生什么事啦？"

"对，对，把事说清楚！"大家异口同声地说。

徐老板说："我问你们这些住宿的，是谁深夜到我儿子媳妇房间的？"

这一说，大家才明白是怎么回事。吴宝怀暴跳如雷，又跳到徐老板面前，手指向徐老板说："你把我们说成什么人啦！非揍你个老东西不成！"说着拳头又打向徐老板。

徐老板"哎哟，哎哟——"直喊。

小贵子几个人要伸手去打吴宝怀，有位住客说："你们打我们住店人是不对的，打！"

一时，乱成一窝蜂，这时苗坦之从后面大喝一声："不准打！"

这突然一声喊，双方都不知是什么人来了，都停下向身后看去。苗坦之走到徐老板面前，看看徐老板，又向住宿的几个人看去，半天才说："这深更半夜的，你徐老板把我们这些住店的人吵醒起来，还要打我们人，这到县衙讲，你徐老板全错！"

徐老板手指着吴宝怀气鼓鼓地说："是他先打我的！"

吴宝怀气愤地说："你凭什么说我们住客不是人？！"

"对呀！对，对！你凭什么骂我们不是人？"许多人异口同声地大喊大叫。

"我看你徐老板才不是人，谁到你儿媳妇房间去，你找谁，难道我们九个都到你儿媳妇房间去了吗？！"

"是呀！是呀！"又是一阵嚷嚷。

苗坦之说："这就是你徐老板的不对了，不问青红皂白，把我们都吵醒弄来训话，又骂我们不是人，有证据拿出来呀！"

大家又七嘴八舌地说："对，有什么证据拿出来呀！"

徐老板愣了半天，转脸向房门里说："你出来说说。"

徐老板的儿媳妇不好意思地低着头走到门前说："那个人用嘴亲我的嘴，我就抓挠他的脸，肯定被我抓出血印子。"说完转身回屋。

"好啊！好啊！那就看看谁脸上有血印子！"又一阵嚷嚷。

苗坦之忙说："你端灯来照照，不就知道是哪个人到你儿媳妇房里吗？"

"对呀，这位先生说得对！"住在另一个房间的客人说。

徐老板忙说："小贵子，把灯端来！"

小贵子忙进屋把灯端了出来，递给了徐老板。

苗坦之说："你就从我开始照！"

于是，徐老板从苗坦之开始，灯从每个住客面前照过，照完了，徐老板没有吱声。

苗坦之问："谁的脸上有血印子？"

徐老板说："没照着。"

苗坦之忙夺过徐老板手中的灯说："咱们住客没有，那你们家的人也得照照！"

"对，对，对，说不定是你们家什么人干的！"又有两个人说。

苗坦之说："徐老板，你把你家的伙计都喊来。"

徐老板手指身边说："都在这儿，就他们六个人。"

苗坦之就从一边挨个照着，照几个伙计没有，照到当中的徐老板。

徐老板忙说："你照我干吗？"

"哈哈——"苗坦之一照，看徐老板脸上有道血绺痕迹，说："大家看，贼喊捉贼，徐老板，你的脸上怎么有几道血印子？"

大家都惊奇地吆喝起来。

吴宝怀吼道："你自己扒灰还赖人！"

徐老板忙说："我？我是给葛针树枝划破的，不信树枝还在这门旁，你照照！"

苗坦之把门左门右全照了，没有发现树枝，说："徐老板，你干就干了，不要瞎胡说，哪有什么树枝！"

大家又一阵埋怨起来。

吴宝怀气愤地走向前骂道："你不是个东西，深夜跑你儿媳妇房里！"

另一个人说："老不正经的！"

苗坦之又从徐老板的脸照到脚，惊讶地说："徐老板，还没穿鞋！"

徐老板一弯腰，才感觉到是没有穿鞋，脚有点冷。

苗坦之说："徐老板忙得连鞋也没有穿，那到这屋里照看看吧！"

徐老板和客人都一拥而进，苗坦之手端着灯，一进门就在地上照，大家都弯腰跟对虾似地向地上瞅。苗坦之把灯照到儿媳妇的床前，看见一双男麻鞋问："这是谁的鞋？"

徐老板惊奇地说："唉，我的鞋怎么会到这儿呢？"

苗坦之说："怎么到这儿，你心中没有数，难道是你儿媳妇专门把你臭鞋拿来的？"

"哈哈，证据确凿了，看你个扒灰老东西还赖吧！"吴宝怀笑着说。

徐老板的儿媳妇忙又羞又慌张地说："我没拿，我没有拿！"

苗坦之说："徐老板，你把鞋穿上吧，到现在还光着脚，其他也别说了。"

大家都笑着从屋里向外走。

有个住客边走边骂："真不是个东西，扰得我们睡不好觉，天也要亮了。"

苗坦之说："好你个扒灰老头子，趁你儿子不在家，你自己干的丑事，还赖我们住店的客人，自己的脸被划了几道血印子，鞋放儿媳妇床前慌忙跑出来，还遮遮掩掩的，你白活五十多岁，也不知道什么是羞耻。"

徐老板儿媳妇在屋里大哭大喊："你个老不死的，叫我怎么见人呐！你个人面兽心的老东西还打我的主意……"

徐老板听着忙走到苗坦之身旁说："客官，客官，请你小点声说，小点声说。"

苗坦之说："我知道你店家里出这事传出去也不好，尤其是你儿子不在家。"

徐老板像哈巴狗似的在苗坦之身旁弯着腰说："是的，是的。"

苗坦之说："徐老板，你看这事怎么办！深夜把我们吵醒了，叫我们住客都听你的训话，还打我们，骂我们，弄了半天，是你们家的私事，可我们——"

徐老板忙问："客官，你看这事怎么办？"

苗坦之说："你看，这事是公了呢，还是私了呢？"

徐老板愣了半天也没有吱声。

苗贵之和吴宝怀也看着苗坦之。

徐老板问："公了怎么讲法？"

苗坦之说："这公了嘛，我们这八九个住客与你到县大堂上去，请县大老爷评评理。"

"不，不，不，客官，那不能去，人都知道，这不好，这不好，这事还是少一个人知道好，不能传播出去，不能上大堂。"徐老板吓得连连说。

吴宝怀气愤地说："装孬了吧，不敢去了吧！不要脸！"

苗坦之问："那你想私了了？"

徐老板愣了一下忙问："不知私了，怎么了法？"

苗坦之说："这很简单，你这老公公与儿媳妇扒灰，说出去也不好听，尤其是要传到你儿子耳朵里，你父子关系就……"

"那是，那是。不能传，不能传。"徐老板不停地说。

苗坦之看着徐老板说："你是开店的，是要挣钱的对吧？"

"对，对，对，你说得对，不挣钱谁开呀！"徐平安忙接着说。

"你把店开好了，凡是来到你店里的人，都知道你平安老板开的店不错，他们下次还会来吧，他不来还会告诉别人，郯城县城有个徐平安老板，开的店不错，也会有人来对吧！"

"对，对，你说得对！"徐平安头点的像鸡啄米似的。

"那反过来说，就像今夜的事情，你把客人全都叫醒了，不得好好休息，他们能高兴吗？下次谁还来呀？这要传出去，一传十，十传百，说郯城那姓徐的开店不行，不能去，服务太差，拿客人不当人。这一传播，你是不是客人就少了呀！"

"对，你说得太对了，我不该不问青红皂白把你们都吵醒，我错了，我错了！"徐老板的头连续点着。

"客人少了，你收人是不是就少了呀！"

"对，你说得真对，你看，我光说话，还没有问你尊姓大名呢！"

吴宝怀忙说："他是南双店苗秀才，是俺哥！"

徐平安忙跪下说："啊呀！啊呀！我真瞎了眼了。对不起，苗二爷，咱郯城很多人都知道你聪明点子多，为穷人打官司，心诚待人，都夸奖你！"

"快，快起来，人都是人，一样的，不要欺负人，对人过不去了，那就不好了。"苗坦之说。

"你苗二爷说怎么办，我徐平安不说不字！"徐平安说。

苗坦之说："天亮了，你办桌酒席，把住在你店的客人请吃喝一顿，赔个错，我再跟他们说，徐老板扒灰的事不要外传。"

"嗯，嗯，对，对，请都不要外传，家丑不可外扬吧！"徐平安说，"中，中，我保证办，保证办！现在天也亮了，我现在就叫办！"说着就要走。

苗坦之忙说："徐老板等等！"

徐老板惊讶地问："苗二爷，你还有什么说的？"

苗坦之愣了愣说："你儿媳妇还在哭，你打算怎么办？"

"你这一说，我还给愁住了呢，怎么办，还请你苗二爷为我想个办法，不然儿子来家，她告诉我儿子，那不就糟了吗？"徐老板为难地看着苗坦之说。

吴宝怀忙说："哥，你不要跟他说那么多，真不知羞耻！"

"那一点不假，你儿媳妇要跟你儿子一说，你这当老公公的进儿媳妇房干那见不得人的事，那你这家就天翻地覆了，家不成家，店不成店了。到时，全郯城人都知道因为你徐平安找儿媳妇睡觉造成的，都骂你。那时，儿子不是儿子，父不是父了。"苗坦之瞅着徐平安说。

"我大哥说得对，这种丑事不能让更多人知道。"吴宝怀说。

苗坦之接着说："俗话说，家丑不可外扬，这件事越说越黑。"

徐老板忙说："你们说的都对！"

苗坦之说："你这样，把你儿媳妇叫来，我给你说说这事。"

徐平安愣了半天说："不知现在还能不能听我话？我去叫次试试吧，唉！"

不多一会儿，徐平安进屋就说："她不吱声，也不来，只是哭，怎办？"

苗坦之把手向耳朵一摸说："走，我跟你俩去，到屋里你就说，我是南双店苗秀才苗二爷，他要说几句话。"

"中，中，俺儿媳妇也知道你的大名，走！"徐平安边说边走。

苗坦之跟在徐平安的身后来到徐平安儿媳妇的房门旁。

徐平安就按照苗坦之说的介绍了。

徐平安儿媳妇边擦眼泪边说："你真是苗秀才？"

苗坦之说："这还有假，我就是苗秀才，人家许我是苗二赖子。"

徐平安的儿媳妇当下跪下说："苗二爷，你的大名俺也知道，可就没有见到你，今天见到你，请你为小女做主，今天这事怎么办？"

苗坦之说："孩子，你起来，你听我说，你听我说。"

徐平安的儿媳妇边抹眼泪边站起身，低着头，也不敢看人。

苗坦之说："这种事越说越不好听，事情既然这样了，你老公公被你抓得满脸血绺子，也没有得逞，没造成事实。"

徐平安脚忙跺着地面："哪有这事啊！"

"唉，我说，徐老板，你还说没有此事，那你脸血绺印子哪来的，你的鞋怎么到你儿媳妇床前的，你能说得清楚吗，你就是一百张嘴也说不清楚，你就真掉进黄河里也洗不干净！当时，我灯照到了一双男麻鞋，我还没问你，我脑子里一闪，还以为是你儿子的麻鞋，可你忙承认说是你的麻鞋，你就把嗓子喊破了，谁也不相信你没有到你儿媳妇房间！"苗坦之一本正经地说。

"唉！真是的——"徐老板唉声叹气道。

苗坦之继续说："你也不要哭，没有造成事实。你，还有你徐老板，谁都不要再说了，你儿子到家谁也不能说。"

"嗯，嗯——"徐老板和儿媳妇异口同声地边说边点头。

"徐老板，你还得请你家的伙计和所有知道的人都要保密，这什么事！说出去多难听，徐平安是扒灰老头子，我都替你害臊，那么大年纪了！"

徐平安忙说："是，我把他们嘴堵住！"

苗坦之又说："至于半夜被你吵醒的那些客人，过一会在酒席桌上我跟他们说，叫他们不要讲，你再向大家赔个不是，认个错，行吗？！"

徐平安频频点头："中，中，你苗二爷说的正合我心意！"

"其实，你招待一顿酒席，都各奔东西了，谁还会去说你这种事啊！"苗坦之瞅一眼徐平安说。

"那是，那是！"徐平安忙接着说。

酒席上徐平安按照苗坦之的话当面承认了错误，深更半夜不应该把大家吵醒起来训话，接着又承认了对各位客人照顾不够，对不起！

苗坦之向各位看了一眼说："咱这桌酒席没有别人，都是被徐老板夜里吵醒起来的，受到了训话，徐老板还赖我们与他儿媳妇干不光彩的事，结果事实大家清楚了，徐老板也认错了，大家吃过饭就不要再说徐老板这件丑事了。"

在座的客人边喝着酒边说："谁还会说。"

一个客人说："这种事不说便罢，越说越黑。"

徐平安弯着腰，有苦难言，只能连连点头。

苗坦之、吴宝怀和苗贵之极力控制自己不笑出声，好歹牵着驴走出徐平安的客栈。

出了客栈，三人并没有立即骑驴走，而是牵着闲逛。

吴宝怀忙说："哥哎，我都给你憋死了，到底是怎么回事呀？"

苗贵之说："我估计是你捉弄徐老板的！"

"这种人开店，没有好心，连个茶水也没有，黑窟窿洞睡觉，小气到家了。不给他点教训，他二辈子也开不好店，像这样，以后谁还进这客栈。"苗坦之气愤地说。

"你是怎么想到的？"吴宝怀问。

"昨晚上二进客栈，徐平安就炫耀自己这个院子、那个院子是干什么的，又说他儿子出差在外，这你两人都听见的。可天黑了，又不给水喝，吃的饭又差，没有灯，没有洗脚水，这哪像客栈，和他自己介绍的完全不符，于是我想到非捉弄他一番不可！"苗坦之说。

"那徐老板的鞋怎么到她儿媳妇屋里的？"吴宝怀问。

"是我悄悄地到徐平安床前偷拿，放在她儿媳妇床前的。"苗坦之微笑着说。

"他儿媳妇把他脸抓破，是怎么回事？"苗贵之好奇地问。

"那是我昨晚看到他墙边花园边有根葛针树枝，是我拿起放在徐老板儿媳妇门上。他徐平安听到他儿媳妇大喊大叫，必然要慌忙向堂屋跑去，在不注意的情况下，一推门，葛针树枝就掉下，刮到他脸上去了，肯定会划出一道一道血印子。"

"那徐平安脸上血印子不是他儿媳妇抓破的，那他儿媳妇不是说有人要与她亲嘴，脸被她抓破的吗？"吴宝怀又问。

苗坦之把裤腿往上卷起说："你看我这腿！"

吴宝怀和苗贵之一起低头看去："哎呀！你腿，怎么抓到你腿呢？"

苗坦之笑着说："我想了很长时间，怎么叫他儿媳妇醒来，感觉到有人触碰脸的感觉，所以我就想起我这腿上长有长毛，就站在床前，把裤腿卷起，伸出一只腿，在她脸上轻轻摩挲，等她醒了，我就悄悄地出来，把葛针树枝插在门上方！"

"哈哈……"吴宝怀和苗贵之笑得前俯后仰。

苗坦之也默默地笑着。

"你真想得出，这一下子可把徐平安治得不轻！"苗贵之说。

"哥，那后来，徐平安找葛针树枝怎么找不到呢？"吴宝怀问。

"在召集我们都到堂屋时，我悄悄把葛针树枝扔到花园里去了，天又没亮，他也没有看见。"苗坦之笑着说。

"哥哎，你动作够快的，点子够多的了，这下子徐平安老实了，该反思自己是怎么回事了。"吴宝怀说。

# 第十章

苗自芳和严居林商量好，去海州要早走，若是晚了被熟人看见不好说，再一点就是早去早回。于是，天还没有亮，两人就骑着驴出了南双店。

严居林在驴身上看着前面的苗自芳说："到知州那里，话还是你说，你脑子好使，又会说话，我那天挨了四十大棍，他知州看到我，我不好意思说。"

"好，我明白你的意思，放心吧，听我说，看我眼色行事。"

"中，你叫我做什么我就做什么。"

两人说着谈着，太阳还没有落山，就到了海州府衙门外。

严居林说："老兄，你帮我牵着驴，我去问那衙门旁的衙役，打听知州住哪里。"

苗自芳边接过驴绳头边说："你去，别多说话。"

不多一会儿，严居林回到苗自芳面前说："那衙役说啦，就从衙门东面的一个小门进去，再往左拐，实际就是大堂的后院。后院一共三个门，最西的那个门就是范知州的家。"

苗自芳说："那咱把驴就拴在这路边树上，走进去。"

两人没有说话，进了大堂后院，直奔范知州家，正巧一位衙役站在门外，苗自芳说找范知州有事，那衙役说，范老爷刚进院里。范思玉听到门外说话声，忙转回身向大门外看去，苗自芳和严居林一前一后走进院内。

苗自芳笑着边走边说："实在不好意思，打扰范老爷，请范老爷多多海涵。"

范思玉看到严居林一愣，然后说："你是前些天来……"

"对，小民严居林前些天来麻烦过范老爷。"

范思玉皱了皱眉头，指了指板凳说："坐吧，什么事？"

苗自芳没有马上坐，看着范思玉笑着说："范老爷你先坐。"

"好，好，我坐，你是？"范思玉看着苗自芳说。

苗自芳笑着说："我也是海州西乡南双店人，我说咱大哥你就知道了。"

范思玉忙打断苗自芳的话问："你大哥是谁？"

"咱大哥叫苗自芬，国子监翰林，咱叫苗自芳。"苗自芳自我介绍。

范思玉一愣："噢，苗翰林是你大哥。"

"是的，是的。本来，本来，范老爷到海州任知州早该来拜访求教，可小民又不敢见老爷，再加上家中事忙，就没有来。今天咱两人从板浦回家，途径州府，就来啦！"苗自芳看着严居林说。

严居林微笑着只顾点头。

范思玉说："谢谢你二位，有什么事吗？"

苗自芳说："没事，没有事，就是顺便来看看范老爷。"边说边掏出一个布包放在桌子上说："由于出来所带银两不多，又不知老爷喜好什么，咱俩第一次来，略表心意，请范老爷笑纳。"

严居林也忙把自个儿身上的小包掏出来与苗自芳的小包放在一起。

范思玉一愣："你两人这是干什么，本官为官几年，可从来不收任何人钱物。我虽然是穷人出身，苦读寒窗取了功名，皇上任我为六品州官，但是，我不谋取他人钱财，皇上给我俸禄足够我家用，还请二位收回吧！"

苗自芳微笑着说："这是小民的一点心意，无论如何要收下，以后咱俩还会来的，如范老爷喜好什么，咱俩保证办。"

严居林也附和着："是呀，是呀！"

范思玉说："不要坏了我的规矩，一定要拿走，有什么事情要我办，能办的我一定办，虽说是六品官也是为民办事的。"

苗自芳还继续推辞："请范老爷一定收下，这是小民孝敬你老爷的。"

范思玉猛地站起身高声吼道："我叫你拿走。"

苗自芳还是微笑着说："范老爷你看咱俩已经来了，这点就收下吧！"

范思玉高声喊："来人！"

两个衙役急忙从大门跑进，异口同声地问："老爷，什么吩咐？"

范思玉大发雷霆，手指着苗自芳和严居林说："这两个小人还想贿赂本官，送银子给我，污辱我的人格，败坏我的名誉和府衙的声誉，给我打，每人二十大棍！"

两个衙役愣着只顾看着范思玉没有动。

范思玉大吼："你两人也想跟他两人一样来毁坏我的声誉吗！"

"不敢，不敢！"两位衙役异口同声说。

范思玉气鼓鼓地："那还等什么？"

苗自芳仍笑着说："请范老爷别生气，古人说'官不打送礼者'的呢！你收下吧！"

范思玉大声吼道："我跟他们不一样，我就要打送礼的，你们不怀好意，另有图谋，给我狠狠打！"

两个衙役拿过旁边的大棍就打了起来。

143

苗自芳和严居林只有招架，跪地求饶了，两位衙役打了二十棍。

　　范思玉看着苗自芳和严居林说："把银子拿走，不然再打二十棍！"

　　苗自芳忙说："哎哟，哎哟，好，咱俩拿走，请范老爷不要打了，不要再打了！"

　　苗自芳和严居林慢慢站起身，各自把自己的小包拿走，一瘸一拐向大门外走去。

　　范思玉看着两个衙役说："你两人把他两人送出大门外。"

　　两位衙役异口同声地说："是。"

　　高个子衙役悄悄地靠近矮个子衙役身旁说："范老爷今天怎么啦，历来是'官不打送礼者'，有点太不给面子啦！"

　　矮个子衙役说："你不知道，咱们范老爷是个清官，我看过两次，前年海州秦东门外的杨财主送礼到他家里，范老爷大发雷霆，硬让杨财主拿走了。还有今年年初，板浦一位汪财主送来银子，范老爷跟今天一样，再三劝他拿回去，那位汪财主总是笑而不拿，最后范老爷大发脾气，叫我和周衙头把汪财主打了二十大棍。"

　　高个子衙役说："看来咱们范老爷是个清官，好官，值得钦佩。"

　　矮个子衙役自豪地说："那是，范老爷跟上一个陈老爷就不一样。他俩已走出大门了，咱回去跟老爷说一声。"

　　"好的。"高个子衙役边说边与矮个子衙役一齐回到范思玉的院内。

　　矮个子衙役看着范思玉说："老爷，他俩人已走出大门了。"

　　范思玉看着矮个子衙役说："你跟周大年说，今后，凡有人找我，问我住哪里，不要告诉。海州地区我没有亲戚朋友。"

　　矮个子衙役接着说："是，知道啦！"

　　苗自芳和严居林一瘸一拐来到拴驴的树下，苗自芳一下瘫坐地上："咱娘唉，这是什么知州，真是没有想到，送银子不收，还打人，老祖宗还说'官不打送礼者'，可他，他没有人味儿。"

"唉，倒霉，咱怎么遇上这么个知州，真是特别，天下少有，大声指责呵斥不算，还打！哪有这样当官的！"严居林一只手捂着屁股说。

苗自芳慢慢站起身说："走，找个旅舍住下。"

"是得住下，不然疼得受不了。"严居林也站起身说。

两人牵着驴一瘸一拐，向秦东门西走去。

正巧，苗坦之身上斜挎着个布包迎面走来，突然停住了脚步。苗自芳和严居林只顾低头走路，没有抬头向前看，不知不觉走到苗坦之的面前。

苗坦之惊奇地问："二叔和严老爷这是怎么啦？"

对于苗坦之突然的出现，大大出乎苗自芳和严居林所料，都惊奇地看着苗坦之，愣了半天说不出话来。

苗坦之看看苗自芳，又瞅瞅严居林两人都是狼狈样，说："你两人怎么啦，是不是被谁欺负啦？"

苗自芳和严居林没有吱声，过一会儿，苗自芳问："你怎到这？"

苗坦之说："我在板浦许乔林师傅家，刚到海州呢！"

苗自芳又向严居林瞅一眼，仍然不吱声。

苗坦之急了说："你俩说话呀，是谁把你俩人打成这样，满身泥土，说出来，我去衙里告他去。"

苗自芳憋了很长时间说："没你的事。"边说边要走。

苗坦之跨一步忙说："二叔，咱在南双店是自家发生点摩擦，有点磕磕绊绊的。可是，这是在外乡，咱双店人不能白白受外乡人欺负。我苗坦之看到自己乡邻受人罪，我不能袖手不管，妈的，咱南双店人不是好欺负的。"

苗自芳和严居林两人看着苗坦之为难了，可这苗坦之又说出掏心窝的话，更加为难，不知说什么好，也不知怎么做好。

145

苗坦之皱着双眉，愣了半天说："二叔，严老爷，看来你两人对我还有很大隔阂，不相信我，你仇恨我也罢，我刚才说啦，把咱在南双店的事，也就是在家里的事放在一边不谈，就谈你俩被谁打成这样，我心里很气愤，到底是谁干的？说吧！"

苗自芳向严居林瞅了一眼说："咱俩走，与你无关。"

苗坦之拗不过，叹口气说："唉——你两人不说，我去找知州，告他，咱西乡南双店人到你州府，被人打成这样，请求知州派人调查，决不罢休，我现在就去！"说完，苗坦之真的往州衙大门走去。

苗自芳悄悄地说："咱俩快走，不跟他纠缠。"

苗自芳和严居林找到个旅社住下了。

严居林坐在苗自芳对面，看着苗自芳说："怎这么巧碰见二赖子呢！"

"是呀，今天咱俩真是晦气，碰见个不知好歹的烈官，又遇见个赖子。"苗自芳懊恼地说。

"老兄，这二赖子真要去找知州，那咱俩的事情他就知道了，那咱俩不丢死人了吗，还不成为笑柄吗！"

"妈的，屋漏偏遇连夜雨。"过了一会，苗自芳突然抬起头，睁大眼睛看着严居林说，"事已至此，隐瞒也隐瞒不了，随他怎么说好了，咱该怎么样就怎么样！"

"真他妈倒霉晦气，偏偏又给二赖子看见，二赖子说话又在理，表现出人很大度，咱俩倒给他弄得措手不及，非常尴尬，如果面前地面上要有个窟窿那太好了，我立即钻进去了。"

"是的，谁知道这么巧，早不遇，晚不遇见，被打成难堪的样子被他看见了，真的的。"苗自芳边说边拍自己的头。

"苗老兄，你估计这二赖子去衙里，知州和衙役能告诉他吗？"严居林说。

"我在想，如果他二赖子知道了，也就不求知州调查了，也无法为咱俩出口气啦，他只有回家在庄邻面前吞咱俩啦，笑咱俩企图贿赂巴结知州不成，倒被打二十大棍。但咱又细想想，苗坦之长这么大，有一句说一句，他在背地里不讲人家不好的事情。"

"不知他这次回到咱南双店讲不讲啦！唉，这个范知州，你不收就不收吧，你别打咱呀，凑巧又被苗二赖子看见，真是越想越不是个味儿。"严居林站起身在屋里边踱着步边说。

两个人就你懊恼一会，他懊恼一会，很长时间也不能人睡。说来说去，不该被打，被打了，不该被苗二赖子看见，最后两人统一了认识，焦点还是放在苗坦之的身上，苗坦之就像幽灵一样出现在他俩的周围。

苗坦之到了衙门看见了周衙头。因为周衙自从吃了苗坦之的东西，见到苗坦之就很客气，苗坦之就向周大年说了苗自芳和严居林两人被打，问周大年知不知道。周大年笑得手直拍屁股，把事情的经过告诉了苗坦之，苗坦之笑得前俯后仰。

苗坦之笑完说："怪不得我再三追问被什么人打的，我要告打人的人，他俩总是一言不发，原来是拍马屁，反被马踢啦！"

两人又是一阵大笑。

"说真的，范老爷是个少有的知州，古人说'官不打送礼者'的，可他偏打送礼的，好官，清官，走啦！打得好，打得对！"苗坦之边走边高兴地夸奖着。

苗坦之来到他经常住的白虎山酒店住下了。他每次来海州，或者从板浦回来，都住在这个店。他从板浦回来一路就很高兴，因为他与同窗好友汤国泰在许乔林那帮助整理材料，许乔林要编书，这事已做多次了，许乔林满肚子古代奇闻趣事，这几天讲了不少。苗坦之走在路上越想越高兴，不知不觉到了海州衙门前的路上，撞见了苗自芳和严居林二人。

当苗坦之看到苗自芳和严居林浑身泥土被人打了，没有多想，只想到是本乡乡邻，苗自芳又是一族的叔叔，在海州被人打了，感到是个大事，他要问个明白，想为他俩出气。再说他到过大堂打过几次官司，对知州、师爷以及衙役的言行作为也知道一些，胆子也慢慢大起来，他不惧怕打官司告状。所以，再三追问苗自芳两人，可他们又不说。这时，苗坦之才考虑到因为在南双店的几件事弄得不愉快，把他俩整得很难堪，他俩心中对他还怀有仇恨。苗坦之想到，之所以发展到如此地步，那全是你们所作所为逼得穷人没有办法，才反过来想办法使你两人难堪的。可是，事到今天，他们还不意识到自己的不对，还认为有人跟他过不去。可是，桥归桥，路归路，那些事是发生在南双店本地，把那些事撇在一边，咱现在都在外乡，看到本乡人在外地被人欺负，咱能还记得在家里发生的事吗，咱能不管不问吗。可是，原来是企图贿赂知州，被知州叫衙役打了，这种情况，咱苗坦之就没有法子为你二人出气了。知州做得对，而你苗自芳和严居林是南双店有钱有势的财主乡绅，想此办法，全是为了自己，巴结上知州更得寸进尺地欺压穷百姓。苗坦之躺在床上认真地想着，你苗自芳和严居林最近一两年时间没有占上风，在打官司上输了，心里憋屈，不痛快，想通过贿赂知州，把与知州关系搞好，找到撑腰的与咱作对，来治咱，这是个明显的道理。你们两人就是不说，咱意识到了，见到咱你们两人非常尴尬，因为你俩心中有鬼，做了见不得人的事情，所以你们不会说，更不好意思看见我……苗坦之想着想着，情不自禁地笑了起来。

苗自芳和严居林几乎一夜没有睡，苗自芳说："明早早起。"

"今晚没睡好，明天反正回到家，你急什么。"严居林说。

"你考虑没有，那苗坦之也是回家的，冤家路窄，再遇见了咱俩说什么好。再说他昨天下午去衙门，知道了咱俩的事，咱俩的脸怎么放，你能跟他说什么，苗坦之聪明过人，鬼点子多，你知道他又会怎样捉弄你我。"

"对，对，你老兄考虑全面，你说得一点也不假，咱俩也不能再碰见他了。如果碰见他，还不知道他怎么笑话咱俩呢，走，天不亮咱就走！"严居林迫不及待地说。

苗坦之实际上不是那样的人，他从来不去笑话人，更不会拿人的短处去宣扬，听到别人说了，他只是笑笑不吱声。苗坦之最不喜欢的也是最痛恨的，是那些有钱有势的人欺负穷人，尤其是逼迫人太过分的人，他就看不惯，他就要打抱不平，想点子治治他。若不是逼人太甚，苗坦之他才不管呢，他有句口头禅："大路通天，各走各边；你不惹人，人也不会惹你。狗急还会跳墙呢！"

苗坦之回到南双店，跟谁也没有说过苗自芳和严居林行贿知州挨打的丑事。苗自芳跟严居林说，该干什么就干什么，该怎么样就怎么样，实际内心还是希望苗坦之不要把他俩的事抖出来，如果真的抖出来，南双店的人都知道了，多么丢脸面。

过了几天，严居林来到苗自芳家，苗自芳的老婆告诉严居林，苗自芳在西院苗青早家，于是严居林转身走向苗青早家。

严居林走到苗青早家，只见大门虚掩着，就慢慢推开一扇门，听见东厢房里传出女人的笑声，严居林边走边听。

女人说："你个鬼，你哥不在家，三天两头……"

苗自芳的声音："嘿嘿，肥水不流外人田嘛……"

严居林走到门前，一眼向东厢房瞅去，愣了，走也不是，退也不是，苗自芳趴在她嫂子陈苗氏身上。严居林悄悄忙转身向大门外走去，巧了，衣服被门门头扯住，把门拉得"咣——"一声。

苗自芳忙边穿衣服边跑出东厢房屋门外："谁？严老弟！"

严居林一愣，极为尴尬，"你这什么门！"

苗自芳忙问："你是进来，还是出去？"

严居林犹豫了半天说："咱是来找你的！"

"啊，你刚来？"苗自芳问。

"是呀，我才到，我才到。"严居林结结巴巴说。

"进来呗，进来坐下说话。"

"我担心呐，这几天你听到什么没有？"严居林问。

"我没有听到什么，我叫苗青早到人多的地方去打听。我那天专门到集市转了一趟，没有听到什么。"苗自芳眨着眼说。

"那就好，那就好。我又想，苗坦之虽然没有说，说明他心里有数了，我总觉得不太踏实。"

"是啊，送礼没成，这知州范思玉心中也记下咱俩了，今后对咱不会有好感的。"

"那怎么办？如果再遇什么事，那咱俩还要吃亏受气吗？"

"是啊，我回到家就考虑这个事，几次打官司，这个苗二赖子出名了。到州里，知州也不欢迎咱俩，对咱们以后很不利。"苗自芳忧心忡忡地说。

"这可怎么办呢？"严居林皱着眉头，过了一会说，"咱再跟刘匡道说说。"

"不，去海州的事不能跟刘匡道说，咱俩没有叫他一起去，他会疑心咱俩隔着他，不好。咱俩再想想有什么办法。"苗自芳说。

"也好，那我回家，明天我再来。"严居林说。

"中，要想个好办法。"苗自芳把严居林送到大门外，看严居林已经走远，忙把大门门上，向东厢房走去。

苗自芳走到东厢房，顺手把门关上说："严老头来得真不是时候。"

陈苗氏责备道："你也太急了，想那事，也不把大门关上，就——"

"谁知道他会来呀！"

"不知严老头看见没有？"陈苗氏担心地问。

"不管他，他就是看见了，他也不会讲出去，我的事，再说是在咱自己家里。"苗自芳说。

严居林从苗青早家出了大门就默默地想：苗自芳你也太不像话了，大白天连门也不插就与大嫂子那样。嘿，怪不得，我每次来找你，你差不多都在苗青早家，原来两边都占有了，还说什么肥水不流外人田……想着想着自己也笑出了声，光顾着低头走路，没有想到的事又碰见了，苗坦之从对面走到面前。

苗坦之问："严老爷，想什么事呢，高兴得自己笑了？"

严居林猛抬头，看见了苗坦之，半天才结结巴巴地说："我想，我想，噢，没有想什么，没有想什么。"严居林心里嘀咕，真是的，不想见的人，偏偏要见。

苗坦之看着严居林问："严老爷，那天晚上在海州你住哪家店，咱找了两家没找到。"

"噢——"严居林支支吾吾。

"你跟咱二叔的事，咱到衙里打听到了，知道啦，你告诉咱二叔，你俩放心，我苗坦之知道自己应该如何做人，不会说出你们的事的。"

"好，好。"严居林觉得浑身不自在，于是忙跨步走过。

苗坦之微笑着看严居林慌忙而去。

严居林边走边想：自己真晦气，今天撞见些什么事，什么人啊！不该见到的偏偏给自己看到了，不过苗坦之最后说的话，让自己的心踏实了，不会说出他俩送礼挨打的事，那么在南双店就不会成为别人的笑柄，不会丢人了。想到此，感到不该撞见苗坦之却又感到撞见是件好事了。明天一定跟苗自芳说说，叫他心里也踏实些。

严居林到了家还没有坐下，四姨太就问严居林去海州事情办得怎么样。四姨太是聪明人，她说："你俩送礼还挨打，说明范知州不收人礼，也说明你俩没有找到靠山，今后如果有些什么事，还会吃亏的。"

严居林忙说："苗自芳与我都愁，想不出个好办法来治治苗坦之，现在苗坦之又是出了名的秀才，不仅本海州地区，而且山东郯

151

城和新安镇许多地方人都知道咱南双店有个正直诚厚，为穷人打官司的苗秀才呢。"

四姨太接着说："平常人都会说，官大一级压死人，你就不能找到能管住海州知州的官呀！"

严居林说："州上面是省，可是省里更没有熟人。"

四姨太突然睁大双眼，气愤地说："真是个笨蛋。"

严居林吓一哆嗦，"夫人明示。"

四姨太瞟了一眼严居林，说："苗自芳的大哥不是在京里，在皇帝身边办事，又是国子监翰林，就管不着省，管不着州吗！"

"啊呀，对呀，对呀！夫人你真聪明，犹如拨开乌云见晴天！嘿！明日我跟苗自芳说，叫他想办法去京城一趟，叫他哥想办法，不怕他小小秀才，也不怕他知州。"严居林高兴地说。

第二天吃过早饭，严居林把嘴一抹，就急急忙忙向苗自芳家走去，这次他记住了上次的教训，到门外要敲门，大声叫门，不能贸然直向里面走去，碰见那些不该看到的事。苗自芳老婆告诉他苗自芳在苗青早家，于是他又走到苗青早家门外敲门。

苗自芳听到严居林说的两件事，犹如从大雾中走出来。苗自芳高兴道："你苗坦之不就是个小秀才吗，你范思玉不就是个州官吗，自有上边管你。好，我明天就准备去京城一趟，找我大哥去！"

# 第十一章

严居林听说苗自芳要到京城去找他大哥，心里充满希望，高兴地回家了。可苗自芳又想到苗青早的婚姻大事没有一点眉目，到苗自芬那儿肯定会问他，心里很着急，翻来覆去一夜也没有睡好觉。自从去年找冯媒婆介绍钱开通的女儿没有成之后，心里也很想尽快帮侄儿苗青早把婚事办了，也了却一桩心事，这是他大哥前年再三嘱咐的事，这将近三年时间了，还没有办成，怎么见大哥苗自芬。虽然也托冯媒婆去张罗几家，可冯媒婆一次次来向苗自芳汇报，都没有合适的。为了苗青早的婚事，苗自芳费了不少心，在家中也多次叫老婆回娘家去张罗此事，也多次与他大嫂陈苗氏谈过，可都不成。严居林和刘匡道为此事也出过力，介绍过自己的亲戚，如严居林的表妹家有个女儿和刘匡道的姐家一个女儿，虽说门不当户不对，但这两家日子还不错，都是忠厚人家，可是一听说苗青早德行上不怎么样，都不愿意。这种原因，严居林和刘匡道不好对苗自芳直说，只能瞎编个理由搪塞过去。

苗自芳经过深思熟虑，苗青早的婚姻没有眉目，绝对不能见他大哥，起码要把婚事定下来，找到个姑娘，才好说话。

这天清早吃过饭，苗青早问："二叔，今天还下乡收租吗？"

苗青早这一问，提醒了苗自芳，在上个月去竹墩梁大憨家收租时，看到梁大憨有个女儿长得很漂亮，身材苗条，一双大眼睛，这要介绍给苗青早很般配。可又想，这门不当户不对，梁家是租种苗青早家的佃户，怎么能成亲呢？不妥，可是又想，这么长时间都没有找到合适的，到哪去找呢？

苗青早看着苗自芳紧皱着双眉急忙问："叔，叔，你是怎么啦？"

苗自芳这才缓过神，支支吾吾地说："啊，啊，没有什么。"停一下接着问，"你妈在家吗？"

"在家呢。"苗青早回答。

"好，我跟你妈商量个事，你也来。"

苗自芳和苗青早进了家院，正巧，苗青早的母亲陈苗氏坐在槐树下。陈苗氏看见苗自芳和儿子苗青早一起走进院里，两眼直愣愣地看着。

苗自芳在陈苗氏对面板凳上坐下说："跟你娘俩商量个事。"

陈苗氏和苗青早都惊奇地看着苗自芳说话，没有吱声。

苗自芳眨了眨眼说："前年大哥临去京城跟我交代，要给青早找个媳妇，可我托冯媒婆介绍了附近所有大户人家的姑娘都没有成，这事我也跟大嫂你说过的。"

陈苗氏忙打断苗自芳的话说："青早，你二叔为你的婚事可没有少操心。大户人家的姑娘，不是已有婆家就是已经嫁人了，可那些穷鬼家的姑娘倒是不少，可门不当户不对的，唉，愁死我了。"

"我就是跟你和青早商量这事，青早年纪也不小了，有合适的早该结婚了，甚至都有孩子了。"

"谁说不是，咱庄上跟青早一样大岁数的好几个，人都有小孩了，可咱还没有眉目。"陈苗氏接着说。

苗自芳看了看陈苗氏和苗青早说："我最近整天在想，那些穷一点人家的姑娘能不能？"

陈苗氏忙说："我也想过多次，实在找不着大户人家的姑娘，咱也不能打一辈子光棍吧，咱找的是媳妇，俗话说'图猪不图圈'。"

苗青早忙问："什么'图猪不图圈'？"

苗自芳说："就是找的是媳妇，主要看媳妇怎么样，家庭好坏是次要的。这么跟你说吧，只要是人好，不管她的家庭生活呀父母等怎么样，就可娶，你同意不同意？"

苗青早忙说："只要是人好，漂亮，能干活。再说，是到咱家来，咱又不是到她家去，管她家是什么样啦！"

"是的，咱也是这么想的，图的是人，再说啦，贫苦家的孩子都会过日子，能吃苦，能干活。"陈苗氏接着说。

苗自芳高兴地说："那咱就这么定了，大户人家找不到，就到穷一点的人家找，不能因为门不当户不对，耽误了青早的婚事。"

"中呢，叔，妈，我同意。"苗青早忙接上说。

苗自芳眨了眨眼问："青早，这几年你跟我下乡收租子，有没有注意到哪家姑娘长得好看？"

苗青早愣了起来，半天才说："这倒没有注意。"过了一会儿说，"咱想起来了。"

"谁家？"苗自芳迫不及待地问。

"竹墩北边梁大憨家有个姑娘，长得漂亮，个条也有咱高，每次到她家收租子，她都帮她父亲抬粮食。"

"你看好啦？"陈苗氏问。

"还不错，比钱云钗还强呢！"苗青早说。

"好！"苗自芳忙从板凳上站起说，"就是她，只要侄儿看中，叔就为你想办法。我也想到梁大憨家，中，能成，咱爷俩想一块去啦！"

陈苗氏接上说："那要找冯媒婆去说呀！明媒正娶！"

苗自芳又坐下问："梁大憨家还欠租吗？"

苗青早说："欠，去年还有点没有交清呢。"

"好办，咱来个先礼后兵！"

"叔，什么是先礼后兵？"苗青早忙急着问。

苗自芳把板凳向苗青早和陈苗氏面前挪了挪，伸着头向苗青早和陈苗氏悄悄地嘀咕起来。

苗青早高兴地说："中，中，叔，到底是你老点子多，就这样办！"

陈苗氏忙叮嘱说："口要紧一点啊！"

"那当然了，这事我能随便说吗，妈，你就放心吧，你去忙吧！"说着就走进堂屋。

苗自芳站起大踏步向大门外走去。


苗坦之在路上碰见严居林，就想起了苗自芳和严居林去行贿知州，而被打的狼狈样，感到十分可笑。到家中，钱云钗看见苗坦之嘴角还有笑意，就问苗坦之因为什么事而笑，苗坦之就把苗自芳和严居林两人的事从头至尾讲给了钱云钗听，并叫钱云钗不要跟任何人讲。

钱云钗说："这个范知州也真特别，苗自芳和严居林的目的没有得逞，从这事可以看出，他两人是要找知州做靠山，你可要留心注意呢，说不定是为了对付你呢。"

苗坦之微笑着说："真是少有，送礼挨打，可怜他们没有达到行贿目的，即使达到目的，我苗坦之也不惧怕他，鬼火见不得太阳。"

正说话间，吴宝怀手中拎一串猪肝，苗贵之手中提着两瓶桃林酒，身后跟着李万福和周小民边推开门边喊："坦之哥，快炒猪肝喝酒啦！"

苗坦之高兴地说："不少天没在一起喝酒啦！来，来坐。云钗，今天大大、大哥和妈不在家，只有你辛苦啦，给俺几个人办两碟菜！"

"没问题。"钱云钗把猪肝提进厨房去了。

"哥，严财主买地挨打，不恨你一辈子呀！"吴宝怀看着苗坦之说。

"像严居林这样的人，太坏，把咱们穷人朝死路上逼，不给点颜色看看，哪还有穷人活路。"苗坦之停下接着说，"只要有理，咱不怕！"

"那柿树的柿，你写成就是的是。他找人看契约，不就知道啦！"周小民说。

苗坦之说："他也看了，也摁手指头啦！当时，我还真没有想到他头歪来歪去看了契约几遍，还连声说中，中。"

"这种人不操白不操！"苗贵之说。

"还是咱坦之哥聪明。"周小民、吴宝怀异口同声地说。

几个人说着笑着，紧接着就喝起酒来。由于高兴，苗坦之酒有点喝多了，第二天，一直睡到天大亮，钱云钗叫他两次才起来。

当苗坦之起床来到家院槐树下时，只听大门"咚咚——"响起。

苗坦之边走边去开门问："谁呀？"

门外一位男声说："请苗秀才放门。"

苗坦之把门放开，只见一位老汉和老妈妈挤进门，双双跪下了，苗坦之一看，原来是梁大憨。

苗坦之忙弯腰去拉梁大憨："梁大爷，咱认识你，你是竹墩北的梁大憨，对吧？"

梁大憨微笑着说："对，对，正是。"

"你和大娘都快起来说话，咱们都是庄邻，抬头不见低头见，咱经常赶竹墩，都路过你家西边大路呢。"

梁大憨拗着不起来说："苗秀才，你一定想想办法救救俺！"

"起来，起来，坐下说。"苗坦之忙拿出两个小板凳给他俩坐下，自己也在对面坐下。

梁大憨坐在凳子上看着苗坦之说："咱家这几年一直租种苗青

早家的土地。你也是知道的，咱竹墩和南双店遇到大旱，去年收的粮食不够吃的，欠下苗青早租子，今年更不用说，一粒还没有交。苗青早和苗自芳带家丁去到咱家催过两次，咱说等秋后一起还，以为没有事了，可……"

梁大憨说着说着泪水流了出来，老伴坐在旁边也哭了起来。

"大爷、大妈都不哭，继续说。"苗坦之着急地说。

梁大憨边擦眼泪边说："苗自芳叫冯媒婆到咱家给咱女儿提亲，你知道咱家就这么个女儿呀，咱女儿和咱老两口都不同意嫁给苗青早，咱竹墩人都知道，苗青早仗有势有钱欺负穷人，你与他打官司那些事咱都知道，那孩子德行不好，咱女儿说了，他苗青早再有钱死都不嫁给他。冯媒婆回去告诉苗自芳，苗自芳和苗青早，还有两个家丁一起撞咱家门。苗自芳说，'欠租不交，咱侄看中你家女儿，叫媒婆来提亲，你梁大憨又不同意，真是不识抬举，像咱侄青早这样的又有钱又有势，到哪里去找呀，真不知好歹，你女儿到了青早家不愁吃不愁穿的多好啊！'俺女儿气愤地说，'再好，咱也不嫁给苗青早，咱已有人啦！'苗青早追问是谁。俺女儿就不告诉他。苗青早奸笑着说，'嘿嘿，你说不出，说明你没有！梁大憨，你既然交不出租子，把女儿嫁给苗青早不很好吗，把她带走，过几天跟苗青早圆房。'就这样，他的两个家丁连拉带拽，把我女儿拉走了……"

梁大憨说完泪水直流，结结巴巴地说："咱特来请苗秀才给俺想个办法，把咱闺女搭救出来呀！"

"好，好，别哭，我给你想个办法！"苗坦之皱着眉头，右手习惯地又摸了下耳朵。

梁大憨老两口愣愣地看着苗坦之，很长时间都没有吱声。苗坦之蹲下身，头靠梁大憨老两口很近，低声地说着。

梁大憨一愣，半天才下决心说："只要能救咱女儿，中，辛苦点没什么。"说完，朝老伴看去，"你说呢？"

梁大憨老伴鼻涕一把泪一把地说："中，中。"

苗坦之低声说："你女儿身上可有什么记号吗？"

这一问，梁大憨老两口彻底愣怔了，互相摇摇头，默不作声。

苗坦之忙说："咱坦之没有别的意思，请放心，只是做一下证明，我保证无事，你相信我！"

梁大憨皱着眉头想了半天，又看着苗坦之说："咱们相信你，才来找你的，因救小女要紧，不妨跟你说了吧，咱女儿右乳旁有大手指头大的黑记。"

苗坦之说："只要照我说的去做，尤其是对你女儿说不要怕，不要害羞，保证你女儿没有事。"

"好，咱一定照你苗秀才安排的去做，一定，一定！"梁大憨站起身边说边转身和老伴一起向大门外走去。

第二天，早饭后，梁大憨带着老伴来到海州衙门，他照苗坦之的说法，到衙门旁击鼓鸣冤，州大老爷升堂。

苗坦之虽然跟他交代不要怕，可是，这第一次进大堂，心里还有些打鼓，慢吞吞地走到堂前跪下，在州官大老爷再三催问下，按照苗坦之所教的说法从头到尾一字不漏地说出。

知州大老爷看着梁大憨说："今天已来不及了，现在传令官去传，苗自芳他们只能明天早饭后到堂了，今晚你们在海州找个旅店住下吧。"

梁大憨说："是，谢大老爷。"然后梁大憨领着老伴边走边说，"这州官对人说话很和气呢。"

梁大憨老伴接着说："俺吓了一身汗。"

梁大憨瞅一眼说："不是跟你说了，不要害怕，他们也不打你骂你的，有什么好怕的。"

老两口边说边走到秦东门西边白虎山旅店，这时，苗坦之和周小民也到了旅店。

梁大憨吃惊地说："苗秀才来得好快呀！"

苗坦之说："咱俩是借马车行的马，想了想还是今晚到，万一明早有特殊情况，岂不误事吗！"

"嗨，你苗秀才费心啦，快，咱到房间说话。"梁大憨按照苗坦之的交代，他一到海州，直奔这白虎山旅店，安排好住宿才去衙门击鼓的。

到了房间，苗坦之说："梁大爷，这是没有办法的办法。"停了一下转脸指着周小民说："他叫周小民，跟我住不远，是咱穷兄弟，做事认真，品行也好！"

梁大憨瞅一眼周小民说："好，好小伙子，你明天受委屈了。"

周小民忙说："别客气，这是救人的事，坦之哥再三跟我说了。"

苗坦之说："明天退堂，你二老领着你家闺女就坐你借来的车回家，咱兄弟俩就不能跟你一起走啦！"

梁大憨忙说："咱知道，就是回到家咱也不会说是你苗秀才给咱出的点子。"

苗坦之说："还请老爷放心，你的住宿钱和误工钱都由苗青早付，连咱俩的费用他也得给！"

"能吗？"梁大憨睁大眼睛看着苗坦之问。

"明日，他苗青早当堂要把银子给你的，你拿着银子就来到旅店，咱等你们。"苗坦之说。

第二天早饭后，梁大憨击鼓喊冤，然后公堂内喊升堂。梁大憨因为昨晚来过，知道怎么做，他领着老伴走到堂前双跪下。

知州大老爷把惊堂木一拍，说："你是何方人氏，姓甚名谁，状告何人？——说来！"

梁大憨抬起头，看着公案后州官大老爷说："回老爷话，咱是海州西乡竹墩人，咱姓梁，叫梁大憨，状告南双店苗自芳、苗青早，

160

原因是咱欠他租子，老爷你是知道的，这两年干旱，庄稼歉收，咱吃粮都困难，苗青早硬逼多次，前几天苗青早和他叔苗自芳又到咱家逼咱，咱实在没有，说等秋收后交，他不同意，就把咱女儿硬抢去，说过几天就跟苗青早圆房，咱女儿死也不同意嫁给苗青早，因咱已有女婿。"

知州忙打断梁大憨的话说："好，本官知道啦，传令官，把苗自芳、苗青早以及抢去的梁玉花带进大堂！"

不多一会儿，苗自芳、苗青早和梁大憨的女儿梁玉花来到堂前跪下。

知州大老爷把惊堂木拍一下，梁玉花吓一哆嗦，忙向梁大憨瞅去，梁大憨摇摇头。

知州大老爷问："苗青早，你怎么把有夫之人的梁玉花抢去做媳妇？"

苗青早一愣怔："回老爷话，梁大憨欠咱租子，多次要他说没有，咱看他闺女长得漂亮，就托媒婆去提亲，梁家不肯，咱就把梁玉花带到咱家准备完婚，梁玉花没有男人，他胡说。"

知州大老爷又把惊堂木一拍，说："梁大憨，你闺女没有男人，怎么说有夫呢，还想糊弄本官吗？！"

梁大憨不慌不忙地说："老爷息怒，小婿就在衙门外。"

知州大爷高声喊道："带梁大憨女婿进堂！"

周小民大步流星地走到堂前在梁大憨身旁跪下。苗自芳和苗青早惊讶地异口同声道："周小民？"周小民向苗自芳和苗青早看了一眼。

知州问："你叫什么名字？"

周小民说："回老爷话，咱叫周小民。"

知州问："你是梁大憨的女婿？"

周小民回答："是！"

知州又问："你是梁玉花男人？"

周小民回答："是！"

知州问："梁大憨，他是你女婿？"

这些都是苗坦之事先交代好的，所以回答都很干脆。

梁大憨回答："是咱女婿。"

知州看向梁玉花问："梁玉花，周小民是你男人？"

梁玉花略微愣了一下回答："是。"

苗自芳和苗青早大惊失色，紧皱眉头。

知州问："周小民，你说梁玉花是你妻子，那她身上有什么记号没有呀？"

苗自芳和苗青早一齐向周小民望去。

周小民向梁大憨看一眼说："回老爷话，玉花右乳旁有一个手指头大的黑记。"

知州忙向身后胡判官看去："把梁玉花带到后堂叫女人查看。"

胡判官和一位衙役把梁玉花带去后衙。

苗自芳紧皱双眉，苗青早低头不语。

不多一会儿，胡判官和一位衙役从后堂把梁玉花带到堂下。

胡判官说："周小民说得一点也不假。"

知州忙转过脸向苗自芳、苗青早瞪去，把惊堂木狠狠拍下，"啪——"，声音比任何时候都响亮，把堂下几个人都震得吓了一跳。

知州说："你苗青早一次次仗着有钱有势，今天欺负张三，明天又欺压李四，你苗自芳作为苗青早的二叔，不好好教育苗青早，反而一起作恶。这两年海州地区干旱你不知道？还上门多次逼租，硬抢民女，抢有夫之人，你这是强盗行为，为非作歹，企图霸人妻女，影响恶劣。"知州停一下又接着说，"今天本官要对你重罚，梁大憨等四人误工费五十两银子，当场交给梁大憨！梁大憨的两年租子也不用交。"

苗青早向苗自芳看去，苗自芳皱了皱双眉，苗青早轻唤："叔——"

苗自芳说："交，我这有三十两，你——"

苗青早说："我这有二十两，正好。"

两人将五十两银子凑齐交给了梁大憨。

知州看着梁大憨收好银子，说："周小民，领你媳妇回去家吧。"

周小民和梁大憨等立即向州官磕头，齐声喊："谢谢大老爷！"

知州又把惊堂木一拍，"把苗自芳和苗青早各打五十大棍，轰出衙门！"

于是，衙役们举起水火棍打了起来。

苗自芳和苗青早在地上翻滚直求饶。

梁大憨边走边回头看。

周小民拉着梁大憨和梁玉花说："不要看，快走。"

梁大憨几人走出了衙门，很快来到旅店。苗坦之正坐在窗户下等着他们。

梁大憨高兴地说："多亏你，苗秀才。"

苗坦之忙制止："此地不可多说话，赶快带女儿老伴回家。"

梁大憨边说边掏银子说："银子给你。"

苗坦之说："咱和周小民不要那么多，就留下几两，住店费我们一起结算，你们不要管，赶快回家。"

梁大憨推辞说："银子你留少啦！"

"够，足够我和周小民住宿吃饭的了，快拿去家，有大用场。"

梁大憨带着女儿和老伴，高高兴兴地回了。

苗自芳和苗青早被打得头昏眼花，腿瘸胳膊伤，慢慢地走出大堂。

苗自芳走到衙门台阶下的石狮旁慢慢地坐下了。

苗青早转过身看见忙问："叔，你？"

苗自芳慢吞吞地说："我浑身疼，腿走不动，歇一歇再走。"

苗青早走到苗自芳身旁慢慢地坐下。

苗自芳皱了皱眉头说："青早，你知道不知道周小民娶梁大憨女儿为妻？"

苗青早愣了半天说："自从苗坦之和咱打官司后，周小民一直不跟我说话，他们几个穷鬼一直在一起，不清楚周小民的事。"

"这事，我觉得蹊跷。"

"怎么啦？"

"我想他梁大憨没有这么大胆到衙门告咱们，身后一定有人指使！"

"难道周小民娶梁玉花是假的。不可能，在大庭广众之下，周小民承认是梁大憨的女婿，梁玉花承认周小民是她丈夫，更令人吃惊的是，周小民能说出梁玉花右乳旁有个大黑记。"

苗自芳说："从这些做法看是真的，一个没有出嫁的姑娘不可能这样糟蹋自己，那也太不要脸面啦，可我总觉得有问题。"

苗青早说："咱不想了，咱认倒霉，叔，这两年咱晦气，倒运了。"

"也真有点晦气，命运怎这样呢？"苗自芳自言自语着，"周小民是与苗坦之几个穷光蛋穿一条裤子的，从在大堂里观察看，周小民好像对梁玉花不那么有感情。"

"叔，那是在大堂上，人多。"苗青早说。

"你说得也有一定道理，走，到马车行雇车回家，打听打听周小民与梁玉花是真夫妻还是假夫妻？"

"叔，咱俩身上都没有钱，怎雇马车？"

苗自芳向苗青早白了一眼说："就因为没钱才雇车把我们送回家再给钱，不然在海州吃住都没有钱。"

"哦，咱知道啦！"苗青早恍然大悟说道，"叔，你坐在这歇着，我去马车行雇车。"

"好吧，快去快回。"

164

# 第十二章

梁大憨带着老伴和女儿走了以后，苗坦之对周小民说："今天正好白虎山逢集，我带你到海州大街转转。"

周小民高兴地说："那好啊，海州大街咱还没有来过呢。"

苗坦之和周小民从旅店出来，就往秦东门西边走去，不一会儿就到了中大街，人头攒动，车来人往。在几棵大树下围着许多人，叽叽喳喳地在议论，听不清楚说什么。

周小民说："哥，你看那些人干什么的？"

苗坦之一望说："走，咱去瞧瞧吧。"

苗坦之和周小民从人缝中挤到前面一看，原来是一个卖蝈蝈的外乡人，面前地上摆放着十个用红秫秆编制的存蝈蝈的笼子。这蝈蝈笼子很漂亮，有四个角的，有圆形的，有腰鼓形的，还有油葫芦形的，吸引许多人围观。那卖蝈蝈的人打一声口哨，所有笼子里的蝈蝈就争先恐后地鸣叫起来，这时候来看的人越来越多。

有几位公子哥挤了进来，一位尖嘴猴腮的青年人弯腰伸手提起一个笼子大声地问："哎，我说老倚子，你这叫乖子多少钱一个？"

卖蝈蝈的壮年汉子说："咱这叫山草驴子，叫的声音又大又好

165

听，咱在山上跑了好几天，才捉到这十只。"

一个满脸麻子的青年人边蹲下边朝那个尖嘴猴腮的人说："谢哥，甭跟他废话，卖叫乖子的，你这一钱一个卖不卖？"

卖帼帼的人说："哎！各位相公少爷，你若想玩玩，咱就送给你每人一个，什么钱不钱的！各位爷们松松腰，赏二十文跑腿费怎么样？"

那位麻脸青年人说："哼！你这老倚子很大方，刚才还说不要钱的，是不是？"

那位尖嘴猴腮的青年人说："对，一人拿一个，既然好意相送，那我们也不客气啦！"

于是，那几个人异口同声地说："对，对。"一窝蜂地抓起笼子就四处逃走了。

这个卖帼帼的一时愣了，蹲下哭了起来："咱花费好几天时间逮的，这就被抢了……"

苗坦之向周小民看了一眼说："问他是哪里人？"

周小民说："这也太不像话了，在这海州府地也有这样的事！"

苗坦之走进那卖帼帼人身旁问："你是哪里人？"

那卖帼帼人边抹泪边说："咱是西乡山左口人，咱叫赵大用，听说海州府地卖山草驴子能挣钱，咱花三四天才逮得十个，这……"

苗坦之说："你别哭，起来，俺帮你打官司去，我这里还有点钱，你先拿去吃饱饭，回来我带你去。"

赵大用疑惑道："你帮俺打官司？"

苗坦之微笑着点点头，赵大用接了苗坦之的钱去吃饭了。

周小民说："坦之哥，州官大老爷也问你这事呀？"

苗坦之笑着说："你别多说话，关键时你看我，知州老爷会断案的。"

不多一会儿，赵大用边擦着嘴边走到苗坦之身边，苗坦之就带赵大用来到海州衙门外。

苗坦之击过鼓与周小民两人带着赵大用走进大堂。

赵大用说："咱有点害怕。"

苗坦之微笑着说："有咱两人，你怕什么，州官和衙役也不打你，也不骂你。"

苗坦之边走边说来到堂前跪下，周小民和赵大用也跪下。

知州把惊堂木一拍，吓得赵大用一哆嗦。

苗坦之说："别怕。"

知州看见是苗坦之就问："哟，苗秀才，今天来告谁呀？"

苗坦之说："回老爷话，今天咱与小弟来到州城闲逛，碰见咱山左口老表哥。"苗坦之手指左边的赵大用，说："就是他，他来州城白虎山街市卖山草驴子，没有想到在中大街给几个公子哥一窝蜂抢去了，一个也没有剩下。"

知州范思玉忙问："什么是山草驴子？"

苗坦之说："就是吃山草的驴子，一蹦很高，一叫嘎嘎的，声音很响亮，会踢人又会咬人。"

周小民悄悄地用手扯了一下苗坦之衣角。

苗坦之没有理会周小民。

知州又问："有多少头？"

苗坦之说："回老爷话，总共十头呢！"

知州惊讶地说："十头，一头值多少钱？"

赵大用刚要张嘴说话，被苗坦之拉扯一下赵大用衣角，"老爷，最高价值六两银子，最低也值三两银子，老爷，这钱是小事。"

周小民又扯一下苗坦之衣角，苗坦之手悄悄把周小民手拨了过去。

苗坦之继续说："想不到在这光天化日之下，在老爷你的眼皮底下，发生明目张胆地抢劫驴马的事，这可是件大事呀！"

苗坦之接着说："咱考虑来考虑去，万一日后传出去，上边知道了，要说你老爷治安没有搞好，州城秩序混乱，你想啊，你大老爷难道就没有责任吗，到那时不就晚了吗！"

知州说："你说得对，你为本官考虑，我谢谢你。"

苗坦之接着说："你老爷为百姓操心，子民为你考虑，也是应该的。"

知州把小胡子一扎："说得有道理，到底苗秀才会说话。"苗坦之看着知州。

知州把惊堂木一拍说："真是胡闹，光天化日之下，在州城竟然发生这种事情！赵大用，你还能认出那些抢你山草驴子的人吗？"

苗坦之忙接上说："大老爷，咱两人跟他作证，咱看那几个青年人都是州城里人，有一个长得尖嘴猴腮的，还有个满脸麻子的。"

知州忙转过脸向胡判官和郑师爷说："看来又是那四大财主家的公子少爷。"

胡判官和郑师爷频频点头。

苗坦之继续说："他们抢去了山草驴子，还拐去了十个红高粱秸杆笼子！"

知州道："请胡判官带人去查，凡是见有红秸杆灯笼子的都给我逮来！"

胡判官忙走下台，几个衙役和捕快紧跟胡判官身后走出衙门。

不多一会儿，胡判官带着捕快把抓来的人带进大堂。

知州数了数人数，说："怎么少一人呢？才九个人。"

胡判官忙指着那位满脸麻子的青年杨二麻子说："他一人两个笼子。"

知州把惊堂木狠狠向下一拍，说："每人先打二十大棍，那个抢两个笼子的加倍打！"

于是，衙役们挥舞着水火棍打起来。顿时，大堂里尘土飞扬。

周小民悄悄地向苗坦之看去，微微笑着。苗坦之一板正经地跪着那儿。

知州说："你们这帮混蛋，三天两头跟我在州城闹事，青天白

168

日，在我眼皮底下抢人家驴子，这还得了！"

这班人一听，急了，忙喊："老爷，冤枉！"

知州忙把惊堂木一拍，说："静下！"

知州手指着那尖嘴猴腮的青年谢大坏说："你说！"

尖嘴猴腮的人说："老爷，我们根本没有抢他什么驴子，我们拿的是叫乖子，玩的，当场有这两位证明。"然后向苗坦之和周小民乞求地看着说，"你两人给俺证明吧！"

知州更加气愤，把惊堂木一拍："什么叫乖乖，叫爹爹的！这位是苗秀才和他的周弟，早作证了。"

那尖嘴猴腮和满脸麻子的人都惊奇地向苗坦之和周小民看去。

满脸麻子的青年人说："怎么这样？"

知州大声说道："哪个再不服，再打他二十大棍！"

这一班人异口同声哀求着："任凭老爷怎么处置，千万不能再打了！"

苗坦之心中暗喜，说："老爷，那我就讲个情吧，既然他们都认错了，又都是青年人，不知乡下穷人的艰辛，我看每头山草驴子就按照赔三两银子算了，如果哪位舍不得给三两银子，那就不碍咱的事了，多谢老爷，那咱两人就告辞啦！"边说边站起身。

这班人忙齐声喊："多亏苗秀才，谢谢苗秀才，老爷，我们给钱！"

知州大声喝道："看在苗秀才面子上，每人迅速把银子交给赵大用。"

这班人忙挣扎起来，把身上银子掏给了赵大用。赵大用装好银子起身要感谢苗坦之，可苗坦之和周小民早已走出衙门了，赵大用忙向大门外追去，不见苗坦之的踪影。

被挨打的这班人也走出衙门，边走边议论着。

那位满脸麻子的青年说："你们知道这位苗秀才是谁吗？"

几人异口同声地说："不知道！"

麻脸青年人说："就是我们海州地区考上第一名秀才的苗坦之。"

尖嘴猴腮的青年人说："是他！这个人聪明过人，我听家父讲，他打几场官司都赢了，这人是个好人。"

另一个青年人接着说："我也听说，西乡南双店出了个秀才，他机智多谋，为人正直！"

麻脸青年人说："我们几个人真晦气，怎么遇见他呢？"

尖嘴猴腮的青年人说："咱们今后还要注意呢！"

几个人异口同声地说："是，是！"

赵大用听得一清二楚忙向旁边岔路走去。苗坦之与周小民从衙门走出来，没有走远，怕赵大用拿着银子不放心，就与周小民躲在衙门对面的大树下，等那班青年人都走光了，赵大用从另外一条路走出来，这才放心与周小民向另一条街走去。

周小民边走边问："坦之哥，咱拉你几次衣角，你怎么没回应？"

苗坦之看着周小民说："我知道你扯我衣角的意思，认为我说得不对。"

"不是不对，我总觉得你说得有点夸大，不，有点……"

"'山草驴子'有的地方叫这个名，有的地方叫'叫乖子'，还有的地方叫'蝈蝈'，这没有错吧？"苗坦之边说边摆着手势。

"没有错。"

"这山草驴子，两只后腿会踢人，你手去抓它，它还会咬人，这没错吧，咱们小的时候在田地里割草都逮过的，对吧！"

"对，这没有错。"

"那这山草驴子会叫嘎嘎的，又蹦得高，你说我哪儿错啦？"

周小民说："你说得对，你说山草驴子每头最高价钱六两银子，最低价是三两银子，也太离谱了吧，甭说值那么多的钱，就是在咱那地方一文钱也不值！"

"这不是在州城里吗？又是咱们乡下人来卖这东西，是个穷哥们，想穷点子才跑这么远路来，就是想混点钱，回家生活不是。"

"是的，不穷，谁会卖山草驴子。"

"你看这情况，被公子哥们欺负，抢去，他赵大用连吃饭钱也没有了，好大的男人当街就哭了，那我不想办法去治治这些公子哥吗？！"

"是得治，哥，你点子真多！可是你说是抢劫驴马，这也太不符合了吧！"

"山草驴不是驴吗，你要想到我不那样说，知州老爷能认真判这案子，赵大用能得到银子吗，我和赵大用也出不了气！"

"当时，我真为你捏把汗，怕知州老爷说你夸大胡说，什么山草驴，和那驴马的驴不是一回事，好在知州老爷没看见过山草驴子，被你糊弄过去了，你把他们操死了。"

就这样，苗坦之带周小民在海州城玩了两天才回家。苗坦之推门进院，正巧钱云钗坐在家院洗衣服。

钱云钗看着苗坦之就说："怎么不与梁大憨一块回来？"

苗坦之惊奇地问："你怎么知道梁大憨的事？"

"梁大憨昨天专来感谢你，要给银子，咱硬是没要！"

"对啦，不能要，他什么时候来咱家的？我叫他不跟任何人说的。"

"是昨晚天黑，他只是跟我说，没有人看见他到咱家。"

"好，没有人看见就好。"苗坦之高兴地说。

"咱想，你做这件事，早晚会被苗青早、苗自芳知道的。"

"过几天他知道就知道，反正知州已经判过了，人救出来了。"

钱云钗说："咱想，苗青早知道是你出谋划策，那就仇上加仇，恨死你了。"

"咱不怕，他爷俩做事太缺德，说不上媳妇，强迫佃户家女儿，这也太没有人性了吧，这种人你不治他，那穷人就受罪啦！"苗坦

171

之气愤地说。

钱云钗站起身手抚摸着肚子说："你看，坦之，小东西在乱踢我呢！"

苗坦之高兴得忙走向前，耳朵贴在钱云钗的肚皮："给我听听，是不是想出来啦，小乖乖！"

"胡说什么呢，还差好几个月呢？"

"嘿，肯定是个小子，我坦之要有儿子啦！"

钱云钗微笑着白了苗坦之一眼说："看你美的，来，把盆里水倒了。"

苗坦之一愣说："噢，得令！"忙走到洗衣盆旁，弯腰端起水盆。

"我做饭，饿了吧？"

"有点，不慌，大大、大哥、娘呢？"苗坦之问。

"大大和大哥去田里干活，娘去姐姐家了。"钱云钗说。

晚饭后，天已黑了，钱云钗去门门准备睡觉，突然有一个男子来敲门。

钱云钗吃惊地问："谁？"

敲门的人说："是我呢。"

"你到底是谁？"钱云钗声音有些胆怯地问。

苗坦之听见了，忙跑到大门前，边拉开门便问："你是谁？"

"苗秀才，咱是山左口的大用啊！"赵大用挤进门说。

苗坦之惊讶地问："你有事呀？坐吧！"

赵大用慢慢地坐下说："苗秀才，咱下午就来了，白天咱怕被别人看见对你不好，所以，天黑咱才来。"

"有什么事，需要我做的就直说。"苗坦之说。

赵大用悄悄地说："那天在海州大堂，那班小鬼给我银子后，我就想感谢你，可是，你和周小民已不见了，咱在大街上来回找了两趟也不见你俩，咱就回来了。"

苗坦之问："你怎么知道咱？"

赵大用说："在大堂里，咱听州大老爷说你是苗秀才，咱心中就猜是不是咱西乡南双店的苗坦之秀才呢，在大堂咱又不敢问，直到在海州大街上问好几个人，才知道，苗秀才就是海州地区考第一名的苗坦之，家是南双店，所以咱就来到你家感谢你。"

"嗨，感谢什么呀，那天在州城看见你，听你是咱西乡口音，就猜你是穷人，才到海州城卖叫乖子的，那些公子哥欺负你，咱能看见不管吗！"苗坦之说。

"咱从海州来到家，一直在想，你真是个好人，是为咱穷人打抱不平的好秀才，你为咱到大堂，帮咱打官司，咱得了那么多的银子，真是连做梦也没有想到，咱穷人从来也没有见过这么多银子。那天听你一说，山草驴子最高价值六两银子，最低价值三两银子，咱心里咯噔一下，咱当时想说，可又怕州大老爷不知会怎么办呢。所以，咱不敢吱声，那叫乖子只是个吃草的虫子罢了，哪能值那么多银子。"

"那些欺负咱穷人的混蛋，不治他，你连一文钱也拿不到手。"

"那是，那是。"

"你花费三四天时间逮，又跑那么远的路到州城去卖，很不容易，穷人生活也不容易。"

"是的，你苗秀才说到咱心里了，咱生活艰难，不然哪会卖那小孩玩意。在这乡下，甭说卖到钱，你就是白送给人，他也不要。"

"是的，那城里的阔少欺负咱穷人，咱就想办法治他，不能让他们得便宜。"

"苗秀才，你真是聪明人，咱佩服你。"边说边伸手向怀里掏东西，"这银子给你一半。"

"哎呀，我不是就为你说句话吗，不要。"

"你看，咱跑那么远的路，专门来感谢你的。"

"赵老兄，你不了解我苗坦之，我为咱穷兄弟做事从来不收一

173

文钱报酬的,你的心意我领,好吧!"苗坦之耐心地说。

"那不成,来时,咱妈再三嘱咐,一定要给你一半,要我做事要有良心,不然回到家,咱妈又说我。"赵大用无耐道。

"唉,赵老兄,你有妻室吗?"

赵大用一声长叹说:"老弟,咱穷人想找个媳妇儿不容易呀,咱庄上像我这么大岁数的,没有找到媳妇多着呢。"

"你今年多大啦?"

"咱都四十岁啦,到哪去找呀,能饿不死就不错啦!"

苗坦之一愣说:"赵老兄,这样,你回家就托人给你说媳妇,你这有三十两银子,不要跟任何人说,你用十两银子买点粮食放在家里,几两银子做身衣服,找人说媳妇,肯定也是穷人家闺女,不会要你多少彩礼,就能把媳妇娶到家。"

"真的!"赵大用突然来了精神,继续说:"苗老弟,这银子你一定要留点,不然,咱回去也睡不着觉。"

"这样,银子你拿走,娶媳妇要花钱的,到那天,我去喝你喜酒,好吗?"苗坦之笑着说。

"好,咱娶媳妇一定请你去喝喜酒!"

"就这样,你把银子装好,回去吧,到家还得走一会儿呢。"

"这,这……"赵大用为难了。

苗坦之送走了赵大用,心里有说不出的高兴,为穷兄弟打官司出气,叫州官治治那些有钱有势的土豪劣绅,不仅挨衙役们的大棍打,而且还叫他们赔钱,实在是一件快事,一件有意义的事。像梁大憨、赵大用等都是忠厚老实的穷兄弟,本身的日常生活都是极其困难,再有财主恶霸的欺压,这日子更加不好过了。碰见了,来找上门了,可以尽一切力量去帮助。他暗暗地下决心,今后无论能做官也罢,不能做官也罢,都要为穷苦兄弟们做点事,帮他们摆脱有钱有势的人压迫和盘剥,帮他们说话……

# 第十三章

赵大用按照苗坦之的说法，回家后买了粮食，做了新衣，并且真的娶了媳妇，整个山左口都传讲着山草驴子的故事，很快也传到了南双店。

这天，苗坦之刚吃过早饭，吴宝怀、苗贵之、周小民、李万福就陆续来到苗坦之家里。

吴宝怀说："坦之哥，山左口的赵大用卖山草驴子发财了，你怎么不叫我去卖呢？"

苗坦之笑着说："我在海州也没有碰见你卖山草驴子被人抢啊！"

大家都不约而同地大笑起来。

李万福兴奋地说："那叫乖子怎么你又叫山草驴子呢，真会许。"

苗坦之笑着说："那城里的青年人知道啥，就连老爷也不知道。"

苗贵之说："海州城里那些欺负咱乡下人的公子阔少就得操操他！"

周小民忙接上说："你们没有见到那几个公子少爷被打得屁滚尿流，哭爹喊娘，最后还每人掏三两白银给赵大用呢！"

吴宝怀惊奇地说："坦之哥，那叫乖子是咱乡下小孩的玩意，也就是夏天出来吃青草的一种虫子，一钱也不值，你怎么说他最高价值六两银子，最低价值三两银子，比我一斤猪肉还多好几倍呢！"

李万福看着吴宝怀笑着说："宝怀，我看你不要杀猪了，专门下湖上山去逮叫乖子到海州城去卖吧！"

苗贵之瞅着吴宝怀说："等到他去卖呀，一文钱人也不买！"

大家又是一阵哄堂大笑。

正当大家笑得东倒西歪的时候，州衙里的传令官在大门外跳下马，大声问："请问，苗坦之，苗秀才在家吗？"

苗坦之忙站起身惊奇地看去："我就是。"

传令官说："州教谕杨伯礼，杨大人叫你明日傍晚务必到他那儿。"

苗坦之忙回答："是，你辛苦啦！"边说边在传令官手中的纸上写上字。

传令官忙转身就走了。

苗坦之习惯地右手摸着耳朵，大家都愣看着苗坦之。

周小民忙说："是不是山草驴子的事呀？"

苗坦之眨了下眼，摇摇头说："不是，如果要是山草驴子事，那属于大堂事，应该是知州老爷传令，或者衙役来，这是州教谕传令。是教馆之类的事，大家不要紧张，即使有事，我苗坦之也没有做亏心的事，你们放心。"

苗贵之接着说："教馆的事，宋先生叫你去教几个孩子能有什么事？"

吴宝怀接着说："那也有不少天啦！"

李万福忙插话："是不是因为你是秀才，不给你教？"

"不可能，我在自己村庄教几个孩子与他州里有什么关系。"苗坦之看着大家说。

周小民看着大家说："咱说，你们就别瞎猜啦，不管什么事，咱坦之哥都有办法对付，州衙大堂也去几次了。"

"是，咱坦之哥就是点子多，怕过谁的！"

苗坦之微笑着说："你们放心，水来筑堤，兵来将挡！"

大家七嘴八舌一直议论到天黑。

第二天，苗坦之就骑着小毛驴来到海州府。州教谕杨伯礼跟他说："省里来的学正孙雨廷等官员检查你考海州地区第一名秀才的全部考卷，指责我们州里批阅试卷不认真，试卷错误地方很多，要补考。"

苗坦之立即瞪起眼来说："要补考，我哪地方有错误，你带我找他评理去！"

杨伯礼忙阻止说："不行，这我是偷偷告诉你的，知州范思玉也很生气，他叫我跟你说，心里有准备。这是不相信我们州里批改的试卷。"

苗坦之紧皱眉头说："啊，范知州也……"

"是啊，我和范知州也无办法，只有服从，只得答应补考，你思想要有个准备。你可不能说是我和范知州跟你说的。"杨伯礼双目盯着苗坦之说。

苗坦之说："杨教谕，你和范知州这是关心我，我明白，你放心，我不怕补考。"

"那好，还有件事告诉你。"

"什么事？"苗坦之惊讶地问。

杨伯礼说："在补考之前，按照规定要举行祭孔仪式，省教谕叫我们选一名任祭祀司仪，我与范知州推荐了你，因为考试成绩优秀，人品端正，聪明能干，记忆力又强。"

苗坦之皱了一下眉头，然后忙说："中，他们想折腾我，我就折腾他。"

杨伯礼忙说："不可得罪他们，我与范知州在猜想，他们是有准备而来，这突然的补考，好像有点那方面的……我也说不清楚，总之有点不大对劲儿！"

"杨教谕你别担心，我补考就是了。"苗坦之说。

苗坦之沉思着离开了杨伯礼那儿，显然脚步有些沉重，他从内心里感谢知州范思玉和州教谕杨伯礼对自己的关心，一边怀着感激之情，一边也想到俗话所说的一句话，那就是官大一级压死人，既然省里要叫补考，不管你知州和州教谕如何的争辩，尽管有千条理由万条道理也是无法改变上级的想法以及所要达到的目的。聪明的苗坦之很理解知州和州教谕的心情，岂不再多想，而在思索着，省里为什么要叫补考，翻来覆去总是想不明白。

祭孔的仪式是在文庙大成殿前的院子里举行。

院子的前边有孔子塑像，紧靠塑像是条宽大的香案，案上摆着各种供品和烛台，明烛燃烧，案前地面上还有一个大香炉，香烟缭绕。香炉的前边站着的省里学正孙雨廷等官员以及州里的官员，后面站着的是一百多名儒生。整个院子里鸦雀无声，显得特别庄严和肃穆。

苗坦之跨着稳健的步子从儒生边上向前走去，他不慌不忙走到香炉前面当中，面向大家，宣布祭孔仪式开始，他刚转身向左侧走去时，这时，天空突然下起了小雨，由于州官早有准备，命专差为官员们撑伞。后面进殿观看的百姓都退到树下或厢房的走廊内。只有主持仪式的苗坦之和一百多名儒生没有撑雨伞。

雨越下越大，苗坦之看到一百多名儒生被雨淋得像落汤鸡一样，伞下面的官员洋洋自得的情形，苗坦之向前两步，高声向祭拜的人群宣呼："祭拜孔圣先师大典开始。第一项，撤去伞盖！所有撑伞的人全部收起伞退到后面。"

那些官员们立即向苗坦之看去，有的惊疑，有的瞪眼憎恨。不一会儿，所有官员全身衣服也湿透了。

苗坦之看在眼里，听在耳里，忙高声训道："有人随便说话，对圣人不尊！"

全场立即静下。苗坦之大声宣叫："第二项，按规定，行三拜九叩大礼！"

全场官员和儒生跪下爬起，爬起又跪下，每次跪下，所有人的两膝都浸在泥水汪里，爬起来两膝全是湿泥。站在最前排的省学正孙雨廷由于身材高大，站在那当中两腿岔开，雨水从裤裆当中急流而下，犹如尿裤子。只行大礼这一项，直折腾有半个时辰。

行完大礼之后，苗坦之代读祭文，"维，大清乾隆壬午年岁次四月十日，阆州官暨儒生谨以庶馐清酒致祭于大成至圣先师文宣王之灵……"苗坦之尽情发挥，声音抑扬顿挫，句句有理有据，从古至今，洋洋洒洒，震惊省、州官员。

等到苗坦之读完祭文，这时雨还没有停，苗坦之接着宣叫："请，棚中尚飨。"

这芦苇席搭起的大长棚，摆着长条形的长桌，桌上摆放着酒、菜和果品。

孙雨廷与几位省里来的官员坐在一起，孙雨廷向左右幕僚悄悄地说："这个小东西，今天可把我们折腾够呛，你看大家都成落汤鸡了，成何体统！"

左边的那省里来的人说："这个苗坦之肚子里有货，他不看稿，能滔滔不绝讲出来，有理有据有节，是个人物！"

右边那位省里来的人接着说："苗坦之是不是故意来糟蹋我们的，你看他开始就磨蹭，那三拜九叩大礼行那么长时间，不能快点结束，让我们任凭雨水淋浇，个个狼狈不堪，不成体统，我看这小子不怀好心。"

左边那位省里来的人说："这个苗坦之成绩优秀，人品端正，是海州地区第一名秀才，这是范思玉和杨伯礼极力推荐他做司仪的。"

孙雨廷向左右瞅了瞅，气愤地说："哼，什么第一名，他们考的不算数！"

左边那位省里来的人说："这么巧，今日下雨，再说，在今天这种隆重场合，有那么多的儒生在场，必须恪守礼仪，不能有所造次的。"

右边那位忙接着说："我看这个苗坦之有点炫耀自己，你看他不仅在行礼上磨蹭那么长时间，而且在读祭文时，尽然不看稿，尽情发挥，口若悬河，又磨蹭那么长时间，我认为他是故弄玄虚，狂妄自大。"

等尚飨结束，又足足折腾有大半个时辰。那些官员们只有恪守礼仪，任凭雨水浇淋，也不敢有不尊的言行，都心里暗暗地恨苗坦之这小子，把他们折腾得苦不堪言。

这时，天空的乌云块都向西方飞驰而去，雨也不下了。有的人抬起头来望着天空感叹着："老天爷，你怎跟我们作对呢，把我们淋成这样，现在你又不下雨了。"

祭孔的仪式搞完之后，接着就是补考。考场安排在文庙的东厢房里，省里来的学正孙雨廷和其他官员坐在房子的一头，州官坐在门厅的两旁。学正的对面当中摆放一张长条桌和一把椅子。

那些儒生都在门外，有的坐着，有的站着，也有的互相谈论什么。

不多一会儿，州教谕杨伯礼从屋里走到门外，大声喊："请苗坦之进考场。"

苗坦之正与一个人说话，突然一愣，自言自语地说："哎哟，第一个就是我。"说完，不慌不忙地向屋里走去，来到孙雨廷的对面的一张桌子后面坐下。

在座的省里和州里的官员都看着苗坦之。

孙雨廷看着苗坦之说："先口试。"

苗坦之脱口而出："随便。"

孙雨廷说："补考的考试题目是《言天道地道人道》，你可以考虑一会。"

苗坦之接着说："不用。请问主考大人，这《言天道地道人道》是文讲呢，还是武讲呢？"

全场人都一愣，顿时屋内寂静无声。

孙雨廷问："这文讲怎么说，武讲又怎么讲？"

全场的目光立即投向苗坦之，苗坦之胸有成竹地说："这要文讲吗，要搭个台子，我登台讲它三天三夜。"

苗坦之接着说："大人，我苗坦之说到做到，我讲他三天三夜，绝不重复。"

在座的省里和州里的官员们立即议论起来，知州范思玉微笑着向苗坦之看去，苗坦之的目光也正好对上范思玉的目光，范思玉点点头，苗坦之也点点头。

孙雨廷又忙问："那武讲又怎么讲？"

苗坦之说："这武讲吗，一句话概括，那就是天行天道，地行地道，人行人道，各行各的道，各守其常。"

当苗坦之说完，在场的人都用惊异的目光看着苗坦之，范思玉微笑着向苗坦之悄悄地竖起了大拇指。

省里的几位官员窃窃私语，许多人都把目光投向孙雨廷。

孙雨廷忙站起说："口试告一段落，现在休息。"

全场人都愣了。

孙雨廷接着说："省里来的官员和州里的范知州、杨教谕留下。"

其他人都慢吞吞地走出门。

孙雨廷看着省里来的官员和州里的范思玉和杨伯礼半天没有吱声，过了好一会儿才说："苗坦之尽管考一等，第一名秀才，但是必须取消他的廪生资格。"

范思玉忙问："为什么？"

杨伯礼说："苗坦之确实很优秀。"

孙雨廷眨了眨眼说："我也没有办法，大家理解吧。"

第二天，考榜公布了，所有观看考榜的人一片哗然，大出所料，议论纷纷。

"苗坦之考第一秀才，为什么被取消？"

"苗坦之为什么被取消廪生资格？"

"苗坦之成绩是优秀的！"

"取消苗坦之廪生是不公平的！"

"走，去问问州教谕去！"

"问也没有用！"

"看来不是州府的所为。"

……

这时，苗坦之也在场，他对补考的结果有所预料，范知州和杨教谕事先的简短谈话就是已经给苗坦之的思想做了铺垫，他无声地离开了人群，他边走边想：这是为什么？他在细细琢磨，从自己踏进私塾学堂的第一天起，就下定了决心，刻苦念书，为父母争光，将来弄个一官半职，在学堂先生的教导下，逐渐地认识到穷苦人想争取到上流社会，实在很难，没有势力没有钱甭想升官发财，唯一的出路只有"十年寒窗苦"的路，在先生和教科书的指引下，"书中自有黄金屋，书中自有颜如玉"的思想在头脑里扎下根，于是产生了"头悬梁，锥刺股"的学习精神，几个寒暑过去了，踏上仕途的第一步，考取秀才，实现了，成为廪生了。现在廪生被革除了，没有权利参加乡试考举人了，也就是说不能升官了，挤不上上流社会上去了，一辈子将是以布衣身份生活于世了。苗坦之是个头脑清醒的人，他分析了被革除了廪生的原因，不在州府。

到了家，他把被革除廪生的消息告诉了钱云钗，钱云钗开始一愣，继而说："咱当初就说过，你无论考不考上秀才，当不当官，无所谓，咱嫁给你是你这个人，你聪明，人品好，不为自己，想着别人，才嫁给你的，那些富家子弟多的是，他苗青早有钱有势我还相不中了呢，这你是知道的，不想那些事，我做饭给你吃。"

苗坦之一把扯住了钱云钗，揽人怀中，眼泪滚滚而下，半天才说："云钗，你真是我的好妻子，你心胸比我心胸还宽阔，你理解我！"

"轻点，轻点，不然儿子被你挤得要提意见了。"钱元钗边说边瞅着苗坦之。

"是，是。"苗坦之忙松开手，手轻轻地抚摸着钱元钗的大肚子说，"儿子，没有挤疼吧？"

"他懂什么，去，去，歇着吧，今天杀只鸡吃，开水已烫好了。"钱云钗边说边走进厨房，端出盆里还冒热气的开水，蹲在石磨前，就开始拔鸡身上毛。

苗坦之站着看钱元钗心里无比激动，脱口而出："革罢功名不须鸡，宰杀就酒笑嘻嘻。广寒宫里十分冷，谁愿高攀折桂枝？"

钱云钗忙抬起头高兴地说："到底是秀才，出口成章。"这时，一阵敲门声传来。

苗坦之边去边开门问："谁呀？"拉开门，门外站着吴宝怀等人。苗坦之看着他们都是不愉快的表情，惊奇地问："你们怎么啦？"

吴宝怀、周小民、李万福、苗贵之一起涌人院中，围在苗坦之周。

吴宝怀问："哥，怎么回事？"

苗坦之反问："什么怎么回事？"

苗贵之接上说："听说你的廪生被取消了。"

苗坦之忙问："你们怎么知道这么快呀？"

"昨天下午，有几个人到我摊子上割猪肉，苗自芳跟那两个割猪肉的老汉讲，我听见的。"吴宝怀看着苗坦之说。

"啊，苗自芳昨日下午——"苗坦之边说边手抚摸着耳朵。

"是真的假的？"周小民追问着。

苗坦之微笑着回答："是真事，省里来补考，实际就是为我的廪生取消的事。"

"哥，你得罪了省里的什么大官啦？"李万福忙问。

"没有。"苗坦之回答。

"那到底是怎么回事？"周小民问。

"我得罪了苗自芳。"苗坦之说。

"苗自芳他能叫省里取消你廪生资格？"李万福疑惑道。

苗坦之微笑着说："我从那天到了州府杨教谕那里，他跟我说省里要我补考，我就意识到出事了，从补考到公布榜，我想来想去，是苗自芳到京城找他哥啦。"

"对，对，是苗自芬指使省里某些人干的。"苗贵之忙说。

"是的，是这样的。"苗坦之频频点头说。

周小民和吴宝怀恍然大悟。

"朝中有人好做官，朝中有人好办事啊！"苗贵之又接着说。

"我明白，是几次打官司，他苗自芳输了，怀恨在心，利用他大哥在国子监翰林的身份与省里某些官员沟通，对我采取这个办法。"苗坦之说。

"哥，那你怎么办呢？"吴宝怀问。

"这一辈子就没有考举人，做官的资格了，还是跟你们一样。"苗坦之微笑着说。

"那也好，也好，咱们几个穷兄弟可经常在一起说笑啦！"吴宝怀说，"哥，你要想得开，咱们祖祖辈辈不都是没有考举人做官的。"

"放心吧，我想得通，学馆宋先生叫我教书呢。"苗坦之说。

"那好，咱南双店哪个不知道你的学习成绩好，肯定能教好孩子。"吴宝怀高兴地说。

"真没有想到苗自芳这个老东西，下狠心了！"苗贵之气愤地说。

"哥，各位兄弟，苗自芳与我早已是结下仇了，他不会放过我，请你们放心，我也不会放过他。谁与我过不去，我就与他过不去。"苗坦之说。

"对，咱几个兄弟还是抱成一团，不怕那些有钱有势的，咱哥聪明，点子多，到大堂打官司没有输的！"吴宝怀说。

苗坦之说："吴宝怀说得对，咱几个穷弟兄只要抱团在一起，就不怕他们有钱有势的，苗自芳他依仗他大哥是国子监翰林，通过不分黑白的庸官来治我，这回我什么都不是了，看你怎么治。"

"大哥，你有这样的心情，咱们几个兄弟也就放心啦，开始怕你想不通，憋屈对身体不好，所以，我跟他们几个一起来看看你的。"吴宝怀说。

"放心吧，就等于我没有考上秀才，在咱南双店以往不是也有几个人没有考上秀才，不照样活得好好的吗！不提啦，正巧，你嫂杀鸡，咱兄弟在一起喝一杯。"

"今天就不喝啦，他们几个人正忙，被我叫来，怕你……"吴宝怀边说边往大门外走。

"别担心，你们关心我，我高兴呢。"苗坦之说。

苗坦之送走了吴宝怀等人，来到房间，走到书桌前，翻了一下几本书，问："云钗，我写诗的那个本子呢？"

钱云钗从厨房走出来说："在抽屉里呢。"

苗坦之翻开自己的诗抄本，从笔筒里取出狼毫，蘸一下砚台里墨汁水，皱了下眉头，然后写道："生员黜罢去教馆，不怨他人不怨天。进退都端先圣碗，只差头上黑扁担。"苗坦之写完之后，翻复读着，情不自禁地微笑起来。

省里取消了苗坦之的廪生资格，不仅没有把苗坦之打倒，反而使他更坚强了，他看透了官府，是官官相护，是愚弄百姓的，是黑白不分的，他越想越清晰，看淡了名利，在别人问到他被取消廪生资格时，他毫不掩饰，微笑着回答。

苗坦之被取消廪生资格的消息在南双店传得沸沸扬扬。那些好心的穷百姓相互转告，相互议论：苗坦之聪明过人，受到当官人的人嫉妒啦，所以要把苗坦之廪生取消，苗坦之因打官司得罪了上面某些官员的亲戚或朋友啦，所以才对苗坦之采取这狠办法。而那些乡绅财主们听到后，蠢蠢欲动，互相议论，一起贬之、攻之。

严居林向苗自芳竖起大拇指说："老兄，你这次去京城功劳很大，你哥是怎么说的？"

苗自芳欠了欠身，说："我到京城跟我大哥一说，他没有说什么，他就写了一封书信交给我，要我把书信亲自交给江南省府的一位叫苟好银的大人，我哥并叫我什么话也别说就回家。"

严居林忙问："看来你家大哥与苟好银大人是秘交。"

"对，对，叫我不要跟其他人说他写信给苟好银大人的。"

"放心吧，苗兄，咱俩跟你是什么关系。"严居林和刘匡道异口同声道。

"那好。看来那苟大人是个大官，能管省里学正和州官。"苗自芳说。

"那肯定的，古人说，官大一级压死人，你想，你哥在皇帝身边，国子监翰林能不管到省里的那些官吗，省里那些官敢不办？"严居林说。

"历来人说，朝中有人好做官，这朝中有人也好办事。"刘匡道忙说。

"这回，我看你苗坦之还能蹦口什么，老子不想收拾你，逼急了，就叫你难受，我叫你白读几年书，我叫你升官无望，我叫你受罪还在后头呢？"苗自芳咬牙切齿地说。

"对，对，他苗坦之白白喝几年墨水，从今后你就老老实实在家蹲着吧！"严居林附和道。

"这时，不知钱开通如何想法？"刘匡道说。

"我说呀，钱开通好要面子吗，现在恐怕连门也不敢出了。"严居林说。

苗自芳和刘匡道哈哈大笑起来。

"钱开通开始不同意女儿嫁给苗坦之，可是中了计，见了我们总觉得没有面子，躲躲闪闪的，后来苗坦之考了全海州地区第一名秀才，又主动走到我们面前，没有话找话说，说话声音也大，笑声也高了，有人提起苗坦之考第一名秀才，他脸上流露出荣耀，口口声声夸赞她女儿有眼力，那这苗坦之被取消了廪生资格，做官无望，他又该躲起来，藏起来了。"严居林高兴地笑着，满脸横肉都在颤动。

苗自芳和刘匡道又是一阵哈哈大笑。

这话被严居林言中了，此时，钱开通在家正和老婆争吵不休，钱开通气得发疯，责怪道："当初死丫头把我弄得无面无光，怕见熟人，怕人提起咱闺女嫁给一个穷鬼，憋得我好长时间不敢见苗自芳、严居林他们，这，这，我刚抬起头，考个廪生又被人给撸了下来，我还有什么脸见人哪！"

# 第十四章

    苗坦之被取消廪生的资格像风一样不仅吹遍了海州城，而且传遍海州西乡，尤其南双店家家户户都知道了。

    这天天刚亮，梁大憨、赵大用、赵友礼三人蹲在苗坦之门旁，当苗坦之放开门时大吃一惊问："你们?！"

    梁大憨三人一起站起来，苗坦之愣了一下，然后说："都进家院坐。"

    苗坦之看三人坐下问："你们三人有什么事吗?"

    梁大憨等三人互相看看都不好意思说，最后还是年纪大一点的梁大憨说："咱三人早已来了，怕影响你睡，没敢敲门，咱们三人都听说你的廪生资格被取消了，专门来看看你。"

    苗坦之微笑着说："是的，被取消了。"

    梁大憨问："是不是你帮我们打官司事，影响到你?"

    苗坦之笑着说："不是，不是，你们放心，你们别担心，我谢谢你们关心。"

    "那严财主会不会再找我算账?"赵友礼担心地问。

    苗坦之笑着说："不会，那是经州衙判过的案子，放心吧!"

"那苗青早会不会再逼我闺女嫁给他呢？"梁大憨问。

苗坦之笑着说："不会，不会，你们三人都放心，如果有什么事再来找我，我还是以往的苗坦之，保证帮你们打官司！"

"那好，那好，那我们就放心了。"三人异口同声地说。

苗坦之对于梁大憨等三人的担心很理解，他们整天在偏僻乡里不是干活就是在家，不知道外界的事情，对于打官司开始都有惧怕的思想，对后果更无知晓，听说为他们打官司的苗坦之出事了，他们的确很担心，因此，来找苗坦之问个明白也在情理之中。尤其是竹墩的梁大憨很担心苗青早知道苗坦之的情况后，会不会再去抢他女儿，这个担心确实也存在。

苗青早听他叔苗自芳说到京城找他父亲，事情有了结果，苗坦之的廪生被取消了，极为高兴，当时就说再去抢梁玉花，被苗自芳制止住，告诉他，那事已被州衙判过，不能胡来，只能另想办法，梁玉花是不能娶了。苗青早听到后，高兴情绪顿时消失，仇恨苗坦之的火种在心中时时撞击。

苗青早向他叔苗自芳看去说："取消苗坦之的廪生资格，不足解我心头之恨，我巴不得剥了他的皮，抽他的筋！"

苗自芳说："苗坦之这回不能考举人了，这一辈子也当不成官了，一辈子是个穷光蛋啦，还怕他啥！"

苗青早恶狠狠地说："他破坏了我的两次婚事，我跟他没完！我跟他不共戴天！"

苗自芳说："慢慢来。"

"叔，还慢慢来，人家比我小的都娶上媳妇，有的都有小孩了，可我，可我，要不是他苗坦之……"苗青早边说边抹眼泪。

这天晚饭后，苗青早把熊二和马三叫到他的房间，苗青早悄悄地在他们耳边说了一会话。

熊二和马三立即精神起来，异口同声地说："少爷，你放心。"

第二天晚饭后，苗青早又把熊二和马三叫到他的房里。

苗青早看着熊二和马三问："了解清楚啦？"

熊二鬼头鬼脑地回答："绝对没错。"

马三接上说："就是不知具体什么时辰到那儿。"

苗青早说："一定要天黑，东西我已准备好，在储藏间玉米折子上。"

熊二和马三异口同声地说："一定天黑。"

苗青早看着熊二和马三走出门后，在屋里像热锅上的蚂蚁一样在房里不停地来回踱步。

大约过有一个时辰，熊二和马三鬼鬼祟祟地推开院门，慌里慌张地走到苗青早面前。

苗青早惊恐地忙站起身问："怎么样？"

熊二和马三忙低声兴奋地回答："完成啦！"

苗青早又问："没有人看见吧？"

熊二说："大堤上下一个鬼影子也没有。"

马三接着说："老天今晚上也作美，当月亮出来时，咱俩看清了，他一边走还一边哼歌呢！"

苗青早看着熊二问："你手怎么啦？"

熊二愣了一下说："开始我和马三抬到堤下，被葛藤绊倒，咱俩就拥着往下滚，滚到水边，我的左手不知被什么东西划破了，还很痛，当时，我还'哎哟'了一声。马三说，'熊哥，快，怎么啦？赶快把推进水里'。推进水里后，咱俩就跑回来了。"

苗青早忙说："好，没有人看见就好，马三快到屋里把熊二手包一下。"

两人忙走进他们住的西厢房里。

不多一会儿，苗青早手里拿着两块银锭走进西厢房，看着熊二和马三高兴地说："你两人今夜辛苦啦，明天送回家去买点粮食什么的。"

熊二和马三兴奋地睁大双眼，愣了半天。

苗青早说："这事只有咱三人知道，其他任何人都不能说。"

熊二左手包着布激动道："少爷，你放心，咱俩也不是跟你一天了。"

马三接着说："是，是呀，咱俩谢谢你，少爷。"

苗青早说："今晚睡个好觉。"

苗青早回到自己房间，点上灯，边哼着小调边脱衣服，自言自语地说："没有想到还会有今天！"苗青早很快进入梦乡。

不知不觉天亮了，"咚一咚——"敲门声响了一阵，苗青早在屋里喊："熊二，去看看，谁这么早来敲门，真讨厌！"

熊二早已披上衣服，边走边说："谁呀！这么早就敲……"熊二拉开门立即惊呆了。

两位州捕快手拿着棍和绳子在门前，其中一位高个子捕快瞪着眼问："你是谁？熊二呢？"

熊二全身已经颤抖起来，说："我，我就是。"

高个捕快问："马三呢？"

熊二结结巴巴地说："还在床上睡觉。"

高个捕快气愤地说："把他叫起来！"

说话的声音把苗青早全家都惊醒了，都陆续走到院子里。苗青早走出房门，两眼惺忪，惊奇地看着两个捕快把熊二和马三绑着走向大门外。

熊二边走边回过头向苗青早喊："少爷，你要想办法呀！"

马三也边走边喊："少爷，你要救我们呀！"

苗青早站在那里像泥塑一样，一动不动。

大门外，还有两个捕快正用绳牵着苗自芳。

苗自芳气愤地挣扎着叫喊："胡闹，我又没有犯法，凭什么绑我！"

一位捕快说："死到临头还嘴硬。"

苗青早听到苗自芳的叫喊声，忙跑出院门，看见苗自芳也被绑着向大路走去，苗青早急慌慌跑到苗自芳跟前，惊恐地看着苗自芳，苗青早流泪道："叔——"

苗自芳瞅着苗青早气愤地说："我没犯法，你准备银子去海州！"

苗青早转身就往家中跑去。苗青早跑到家门，正巧与他母亲撞个满怀。陈苗氏手捂着被苗青早撞的胸部，半天才说："哎哟，你忙什么？"

苗青早说："叔叫我准备银子呢。"

陈苗氏问："又犯什么事啦？俗话说'八字衙门朝南开，有理无钱莫进来'，要多带点银子！"

苗青早不多一会儿提着一个布包走出来。

陈苗氏问："骑马还是骑驴？"

苗青早说："他们都是步行，我也步行，很快能追上他们。"

陈苗氏说："你不要跟他们一起，你在后边望着就行。"

"嗯。"苗青早在身上斜挎着布包向通往海州的大道走去。

海州府大堂里，台上公案后端坐着知州范思玉，侧面是师爷郑生安和胡判官，台下两侧是手握水火棍的衙役，威武地站着。台前跪着一个全身湿漉漉的人，旁边跪着苗自芳和熊二、马三。

知州把惊堂木往下一拍："升堂！"

手执水火棍的衙役齐声"嗷——"棍头不停地捣地面。

知州向台下看了一眼问："苗坦之，你告谁呀？"

苗自芳惊奇地向苗坦之看去。

苗坦之抬起头说："我告苗自芳、熊二和马三！"

苗自芳瞅着苗坦之气愤地问："有何证据？"

知州问："因何事？"

192

苗坦之说："昨晚上，我在大姐家吃饭晚了，天黑了，走到黑龙潭南面河岸上，我边走边哼着小曲，突然，从堤岸的灌木树丛中蹿出两个人，用麻袋把我的头套住，接着把我摁倒，把我两条腿硬弯在麻袋中，他们两人把麻袋头扎紧，两人就抬我往河下走，他们被树根绊倒，我在麻袋里没有法子，直呼叫，他们不听，我心里想这回遭毒手了，小命即将结束。这时，我忽然想起了玉佩小刀，我在麻袋里感觉到要把我滚到河水里了，在这危急时刻，我就用右手把玉佩小刀向麻袋外戳去。"

苗自芳惊奇地向苗坦之看去，熊二和马三低头无语。

苗坦之又接着说："我戳一下没有戳动，我第二下猛向麻袋外戳去，就听有一个人'哎哟'一声，开始我听声音很熟，可我一时想不起来。这时马三说了一声'熊哥，快！'，这时，我才恍然大悟，原来是熊二和马三两人行凶，要把我扔进黑龙潭里淹死我。"

苗坦之继续陈述着："可怜，我被他俩拥滚到水里，我拼命用小刀割麻袋，老爷，我一只手割，不好用劲，最后，我喝了三口河水，差一点把我呛死，我终于把麻袋割出一条长口子，我从麻袋里钻出来。幸亏我有一把夫人给我的小刀，才没被淹死。我拖着麻袋爬到河堤岸上，在一棵大树下歇了一会，于是，我忙向村庄走去，在黑龙潭到村庄最近的是吴宝怀家，到了吴宝怀家，我把套我的麻袋扔给吴保怀，吴宝怀拾起麻袋在灯旁一看，麻袋上有'苗自芳'三个很清楚的黑字。"苗坦之边说边从旁边拿起麻袋。

知州大喊："把麻袋呈上来。"

一位衙役忙拿起麻袋递给胡仁贵判官。

胡仁贵理好给知州范思玉看，郑生安师爷也伸头看。

范知州把麻袋放在案上："苗坦之，你继续讲。"

苗坦之接着说："我惊呆了，我当时想，我与你苗自芳、苗青早打官司，那是你逼人的，我并没有想置你于死地这个想法，可你想置我于死地，指挥两个家丁行凶，毒害我。"

苗自芳气愤地说："我没有指挥！"

熊二和马三异口同声地喊："老爷冤枉！"

知州把惊堂木一拍，说："还没轮到你说！"

苗坦之紧接着说："请老爷看那麻袋上是不是苗自芳的名字，那字不是很清楚吗？"

苗自芳抬起头说："老爷，我没有指使他们要弄死苗坦之！"

知州说："把麻袋拿给苗自芳看，事实面前还抵赖？"

一位衙役忙把麻袋拿过去，展示在苗自芳面前。

苗自芳说："老爷，麻袋是我家不假，可事情不是我指使干的。"

知州大声吼道："在人证物证面前还说不是你唆使的，给我打四十大棍！"

四位衙役立即举起水火棍打起来。苗自芳在地上滚来滚去，大声求饶，四十大棍打完，苗自芳浑身泥土趴在熊二和马三旁边。

熊二和马三接着喊："老爷，冤枉"

苗坦之抬起头高声地喊："请大老爷检验熊二的手是否有伤？如果没有伤，那是我冤枉他了，老爷可随便怎么惩罚我都行。"

知州忙说："由州衙件作和胡判官检验。"

件作和胡判官立即走到熊二面前，熊二颤抖着先伸着左手。

胡判官气愤地说："把右手伸出来！"

熊二无可奈何地伸出包扎好的手，件作忙把包扎的布解开，露出刀划的一条伤口。

件作转脸向知州高声说："熊二右手有一条二寸长的伤口，是刀划的。"

熊二打从一进大堂就心里怕得直打鼓，这一露出事实，又看到苗自芳被打的惨相，早已浑身颤抖不止了。

知州把惊堂木一拍，说："熊二，这是不是被苗坦之刀子划的？"

熊二忙说："这是苗坦之诬陷我的，他身上哪来刀子？"

苗坦之说："请老爷看，我这玉佩小刀。"边说边把腰下系的玉佩小刀解下，递给一位衙役。"

胡判官手拿着玉佩小刀跟知州范思玉一起看。看完后，胡判官把玉佩小刀递给那位衙役，那位衙役送还了苗坦之。

知州向台下气愤地说："事实面前还嘴硬，先跟我打四十大棍！"

四位衙役举起了水火棍，又是一阵暴打，堂内尘土飞扬，熊二滚在地上亲妈亲爹地不停喊。四十棍打完之后，熊二瘫坐堂前。

知州问："熊二，你的右手到底是不是苗坦之小刀划破的？"

熊二忙回答："回老爷的话，是的，是的，我不知道他身上有小刀。"

知州又问："是谁指使你俩要弄死苗坦之的。"

熊二向马三悄悄瞅去，马三的头早已垂到胸前。苗自芳两只牛蛋眼瞅向熊二。

知州突然把惊堂木狠狠地拍一下，说："到底是不是苗自芳指使的？"

熊二偷偷向苗自芳瞅去，正好与苗自芳目光相对，熊二打了个寒战。

熊二结结巴巴地说："不，不，不是我们家老爷指使。"

马三忙向熊二瞅去，并微微摇摇头。马三不知，他这微微摇头的动作却被知州看见了。

知州大声吼道："马三，在堂上还不老实，向熊二摇头，还订立攻守同盟，给我打四十大棍！"于是衙役们的大棍又举了起来。

四十大棍还没有打完，马三受不住了，边叫边说："老爷，老爷，别打了，我说，我说。"

直到四十大棍打完，知州才说："马三，要说实话，是谁指使你俩人行凶，幕后黑手是谁？"

熊二和苗自芳不约而同向马三瞄去。

马三满身泥土，满脸污垢，结结巴巴地说："是我们家少爷指使的。"

知州忙问："你家少爷是谁？"

马三回答："是苗青早！"

知州接着问："属实？"

马三回答："属实。"

知州又问："熊二，你说马三说得对吗？"

熊二忙说："是，是少爷苗青早指使我俩干的。"

知州问："苗青早怎么跟你两人策划的，为什么要害死苗坦之？详详细细说来，有一点不实，本官绝不轻饶！"

熊二忙说："大老爷，我全说，我全说，自从为松树林地打官司，苗青早输了官司还被挨打，苗青早就恨苗坦之，到在街上指使咱俩打了苗坦之的父亲。苗青早官司又输，又挨打又赔银子，整天气恨苗坦之，这还不是主要的。"说到这里，熊二停顿了一下。

知州忙问："主要的是什么？"

熊二说："主要的是苗青早和苗坦之开始介绍的媳妇是钱云钗，结果被苗坦之娶回家，这时苗青早与苗坦之的仇恨更深了。后来，苗青早把佃户梁大憨女儿抢回家，准备抵租，做自己的媳妇，结果被苗坦之在后出点子到公堂打官司。"

苗坦之向熊二看去。

熊二接着说："到公堂打官司，苗青早又输了，不仅娶不到梁大憨的女儿，还赔了银子，并判梁家不给租。于是苗青早更加恨苗坦之，恨得咬牙切齿，巴不得马上弄死苗坦之，整天头脑里就是盘算着怎么弄死除掉苗坦之。前两天，他叫我与马三侦查苗坦之行踪。"

苗坦之为之一惊，抬头向熊二看去。

熊二继续说："昨天上午，我们了解到苗坦之去他大姐家，他来去必走黑龙潭南面河堤上，正好河堤两边都长着很高的灌木丛，他叫我俩就藏在那灌木丛中，在他家储藏粮食的折子上拿的麻袋。"

苗自芳抬起头向熊二看去。

熊二接着说："他给我俩麻袋是折叠好的，用绳子扎好的，他说，就用麻袋把他套起来，用绳子扎结实了，抬扔到黑龙潭里，不要给人发现，要干得利索干净。晚上咱俩等了好长时间，苗坦之才走到黑龙潭南面河堤上，因为是阴天，月光有时出现，有时被云遮住，我俩看到苗坦之哼着小曲来了，咱俩就下手了。"

知州看着熊二问："马三，熊二说的是实情？"

马三忙回答："老爷，是实情，是实情。"

知州说："师爷，给画押！"

这时，从后小门走进一位衙役，忙走到知州侧面，与知州耳语几句，立即离开。

知州看熊二与马三画押完，师爷向知州点了点头。

知州目光正视台下，大声说："刚才属下禀报，苗青早带着银子单独要见我，大家知道什么意思吗？本官正欲派人去缉拿凶手呢，周捕快，你到衙门外把苗青早给我绑进大堂！"

周大年说："是！"立即向衙门外走去。

不多一会儿，周大年把苗青早五花大绑推进大堂。

知州向苗青早望去，厉声道："苗青早你带着银子要单独见我，什么意思？"

苗青早向苗自芳悄悄望了一眼，低下头没有回答。

知州大声吼道："你不愿意说吧，我替你说，你看州府的捕快把苗自芳、熊二和马三抓来，你想用银子贿赂本官，放了他们，是吧！"

苗青早抬起头，忙又低下头，仍然不说话。

知州气愤地把惊堂木往案上一拍，说："给我打四十大棍，本官看你说不说。"

衙役们举起水火棍打了起来，苗青早边翻滚在地，边喊叫亲妈亲爹。

打完四十大棍之后，苗青早手抚摸着屁股，咬着牙结结巴巴地说："老爷，我说，我说，我是想送银子给你，把他三人放了的。"

知州大声地说："你看错人了，本官不是那样的官，你叔没有跟你讲他的事吗？"

苗青早抬起头，向苗自芳望去，苗自芳垂着头。

知州说："你叔苗自芳与严居林送银子来，被打了回去，怎么还没有教训！看来，真的是，不是一家人不进一家门！"

知州气哼哼地说："苗青早，你这个小东西，怎么一次次进大堂就是不知好坏，屡教不改，你为什么要杀害苗坦之？怎样密谋策划的从头到尾向本官陈述一遍。"

苗青早抬起头说："老爷，我没有害苗坦之。"

知州说："你不说是吧，再打二十大棍，我看你说不说。"

话音刚落，两边衙役就举起了棍子，向苗青早身上落去。

熊二低声地说："少爷，你就是不说，老爷也知道啦！"

苗青早被打得哭爹喊娘，趴在地上不动。

苗自芳翻着白眼向苗青早瞄去，又气又恨又疼的样子。

知州说："苗青早你就是不说，熊二和马三已交代一清二楚了，照样治你罪！"

苗青早一听要治罪，慌忙咬着牙坐起说："老爷，老爷，你不能治罪，我说，我全说。"

知州说："你要有一点隐瞒的，本官不会轻饶你！"

苗青早坐在地上改为跪在地上，说："我从头说……"

于是，苗青早从想霸占苗姓几家公有的松树林祖坟地开始，到与熊二、马三密谋杀害苗坦之的经过详详细细地说了出来。同时，他还交代了苗自芳到京城找他父亲，以及他父亲写书信交给江南省，取消苗坦之廪生资格的事也说了出来，当苗青早说到这事时，苗自芳频频地歪头瞪着苗青早。

台上知州、判官、师爷以及苗坦之都惊讶地看着苗青早。

知州惊诧了半天才说："我就一直觉得苗坦之补考，取消廪生资格这事有点蹊跷。原来是——"知州边说边望着苗自芳。

知州向台下望去说："本官是重事实的，你苗青早能够详细交代，绝不屈打你，这次你交代了本府本官不知道的事情。不过你苗青早这次是杀苗坦之的幕后指使者，苗坦之虽然没死，但是也得判你罪，以及熊二和马三两个凶手。如果苗坦之身上没有那把玉佩小刀把麻袋割开，他必死无疑，你苗青早可能极为高兴，认为谁也不知道，你用银子堵熊二和马三的嘴，事情不会有人知晓。可是，你没有想到，那麻袋上有苗自芳的名字，本官还会查到你的，就像今天一样，苗自芳会说麻袋在你家的，你想你能逃脱罪责吗？"

苗自芳垂下了头，苗青早低下了头。

知州停了停又接着说："从苗青早所交代，大家也可以看出，苗青早之所以能发展到今天，与苗自芳有很大的关系。"

台上胡判官和郑师爷连连点头。

知州接着说："首先，你苗自芳以你哥在国子监是翰林而自傲，仗着有钱有势，在乡间欺男霸女，横行乡里，你的言行影响到了苗青早，在好多事情上，你苗自芳起到煽风点火和怂恿的作用。欺压穷苦百姓，苗青早是听你苗自芳的话的，是按你苗自芳的话行动的，所以，你苗自芳起码负有一定的责任，对苗青早不但不往好的方向引导教育，反而跟着你向坏的方向发展。"

苗自芳头垂得更低，一动不动跪在那儿。

知州继续说："本官听完苗青早的陈述，本应再打你几十棍给你苗自芳一个教训的。本官希望你今后重新做人，教育后代做点好事。"停了一下，接着又说，"根据大清法律文书规定，苗青早、熊二和马三杀人这恶劣行为已构成犯罪，苗坦之虽然没有死，但是他的活不是你苗青早三人所为，至于判什么罪，待商量好公布，现打入牢房！"

这时，苗自芳和苗青早都惊奇地抬起头望着台上知州。苗青早忙说："老爷，我赔银子，不进牢房。"

知州大声地说："你是要赔银子的，但是有钱也买不了大清的法律。根据你的行为，看大清律文哪条符合就坚决按哪条办，不能因为你有银子就不判了，本官不会那样做的！"

苗自芳和苗青早慢慢地又低下了头。

知州说："本官现判你苗青早赔给苗坦之一百两纹银，立即执行！"

苗青早慢吞吞地抓起身旁带来的布包，拿出一百两纹银交给身边的苗坦之。

苗坦之接过银子装好后，说："老爷，小民有话说。"

知州说："苗坦之，你说。"

苗坦之昂起头说："老爷，根据这几次看，他苗自芳、苗青早一次次都想害我，这次幸亏我有刀才免于死，以后，我没有防备，被他们害了，我到哪去喊冤。"

知州暗暗说，你苗坦之怎么会这样说话，这叫我一时无法回答，根据苗青早和苗自芳的心里，不能说苗坦之提出的问题不存在。

全场寂静了一会，知州说："本官考虑，根据苗坦之的说法是对的，本官保证不了他苗自芳和苗青早以后不陷害你苗坦之。本官考虑有两条：一、苗自芳和苗青早表态立字据，如再有矛盾到州衙来处理，永不做伤人性命之事，如违反抵命抄家赔银；二、苗坦之可跟亲朋好友讲，如今后万一苗坦之被害致命，首先赴州衙状告苗自芳和苗青早为嫌疑犯人。"知州说完向后看向胡判官和郑师爷，他们连连点头。

知州问："苗自芳、苗青早今后还做不做害人的事啦？"

苗自芳和苗青早异口同声道："不做啦。"

知州说："你两人同意本官所说的两条吗？"

苗青早向苗自芳看去，然后说："同意老爷所说两条。"

知州说："好，那就请郑师爷到台下让他们签名。"

郑师爷捧着纸墨走到苗自芳和苗青早面前，一一都签名画押。

随后，知州把惊堂木一拍，说："把苗青早、熊二、马三打入牢房，退堂。"

苗青早含着泪水向苗自芳看去，着急地叫："叔——"

苗自芳忙爬起扑向苗青早，两手抓住苗青早的肩头说："你，你，叫我对你说什么好啊！"

# 第十五章

苗坦之从大堂里走出来，吴宝怀正坐在衙门斜对过的一棵大树下，身后有一辆马车。

苗坦之说："宝怀弟，把车赶到秦东门西边饭店吃饭去！"

吴宝怀惊奇地看着苗坦之向他走来，忙爬起来，把车赶到大路上。苗坦之爬上车，吴宝怀迫不及待地问："哥，怎样？"

苗坦之说："苗自芳挨了四十大棍，苗青早、熊二、马三，也都挨了棍，关入大牢。"

"罪有应得，害人的下场！"吴宝怀气愤地说，"我真想宰了他！""我得感谢你嫂子，要不是她给这玉佩小刀，我这个小命就完了。"

"咱早说了，哥，你是好人，心眼好，命大呢！"

"哥，官府能判苗青早三人什么罪？"吴宝怀问。

"根据大清律例，除了钦犯及人命重犯外，都可以用金钱赎罪，苗青早家有钱，就是花再多钱，苗自芳也会把苗青早三人赎出狱的。"

"啊，是这样，便宜了他苗青早了！"

"弟，这次他也没讨便宜，赔了我百两银子，又挨打，蹲牢这段时间还不够他受的，再说，还有很重要的一点，更使他难受！"

吴宝怀忙问："什么？"

苗坦之说："本来名声就不好听，讨不着媳妇，这次把想害死我的事传出去，你想想有哪家姑娘愿意嫁给他。"

"是，这比掏银子更难受，什么德行！"

"下车吃点饭，赶快回家，这么长时间没有回家，你嫂子又担心了。"

"好，我把马拴好。"

苗坦之和吴宝怀草草吃饭，就跳上马车，扬鞭催马，向家奔去。马车过了蔷薇河，来到桥下，苗自芳手拄着一根树棍一瘸一拐地走着，苗坦之看见了，忙叫吴宝怀停车。

吴宝怀将马车停下了。

苗坦之下了车，对苗自芳说："叔，上马车吧！"

吴宝怀看见是苗自芳，立即气着说："哥，你管那么多。"

苗自芳两只牛蛋眼瞪向苗坦之气愤地说："谁上你的车！"

苗坦之说："哎呀，上吧，路还远呢。"

苗自芳没好气地说："我有脚！"

"驾！驾！"吴宝怀气愤地扬起鞭，马急向前跑去，"哥，你心也太好了，他都要整死你，你还 "

"他不是每次都输给我了吗？干坏事的人没有理。"

吴宝怀说着："哥，你心善，老天爷也不会让受罪。不过以后还要提防着，回去我跟咱几个兄弟说，今后要有一个兄弟跟着你。"

苗坦之笑着说："不需要的。"

就这样两人你一句我一句，太阳还很高就到家了，苗坦之给了钱让吴宝怀去马车行结账，自己忙向家奔去，推开门第一句话就说："夫人，夫人，我的命是你给的！"

钱云钗惊愕地问："什么事，你的命？"

苗培元、苗平之以及苗坦之的母亲杨苗氏都从屋里出来。

钱云钗忙搬个板凳给苗坦之坐下，苗坦之就把事情的经过向全家人讲了一遍。

钱云钗惊讶道："苗青早心实在太坏了。古人说'善有善报，恶有恶报，时候没到，到了就报'，他苗青早这回进大狱活该！"

苗平之说："这要不是身上有小刀……"

"如果我身上没有云钗给我的玉佩小刀，那我一点办法都没有，麻袋口扎得结结实实，水越泡越紧，我蜷曲在里面只有死。"苗坦之说。

"哥，哥，回来啦，万幸！万幸！"周小民、李万福、苗贵之、吴宝怀一起涌入院内。

苗坦之惊奇地站起问："你们怎么知道这么快？"

"是吴宝怀告诉我们的。"周小民、李万福等齐声说。

"咱姓苗的怎么出这么个坏种呢！"苗贵之气愤地说。

"苗青早心真险恶，要把你置于死地，真是个坏东西！"李万福说。

大家你一言我一语地说着，个个义愤填膺，咬牙切齿，都骂苗青早不是个东西，心肠毒辣凶残。

"请问，这是苗秀才家吗？"一位五十多岁老汉手拄着木棍站在大门外问。

苗坦之忙向前走说："我是苗坦之。"

"俺找的就是坦之秀才。"老汉边说边跪下，老泪纵横。

苗坦之忙扶老人："老人家别这样，你有什么事啊？起来说。"

吴宝怀忙搬个板凳过来说："坐吧。"然后看着大家说，"那我们都走啦。"

老汉向周围瞄了一圈，吴宝怀等都走出大门。

苗坦之微笑着说："他们都是我的穷兄弟，直说无妨。"

"俺是穷庄户人家，庄上人称呼俺'死老冤'，俺是讲习人，俺姓侯，名叫侯庆发，俺家后住着有名的马财主，叫马步仁，诨名叫马不仁，家有土地几顷，牛马成群，养家丁七八个，佣人五六个，银钱无数，就是人丁不旺。"老汉抹下眼泪，接着说，"他这几年经常无事找事，与俺家作对，欺负俺，天天逼俺叫把俺房子卖给他，俺就不卖，他托好多人找我，说给很多银子，盖楼钱他都包了，可俺就是不卖，俺起初不知道他为什么非要买俺的房子，后来听人说，马不仁因人丁不旺，找阴阳先生看风水，阴阳先生说他宅基是个凤凰双展翅，好宅基地，就是左边翅膀被前边这家房屋给锁住了，凤凰飞不起来，如果要没有前边这家，那将是财多官大，子孙旺盛。马不仁自从听了阴阳先生的话，越琢磨越感到阴阳先生说得对，孙猴子是弼马温，专门管马的，正是这姓侯的侯庆发家管得我姓马的飞不起来，子孙不旺。于是，马不仁想尽一切办法要我把房屋卖给他，说要多少银子都成。我也想到，平时就受到你马不仁欺负，如果再让你马不仁飞起来，那更没有穷人过的日子了，越想越不能卖，咬紧牙关，就锁住你凤凰翅，叫你永远也飞不起来。可是，马不仁也下了决心，无论花多少银两也要买下我家房子不可。于是，三番五次纠缠我，死皮赖脸说银子随我要，反正要买下我的房屋。"

苗坦之听了侯庆发的叙述，习惯地右手摸着右耳朵，看着侯庆发很是可怜，是个地地道道穷庄户人家，怎么能白白受有权有势的马财主欺负呢。

苗坦之突然放下手，看着侯庆发说："大爷，走，我跟你到你家看看！"

侯庆发说："好，好，你苗秀才能亲自去看看最好不过了。"

于是，苗坦之就与侯庆发一起去讲了。到了讲习，苗坦之站在房屋前跟侯庆发悄悄地说："如果有人问我是谁，你就告诉他，

205

我是你表弟。"

侯庆发高兴地说:"行呢,行,你是我表弟,俺是你表哥。"

苗坦之看过两家房屋后,来到侯庆发家堂屋坐下,看着侯庆发说:"大爷,他马不仁不是给你好多银子吗,包盖楼吗?"

侯庆发看着苗坦之回答:"是啊!"

"那你还发什么呆,卖!"

"卖,你也要我卖?"侯庆发疑惑地看着苗坦之。"

是的,卖,卖掉旧房子就盖起新楼,多好啊!"

苗坦之就附在侯庆发的耳朵旁悄悄地嘀咕起来。

侯庆发老汉惊讶地问:"能成?"

"你就听我的,包能成,对外不要跟任何人说,记住我是你的表弟。"

"记住了,记住了。"侯庆发说。

苗坦之与侯庆发正说话,马不仁又来到侯庆发家,他边走进屋边说:"侯老兄,俗话说,屋要开门,人要开窍呀,我给那么多银子包你盖个新楼,不比你现在这破草屋强啊。"

苗坦之装不知道,问:"什么事呀,你要给他盖楼?"于是,马不仁就把事情的过程讲给苗坦之听。

苗坦之接上说:"也是啊,卖了旧房盖个新楼,死脑筋。"

马不仁看着苗坦之说:"哎呀,还是这位兄弟开通,头脑灵活,你是他家什么人?"

苗坦之说:"俺是他老表,表弟。"

马不仁接着说:"还是你这位表弟聪明,咱一说他就通,哪像你呀!"

侯庆发看着苗坦之又看看马不仁说:"今天,那就看在老表弟面子上,卖就卖给你吧!"

马不仁高兴地说:"还是你这位老表,是个聪明人,那就请人写个契约吧？”

侯庆发看一眼苗坦之，又看看马不仁，说：“到哪里找人去？”

马不仁说：“咱讲习有一个人能写，可这人不在家。”

苗坦之说：“如果你两人不嫌弃，我可以写，一来我代笔，二来我做个中间人，怎么样？”

马不仁由于买房心切，兴奋地说：“好，那最好不过了。”

苗坦之看看侯庆发，侯庆发说：“既然马老兄说好，那你帮人帮到底吧，你就写吧！”

马不仁又接着说：“请你写，你是聪明人，别人要写我还不愿意

呢！”于是，立即叫管家吕培冬找来纸墨，顺便把银两也带来。

苗坦之说：“这位马老兄真是个爽快人，说话办事雷厉风行！”

马不仁自傲地说：“我这人就是这样，做什么事不拖泥带水。”

不多一会儿，马不仁家丁找来纸墨，带来了银子。马不仁说：“我与侯老兄点银子，你在那边写。”苗坦之说：“中，我写。”

不到一袋烟的工夫，苗坦之就把契约写好。

苗坦之看着马不仁与侯庆发把银子数清了，说：“你二位听清，我把契约念给你俩听听，看看有什么不妥之处。”

苗坦之读完一遍，马不仁立即说：“不错，不错！”

苗坦之说：“我再念一遍。”

马不仁迫不及待的说：“没错，不用再念了。”

苗坦之还是念了一遍，马不仁说：“侯老兄看有什么不妥的，反正我看没有错。”

侯庆发点了点头。

苗坦之说：“你二位老兄都再看看。”说完递给了马不仁。

马不仁接过契约来回看了两遍说：“你这位老兄写得一手好字，肯定文章也写得好，契约写得简洁明了，想去个字不行，想多添一

个字也不成，到底是读过私塾的人。没错，没错，你侯老兄再看看。"

侯庆发接过契约也从头至尾看了两遍。苗坦之拿过契约又看了一遍说："那就画押吧！"

马不仁说："我先来画押。"边说边拿起契约，画过押，又拿在手端详着，"写得真好，字字珠玑，龙飞凤舞，哈哈，请侯老弟画押，也请你这位代笔中人也画押！"

侯庆发画过押递给了苗坦之，苗坦之忙站起身双手捧着契约，小心翼翼地放在桌上画押，画完押后，又把契约折叠好交给了马不仁。

苗坦之看着马不仁说："请马老兄收好。"

马不仁喜得合不拢嘴，连声说："好好！"

马不仁走出侯庆发的院门，高兴地哼起了小调，一直进到家院，老婆从房屋走出来看着马不仁特别高兴，忙迎面说："老爷，今天为啥这般高兴？"

马不仁走到堂屋，在八仙桌旁的椅子上坐下，兴高采烈地说："几年的心愿终于实现了，侯庆发的房子属于我姓马的了。"

老婆也高兴地说："这回咱马家可要飞起来了。"

马不仁眉飞色舞地说："这回咱马家子孙要旺盛了，快，快跟我生儿子！"

老婆怪嗔道："看你急的！"

马不仁说："明天一清早，就把侯庆发的房子，不，把我买的破房子拆掉！管家呢？吕管家！"

吕培冬忙跑进屋边问："老爷，有何吩咐？"

"你今晚上给我准备几个人，还有工具，明天天一亮就跟我把旧房子拆掉！"

吕培冬说："好，我今晚一定落实好。"

这一夜，马不仁说什么也不能入眠，高兴得一夜起来三次，放开院门，悄悄地围着侯庆发的房子左看看右瞧瞧，然后悄悄地回屋。

老婆被扰得也没有睡好觉，责备地说："看你高兴的，叫我也睡不好觉，真是的！"

马不仁说："嘿嘿，值，值，这下子，咱马家要凤凰双展翅啦，要出大官啦！"

就这样一遍一遍地念叨着，好歹巴到天亮，他忙到西厢房喊醒了吕管家，催促赶快上工。

不到半天工夫，吕培冬带领几个家丁七手八脚就将几间旧房子拆得精光。马不仁高兴地在旧房址上来回踱步。

吕培冬走到马不仁身旁说："老爷你都来回走半个时辰了，该回家吃饭啦！"

马不仁疑惑地问："到了吃饭时候？"

"到了，早到了！"吕培冬说，"这回老爷还不安心？"

马不仁边走边说："安心啦，这回可睡个安心觉啦，终于到手了。"

马不仁这个安心觉一直睡到太阳升有一竿高，吕培冬慌慌张张跑进院喊："老爷，老爷，不好啦！不好啦！"

马不仁在床上生气地说："你喊魂啊，连个安心觉也不给睡，真是的！"

吕培冬站在房门外急切地说："老爷，侯家在房子旧址上拉线挖地基准备盖楼呢！"

马不仁在床上连滚带爬，披上衣服，一手提着裤子，一手拿着腰带放开门，惊慌地问："侯庆发在旧址上挖地基？！"

"是，我刚才看到的。"吕培冬说。

"走，看看去！"马不仁慌慌张张向侯庆发家跑去。

马不仁跑进门，看见侯庆发带人一边拉线，一边叫人挖地基，还有的人把砖瓦木料都拉到院里堆了起来，干得热火朝天。

马不仁忙跑上前拉着侯庆发的胳膊，气急败坏地说："你侯庆发干什么，这已经是我的地了。"

侯庆发说："我们家盖新楼呀！"

马不仁看着带来的吕培冬说："给我打，不许他们挖，真是胡来！"

于是，双方边争吵边打了起来，声音惊动了左邻右舍，许多庄邻都来拉仗，好说歹说，劝住双方："都是庄邻，有理讲理，有话好好说，打得头破血流多不好啊！"

侯庆发指着马不仁说："你马不仁先动手打人。"

马不仁上前拉住侯庆发的手，高声道："走，跟我到州里打官司去！"停了一下，又接着说，"叫你家老表也去，他是证人。"

说走就走，马不仁和侯庆发走一路吵一路，越吵越凶，越吵越气，两人来到州衙门前广场上。

马不仁看着侯庆发问："你那老表怎么没有来呀？"

苗坦之在广场对过路边树下，正把驴绳拴在树上，他高声道："咱来啦！"

马不仁击了鼓，三人前后进了大堂。

苗坦之事先跟侯庆发说过，进了大堂不要害怕，侯庆发心中有了底。而马不仁第一次进大堂就有些打怵，尤其看到台下两边威武地站着手持水火棍的衙役，两只小腿就哆嗦起来。

台上老爷把惊堂木一拍，马不仁吓了一跳，头缩了一下，忙跪下。

知州问："你是何方人士，姓什么，名谁，状告何人，因为什么事，一一说来。"

马不仁满肚子气，迫不及待一股脑儿说完。

知州把惊堂木又一拍说："你侯庆发怎么不知足，马步仁花那么多银子买了你几间破房，怎么又在原宅基地上盖楼呢！先重打二十大棍再说。"

"老爷，且慢！"苗坦之抬起头忙说。

知州定睛一看，原来是苗坦之，"苗坦之，你什么事？"

苗坦之说："老爷请息怒，莫忙打人，要先问问原告有没有真凭实据，空口说白话不行吧？"

知州一愣，说："对，唉，马步仁你可有字据契约什么的？"

马不仁忙回答："有，老爷，现存的。"边说边从怀里掏出那已折叠好的房契，递给胡判官呈给了知州。

知州看后说："马步仁，你不是把侯庆发卖给你的房子拆了吗？"

马步仁回答："拆了！"

知州说："既然拆了，把那些砖头瓦渣房料拉去家不就完了吗，你又来告什么状呀？"

马步仁忙抬起头望着知州说："老爷，你没仔细看，你看错了，我是连房带地一起买的呀！"

知州又把房契翻过来倒过去反复看了几遍，又转过脸向胡判官和郑师爷说："你二位来看看，明明写着'上卖房屋，不卖宅基'。"

胡判官和郑师爷忙走到知州身旁伸过头看去，胡判官和郑师爷异口同声说："没错。"

知州又从头至尾仔细看了一遍，猛抬头，把房契扔向台下，高声说："马步仁，你也认识字，你自己再认真看看，契约上明明白白写着'上卖房屋，不卖宅基'。"

马步仁忙抓起房契约认真地看着，翻来覆去看，然后又用手使劲揉揉眼，睁着比平常不知大多少倍的眼一会儿离远看，一会儿放近瞧，自言自语地说："这是怎么啦？"

知州狠狠地把惊堂木一拍，高声地说："马步仁，你真不仁，没有事找事，胡搅蛮缠，扰乱公堂，影响耽误州府公事，你真不是个东西，你无事生非，该责打四十大棍！"

马步仁忙叫喊说："老爷别忙打，在写契约时，明明白白写着'上卖房屋，下卖宅基'，这怎么在我身上过一夜就变成'不卖宅基'了呢？"

知州气愤地说："变也是你马步仁变的，给我打！"

于是衙役们举起了水火棍打了起来，马步仁哪经过这种棍打，在地上翻滚着喊娘叫爹。

知州高声道："两家回去照契约办事，不得再纠缠滋事。"

侯庆发忙抬起头，望着知州说："大老爷，小民侯庆发有话说。"

知州刚站起身又坐下，看着侯庆发问："你有什么说的？"

侯庆发说："马步仁派家丁把我请的人打了怎么办？"

知州一愣说："还有这事？马步仁，你派家丁打人了？"

马步仁忙说："老爷，有此事，有此事，我赔钱，行吧，老爷？"

知州说："那好吧，你赔多少？"

马步仁说："赔三十两银子吧！"

侯庆发悄悄地向苗坦之瞄去，苗坦之微微点点头。

侯庆发说："那好吧，看在庄邻的面子上，就赔三十两银子吧！"

知州说："既然你们双方协商好，就这样吧，退堂！"

马步仁递给侯庆发三十两银子，侯庆发装好银子抬头看苗坦之，苗坦之已不在大堂里了，他急忙走出大堂，左看右瞅不见苗坦之。

马步仁走出大堂，双眉紧皱，一瘸一拐地向前走着，边走边想，怎么也想不明白，花了那么多银子，买了几筐破砖烂瓦烂草。更使他窝囊的是，又挨了四十大棍，这契约从头到尾都亲眼看着的，写完也念给自己听了，自己也亲眼看了两遍，自己也画押了，又是自己装在怀里的，到家里也没有人看着，怎么过了一夜就变了呢？怎么就变成了'上卖房屋，不卖宅基'呢？越想越想不通，要说那侯庆发老表写错了，不对，人家没有写错，自己亲眼看几遍是'下卖宅基'，不是人家写错，也亲眼看中人画好押折叠好交给自己的，没有其他人经手，是自己亲手接过装进自己的身上，到底是怎么回事呢？前思后想，想不出问题出在哪儿。可是，他永远也想不到苗坦之智慧过人，他就没想到也没有看见，在苗坦之双手从侯庆发手

212

中接过契约时，苗坦之沾着黑墨的小指甲摁到了"下卖宅基"的"下"字左边，就变成了"不卖宅基"了。这个动作谁也没有发现，就连侯庆发在画押完了，也不知道。

# 第十六章

　　苗坦之在海州大堂帮助侯庆发打官司，最后马步仁递银子给侯庆发时，他就悄悄离开了大堂，骑上小黑驴就往板浦奔去，帮助许乔林编纂《海州文献录》。像这样的事，苗坦之已不止一次了，因为协助他的老师编书，不只是他一个人，还有汤国泰等人，同是许乔林的弟子，许乔林因为要编《海州文献录》和《嘉庆海州直隶州志》，量大费时，又要搜集材料，又要抄写，苗坦之由于字写得漂亮而且速度又比较快，所以，许乔林安排苗坦之主要是抄写，要求苗坦之处理好家中事，只要到海州就要去板浦帮助几天。

　　苗坦之这次到板浦，协助许乔林边整理资料边抄写，夜以继日地抄写，干了三天，许乔林叫他休息回家看看，因为苗坦之告诉许乔林和汤国泰等人，说钱云钗快要生孩子了，所以许乔林再三催促苗坦之回家。

　　苗坦之骑着小黑驴，边哼着曲边往海州赶，心里有说不出的高兴。他首先高兴的事是与钱云钗结婚两年多来夫妻间亲密无间，从来没有发生争执和口角之类的事情，钱云钗的通情达理使苗坦之钦佩，平时与苗坦之志同道合令苗坦之感动。苗坦之憎恨恶霸财主欺负穷苦人，甘愿无私帮助穷人打官司的思想和行为，受到钱元钗的理解和支持，有时和苗坦之共同想办法出点子。对于那些受过苗坦之帮助的穷人，不可避免要带些财物表示感谢，可钱云钗与苗坦之的看法和做法都是一致的，钱云钗认为苗坦之聪明有能力帮助穷人是好事，是应该的，钱云钗对苗坦之不止一次说过：这些人生存很不容易，如不帮忙拉一把，再受欺压那就没有活路了，能帮助一下就帮一下，家中的活我干。苗坦之每次听到这些话之后，心里都感到有一股热流。

苗坦之想着想着，不知不觉到了海州城西的大路上，这是一条官道，南来北往，又是通向海州西乡的门户，每月初四、初九逢集，这天正是逢集，人头攒动，苗坦之只好下驴，牵着往前走，当他走到西门时，止步沉思一会，是回家呢？还是到州衙门前看一圈呢？到州衙门前看一圈这已是苗坦之的习惯，凡是他来海州，或者还是在海州学馆学习时，他每天晚饭后都要到衙门前看一眼，有时候碰到有人击鼓打官司告状，他就随着市民去看个热闹。这时，他又牵着驴向州衙方向走去，没走几步，就看见了郑生安师爷与两位衙役迎面走来。

由于多次打官司，苗坦之与郑生安和衙役都熟悉，所以，好远苗坦之就与他们打招呼。在苗坦之的多次观察和实际情况看，郑生安这个人不坏，和知州范思玉都是好官，为人处事正义，都向着穷人说话，按理办事断案，他深深地想到，这是由于领头的知州老爷范思玉的为官作为，如果范思玉是一位认财钱不认理的贪官、糊涂官，那么他所带的几个人也不会好到哪里去。苗坦之回想到自从打第一场官司开始，他对知州范思玉的印象还是不错的，他认为范思玉是位好州官，他认为范思玉所主政的海州衙门不是民间所说的"八字衙门向南开，有理无钱莫进来"。

郑生安微笑着问苗坦之从哪里来，苗坦之告诉了郑生安他们。

郑生安说有公事，不能久停，就都走了，走了几步，郑生安突然转过脸喊住了苗坦之。

郑生安走到苗坦之面前，看着苗坦之说："告诉你件事，知州范思玉调走了，调其他县任知县了，新来的是一位叫王耀的任知州。"

这一消息打破了苗坦之头脑里的沉静，他在沉默着，头脑里出现了许多疑问，范知州是个好州官为什么调走？由知州六品官调任知县，为什么降级了？难道范知州犯了什么事？调来这个王耀知州不知官德如何……

这些疑问充塞在苗坦之的头脑，他很想问个清楚，可是郑生安有事走了，他又想到，这是州衙里的事，就是问，郑生安也不一定会说，再说自己是什么，是乡间一个布衣穷秀才，打听这些事对自己又有何益？不是乡间平民百姓所知晓的事，你打听又有什么用处？苗坦之越想越不知怎么为好，可在头脑里总是抛之不去。他还是到州衙门前大道上转了一圈，然后跨上驴背，向西门走去。

一路上，苗坦之的脑海里一直盘旋着知州范思玉突然调走的事，总是想不明白，心里像压块石头，扔不掉，打不碎。他骑着驴来到家前的路上，老远就望见自家门前有人出出进进，他一惊，自语道：莫非钱云钗生孩子了，他手在驴屁股上猛拍一下，小黑驴跑了起来，很快来到家门前，忙从驴身上跳下，只见吴宝怀从家里走了出来。

"哥，你可回来啦！"吴宝怀抹着眼泪说。

苗坦之吃惊地问："出什么事啦？"边问边向院子里走去。院子里苗培元、苗平之、周小民、李万福、苗贵之等人坐在石磨前，都在沉默无语。

吴宝怀紧跟在苗坦之身旁说："嫂子她，她，她走啦！"

苗坦之三步并作两步直奔屋内，当他看见脸被黄纸盖住的钱云钗时惊愕住了，犹如晴天霹雳，天塌地陷，他半天没有说话也没有挪步，像个泥塑像一样睁着一双大眼睛。

吴宝怀忙靠前，双手抱住苗坦之的一只胳膊哭着说："哥，哥，你保重，大嫂是难产而死的……"

苗坦之半天才哭出声来，奔向钱云钗身旁，双手抱住钱云钗的双肩，痛哭流涕道："云钗呀，我的好云钗呀！你怎么就这样走了呢！？"

苗坦之的姐姐苗凤之边擦眼泪边看着苗坦之说："你到哪里去啦？吴宝怀他们到海州都没有找到你，弟媳昨天就难产走了。"

苗坦之放下钱云钗，瘫坐在钱云钗身旁，拳头不停地捶打着自己的头，他撕心裂肺的声音令人惊颤悲凉。

吴宝怀以及周小民几个人忙劝说着：

"人死了，不能复生，甭哭啦！"

"哥，你节哀吧！"

"坦之弟，就不要哭啦，快看看孩子吧！"

苗坦之听说孩子，忙大声问："在哪？！"

吴宝怀说："在堂屋，你家大娘抱着呢！"

苗坦之忙爬起向堂屋走去。

苗坦之进堂屋看见母亲杨苗氏怀中抱着一个十分瘦弱的婴儿，旁边一个老大娘在给孩子喂水。

苗坦之忙蹲下说："妈，让我看看。"

杨苗氏指着那位老大娘说："她就是接生婆刘大娘。"苗坦之看着说："刘大娘辛苦了，这孩子？"

刘大娘说："这孩子命苦，你媳妇把他生下来，你媳妇流血过多而去啦！"

"啊！这孩子？"苗坦之惊讶地看着不睁眼的孩子说。

杨苗氏抹着眼泪说："这孩子生下就没有奶水，身子又瘦弱，怎么办哪？"

苗坦之焦急地说："到哪里去找奶给他吃呀？"

杨苗氏说："只喝糖水不行。"

苗坦之手一直在摸着耳朵，忙走出门到院子里，看着吴宝怀他们无奈地说："这孩子生下没有奶水吃，可怎么办哪？"

吴宝怀等人愁眉不展，苗坦之愁得直摸耳朵，在磨前踱着步。

"坦之，坦之！"杨苗氏在屋里大声喊。

苗坦之忙向屋里跑去，大家也都惊讶地向屋里跑去。

杨苗氏看着苗坦之说："这孩子不行啦，我还以为他睡觉呢，身上冷了，皮肤也变色了……"

苗坦之慌忙从母亲怀里抱着瘦弱的已死去的孩子吼了起来："孩子，我的儿子……"哭声震动了全屋。

所有人都抹着泪。

吴宝怀走进苗坦之身旁说："哥，你节哀吧，嫂子还在那屋里躺着，等你两天啦，你说话呀！"

周小民说："哥，你不能哭呀，事要办呀！"

苗坦之一只手抱着已死去的孩子，另一只手抹着眼泪，看着吴宝怀他们，又看到苗贵之说："贵之哥，你看这事怎么办？"

苗贵之愣了一下说："人死了不能长放家中，现在，吴宝怀、周小民你两人去买棺木，坦之弟要买什么样的？"

苗坦之说："好的咱也买不起，就买个一般化的，也不能叫人瞧不起咱。"

吴宝怀忙接着说："哥，我明白你说话的意思，那咱俩就去办啦。"说完跟周小民跨出门外。

苗贵之看着苗坦之说："这孩子已跟他妈去了，还由他妈抱着吧。"

苗坦之抱着已死去的儿子无动于衷。

苗贵之忙拉着苗坦之膀子向钱云钗躺着的屋里走去。

苗坦之在苗贵之的再三劝说下，依依不舍地把孩子放在钱云钗的身旁，呜呜咽咽地哭了起来。

苗贵之看了半天说："坦之弟，你不能再哭下去了，你家里人都哭了两天了，还有咱几个兄弟，不能再哭了，他们都没有好好吃饭睡觉，你这个样子，都会把身体搞垮的。我的好弟弟，不要再哭了，你懂的道理比我多，人死不能复生，只有你振作起来，大家才好做事啊！"

苗坦之边擦着泪边断断续续地哭着说："云钗啊，你与我为夫妻还不到三年，怎么就撒手走呢……云钗啊，我的好妻子……小儿啊，你到世间连爹都没看一眼，就跟你娘而去了，我的小儿啊……"

苗贵之说："弟，不要哭了，再哭，有些该办的事我都想不起来啦！我的好弟，你别哭了，到院中我们和大叔大婶一起商量云钗安葬的一些事，你没有来家，钱老爷家我们也不知道，你给不给通知。"

苗坦之忙擦了一下眼泪，站起身，看着苗贵之说："哥，你费心啦，走，去院中商量商量。"

大家看苗坦之跟着苗贵之一起走出房门，都停止了哭，边抹眼泪边看苗坦之。

苗培元说："儿子，别哭了，快商量办事吧。"

苗坦之在苗培元身旁坐下，苗贵之等人都围拢上来，很快商量妥当，排好日期。

这天晚上，是苗坦之陪钱云钗在家的最后一晚上，按照阴阳先生的测算日期等天亮就得把钱云钗娘俩下葬入土。

苗坦之盘坐在钱云钗的棺材旁，含着眼泪手不紧不慢地为钱云钗点燃着纸冥币。

苗坦之的身后和门旁坐着吴宝怀、周小民、李万福，苗贵之等人，屋里沉静无声，谁也没有说话。

苗坦之边烧着纸边想：自从进学馆，刻苦学习，"万般皆下品，惟有读书高"的思想驱使着自己，因而对先生所授的教学内容，融会贯通，熟记于心，在全体同窗中，学习成绩都是名列前茅，尤其考取了全海州地区第一名秀才，那时心中有说不出的高兴。可是，古语所说的"福中祸所伏，祸中福所依"的一句话他忽略了，万万没有想到，自己考了海州地区第一名秀才，省里不承认，取消了廪生的资格，宣告自己即失去参加乡试考举人的资格，永远挤不上上流社会了，一生以布衣草民的身份存在世间。这无情的打击，使苗坦之痛苦过，好歹有几位穷兄弟整天围绕在自己的周围，渐渐解脱了痛苦。特别是妻子钱云钗，通情达理，从开始考秀才，就对苗坦之人说过，考上考不上无所谓，当不当官无所谓，只要夫妻俩心心相印，欢乐地生活就行，这给苗坦之在思想上带来了无法估量的能够战胜痛苦的基础。因而，当被取消廪生资格时，钱云钗表示无所谓，给苗坦之一个极大的安慰和生活的勇气，接着看到钱云钗怀上自己的孩子，他心中特别高兴。帮人打官司，帮助许乔林编书，都极为认真而愉快地去做。

可是，让他没有想到，爱妻钱云钗突然离他而去，这突如其来的灾祸，犹如晴朗的天空，突然一个霹雳，震得他天昏地暗，不知东西南北，差点窒息。他继续思索着，灾祸为什么接踵而来，来得这样突然，这样迅猛，这样残酷。人生在世没有其他任何一件事比这两件重大了，一个是自己的前途，一个是死妻亡子，没有比这两个更严酷的了。他想着，叹息着，怎么这两大灾难偏偏降到自己的头上，偏偏叫自己承受，老天爷啊，你不公平，难道我苗坦之就应该是这样的命运吗？想到此，他手中拿着的纸在颤抖，他两眼睁得特别大，他愣着，愣得使人害怕。

大家都惊恐地向他看去，都没有说话，谁也不知道是怎么回事，谁也不好问他，谁也不想打扰他。大家只有唉声叹气，不知谁呜呜咽咽地又哭了起来，这才惊醒了苗坦之，苗坦之恍然大悟，看一下盆里的火已熄灭，忙又点燃起手中的纸，火苗又在盆中重新燃烧起来。

苗坦之转过脸看着身后的几位兄弟说："你们回家睡觉吧，这几天也熬得够呛，吃不好，睡不好的，我坦之心里过意不去呀！"

苗贵之说："坦之弟，你也睡一会吧，反正人死不能复生，黄泉路上无老少，想开吧！"

"是呀，哥，你不睡咱几个兄弟也睡不着呀！"吴宝怀接上说。

"反正一切事情，苗贵之哥已都安排好了，你放心吧！"李万福说。

"放心，你们几个兄弟做事我放心。"苗坦之说。

由于两天没有吃好饭睡好觉，尤其心情的悲痛，使苗坦之本来不胖的面孔，现在显得十分黑瘦，他满脸倦意，倚靠在棺材边就睡起来了，大家看他睡着了也都睡了，直到鸡叫，大家才醒。

按照当地习俗，钱云钗属于少亡，又无后，减少了许多办丧事的礼节和程序，在苗贵之的安排下，没有宣扬，没有吹吹打打，就把钱云钗下葬了。可是，也瞒不了南双店的一部分人家，凡是知道的都为苗坦之年纪轻轻的失去了妻子而感到惋惜和伤心。这样的一对小夫妻，多么和谐，多么相配，怎么就突然阴间与阳世相隔了呢，这突然的噩耗使很多人难以置信，更难以接受，都感到事情的残酷，苗坦之命运的悲惨。

可是，也有人听到这个消息而感到兴奋，那就是苗自芳、苗青早以及那些有钱有势的财主乡绅。那些因欺压穷苦人被苗坦之出点子打官司而输的人，他们憎恨苗坦之，把苗坦之许成苗二赖子，恨得咬牙切齿，巴不得苗坦之消失掉，他们认为这是苗坦之的命运使然，是苗坦之的做坏事的报应，是对苗坦之的惩罚和教训。

钱云钗安息了，可苗坦之心没有安静下来。这天晚上，他怎么也睡不着觉，虽然有几位穷兄弟陪他睡觉，可是，他翻来覆去地睡不着，头脑很乱，想了很多很多，最后想到，自己才二十多岁就遇到这两起灾祸，这是怎么啦？是老天爷有意安排，还是命运注定？对于取消他廪生资格，他已清楚地知道：那是人为的，是因打官司得罪了苗自芳，苗自芳通过他哥哥苗自芬是国子监翰林的身份，与省里某大官勾结密谋造成的。可是，钱云钗娘俩的不幸去世使苗坦之茫然，这么年轻，就离开了人世间，令人想不明白，最后还是归结到自己的命吧。

这时，他们都已经进入梦乡，有的打呼噜，有的说梦话。苗坦之看了他们一眼，心里清楚，他们为了他苗坦之而辛苦了多天，吃不好睡不好，今天晚上他们才睡个安稳觉，心里不由自主地说："我的好兄弟，我从心底感谢你们，你们好好地睡觉吧。"

夜深人静，苗坦之坐在他们旁边也打起盹来，直到实在撑不下去了，他也就歪着身子在吴宝怀的身边睡着了。

"咚咚——""咚咚——"连续急促的敲门声打破苗坦之家的沉静。

苗平之边去开门边问："谁呀？"

门外人回答："是我。"

苗平之把门拉开，问："你干什么？"

一位老汉说："我找苗秀才呢。"

这时，苗坦之和吴宝怀等人都被敲门声吵醒，都爬起来，涌到门口。

苗坦之说："我是苗坦之。"

那位老汉说："咱是竹墩东小庄的秦大牛。"

苗坦之忙搬一条板凳递给秦大牛说："什么事？你坐下说。"

秦大牛向周围看了一圈，愣着不说话。

苗坦之说："秦大叔，他们不是外人，直说无妨。"

秦大牛双眼里滚动着泪花诉说着："我家被你们南双店的财主刘匡道，给欺负啦！"说着说着哭了起来。

吴宝怀走向前说："大叔，坦之哥家大嫂和孩子刚去世，心中很难过，你过两天再来找我哥吧！"

"不，宝怀弟，让他说。"苗坦之阻止道。

秦大牛忙站起身抹着眼泪说："对不起，苗秀才，咱不知道，那咱回。"边说边要走。

苗坦之忙摁住秦大牛的肩头说："这么远路跑来，你就说吧。"

秦大牛看着苗坦之，不好意思地说："真是太巧了，苗秀才你是能人，你就包涵点，我说。"

# 第十七章

苗坦之也搬来板凳坐在秦大牛的对面，看着秦大牛说："大叔，不慌，你慢慢细说。"

秦大牛说："刘匡道有一块地与咱家一块地紧挨着，他把树栽在靠我们家地边上，开始树小看不出什么来，这树慢慢长大了，枝繁叶茂，让我们家几亩地庄稼白天见不到太阳，夜间接不到露水，树底下的庄稼苗又瘦又小，这几年越来越差，收不到粮食，不仅交不起皇粮，而且连吃的粮食也没有。咱跟刘匡道说几年了，他根本不听，还气愤地说，'树是我栽的，长在我家地上，你管得着吗！'我再三求他能不能把长的树枝锯一锯，给庄稼见见阳光和接接露水，他说我无理纠缠，并叫家丁把我打一顿。"秦大牛边说边卷出左胳膊，露出青紫伤痕，接着说："你看，我这一辈子不说假话，你说咱这日子咋过，有理讲不过人家，打不过人家，又无钱去官府打官司，实在无办法，所以，咱考虑很长时间，才来找你苗秀才为咱出主意，咱知道你苗秀才为人厚道，智谋多。"

周小民说："算你找对了。"

苗坦之习惯地摸着耳朵说："刘匡道被人诟为'走黑道'，是

224

咱南双店里出了名的，为人不凭良心，常做坏良心的事，心黑手辣，做什么都想占人家便宜，都想欺负人家，凡是田地靠他家地边的，不是一年一年减少，就是逼得人家把地卖给他，这些事我也知道。这样吧，我跟你去看一趟吧，行吧？"

"那感情好！"秦大牛高兴地说。

吴宝怀忙说："你这几天心情不好，吃睡都不好，身子亏了，别去吧！"

"是，歇两天再去，也不慌。"李万福忙接着说。

"不，秦大叔跑这么远的路，还是去一趟看看再说。"苗坦之说。

"哥，你还没有吃饭呢！"周小民说。

苗坦之说："我也不想吃，大叔事比较着急。"

秦大牛说："你还是吃点饭吧，咱等你。"

"走吧，我回来再吃。"苗坦之坚持要跟秦大牛一起去。

周小民说："哥，我跟你去。"

"你去干啥？"苗坦之看着周小民说。

"我不放心你去，你肚里无食饿慌了，我怕……"周小民说。

"那也好，把小黑驴牵上，把我那布包也带着。"苗坦之说。

周小明高兴地说："是！"

周小民牵着驴走了一段路，叫苗坦之骑驴歇歇，可苗坦之不，他要与秦大牛边走边聊聊。于是，周小民只有牵着驴跟在苗坦之身后，边走边听苗坦之与秦大牛谈话。

秦大牛又重复地说："刘匡道这人太不讲理了，我说这几年粮食被他家树遮盖得歉收，他说他树栽在自家地上，还叫家丁打我！"

苗坦之说："这个刘匡道被许成'走黑道'一点也不假，他对咱穷人不干光明事，尽干不讲道理，没有良心的事，除此之外，凡是对他有利或有好处的，不管是谁，他都要剥一层皮。有件事全南双店都传播开了，不知你听说了吗？"

秦大牛说："你说说。"

"他的父亲把他与他弟弟分家，这其中有块好地，刘匡道与他弟弟各分一半，他刘匡道竟然在夜间把当中的石界牌挖起来向他弟弟那边移，结果被人发现告诉了他弟弟，结果兄弟俩对簿公堂，挨衙役三十大棍，从此兄弟俩反目为仇。"

"听说过，听说过。"秦大牛忙接上说。

"还有他刘匡道的邻居家破房屋被雷雨冲倒了，要重新砌墙基盖新屋，刘匡道非叫他邻居家把墙基让出二丈地，不然就不给盖。刘匡道的邻居是个穷鬼，无钱无势，两脚也踢不出个屁来，结果把邻居打一顿，邻居只有让二丈地。"苗坦之越说越气，吐口唾沫又接着说："刘匡道尽干坏良心事，不走正道。"

"这件事我也听说过，咱们庄上很多人都知道。"秦大牛说。

就这样你一句他一句地来到了秦大牛的田地。

秦大牛站在田头，手指着说："这是刘匡道的田地，这是他家的树，这树北是我的田地。"

"这简直欺人太甚，一行树长这么高大，树枝一半伸向你家田里了，要是南北向的地还好些，阳光还充足照到庄稼上。这又是东西长的田地，白天遮阳光，夜晚遮露水，庄稼苗在树下怎么生长！"苗坦之越看越气愤。

周小民说："这'走黑道'的刘匡道不就是仗着自己有钱有势，欺负人吗，良心也坏透了，哥，这事要到官府告他去。"

苗坦之说："我正考虑呢。"

秦大牛说："到官府告，你说能行吗？人都说'八字衙门朝南开，有理无钱莫进来'，咱无势也无钱，那衙门老爷能容咱说话？"

苗坦之说："这样，你先不要害怕，你既然找到我，你一定听我说。"

秦大牛说："一定，一定听你苗秀才的。"

周小民插话说："俺哥点子多，你别担心。"

"是，是，咱，咱不担心。"秦大牛频频点头。

苗坦之在田头的一棵树旁坐下，叫周小民把布包给他，秦大牛和周小民坐在苗坦之两边看着。

苗坦之把布包里的一本仿纸和毛笔取出，又拿出一个巴掌大的小盒子，秦大牛感到很奇怪，就问："秀才，你小盒子里是什么？"

苗坦之把小盒盖旋转几下，拿出盒盖，原来盒子里是研磨好的墨汁浸透在棉花团上。

苗坦之向秦大牛看去说："这是我自己制造的墨汁盒，把研磨好的墨汁用棉花团浸透，便于携带，这样不用研磨，随时随地可以写字啦！"

"啊呀，传说你聪明，真聪明。"秦大牛赞道。

苗坦之手握毛笔向田里望去，然后把仿纸本放在膝盖上就写了起来，不多一会就写完了，递给秦大牛说："你识字吗？"

秦大牛说："咱不识字。"

"你把它装好，不要给任何人看，明天就到海州衙门去告状。"苗坦之看着秦大牛说。

秦大牛像呆子似地看着苗坦之，半天才问："我去告状？你也去吗？"

苗坦之说："不用我去。"

"那我，我不敢去。"秦大牛怯生生道。

苗坦之耐心地说："你不要害怕，你到了海州衙门，看到门东旁有个大鼓，你拿起鼓槌敲三下，衙役就传你进去，那些手持水火棍的衙役不会打你的，到了大堂，你看堂前面台上，坐着的就是知州老爷，州老爷开始问你，你什么也不说，就把状纸交给他们就成。"

秦大牛惊恐地睁着大眼睛看着苗坦之。

周小民说："咱哥说的是真的，我去过大堂，开始也有些打怵，

227

等进去后也就不怕了，他们衙役会打人，知州叫打才打，打的是那些坏人，犯法的，你又没犯法，怕什么。"

"周小弟说的也是真的，衙役要打的不是你，而是刘匡道。"苗坦之微笑着说。

"要打刘匡道？"秦大牛有些不相信。

"是的，他刘匡道不但要挨几十大棍，而且还要赔你三年到五年的歉收的粮食钱，我写的要求赔五年，我猜想最低要赔你三年粮钱。"

秦大牛惊讶地说："还能赔我欠收的粮钱？"

"嗯。"苗坦之微笑着说。

秦大牛高兴地说："只要能把伸到咱地上的树枝锯掉了，这官司就算咱赢啦！"

苗坦之摇了摇头说："那不便宜他了吗，告诉你吧，他刘匡道不仅挨打赔钱，还要把树都刨掉！"

秦大牛听完苗坦之的讲话，半天才说："能这样？！"

苗坦之自信地说："我考虑应该是这样的结果吧。如果有其他情况，你马上回来找我，再商量办法。"

"中！中！"秦大牛频频点头。

苗坦之看着秦大牛说："如果刘匡道或者其他人问你，状纸是谁写的，你绝对不跟任何人讲，切记，切记！"

"记住了，记住了，你苗秀才家中出了事，又跑来看田地，费心写状子，都是为我，就是打死我，我也不跟他们说的，放心吧，苗秀才。"秦大牛坚决地说。

秦大牛按照苗坦之的安排，第二天就去海州衙门告状了，知州看了状子立即差人传刘匡道。

当刘匡道听到有人到海州衙门告他，犹如晴天突然响了一个炸雷，刘匡道大吃一惊，是谁胆子这么大，敢到州衙里告他呢？告什么事呢？刘匡道走一路想一路，直到衙门口，他也没有想出是什么事来，因为他做的缺德事太多了。他急急慌慌走进大堂，到秦大牛旁边跪下，这才看清楚，原来是竹墩东小庄穷鬼秦大牛，心里好像一块石头落地一样，不就是我家地里栽的树遮了你的庄稼吗？哼，还想告我！刘匡道向台上州官看去，他一愣，大老爷不是原来的范思玉了，新的面孔，什么时候调来的？范知州为啥调走了，他不由自主地思考起来。

知州气愤地说："开始本官准备到现场查看的，可又想到这是个最简单的事情，你们的田地是东西长，你刘匡道的田地在秦大牛的田南面，你栽的树在北面，三岁小孩也会知道，枝繁叶茂，不仅遮阳光，还遮露水，这庄稼怎么长，所以本官认为这件案子很平常。"

刘匡道张了几次嘴，却没有说出话。

知州继续说："你的良心给狗吃了！妈的，没见过你这样不讲理的，秦大牛好几年粮食不收，不仅交不起皇粮，还吃不上饭，秦大牛三番五次请求你锯一下长树枝，你都不同意，还说人无理纠缠，命家丁打人。秦大牛，你把袖子卷起来给刘匡道看看，本官注重现实！"

秦大牛把胳膊伸向刘匡道，刘匡道不得不看，也不得不低下头。

知州把惊堂木一拍一下，说："你刘匡道就知道自己，你那树能交皇粮吗？种田要交皇粮的！"

知州继续说："立即回去刨树，让田里长庄稼，另外赔秦大牛五年粮食钱。这钱是你树遮田歉收的，每年按三十两纹银，五年共一百五十两，打伤秦大牛再赔十两银子，立即派人回去把银子拿来交给大堂，由衙里人转交给秦大牛！也给你刘匡道一个记性。"知州拿出一签，掷到台下说："给我打三十大棍！退堂！"知州说完站起就走。

衙役们的水火棍无情地落在刘匡道的身上。

秦大牛自从衙里交给他一百六十两银子后，不由自主地念叨：

"再世诸葛，再世诸葛……"

秦大牛装好银子，就急忙骑着驴往家赶，走到蔷薇河桥头，正巧，刘匡道与两个家丁骑着毛驴赶上。

秦大牛心中一颤，看刘匡道带着家丁两个，心想真是冤家路窄，这么巧又要与你同道呢，路上要把自己害了，谁也不知道，怎么办？俗话说，"人急中生智，狗急跳墙"，秦大牛忙转回身向回走。

刘匡道忙跳下驴，拦住秦大牛说："这官司也打完了，我问你，你的状子是找谁写的？"

秦大牛愣了半天说："谁写的不重要，重要的是没有良心！"边说边在驴屁股上猛一拍，驴猛冲向前。

刘匡道像呆子似地望着秦大牛骑着驴跑了，自言自语地说："活见鬼了，平时连个屁都放不顺溜，今天说起话来文绉绉的了，也有本事了，敢来告状了，与原来的秦大牛不是一个人了，唉，是谁教他的呢？"

两个家丁异口同声地说："走吧，我们不能再跟他废话，弄不好，他再到衙门告状，你还要吃亏呢。"

刘匡道说："我明白，我是想问问是谁帮他写的状子。"

一个家丁说："老爷，你就打死他，他秦大牛也不会说的。"

刘匡道愣了下，半天才说："也是的，算我碰上对手了，倒霉，走，回家刨树。"

一个家丁说："老爷，你先前也没有去州衙里走动走动，我想你要是先走动走动，州老爷也不会这样判案。"

刘匡道说："谁知道突然会出这件事，两脚踢不出个屁来的穷鬼会告我。不过，你这个说法有道理。"

另一个家丁说："秦大牛回去，又去衙门啦！"

刘匡道说："他去就去，我就问他一句话，知州也不会再传我进大堂的，我估计秦大牛是怕和我们一起走路才回去的。"

秦大牛是在一个刘匡道望不见的拐弯处从驴身上下来，等刘匡道走远了，看不见了再往家走。

刘匡道自打从海州衙门走出，到家这几天，整天闷闷不乐，双眉紧皱，心事重重，茶不思，饭不想，折腾得肌黄面瘦，有气无力。

这天吃过早饭，他想到了苗自芳，有不少天没到苗自芳家了，再者苗自芳比自己聪明，叫他帮想想，能是谁在背后帮助秦大牛，不弄明白，这日子不好过，于是，决定非找苗自芳不可，也只有苗自芳是他认为最聪明的人，能帮助他。

刘匡道很快来到苗自芳家，苗自芳不在家，苗自芳的老婆告诉他，在西院苗青早家。由于找苗自芳心切，赶忙来到苗青早家大门前。刘匡道拍门道："老苗，苗老兄在吗？"

刘匡道顺门缝向院里望去，只见苗自芳正从屋里边扣衣服边问："谁呀？"

刘匡道立即在头脑里产生疑问："你苗自芳怎么在苗青早家脱衣服？"

苗自芳走到院中把衣服上上下下扯了扯，抹了抹脸，然后才走上前开门。

苗自芳把门拉开看见是刘匡道，忙说："原来是刘老弟呀，进来坐。"

刘匡道边走边问："你在忙什么呢？"

苗自芳支吾着说："没，没忙什么，苗青早家没人，叫我给他家看一下门，你坐，坐下说。"

"噢，苗青早不在家。"刘匡道说。

"多日不见你来，最近可好啊？"

"好，好个屁！"刘匡道气愤地说。

苗自芳一惊，问："怎么啦？"

于是刘匡道把打官司的前因后果一股脑儿地倒了出来，最后看着苗自芳说："你说说，我这亏吃得多窝囊，不知谁出的点子，在背后支持秦大牛去告我状。"

苗自芳脱口而出："还能是谁，苗二赖子呗！"

"二赖子，他的妻子不是刚过世吗？不可能。"刘匡道忙反驳。

"也是呢？二赖子媳妇大前天刚下葬，该不是他。"苗自芳双眉皱了起来。

"我这两天日夜寻思着，就是想不到是谁给秦大牛出点子。"

"竹墩和北双店，没有听说谁会给人写状子呀！"

"到底是谁呢？"刘匡道也皱起眉。

"哗——"突然堂屋里发出声音。

刘匡道惊奇地说："屋里有响声。"

苗自芳红着脸说："你坐，我去看看！"边说边跑进堂屋，很快又转身走回说"是老猫。"

"啊，老猫——"刘匡道意识到是什么了。

"我想，只有苗二赖子会给那些穷鬼干这事，别的想不到。"

"能真是苗二赖子干的吗？"刘匡道疑惑地问。

"准是他！要不你到竹墩问问秦大牛。"苗自芳坚定地说。

"在路上我问他了，是谁出的点子，他不说。"

"嗨，你当面问他，他死也不会告诉你，通过其他办法了解。"

"啊，我明白了，还是苗老兄聪明，好，那我走啦，不耽误你做事。"刘匡道边向大门外走去边说。

苗自芳送到大门外忙转回身，又把门关上。此时的刘匡道正悄悄地从门缝里向里窥视。

堂屋里走出苗青早的娘，苗自芳边走边解衣扣说："快，肥水不流外人田，我都憋不住了。"苗自芳抱着苗青早的娘直往堂屋里去。

刘匡道忙缩回头，自言自语道："外面传说你苗自芳干你大嫂子，还真是，还肥水不流外人田呢！"

自从刘匡道听了苗自芳的分析，自己也增加了对苗坦之的怀疑。

刘匡道悄悄地来到苗坦之家前面的路，他躲在一处墙角，不时地向苗坦之家大门口望去。事情就是那么巧，不多一会儿，秦大牛从苗坦之家出来，苗坦之把秦大牛送到门外。刘匡道睁着一双大眼睛仔细看去，确是秦大牛。

刘匡道自言自语地说："还真是你苗二赖子出的点子，你个穷鬼从他家出来，就足以证明了我猜得没错，苗自芳说得没有错！"

秦大牛到苗坦之家来感谢苗坦之的，实际上秦大牛已经来了两次了，可苗坦之不在家，这是他第三次来。他见到苗坦之就高兴地说："苗秀才，你真是在世诸葛，刘匡道不仅挨打刨树，还赔我五年歉收的粮钱，老天爷呀，咱哪辈子见过这么多银子的。这，这归根到底是你苗秀才功劳，银子给你苗秀才一半，不然我心中过意不去呀！"

苗坦之再三推托，"这银子是赔你歉收的钱，你要交皇粮，州官大老爷他也怕交不上，他必然要这么判，不是我聪明，这是个明摆着的道理。"

秦大牛再三要给苗坦之银子，由于苗坦之再三讲道理，才勉强收回了银两。

苗坦之再三嘱咐秦大牛，要好好安排使用银子，把田地种好，把日子过好。

秦大牛满口感谢，含着热泪走出苗坦之的家门。可他与苗坦之并不知道刘匡道在窥视他们。

# 第十八章

　　刘匡道慌忙来到苗青早家的大门外，头脑里浮现出苗自芳抱他大嫂的事，想到不能莽撞，立即止住步，悄悄地走向前，这时大门已大开，苗自芳坐在石磨旁吃烟，苗青早的娘坐在旁边缝衣服。

　　刘匡道咳了一下嗓子。

　　苗自芳问："你咋又回来啦？"

　　这时苗青早娘端起筐向堂屋走去。

　　刘匡道说："我想好的事，结果又忘记跟你商量了。"

　　"什么事？"苗自芳看着刘匡道问。

　　"州官换了。"

　　"什么州官换了？"

　　"州官不是原来的范思玉了。"

　　苗自芳惊讶地从凳上站起来说："啊，到底滚蛋啦，大哥呀！你真行！"

　　刘匡道笑着说："好啊，我从衙门出来，就考虑我们几个人要做件事。"

　　"什么事？"苗自芳忙问。

"这个州官刚上任，我们设宴请他一次，打点打点，就说为他接风，也表达我们几个人的心意。"刘匡道说。

"这个新到的知州，咱也不知姓什么，更不了解脾性和官德，怎么能贸然请他赴宴呢？"苗自芳说。

"这很简单，到衙门外打听一下，不就中了吗？"

"弄不好，被他打出来。"苗自芳担心道。

刘匡道立即问："哪有这样的州官，请他喝酒吃饭还打人？"

"有。"

"哪有这事？"

苗自芳向刘匡道看了一眼说："提起这事，我也不隐瞒你了。去年我叫严居林找你，你不在家，我和他到州衙去，每个人只拿十两银子想试探一下知州范思玉，如果他收了，以后我们三人再送多一点，把关系拉好，不再受苗二赖子捉弄。"

"对呀，应该打点打点，俗话说'千里做官，为的嘴'，没有不吃私的官。"

"可这范思玉不吃这一套，不仅不收，反而把我与严居林训了一顿，结果每人还挨了三十大棍，把咱俩打得有苦难言。"

"啊，有这事！"

"我叫严居林千万不要说出去，传出去，多不好呀！"

"是，不是光彩的事。"

"今天跟你说了，我相信你不会宣扬的。"

"苗老兄，你放心吧，这事我绝对不会说的。"刘匡道认真地说。

两人沉思一会儿，刘匡道说："你两个人去，又拿很少银子，他范思玉能收吗，我想你要一个人去，可能不会这样。"

"也可能，总之，不熟悉脾气，摸不准官德如何，不好做这个事。"

"我想这样，开始先试探一下，由你先去摸摸底。"

"我？"苗自芳惊奇地看着刘匡道说，"不中，不中！"

"你这样，你自报家门，把你大哥亮出来。我就不信，新来的州官无论是老的，还是新提拔的，都是一样毛病。"

"什么毛病？"

"官大一级压死人，你大哥在皇帝身边，国子监翰林，比他州官要大好几级，做州官他还想高升，他不会不考虑你这个有做翰林大哥的弟弟。"

"嗯，有道理，有道理！"苗自芳高兴地说。

"这些当官的还有个最大毛病。"

"还有什么毛病？"

"俗话说，'一年清知府，十万雪花银'，哪个当官的不贪，他苦读寒窗多年为什么，不就是为升官发财吗！"

"对，对！"苗自芳连声赞叹，"你刘老弟变得越来越聪明了。"

"我考虑，这样，你试探成功，那我们请他赴宴也不能不去吧！只要他去，在喝酒中，我们几个人再送上接风的银子，他肯定也会收下，这样以后就好说话了，我们还能怕他苗二赖子捉弄吗！"

"好，好，就这么办，你说得完全正确。你知道吗？苗二赖子的廪生是怎么取消的？"苗自芳满脸自豪地说。

"怎么取消的？"刘匡道忙追问。

苗自芳自豪地说："那是我亲自去京城找了我大哥，是我哥跟省里高官说的话。"

"是吗，那就更说明我想这个办法是对的！"刘匡道说。

"把严居林也叫上，就咱三个人。"

"行，你看带多少银子呢？"

"带少了拿不出手，每人带五十两，先试探试探。说办就办，明早，咱三人就去。"苗自芳坚定地说。

苗自芳、严居林和刘匡道三人骑着毛驴起了个大早来到了海州，到了海州衙门前广场的对面大树下，苗自芳跟他两人说，他先去。

苗自芳知道知州和衙里的人住的地方，因为他与严居林来过，到过前知州范思玉的家，但是现在是不是新来的知州家，他不知道。正巧，有一位衙役迎面而来。

苗自芳上前很客气地说："请问新来的知州大老爷贵姓，住哪个门？"

那位衙役说："新来的知州姓王，名耀，就住最西边那个门。不过，你进不了门，他家养了个大母狗很厉害，这样吧，我禀报了之后，才能让你进还是不进。"

"好，好，那就请你禀报一下。"苗自芳微笑着说。

那位衙役在前面快走，进了门，把大门关上，苗自芳只有站在门外等。

知州王耀正坐在客厅里闭目养神，大腿摞二腿，悠然地哼着小调。

"禀报老爷，外面有一个五十岁左右的人求见。"

王耀知州不耐烦地连眼也不睁，说："不见！"

那位衙役转身走向大门，来到苗自芳面前，说："老爷不见。"说完要走。

苗自芳忙拦住，说："请你跟老爷说，我是国子监苗翰林的弟弟，有要事。"

那位衙役听了说："好吧，那我再跑一趟。"

那衙役又忙走进客厅，王耀知州大发脾气："小良子，烦不烦人，又干什么？"

那位叫小良子的衙役忙说："那人说他是国子监苗翰林的弟弟，他说有要事求见。"

"什么，苗翰林弟弟？"知州猛一睁着一对三角眼直瞪向小良。

"是，是这么说的。"小良子说。

"快，快，快请进！"知州王耀着急地说。

小良子忙跑向大门去，把苗自芳带进了客厅。

小良子进门，手指向王耀说："这就是知州王老爷。"

苗自芳向王耀知州行礼，王耀说："免，免礼！"

王耀看着小良子说："你下去吧。"

小良子走后，王耀看着苗自芳问："你是苗翰林的亲弟弟？"

苗自芳说："回老爷话，是，咱哥叫苗自芬，我叫苗自芳。"

"对，对，国子监有位苗翰林，这名字起得好，好，今后见到你哥，你要对我多美言几句呢！你找我有什么要事？"

苗自芳说："我家是在海州西乡南双店，消息闭塞，终日劳务在家，不知老爷来海州任父母官。"

知州王耀打断苗自芳的话说："也就刚到任几天。"

苗自芳继续说："咱三个好朋友想为老爷接风，请老爷赏脸。"

"好，好啊，我就喜欢你们这样的人，不熟悉在一起坐一次，不就熟悉了吗？"

"是，是，老爷说得是，一回生二回熟吗。要不就安排在今天下午，在秦东门西面白虎山酒楼，老爷，你看？"

知州王耀高兴道："好，这几天，海州的五大家轮流做东，都在那酒楼，不错。"

海州有名的殷、杨、葛、谢、沈五大家都轮流请过了，苗自芳心里进一步踏实了，他微笑着问："老爷，是带人还是自个儿去？"

"自个，我自个儿去赴宴。"王耀回答。

"那好，那好，我这就去安排。"苗自芳站起要走，又接着问："不知老爷喜欢喝什么酒？"

王耀眨了眨眼说："你们西乡不是产有名的桃林大曲吗？"

"对，对，有桃林大曲。"苗自芳回答。

"听说桃林大曲口感好，就喝那，就喝那。"知州王耀话还没有说完，口水已流下，手忙去擦口水。

苗自芳从知州王耀家走出来，心里无比高兴，俗话说"官大一级压死人"，这话千真万确，不把他哥是翰林报出来，还真的不让见了。

苗自芳来到严居林和刘匡道两人跟前，严居林和刘匡道异口同声地问："怎么样？"

苗自芳脸上的麻子舒展开了，兴奋地看着他俩说："成了，走，到白虎山酒楼！"

到了白虎山酒楼点了菜，专门要老板到街上去买桃林大曲，三人围桌而坐，专门等知州王耀赴宴。

苗自芳告诉了严居林和刘匡道："这个王耀喜欢吃，喜欢喝酒，对地方特产很感兴趣，我一说桃林酒是我们西乡产的，他兴趣很浓，我说口感很好，他口水都流了下来了。"

"哈哈哈……"严居林和刘匡道笑得前俯后仰。

"真的，不是我吞他的。"苗自芳瞅着他俩说。

"是他一人，还是带幕僚一起来？"严居林问。

"他说就他一人赴宴。"苗自芳说。

"这就更好了，看来我们在家估计的是对的。"刘匡道说。

"他自个来赴宴，我们银子就好给了。"严居林说。

"看来，他一人赴宴方便得到好处，似乎是个经验了。"苗自芳说。

"这不是简单的道理吗，来人多了，我们不好出手，他也不好收，这样无论多少，看来他都能收。"严居林说。

刘匡道接着说："不一定。"

"为什么？"苗自芳忙问。

"我们三人都给，他收了，他不担心以后有人证吗！坏了他的前程？这是我刚想到的。"刘匡道说。

"嗯，也有可能。上次我与苗老兄两个人就没有办成，范思玉发火，我想如果一个人送，他还能收下。"严居林说。

苗自芳没有吱声，皱着眉头。

刘匡道看着苗自芳问："苗老兄，你点子多，如果万一，他不收，怎么办？"

苗自芳眨了眨眼说："我想没有问题，他自个儿来，我们三人劝，叫他一定要收下，并且给他一个念想，以后桃林大曲，还有牛山的水晶，我就不信他不想要。"

"一定要叫他收下银子，三人凑一起也有一百五十两，不少了。"严居林说，"只要他收了，就好办了，今后我们就不会被苗二赖子捉弄了，不受穷鬼们的气了，不会再挨打破财了。"

"嗯，今后叫他苗二赖子挨棍，叫亲爹喊亲娘去！"苗自芳自豪地说，"到那时，咱南双店的天，就不是现在这个样子了。"

他们三人谈说正浓时，酒楼老板推门说："知州老爷驾到！"

只见王耀走了进来，高兴地说："叫你们久等了。"

苗自芳、严居林、刘匡道急忙站起，毕恭毕敬地施礼，异口同声地说："欢迎老爷赴宴！"

知州王耀说："免礼，免礼！"

苗自芳忙说："请老爷上座！"

知州王耀说："都坐吧！"

苗自芳说："老爷，我来介绍一下。"

苗自芳手指着严居林说："他叫严居林！"

严居林忙站起说："严居林。"

苗自芳手指向刘匡道，知州王耀一愣，然后说："那天为树的案子……"

刘匡道忙站起来说："是我，我叫刘匡道。"

知州埋怨道："事先怎么也不跟我说一声。不过，你那树遮住阳光和露水，人家庄稼还长个屁。"

刘匡道忙说："事情突然，没有先跟老爷说。"

知州说："不过，也只能判了，你们要明白，皇粮国课一定要交的，到年底，朝廷要派人查我的政绩的。"

刘匡道头点得像鸡啄米，说："老爷说得对，老爷判得对！"

知州王耀笑着拿起筷子说："我们今天认识了，以后再有什么事，就好说了。"

苗自芳高兴地向严居林和刘匡道瞄一眼说："那是，那是！"

严居林和刘匡道立即附和着："那是，那是，以后请老爷关照！"

"喝酒，我尝尝你们西乡桃林产的桃林大曲！"知州王耀迫不及待地端起酒杯。

苗自芳立即站起说："首先，我们三人敬老爷一杯！"

于是，苗自芳三人站起，举杯往王耀面前伸去，王耀坐着把杯子微微举起，一口饮尽，称赞道："嗯，好酒，好酒！"

苗自芳说："请老爷吃菜，海州就数这白虎山酒楼菜好了，还有沙光鱼汤。"

知州王耀说："不错，我吃几次了，不错，不腻。"

然后，苗自芳三人都轮流各敬王耀两杯，刘匡道不慎把酒杯碰倒，酒淌在了桌上。

刘匡道忙说："我自罚一杯。"

知州王耀说："没事，没事，我跟你一起喝。"说着一杯也下肚了。

苗自芳和严居林互相对视着，心照不宣。

不多一会儿，酒已经喝到七八分了，苗自芳说："老爷，咱都是第一次与你喝酒，不知酒量，我们担心你喝不好，又怕喝多……"

知州王耀说："没事，这酒好，继续喝。"

这时，门外老板敲门说："知州老爷，衙门差役来报，深阳发生人命案，请去勘察。"

王耀和苗自芳等人都愣了一下。

王耀说："知道啦，咱们喝酒。"停了一下，又看着苗自芳说，"我来时就听说你们西乡有个苗坦之聪明，会赖人，会赚人。"

苗自芳三人异口同声回答："是。我们三个人都被他赚过呢。"

"是吗！"王耀惊奇地看着苗自芳三人。

苗自芳说："苗坦之可恨，尽干坏事，专门干赚人事，咱们南双店人没有不恨的，被人许成苗二赖子。"

严居林和刘匡道附和着："一点也不假，一点也不假！"

"过两天我去会会他，我就不信了，我饱读诗书，他能有我的智慧多！"王耀自傲地说，"看看他怎么赖我，赚我！"

"好啊，好啊！"苗自芳等人齐声附和。

"老爷，我是郑生安啦，深阳的人命案急等我们去呢！"师爷郑生安在房屋外，慢慢推开门，看见了苗自芳三人说。

王耀不耐烦地说："那么巧，喝个酒也不安稳，好，你回去准备，我就去。"

严居林忙把门关上，向苗自芳猢了一下嘴。苗自芳会意，忙从后面包里取出事先三人凑好的一百五十两银子，递给王耀说："老爷，今晚咱三人为你接风，不成敬意，这包里有一百五十两白银，你拿回家，好买酒喝！"

王耀一愣，说："一百五十两，好，好，你们都是我的好兄弟，好兄弟，过天我去你们那儿，给我准备点桃林大曲，还有特产什么的……"

苗自芳问："老爷，这天快黑了，你还去深阳吗？"

王耀看着苗自芳说："你们不看见吗？喝顿酒来催三次。"

实际是两次，他说是三次，苗自芳三人互相看看。

王耀站起身说："你们坐，千万不要出来。"说着放门走，又转身说，"你们说的苗二赖子，他有什么坏事丑事就来报告给我。"

苗自芳说："老爷，你放心，苗二赖子有什么丑事，我们一定报告给你，你走好。"

"没事，再喝一瓶也没事，没事！"王耀边说边手扶墙向外走去喊："小良子，小良子来！"

衙役小良子从门外跑来，忙驾着王耀向衙门走去。

苗自芳三人知道王耀说的"千万不要出来"的意思，王耀是怕人知道他们三人请他喝酒。

苗自芳说："看来知州喝了不少酒，但是心里还是很清楚的。"

严居林和刘匡道高兴地说："我们的目的达到了，哪天到南双店，咱们三人再陪他喝！"

苗自芳三见目的已经达到了，心情格外好，三人一路说笑着往家赶。

刘匡道说："苗兄，根据你说的情况，看来这个王耀知州还是怕上面的官的，也想继续向上爬，哪有刚见面就说这种话的，还叫你多美言几句。"

"他干好了，我可以跟我大哥说两句，干不好，哼！"苗自芳停了一下，又接着气愤地说，"跟范思玉一样，滚蛋！"

"对。"刘匡道附和道。

严居林说："王知州改天真的来了怎办？"

苗自芳瞅了一眼说："这样，他不是说了吗，你严老弟准备两箱桃林大曲，他要带走就带走，不带就留下回给他喝，再一点，你刘老弟到牛山去找两块水晶石给他。"

严居林满口答应："行，我回到家明天去办。"

苗自芳说："刘老弟，你到家去宋家酒店安排好，做到心中有数，多准备点菜，尤其要准备好咱南双店特产驴肉，驴身上凡能吃的都准备一盘。"

刘匡道说："咱南双店街中不是有个百姓饭庄，也不错吗，咱去宋家酒楼干吗，还要多走一段路。"

苗自芳说："还是要避避耳目为好。"

"啊呀，还是苗老兄点子多，考虑周全。"刘匡道恍然大悟。

"好啦，咱们兄弟扬眉吐气的时候到了，这回我倒要看他苗二赖子怎么捉弄咱们！"苗自芳兴奋地说。

严居林说："他苗二赖子敢！"

刘匡道说："他苗二赖子这时够受的了，廪生取消了，死了妻子和孩子，也该收敛收敛了。"

苗自芳说："哼，今后，他哭的日子还在后头呢！"边说边来到岔路口，辞别道，"我走啦，你两人走那条路，到家好好歇歇。"

望着苗自芳远去，刘匡道向严居林瞅了瞅，说："苗老兄点子真多，可就是有一条……"

严居林忙问："有一条什么？"

"唉，不说也罢。"刘匡道吞吞吐吐，说一半不说了。

"哎呀，咱俩人还有什么保密的，说，什么事？"

"其他不说，你也听到了，可能街坊也传说了，就是——"

"说呗，就是什么？"

"苗兄跟他大嫂睡觉。"

"你怎么知道的？"严居林笑着追问。

刘匡道就把到苗自芳家去的经过说了出来。

"我倒以为什么新鲜事，我也碰见一次，跟你碰见时听到的说的话一样，'肥水不流外人田'，没有想到苗老兄是个骚鬼，连他大嫂也干！"严居林说。

"反正他大哥也不在家，他大哥在京早已有家室了。"

"他也真有艳福，东家干完，再干西家！村里还有情妇好几家！"

"哈哈——"两人笑个不停。

严居林说："这事就咱两人说说而已，在其他人面前不能说。"

"那是，不过咱南双店人知道得也不少。"刘匡道说。

"不管他,走,回家了。"严居林猛拍一下驴屁股,迅急向前跑去。

# 第十九章

在海州城东有个财主叫殷大鼻子，他家在蔷薇河入海口有一块三百亩洼地，洼地经常是一片汪洋，从来没有种庄稼，水下去了，就会生长出碱蒿、海英菜、芦苇、藕等。这殷大鼻子一向对穷人苛刻，心眼坏，不想让穷人得到一点好处，他看到穷人常常到他地里去，就气得慌，可又没有办法，三百亩洼地也无法管理。最近想个办法，要把这地卖掉，许多穷人就此议论纷纷，被苗坦之听到了，苗坦之心里想，你大财主实在是心眼太坏，你那三百亩洼地从来不能种庄稼，穷人混点充饥的地方你也算计。这天他和吴宝怀、苗贵之、周小民商量好了，去找殷大鼻子要买这三百亩洼地。

吴宝怀疑惑地说："那殷大鼻子心眼坏，是海州出名的，他又认识你，他能卖给你？再说，你也没有那些钱。"

苗贵之说："算了吧，你就想办法买下来，你也不去管理，也不能种庄稼，有什么用处，白花钱。"

周小民说："哥，你有什么想法？"

苗坦之说："殷大鼻子是在使坏，明明那三百亩洼地没有收益，而对穷人来说可能是混上一顿饭的好地方，穷人挖个藕，捉个鱼什么的还能吃，也还能混个钱什么的，他要卖给什么人了，穷人可就不能去捉鱼挖藕了吧，穷人生计的好地方就断送了。"

"殷大鼻子可不是省油的灯，此人又坏，又有点子，有钱有势，别找麻烦了吧！"吴宝怀说。

苗坦之微笑着说："你几人别担心，你们照我说的办，别的事你别问。"

苗贵之说："那好吧，不过这样有钱有势的财主也得捉弄捉弄！"

于是，苗坦之和苗贵之等四人来到海州，苗贵之、吴宝怀和周小民站在殷大鼻子大门对过的路上。

苗坦之说："你们三人站在这边，我先跟他殷大鼻子说一声。"说完就来到殷大鼻子的门前，苗坦之向大门看去，高大门楼，上方悬挂"殷宅"两个金色大字，两扇朱漆大门，兽环金光闪闪，台阶下门两旁一对石狮子张牙舞爪，两个家丁站立两旁，苗坦之走向前，被拦住。

苗坦之说："我找你家老爷，你去通告一声，就说西乡苗坦之来找他！"

不多一会儿，一家丁走出来说："老爷叫我带你进去，他在客厅等候。"

苗坦之就跟家丁来到客厅，殷大鼻子笑着迎向前说："哟，苗秀才怎么今天来啦？坐，坐！"

苗坦之边坐边说："无事不登三宝殿，看来殷老爷不欢迎唠！"

"哪里，哪里，你是全海州有名的秀才，难得光临寒舍！"

苗坦之笑着说："殷老爷自谦了，像你这样的寒舍，全海州地区也难找到第二家吧！"

殷大鼻子说："不说这些啦，说说你今天来找我有啥事吧？"

"我听说你要卖蔷薇河口西边一块三百亩洼地，我想买呢。"苗坦之看着殷大鼻子说。

殷大鼻子一愣，半天才说："你，你买那洼地干什么？"

"做什么用，你就别问了，我还没想好呢。"苗坦之说。

殷大鼻子眨了眨眼说："那三百亩洼地，一千两银子。"

苗坦之说："一千两银子，我买，你怕我没有一千两银子？"

殷大鼻子说："不是，那洼地吧，经常是汪洋一片，有时候是上游流下来水，有时候是海水涨潮倒灌，什么庄稼也不能种。水下去了，就长碱蒿、芦苇、海英菜什么的，屁毛不收，你若买下那是留下了百日悔呀。算了，我劝你不要买了。"

苗坦之看到殷大鼻子推托，知道殷大鼻子怕自己难缠，于是站起来说："反正你的地价也说出去了，这三百亩洼地我买下了，明日正好白虎山逢集，明日早饭后，我再来，我不耽误你事，走啦！"苗坦之说完就向大门外走去。

殷大鼻子忙说："我送送你！"

苗坦之边走边说："请留步，走啦！"

苗坦之走后，殷大鼻子皱着眉在客厅里来回踱步，他思索着这个苗坦之从西乡跑这么远来要买这三百亩洼地干什么？他真的要买？他有一千两白银……一连串的问号使殷大鼻子怎么也想不清楚。

第二天清早，苗坦之安排好苗贵之、吴宝怀和周小民在白虎山一间餐厅里坐着，并按照苗坦之事先的交代做准备。

苗坦之自个直向殷大鼻子家走去，苗坦之进客厅门说："殷老爷早安！"

殷大鼻子说："到底是秀才，知书达理的，说起话来让人高兴，不像我们家养的那些小狗日的不会说话。"

"嗨，殷老爷，我受多年教育。你家的家丁是什么，土里土气的，你得教育。"苗坦之说。

"是得教育，是得好好教育！"殷大鼻子说。

苗坦之看殷大鼻子不提卖地的事，忙说："殷老爷，今天正好是白虎山逢集，走，到白虎山酒楼，我请你喝酒，顺便请个中人写个契约。"

殷大鼻子愣了半天说："你真的要买呀！"

"嗨，殷老爷，咱认识也不是一天两天了，我苗坦之说话从来不打诳言，昨天我不是说了吗，走！"苗坦之说。

殷大鼻子还不想走，正眨巴着眼睛想着什么，苗坦之走向前，拉着殷大鼻子说："走吧，我请你喝酒！"

苗坦之知道，殷大鼻子也是个酒鬼，是海州财主中有名的酒鬼，他一人就能喝一斤酒，平时听说喝酒就走不动路。殷大鼻子本来不想把地卖给苗坦之，他知道苗坦之聪明点子多，能言善辩，纠缠不过苗坦之，可是苗坦之又拉着自己的膀子，又要请他喝酒，也就跟着苗坦之来到白虎山酒楼。苗坦之和殷大鼻子到来时，四周桌子上已坐着许多人，而且都是海州有头有脸的人物，像谢财主、杨财主，还有州衙的，也有乡下来的乡绅、地保，凡是和殷大鼻子熟悉的都打招呼，也有不少人认识苗坦之的，也向苗坦之打招呼。

说着说着，苗坦之就安排坐下，苗坦之把几个认识殷大鼻子的人叫到一桌上，大家也很高兴，在高兴喝酒的同时，就扯到了苗坦之要买殷大鼻子的三百亩洼地的事了。

杨财主说："殷老爷，你那么好的地，这么多年来，你也没有种过庄稼，留着干什么，卖给苗秀才。"

还有一个人接着说："一千两银子不少了，你就便宜二百两银子卖了。"

苗坦之说："大家都知道我苗坦之，这些年来为人打官司，从来正义，重侠义，诚恳为人，银子分毫不少。"说着便指着身旁一位事先安排好的人说："许先生当个中人写契约吧！"

有一个乡绅认识殷大鼻子，忙催着说："写，写完咱们好喝酒！"

苗坦之向许先生看了一眼，许先生忙拿起笔就三画两绕写好了，又念一遍，交给殷大鼻子看。

苗坦之就说："请殷老爷画押，我也画押，中人也画上押。"

这时，苗贵之敲门进来，慌慌张张地说："哪位是苗坦之先生？"

苗坦之抬头看了一眼，假装不认识，不耐烦地说："你是谁？什么事？"

苗贵之说："苗先生，西乡有人告状，知州大老爷叫你赶快到大堂去！"

苗坦之不慌不忙地说："什么告状，我不管，我们正在画押，还要数银子，喝酒呢。"说完，契约已写好，也都画上押。这时，又推门进来一个人，这人急慌慌地大声说："谁是苗先生，大老爷都发火了，派衙役满城找你！我在大门外看见的！"

苗坦之向吴宝怀看去问："你真看见的？"

吴宝怀忙点头说："我不认识你，我看你上酒楼，才对你说的！"这时，杨财主几个人都说："州衙的事急如火，那你就快点去呗！"

苗坦之收起契约，装出无可奈何的样子说："这是钱！"边说边从袋子里掏出一串铜钱，交给殷大鼻子，说："我去去就来，这一串铜钱在地价之外，算今日酒钱，你拿好。"说完忙放门走了。

殷大鼻子几个人等了一会儿，还不见苗坦之回来，有的说看来不是好事，苗坦之脱不开身，咱先喝吧，边吃边等吧。殷大鼻子只能自个儿在酒桌边等，一直等到太阳偏西，见苗坦之还没有影子，才回家。殷大鼻子回到家后连续派家丁到苗坦之家三次，苗坦之家里人说帮人打官司去了，不是去海州，就是去郯城了。

殷大鼻子无奈，过了一个多月，又派人到苗坦之家。这天，苗坦之刚走到门前，殷大鼻子的家丁忙说："可找着你了，老爷等你一个多月，你也不送钱去。"

苗坦之对殷家的家丁说："你家老爷老糊涂了，银子俺已交清了，怎么还向我要银子？"

家丁说："老爷说你没有交，所以叫我们来要！"

苗坦之生气的说："交给他了！你们回去跟你家老爷说。"

家丁回去跟殷大鼻子一说，殷大鼻子气得直蹦，越想越气，就把苗坦之告上州衙。

殷大鼻子跪在台下堂中，苗坦之跪在旁边。

殷大鼻子说："他买我三百亩洼地一千两纹银没有交给我！"

苗坦之说："你殷老爷年纪大了，老糊涂了，记性不好了，知州你看这有契约。"边说边从包里掏出递给一位衙役呈过去给知州王耀。王耀接过展开看着。

苗坦之说："契约明明写着，请知州老爷念。"

知州王耀念："今卖蔷薇河人海口西一块洼地三百亩，纹银千两，当下交足。卖人、买人、中人都有画押。写得很明白嘛，你怎么还说钱没有交给你呢？"

殷大鼻子着急地说："老爷，他真的没有交。"

苗坦之说："殷老爷，画过押后，俺不是将契约又给你看了一遍，我又把地钱之外的一串铜钱交给了你还酒饭钱吗？"

殷大鼻子说："这一点也不假。"

殷大鼻子向他找来的几个证人看去，意思叫他们作证。可那几个人又看着苗坦之，都知道苗坦之不是好惹的聪明秀才，就你看看他，他看看你，谁也不敢吱声。

知州王耀忙问他们几个证人："你们几个人说说有没有这事？"

那几个人异口同声地说："有这事，有这事！这事一点也不假。"

殷大鼻子气得嘴歪眼斜瞄着他们，然后看着知州王耀说："知州大老爷，这地钱他实在没有给呢！"

苗坦之忙说："殷老爷，你这人怎么一时聪明，一时糊涂呢？"这时，从大堂大门外跑来一个人，边跑着边喊："苗先生，苗先生！"

苗坦之抬头一看是周小民。

知州王耀气愤地说："大堂之上，你喊叫什么？"

周小民喘着粗气说："苗先生，苗先生，你说带我们到南京赶考的呢？你忘啦！他们都等急啦！快走呀！"

苗坦之忙向知州王耀看去说："知州大人，这事我得去！"

知州王耀一愣说："去吧！"

苗坦之迅速向大堂外走去，边走边说："大人我走了啊！"

殷大鼻子着急地说："大人，他还没有给我钱，你怎么放他走了呢？"

知州王耀说："你找来的证人都说有这事。你也不看看，这什么时候，你看这些学生急着要到南京赶考吗，哪个敢耽误他们的考期，几年考一次，不容易。再说啦，你知道他们当中能中几个人？就是中一个人，还不够你以后受的，你要耽误的话，这些学生一齐告你，你可就犯大罪了，你该知道利害关系吧。算啦，算啦，退堂！"

殷大鼻子鼻子都气歪了，跪在那儿好长时间才起来，可他找来的那些证人，都已走出大门外。于是，气愤地向大门外走去，走到衙门台阶下，猛一抬头向前看，发现苗坦之、苗贵之和周小民。吴宝怀四人正站在这里。

殷大鼻子看着苗坦之四人，半天才说："你个苗坦之，苗二赖子，你真会赖人，唉！算我瞎了眼，昏了头，把那三百亩地便宜了你！"

苗贵之和吴宝怀转过脸向苗坦之微笑着，周小民手捂着嘴差点笑出声。苗坦之手摸了一下耳朵，向殷大鼻子看去，一本正经地说："殷老爷唉，算我瞎了眼，花钱去买哪儿地不行，单单非买你那块鳌地！"

殷大鼻子气得嘴一歪一歪的，眼瞅着苗坦之，朝前走去。

苗贵之说："这殷大鼻子的鼻头真大，不知你几个人看没看清，他气得鼻头乱翘！"

吴宝怀说："我也看到了，这殷大鼻子是人诮的诨名吧，哥？"

"是的，他的名字叫殷富贵，就因为鼻子大，背地里都叫他殷大鼻头，还有人叫殷大鼻子。"苗坦之说。

周小明问："哥，咱们到哪去呢？"

"跟我走！"苗坦之向前边走边说。

苗贵之疑惑地问："你还要干什么？"

苗坦之说："我带你们去看看那三百亩地去。"

"好啊，到底是什么样的洼地。"吴宝怀高兴地说。

苗贵之边走边说："你嘴说买的，其实你分文也没有花。"

"哥不是拿出一吊铜钱啦！"吴宝怀说。

"那是给殷大鼻子做酒饭钱的，三百亩洼地说是一千两纹银，你给过一分了吗？"苗贵之说。

"哈哈——"苗坦之和吴宝怀又爽朗地大笑起来。

四个人边走边说笑着，不知不觉走到了，苗坦之手指着一片洼地说："你看有许多人在挖藕，还有许多人在水汪里捞鱼呢！"

"是吗？怎么这么多人？"周小民惊讶地说。

"是啊，平时一旦水下去了，就有许多人在捉鱼摸虾，尤其是海潮水跌落下去，被海水带涌上来的鱼、虾和贝类，有好多人家以捞鱼摸虾为生呢。你再向那边望去，一片一片的芦苇，有许多穷人家盖房子，全是割这芦苇扎成长把子用呢！"苗坦之边指着边说。

苗坦之又指那一片绿红的地面说："那些是海英菜、碱蒿，你说他殷大鼻子自从有了这地，他种过什么，名义上是他家的地，实际从来就没种过。"

"这殷大鼻子也真是心眼坏了，看穷人在这洼地里混点生计也算计，这真要卖给别人，那这些人生计就没有指望了。"

"是呀！"苗坦之说。

苗坦之边说边走，来到一处水汪边，水汪里有许多人身上背着

253

鱼篓子，手里拿着网第正在捞鱼，苗坦之向他们大声喊："大家伙听着，从今以后这三百亩洼地都姓苗啦，你们任凭在这里放牛、割草、捞鱼捉虾，就是不能私人占领啦！"

在水汪边有一男子对苗坦之说："听说殷大鼻子要一千两纹银卖掉这三百亩洼地。"

"我苗坦之买下啦，你们放心吧，我这有契约呢！"苗坦之高声喊道。

"好啊，那我们就放心啦，谢谢苗二爷！"那位男子高兴地喊着。

好多人听到了苗坦之的名字，都直起腰向苗坦之望去。

苗坦之向他们摆摆手说："我们走吧！"

四个人有说有笑的来到蔷薇河的桥头的树下。

周小民说："歇歇吧，哥。"

苗坦之说："好啊，这树下很干净，看，还有人在下棋，这地方还有'六周'的棋盘呢？"

"来一盘吧，贵之哥。"吴宝怀说。

"不下，一下就要下好长时间。"苗贵之说。

"哥，今天真高兴，你就讲个故事或笑话吧。"周小民看着苗坦之说。

"对，对对，还是哥讲故事听，我就喜欢听。"吴宝怀忙说。

苗坦之说："好吧，我讲。"

几个人都围在苗坦之身边坐着，眼巴巴地等待苗坦之讲。

苗坦之说："古时候有一个老中医要过寿，他三个女婿是开中药铺的，等三个女婿来到酒桌前，老丈人就说，我们都是开中药铺为人看病的，今天我给你们出个题目，你们每人说两句话，一要有物，顺倒都可读；二要有两味中草药，药名能连起来，如果谁说不出来，那就罚酒三盅。三个女婿点头同意。老丈人说这样吧，还是从老大开始。于是，大女婿眨了眨眼说'龙灯，灯笼，糊了白纸（芷）就可以防风。'老丈人高兴地把胡须一捋说'好，好！有白芷和防风中药。'二女婿接着说，'锅盖，盖锅，锅底通草，饭就成熟的（地）了。'老丈人点点头说，'可以，可以，有通草，有熟地，两味中药。'挨到三女婿了，三女婿四处看了半天也没有说，大、二两个女婿相视而笑，认为难住了三女婿。三女婿一下子看到了老丈人的门了，突然站了起来，拔下门闩，就朝老丈人光秃秃的头皮上敲去，老丈人吓得连忙手捂着光头躲开，边躲边问，'你这是什么意思？！'三女婿说，'门闩，闩门，多年一块陈皮，挨不了半（夏）下。'"

"哈哈……"苗贵之几个人立即大笑起来。

周小民说："这老丈人吓不轻，又好笑又不好说什么。三女婿说得也对，老丈人的头皮是老了，那不是陈皮吗，哪能挨门闩打呢，所以连半下（夏）也不称，这陈皮和半夏两味中药都有了，老丈人又惊又喜。"

"哎，妈呀，把老丈人头皮比成陈皮！"吴宝怀眼泪都笑出来说。

苗坦之笑着说："这是人编的笑话而已，好，不讲了，周小明来一段吧！"

周小民高兴地说："好，我唱个什么呢，唱个《卖油郎独占花魁》。"

苗坦之说："这样吧，我们赶路，你边走边唱。"

周小民唱道："一呀一更里，月亮照楼台，卖油郎在绣楼打量女裙钗，我看你年纪轻好像良家女，为什么流落在烟花柳巷来？哎呀哎嗨哎呀，一朵鲜花落成尘埃哟。二九十八岁，一朵花正开，卖油郎想把这朵鲜花来采。十七十八正是人所爱，好一朵芙蓉出水来，引得卖油郎情窦初开。二呀二更里，月亮渐渐高……"

# 第二十章

知州王耀在宴席上又听到苗自芳、严居林和刘匡道三人反映苗坦之的事，尤其是说苗坦之聪明过人，会赖人，他们都被赖过，对苗坦之恨之人骨。

王耀又向衙役了解，大家一致都说苗坦之聪明点子多，赖人很厉害，也很有一手。有的衙役就劝王耀说："老爷，你可要当心！"

王耀说："我不信，你们把他吹得神乎其神，他苗二赖子不过是个乡间草民。我是朝廷六品命官，四书五经什么书都读过，过五关斩六将，升至六品官，他能比我聪明，比我智慧多？看我怎么收拾他。"

第二天，王耀吃过早饭来到大堂，叫周大年和另一个衙役去南双店。睁着三角眼说："你两人去西乡南双店，把苗坦之请来！"

衙头周大年和另一位衙役来到苗坦之家大门外，正巧苗坦之和李万福从家中出来，苗坦之惊奇地说："周衙头！"

衙头周大年微笑着说："知州大人请你去一趟。"

苗坦之一愣说："新上任的知州王耀叫我去一趟？"

"是的。"周大年说。

"他没有说什么事吗？"苗坦之问。

周大年说："他没有说什么事。"

苗坦之手摸着耳朵说："刚上任三天，他也不认识我，我也不认识他，他却叫我去。那好吧，我换上衣服，跟你们走。"

李万福悄悄地跟苗坦之说："哥，我跟你去。"

苗坦之微笑着说："好啊，去看看景。那你找个驴骑着。"

于是，苗坦之、李万福各骑着小毛驴跟在周大年的驴后向海州赶去。

路上苗坦之一直在想，如果要有什么事的话，周大年肯定不经意在说话间流露出来，可是周大年尽与苗坦之说些其他的事。经过一番思考，苗坦之心里很坦荡，自己没有做违法的事，刚上任几天的知州知道自己，说明有人在知州面前说了些什么。最后，苗坦之断定，肯定是自己帮助人打官司，把那几个乡绅财主得罪了，他们在知州王耀面前告了状，或者说了自己不好的话。

想着想着，过了蔷薇河，来到海州城，苗坦之对周大年和另一个衙役说："你们先走，我随后就到。"

李万福吃惊地问："哥，你要干什么？"

苗坦之说："你跟我四处看看，不要多说话。"

苗坦之牵着驴向集市走去，他对海州城熟悉，他来到一条小巷头，这条小巷是专卖水产的。苗坦之向路两旁瞧去，看见了几个鱼摊子，最后在一个老汉的鲜鱼摊前站住，他买了一条青鲲子鱼，卖鱼老汉用柳条枝把鱼嘴唇穿起来，扣好递给了苗坦之。苗坦之付了钱，一手提着鱼，一手牵着驴，边走边向路两旁瞅去，走到一处正在粉墙的地方，他把鱼放在石灰池里滚了两下，整个鱼身全是石灰，雪白雪白的，李万福惊讶地看着。苗坦之又走到那家人门旁吊瓜架下摘了一个大吊瓜叶，把鲲子鱼包着，扣好提着向州衙走去，不多一会儿来到州衙的对过路边树下，把驴拴在树上。

257

李万福看着苗坦之问："我去吗？"

苗坦之一愣，忙说："跟我看景，不要怕，你不要多说话就行。"

"好！"李万福边答应边跟随苗坦之身后向大堂走去。

苗坦之和李万福走进大堂，周大年忙去禀告知州王耀。

这时，王耀正在睡晌觉还没有起来，只有告诉王耀的老婆施大花。

知州王耀听说苗坦之已在大堂，慌慌张张地下床，嘴里自言自语地说："你个苗二赖子来了，看我今天怎么治你，我倒要看你有多聪明！"匆忙间连袜子也不穿，光着脚插进靴子里，把官帽往头上随便一戴，边穿衣服边向外走，由于慌忙，衣服被大门门挂住，左衣衫被扯撕一道口子，王耀这才停下脚步，认真穿上衣服，当他把纽扣扣完，低头看去，左臂下衣衫有一道竖口子，足足有一尺长，他用手理了一下，抬起左臂，衣口子又张开了，无奈下垂着左臂就往大堂里走去。

衙役看见知州王耀走进大堂，急忙整理公案上东西，摆正椅子，忙乱中将案上的万岁龙牌放到了椅子靠背后头，苗坦之和李万福对台上的一切看得很清楚。

当王耀向公案椅子走来时，没有向旁边的苗坦之看去，到椅子前一屁股就坐下，身子向后倚去，接着就跷起二郎腿，"你是苗坦之？"

苗坦之也没有起来，更没有施礼，回答："本人正是苗坦之。"

王耀看苗坦之没有站起施礼，心里立即有些不乐，"你身后是什么人？"

苗坦之一愣说："他是我兄弟，跟我来看景的。"

王耀一愣，接着说："好啊，今天有好景给你看。"

苗坦之听出此话是双关语，立即微笑着对李万福说："兄弟你可要认真看呀，回家去好讲给兄弟们听。"

李万福说："我会认真看的。"

王耀心中一愣，心里想，此人真聪明，说话软中带硬，立即微笑着对苗坦之说："我早也想见苗坦之，晚也想见苗坦之，今天终于见到苗坦之喽！"

苗坦之站起来，不慌不忙向案前走去，把手中提的鲲子鱼向公案桌上一放，然后又回到座椅上，看着知州王耀，不卑不亢地说："我早想看青天，晚也想看青天，今天终于看青天是个什么样子了。"

王耀深思着，这个苗坦之说话还带刺，还不能小看他。

王耀三角眼又一睁一合，"苗先生，本官早闻大名。"

"知州大人此话未免太俗了，你刚到海州上任才三天，这'早'字用法不妥吧。如果说妥，那就是说知州大人原在江南县任职就知道我了，我苗坦之胆敢肯定你知州大人是不知我这个乡间草民的。要说'早闻'，也只是到海州这三天才知道我这个苗坦之的。"

王耀霎时面红耳赤，心想我知州刚说一句话，就被抓住了，他说了这一番话，倒给我个下马威，一时张口结舌，说不出话来，三角眼瞪着苗坦之。

李万福看着王耀又看看苗坦之，担心会发生什么事。

苗坦之看着王耀半天说不出话，接着说："请知州继续说。"

王耀只有承认道："苗先生说得对，'早闻大名'是太俗，太俗。本官不才，刚上任三天，才知道，才知道，今天特请你来，希望不吝赐教。"

苗坦之听过，头脑一闪念，你王耀今天是找我茬儿的，要给我难堪的，你叫我败在你手下，把我治倒的，你说是赐教吗？那我还真不能让你先教训我，我要先下手为强，我得先教训你再说。

王耀说完微笑着看着苗坦之，苗坦之手抚摸着耳朵，王耀以为把苗坦之一下将住了，想不出词来回答，于是心暗喜，心想你苗坦之聪明过人不过如此。

苗坦之放下手，两眼向大堂前后左右扫视一圈，然后突然跪下。

知州王耀心想：你苗坦之在我知州面前服软了吧，心里害怕了吧。

苗坦之看着王耀说："知州大人，怒草民斗胆直言，你已犯下大清律例三条啦。"

"说我犯律例，我看倒是你诬陷本官，信口雌黄吧！我犯了哪三条？"

李万福更加焦虑地看着苗坦之，两手暗暗地紧握着。

苗坦之不慌不忙地说："坦之说话从来不轻狂，你犯三条一点也不假。"

王耀地问："那我问你，我犯第一条是什么？"

苗坦之说："这第一条是，你知州王耀背对万岁龙牌，你犯欺君之罪！"

王耀站起身，转过脸看去，椅背后竖着万岁龙牌，自己千真万确是倚在万岁龙牌上，顿时，王耀心慌了起来，不由自主地说："这，这，这——"

苗坦之步步紧逼说："这是不是犯欺君之罪？！"

王耀忙结结巴巴地回答："是，是，我知罪，那第二条呢？"

李万福微笑着看着王耀。

苗坦之严肃地看着王耀说："请知州大人把你的裤子往上提一提。"

王耀不知叫他提裤子干什么，于是把裤子往上提，露出光腿光脚脖子："这犯什么律？"

苗坦之说："这第二条吗？你光脚穿鞋，你是不是知州？"王耀忙说："我是知州，当然是知州啦！"

苗坦之接着说："你是知州，不穿袜子，光走歪路，有失官体！"

王耀低头看着自己光腿赤脚，真是有失知州形象，忙把裤子放下，向下扯了扯，向苗坦之赔笑着说："是的，一点不假，有失知州形象。我，我听说你来了，我慌忙——"

李万福手捂住嘴默默地笑，一会看看苗坦之，一会瞧瞧王耀。

苗坦之声色俱厉地说："这第三条，你王知州斜倚大堂，跷二郎腿，歪戴官帽，斜遮睡眼，有损皇家体统！"

王耀手忙伸去摸帽子，心咯噔一下，这下坏了，还真的把官帽戴得前后颠倒了，连忙把帽子调整过来，"这个嘛，是本官一时忙乱"。

苗坦之打断王耀的话说："不要找理由啦，你是一个地方知州，是地方的父母官，随随便便犯皇家律例，也就是说你王耀知州拿大清律例不当回事！"

"苗先生，苗先生，你看我堂堂的六品知州，哪能敢拿大清律例不当回事呀！本官不敢，不敢！"

苗坦之继续说："你口口声声说不敢，那这三条不是事实，我瞎说的！"

王耀说："这三条是事实，是事实，不是瞎说。"

苗坦之板起脸说："你要不承认，那你就与我到省里，或到皇上那去讲讲！"

王耀一听要到皇上那去讲，忙说："我承认，我承认，不到皇上那去，不去！我一时——"

苗坦之生气地说："你还是强调你一时慌忙是吧！？那就再加一条。"

知州王耀胆战心惊，忙说："还要加一条，还有啊？我不过才上任三天哪，这已经每天一条了，再加上一条就四条了，苗先生，苗先生，算了吧，就这三条犯的也不轻啦！"

苗坦之说："既然你知州开始说啦，不吝赐教，唉，这话是你说的吧？"

知州王耀说："是本官说的，一点也不假。"

苗坦之紧接问："请问知州大人，你是真心说的，还是假意的呢？"

"是真心说的，本官真心说的。"

苗坦之说："是真心说的，那好，那我还要指出你犯的第四条！"

王耀像泄了气的皮球，忍气吞声地说："第四条，你，你说吧——"

苗坦之大声地说："你刚上任三天，不去调查了解民情，不办理民事，不堪查案件，不干正事，无故乱传良民到大堂，扰乱耽误百姓生活生产，该犯的又是什么罪？"

王耀又气又怕又恨，心想本来是想治治苗坦之的，可现在反客为主了，而被他苗坦之治了，这多丧失脸面，知州威严哪去啦？越想越生气，于是转过脸摸起惊堂木猛一拍，气急败坏道："你，你苗坦之——"

王耀把桌案拍得很响，震动很厉害，苗坦之用吊瓜叶包着的鲲子鱼突然跳起来，在桌案边蹦得很高。王耀吓了一跳，忙向后退了两步。

大家都把目光集中到鱼身上，周大年和另一个衙役笑了起来，李万福也笑了起来。

王耀大发雷霆："苗坦之，你对本官不敬！"

苗坦之接着问："请问知州大人，你知道它叫什么呀？"

王耀气愤地说："谁不认识，乡间三岁小孩也认识，你把这个东西拎到大堂来干什么？"

苗坦之不卑不亢地说："知州大人，这叫鲲（混）子鱼，你看他身上有青有白，黑白分明，今天我拿它当一份见面礼。你新知州上任三天就召见我，我是个懂礼数的人，我一个乡间草民被一个知州接见，那是三生有幸，是我的荣耀，我怎么能空手来见呢？知州大人你说是吧？！"

王耀被苗坦之的几句话说得哑口无言，不知回答什么好，坐在那直喘粗气。

周大年悄悄地向苗坦之伸出大拇指，李万福高兴地直点头，苗坦之从地上爬了起来，拍了拍衣服，弹了弹屁股上灰尘，两只脚分别在地上跺了几下，看着王耀微笑着说："这个东西，你拿它当个东西才是个东西，你不拿它当个东西，就不是个东西。"苗坦之以为王耀张了张嘴要说话，忙停下，可王耀又没有说。

苗坦之继续说："我今天从集市上买来，作为一份见面礼，特别送给你知州大人，我希望你知州大人能像这条鲲子鱼一样一身清白，不要瞎混才是！"

知州王耀把嘴张了几下，想说什么也没有说出来什么，心里明明白白，受了苗坦之的羞辱和谩骂，把自己比喻成鲲子鱼，王耀气得三角眼一睁一合，憋得脸发紫，打也不行，骂也不成，一时想不出什么办法，巴不得一口把苗坦之吃进肚里去。

苗坦之从容不迫向知州王耀面前走了两步，王耀以为苗坦之上前要打他，他忙从椅子上站起来，向侧面挪了两步，惊恐地问："你想干什么？"

苗坦之微笑着说："知州大人，我苗坦之也读过四书五经，并考取了全海州地区第一名秀才，由于触犯了某些奸人的利益，施阴谋把我廪生革除了。但是我不灰心，不失志，我知道我该干什么，不该干什么！不像有些人专听阴话，干不光明的事。"

王耀只顾眨眼，听苗坦之说话。

苗坦之看着王耀说："知州大人，你没有什么话说了吧，眼下正是收庄稼的季节。我很忙，今天特放下农活不干，听你知州召唤，来到了大堂，你知州大人不说正话，不干正事，尽听瞎说八道，我没有时间陪你胡囔囔，后会有期！"说完转过脸对李万福说："咱们走！"

李万福跟着苗坦之大踏步地向衙门外走去。

知州王耀直愣愣地望着苗坦之走去，像泥塑一样一动不动。王耀认真地想着，苗坦之还真聪明，可是又细想想今天的事，确是自己的慌乱造成的。听说苗坦之来了，急于整治苗坦之而来不及不穿袜子，戴歪了帽子，衣着不整，没有看清椅子背后的万岁龙牌，这些都是本官一时慌张引起，不算你苗坦之聪明。至于送一条鲲子鱼，这是你苗坦之别出心裁，算你聪明，可我才上任三天，你就送这鲲子鱼，我并没有做出不妥之事，你苗坦之怎么就想到用鲲子鱼来比喻羞辱我呢？这是为什么呢？

王耀想了很长时间，才走出大堂。在回家的路上，在头脑中又浮现出苗坦之昂首阔步向大堂外走去的样子，是高兴的样子，是自信的样子，又是胜利者的样子，这种样子本来是属于自己的，可是怎么变成为苗坦之了。

而苗坦之带着李万福从大堂里出来，刚走到台阶下，李万福凑近苗坦之身边高兴地说："哥，我今天跟你来算看到好景啦，这州官老爷在你面前可大失脸面啦！"

"这是他自找的，他逼我这样的。"苗坦之边走边说。

"他怎么逼你的？"李万福问。

苗坦之停下脚步看着李万福说："他王耀新上任刚刚三天，不干正事，专门找我，听那些瞎说八道，我又没有招惹他，你说他是不是逼我来海州一趟。"

李万福一愣说："也是！哥，那你怎么想起来要买条鲲子鱼提到大堂呢？"

苗坦之说："弟，你们几个兄弟都了解我，我苗坦之从没做过违法之事啊。"

"没有，这谁都知道的。"

"你再想一想，他刚到海州怎么就知道海州西乡南双店有个苗

264

坦之呢，这不是很明显的是那些乡绅财主在与我打官司输了，穷凶极恶去告诉他知州的吗，他要是个好官，不会听那些关于苗二赖子的谗言的，而是去做大事正事。"

"哥，你这一说，我明白了，这个王耀是听那些坏蛋话，有意要治你的。"

"所以，我一路在想，这个知州王耀不是好东西，是官场混混，想到混混，我就想到了鲲子鱼，身上有青有白，把他比喻成鲲子鱼。"

"哥，你真想得出。"

"你也看见了开始的场面，他作为一个知州，见我们这些人，应该是一本正经的。可他衣帽不整，拿万岁龙牌不当回事，你要是一般平民百姓也罢了，可你是皇上命官，不成体统，太不像话了。因而，我就要一点一点来指出他的错。"

"所以，你突然跪下，我当时给你吓蒙了，我不知道如何是好，心里想，你害怕知州了，可我不敢说什么，只有看你怎么着了。"李万福说。

"那是故意的跪，表示我对皇上，对大清律例的尊重。我一个乡间草民都这样，那你个知州不知道吗？这叫故弄玄虚，叫他害怕，指出他的罪状！"

# 第二十一章

李万福跟随苗坦之来到拴驴的树下，苗坦之看着李万福说："现在天也天黑了，我俩在这住一宿，你也不常来，我带你逛逛海州城大街去，明天早上再走。"

李万福高兴地说："那敢情好啊，我还就没有逛过海州城大街呢。"

"咱把驴牵到车马行，那里我熟悉，叫他们把驴喂好，留下床位。"

"中，中！"李万福满口答应，跟随苗坦之来到车马行，安排后随苗坦之来到街上。

苗坦之停下脚步，看着李万福说："我们去西门，那是官道，南来北往，车水马龙，直通西门，今天正好逢集去看个热闹去。"

"就是我们来时横穿过的那条南北大道吗？"李万福问。

"对，我们走的是北路，人多的地方在南面，我们现在去的是南面路。"

苗坦之和李万福边走边看，街市上人声嘈杂，人山人海。路两旁，有卖糖球的、卖布的、卖油煎包子的、卖海货的，另一边空场上有说书的，玩魔术杂耍的，还有打莲花落的，也有站货摊前讨饭唱小戏的……

两人走着走着，走不动了，前面堵塞了，李万福看着苗坦之问："哥，走不动了，怎办？"

苗坦之说："我看看什么事。"边说边从人缝中钻过去，找到一处倒塌的土墙，他忙爬上向前望去，只见许多人围着一位中年汉子在叽叽哇哇地说什么。

苗坦之向李万福招招手，"走，挤进去看看什么事？"

苗坦之和李万福左挤右钻，来到了人圈中，那位中年汉像木头人似的站在那儿，旁边一辆独轮车歪在地上，车上捆着两个长条筐，筐里的山芋一半多散在地上，车轮下躺着一头二十斤重的小猪，已经死了。站在车前一位尖嘴猴腮流里流气的青年，一只脚踏在独轮车的横梁上，手指着中年汉子，气急败坏地骂道："你瞎狗眼了，把我家小猪轧死了，你看看本老爷是谁吗？"

苗坦之一看，这个尖嘴猴腮青年在哪里见过，手不由自主摸一下耳朵，然后一愣，忽然想起来了。前几年，也是在这地方，山左口一个汉子卖山草驴子，是这个尖嘴猴腮的青年带头把山草驴抢走的，他是海州有名五大家之一，谢家的大公子，外号"谢大坏"。

谢大坏继续指着那位中年汉子骂："你是哪里来的坏种，今天你不赔我小猪，老爷我非把你两眼抠出来不可！"

苗坦之忙挤到那推车的中年汉子旁，向那汉子看了看，然后伸手向汉子打了两耳光。李万福吃惊地忙去拉苗坦之，谢大坏惊奇地看着苗坦之，周围的人也都惊奇地看着苗坦之。推车汉子吃惊地手捂着耳朵看苗坦之。

苗坦之骂道："你这个东西没长眼睛吗，推车不走官道，怎么专朝人家猪圈里推呢，把人家小猪轧死了。"

推车汉子愣住了，半天才清醒过来，说："我哪里是推去猪圈里，我这不是走在官道正大街心吗？"

围观的人都说："人家推车走的是官道。"

苗坦之转过脸向谢大坏上下看着，苗坦之认识他，可他不认识苗坦之。谢大坏不知道苗坦之为什么仔细瞅他，直眨着眼。

苗坦之问："请问，你家猪是在哪里被压死的？"

谢大坏头一歪说："是在这大街心被压死的！"停了一下，接着说，"这大天大地的，哪有不许拉屎放屁？既然有人能随处拉屎尿尿，我这猪更能随便溜达，大街小巷哪里都能去。我小猪溜达到这地方被他车轧死了。"

推车汉皱着眉头不说话，李万福向苗坦之看去。苗坦之问周围围观的人："请问各位父老乡亲，这条街是官道呢，还是他家私路呢？"

众人异口同声地说："是官道！"

推车汉子向谢大坏看去。谢大坏歪着头向围观的群众狠狠瞅去，又向苗坦之看去。

苗坦之看着谢大坏说："这位小爷应该知道，这官道是皇家的驿道，是供给人南来北往通行方便的，还是给你这位小爷放养猪的圈呢？"

围观的众人听了哈哈大笑起来，李万福笑得前俯后仰看着谢大坏，推车汉也微微露出笑意。

谢大坏被众人笑得恼羞成怒，本来一只脚踏在车梁上，忙换了另一只脚，气得睁着双眼直瞪着苗坦之问，"你瞎管闲事！"

"唉，你不讲理，就得管！"苗坦之瞅一眼谢大坏说。

谢大坏听了苗坦之的话，突然火冒三丈，忙放下脚，绕过来，走到苗坦之面前，二话没讲，蹿上来一把抓住苗坦之胸前衣服，破口大骂："你什么东西，你哪里掉下来的，头上长疙瘩，欠揍！"

李万福急忙跳向前，一把抓住谢大坏的手，用劲抓住，谢大坏

"哎哟，哎哟——"地喊叫。

推车汉看到着急地说："别打！别打！"

李万福气愤地说："放老实点。"

苗坦之微笑着看着李万福说："放下手，他不敢打我。"谢大坏认真地向苗坦之看去，苗坦之也看着他。

李万福看谢大坏松了手，他也慢慢松了手说："这还知趣。"谢大坏气哼哼地瞅着苗坦之问："你从哪里来？"

苗坦之说："你先别问从哪来，俗话说'路不平有人踩，有理走遍全天下，无理寸步难行。'你看这位兄弟是乡下老实人好欺负是吧？"

"谁欺负他啦！"谢大坏歪着头大声向苗坦之吼道。

"你骂了他，他不还口，打了他，他不还手。这不是欺负人，什么样才算欺负人？"

谢大坏张口结舌，两眼直瞅着苗坦之说不出话来。

苗坦之继续看着谢大坏说："这样推倒爬不起来的忠厚老实人，你还要怎么治他，得饶人且饶人，得过且过，能让就让，就放他走吧！"

谢大坏把头一歪，说："就这么让他走了，太便宜他了！"

苗坦之说："古人说，有理还让三分呢，何况你无理呢？"

"你说我无理，那他车轧死我的小猪就有理啦！"谢大坏直瞪着苗坦之说。

苗坦之看谢大坏还认起真来，于是苗坦之也认真了，"听说你也在州衙官府当过差，跟人跑过腿，你还不懂王法吗？"

谢大坏一愣，惊恐地看着苗坦之问："你怎么知道我当过差？"

"这你就不必问我是怎么知道的了，我还知道你姓谢，海州五大姓之一，诨名'谢大坏'。"

谢大坏更加惊奇，两眼直眨，看着苗坦之不吱声。

269

苗坦之说："自古以来是'狗无栏挡猪归圈'，哪有在官道上放猪的，嗯！"

谢大坏说："猪撞坏圈门，自个二跑出来的。"

"猪自个儿跑出来，你主人有没有责任呢？在官道上拉屎尿尿影响不影响人通行？！"苗坦之气愤地说。

"猪又不是人，它知道哪是官道，哪不是官道！"谢大坏歪着头说。

"你这人怎么这样愚，猪不是人，但是你不是猪！"苗坦之气愤地说。

谢大坏瞪着眼睛说："你这人怎骂人呢！"

"我这是骂你吗？"苗坦之问。

大家都愣愣地看着谢大坏。

"我说你不是猪，应懂得道理，你是猪的主人应该管好猪，你不管好，在官道上乱跑，被车轧死了，还不讲道理叫人赔！"苗坦之大发雷霆。

"他压死我的猪，按理就应该赔！"谢大坏执拗着说。

苗坦之怒道："我说谢大坏，你怎么还不接受教训呢，你认为你是谢大财主家少爷，就可以横行霸道，欺负乡下老实人吗，抢山草驴子那件事你忘了？"

谢大坏立即想起几年前，因这事被官府捉拿到州衙，被打二十大棍，还赔了三两银子。

苗坦之看谢大坏在发呆，忙说："你如果不让这乡下汉子走，那你跟我走，到州衙走一趟。"

谢大坏生气道："走，走就走，我还怕你不成！"

苗坦之走上前一把抓住谢大坏的胳膊说："走，去看看知州大人，是请你吃大棍，还是请我吃饺子！"

谢大坏歪头仔细地看苗坦之问："你是谁？"

苗坦之说："没想到你记性那么差，抢山草驴子的事，真忘了。"

"啊呀，我说，怎么像在哪里见过，就想不起来呢。你，你是西乡苗，苗坦之秀才！"谢大坏忽然想到说。

苗坦之说："正是本人。"

"苗秀才，苗老爷，请你原谅小的有眼无珠，有眼无珠！"谢大坏慌忙弯腰下拜，接着说，"多有得罪，苗老爷，请包涵，算给你老一个面子，此事算了，算了，不到州衙去了。"

苗坦之认真地："我说你的脑袋真是榆树做的榆木疙瘩，怎么就不通气呢？分明是自己错了，不在理，还说是看我面子算了，本来就应该算了，你的猪跑到官道上被车轧死，算你倒霉，谁叫你不挡好猪圈门的。"

"是，是！我错，我错！"谢大坏不停地弯腰点头说。

苗坦之看着谢大坏说："今后要记着，你是城里谢财主的少爷，不要干些不讲理的事，不要依仗自己有钱有势，欺负乡下的老实人。要给谢老爷脸上争光，尤其是不要干些让你老子丢脸面的事！"

"是，是，苗老爷教育得对，今后记着啦！"谢大坏说。

"好，那你把死小猪提回家吧！后会有期！"苗坦之说。

谢大坏忙走向车前头，伸手把死小猪提起就走。李万福和周围的人都哈哈大笑起来，笑声被谢大坏听见，谢大坏不时还转过脸向苗坦之望望。

苗坦之看着推车汉说："赶快把山芋捡起去赶集吧！"

那推车汉忙跪下说："今天多亏你救了我，不然我倒霉了。"

苗坦之忙一把拉起推车汉说："快起，快起去赶集！"

那位推车汉站起，泣不成声道："苗先生，我，我，不知怎么感谢你才好啊！"

苗坦之微笑着说："不用，不用，赶集去，咱也走啦！"

那位推车汉又扑通向苗坦之走的方向跪下，大声喊："苗先生，谢谢你！"

苗坦之转过身向那推车汉忙摆摆手，转脸走去。围观的人都惊奇地看着这一幕。

苗坦之与李万福走到一处人稀的地方，李万福跟上苗坦之，凑到苗坦之身旁悄悄地问："哥，我一直纳闷，你开始打那个推车的人干吗？"

苗坦之说："我打他，一是让周围的人都注意这个事；二是让那尖嘴猴腮的谢大坏产生迷惑，错误地认为我在帮他，同时，也想叫他注意我，认识我，把此事就算了，没想到他想不起来了；三是我试探那推车汉子有什么反应，是个什么样的人。"

"噢，原来你想那么多呀。当时，我给搞蒙了，怎么蹿上就打人家两个耳光呢。"

"实际我是故意打的，我知道他推车走的官路，轧死猪是活该，我看那谢大坏有什么表现。"

"哥，你是怎么知道那个尖嘴猴腮的人叫谢大坏的？"李万福看着苗坦之问。

"你不是听我说过山草驴子那件事吗？"

"那是前几年发生的事，周小民不是跟你几个人讲过了吗？谢大坏带领杨二麻子四人在这条街上横行霸道，抢山左口赵大用卖的帼帼吗，结果我告到州衙，每人除被打了二十大棍以外，还每人赔了三两银子，那赵大用发了个小财！"

"哥，你真能想，那帼帼我们地方叫'叫乖子'，你怎么叫成山草驴子呢？把知州老爷都蒙惑过去了，以为真的抢什么驴马的驴了。"

"当时，我看到谢大坏四个青年欺负一个乡下的老实人，不是卖什么值钱的东西，而是穷得实在没有办法，在家逮了帼帼从山左口到海州，走百多里路到城里想混点钱，却被四个恶少欺负抢走，你说我能不气吗，所以我下决心到州衙帮助打官司，叫知州治治这

272

些阔少，不然，咱穷人白白受罪挨欺负。"

"真畅快，活该！"李万福高兴地说。

"实际知州范思玉知道蛔蛔和山草驴子是两种小动物，他也是明知是蛔蛔，却佯装不知，说是什么驴子，是有意要治治海州城有名的恶少的。"

"哥，你怎么知道的？"李万福接着问。

"是在后来，范思玉几个州衙的人到咱南双店来调查交皇粮的那天，叫我准备他几个人的饭，我也去一起吃饭，在饭店上说的。他的家是山东沂水人，他知道夏天到了，庄稼地就有山草驴子、蛔蛔、炸蚂、蟋蜂、草浪婆等小动物虫类。他知道海州四大家有些恶少做了不少坏事，就想整治一下，所以，我告的一状，没有想到却给范知州一个整治他们的机会。"

"啊——，原来是这样的。"李万福惊喜地说，"看来范知州是个好官，他能把这件事告诉你，说明他很相信你。"

"是的，范知州也是穷苦人家出身，他很相信我，他同情穷人，他曾说过一句话，我至今没有忘记！"

"他说什么？"李万福忙打断苗坦之的话问。

"他说，乡村的穷人生活不容易。"苗坦之接着说，"从这句话可以知道，范知州对穷人的生活有了解，有体会！"

"是的，是穷人的官。唉，怎么又把这样的好官调走了呢？"李万福唉声叹气地说。

苗坦之没有说话。

李万福笑着说："看来上次为山草驴子事，把谢大坏教育深刻了。你说起山草驴子事，谢大坏这个小子想起你告到州衙里去，挨了打，赔了银子，知道你聪明厉害，而承认自己错了，不敢再去州衙了。"

"这些狗日的是得狠狠教训教训，不然不长记性，这次是轻饶

273

他了！"

"唉，他承认错了，不找推车汉的麻烦，古语不是说了吗？当饶人处且饶人，你把他搞得更惨了，他永远怀恨在心，也不是个好事呀！"

"对，你说地得对，这小子能当众认错就行啦！你想他们家有钱有势的，长这么大都是人上人，没有吃过亏，没有服过软，现在被你治得求饶服软了，就不错啦！"李万福说。

"你看谢大坏当时是认错了，那是他碰到我了，知道我讲道理，他做得无理，他没有办法。实际他是表面承认错误，内心是不服气，他暗暗地恨我。"苗坦之说。

"哥，你怎么知道他暗暗地恨你？"李万富惊奇地问。

"你没有仔细看他，他到车头去提死小猪时，站起身向我狠狠地瞅了一眼，然后才走，并在走的路上还转过脸向我们瞪眼，他的眼神充满着恨。"苗坦之停了一下，然后又接着说："他上次为抢山草驴子之事，挨了二十大棍，又赔了三两白银，应该接受教训，不再横行霸道。可是，他又在街上不讲理，打人骂人，想怎样治人他就怎样去做，如果不是我们碰见，他会怎样？"

"那个推车汉倒霉了！"李万福说。

"是呀，这种人一次两次改不了，他依仗他们家有钱有势，长期养成那种思想行为，家中大人又不管教，因此更加有恃无恐，肆无忌惮了。"苗坦之说。

这话被苗坦之说中了，谢大坏把死小猪提在手中，越看越气，越恨苗坦之。

谢大坏本来是想叫那推车汉赔钱，可是遇见了曾与自己打过官司的苗坦之，他心里默默地说，今天倒霉，讲理讲不过苗坦之，只有认错服软。他提着小猪走出人群，来到一个沟边，他停下了脚步，两眼看着手中的死小猪，问自己：把小猪提到哪里去？提去家，又怕父亲问，还会引起父亲怀疑，责骂自己。何况这点小猪又不能剥吃，于是他看前后有没有人，狠狠地将小猪扔向路旁沟里，愣了一会儿，才离开。

# 第二十二章

苗坦之和李万福在海州住了一宿，第二天吃过早饭，两人骑着驴就往家奔。路上李万福很高兴地又提起昨天治谢大坏的事，两人有说有笑来到了海州西乡一个重镇石榴树镇的街东头。

苗坦之和李万福骑在驴背上，来到岔路口，路上的行人越来越多，车来人往。

李万福问："怎么人越来越多呢，哥？"

苗坦之一愣怔向前望去说"今天是石榴树逢集日。"

"啊，那我们下来走，给驴歇息歇息吧。"李万福看着苗坦之说。

"好，我早不想骑了。"苗坦之说着从驴背上下来。

这时，一壮年汉子推着独轮车，车上放着两个长篮子，里面放着几十只鸭子，鸭子嘎嘎叫，从苗坦之身旁过。

那推车的汉子向苗坦之瞅了半天，眨了眨眼说："苗二爷，你从哪里来？"

苗坦之愣着看那推车汉子，半天说："你怎么认识我的？"

那推车汉子把车往路边一放，擦着脸上的汗说："我认识你，我是前王庄王二，你在咱庄惩治蒋九的事，至今讲起，都夸你呢！"

"啊，我都忘了那事了，有此事，有此事。你推这鸭子干什么？"

"今天石榴树逢集，我推来卖的。"王二笑着说。

"好，养了不少嘛，那你快走吧，赶集占个好摊位！"苗坦之说。

"苗先生，那我先走了。"王二边说边推起车先走了。

李万福看王二已走忙问苗坦之："哥，你什么时候在他庄上治蒋九的？"

苗坦之眨了眨眼，皱了下眉头说："还是前年的事，那时石榴树镇上驻扎一个汛防营，营头是蒋九，他经常带人下去催军粮要马草，吃派饭。看什么好，就拿什么，不满意，还打骂人，节外生枝，捏个理由糟蹋人。这前王庄有个王老顺，忠厚老实，家里日子过得还可，这个蒋九看王老顺软弱可欺，就经常到家讹人家。王老顺被讹得实在没有办法，黑夜来到我家，找我给他想办法。我就跟他说在他前屋办个叫教馆，教几个学员，我去当先生。王老顺回家找了十多个小孩，我去教了两天，那蒋九又带四个汛兵到王老顺门前吆喝要王老顺家供晌饭，要好酒好菜，如果招待不好，莫怪他蒋九不客气。到了晌午吃饭时，蒋九就带四个汛兵到王老顺大门前，大喊大叫要吃饭，我正在前屋里教小孩念三字经。蒋九看王家人没有动静，冷灶空碟，未做饭。于是蒋九气得发疯，拉过王老顺就要打，吵闹声惊动了左邻右舍的人都来围观看景，我假装没有看见，仍教学生继续念三字经。我看到他闹到激烈时，把书本向桌子上一拍，上前一把揪住蒋九前胸衣服大声说，'请蒋九汛头不要乱来。'蒋九睁着牛蛋大眼气愤地说，'哟，你个穷秀才，乱不乱来，碍你什么鸟事！'我双眼瞪着他说，'你可知这是什么地方？'蒋九反问，'什么地方？'我说，'这是学堂！'蒋九鄙视地说，'蛋子点地方，还学堂！'我说，'你别管地方大小，可教的学生不少！'蒋九大声吼道，'你个小孩子王能怎着我？难道我汛头怕你不成！'我说，'俗话说秀才遇见兵，有理也说不清。今天，我倒要和你到州里讲

277

一讲。你可知道大清律中有不进"三堂"这条，今天你无故大闹学堂，干扰捣乱平民生活学习，我不告你革去军职，关禁闭，查办，我就不叫苗坦之啦！'蒋九一听我是苗坦之，跪倒求饶说，'小的有眼无珠，不知苗先生在这，请高抬贵手，我愿打愿罚还不行吗，咱就不去州衙啦。'我没有吱声，他两只牛蛋眼不停翻转看着我，我说，'那也行，不过你要遵守三条。'蒋九头点像鸡啄米一样说，'行，行。'我说，'这一不得横行乡里抢夺索取粮草；二不得派吃，算清派吃饭老账，以每顿饭两银计算赔清；三写个悔过书给我。不然，就同你手拉手去海州衙门。'蒋九不停地回答，'行，行呢！'"

李万福情不自禁地大笑起来，然后说："没想到你连这镇上汛头也敢治！"

"像蒋九这样的人比乡绅财主还厉害，你不治他，老实人就给他讹死了。"苗坦之说。

两人边说边走，不多一会儿来到了集市。石榴树的集市分两处，一条主街道，两边是大小不一的店铺，有的店铺搭架或搭木板向前，有的店铺不需搭板就在店铺里卖东西，那么店铺门前的空地就被乡下来卖东西的占摊用了，这一处集市东西长有二里多路。另一处就是由南双店流经来的鲁兰河从主街道住户的西头分为两条小河，南流到石榴树街东头，到前王庄前又汇合了，由于夏季发洪水，从南边流的小河逐渐扩宽，淤出一大片沙滩，沙滩上聚集了集市，成为牛、马、驴、骡、猪、羊买卖地。

李万福问："哥，咱走哪边？"

苗坦之说："咱走主街道吧，咱也不买牛、马、驴，不走南边。"

苗坦之和李万福走到豆腐铺和木匠铺前，发现许多人围着，吆喝声和鸭子嘎嘎叫声此起彼伏。因为豆腐铺和木匠铺前不需摆摊子，所以就有一块空地，王二正在此地卖鸭子。由于很多人要买，王二又用秤称鸭子，又要算账收钱，忙得满头汗。有两只大公鸭子，把腿上的草绳子头踢开，从人空里溜出去了。王二眼瞟见两只大公鸭溜出去了，可这边忙得离不开，那两只公鸭摇摇摆摆就从摊子后面溜进豆腐铺去了。豆腐铺里的小伙计秦小狗子没有事，坐在饭店门前与饭店姚老板坐在门外闲聊，两人看见两只鸭子向豆腐铺里摇摇摆摆走去。

秦小狗子高兴地说："今天走运了，中午有下酒菜了。"

姚老板附和着说："嘿，这不是天上掉下的天鹅肉吗！"

秦小狗忙站起身向王二那卖鸭子的人群望了一望，然后转过脸对姚老板说："老姚，咱俩中午喝一盅！"

"那好啊！"姚老板说："我有酒！"

秦小狗忙跟着鸭子屁股走进铺里，看见两只鸭子在水盆里喝水。秦小狗四面瞧瞧，然后用压豆腐的筛子，把两只鸭子罩起来，佯装没事一样走出店铺，又来到姚老板门前凳子上坐下。

姚老板问："扣起来啦！"

秦小狗说："我用竹筛罩起来了。"

这边，王二忙拿毛巾擦汗，看见了苗坦之和李万福正看他。

王二忙喊："苗先生，麻烦你帮我看一下摊子，有两只大公鸭刚跑出人群，由于我忙，没法离开摊子去找，这一会没有多少人买鸭子，我去找找。"

苗坦之满口答应，转过脸对李万福说："你把驴牵北墙根拴住，来帮他看摊子，也歇一歇！"

苗坦之把驴绳头递给了李万福，忙走到王二摊前说："你去找吧，我们俩人给你看。"

王二就东望西看，南瞅北瞧，看不到鸭子，王二愣了一下，再向南面看去，心想，鸭子不可能到人行中街南面去，因为人多，鸭子也过不去，必定在这街北面店铺或小巷子里。于是，他就转脸向北面望去，从一小巷的第一家店铺开始问，问了四五家都说没有看见。王二又向西望去，他望见卖布的陈老板，陈老板向王二连连向豆腐铺顺嘴，王二默默地点点头，站了一会，就走到姚老板饭店门前，看见姚老板和秦小狗在闲聊。

王二问："请问你看见我的两只鸭子溜过来吗？"

姚老板说："没有看见。"

秦小狗也说："没有看见。"

"那我能进店铺找找吗？"王二问。

姚老板说："你不信，就去找吧！"

王二就走进铺内各处看了一遍，仔细听了一会，然后就走了出来。

姚老板说："我说没有错吧，你鸭子没有跑来。"

王二又走到豆腐铺门前，伸头向里喊："有人吗？"

秦小狗从板凳上起身说："我在这儿呢。"

王二边说边走进去："我看鸭子跑进你店了吗？"话音没有落，鸭子就在竹筛里呱呱叫着。

王二忙走到竹筛前揭开说："这是我的鸭子。"

秦小狗忙走进店内说："只许你有鸭子，不许我有鸭子，真是的！"

姚老板也跟着走进店内说："年轻人，你找的不对，俗话说'家有地千顷粮万石，不可赖人做贼养汉'，小秦昨天才买的两只鸭子，准备送给老丈人过寿的。你还是到别处再找吧！"

王二站在那儿直发愣，心里想，明明是我的鸭子，他说不是，这可怎么办？正在踌躇的时候，苗坦之来到店门外。

苗坦之问："请问小师傅，你什么时候买的鸭子？"

秦小狗忙转过脸看着苗坦之回答："是昨天买的。"

"几只呀？"苗坦之又接着问。

"两只呀！"秦小狗回答。

姚老板忙说："你这人又来瞎掺和什么的，小秦是为了明天送给他老丈人过寿的。"

苗坦之向姚老板看去说："噢，你老师傅也知道这事？"

"我们是老邻居了，老街坊，什么不晓得。"姚老板说。

苗坦之认真地问："你真的晓得？"

姚老板两手一摊，说："真晓得，这还能瞎说。"

秦小狗听后洋洋得意，用鄙视的目光向王二瞅去。

苗坦之手习惯地抚摸了一下耳朵，微笑着看着秦小狗问："你的鸭子是昨天买的，那今天早上喂过食了吗？"

"喂过了呀。"秦小狗接着回答。

姚老板向秦小狗瞅去，秦小狗也向姚老板看去。

苗坦之又接着问："那你都喂的什么食呀？"

秦小狗一愣，半天没有吱声。

姚老板忙帮说："街上人家有什么喂，都喂的小米。"

苗坦之接着说："你们街上人可真舍得用小米喂鸭子。"

秦小狗忙说："是小米，嗯，是喂的小米。"

苗坦之眨了眨眼，忙转过脸朝王二看去问："你家鸭子早上喂的是什么食呀？"

王二接上说："我家鸭子全喂的是高粱。"

苗坦之向他们三人看了一圈说："你们三人说得都没有错吧？"

秦小狗和姚老板异口同声地说："没有错。"

王二说："我家鸭子喂的是高粱，没有错。"

苗坦之说："你们说得不错就好。"然后向姚老板说，"你老师傅帮人就帮到底吧？"

姚老板说："是，那肯定帮到底，咱们是老邻居，老街坊。"

苗坦之说："那就请你再帮个忙，同时做个证人，请你拿把刀来好吧？"

姚老板说："这好办，我饭店还是有几把的。"

不多一会儿，姚老板拿来一把切菜刀来，向苗坦之晃了晃。

苗坦之说："你们三个人都别走，看清楚。就杀一只鸭子，剥开鸭嗉子，看看嗉子里面是什么粮食，就知道了，你们三人看行不行？"

王二忙接上说："行！"

秦小狗和姚老板也说："行！"

李万福和几个人也走过来看热闹。

苗坦之说："我把话先说在头里。如果这鸭嗉子里是小米，那就证明这位小师傅说的对，是他昨天买的鸭子，那小王你是想赖人鸭子的，你要赔一只鸭子，再罚你一只鸭子给小师傅。"

秦小狗和姚老板忙打断苗坦之的话说："好，好！"

苗坦之又接着说："反过来，如果这个鸭嗉子里是高粱食，那就证明是小王的鸭子，是你小秦师傅赖卖鸭子小王的，那也要赔小王一只鸭子，再罚一只鸭子，你们三人看这样好不好？"

王二说："这样好！"

秦小狗向姚老板看去，姚老板眨了眨眼说："行！"

苗坦之说："你们三人都同意我这个做法，那还请你这个老师傅脏一下手，把这只鸭嗉子割开！"苗坦之边说边弯腰拎起一只鸭子，向姚老板面前递去。

姚老板犹豫了半天，才接过鸭子，不难看出姚老板有顾虑，心里怕了，这种表情逃不出苗坦之的眼睛。全场的人都在注视着姚老板。姚老板拎着鸭子上下看看，然后把鸭头往鸭背上一扭，鸭嗉子挺了出来，他左手抓住鸭头和翅根，右手向鸭嗉子划去，不知是由于用劲少，还是姚老板手软了，没有划破鸭嗉子。

姚老板说："哟，这鸭嗉子还怪结实的。"边说边看了一下刀说，"我怎么拿一个钝刀来了呢。小秦，快去我店里拿把快刀来！"

秦小狗急忙到饭店里拿来一把磨得雪亮闪光的刀，走到姚老板面前说："这把刀行吧？"

姚老板接过秦小狗手中的刀说："这把刀快！"

围观的人都自动往后退，怕鸭血溅身上。

姚老板上嘴唇咬着下嘴唇，右手拿刀向鸭嗉子一划，鸭嗉子被划有二寸长口子，姚老板忙放下刀，一只手握着鸭头，另一手抓住鸭的翅根，将鸭嗉子口向下抖了抖，随着抖动，鸭嗉子里的高粱便掉落地面。

秦小狗顿时傻了，姚老板也愣住了。

王二高兴地说："怎么样，是我的鸭子吧！"

李万福高兴地拍着王二的肩头说："你没瞎说。"

苗坦之看了看姚老板和秦小狗微笑着说："怎么样？"

姚老板难为情地说："不好意思，对不起，请问先生你是？"

苗坦之笑着说："我是南双店的苗坦之。"

秦小狗一听说是苗坦之还有些不相信："你是苗坦之秀才？"

李万福笑着说："没错，他就是南双店的苗坦之。"

秦小狗跪下连连磕头，嘴里不停地说："小的有眼无珠，你苗二爷，苗秀才，早闻大名，今天小的多有得罪，请苗先生多多包涵。"

姚老板两手抱拳向苗坦之施礼说："真是对不起，对不起！"

苗坦之笑着说："那这鸭子——"

秦小狗忙说："苗先生，这只鸭子我买下啦，给钱，给钱！"

"光买这只鸭子恐怕还不成吧！"苗坦之板起面孔说："在没有割鸭嗉子之前我不是说了吗，你们三人都一口答应，同意照我说的办法做。怎么，这鸭嗉子刚割开，就变了？"

秦小狗向姚老板投去求救的目光。

李万福惊奇地看着秦小狗，又看看姚老板。

姚老板勉强笑着看苗坦之说："苗先生，你看小秦这么年轻，做事说话不妥，你就包涵点吧！"

苗坦之向姚老板一瞪眼说："小秦虽说小，那也有二十几岁吧，照你说的他小，那你姚老板可不小了吧！"

姚老板忙垂下头，不吱声了。

苗坦之说："这事很明显，是你们俩同流合污，共同商量好的办的，用竹筛罩起来。小王已认出是他的鸭子，你们还不承认，还找理由，企图贪这便宜。你们都是做生意的人，赚钱要光明正大，想歪点子，投机取巧，欺瞒哄骗，贪占别人的便宜是不道德的行为。"

姚老板和秦小狗都垂下头，脸拉得都比原来的要长。

苗坦之瞅了他们一眼继续说："事先说好的，赔一罚一的。"

秦小狗悄悄地向姚老板瞄了一眼，姚老板无动于衷。

李万福眨了眨眼说："怎么都不说话了呀？"

王二也向他们看去："把我鸭用竹筛罩起来，还说是自己买的。"

苗坦之有些生气地说："那这样吧，既然不愿意照我说的办，那你们俩跟我去见官吧，不仅要赔要罚，而且每人要挨几十大棍。"

秦小狗忙打断苗坦之话说："苗二爷，苗二爷，咱不去见官，不去见官，那就照你先前说的办，我愿赔一只，罚一只。"停了一下，又接着说，"苗二爷，这是我的错，想贪图便宜。"

苗坦之说："这个小王养鸭子也不容易，他是个老实人，他认出是自己的鸭子，可你说是自己昨天买的，还有你这位老板，不但不教育小秦，而且助纣为虐！"

姚老板向苗坦之翻了翻白眼，没有吱声。秦小狗忙把钱交给王二，王二看着苗坦之。苗坦之眨了眨眼，手向耳朵上抚摸着说："这样吧，姚老板，你就把这只鸭子的屁眼舔干净了，就算完事吧！"

姚老板向苗坦之悄悄瞅去，秦小狗难为情地向姚老板看去。苗坦之向李万福和王二看了一眼，说："咱们走！让他慢慢去！"

回去的路上，王二非常感激地看着苗坦之说："今天多亏你，苗二爷，不然我这两只鸭子就被他赖去了。响午，我请你喝酒！"

苗坦之说："不啦，你卖鸭子吧，咱走啦！"

李万福边走边回头说："下次，再卖鸭子把绳子扣结实点。"

"是，是！"小王激动地望着苗坦之和李万福走去的背影说："真是好人，好人！"

苗坦之李万福牵着驴走出街道，李万福走到苗坦之身旁问："哥，你是怎么想出要割鸭嗉子的？"

苗坦之说："急中生智嘛，这两只鸭子在小秦店里，他用筛子罩着，说是他买的，而且姚老板又作证。而小王认识，可没有记号，最后两人争辩不清，还是小王输，因为小王无人证。在这紧急关头，我感到很棘手，突然，想到了鸭子早上的吃食，于是，我先问小秦，后问小王，他们两人所喂的食不一样，只能从这点上来证明了。鸭子的嘴、头、毛、腿、颜色，你说是什么，他也会说什么，无法证明鸭子是谁的，肚子里肝、肠、心、肺都是一样的，无法判定是谁的鸭子，我想他说的喂食肯定不一样。你再想一想，小王养的鸭子，喂的什么食，他会如实说出来的，而想赖人鸭子的人就会胡说，肯定说的不一样。"

"哥，你真聪明，今天我可又一次领略到了。你跟小王去了，叫我看摊子，我很着急，小王是外地人，没人帮助他，你也不是石榴树人，没有熟人，谁也不会帮你，正好那会没人要买鸭子，于是我边望着摊子，边跑到你身后，我就怕出事。"李万福看着苗坦之说。

"小弟，你也太小胆了，跟我出来你就别怕，没有理咱不跟人家胡搅蛮缠。"

"哥，你的名声太响了，只要说出你的名字，他们都害怕了呢。"

285

李万福高兴地说。

　　"其实也没有他们瞎吹的那样，不过遇见事，我肯动脑子，想怎么去解决罢了。"苗坦之边走边说。

# 第二十三章

严居林怀着无比高兴的心情回家，当他走到大门外时，两个家丁悄悄地告诉他，四姨太正生气，坐在堂屋正中椅子上。

严居林一愣，问："为什么事情？"

高个子家丁和矮个子家丁异口同声地说："不知道。"

严居林就蹑手蹑脚地向堂屋走去。

高个子家丁悄悄地跟矮个子家丁说："老爷又要受——"

矮个子家丁忙触了一下高个子的腰说："不要吱声，听听。"

于是两人就躲在门后，边听边透过门缝向堂屋窥去。

"你个死不改的老东西，说不在外搞女人。我问你，又跟哪个女骚货好上啦？今天你要不说清楚，老娘可就真不客气了。"四姨太瞪着双眼怒吼着。

严居林向前挪着步，慢吞吞地说："自那次以后，我就没有在外乱搞。"

"那你把银子给谁啦？"四姨太逼视着。

严居林想到四姨太已经查过箱子里的银子了，隐瞒不过去了，只有如实说了。于是，撇了一下嘴说："我和苗自芳、刘匡道三人去海州府打点去了。"

"你拿了多少银子？"

"五十两，我们三人都是五十两，你要不信就去问他两人。"

四姨太数过箱子银子，认为严居林没有说假话，语气有些缓和地问："你们为什么事要去打点？"

"我们商量把知州打点好了，今后有了后台，不会再受苗二赖子和穷鬼们捉弄了。"

"你真是没有脑子，猪！还不接受教训。"四姨太气又涌上来了。

"什么教训？"

"什么教训？我本来不想管你的事，可我又想，反正我已经是你严居林的人了，我要活得有脸有光，你干些缺德的事，往我脸上抹黑，遭人背后指脊梁骨。光吃好，穿好，名声不好，有什么用，活得也不光彩。我左思右想，我还得管，你不能再做缺德见不得人的事啦！"

"我不是为这个家吗！"严居林哭丧着脸说。

"我知道你为这个家，可你不走正道！"四姨太吼叫着。

"我问你，你上次硬逼赵友礼卖地的事做得对吗？"四姨太怒目而视。

"我，我——"严居林张口结舌说不出话。

"你有钱有势硬逼穷人，结果得到什么报应？"

"都是那苗二赖子在背后出的坏点子，到州衙告我，才——"

四姨太猛地站起身，脚向严居林小腿踢去，严居林没有想到会用脚踢他，冷不防跪下，吓得颤抖起来。

四姨太高声怒吼道："现在头脑还不清醒，你们把苗坦之许成苗二赖子，说是出坏点子，到底是谁坏！"边说边又一脚踢去，严居林被踢歪倒地。

"苗坦之是为穷人出气，不然赵友礼被你讹死啦，看人地好就千方百计要讹人卖给你，凭什么就你有钱有势，那穷人赵友礼应该受你罪？说！"

"不应该，不应该！"严居林连声说。

"你口口声声说为这个家，你丧尽良心，你良心给狗吃了，那赵友礼应该被你欺负的吗？"

"不是，不是！"

"你这样逼迫赵友礼，就应该受到官府整治。从今后，你不要跟苗自芳、刘匡道这些狗日的来往，不要仗着他哥在国子监是翰林，耀武扬威，横行乡里，欺压百姓，干些缺德的事。如再发现你欺压穷人，你给我滚出家门！"

"我，我还有一事，就是咱三人商量好的，海州知州要来咱南双店，苗自芳叫我准备两箱桃林大曲，再买两块牛山水晶石。"严居林说。

"尽干些见不得人的事，拍马溜须，巴结州官老爷，好治穷人。算了吧，收起这个念头吧，从今后，这些事必须经我同意，动用银子必须我同意。"四姨太怒视着严居林说。

"小四夫人，我求你啦，我们三人已商量好了的，做完这件事后，我保证以后不做了，全听你的，我要说假话，我严居林不是咱妈养的！"严居林跪在地上求饶。

躲在院门后偷看的矮个子家丁忙扯一下高个子的衣角说："看！"高个子家丁忙窥视。

四姨太沉思一会儿说："那好吧，照顾你这一次的脸，不要看我是穷人家出生的人，我是讲理的！滚！"

"那是，那是。"严居林大嘴一撇一歪忙爬起来往外走去。

四姨太长吁短叹坐在椅子上一动不动。

严居林走到大门，忙又跑回来，蹑手蹑脚走到四姨太面前畏畏缩缩地说："买酒和水晶钱？"

"去拿吧！"

就在严居林买好了酒，又专门到牛山找人买了两块水晶的第三天响午后，知州王耀和判官胡仁贵各骑着小毛驴来到南双店。

判官胡仁贵与前知州范思玉来过苗坦之家，所以，王耀在胡仁贵的带路下，直接来到苗坦之家的大门外。

苗坦之的父亲苗培元坐在门旁，倚靠着墙打盹睡觉，胡仁贵和王耀从驴身上下来，苗培元也没有醒。

胡仁贵转过脸看着王耀说："他就是苗坦之的父亲。"

"把他叫醒。"王耀说。

胡仁贵向前弯下腰说："老人家，老人家。"

苗培元依然睡着没有吱声，没有睁眼。

胡仁贵大声地说："老人家！"

苗培元吓得一哆嗦，忙揉了一下眼，坐起身，向胡仁贵看去："你要干什么，把我吓一跳！"

胡仁贵说："苗坦之在家吗？"

苗培元向胡仁贵和王耀看了一圈，眨了眨眼说："不在家。"

胡仁贵问："到哪里去啦？"

"你们是哪里人？"苗培元问。

胡仁贵向王耀看去，王耀点点头。

胡仁贵说："那位是我们海州知州老爷，我，你不认识吗？"苗培元仔细看着王耀，又仔细看看胡仁贵，摇摇头说："不认识。"

胡仁贵说："知州找苗坦之有事呢。"

"啊，让我想想他到哪去了？"苗培元低下头，眨了眨眼，过了一会才抬起头，说："他可能到西大沟田头去刨树了。"

"西大沟在什么地方？"胡仁贵问。

苗培元手指向前边的路说："就走前面路往西拐，直走再往南拐，就望见啦。"

"远不远？"王耀问。

"不远，一会就到。"苗培元回答。

王耀说："胡判官，这样，你在他门前看着驴，等着苗坦之，他万一从旁边回来，你就骑上驴喊我，我自个儿去找他。"

"那也好。"胡仁贵一口答应。

王耀按照苗培元指的方向急忙向前走去。由于上次听苗自芳三人说苗坦之聪明，点子多，会赚人，会赖人，特别是前几天又被苗坦之羞辱谩骂弄得哑口无言。自己思来想去，是由于自己慌乱造成，显示不了苗坦之的聪明，他心中一直想泄私恨，再试试苗坦之到底是真聪明，还是假聪明。我是六品知州，你是乡间草民，你想赚倒我，赖上我，可不是件容易的事。由于心切，急于想见苗坦之，不多一会儿浑身冒汗了，他望见了一条大沟，沟岸上树长得很高，他更加心切，不管三七二十一，向前奔去，当他走到沟上看到有一个人在沟里挖着什么。

王耀喜出望外，心想这个人肯定是苗坦之。苗坦之实际上早望见了王耀，但是他佯装不知道，他继续挖树根周围的泥土。王耀站在沟岸上向苗坦之看了半天，苗坦之在想，你王耀来肯定没有好事，于是假装没有看见。

王耀憋不住了就问："你是苗坦之吧？"

苗坦之歪着头，瞄了一眼王耀，然后说："你是知州大人吧！"

王耀说："我是知州王耀。"

苗坦之说："哟，知州老爷，你看，树要倒下，我不好给老爷施礼了，请——"

王耀一本正经地说："罢啦。"

苗坦之接着问："请问老爷，怎么知道草民在这地方挖树？"

"我与胡判官专程来会会你，刚才到你家，你父亲说你在这地方挖树，我叫胡判官在你家门前等我，我自个儿来了。"

"啊，胡判官也来了，看来老爷有事，专程来会会我。"

王耀蹲在沟边说："我听他们讲，你很聪明，智慧超群，在海州地区很有名气，不仅会赖人，还会赚人，本官感到很有趣。所以，本官来会会你这位会赚人的聪明绝顶的名人！"

"啊呀，州官大老爷，你怎么听他们瞎说，他们是高抬草民了，我哪会赖人、赚人。"

"苗坦之，你不要谦虚啦。"

"请问老爷，你听哪些人说的？"

"你们南双店苗自芳、严居林、刘匡道，还有很多人都说呢。"

"老爷，我哪会赚人啊，是我看书上写的。"

"啊，有这样的书？"王耀惊讶地问。

"有。"

"叫，叫什么？"王耀又问。

"叫《赚人大全》，还是明朝初年出版的呢！"

王耀听到后来了兴趣，忙说："我四书五经什么书都读过，怎么不知道民间还有这样的书呢。"

苗坦之说："有，还有许多书，你老爷没见过呢。"

"是吗，你拿给我看看。"王耀有点迫不及待地说。

苗坦之手习惯性摸了一下耳朵说："知州大老爷，你看我不扛这树，树怕要歪倒在沟底，那我就费劲了，沟底淤泥又深。"

王耀忙说："你等着，我替你扛，你回家把《赚人大全》拿来给我看看。"

苗坦之皱了下双眉说："老爷，你——"

"没事，你能扛，我也能扛住，我不比你力量小。"王耀边说边走到沟中，企图想跳到对面去，可他不知，沟底比较宽，水虽然不见，但淤泥还是很深。王耀没有跳到对岸沟崖，一只脚却陷人淤泥里，他慌忙往外拔，哪知连鞋子和袜子被留在淤泥里。他只得赤

292

脚跳过淤泥，结果又被石子扎了脚，不由自主地"哎哟"一声。

苗坦之忙抬头看，差点笑出声，"嗨，我不是说了吗，水干了，但淤泥还是很深的，老爷你怎么弄一脚泥呢！"停了一下，接着说，"你看，我也不能帮你。"

"不用，泥怕什么，过会洗洗就行。"王耀赤脚走到苗坦之身旁说，"来，我扛，你快回家拿书。"

苗坦之说："老爷，你可扛住了，千万不能给倒下。"

"走，快去，你放心，别废话。"王耀不耐烦地催促苗坦之。

苗坦之走上沟岸，向知州王耀瞄了一眼，然后大步向家走去。路上，苗坦之心想你王耀知州也太没礼貌，见面就直呼其名，最重要的是你新来的知州听信苗自芳一类人的谗言，你也说我会赖人，会赚人，我本来不会的，全是那些人逼我的，好，今天你还真相信我有什么《赚人大全》，等我找给你吧！

苗坦之慢吞吞走到家门前路上，几丈远就看见胡仁贵判官坐在门前的槐树下，树上拴着两头驴。

判官胡仁贵看见苗坦之空手回来忙站起身问："你怎么回来了，知州呢？"

苗坦之看着胡仁贵说："我正在挖树，树被风刮倒在沟里，我正扛着，知州到了，叫我来家找书给他，他说他扛，硬催我回家。"

"啊，原来是这样，那你回家找呗！"胡仁贵说。

苗坦之推门走进院内，苗培元和大哥苗平之正在私语，苗培元悄悄地问："知州找到你啦？"

"找到了，没有什么事，放心吧！"苗坦之笑着说。

"那他人呢？"苗培元不放心地问。

"他在扛树呢！如果胡判官要问我到哪里去了，你就说我去找书了！"苗坦之说。

"找书，找什么书？"苗培元问。

"大大，你别担心，二弟他有办法。"苗平之说。

苗坦之走出大门外，判官胡仁贵忙站起身问："你找的书呢？"

苗坦之说："嗨，我找了一会儿，到处不见，我才想起来，那天周小民几个人借走了，说拿去看完还我，我倒把这事忘了，你在这坐等着，我去他家拿。"

胡仁贵说："你快去快回呀！"

苗坦之走后，胡仁贵又坐下，由于早上起得早，中午又没有睡觉，感到疲倦，于是就倚靠着墙，不知不觉睡着了。

大约过了两个时辰，知州王耀由于肩扛时间长，肩部有点麻木了，他两只眼不时向沟两头搜寻，总是不见苗坦之拿书来。可是又想到，从这树沟到家也有一段距离，苗坦之是来回，自己刚才是单趟，走得又快，还是费不少时间才到呢。王耀自己跟自己解释，为什么还不见苗坦之拿书来，于是双手使劲捧着树干，好歹换了一下肩，那只肩又酸又麻，才得到缓解。王耀在想，等你苗坦之把《赚人大全》一书拿来，我要全部熟读，我叫你苗坦之以后还能赚人、赖人。另外，我就可以想赚谁就赚谁，到那时更加体现我是个极为聪明的知州，叫他们都服服帖帖听我的吩咐指挥……

这时，一只乌鸦"嘎"地从头顶飞过，叫声把知州王耀叫醒，王耀向四周一看，已是黄昏了，怎么苗坦之还不来呢？他尿憋得难受，就要尿裤子了，于是双手慢慢向上托树干，又松松手，树干还是不动，手又松松，手离开树，树还是不动，根本倒不下来，王耀手忙拍自己的脑壳，自言自语道："嗨，我还真给他赚了呢，我怎么开始就没有发现这树不用扛呢？他苗坦之不是扛的吗？嗨，实在懊恼，怎么就被苗坦之忽悠了呢……

王耀忙提着被淤泥浸污的鞋和袜子，在沟边找，好歹看到一处有个水汪，忙伸手把鞋子和袜子在水中清洗，然后又洗了脚，把鞋袜上的水拧干净，穿在脚上，向路上走去。王耀自言自语道："真倒霉，苗坦之啊，苗坦之啊，你可真会赚人，连我这六品知州老爷也敢赚，看我以后怎么收拾你。"王耀想着，说着，气着，好歹走到苗坦之家门前，看见判官胡仁贵正睡得香，还打呼噜呢。

王耀气得直喘粗气说："胡判官，你可睡得真香啊！"

胡仁贵听到知州王耀的声音，忙揉了揉眼惊讶地说："天都快黑了，知州，你那只鞋怎么向外冒水泡？"

王耀气愤地说："甭提啦，苗坦之呢？"

胡仁贵忙说："他到家没有找到书，说书被谁拿去看没有还，他去人家那拿书去啦。"停了一下，又接着说："不对呀，太阳还老高，他就说去拿书，怎么到现在还没见他，是不是已经到家了。"胡仁贵忙站起来，推开门问："苗坦之回家了吗？"

苗培元说："他说去拿书了，还没回来。"

胡仁贵生气地说："这个苗坦之，拿书能要这么长时间吗？"

王耀说："嗨，我们俩都给他赚啦，走，走吧！"

胡仁贵说："不等啦？"

"还等个屁，我没说吗，被他赚啦！"

"啊，苗坦之他把我们两人赚啦，嗨，真是的。"胡仁贵边牵驴边气愤地说，"苗坦之呀，苗坦之呀，哪天叫你也……"

知州王耀满肚子悔和胡仁贵骑着驴摸黑往海州走去。王耀和胡仁贵来到西石榴树庄大白果树下，王耀勒住驴绳说："我被苗坦之气得也忘了，晚饭我们还没有吃。"

胡仁贵也勒住驴绳说："你知州说走就走，其实我想说在南双店吃饭的。"

王耀说："响午在白塔埠也没有吃好，哼，又给苗坦之扛了几个时辰的树，肚子早已空了。"

胡仁贵疑惑地问："怎么是你知州扛树？"

"吃饭时跟你说。"

胡仁贵说："我记这三岔路口有一家叫卖烧饼油条的，曾经吃过，还可以，不知你——"

　　"行，只要能填饱肚子就成，到这时候还讲究什么，你去看看。"

　　"好吧，你下驴吧，等我。"胡仁贵边说边下驴，牵着驴向左拐去。

　　不多一会儿，胡仁贵走过来说："我跟卖烧饼的说啦，叫他做两碗萝卜粉丝汤，炒个鸡蛋，有烧饼油条，将就吧。"

　　"行，行，能吃饱就成！"王耀牵着驴跟胡仁贵向饭店走去。

　　到了饭店门前，胡仁贵帮王耀把驴拴好，两人在饭店老板引领下到一间房内坐下，一会儿，老板就把萝卜粉丝汤端上。

　　王耀确实饿了，抓起筷子就要吃。

　　胡仁贵说："老爷，等炒鸡蛋和烧饼上来再吃吧。"

　　王耀说："我尝尝这萝卜粉丝汤。"边说边吃喝起来，"不错，这萝卜粉丝汤可口。"

　　胡仁贵说："听他们讲，西石榴树庄的萝卜是有名的。"

　　"啊，说说看。"

　　"就这白果树南边，也就是河南岸是一块宝地，每到春天这个地方就向上冒热气，当其他地方还结着冰，可这个地方就开始种水萝卜。因此，这个地方的水萝卜比其他地方早上市一个月，因为是黄沙土地，那萝卜皮又薄又脆，一口气便能吹破了，吃起来又甜又脆，所以本地流行口头禅，'西石榴树萝卜，柳汪瓜，东石榴树白菜家顶家'。"

　　"啊，怪不得这萝卜汤好喝吗，沙土地种的萝卜就好吃。"王耀说。

　　不多一会儿，炒鸡蛋和烧饼油条都上齐了，王耀眉开眼笑边吃边说："不错，我就喜欢吃辣椒炒鸡蛋。"

　　胡仁贵边吃边问："老爷，你刚才说，你为苗坦之扛树是怎么回事？"

王耀边吃边从头说到回苗坦之家门前为止。

胡仁贵几次捂住嘴，没有笑出声。

胡仁贵说："苗坦之这小子馊主意就是多，会赚人。"

王耀筷子夹了一块鸡蛋送进嘴里，腮帮鼓得老高，三角眼一瞪，大口咽了说："不注意给他赚了，弄得我很狼狈。"

胡仁贵又接着问："老爷，你那只鞋子怎么一走起路，就向外冒水泡？"

"嗨，你不知道，我站在苗坦之挖树的对面沟岸，我要去帮他扛树，沟底我看不宽，一跳，一只脚便踏进淤泥里去了，弄得我几个时辰光着脚为他扛树，你说我这个六品朝廷命官被他赚得多难看。"

"苗坦之这个混蛋，真是——"

"苗坦之聪明，真聪明，哪天我叫他聪明够，我叫他向我求饶不可！"

"对，对，赚人也看是谁呀。"胡仁贵说，"他告诉我，他是去拿书的，结果等到天黑也不见他人影，过天我见到他，问他拿的书给谁了。"

王耀三角眼一愣说："根本就没有他说的《赚人大全》的书，我俩都给他赚了。他能拿来这本书，我头触地走。"

这话被王耀说对了，就根本没有这本书，苗坦之是有意赚他的，苗坦之跟胡仁贵说去拿书，叫他等着，实际上苗坦之是到吴宝怀家帮助吴宝怀杀猪去了。他把知州王耀为他扛树的事讲出来，吴宝怀笑得前俯后仰，笑得眼泪都出来了，坐在那儿说："哥，你肚子里怎么就有那么多点子呢？哥，你把新来的州大老爷赚成那个样子，还有胡判官，今后他能不想办法整治你？"

"弟，你别怕，哥心中有数，他要整治我，我还整治他呢！"

"你还是要防着点，毕竟是知州，又是新来的，不一定有范知州一样的官德。"

"这样的人不给点颜色不行,第一次找我就直呼苗坦之大名,还是六品知官呢,我最烦人喊我大名了,你州官有什么了不起,你对我不客气,我对你也不客气。"苗坦之边刮着猪毛边说。

"哥,这个新上任的知州怎么就知道你是苗二赖子,又会赚人呢?"吴宝怀抬起头微笑着说。

苗坦之也直起身看着吴宝怀说:"你想想,他怎么知道的,你一想就知道了。"

吴宝怀把刮子向猪身上一拍说:"肯定是咱南双店苗自芳说的!"

"对了,王耀说话不注意就说出来了,是苗自芳、严居林、刘匡道说的,这说明什么?"

"说明什么?"吴宝怀问。

苗坦之说:"王耀才上任不长时间,苗自芳三人就向他知州说我坏话,说明他们在一起议论过,他们巴结了知州,给知州好处了,他知州才和苗自芳等人一个腔调。我会赖人,会赚人,就没有想想我赖的是什么人,赚的又是什么人?"

"对,对,哥你说得一点也不假,说明新上任知州和他们是穿一条裤子。所以,我说,哥,你要提防着他们呢!"

"我知道。"苗坦之说,"唉,你以卖猪肉的身份,给我了解一件事。"

"什么事?"

苗坦之悄悄地说:"严大嘴的四姨太娘家是不是竹墩?通过四姨太了解一下严居林送多少银物给王耀。"

"你了解这事干啥?"

苗坦之说:"对严大嘴这些人多了解有好处。"

"嘿嘿,弟明白了,我了解看看。"

"其他人不要说。"

"哥，你放心，你做的事，不叫我说，我绝不乱说。"

"那就好，今后对苗自芳这些人，听到什么就注意点。"苗坦之继续说，"像你大嫂去世，他们议论我这下子完了，在家哭都哭不完。"

"哥，我把这次猪肉卖完，我跟你去玩几天，你不能长在家，出去散散心，在家光思念大嫂会闷出病的。"吴宝怀诚恳地说。

"好啊，我带你去海州城、板浦、云台山逛一圈。"苗坦之高兴地说。

"哥，那一言为定！"

"好，一言为定！"

# 第二十四章

苗坦之帮助吴宝怀刮完猪毛，苗坦之向天空望了一眼说："我估计胡判官和王知州走了，我可以回家了。"

吴宝还忙说："你不能找走，他两人万一没走呢。这样，你叫周小民去找苗贵之、李万福，咱五个兄弟今晚喝一盅，今天这只猪耳朵蛮肥。"

苗坦之说："那好，不少天没有喝酒了。"边说边去找周小民了。

不多一会儿，苗坦之就回来了，继续帮吴宝怀整理猪肉，吴宝怀很快把杀好的猪分解完毕。

这天晚上，五兄弟正在兴头上，吴宝怀把知州王耀帮苗坦之扛树的事讲了出来，他们几个人都感到有趣，笑得东倒西歪。

这时，苗平之带着一个四十多岁的人来到吴宝怀的家门前，苗平之说有事找苗坦之，几个人都惊奇地看着苗坦之。

苗坦之笑着说："你们继续喝，我去看看。"

吴宝还说："不行，我们都去！"

于是几个人都随苗坦之向大门外走去。苗坦之走到门外，苗平之说："他是从海州来的。"

苗坦之走近仔细看那个人，一愣说："你不是秦东门南边街上卖糖球的马糖球吗！我就是苗坦之。"

马糖球忙扑通跪下说："请苗秀才，苗二爷救救我。"

苗坦之说："快，快起来说话！"转过脸看着吴宝怀说，"宝怀弟，你把灯端到过道里，让他坐下慢慢说。"

吴宝怀忙去把灯端在过道的一边桌上，马糖球坐在苗坦之对面，吴宝怀几个人围坐在周围。

苗坦之说："你既然跑这么远路来找我，你相信我，那你一定把事情的经过全部事实说给我听，不能漏掉，也不能添油加醋。"

"是，那是，我从头讲给你听。"

于是，马糖球就讲了下面的事：

"我们海州府，来了一位新上任的知州，名叫王耀，这事你苗二爷可能都知道了。"

苗坦之点头："嗯。"

马糖球说："王知州的家都搬来了，老婆孩子都来了，还养了一只老母狗。这只老母狗不是草狗，听说是洋狗，比我们这个地方的母狗都大，很厉害，专门看家守院，那些衙门的人都不敢去他家。为了熟悉衙役好办事，王知州专门叫所有衙役到他家与母狗熟悉，每人都拿块肉来喂，这样就熟悉了，可外面生人是不能进他家门的，如有人不知道，走到门前，那母狗一跳能啃到人脸。"

"乖乖，那么厉害！"周小民惊讶地说。

马糖球继续说："就在昨天，吃过早饭后，这条老母狗起窝了，满街跑，跑到我家门口，还引来了好几条公狗。我家有条大公狗，个头也大，有劲，它咬败了那几条公狗，那大母狗就跑我家狗旁边，就吊秧子了（公母交配）。我家门前是一条大街，路上来往行人很多，有些大人小孩好奇，就围着看热闹。"

吴宝怀说："在你们城里许多人没看过狗吊秧子，肯定感到稀奇。"

周小民忙打断吴宝怀的话说："肯定没有女的。"

"有，有。"马糖球说，"狗、猫这些都是畜牲。"

"这些女的也看，真是不知好歹。"周小民说。

"还有几个多事的人，出个嫂点子，找根长棍，穿过两条狗的尾巴中间抬起来，晃着玩。"

周小民忙问："那怎么能抬起来呢？木棍穿过去公狗和母狗不就分开跑了吗？"

苗贵之接上说："我听老人讲，狗吊秧子后，能合在一起很长时间，分不开。"

周小民惊奇地说："原来是这样子。"

马糖球又接着说："被抬起来晃悠，大母狗可能感到疼，着急了，朝站在旁边看景的一个小男孩的腿肚子'吭哧'一口，咬住不撒口，那小男孩吓得大哭起来。"

马糖球说："我在那边正做事，我急了，忙操起门旁的劈柴斧头向母狗的头砸去。"马糖球停了一下，双眉紧锁。

"怎么啦？"吴宝怀忙问。

"也太准了，砸到母狗脑门上了，脑壳被我砸烂了，那母狗汪汪两声就死了，四蹄奄拉下来了，可是两条狗还合在一起。"

"打死好，打死好，州官家还养狗！"周小民忙说。

"围着看热闹的人都议论开了，也有些人像这位小兄弟说的一样，打死好，打死活该，州官家还养狗干吗。也有人说，你马糖球惹祸了。"马糖球说完停下，手抹了一下脸。

"打死个狗，能惹什么祸？"李万福忙打断马糖球的话说。

"俗话说'打狗还要看主人'，为了孩子，情急之下想不了那么多。当得知这大母狗是新上任的知州王耀家的，心想这下惹麻烦了，谁能想到这畜牲倒惹出祸来了。"

"怎么啦？"吴宝怀忙问。

"在周围看景的人里面有王知州的狗腿子，给王知州报信了。不多一会儿，王知州的老婆施大花和孩子王小飞跑来，王小飞一看他家的大母狗死在地上，立即大哭起来。施大花吼道，是谁打死的？！我吓一哆嗦，说，'是我打的。'施大花声色俱厉地说，'你知道吗，打死的狗是谁家的吗？'我说，'我不知道。'施大花高傲地说，'是你们海州知州，也就是我们家的，你知道是从哪里买来的吗？'我摇摇头。施大花说，'那是人专门从大上海买来的外国洋狗，送给王知州。哼，吃不了兜着吧！'我心想，这要吃官司了，一定不会轻饶我啦，于是我赶紧去衙门投案，向老爷说明情况，请求老爷原谅。"

"你去大堂还是去他家了？"吴宝怀忙问。

马糖球说："大堂门关着，我去王知州家了，我走到他家院里，王知州在院子里坐在椅子上，一边是孩子在哭，一边是老婆在气。王知州看着老婆又看看孩子说，'这是畜牲，打死就打死吧，不是什么大事。'王小飞哭哭啼啼地喊，'我要狗，我要狗嘛！'施大花说，'你是知道的，这狗是孩子的命，平时比衙役捕快还强，这狗已死，他马糖球不赔我狗，我跟你没完！'王知州无奈地说，'这是外国洋狗，你叫他到哪里买？'施大花说，'那怎么办，不能白白被打死吧？要不，赔银子吧？'王小飞说，'赔我狗，赔我狗，我不要银子。'王知州看着儿子，然后又向老婆看去。施大花说，'就这点事，你知州就不能处理了，堂堂知州到海州被小瘪三子欺负！'王知州当时真是无奈，低声说，'那就照你说的，叫他赔银子好啦。'王知州转过脸向我看，我胆怯地低下头。王知州大声问，'马糖球，我问你，我家的狗是你用斧头打死的吧？'我说，'是，我用斧头打的，你家母狗咬小孩腿。'王知州说，'你也承认了，这是事实。可你知道吗，这母狗是外国进口货，是我的一个朋友在大上海买回来送给我的，我家养了好几年了，却被你打死了，我也知道你赔不了这个洋狗给我，这样吧，你就赔银子吧。'我一听说赔银子，头脑感到一炸，我卖几十年的糖球还没看见银子是什么样呢。王知州最后大声说，'赔银子吧，也不叫你赔多，就赔个五十两吧，这是少说的，便宜你了，实际这狗值很多银子呢。'我不由自主地说，我的妈呀，要赔那么多的银子啊？王知州瞅了我一眼说，'我刚才不是说了吗，赔还是少的，便宜你了，你还妈呀。'我忙说，'老爷，我一个卖糖球的挣不到什么钱，哪里有银子。'王知州不耐烦地说，'就这样，限你三天之内交齐银子，不然，你莫怪本官整治你……'"

"这个狗官，也欺人太甚了！"吴宝怀气愤地骂道。

"死个老母狗，还要赔五十两银子，这也太没边吧！"苗贵之说。

马糖球接着说："我听说限期三天赔银，不然要整治我，我不知王知州怎么整治我，我害怕，我三年也挣不着五十两白银，这不是逼我命吗，我去偷也偷不来呀。全家人愁得不吃饭，不安身，唉，我愁得真想死。"马糖球眨了眨眼又接着说，"我的一个街坊跟我说，'这简直胡来，狗吊秧子，倒要吊去五十两银子，西乡南双店有个苗坦之，他是秀才，聪明，有主意，你去找他，请他想想办法帮帮你，在家愁有什么用。'我想也对，在家愁没有用，于是，我连夜赶来。"

"这叫什么事，打死个母狗还要这么多钱，咱们乡村要打死个狗，最多说几句不好听的话就算了事，可这个知州胃口真大！"周小民说。

"这在我们乡下还算个事吗？夏天打死个狗，挖个坑埋了。冷天打死了，几个人剥剥吃了下酒，这是什么世道，这新上任的知州也太……"吴宝怀说。

马糖球向苗坦之看去说："我说完了，事情经过就这些。"

大家都向苗坦之看去，苗坦之手摸着耳朵，然后转过脸向周小民看去说："周小弟，你到我家去，把我的布包拿来，不要把里面的东西弄掉了。"

周小民忙答应："是。"

"唉，你离坦之哥家不远的时候，看清楚，门前还有没有人。"吴宝怀忙说。

"早走啦，不会等到现在。"苗坦之说。

不多一会儿，周小民提着苗坦之的布包急忙走进过道说："你家大哥说，他们直到天黑才走。"

苗坦之边接包边说："马糖球，你不要怕，我写个条子你拿去。"

马糖球一愣道："写个条子给我？"

吴宝怀说："你不要怀疑，你就听我哥的安排吧。"

苗坦之就在旁边的小桌子上摊开一本仿纸，吴宝怀忙把灯端放在苗坦之的仿纸旁边。

苗坦之看着苗贵之几人说："你们几个人快去喝酒，我马上写好就过去。"

苗坦之取出毛笔开始写，苗坦之边写边问："马糖球你认字吗？"

马糖球说："咱穷人家出生，没钱上私塾，一个瞎字也不认识。"

苗坦之三画两绕写完了，又认真地看了两遍，然后折叠好交给马糖球说："你收好，你不要害怕。"

马糖球手接过纸条，看着苗坦之问："就这纸条能管用？"

苗坦之说："不要担心，管用。"

马糖球边把纸条装进自己身上边问："你去吗？"

苗坦之微笑着说："不用我去，等于我去了。"

马糖球愣着看着苗坦之。

苗坦之说："过了三天，王知州要审理你这个案子呢，衙役会把你扭进大堂去，你不要怕，他们不会打你，你看王知州坐在台上案后向你看时，就开始审了，你就把我写的这个呈上去，他看过后不问便罢，他要问你是谁写的，你就说是苗坦之写的。"

"能行吗？"马糖球胆怯地说。

"行，保证行。"

"我怕说出你，再连累你，那可不好啦！"马糖球说。

"不会的，保管你我没有事。"苗坦之笑着看马糖球说。

尽管苗坦之再三劝说，马糖球还是怀着忐忑不安的心回去了。

苗坦之没有马上去喝酒，他坐在原来的地方，手摸着耳朵在默默思考着，情不自禁地自语："多么纯朴忠厚的人，竟然为打死一条狗吃官司，要赔五十两银子，这是什么州官，想钱想疯了，没有其他办法捞银子，在狗身上做文章，这是坑民的官，是害民的官。"苗坦之越想越气，不由手重重地拍了一下，"绝不让你得逞！"

苗坦之拍桌子的声音震惊了厨房正在喝酒的几个人，都吃惊地跑到过道。

吴宝怀惊疑地看着苗坦之问："怎么啦？"

苗坦之看见把他们惊吓来了，忙微笑着说："没有什么，我被那狗气的，走，走，去喝酒去。"

吴宝怀说："哥，你也没有叫马糖球来喝一盅，都是穷哥们。"

苗坦之边端酒盅边说："我叫啦，他硬要走，也是个厚道老实人。"

"哥，你就写个纸条给人，你去不？"周小民问。

"不用去，没事。"苗坦之说。

"哥，你写了什么？马糖球就不用赔五十两银子啦！"李万福惊奇地问。

苗坦之放下酒盅微笑着说："你们想知道我写什么吗？"

"想知道，想知道！"周小民几个人异口同声地说。

"那我就背给你们听听吧。"苗坦之手抚摸一下耳朵，看着周小民说："我写的纸条中有这样几句话，'官狗上街卖淫'。"

周小民几个人不约而同地笑了起来。

苗坦之接着背："无耻反倒咬人，狗仗官势放荡，官靠淫狗索银。"

306

"对，对，一点不假。"周小民和李万福高兴地说。

苗坦之继续背："市民不识官狗，狗官岂能压民？狗日若要顶真，恐怕天理难容！"

"好，好！"吴宝怀和周小民不约而同地夸赞。

"你这把州官王耀又羞辱了，又骂了，坦之你想过吗，他能不记恨你。"苗贵之一本正经地说，"这下子闯大祸啦！"

苗贵之的话一出，顿时屋里的空气凝重起来，大家都把目光集中在苗坦之脸上。

吴宝怀忙说："也是，哥，你写时没有考虑那王耀看到后，他又气又恼，还不想办法整治你呀！"

"是呀，今天扛树已经给他难看了，再加上这几句话，他不更加要想办法对待你呀！"吴宝怀忙担心地说。

"你们不必担心，我想过了，还是以往跟你们说的那句话，不管是谁逼我太甚，我就与他不客气，尤其是那些有钱有势的乡绅财主，包括他王耀，我会与他较量到底。"苗坦之说，"这样的州官，你不羞辱，不骂他，那今后还不更加对穷人盘剥厉害！"

"也是的，就该骂，为一条死母狗还要敲诈五十两银子，真做得太出格了。"李万福气愤地说，"骂得好，把你这句话抄写贴在海州大街上最好，让海州市民都知道。"

"就这够他王耀气的了。"苗贵之忙插话。

"你们都猜猜，在大堂上，马糖球把哥写的条子呈上，知州王耀一看，将是什么样的表情呢？"李万福问。

周小民忙说："我猜他王耀看过后，哑口无言，不知如何是好。"

"我猜王耀看过后恼羞成怒，暴躁如雷，骂苗坦之。"苗贵之说。

吴宝怀接着说："要我猜呀，他可能命衙役传我哥。"

大家又是沉默，都看着苗坦之，担心苗坦之。

苗坦之看着大家说："我想知州王耀看过后，肯定生气，会骂。

可这个案子不能审了，他会气得猛拍一下案子，宣布退堂。"

"那马糖球就不用赔五十两银子了。"周小民说。

"对，马糖球不用赔了。"苗坦之笑着说。

这个案不审了，被苗坦之说中了。过了三天之后，马糖球被衙役扭到大堂。知州王耀气呼呼地在案后坐下，向台下望一眼，接着把惊堂木一拍，恶狠狠地说："马糖球你可想好了吗？是赔银子还是挨棍子？这两样，你选一样吧！"

马糖球按照苗坦之交代的去做，他不慌不忙边从身上掏纸条边说："老爷，我这有呈文给你，请老爷过目。"

王耀突然一愣，半天才说："有呈文，那就呈上来给本官看看！"

一位衙役从马糖球手中接过呈文，递了了来接呈文的胡仁贵判官，胡仁贵接过呈文连看也没有看，就马上递给了知州王耀。

王耀接到苗坦之写的呈文，就高声读起来："官狗上街卖淫，无耻反倒咬人，狗仗官势放荡……"王耀读到此声音突然变低了，台上的师爷郑生安、判官胡仁贵都惊讶地看着。

王耀念着念着，最后光看不念了，脸气得发紫，三角眼一睁一眨的，心里默默地念叨着说："这不是被人羞辱了吗，这还不算，还挨骂了，更厉害的是，'官靠淫狗索银，市民不识官狗，狗官岂能压民？狗日若要顶真，恐怕天理难容？'"

王耀沉默了好一会儿，全大堂死一般的静。王耀仔细地琢磨半天，觉得侮辱的对，骂得也不错，为一条狗，堂堂的六品朝廷命官来计较这点事，这要传到民间，不是个好事……王耀想到此，把惊堂木狠狠地拍一下，看着马糖球问："你这呈文是谁帮你写的？"

马糖球慢吞吞地说："回老爷话，是苗坦之写的。"

知州王耀一听是苗坦之所写，心里咯噔一下，忍气吞声，三角眼乱眨，愣了半天才说："本案到此结束，算了，退堂！"

师爷郑生安和判官胡仁贵都愣愣地看着知州王耀离去。

判官胡仁贵向案上看去，又转脸看着郑生安说："你过来看看。"

郑生安和胡仁贵一起看着呈文，两手不由自主地捂着嘴笑了，看着看着都笑了。

胡仁贵说："这苗坦之也太过了，新来的知州被他羞辱还不算，还被骂了，怪不得知州不念了。"

"他怎么还能念下去呢！"

胡仁贵忙说："我就奇怪了，开始气如斗牛，最后怎么软下来了，原来是看到不堪入耳的呈文。"

郑生安收起了呈文说："走吧，走吧！"

知州王耀气鼓鼓地回到家，还没有坐下，知州老婆忙问："马糖球赔的五十两银子给我！"

知州王耀三角眼一竖，吼道："赔个屁！"

知州老婆满怀希望能很顺利地得到赔银五十两，看到王耀大发脾气，知道赔银泡汤，于是忙问："是怎么回事？"

"人把我又羞辱了一顿。"

"谁这么大胆，敢骂你，你是堂堂六品知州，是朝廷命官，他吃豹子胆啦！你拿他问罪！"知州老婆气愤地说。

"为了死一条狗，而逼人赔五十两银子，这确有些不对。"

"赔五十两不是你说的吗！"知州老婆不高兴地说。

"那不是你和孩子不答应，我没有办法，生气时说的吗？"

"那就这样算啦？"知州老婆问。

"不算，怎么办？可羞辱我，骂我的人，我不能算！"王耀气愤地说。

"是谁呀？"

"是西乡南双店苗坦之。"

"一个乡间草民就这样猖狂。"

"哼，他可不是平凡的草民呢。"

"啊，他到底是个什么人？"

"苗坦之曾在全海州地区考第一名秀才，因聪明过人，与几个乡绅财主打官司，被人告了，结果取消了廪生资格。可是，他天不怕地不怕，专门为穷鬼出主意打官司。"

"那你这个知州不就成软皮蛋了吗，他说怎么就怎么啦？"

"嗯，这笔账记在这，总有一天我会收拾他的，放心好了。羞辱他，骂他的时候在后头呢！"王耀咬牙切齿道。

"你刚来上任，如果被这样无赖的人治倒，你也就别再当知州了。"

"你瞧着好了，我就真的不相信，我的智慧比他少！"知州王耀边说边寻思着。

海州城里都传遍了，马糖球打死新上任的知州王耀家的大母狗，吃官司了，都翘首以盼这个官司的结果。尤其是认识马糖球的人，都要问问马糖球官司打得输还是赢了？马糖球微笑着说："知州在大堂里说算了。"

从此不了了之。

# 第二十五章

冬去春来，苗坦之妻子钱云钗已去世两年了。在这两年里，穷兄弟们经常劝他要续弦，在生活上有个照应。他总是笑着说，一个人独来独往，没有牵挂。父亲和母亲也托人说媒，他总是说不找了，或者其他话搪塞过去，由于次数多了，也不再提了。苗坦之除了帮人打官司外，不是在学馆里教学生，就是与牛山东的紫竹村的汤国泰一同去板浦帮助许乔林编书。

这次与汤国泰在许乔林家编书回来，经常眉头紧皱，手不停地抚摸着耳朵，与兄弟们在一起正说着话，往往静下来愣愣想着什么。吴宝怀和周小民等都几次问他有什么心事，他猛醒过来总微笑着说："没有想什么。"

一天晚上，吴宝怀叫几个兄弟到他家喝酒，苗坦之说："宝怀弟，今天杀猪留下什么给咱几个弟兄下酒的？"

吴宝怀说："你喜欢猪耳朵，贵之哥喜欢吃猪肝，还有李万福喜欢啃猪嘴唇，周小民喜欢吃猪屌。"

周小民忙笑着说："谁告诉你说我喜欢吃猪屌的，你就会拿我开玩笑。"

吴宝怀笑着说："那几次猪屌都给谁吃了！"

周小民说："开始我不知道是那玩意，后来你们不吃。"

苗坦之笑着说："来，喝酒。周小民，你最小，宝怀跟你开玩笑

的。不过，你要天天有猪屌吃也不错了。"

吴宝怀边整理桌上盘子边说："如果天天有那个吃，说明我生意兴旺了。"

"对，对，来，为坦之弟从板浦回来干杯！"苗贵之说。

苗坦之眼直愣愣地在想什么，大家都端起了酒盅，他还愣着。

周小民说："哥，你在想什么呢？"边说边用胳膊肘捣了一下苗坦之。

苗坦之恍然大悟，忙端起酒盅说："喝，喝！"

一盅酒喝下，周小民说："坦之哥，我早发现你心里有事，今晚咱几个兄弟都在这，你一定说说，不然，我们都为你担心。"

苗坦之笑着说："就你周小民鬼精，能猜我心里，我没什么事。"

"不对，肯定有事！"李万福说。

周小民认真地说："坦之哥，你要不说，这酒咱就不喝了。"苗坦之看周小民板起脸，大家都用盼望的眼神期待他说。

苗坦之愣了半天，手抚摸着耳朵，然后皱了下眉说："好吧，反正没有其他人，你们都是我兄弟，我这事呢，在心里已有将近一年了。"

大家惊异地看着苗坦之。

苗坦之继续说："这事对我来说是好事，但是使我心中很纠结。"

"啊——"苗贵之和周小民同时惊诧一声。

苗坦之眨了眨眼说："钱云钗去世有一年的时间，家里父亲和母亲，还有你们都经常在我面前叫续弦，生活上有个照应的人。可我都搪塞过去了，认为自己一个人倒很自在，说去哪就到哪，自由

自在。因为我过一段时间就会与牛山东紫竹庄的汤国泰一起去板浦帮助许乔林编书，许乔林先生与汤国泰也经常唠叨这事，他俩很关心我，汤国泰把他小妹汤国珍对我的感情说给了许乔林先生听了，在前一次我又与汤国泰一起去板浦，在路上汤国泰就挑明说了，他小妹汤国珍非我不嫁。"

苗贵之惊讶地说："看来汤国珍了解你。"

"那怎么不了解呢，这多少年来，我经常在汤国泰家吃饭休息。"苗坦之停了一下，接着说，"你听我从头讲，当时汤国泰一提起，我说，'你喝多少酒，糊涂成这个样子，来糟蹋你亲妹妹，汤国珍也是我的妹妹，你不要狗咬虱子，胡嚼，你再胡说八道，伤害她，我揍你！'因为我比汤国泰大2岁，汤国珍才17岁，我已经30岁了，我比汤国珍大13岁，这些年来，她喊我哥，我叫她小妹，感情很好，是兄妹感情。可汤国泰认真地说，'首先，这些年来，她对你性格、脾气、品德都很了解，她也经常问我，母亲也看中你。'我说，'我岂能耽误小妹的青春，万万不行！'可汤国泰说，他妹不嫌我大。我说，'你汤国泰不了解我呀，穷光蛋。'汤国泰说，他小妹不嫌穷，那些财主绅士家还看不中，特别称赞我为穷人打官司，伸张正义。我坚决不同意，我大发雷霆地说，'汤国泰，不看这些年咱俩处得这样好，我非揍你半死不成！你再胡说，我非揍你不可！'汤国泰说，'哥哥唉，难道你能忍心使小妹绝望吗？'他这一句话把我满腔气愤打消一半，我仔细想，汤国珍是真心的，可我还是说，'并不是我冷心肠，实在是为国珍着想，万万请你，请你全家谅解，打住！从此不提此事。'汤国泰瞄我一眼说，'我不说，还有人会说的。'后来，我俩到了许乔林先生家，许乔林先生看着说，'坦之，上次我们谈到你的事，你说就这样生活，自由自在的，因为你有急事回家，我与汤国泰谈了很长时间，他的小妹国珍也多次与国泰到我家过，这姑娘很好，品行好，心灵手巧，在学馆里也学过几年，字也写得好，我亲眼看的，你与国珍感情也很好，不年少啦，师傅我给你当个月下老。'我着急地忙打断许乔林先生的话说，'先生，我与国珍那是兄妹感情，再说我比国珍大 13 岁呢，国泰还得叫我大哥呢！'许乔林接着说，'你别急，让我把话说完，你说这些我知道，国泰早已跟我说过，他全家人都愿意，尤其是国珍说过，非你坦之不嫁，我考虑很长时间了，你与国泰的关系，跟我这些年，品德为人，我都很满意，就是你的婚事令我遗憾，国泰他不敢跟你直说，请我说，我心里忽然亮堂了，国珍这丫头很好，年龄不是问题，很多人还比老婆大很多岁的。''先生，可我家境贫寒，你是知道的，现在只是个教几个孩童，混点粮米为生。我忙打断许先生的话说。人家国珍不嫌弃，愿意，难道你不喜欢她？我知道，这些年来你来去都经常在国泰家吃住，你拿国珍当亲妹妹看，她拿你当亲哥一样对待，这种感情难得呀。'许乔林边说边瞄了我一眼。我悄悄看国泰，他低头只顾做事，好像没有听见我与许先生说话似的，我忙说，'可是我——'许乔林不高兴地说，'你可是什么，可是！'我看许乔林生气了，我忙低头不吱声了。许乔林继续说，'国珍这丫头很明事理，她不要什么陪嫁，也不要你花钱准备什么，只要你在喜事那天，来顶花轿把她抬到你家就成了。'"

"啊呀！好事呀！大哥！"吴宝怀把手中筷子向桌上一拍，高兴道。

其他人都说："好事，好事！"

苗坦之皱着双眉说："可我总觉得不妥。"

苗贵之把筷子放下问："你说，哪点不妥？"

"哥，哎，你就知足吧，许乔林给你当红娘，汤国泰家里人都同意，尤其汤国珍非你不嫁，你还觉得哪点不如意？"李万福说。

314

苗坦之说:"要说我与汤国珍的感情,那是不用说的,我与汤国珍还有两件令我难忘的事呢!"

"哥,哪两件事,你讲讲给我们听听!"周小民忙打断苗坦之的话说。

"对,对,哥,你讲,你讲!"吴宝怀忙催促着。

苗坦之看着大家说:"那好吧,我讲。还是乾隆甲申年夏天,我从海州回家,骄阳似火,大地热浪翻滚,稻子叶都晒得卷了起来,我全身衣服全被汗水湿透,走到和堂,天空突然乌云飞驰,接着就是电闪雷鸣,泼浇似的大雨直往下倒,两眼都睁不开,路都看不清楚,我顶风往前走,我想去人家避雨,可到和堂庄还要向北走,也没有认识的人,不如到紫竹庄汤国泰家,烤干了衣服,吃点饭,等雨停了再走。暴雨下得又猛又冷,原先全身冒汗,热气腾腾的,顿时变得冷飕飕的,两只脚在泥水中泡着,当我到了汤国泰家时,雨停了,风也不刮了,汤国珍放门看到我,她吃惊地说,'你怎这样?快进家!'我浑身水,衣服都贴身上了,直往下淌水,我到了他家堂屋,站也不是,坐也不是。我问她哥以及家里人到哪去了?汤国珍说她哥和她妈去石榴树赶集还没有回来,估计是因为下雨不好走了。汤国珍看着我忙说,'快把衣服脱下,我找大哥的衣服给你换上。'汤国珍把汤国泰的衣服找出来递给我,我这时觉得身上有些冷,我忙接着衣服,可是全身水淋淋的,汤国珍说,'我找毛巾给你把身上水擦一擦,再换。'她转身拿来了毛巾,就帮我擦脸上和脖子上的水,我忙转身想夺过毛巾自个擦,哪知我的脸撞到她的脸,两人都不约而同地'哎哟'一声,都忙用手捂着鼻子,都愣了半天。我问她碰伤了吗?她说没有。顿时,我俩都不好意思,她脸像蒙块红布似的,最后还是我夺下毛巾,我边擦脸上水边叫她去堂屋,我换衣服。我换好衣服,她跑来把我的衣服一把抱走了,边走边说,'我给你衣服洗洗再晒。'我愣站在那儿好长时间没有动。当我坐在汤

315

国泰的书桌前椅子上，我浑身难受，一阵冷一阵热，于是我就歪倒在汤国泰的床上，全身不停地发抖，接着全身就发热，昏昏沉沉地睡着了。当我睁眼定睛一看，她端着一碗红糖姜水叫我喝，并说，郎中刚刚才走，说我是淌热汗受冷雨淋了，受了风寒，喝了红糖姜水出出汗就好了。我当时激动得什么话也说不出来，只问了一句话。"

周小民忙问："问了什么话？"

"我说，'是你去找郎中的？'她说，郎中离她家不远，只有一里路。"

"这汤国珍真不错。"苗贵之说，人小，却会做大人的事。"

"我好些了，起床我看她还守在床边，我才说，'让你费心跑路去找郎中。'她说，'你是我大哥，病了我能不管吗？何况我哥他们又不在家。'我暗暗念叨，这丫头心真好。傍晚，汤国泰他们才回到家，我把挨雨淋，国珍找郎中的事告诉他们。汤国泰说，他小妹心眼好，拿我跟他一样对待。我心里感谢她，也羡慕她！天还没有黑，我的衣服晒干了，她取下来，放在桌子上铺平了，扯一扯皱褶，用手拽了拽，然后折叠好送到国泰房间。"

"真是位好姑娘，那你怎不痛快答应娶她呢？哥！"李万福看着苗坦之问。

"是啊，你怎么这样对待人家呢？"周小民和吴宝怀同时问。

苗贵之眨了眨眼说："坦之，我比你大两岁，不是我责怪你，这事到这个地步，你怎么还执拗呢，这是多好的姻缘哪！你是不是在哪方面看不中她？"

"没有，这几年由于相处像亲兄弟姐妹一样，她的性格跟钱云钗差不多，我在她家里她要做某些事，她会悄悄地附在我耳边说，高兴时还会双手从背后抱住我的脖子，我和她家里人都认为她小，可爱好玩。"苗坦之边抚摸着耳朵说。

"看样子，汤国泰家的父母对她的教育不像那些大家闺秀，要求大门不出，二门不迈。"苗贵之说。

"不，完全不一样。闺女与儿子平起平坐，汤国珍也读不少书，四书五经也念完了。"苗坦之说。

"那真不简单，看来汤国珍是个识文解字的思想开朗的好姑娘！"周小民说。

苗坦之说："我再讲一个相亲考试的事情给你们听听。"

"好啊，什么相亲还考试？"吴宝怀忙问。

苗坦之说："在我刚与钱云钗完婚后，我与汤国泰从板浦许乔林先生家编书回家，汤国泰叫我去他家过一宿再走，我也没有推辞，就与汤国泰一起到他家。刚到门前，汤国珍含着眼泪边哭边向大门外跑，与我撞个满怀，她抬头看见是我，'哇'一声大哭起来，我和汤国泰一起问她怎么啦？她边哭边说'我好歹盼你俩回来啦！'我问她到底什么事，她含着泪珠说，她家大爷和大娘硬逼她相亲，已介绍好几个都推辞掉了，说这个无论如何要相，最后被逼得没有办法，就提出当面要考考未来的丈夫，她家大娘大爷不同意，说哪有女孩子家相亲考丈夫的，丢人。她坚决不同意，不给考连看也不看。她家大爷发脾气了，儿女婚事，父母之命，媒妁之言，就这么定下了。所以，她边哭边跑出来了。我与汤国泰挤了一下眼说，'走，回家，我们两个也同意，要考考。'她突然破涕而笑，就跟我回到堂屋，我一看汤大爷和大娘正在气头上，我向国泰嚓了噘嘴，叫他说话。汤国泰假装不知道情况，就问起来，汤大爷把事情经过讲给我和国泰两人听。我听过后，看了看大爷和大娘：'你二老别生气，你们都是为她好，小妹也想好，如果她看不如意，强扭的瓜也不甜，俗话说，种不好庄稼一季子，找不着好女人一辈子，不是收一季庄稼就结束了的，这婚姻大事是一辈子在一起过日子的，如果是憨子，品行不好，不务正业，那小妹一辈子不就毁了吗，那你二老日子能过舒心？'我看大爷和大娘不吱声，我又说，'小妹过的日子不愉快，我们这当哥哥的也不舒服，连个亲戚也不愿意走了，那你二老当岳父岳母的就不想到闺女家去过两天？'这时，国泰补充说，'我大，我妈是最疼小妹的。'我说，'我经常在你家也看得出，小妹是大爷大妈掌上明珠，掉在地上怕摔了，含在嘴里怕化了，大爷大妈，我说得对吧？'汤大爷眼瞄了一下国珍说，'哼，硬是给我们娇惯坏了。''大爷，谁家娘老不疼自己的儿女，小妹还是很通情达理的嘛，是吧，国泰？'我又接着说。'坦之哥说得对'，汤国泰附和着说。我看到了火候了，继续说，'小妹没说不相亲，只不过提出要考考，这不是坏事，古时候也有小姐相亲时要考考未来丈夫的吗，大爷大妈，我看就让小妹考考，也没有什么大不了的事，如果要是个草包、敢子，甭说小妹不同意，那我这个异姓哥哥也反对，并帮助小妹到官府打官司！''好，好，就看坦之的面子上，你考吧考吧！'汤大爷说。"

"我问这个人家是什么情况。汤大爷说：'家是房山一个有钱人家，祖传中医世家，这个孩子是独子，也是念完四书五经的学子，家中吃好穿好，就一个孩子，又开药铺给人看病，这样人家打着灯笼也难找。'我忙说，'是不错，大爷，古语说，"图猪，不图圈"，那圈再好，猪不好，是瞎眼猪，那有什么用！'汤大爷说，'你说得也是，那就考，要考他什么，你自己出题目，我可没有闲心。国珍，我丑话说在前头，当你两个哥面，你要考不倒人家，一定作亲，要把他考倒了，随你心意。'我忙说，'小妹，这你应该满意了，我和你哥做个证人，可就看你的了。'汤国珍满口答应。"

"本来我第二天要回来家的，可是被国珍这事弄得我也不好提出回家了，于是叫我第三天参加这个相亲考试，我心里也没有底，因为我不知道房山那个男孩是什么情况，再一点主要是汤国珍不想相亲，前边媒婆介绍很多家，她都推辞掉了。这个相亲的场面放在什么地方呢？汤大爷说不能放在家里，考虑结果放在紫竹庄学馆里，那里清静，又有学员的课桌，人坐桌两旁，双方对面坐，当中拉个一人高的布幔子，双方只能看到对方半截脸，媒婆坐在中间，说话都能听见，开始双方互看一眼，然后用布幔挡起来了，接下来考试就开始了。"

"嗨，这还没见过。"周小民说。

"是呀，我也没见过，这都是汤国珍出的点子。"苗坦之说。

"这时，媒婆说话了，她说，'女方小姐要问问男方，男方要回答，男方同意吗？'男方高兴地回答，'行，问吧！'汤大爷和大妈坐在汤国珍旁边，我和国泰坐在国珍身后。汤国珍问，'听说你已念完四书五经，我问你，"路漫漫其修远兮，吾将上下而求索"是谁写的？'我没有想到汤国珍会提这样的问题，停了半天，那个男的说想不起来了。汤国珍说，'这是屈原《离骚》中的两句话。'那个男的忙说，'对，对！'汤国珍又问，'"举杯邀明月，对影成三人"，是谁写的诗？'那个男的说，'想不起来了'。汤国珍说，'是唐朝诗人李白的名句，这是平常读书人都烂熟于心的。这样吧，我说几个简单的中药谜底你猜猜吧，一个是"铁拐李丢了拐杖"。'媒婆着急了忙说，'小姐说这简单，一句话，快猜！'又等一会儿，男方没有吱声。汤国珍说，'中药里有独角仙吧，第二个是"伍子胥逃难过关"，是什么中药？这不很简单吗？'男子说，'你说的这些中药书上没有。'汤国珍说，'中药里白头翁有吧，现在说最后一个，你妈只生你一个儿子。'男子忙说，'你怎么骂我呢？汤国珍说，这媒婆说的。'媒婆忙站起说，'是啊，你没有兄弟姐妹。'男的说，'中药哪有叫兄弟姐妹的！'汤国珍生气地说，'没有杜仲（独种）吗？！'顿时，全屋嗡嗡地议论，汤国珍突然站起，大声地说，'草包，饭桶！滚，一问三不知！'媒婆急忙说，'怎么弄的？怎么会这样。'男方几个人忙走出屋。我高兴地边竖大拇指边说，'小妹，你真厉害！'汤大爷也高兴地说，'这

319

丫头什么时候学的中医呀？'汤国泰说，'小妹她两年前就叫我找中药书给她看了！'我赞叹道，'好记性，佩服，佩服，你出那些诗词都是名句，可他背不出，也不知道四书五经是怎么念的，的确是饭桶一个。'汤国珍笑着说，'我出的可都是简单的诗词名句，你都一句也记不住，再一点，你家世代开中药铺，连简单的中药名也记不住，你是干什么的！是个不念书不务正业的纨绔公子，滚远远的！'汤国珍走到大爷跟前，看着大爷说，'大，你把这样的人说给我做丈夫，你就不感到丢人？！'汤大爷瞄一眼国珍说，'好，好，你的婚事以后我不管了。'汤国珍看着大爷说：'这话算数啊，两个哥哥可作证！'汤大爷瞅一眼汤国珍说，'算数！'"

"听哥讲，还真有意思，多新鲜，相亲还考试。"吴宝怀说。

"这国珍有才，有智慧！"李万福赞许着。

苗贵之说："这汤国珍真是聪明，看来她看书不少，她既然非你不嫁，你就答应吧，别叫人家失望。"

"现在，我们几个兄弟都在这，就这么定啦，坦之你娶她，我们还像以前一样，不让你操心！明天，我叫大叔去找先生测算哪天好日子，用花轿把她抬来就是了。"苗贵之坚定地说。

苗坦之惊异地两眼看着大家半天没有说话。

"对，对，就这样定了，这件事你听我们几个人的，平常那些事听你的。"吴宝怀说，"来，预祝坦之哥喜结良缘！干一盅！"

于是，大家都端起酒盅伸向苗坦之面前，苗坦之微笑着端起了酒盅。

苗贵之说："明天等大叔找先生算好日子，你坦之就去紫竹庄，跟她家说好，我们去找花轿。人家汤国珍不要求陪什么嫁妆，也不要求你坦之花钱买什么，就要求花轿抬她进你家门，这个简单要求满足她。一切事情我来分工，咱兄弟去办！"

"中，中！"吴宝怀和周小民异口同声道。

苗坦之举起酒盅向大家高兴地说:"我听兄弟的,敬大家一杯!"

"哥,你怎么娶个嫂子都是识文解字的,性格也都差不多的?"周小民板着脸问。

"这还要问吗,俗话说'千里有缘来相会,无缘对面不相识'。"苗贵之边夹菜吃边说。

周小民举起酒盅说:"哥,我又有嫂子了,敬你一杯!"

几个人喝过酒之后,苗贵之把人员分工说了,大家都高兴地离开。

人逢喜事精神爽,苗坦之回家跟他父亲苗培元一说,苗培元高兴得连早饭没吃就去找先生测算哪天是好日子。

苗贵之几个人还是按照娶钱云钗的那套办法,很快把汤国珍娶到苗坦之家。

南双店突然像炸了锅一样,沸腾了,苗坦之娶了个才女,而且是神不知鬼不觉地就把婚事办了,对苗坦之更加敬佩,都说苗坦之人缘好,有本事,大户人家的小姐愿意嫁给他这个穷教书先生。

当然,这个消息也传到了苗自芳等人的耳朵里。

苗坦之成婚的第二天,苗坦之与汤国珍商量,简单办桌酒席,把几位帮忙办事的穷兄弟找来一起坐坐,当面感谢,汤国珍满口答应。

这桌酒席就在苗坦之家办的,苗坦之和汤国珍一早就准备。吃过早饭,正好吴宝怀到了苗坦之家,苗坦之把办酒席的事一说,吴宝怀极为高兴,并说他那还有猪肝、猪耳朵,并主动帮做菜。还不到晌午,几盘菜做好了,苗坦之叫吴宝怀去叫那几个人。

晌午,就在家院的大槐树下,苗坦之的家人和几个兄弟围在一起有说有笑地吃起来。

苗培元、苗平之以及苗坦之母亲吃过饭后,都离开桌子,汤国珍收拾"残局",几位兄弟就山南海北地闲谈起来,最后谈到汤国珍聪明有才时，苗坦之高兴地说："我讲个才子的故事给你们听。"

兄弟几人听说苗坦之要讲故事，都高兴地叫起来。

苗坦之手摸着耳朵愣了半天说："讲个前朝的才子解缙吧，解缙四岁时就因为聪明出了名。解缙家东头有个刘员外不相信解缙聪明，于是就叫佣人去叫解缙他爹带着解缙到他府上试试。解缙的父亲把解缙放在肩上，就跟刘员外家佣人来到刘员外家小门，事先刘员外安排好的叫走小门。解缙在他父亲头顶上说，这是员外家狗洞，我不能进，我要走大门。佣人忙去向刘员外禀告，刘员外自言自语地说，那是我家的后门，人走的，他把我们全家都骂了，好，走大门。解缙骑在父亲的身上来到刘员外厅前，刘员外说，怎么把你父亲当驴骑呢? 解缙忙说，父望子成龙! 解员外一惊，忙说，对，不错! 刘员外看小解缙穿绿色衣服说，出水的蛤蟆穿绿袄! 解缙心想你把我比喻成井底蛤蟆，他看到刘员外穿红袍，忙说，出锅的螃蟹穿大红袍。刘员外一愣，心想我把他比喻是活的，他把我比喻成死的，厉害，这小东西真聪明。刘员外心还不死，还想再试试，忙问，你说天大还是地大? 解缙问，天有多大，地有多大? 刘员外说，我看天比地大。解缙说，那你量一量吧。刘员外只有哑巴了。"

吴宝怀忙打断说："这解缙真聪明，四岁小孩，都能说过刘员外，真是才子。"

周小民问："哥，后来解缙干什么啦? "

苗坦之说："有关解缙的传说故事还有很多，下回再讲吧。解缙后来成为洪武年间进士，任翰林学士，主修《永乐大典》，也写了很多书，后来因刚直犯上，在狱中被杀了。"

"可惜了大才子。"苗贵之说。

苗坦之看着周小民说："周小弟你会唱的那些小调，来一段。"

"对，对对! 周小民来一段。"几个人异口同声地说。

周小民眨了眨眼说："今天唱什么呢，我想一想。"

大家都眼睁睁着向周小民看去，等待他唱。这时，汤国珍也把餐盘洗刷了，边擦着手上水边说："我也来听听周小弟唱的小调。"

周小民笑着说："唱得不好，请嫂子指教！"

汤国珍说："对于民间小调，我可一点不通，只能听。"

周小民说："我就唱《姐在南园绣鸳鸯》。姐在南园绣鸳鸯，忽听我郎病在床，热心如掉冷水缸嗨哟。大大东安去赶会，妈妈博望瞧老娘，小为奴去看病郎嗨哟。今天恰逢石榴集，多买葡萄少买梨，选好两瓶槐花蜜嗨哟。先包一包五香果，后包一包是闽姜，手里拎着是冰糖嗨哟。大街有人不敢走，拐弯抹角走小巷，不多一会儿到病房嗨哟。先吃一包五香果，后吃蜂蜜和闽姜，嘴里无味含冰糖嗨哟。一祝愿我郎好得快，二祝愿我郎快下床，我唱小调贺我郎嗨哟。"

周小民喘了口气说："我再唱《绣荷包》。姐在房中好爱俏，我给郎君绣荷包，问你要不要？四目相对两人笑，我说姐姐手艺高，你绣俺就要。柜子开开箱子开，五色丝线排成排，荷包绣起来。上绣星辰

日月皎，下绣王母赴蟠桃，金鸡把翅摇。左绣山伯祝九红，右绣张生戏莺莺，蝴蝶绣当中……"

大家都聚精会神地听着，吴宝怀微笑着向苗坦之竖起大拇指，苗坦之点点头。

# 第二十六章

这天早饭后，吴宝怀放下碗，跟他娘说，他要跟苗坦之出去到海州玩玩。

吴宝怀走到苗坦之家大门外，正巧大门没有关，他直接向苗坦之的住房走去，他走到门前发现苗坦之正与汤国珍说话，便停了脚步。

吴宝怀说："哥！"

苗坦之抬起头问："你什么时候来的？"

"我刚到，上天你说带我到海州去逛逛的，昨天逢过集，猪肉也卖完了，我也想歇歇，你带我去。"吴宝怀恳切地说。

"好啊，那我俩现在就走，你借个驴，骑驴又快，又不累。"

"那我去我哥家牵驴，你到北大路口等我。"吴宝怀高兴地边说边走。

苗坦之看着汤国珍笑着说："那我带他去啦？"

汤国珍笑着说："自我嫁到你家，你就没有出远门，去吧！"

苗坦之和吴宝怀骑在驴背上并肩前往海州，两人你一言我一句地山南海北地谈说着。

吴宝怀看着苗坦之说："哥，你把知州王耀得罪了，说不定他正想办法报复你，也可能许个理由让你吃官司。"

苗坦之微笑着说："小弟，不要担心，打官司也没有什么大不了的事，开始的时候，我倒是害怕，经过这几年来，打官司多少场，也不过这样，可就是有一条使我感到很烦。"

"什么事使你很烦？"吴宝怀惊讶地看着苗坦之问。

"到了大堂上向台上的知州老爷跪倒磕头，爬起施礼，这个清规戒律很烦人。"苗坦之不高兴地说。

吴宝怀愣了半天说："这是规定吧？你要不跪倒，不施礼，会怎着你？"

"那两边的衙役就把水火棍乱捣地，嘴里'嗷嗷'叫，有的衙役会过来把你摁跪下，甚至用棍打。"

"那为了不挨打还是跪一下呗！"吴宝怀说。

苗坦之说："如果在大堂里有个地方坐下，那要省多少麻烦。"

"哥，你想得也太出奇了，那是衙门的规定，就是那些师爷、判官也才能按照规定坐在什么地方，那些衙役还不让坐呢。你一个乡间草民，他能让你坐，白天说梦话。"吴宝怀笑着说。

两人有说有笑来到海州，苗坦之问吴宝怀想到哪里去，吴宝怀说他对海州不太熟悉，随便去哪儿。

苗坦之说："咱俩先走秦东门大街，路过州衙门前，再往东去。"

吴宝怀高兴地说："中，中！"

两人说着就来到州衙门前的大路上。

"哥，你看，衙门是刚油漆的，红柱子，黑漆大门，黑砖白缝多好看！"吴宝怀突然惊叫着。

苗坦之转脸看去说："衙门里要办喜事啊，咱俩下来看看。"于是，两人就把驴拴在衙门对过的树上向衙门走去。

苗坦之看了一会儿，然后说："新上任的知州，要弄个新气象。"

"跟办喜事似的。"吴宝怀说。

苗坦之边走边看，突然停住脚步。

吴宝怀问："你看什么？"

"衙门的门是刚换的新门。"

"是吗，门鼻子上盘的垫钱雪亮。"吴宝怀惊奇地大声说。

苗坦之忙近前仔细地瞅来瞅去，手不由自主地向耳朵摸去，然后突然跪倒在地。

吴宝怀惊讶地问："哥，你怎么啦？"

苗坦之悄悄地说："你别管我。"然后大声喊，"我主万岁，万岁啊，我主呀，你犯什么罪呀？"喊得很伤心。

苗坦之的喊声惊动了两个看门的衙役，两个衙役大吃一惊，急忙去向知州报告。

知州和师爷郑生安正在大堂谈论什么，听到周大年的报告说："老爷，有人正跪门前磕头大喊呢，不知为什么。"

知州王耀三角眼一竖，不耐烦地说："你传他进来，有什么冤？"

周大年忙转身走到门外，到苗坦之身旁，苗坦之头和两手都触在地上，只顾大喊，也看不清脸，周大年大声地说："知州老爷传你进大堂。"

苗坦之像没有听见一样，仍然不抬头继续大喊："我主啊！"

衙役站了半天，看苗坦之仍无动静，连头也不抬，忙又跑进大堂向知州王耀禀报："老爷，我无论怎么叫，那人就是不抬头，不起来，一直在大喊大叫，怎么办？"

师爷郑生安向知州看了一眼，知州王耀无可奈何道："什么人这样子，连我衙里人话也不听，我去看看！"

于是，师爷郑生安和衙役随着知州王耀都向门外走去。

苗坦之头虽触地，可眼睛早斜视门方向，当知州王耀和师爷郑生安以及两衙役向他走来时，苗坦之喊声更大了。

知州王耀站在苗坦之身旁说："你这人怎么回事，连哭带叫的，叫你也不听，你是疯啦！"

苗坦之停下说："我主万岁呀，你有什么罪呀！把你钉在门上，我主啊——"

知州王耀忙向新换的门看去，一时惊呆了，半天才说："我的妈呀，门鼻子上的两个雪亮垫钱是当今皇上的年号。"王耀说完像泥塑一样站在那里一动也不动。

郑生安也不知道如何是好，只有站着不吱声。

知州王耀知道：当今皇帝乾隆忌讳多，大兴文字狱，他亲眼所见和亲耳听到的鲜活的事例——浮现在眼前，好像就发生在昨天。他清楚地记得，就在他进行乡试的那一年，州教谕把全州学子集中起来进行复习迎考的时候，几个学员在学馆里休息，当时天气有点热，学员把窗户打开，有个学生从门外走进来，看到自己已看过的书被风吹乱了，于是脱口而出，'清风不识字，何必乱翻书'，这句话被同窗的学友听见了，立即去报告教谕。某某借风吹乱了书比喻清政府无能，不要乱愚弄人。这个教谕听到后也很惊诧，忙向上反映，结果这位学员被官府抓去，就是有一百张嘴争辩也无济于事，不仅不能参加考试，而且掉了脑袋。还有一件事也是他王耀亲眼所见的，浙江有一位州官，喜得贵子，百日那天摆宴，邀请亲朋好友去祝贺，席间有几位问这位州官，给儿子取什么大名，这位州官姓尤，尤州官兴高采烈地边喝酒边跟同桌好友说他的儿子按照辈分起名，因为第三个字是清字，那只有考虑在中间的一个字上了，结果就起个'焕'字，就叫尤焕清。其中有一位喝酒的人上告到乾隆那里说，他为儿子起名叫尤焕清，分明是要推翻大清朝'换清'，要改朝换代啦。乾隆听后，圣旨马上下达，把这州官当众斩首，并叫许多州官去看斩。王耀又回想到还有一位县令因为好吃烟，烟袋包的系袋绳上穿有乾隆年号的铜钱，目的是好插到腰带上不掉，结果被一县

327

丞上告，说这一县令无法无天，把当今圣上用绳子穿起来，整天挂在腰上，用心多么恶毒！乾隆听这一说，大发雷霆，斩首示众！

王耀想到此，不知不觉额上早已出了冷汗，这不要掉脑袋吗？暗暗地骂自己的眼瞎了，怎么能在衙门上钉乾隆的年号呢，这可怎么办？

苗坦之仍旧叫喊："我主呀，我主啊。"

吴宝怀站在旁边看着很纳闷。

王耀情急之下，想到缓兵之计，先把他糊弄过去再说，于是他忙走到苗坦之身旁，满脸赔笑地说："起来，起来，请你到大堂里叙话，在这儿跪着多不雅。"

苗坦之这才爬起来，知州王耀和师爷郑生安都惊讶道："苗坦之！"

苗坦之点点头，跟在他们身后向大堂里走去。吴宝怀走在苗坦之身旁，笑着悄悄地向苗坦之竖起大拇指，苗坦之忙把吴宝怀手指捂住。

王耀边走边想：我怎么又遇上他了呢，又气又恨，心还没有平静，他又找上门来，可今天这事非同小可，弄不好他要上告，还有掉脑袋的危险，越想越害怕。

四人来到台上，王耀指着吴宝怀问："他是谁？"

苗坦之说："他是我的好兄弟吴宝怀，杀猪的。"

王耀说："那都坐吧！"忙搬个椅子给苗坦之。

郑生安搬个椅子给吴宝怀，郑生安向苗坦之微微一笑。

知州王耀满脸堆笑说："这是手下人所为。"

苗坦之忙打断王耀的话问："新门安好了，难道你知州没有看？"

王耀被问得一时语塞，半天才说："这是本官的错，请苗先生高抬贵手，高抬贵手！"

苗坦之说："你是堂堂的六品知州，朝廷命官，又是海州地区

328

的父母官，一个州的当家人，你能不懂大清的王法律文，就这么说高抬贵手就算啦？知州大老爷，你说该怎么办吧？"

苗坦之这一问，又使王耀愣住了，"还请苗先生想个办法吧，看怎么办？"

苗坦之看着王耀又看看郑生安，手抚摸一下耳朵说："怎么办呢？我问你，你是想私了呢，还是想官了呢？"

王耀知州三角眼一竖问："官了怎么说？"

苗坦之说："你要想官了吗，我跟你一同进京城，去打官司，直打到当今皇上乾隆那儿去。"

王耀一听吓得两手像蒲扇一样乱摇，忙说："不！不！那私了怎么说？"

苗坦之眨了眨眼说："这私了嘛，就简单了，不为难你，就在你这个地方，我苗坦之借大堂里三尺地，以后打官司，正大光明地搬个椅子给我坐下就行。"

知州王耀高兴地说："中，中，不就三尺地吗，大堂大得很，就借给苗先生三尺地也不妨碍办事。"

苗坦之又接着说："空口说白话不行，还必须写个纸条子，你知州写上大名，盖上州衙大印给我，免得以后有人说闲话。"

王耀愣了一下，看着郑生安，又看看苗坦之，"好吧，请师爷写，我写名盖印。"

吴宝怀满脸堆笑。

不多一会儿，师爷郑生安写好了，说："老爷，我念给你听，'大清直隶州海州知州王耀同意苗坦之以后来衙打官司，给他三尺地，坐在知州案侧。大清乾隆四十四年五月九日，海州州衙大堂，知州王耀'。"

王耀忙说："行，行，来，来，我盖大印。"

郑生安把写的纸条递给了王耀。

329

王耀盖好了印递给苗坦之说："这行了吧？"

苗坦之接过王耀手中的纸条微笑着说："知州，你真聪明，走啦！"边说边向郑生安点点头，与吴宝怀大步流星地向门外走去。

王耀望着苗坦之走去，愣站着很长时间没有动。

郑生安说："老爷，老爷！"

王耀半天才回过神说："好厉害的苗坦之。"

郑生安说："老爷，你怎么能同意写条子给他呢？"

王耀说："你怎么不了解这苗坦之呢，我也不同意写个条子，他能让我吗？如果要真的官了，他能让我吗，那我这知州也就别当了。"

"这个苗坦之。"郑生安说。

"借给他三尺地，不就三尺地，他坐着就坐着，他错了照样治他。"王耀气愤地说，"本官不是那么好欺负的，等着瞧吧！"

郑生安说："不过，我们也太疏忽大意了，你和我不是看过多次门，怎么就没有发现垫钱是乾隆的年号呢，你不官了还是对的。"

王耀听到郑生安夸奖的话，立即说："这是上策，写个条子算啥！"

郑生安接上说："这个苗坦之观察可真认真！"

王耀气愤地说："他是有意找我麻烦的。"

"不可能吧，主要那门鼻子上两个垫钱太亮了，人走在南面大路上就能望见，苗坦之不可能从乡下来专门来看门吧。"郑生安说。

王耀说："看来把他许成苗二赖子一点也不假，没想到我给他赖上了。"

郑生安说："他能赖你知州什么，不过也是我们太大意了。"

"算了，不议论他了，苗二赖子的确是个难缠头，走，回家吃饭去！"王耀边说边走。

王耀走到大堂后门，头脑里仍然想着苗坦之，苗坦之赚他扛了几个时辰的树，站得腰酸腿麻，苦不堪言，为打死一条狗挨了苗坦之的羞辱和谩骂，满肚子的气愤还没有消，这又挨了指责，并写了条子同意借给三尺地。王耀越想越气，这新上任不长时间，连续三件事被他牵着鼻子走，自己堂堂六品州官败在一个乡间草民手下，自己成了被人摆弄的软蛋，在苗坦之面前威风扫地，这要传到乡间，这以后对全州怎么治理，越寻思越感到苗坦之是他的对头，是他的障碍，是他的仇人，必须整治整治他，给他一个教训，省得以后再找麻烦。可转念又想到苗坦之的确是位聪明过人的人，自己的智慧不如他，得想一个他苗坦之意想不到的，又能治住他的妙计，于是，王耀陷入了深思，光顾低头走路，没有抬头看路，头一下碰到拐弯的墙角上，疼得"哎哟"一声，正巧，迎面走来判官胡仁贵。

判官胡仁贵忙问："怎么啦，老爷？"

知州王耀忙回答："没有什么，没有什么。唉，胡判官，你也看见了，这个苗二赖子他想干什么，总和本官过不去。"

胡仁贵看着王耀说："这个苗坦之人说他是赖子一点也不假，他想些事，出些点子都超出人正常想象，真拿他没有办法。"

"唉，你帮我想一想，用什么办法治治他，不然以后还会找本官的麻烦。"王耀看着胡仁贵说："这是我相信你，我跟你说心里话，其他人我就不说了。"

"难得老爷相信我，这个苗二赖子确实也得治治，他目中无人，把你这个堂堂六品知州都敢耍弄，还得了。"胡仁贵气愤地说。

"得想个办法，好好想个办法，今天不急，你慢慢想，我也想，你想好了就找我说，咱俩商量好一起来对付他，我就不信我们两个人就不如他一个人聪明？嗨，我越想越觉得今天这事窝囊，苗二赖子叫我写个条子，我也就同意了，还盖上了两个印，这叫什么事？"

胡仁贵说："中，我考虑。"边说边走了。

知州王耀写好纸条交给苗坦之，苗坦之接过纸条就与吴宝怀向衙门外走去，来到衙门对过拴驴的树下。

吴宝怀高兴地笑着说："哥，你真聪明，开始，我看你突然跪下吓了一跳，不知为什么事，弄得我丈二和尚，摸不着头脑，你事先也不跟我说一声。"

"我要事先跟你说了，你心中有数，不是暗笑，就是暗暗担心，你的表情就会被知州发现了，他就怀疑我。这样你不知道是怎么一回事，跟着他们一样惊讶，我就可以继续下去，他们就认真对待了。"苗坦之瞅着吴宝怀说。

"真没想到这个知州王耀他也怕丢乌纱帽，你看他开始说话大声哈气的，当你说如果官了时，他立即变成了一个软蛋了，服软了，我看他脑袋上都出汗了。"

"要到乾隆皇帝那，他真就当不成知州了，脑袋就要搬家了。"

"有那么严重吗？"吴宝怀惊疑地问。

苗坦之向吴宝怀看去说："对，你不知道，等以后我讲给你听。"

吴宝怀说："那好！知州王耀还很听你的话呢，你叫他写个条子，他就同意了。"

"吴弟，你哥在路上不是跟你说了吗，我就讨厌到大堂来跪倒爬起，施礼低头的，这下我的目的达到了，有州衙和他王耀大印在条子上，从此，我不用跪下了。"

"哈哈——"两个人共同笑了。

"走，带你逛逛去。"苗坦之边说边解树上的驴绳子。"哥，到哪里去？"

"今天带你去云台山，到大海边去看看大海去。"

"好啊！"

两个人牵着驴来到秦东门。

"哥，这为啥叫秦东门呢？"吴宝怀问。

苗坦之手指着说："当年，秦始皇来到这边界，发现这东边一片汪洋大海，只能望见海里的几个山尖，也就是现在的云台山，这地方最近的是朐山，所以就立石在这朐界中，为秦朝的东大门，后来就称之为秦东门。"

"哦，原来是秦始皇立的，秦国的东边界。"

苗坦之看着秦东门碣石停住了脚步，立即咏起诗来："秦王好厉害，太阳不堪拽。"

吴宝怀笑着问："秦始皇能把太阳拽下来？"

苗坦之没有回答，继续咏诗："骑虎六国惧，扬鞭五岳骇。鲲鹏半夜伏，昆仑一脚踹。臂敌万牛力，声响九天外。"

吴宝怀惊奇地问："秦始皇真有那么大的本事？"

苗坦之依然继续咏诵："手尖捏乾坤，曲指弹魔怪。崇山小棋子，万马晚餐菜。太湖洗脚盆，长虹腰间带。王母充丫鬟，玉帝为乞丐。龙蛟急稽颡，星宿争下拜。剪下半天云，夜眠当被盖。轻气补苍穹，鱼鳖赶下海。仙娥许赠馈，神位准买卖。闭眼打个盹，人间已万代。伤风小喷嚏，海洋大澎湃。眼下道路乱，欲修觉无奈。岁月已八劫，谁人不老迈。箴言规子孙，读书莫懈怠。独留数粒石，后生莫空猜。"

"哥，你也太夸大了吧，口气真不小。"吴宝怀笑着说。

"今天真高兴，真高兴啊！"苗坦之高兴地大喊。

"是，哥，我还没有看过你像今天这样高兴呢，一气头咏那么长的诗。"

"是啊，本来知州王耀写了个条子给我，就非常高兴了，这我一看到秦东门，我的头脑里就浮现出秦始皇统一六国的豪迈气概，所以诗句也就脱口而出了。"

"哥，走吧，去看海去。"吴宝怀催促着。

苗坦之才依依不舍地跳上驴背和吴宝怀一起向大海边奔去。

两人有说有笑很快来到海边，把驴拴在山坡树木上，两人步行来到海边。

"啊呀！海真大呀，海水那么蓝呢，哥，那东边是不是海边？"吴宝怀手指着远方天和海相接处问。

"不，那还是海。"

"哥，你看，你看那一群海鸟在海上飞！"吴宝怀手指着一群海燕在远处海面上飞翔激动地说。

"那是海燕，你看它体型像燕子，它就生活在海面上。"

"它怎么也不累呢，海面上没有落的地方，也没有什么吃的，光飞干什么？"

"海燕就生活在海面，它天生就有这种能飞的本领，它能在海面上游泳，吃小鱼小虾，它生活在浅海的石缝间，是一种非常顽强的鸟，不怕狂风暴雨，不惧海浪，你现在感觉到海风又大又冷对吧？"

"是的，有些冷。"

"这还是风平浪静的时候，如果大风来了，海浪卷来了，那就更冷了。可是海燕不怕，它生活在这种环境中，它就具备这种能力，如果没有这种顽强的能力，就要被海浪海风吞掉，跟我们人一样的。我们穷苦人生活很艰难，吞糠咽菜也能活过来，饥一顿饱一顿也能挨过来，这不是和海燕一样吗？生活环境磨炼出的能力。"苗坦之边看着海边说。

"是的，我们穷人不怕吃苦，因为经历过，有吃苦的能力，这海燕真不简单。"吴宝怀频频点头。

"就像你几位兄弟常常劝说我，帮助穷人打官司，那些乡绅财主输了，像苗自芳、严居林那些人会害我，叫我防备点。我不能跑去躲藏起来呀，我还得生活在这个地方，那我就得动头脑想办法，来锻炼自己的适应能力呀，与他们周旋。能力本领是在艰难困苦的环境中磨炼出来的，还以我打官司说，开始我也害怕，不知道大堂是什么样子，经过几次，知道大堂的情况，逐渐胆子大起来，不怕

334

他大堂里森严，不怕那些衙役手拿水火棍，不怕你老爷拍惊堂木。"

"对，哥，你说得真对，我看过几次州老爷审案了，觉得也就没有什么可怕的。"吴宝怀说。

"咱回吧，海风越来越大，也越来越冷了。"

"好，我今天可开眼界了，在大堂里看见你与知州老爷智斗，这又看了大海，感到心胸无比开阔，无比畅快！"

"是吗，我今天也非常高兴，走，回家喽！"苗坦之高兴地喊着。

# 第二十七章

　　王耀自新上任以来，感觉州衙里的人不可靠，唯有这判官胡仁贵还对他比较亲近，很听他的话，于是把自己想整治苗坦之的事告诉了他，并要他一起与自己想办法对付苗坦之。

　　王耀头脑里总是浮现着苗坦之，接二连三的事弄得自己很没脸面，也很狼狈，下决心要出这口恶气，治治苗坦之。

　　王耀突然想到上次苗自芳、严居林、刘匡道三人请他赴宴临走时说的话，要求他三人搜寻苗二赖子的丑事坏事向他报告，当时，苗自芳答应的，怎么到现在也不见来报告呢？于是，他叫差役把胡仁贵叫到会客室。

　　不多一会儿，胡仁贵来到会客室，王耀示意胡仁贵把门关上。

　　王耀坐下看着胡仁贵说："胡判官，你比我长两岁，不在公共场合，我应称你兄长。"

　　"不，不，你是知州老爷，仁贵不过是小小的判官，不能为兄。"胡仁贵忙两手摆着说。

　　"我说啦，不在公共场合，我那天跟你说，咱俩共同想个办法，整治整治苗二赖子，不知你老兄想好了没有？"王耀看着胡仁贵问。

胡仁贵一愣说："仁贵愚钝，还没有想出好的办法呢。"

"是的，这个办法是不好想，你的事也比较多。"王耀停了下来，眨了眨眼三角眼又说，"最近偷盗案子就够你忙的了。"

"是的，不但陆地上偷劫时常发生，而且水上劫匪也猖獗了。"胡仁贵说。

"牢狱里现在关押多少犯人？"王耀问。

"总共一百三十五人，其中有五人是死囚。"胡仁贵回答。

"那五个人什么情况？"

"有两个是海匪杀死渔民三人，那三人有意杀人案。"

王耀直眨着眼，过了一会又问："那五个死囚都定案了吗？"

"是的，都是范知州在没有调走之前就定了的。"胡仁贵回答。

"那你把那五个死囚案卷拿来给我看看。"王耀看着胡仁贵说。

胡仁贵愣了一下说："好的，我现在就去拿。"

胡仁贵走了后，王耀站起身在会客室里踱来踱去，双眉紧皱，当胡仁贵把案卷抱来，他还没有觉察到。

"老爷，我把这五个死囚的案卷都拿来了，请你过目。"胡仁贵说。

王耀从思考中猛醒过来说："啊，好，好，放在桌上，放在桌上。"边说边走到桌旁坐下，准备要看。

胡仁贵翻看案卷说："这是个海州盗匪头目，他亲自杀死一个渔民，叫孔大良，外号孔大狼。这个海匪杀死两个渔民，叫古小怀，外号古小坏。"

王耀把这两个海匪案卷拿放在另一边。

胡仁贵又继续翻看案卷说："这个是图财害命的人叫—"

"就这样吧，不看了。"

胡仁贵吃惊地看着王耀。

王耀微笑说："办法有了。"

胡仁贵问："什么办法有了？"

"走，你带我到狱中去看看。"

"老爷，你要到狱中去？"胡仁贵惊奇地看着王耀问。

"嗯。"王耀边答应边随胡仁贵走出会客室。

胡仁贵把王耀带到牢狱的走道问："老爷，你？"

王耀愣了一下说："到刑审房去看看吧。"

胡仁贵转过脸喊："蒋狱头，快把刑审房门打开！"

"是！"蒋狱头慌忙跑来。

胡仁贵跟蒋狱头走进刑审房，忙搬椅子说："老爷，你坐。"

王耀坐下四处看看说："把那个海匪头子孔大狼带来！"

蒋狱头向胡判官瞄了一眼，胡仁贵嘴一噘，蒋狱头忙走出刑审房，不多一会儿，孔大狼被带来。

孔大狼头发蓬松，满脸污垢，浑身血迹斑斑，牛蛋眼，络腮胡子，整个脸除了眼下和鼻子周围，其他地方都长着长长的毛，活像猿人，他牛蛋眼翻了两下，瞄向王耀。

王耀向蒋狱头看了一眼说："你下去吧！"

蒋狱头低着头边说："是！"边慢吞吞地走出门，走了几步又停下，转身蹑手蹑脚弯着腰佯装抠鞋，耳贴窗下悄悄地听着。

"胡判官你坐。"王耀看着孔大狼说，"你叫孔大狼？"

孔大狼说："我叫孔大良。"

"今天我与胡判官来跟你商量个事。"王耀说。

蒋狱头一愣，然后继续蹲在刑审房的窗下听着。

王耀说："你孔大狼自己是死刑，要想活命也不是那么难。"

胡仁贵走到刑审房门前，把门关上。

蒋狱头忙转过脸佯装抠鞋，听见关门声，忙又转过脸，在窗户下继续听着。蒋狱头听完王耀、胡仁贵和死囚孔大狼谈话之后，急忙悄悄地回到自己的房里。

胡仁贵喊："蒋狱头，来到刑审房把孔大狼带走！"

"是，就到，就到！"蒋狱头小跑几步到了刑审房，押孔大狼出门，顺便把刑审房门锁上。

王耀和胡仁贵随后走出牢狱走道。离开牢房，胡仁贵贴近王耀悄悄地说："知州，你这招妙，太妙了，你真聪明。"

王耀听到胡仁贵的夸赞，那三角眼一合一睁地说："只要动脑子，办法还是有的。"

苗坦之和吴宝怀回家后，吴宝怀立即把苗坦之在海州大堂借地的事传给了几个兄弟，几个兄弟在一起又是说又是笑，闹到了半夜。

苗贵之说："你要防备着他会想办法治你的，一个知州受到你接二连三的糊弄，他能心安？"

"是啊！哥，我也早跟你说了，知州王耀新上任不长时间，就要找你麻烦，可想而知，他不会善罢甘休的。"李万福看着苗坦之说。

"放心吧，我心里有准备呢。"苗坦之对几个兄弟说。

自从吴宝怀和苗坦之到海州逛了一趟回来，加上借大堂里三尺地，苗坦之心情好愉快。这天，他吃过早饭，小黄毛狗跟后跑着，他到学馆跟学员授课，因为他有好几天没来授课了，他正在授课，苗平之慌里慌张地跑到门前。

苗平之悄悄地说："州衙里来了个衙役找你，马上回家。"

苗坦之手摸了一下耳朵，看着苗平之说："哥，你回去，我跟宋先生交代一下，马上回，你跟俺大大说，不要担心。"

苗坦之跟宋先生交代完，就走出学馆，小黄狗跟后跑着。苗坦之走到门前大路上，几丈远就看见门前坐着两位衙役，旁边还站着看景的小孩和大人，苗坦之认识那高个子是周大年，矮个子是小孙。苗坦之走在路上就意识到，两个衙役来找他，说明自己有事了，进一步想到，知州王耀想要治他了，可是自己心中有数，没有做违法事，很坦然，于是还没有到跟前就喊："哟，周衙头，你来啦！"

周大年听到苗坦之说话声，忙站起来，板着脸看了看小孙，又看看苗坦之，半明半暗地说："苗坦之，你摊事了，知州有签在此，我们俩来捉拿你，你与海盗匪首死囚孔大良，外号孔大狼，互相勾结，杀人掠货，坐地分赃，扰乱渔民正常打鱼生活，影响很坏，孔大狼已供出你与他同伙，知州老爷传你上大堂！"

苗坦之手抚摸一下耳朵，皱一下眉头，心中已有数了，抬起头看着周大年说："周衙头你说的我知道了。"

这时，汤国珍慌忙从院中跑到门外，站在苗坦之身边。

苗坦之在汤国珍耳边悄悄地说："你放心，我没有事。"

周大年说："那就走吧。"

这时，苗培元和苗坦之的母亲也出来了。

苗坦之眨了眨眼说："今天怎么去大堂呢？"

汤国珍焦急地看着苗坦之。

周大年说："不管你怎么去，知州老爷说反正今天要到大堂。"

苗坦之说："你等一会儿。"忙转过脸看着苗平之说，"你快去叫吴宝怀和苗贵之两人来。"

苗平之很快把苗贵之和吴宝怀两人叫来了，苗坦之进家拿出一只蒲包、绳子和一根棍。汤国珍知道苗坦之聪明过人，点子多，可心里还是不踏实，看着苗坦之。

大家都惊奇地看着苗坦之，周大年问："你拿蒲包去干什么？"

苗坦之说："今天，我一不骑驴，二不坐轿，我钻蒲包里，由苗贵之和吴宝怀抬我出庄，我再下来跟你们走。"

大家一头雾水，不知道苗坦之出什么花样。

苗贵之和吴宝怀也愣着看苗坦之，苗坦之直向他们挤眼说："我钻蒲包里，你俩照我说的做就是了。"

苗平之跟他大大苗培元说："大，小弟不知又想什么点子。"

"不管他，反正他有他的办法。"苗培元自信地说。

这话给苗培元说对了，苗贵之和吴宝怀把苗坦之抬到庄头，没有人跟着了，他从蒲包里出来了，于是就与周大年两个衙役来到了海州，到了州衙门前广场，苗坦之说："停下，我钻蒲包里，你两人把我抬进大堂。"

周大年忙说："都到了，还钻蒲包干什么？"

苗坦之看着周大年说："你别管我怎么着，你把我捉拿来了。"

周大年和小孙两个衙役在前面走，苗贵之和吴宝怀抬着蒲包里的苗坦之来到大堂。

有衙役传告知州王耀，王耀命全衙人都到大堂，看他如何审苗二赖子。

州衙里的人都知道苗坦之的为人和聪明，尤其是蒙不白之冤，廪生资格被省里革除，都怀有同情心。听说新来知州王耀亲自审苗坦之，苗坦之究竟犯什么事，大家都不知道，但是判官胡仁贵知道，还有周大年知道。不然周大年不会在苗坦之家门前说些半明半暗的话，意思是叫苗坦之知道，做到心中有数。那么周大年是怎么知道内情的呢？

周大年是蒋狱头的表弟。蒋狱头到州衙做事多年了，他为人忠厚老实，同情穷人，尤其是那些无辜被有钱有势的乡绅、财主诬告打进牢狱的人，蒋狱头都给予尽可能的照顾，换了几任州官都说蒋狱头人不错，所以后来范思玉知州来海州，他看表弟周大年在家挨饿受冻，就请求范思玉知州照顾，把周大年招进州衙任衙役。由于受蒋狱头的影响，再加上周大年干事认真，身材高大，就做了州衙役的头头。蒋狱头早就知道海州西乡苗坦之这个人，可是从没见过面，后来他的姨哥也就是海州西乡讲习庄侯庆发因受财主马步仁的欺压，硬逼他姨哥侯庆发把宅基地卖给他马步仁，被逼无奈找到苗坦之，苗坦之帮助打官司赢了马步仁，不仅宅基没有卖，而得了不少银子，侯庆发常到他姨弟蒋狱头家，因而常常提到苗坦之为人，给他出了好点子，不仅不受马步仁的欺压，而且又使马步仁受了损失，为穷人出了恶气，可苗坦之为人坦诚，侯庆发再三送银感谢苗坦之，可苗坦之分文不收。这事说出以后，深深感到苗坦之是个好人，不应该受到诬陷栽赃，因此蒋狱头听到知州王耀和判官胡仁贵暗地里买通海匪头目孔大狼的事后，马上找到周大年，跟周大年把详细经过一说，周大年做到心中有数，至于怎样传到苗坦之的耳朵里，时间已来不及了。因此，蒋狱头再三叮咛周大年：一定要善待苗坦之，一定要让苗坦之做到心中有数，所以，周大年在苗坦之家门前，当着另一个衙役小孙的面说了半明半暗的话又向苗坦之挤了挤眼，苗坦之已明白周大年的话意，所以，苗坦之想到了这个钻蒲包的办法。

全衙人都到堂了，胡仁贵早已坐下，师爷郑生安感到很惊奇，知州为何要把全州衙的人都叫到大堂，衙役们也很惊奇，没有人击鼓喊冤，是升什么堂呢？尤其是把死囚海匪头目孔大狼也押在大堂，脚镣和手铐戴着有些得意的样子，大家更加感到惊奇，都在暗暗地思虑：知州王耀今天要唱哪一出呢？正当大家在胡乱猜疑的时候，又看台下刚抬来放下的蒲包，蒲包里有什么正在乱动，于是，大家更加好奇和纳闷了。

师爷望着台下，好长时间没有坐下，平时知州有什么案子，都事先跟他说，可今天不知什么事，没有跟他说，郑生安心中猜到今天的事是对他保密了，不让他知道，到底什么事呢？郑生安也在猜测着。

知州王耀耀武扬威地站在案后，双手抬起，晃了晃衣袖，然后大大方方坐下，把惊堂木狠狠一拍，两眼直视台下，高吼："把苗坦之带上来！"

大家都四处瞧不见苗坦之，苗坦之在蒲包里边乱动边大声地说："知州大人，苗坦之在此！"

大家听到后都感到惊奇又好笑，有的人忍不住要笑，忙捂住嘴。

师爷郑生安忙站起向台下看去，也微笑着。知州王耀也觉得可笑，可他得忍住，他觉得今天是整治你苗坦之最好的时机，更是我王耀聪明智慧显现的时候，都反映你苗二赖子聪明过人，今天看看到底谁的智慧多，你苗二赖子成为阶下囚了，我王耀要怎着摆弄你就怎么摆弄你……

王耀忍住笑，头脑里闪过：你苗坦之尽出些新鲜点子，蹊跷百怪，我倒要看看你耍什么花样。

王耀三角眼一竖大声地问道："苗坦之，你不堂堂正正地站着走来，怎么钻蒲包里啦，像抬猪似的横着来了呢？"

苗坦之大声地说："知州大人，有人要兴风作浪，不让我做人，这是没有法子啊！我钻蒲包里，也能避一阵风挡一时雨啊！"

苗贵之和吴宝怀站在旁边捂嘴笑。

知州王耀接着说："你出来吧，不要装鬼啦！"

苗坦之大声说："不啦，不啦，外头寒气逼人，冷风吹死人啊！"

知州王耀听到苗坦之话中有话，更含有刺激的辣味，三角眼突然正视着蒲包愣了一会说："你在蒲包里吧。"接着把惊堂木向案上一拍，吼道，"好大胆的海盗匪首孔大狼，你与什么人一起抢劫渔民财物杀死渔民，坐地分赃，同流合污，跟本官如实招来！"

好多人都惊讶起来，苗坦之与海盗匪首孔大狼一起抢劫杀渔民，这是什么时候发生的事啊？

苗贵之和吴宝怀异口同声地说："这是诬陷！"

师爷郑生安这才明白王耀导演的这出戏。

海盗匪首孔大狼向蒲包瞅去，又看看知州王耀和判官胡仁贵，愣了半天才说："苗坦之老弟呀，我和你是磕过头拜过把的兄弟，每次你都分到银分到物，杀死渔民你也伸手的，可让我们坐牢送死呀！"

吴宝怀不由自主地骂道："放狗屁！"

师爷郑生安惊讶地看着孔大狼。

手执水火棍的衙役们也在互相交头接耳。

王耀忙把惊堂木一拍，说："肃静！肃静！"

孔大狼继续说："老弟呀，人总该讲个江湖义气吧，你老弟快搭救搭救我吧。"

苗坦之在蒲包里大声地说："老兄啊，我们也有三十多年交情了吧？"

孔大狼说："这一点也不假，有三十多年了。"

苗贵之看着吴宝怀说："狗咬虱子，胡嚼！"

吴宝怀说："看他狗嘴还能吐出什么？"

孔大狼又接着说："老弟呀，我们经常同吃同住同偷，就连杀人也一起，都一起商议好的，哪一次都是你出的点子，你聪明。"

王耀在台上频频点头，沾沾自喜地看着孔大狼。

苗坦之在蒲包里边乱动边哈哈大笑起来说："你满口胡言乱语，瞎编乱造，说得跟真的似的！"

孔大狼听到后向王耀望去。

苗坦之大声说："你说跟我有三十多年了，那你说说我是胖子还是瘦子？"

孔大狼向知州看去，眨了眨眼说："你也是读书人，跟知州老爷一样胖。"

吴宝怀看着苗贵之差点笑出声，台上的郑生安也捂嘴笑了，知州王耀和判官胡仁贵微微摇摇头。

苗坦之忙大声地说："请大家记住，孔大狼说我跟知州一样胖。那我是高个子还是矮个子？"

孔大狼接着说："矮个子。"

苗坦之又大声说："请大家记住，孔大狼说我是矮个子。"停了一下，又接着问，"孔大狼，你说，我是什么眉毛、什么眼、什么胡子、什么脸，多长鼻子多大嘴、多粗的手指、多长的腿？是龟腰还是凸肚子？什么地方长个朱砂记号？你对我那么熟悉，要是说对了，该我跳进黄河也洗不清了，要是说的错了，知州大人，恐怕是有人在屁股上写字，另做文章了吧？"

这时，大家才彻底明白，苗坦之为什么钻蒲包里，吴宝怀向苗贵之竖起大拇指，台上郑生安向吴宝怀微微笑去。知州王耀三角眼一竖一竖地看着旁边的胡仁贵，胡仁贵眼皮奄拉着。周大年和小孙等衙役也都笑着。

知州王耀急了忙说："孔大狼你说呀！"

孔大狼忙说："你浓眉大眼，络腮胡子大方脸，大长鼻子大嘴巴，粗手指头小矮腿，是凸肚子，脖子上长着朱砂记号。"

苗坦之事先早跟吴宝怀说好了，抬到大堂放在地上，就把扎蒲包的绳子解开。这时，苗坦之爬出来，突然站起来骂道："放狗屁！"

大家惊奇地向苗坦之看去。

苗坦之说："大家看，我跟知州一样胖吗？我个子矮吗？我浓眉大眼吗？孔大狼说得一点也没有对，我是瘦子，高个子，稀眉眼不大，山羊胡子，尖下巴，瘦长脸，鼻子也不长，嘴也不大，手指细，长腿，略龟腰，我脖子上根本没有朱砂记。我有意说三十多年，你也跟上说三十多年，胡编乱造，死期快到，还被别人利用来想害我！"苗坦之走向前一步，看着台上王耀说，"知州大人，我像你那样坐地分赃坑害人的吗？少动歪心思，凭空污蔑陷害！不过这笔账记在这！"苗坦之说罢，忙把衣袖一用向王耀瞅去说，"想报复，也得有真凭实据！走！大哥小弟！"转过脸看着苗贵之和吴宝怀说。

知州王耀忙站起来，慌忙跑下台子，急忙走向苗坦之前面满脸赔笑说："苗二赖，啊，不是，苗先生，误会，真是误会！"

苗坦之双眉一竖说："误会！找不着我的错，办不了我的罪，采取这样卑鄙手段，找个死囚来作证，该办你的罪了，谅你是初犯，

345

下次再用这见不得人的手法，决不饶你。"苗坦之刚抬步要走，突然转过脸走到死囚面前，手握双拳。

孔大狼以为苗坦之要打他，忙后退支吾着说："不是我要说的，是他教我说的。"

吴宝怀忽然蹿到前，高声骂道："死期到了，还胡说陷害好人，打你狗日的。"边说边打孔大狼两拳，孔大狼一趔趄。

知州王耀着急地吼道："把孔大狼押入死牢！"

苗坦之向王耀瞅去，大声地说："你心也太恶毒了！"转过脸向苗贵之和吴宝怀看去说，"咱们走！"

苗贵之看着王耀说："你以后学乖点，什么狗屁知州！"

吴宝怀猛地向王耀面前吐口唾沫："吓！"

苗坦之大步流星地向门外走去，苗贵之和吴宝怀雄起起地跟后。

王耀从来没有受过这种礼遇，恨不得大堂下有个地洞，立即钻下去。因为全州衙的人都在，还有跟来看景的大人小孩。在众目睽睽之下，被苗坦之弄得这样狼狈。

王耀被苗坦之说得哑口无言，最后又被苗贵之和吴宝怀羞辱，像呆子似的站在那儿，王耀目送着苗坦之走出大堂门，突然收回目光，看见周围的人还在看他，他突然大声吼叫："看，看什么看，都滚！"

于是好多人都离开。台上的师爷郑生安转过脸去收拾案上的笔墨，胡仁贵春拉着脸看了一眼王耀转身要走，却被王耀叫住。

大堂里的人只剩下王耀和胡仁贵，那些人都走了。

王耀走到台上看着胡仁贵说："怎会弄成这样？"

胡仁贵说："我开始不是跟你说，那孔大狼不认识苗坦之，你说到了大堂，只要孔大狼一口咬定，他苗坦之就是浑身都是嘴也说不清楚，苗坦之就成为阶下囚了。"

"可谁想到他苗坦之会出这样洋相！还有那孔大狼他妈的，连一点也没有说对，哪怕你能对几点也可以，唉！"

胡仁贵说："大人，你别埋怨孔大狼了，就是你没有见过的人，拱在蒲包里，你也说不对，只有瞎猜测。"

"也是，看来这苗二赖子的确聪明，他怎么能就知道，我会安排海盗匪首呢，难道他是诸葛孔明？"王耀三角眼一睁一合地说。

"大人，你所经历的几件事不都是吗？"胡仁贵说。

"看来不能小看这个苗二赖子，不过我相信古人说的话。"

"什么话？"

"'智者千虑，必有一失'，我就不相信他苗二赖子，没有走麦城的时候，到那时候，我就把这几次加起来，跟他算总账，叫他哭都哭不出来！"王耀咬牙切齿地说。

实际上王耀心里不舒服不是他一人，还有判官胡仁贵。胡仁贵看见王耀接二连三败在苗坦之手里，心里也不是滋味，但是与王耀又有些不相同，他看到王耀堂堂六品官，败在乡间草民手里有点可怜，还有点幸灾乐祸。胡仁贵想，你王耀是引火烧身，你听人说西乡苗坦之会赖人、会赚人，你就要与他比聪明，显示自己，结果自找倒霉，给苗坦之扛几个时辰的树，结果还是被苗坦之赚了，从此，你王耀不服气，怀恨在心，一心想治治苗坦之，报复心理越来越重，导致你竟敢违反大清律例，私通死囚，陷害乡间草民，犯了大错，并且连累了别人。胡仁贵想到此，后悔当初不该听王耀的话，安排死囚到大堂去，千错万错这是大错，不光是知州有错，自己这个判官也有错，大堂上死囚孔大狼虽然没有说王耀与他密谋策划的，但是，州里人人心里明白，你胡仁贵判官不同意死囚孔大狼走出死牢，其他人是无权指使的，显而易见你胡仁贵是与知州王耀穿一条裤子的，逃脱不了干系的。胡仁贵想到此又气王耀，又恨自己私心作怪，心里想王耀是新上任的知州，关系搞好了，对自己是有好处的，因而在王耀提出此事，自己并没有反对，就同流合污地干了，结果事与愿违，事情败露到如此地步，感到自己被众人指责谩骂，左右为难，还有平时有事去西乡与苗坦之还有点熟识，苗坦之有时还会安排吃个饭什么的，可这又把苗坦之得罪了，越想越后悔。

苗坦之心里清楚，大清律例他不知道看了多少次，胡判官不同意，死囚是任何人提不出来的，这事很清楚是王耀与胡仁贵密谋干的。

当苗坦之大踏步走出州衙大门时，吴宝怀忙凑前问："哥，你是怎么想到要钻蒲包里去的？"

苗贵之也附和着问："是啊。"

苗坦之向后面和左右看了一圈，然后悄悄地说："是周衙头说的话，提醒了我。"

"周衙头？"苗贵之和吴宝异口同声地问。

"是的。"

"那么周衙头跟你关系很好吗？"

"周衙头是好人，还有师爷郑生安对我也不错。"苗坦之说。

"周衙头说什么话？"吴宝怀问。

"我到家门前，周衙头就说我摊上事了，与海盗匪首死囚孔大狼杀人掠货，坐地分赃，孔大狼已供出我了，知州传我上堂。我听到感到奇怪，海盗匪首孔大狼，我从来不知道这个人，并供出我与他一起，我就断定这是有意安排来陷害的，死囚供出更是瞎编，他不认识我，我也不认识他，于是我就想到，我到大堂，叫你孔大狼开始也不认识我，所以想到只有钻蒲包里去，试探孔大狼。"

"啊！"吴宝怀和苗贵之两人才恍然大悟。

"嘿嘿，哥，你点子就是多！"吴宝怀说，"看来多亏了周衙头！"

"是的，如果不是周衙头事先说半明半暗的话，那我真的跳黄河也洗不清了。"

"这下子好了，知州王耀想整治你也暴露出来了，今天也够他难堪的了，利用死囚出来供认，可见王耀是想把你朝死里整的，这个办法太毒了。"苗贵之说。

"走，咱三人去吃点饭去。"苗坦之说着朝白虎山饭店走去。

# 第二十八章

　　苗坦之、苗贵之和吴宝怀三人从州衙大堂里出来，天色已晚，他们商量在海州住一宿，明天早饭后再回家。

　　由于白天的事情，三个人心里都很激动，都很长时间才入睡，第二天太阳出来，三人才慌忙起床，吃过饭就往家奔。

　　三人走到白塔埠西边的西柳庄前路上，一位五十多岁的老汉躺在通向小麦地的路头哭泣。

　　苗坦之先是惊奇地看着，而后忙向前去，弯下腰问："老大爷，你怎么躺在这儿哭，有什么伤心事？"

　　苗贵之和吴宝怀忙凑上前，苗贵之吃惊地说："老人手脸腿上都是血，是受伤了。"

　　那位老人边流泪边说："我是张湾人，名叫穆传顺，走亲戚，也就是去闺女家，我走这小路上惹了祸，被看小麦的人打成这样，我被打得都站不起身啦。他又去找他的主人去了，那人还要我赔他踩坏的小麦钱，你看这不是天上飞来横祸吗，我又伤了又没钱，在这里就等死。"

　　那位老汉边说边哭，从大路头走来几个人说："你不知道吧，这家小麦地是西柳庄有名的解扒皮家的，谁惹他，他都要把你活活扒一层皮下来。全庄没有人敢惹他，他家养家丁十几个，你惹他了，算你倒霉。"

因为白塔埠逢集，路上人越聚越多，有的看景，有的听听就走了。

苗坦之手抚摸一下耳朵蹲下说："老大爷，你别怕，你也别哭，你歇着，我向他们要钱给你治伤。"

其中一位过路的人看着苗坦之有些鄙视地说："你惹不起解扒皮，他不向你要钱就是好事！"

苗贵之刚要上前说什么，被苗坦之手拦住，向过路的人说："你们大家帮我一下，我有一只元宝和九吊钱掉到这麦地里了，你们跟我身后一起找找，找着还是找不着，等解家来人，我保证叫他给每个人酬劳一吊钱赶集，如有什么事是我的，与你们无关。"

苗贵之和吴宝怀惊奇地看着苗坦之。

好多人齐声说："反正赶集晚不了，还能挣一吊钱呢。"

苗坦之微笑着说："那好，你们都在我附近找！"苗坦之看什么地方麦子长得好，就带人到那里去找，苗贵之和吴宝怀也不敢问苗坦之，也跟着后脆走。

苗贵之和吴宝怀知道，这是苗坦之说的假话，苗坦之根本没有到麦地里去过，更谈不上有什么元宝和钱掉小麦地里，分明是有意踩踏这解扒皮家的小麦。

吴宝怀凑近苗贵之耳边说："哥，这回要惹事了。"

苗贵之说："坦之他既然要这样做，有他的道理，咱们看着是了。"

苗坦之带着八九个人走了一趟，小麦就倒一片，不多一会儿小麦倒了一大片。

这时，解扒皮带着几个家丁望见了，就大喊大叫，破口大骂："你们这些人都瞎眼吗，走麦地里，把小麦踩倒啦！"

苗坦之带着人像没听见似的继续踩。

几个家丁手拿着棍子慌忙跑到踩小麦人的前面，看到小麦倒了一大片，都着急地像凶神恶鬼似的围了上来。

有一个人告诉苗坦之说，那个大鼻头歪嘴高个子就是解扒皮，这时有的人害怕解扒皮想走。

苗坦之悄悄地说："别怕，你们尽管踩，他就是送钱来给我们的。"

大家听到感到奇怪，有人小声说，他能送钱来？是打我们的。还有的人悄悄地说，反正他说他承担与咱们也无关。

苗坦之向解扒皮走去，还有几十步远，就大声地向解扒皮打招呼说："解老爷，你来了么，我正要找你哩！"

解扒皮没有注意到苗坦之，苗坦之这一大声说话，才使解扒皮向苗坦之看去，愣了半天，看苗坦之穿着长大褂，脸白净，文质彬彬，一本正经的，解扒皮没有发脾气，认为苗坦之不是一般乡间草民，于是就问："你找我干什么？"

苗坦之边低头边找说："我有只元宝和九吊钱掉麦地里了，想请你们这些人，帮我找找。"

解扒皮一愣说："噢，元宝，还有九吊钱掉麦地里了。"虽然满肚子气，但是看到苗坦之这样认真，也不敢做非礼的事，他仔细地向苗坦之看去，半天才问，"你是哪里人？干什么的？"

苗坦之说："我是西乡人，从州城里来。"

解扒皮："你的元宝怎么会掉到这里？"

苗坦之说："那边不是有一条小斜路吗，我们就顺着小斜路走的。"

"那小斜路不是给你走的。"解扒皮气愤地说。

苗坦之一本正经地说："哎，解大爷，这就是你的不对啦！"

解扒皮忙打断苗坦之的话气鼓鼓地问："我怎么不对啦？"

苗坦之向解扒皮身前走了几步说："你应该在小斜路头插个牌子，写上此路不给苗坦之走。"

解扒皮一愣，半天才说："你是苗坦之？"

"是呀，我是南双店的苗坦之，绰号苗二赖子，就是我。"苗坦之微微笑着说。

解扒皮早就听说过南双店苗坦之秀才，聪明过人，点子多，好多乡绅财主都怕他，今天竟然来到自己的面前，不可马虎，要谨慎对待，于是声调缓和地说："这么高的麦子，密密麻麻的，哪天能找到呀？"

苗坦之说："只有下功夫去找呗，今天找不到，明天再找，找到割麦子时准能找到。"

解扒皮一听，心里着急了，这时小麦刚灌完浆，麦子一倒，那麦粒都是瘪的了，颗粒无收，这一季等于白流汗。可他这时想到这个事情不好办，这个苗二赖子不是好惹的，今天他是有意来糟蹋我的，满肚子火也不敢发，怎么办，想来思去都很难，如果让他继续找吧，那这块地就被踩踏完了，不让他找吧，又怕人说想贪这元宝和钱，实在不知该怎么办？

苗坦之还是继续低头找，吴宝怀低头斜眼看着解扒皮，苗贵之有时也向解扒皮瞄一眼。

解扒皮皱了眉头，眨着眼，又看看家丁，家丁也都正在看他，意思很明确，等待他说话，解扒皮无奈地说："苗先生，我看这样吧。"

苗坦之说："你说。"

解扒皮接着说："我先把这元宝和九吊钱先给你，等以后找到了，再送给你，你看行吧？"

苗坦之愣了一下，说："那也行，那你就先付，我们就不找了，省得头低着难受。"

解扒皮忙向一位家丁看去，说："冯大，你赶紧回家，拿一只元宝和九吊钱来。"

冯大急忙向家中走去，很快取回一只元宝和九吊钱交给了解扒皮。

解扒皮打开布包，手拿着元宝在手上掂了掂，然后又拿起钱数着，数完了一遍又数了一遍，然后又放在手上看看，双眉紧皱。

冯大像呆子似的看着解扒皮，然后说："解爷，你——"

解扒皮没有吱声，有点犹豫不决的样子。冯大理解解扒皮的心思，解扒皮有些舍不得，因为平时最抠，可想而知，此时此刻把元宝和九吊钱白白送给人，那心里是什么滋味，其他人是难以理解的。

苗坦之看着解扒皮手捧钱不吱声，就考虑到解扒皮舍不得，忙问："解老爷，是不是钱不够呀？"

解扒皮忙一愣，说："啊，不是，不是，够。"又愣一会儿，解扒皮忍痛割爱道，"把钱拿去吧！"

苗坦之忙走向前，解扒皮慢慢地把钱捧在手上，苗坦之伸手抓去了布包钱，解扒皮的手还没有缩回去。

苗坦之向寻找元宝的人喊："不要找啦，都到地头来，给你们钱。"

那些被苗坦之叫帮忙找元宝的人高兴地跑向地头，解扒皮看着那些找元宝的人都围向苗坦之。

苗坦之看解扒皮也在场，忙说："你们跟我找的人，一共九人，每人一吊钱拿去。那么这只元宝吗，我也不要了。"转过脸看躺在地上的老汉说，"我看这位老大爷被打得不轻，不能行走，这只元宝就给老大爷你了。"边说边把元宝递给那受伤的老汉。

解扒皮仔细看着，感到纳闷。

苗坦之看着那老汉说："老大爷，你把元宝拿去治伤吧！"转过脸又看着那九个帮忙找元宝的人，："你们帮我找元宝的人，再帮帮我，把这位老大爷送到她闺女家去。"

那些帮助找钱的人齐声说："中，中！"

有三个年轻力壮的汉子说："就我们三人轮流把老大爷背去，你们该赶集去赶集吧！"

那位老大爷感激地流着泪，高声喊道："好人啊，好人啊！"边喊边向苗坦之摆手。

苗坦之手也向老大爷摇着说："老大爷，好好看伤呀！"

解扒皮和他的家丁愣愣地看着眼前的一幕。

这时，周围看景的人纷纷议论起来：

"这苗坦之真聪明。"

"这苗坦之心善。"

"听说苗坦之是个全海州考第一名的秀才。"

"这个苗坦之说话算话，说给钱就给钱。"

……

苗坦之看着还有几个帮忙找钱的人有话要说，他忙说："谢谢你们帮我找钱，耽误赶集啦，都快去赶集吧。"转过脸看着苗贵之和吴宝怀大声地说，"咱们也走！"

苗坦之走两步又回头看着发呆的解扒皮微笑着说："把你家丁教育好，不要随便打人，后会有期！"说完，转过脸与苗贵之、吴宝怀大踏步走去。

解扒皮眼巴巴地望着苗坦之离去。

冯大忙跑到解扒皮面前气愤地说："老爷，就这样让苗坦之走啦？"

解扒皮两眼直眨，没有吱声。

冯大忙手向那几个家丁一挥，大声地喊："跟我追！"解扒皮忙手一摆说："停！"

冯大激愤地说："就这么让他把老爷的钱散了，这还不算，还把麦子踩踏一大片，这是什么，还不明摆着欺负人吗！"

那几个家丁立即你一言我一语：

"这苗坦之是有意讹人。"

"这苗坦之凭什么欺负人？"

"抓回来揍他个熊的，叫他把钱还回来！"

"老爷，咱不能就这样受损失呀！"

……

解扒皮向家丁们瞪去，家丁们立即哑口无言，低头不语。

解扒皮在原地来回踱起步来，突然停下，看着冯大说："他苗坦之不是三个人吗！"

冯大忙回答说："就三个人。"

解扒皮说："你选六个力气大的，两个人对付一个人，没有问题吧？"

冯大紧接着回答："没有问题。"

解扒皮睁圆了两只大眼，狠狠地说："快追去，给我狠狠揍一顿！"

冯大立即手指着家丁："你，你，还有你三个，我们六人追去！"

冯大带着五个家丁立刻跑去，没有跑二十步远，解扒皮忽然大喊："冯大，都给我回来！"

冯大带五个家丁不知为什么又突然被叫回来，个个像受严霜打似的奋拉着。他们来到解扒皮面前，都看着解扒皮。

解扒皮看着冯大和其他家丁说："我本来想让你们把苗坦之揍一顿。可是，我又想到揍死要吃官司，揍伤了也会吃官司，你们去了后肯定把他打个鼻青眼肿，他这个人聪明过人，点子非常多，他不会让我过安稳日子的。我有一个远房亲戚，那天讲新来的知州王耀都被苗坦之赚得苦不堪言。"

一个家丁吃惊地说："堂堂州老爷也被赚了？！"

"是的，真有这事。"解扒皮说。

冯大忙问："老爷，难道就这样给他苗坦之讹啦？"

"是啊，是啊！"几个家丁一起附和着。

"我，你老爷何时吃过这亏，俗话说'君子报仇，十年不晚'，这笔账先记着,有一天,他必须加倍偿还给我!"解扒皮气鼓鼓地说。

"对,对!"冯大忙说。

"真他妈晦气,怎么今天碰上他了呢!"解扒皮气愤地说。

"全怪看庄稼的王二呆子,要不把那老头子打伤,哪有这事啊!"冯大气着说。

解扒皮瞅了瞅冯大说:"怎么安排叫他来看青呢,呆头呆脑的,尽给我惹麻烦,打人也要看什么人,给我换人!"

冯大说:"是,我这就换。"

解扒皮忙说:"慢!"冯大立即转身回来看着解扒皮。

解扒皮板着脸,半天才说:"你们今后做事要动点头脑,什么该做,什么不该做,该做的要做到什么程度为止,不该做的又怎样让它过去。就拿今天的事来说,王二呆子,叫你来看青,你把一个有年纪的老头打伤了,总归不是个事吧,今天无论碰上碰不上,肯定有人会找上门,我们无理啦,我再怎么保护你,我没有理可讲,最后还是弄得我难看,该赔理赔钱的是我们。如果是个青壮汉,只要不打伤,狠狠地揍他一顿,打也得挨着,找我,我也有理由。"解扒皮说着停下了,半天又接着说,"真是晦气,偏偏又碰上这个会出鲜点子捉弄人的苗二赖子,好啦!今后给我注意些,都去吧,该做什么做什么去。"

冯大和家丁都向家中走去。

解扒皮忙叫住冯大说:"冯大,你留下。"

冯大忙转回身来到解扒皮面前说:"老爷,有啥吩咐?"

解扒皮眨了眨眼,悄悄地说:"你给我了解了解,咱们西柳庄有没有亲戚在南双店的,把苗二赖子家情况搞清楚。这事只有你我知道,其他任何人也不要讲。"

冯大频频点头,嘴里不停地说:"行,行,我保证不乱说。"

解扒皮望着冯大走去,然后看着苗坦之一些人把麦子踩踏一大片，他越看越气，刚刚灌完浆的小麦，这一倒下麦粒全是瘪的了，等于白种，白白费功夫，浪费种子和肥料。这是一个损失，在解扒皮想来这是一个很大的损失，比割自己身上的肉还疼，这疼还不算，还又白白地损失一只元宝和九吊钱，这是多么大的损失啊，这一只元宝和九吊钱差不多够开支几个家丁一年的工钱了。解扒皮心疼，疼得全身无力气，疼得要窒息了。于是，走到田头旁的地界堤上坐下了，愈想愈感到今天的事太糟，从来没有遇到像今天这样的无奈，这样的被人讹过，满肚子的气发不出来，满腔的火使不出来，忍气吞声地看着麦子被糟蹋，像割自己肉一样把元宝和钱送给人，真窝囊，不仅承受很大的损失，而且也大失脸面，丧失了威风。在自己的家丁面前，在苗坦之面前，在赶集的外乡人面前，在被打的老汉面前，失去了以往的说一不二，威风扫地。这口恶气何时能出，仇恨何时能报，怎么报？离苗坦之家又远，情况又不了解，可哑巴亏就这样吃啦？脸面就这样失掉啦？思来想去，仇恨只有埋在心里，等待时机，不由自主地向苗坦之三人走去的方向望去。

苗坦之、苗贵之和吴宝怀走向通往家乡的大路上，刚到大路，吴宝怀就问苗坦之："哥，我跟你几次在一起，不仅发现你点子多，而且胆子也大。"

"是的，坦之胆子可够大的。大家已告诉你了，这个解扒皮遇谁，谁都倒霉，都要被扒一层皮，而你明明看到那老汉被打成那样，可你偏偏要去踩踏小麦！"苗贵之看着苗坦之说。

吴宝怀接上说："我当时看到你踩踏罢了，还请那些赶集人帮你去踩，你胆子真大，你不知道我当时心里有多害怕。"

"是的，我当时也害怕，听他们说这个地主是解扒皮，'扒皮'肯定是欺男霸女，盘剥穷人，横行乡里的坏蛋，你去惹他，不自找苦吃吗。当时，我想劝你，可我是知道的，你这人是一不做二不休的人，凡是你认定的事，你非做到底不成，所以，我耐着性子跟你一起去踩吧。"苗贵之看着苗坦之说。

"我当时想，这位老汉都被打了，这回看到我们这些人踩踏他小麦，肯定会带很多人来打我们的。心里想，哥这回祸惹大了，我们三人走不了。"吴宝怀紧接着说。

苗坦之向他两人看着说："我最恨这些有钱有势欺压这些无能为力的人，碰到了，我就想帮助受欺负软弱的人，不然他们白白受折磨、受欺讹，受苦受罪，甚至把命都给丢掉了。解扒皮他们是不管你死活的。你看刚才那位老汉，如果不为他撑腰，想办法，那最后还要挨打，他身上又无钱，打伤又不能走，家中人和他闺女家人都不知道，最后打死了，解扒皮指挥家丁埋了，不白白死了。"

"也是的，这些狗日的拿咱人不当人，即使老汉踩你几颗麦子，也不至于把人打伤呀！"苗贵之气愤地说。

"他们仗势欺人，哪有你这种想法，假如有一个老汉去你家麦地里踩了麦子，你能把他打伤？不能吧！"苗坦之看着苗贵之说。

"那根本不会去打人的。"苗贵之接着说。

吴宝怀忙说："哥，你当时就不害怕？"

"我想过从未做这件事，哪能不考虑后果呢。当时我从最坏的方面想，挨打，只要打不死我，到官府打官司我是不怕的。又想到我苗二赖子，全海州地区都知道我，我说出大名，他这些财主乡绅不会不考虑后果，那些被我打官司输的财主、乡绅、恶头的事，他们不会不知道，所以，我又想到，他解扒皮不敢对我采取过火行动。"苗坦之边走边说。

"哥，你这苗二赖子可出名了！"吴宝怀笑着说。

"这诨名最早也是苗自芳、苗青早和严居林诌出来的，真不是个东西。"苗贵之气愤地说。

苗坦之笑着说："说我赖子，就赖呗，反正我就赖他们，赖定他们了！"

"哈哈——"三人共同笑了,笑声爽朗,声音响亮,响遍田野。

"说实实在在的话,哥,凡是被你治的财主、乡绅,他们可记恨你一辈子呢,你可要随时随地防备害你!"吴宝怀关切地说。

"俗话说'人怕出名,猪怕壮',你这苗二赖子出了名,凡被你得罪的人,他们受了损失,能忘了你吗?一提起苗二赖子,他们还不是咬牙切齿,恨之人骨呀!"苗贵之看着苗坦之说。

"这是肯定的,可是我不怕,一旦我知道他们有不地道的事,我这苗二赖子还就一定要赖上,并且赖到底!"此时,苗坦之高兴地吟起诗:"扯谎寻金踩麦田,惊瘫财主泪涟涟。手掐五季收成定,眼瞅三□叶秆鲜。作揖磕头求歇脚,揪心抠肝愿赔钱。钱给踩麦过路人,老者医伤笑开颜。"

"哈哈——"又是一阵笑声。

走了几步,苗贵之说:"我们三人这次出来呀,全南双店恐怕都议论开了。"

吴宝怀吃惊地看着苗贵之问:"议论我们三人?有什么好议论的。"

苗贵之说:"宝怀弟,你想,我跟你俩把苗坦之钻蒲包里抬去海州衙里,你说,他们能不纳闷。"

苗坦之笑着说:"让他们猜去。"

苗贵之继续说:"许多大人小孩都看见,就连大叔和平之哥、国珍都不解,不知坦之弟犯了什么法,周小民、李万福等穷兄弟也会议论,苗自芳、苗青早、刘匡道等人也会议论。"

"对,不过大叔、平之哥、汤国珍、周小民、李万福等人不管怎么议论,他们会相信坦之哥不会犯傻事的,知道坦之哥聪明,点子多,钻蒲包里自有他的道理。而苗自芳等人肯定认为坦之哥犯了不敢见人的事,怕人看见,怕丢人,再一点,苗坦之怕衙役路上打他,所以才钻蒲包里去的。"吴宝怀说。

"宝怀弟说得对，肯定他们都在议论、猜测，好。我们到了南双店就走当中大路，问咱也不吱声，让他们吃惊地看着坦之弟毫发无损地回家了。"苗贵之笑着说。

　　三人又是一阵大笑。

# 第二十九章

苗坦之、苗贵之和吴宝怀来到了南双店，大摇大摆地从庄中大路向家走去。许多人都惊奇地看着他，大家纷纷议论起来：

"嗨，说苗坦之犯事钻蒲包，这不来了嘛！"

"还是没有犯事，犯事就不会让他回来！"

"苗坦之聪明绝顶，他有办法。"

……

苗坦之走到自家大门就喊："大大，妈，哥，国珍，我回来啦！"

全家人都惊喜地从屋里跑出来。

苗坦之母亲杨苗氏边擦着眼泪边说："乖乖儿，把我焦死啦！"

汤国珍眼里的泪珠像断了线的水晶珠滚滚而下。

苗坦之看着杨苗氏、汤国珍微笑着说："我这不是好好地回来了嘛。"

苗平之说："你走后，咱娘和国珍哭一宿呢！"

苗培元说："我说嘛，你弟他钻蒲包自有他的办法，从几次打官司我就知道啦。"

全家人都正在高兴地议论着，苗贵之、吴宝怀、李万福和周小民等兄弟一起涌入院内，七嘴八舌地问这问那。

苗贵之和吴宝怀两人就你一句，他一言地叙说，把知州王耀怎样想治苗坦之，以及苗坦之为什么钻蒲包里，结果治了知州王耀的过程全讲了，大家都哈哈大笑起来。

苗坦之钻蒲包被衙役带走的消息，也传到了苗自芳、严居林和刘匡道等乡绅财主耳朵里，他们在苗自芳家高兴地畅谈着，他们感到畅快，解了心头之恨，都认为苗坦之因犯事，怕衙役们打，怕丢人，所以钻蒲包里去，这下苗坦之被官府治了。可是没有过两天，苗坦之竟然高高兴兴地回家了，苗自芳三人又聚到一起，个个皱着眉头，脸奄拉着像驴脸，纳闷起来，到底是怎么回事？他们三人议论来议论去，最后商定，明日三人去海州州衙把上次准备好的水晶石带去，苗自芳跟那两人说："知州上次要我们搜集苗二赖子的事情，也没有办，多日不去，不好，我们要常去，联络感情！"

严居林忙说："对呀，明天我们把水晶石带去，再请知州吃中饭。"

刘匡道接着说："中，王知州肯定会说说苗二赖子之事的。"

苗自芳说："那就这样定了，还是早走，骑驴快些。"

苗自芳三人到了知州王耀处，衙役向王耀禀告，王耀听说是西乡苗自芳三人到，喜出望外，亲自走出会客厅接见。

苗自芳三人向知州王耀施礼。

王耀忙手摆着说："这在我家，不必多礼，啊呀，我早就盼你们来呀！"

苗自芳向严居林和刘匡道看去，忙转过脸看着王耀说："谢大人关心，草民不会做事，还请知州大人多多包涵。"

严居林和刘匡道忙附和着："是啊，是啊，请大人多包涵。"

知州王耀向他们看去说："我上次跟你们说苗坦之苗二赖子之事，你们想到什么办法了？"

苗自芳说："我们三人也商量几次，进行暗查，还就没有想出什么好办法能治他。"

王耀向中间椅子上一坐，一仰，左腿一抬压在右腿上气愤地说："苗二赖子这个家伙不治治，越来越不像话了，三番五次捉弄我。"

"弄得我大失颜面，又是戏辱，又是谩骂……"

苗自芳气愤地大声说："这个苗二赖子不反天了吗？知州老爷他也敢辱敢骂！"

严居林也气愤地说："真得好好整治整治！"

刘匡道忙问："大人，最近听说，苗二赖子犯事了，大人派衙役捉拿，他苗二赖子钻蒲包里被抬上大堂，大人怎么又把他放回家了呢？"

王耀三角眼一竖瞅向刘匡道，半天没有吱声，刘匡道以为王耀生气了，吓得忙低下头。苗自芳、严居林向刘匡道瞅去。

王耀眨了眨眼说："没有想到，这个苗二赖子鬼点子真多，我想好了办法狠狠治他，把他打入死牢，没想到他出洋相钻蒲包里去，致使我的办法落空，结果我倒被他羞辱谩骂一顿。"

"啊——"苗自芳和严居林惊讶地看着王耀。

王耀眨了眨眼说："他苗二赖子提个鲲鱼侮辱我，骂我，赚我扛树，诬陷我用狗索钱，大堂借地，钻蒲包上大堂，弄得我狼狈难堪，这些到时候我跟他算总账！"

"对，对，要算总账！"苗自芳附和着说，"请大人不要生气，身子要紧，我们共同想办法，今天我们三人来，一是多日不见，来看看大人。"苗自芳向严居林和刘匡道看去，苗自芳说，"我们三人准备了一块水晶石给大人，请笑纳。另外，今晌午还是老地方，请大人赴宴。"

王耀看见苗自芳三人把晶莹剔透的水晶石和一百五十两银子放在面前桌上，笑着说："好，好，那我就收下了。晌午我一定去，一定去！"

苗自芳笑着说："谢大人赏光！"

王耀装好银子说："现在主要是商量如何整治苗二赖子之事。"

"对，对！"苗自芳三人都说。

王耀说："听衙里有人说，范知州在任时，你们用麻袋把他装起来扔水里去的事。"

苗自芳忙打断王耀的话："那是我家侄儿干的，不会考虑的东西。"

王耀忙说："不，不，你侄子的办法妙，绝了。可是他苗二赖子身上有刀，这是其他人想不到的事，不能怪你侄子，我觉得你的侄子办法是再好不过了。"

苗自芳、严居林和刘匡道三人陪知州王耀喝完酒，就骑着驴回家了。

苗自芳喝得脸紫红，严居林向刘匡道看一眼说："苗兄今天有点喝多了，你靠他左边，我在右边，咱三人齐走。"

刘匡道说："中！"

苗自芳向严居林瞅一眼说，"我喝不多，再喝个三两四两的也没有事，没有事的。"

严居林说："对，不多，不多！"

苗自芳悄悄向左右瞄一眼说："你两位老兄看到了吧，看到了吧，知州跟我们想法一样了吧！"

"是的，知州被苗二赖子捉弄不轻。"严居林说。

"从今后，我们有了靠山，还怕他苗二赖子不成！"刘匡道说。

"舍不得孩子，逮不着狼，舍点钱财，今后他知州就……"苗自芳说。

严居林忙打断苗自芳的话说："还是苗兄有远见。"

三人就你一句他一言的向南双店走去。

在苗坦之家几位兄弟说笑完后，看到苗坦之毫发无损地回到家都放心了。

李万福看着大家说："今天下午，我在西大沟逮了几条鱼，都到我家喝几盅，为坦之哥洗尘，还有苗贵之哥，吴宝怀弟。"

"那我呢？"周小民忙瞅一眼李万福问。

李万福一愣，佯装严肃地说："至于你周小猴子，就回家去睡觉吧。"

"你那鱼不给我吃，看来难！"周小民瞅着李万福说。

大家都笑了。

李万福说："那现在就走！"

苗贵之边走边说："我顺便去家里拿几个鸡蛋。"

"好啊！多拿点啊！"李万福笑着说。

"还不知道被你嫂子卖没有卖呢。"苗贵之说。

李万福向汤国珍看去说："嫂子，你也去吧！"

汤国珍微笑着说："那是你们男人的场合，咱不去！"转脸对苗坦之说，"你少喝点酒。"

周小民调皮地说："哎呀，嫂子这么关心咱哥呀！"

大家都笑着向大门外走去。

苗坦之在李万福家喝酒的时候，天已下大雨，等到喝完酒之后，天空有些亮了，雨也停了。

苗贵之说："趁天不下雨，赶快走家！"于是大家都迅速离开李万福家。

苗坦之一路哼着小曲往家赶，在家门前突然停下，他看见一个人吊死在门楼上，心不由自主咯噔一下，他走近仔细看了一下，是一个少女，不认识。

苗坦之立即意识到，肯定是这几年帮助人打官司，为穷苦百姓打抱不平，得罪了一些豪绅地痞，遇到对头星了，来者不可轻视，古语说，"死人头上有襫子"，只要是人死在你家地上，不管青红皂白，就要到大堂去打官司。

苗坦之手摸着耳朵，悄悄地向左右看看，周围都黑乎乎的，没有一点动静，他轻轻地拨开门闩进了院子。

苗坦之先到自己房间，汤国珍正在床上坐着。

"唉，我跟你说个事，你别害怕。"苗坦之坐在汤国珍身旁说。汤国珍忙向苗坦之身上靠，吃惊地睁着两只杏子眼问："什么事？"

"我说，你别害怕，有我呢。"

"好，好，我不怕。"汤国珍边说边伸手揽住苗坦之的腰。

苗坦之手抚摸着汤国珍的头说："不知哪个王八蛋想诬陷我，把一个少女吊死在咱家门楼上。"

"啊——"汤国珍大惊失色地看着苗坦之，紧张地坐起来问："那怎么办？"

"你别慌，外面大雨刚停不多一会儿，肯定下雨后挂上的，你睡觉吧，我跟大大他们说说。"苗坦之说完就走向他父亲的房门。

汤国珍慌忙穿好衣服也跟着苗坦之来到他父亲的房间，苗培元点上灯，杨苗氏也坐了起来，苗平之听到说话声也忙走进屋，都惊诧地看着苗坦之说。

杨苗氏手不停地拍着床边说："这可怎么办？这可怎么办？"

"别说话，听坦之说。"苗培元看着杨苗氏说。

苗平之说："这样，把她弄下来，我把她背西大沟扔了，趁深更半夜没有人看见。"

"我说也是，把死尸弄离我们家，不就没有事了。"杨苗氏接上说。苗坦之摇摇头说："这个办法我想过，我也帮人破过几次遗尸案，不行，他既然想办法来坑害我，就必定安排人在我们家附近来监视我们，要想其他办法，你们都不要担心，只管睡觉，我不叫你们起来，都不要起来。"苗坦之手抚摸着耳朵看着汤国珍的脚说，

367

"有啦！"

汤国珍吃惊地向苗坦之看去，又向自己的脚看了看，刚想说话，苗坦之说："都好好睡觉，哥，你也去睡觉，国珍来。"

苗坦之和国珍忙走到自己的房间，汤国珍忙问："你看我脚干什么？"

苗坦之笑着说："我想你的新鞋给我一双吧？"

"你要我新鞋干什么？"汤国珍惊讶地问。

"对付他们！"苗坦之说，"这鞋，你就不能再穿了。"

"中，只要能对付那些坏蛋。"国珍边说边走到自己箱子前，掀开箱盖，取出一双新的绣花鞋递给苗坦之。

苗坦之接过绣花鞋放在灯旁认真地看着说："做得太漂亮了，我舍不得，还有没有差些的？"

"没有，都是我自己画的花样，自己做的。"汤国珍向苗坦之白了一眼说，"我都舍得，你还舍不得，就这双差，拿去！"

"夫人，真难为你了。"苗坦之悄悄地把嘴附在汤国珍耳朵旁。

苗坦之轻手轻脚地把大门拉开一点点缝，自己蹲下，挪到吊死鬼的脚旁边，很快把新绣花鞋换给死尸穿上，然后拿好死尸的鞋轻轻把大门门上，用木棍抵上。

苗坦之回到屋里，看见汤国珍还坐在床沿上，苗坦之说："睡吧，睡吧。"

"我哪里能睡呀！"

"当初我说，你嫁给我要吃苦不安身的，你偏要嫁给我呢。"苗坦之微笑着说。

"我情愿，我愿意！"汤国珍把苗坦之抱住说："快上床！"边说边把灯吹熄了。

第二天，天一亮，汤国珍就叫醒苗坦之："你还不起床？"苗坦之翘头静听一阵说："不慌。"又搁头睡。

368

不多一会门外传来叽叽咕咕的声音，很多人挤在大门外，纷纷议论：

"这回苗坦之摊上事啦！"

"苗坦之得罪了人家，不然人家不会到他门上吊死！"

"苗坦之要抵命啦！"

"就是不抵命，这个家恐怕也不存在了。"

……

大家正在议论的时候，不知是谁已报告了地保，地保慌忙跑到苗坦之家门前，边喊边敲门："太阳都出来啦，怎么还睡呢？快快起来！"

过了一会儿，苗坦之揉着惺忪的眼睛边放开门边说："什么事啊？这么吵"定眼一看，惊奇地问，"你们都围在我门上干吗？"

地保不耐烦地说："还什么事？你家摊官司啦，你看看这边！"

苗坦之向女尸上下左右看去，故作惊奇地说："哟，这是哪家姑娘，我与你无冤无仇，你怎么到我家门上吊死呢？"

地保气愤地说："你装什么装！没有冤仇能到你家门上吊死吗？"

人群中议论纷纷：

"就是呢，无冤无仇跑到你家门上！"

"还是你苗坦之得罪了人家！"

……

苗坦之的家里人都走出门外看着。

苗坦之走近前，又上下看着女尸，然后大声地说："你们大家都来看，这一定是哪个断子绝孙的狗东西想陷害我，这位姑娘脚上穿的一双新的绣花鞋，鞋底雪白，连一点泥水也没有，大家看昨夜下大雨，你们的鞋子都是泥水，到处是泥水汪，而她的鞋底干净，鞋帮干净，难道她会飞来吗？"

大家都伸头看，地保把姑娘的鞋脱下，拿在手中向大家展示："是干净的。"

大家又是一阵嗡嗡的议论：

"这是诬陷！"

"这是对苗坦之有仇人干的！"

……

人群中有人认识上吊的这位姑娘，是竹墩宋满仓的女儿宋小丫，因宋满仓欠财主刘匡道的债，被刘匡道弄去家当丫头。

这时，宋满仓带着一帮人哭喊着来到苗坦之门前，宋满仓和老伴抱着女儿宋小丫哭喊不停。

人越来越多，苗自芳、刘匡道、严居林都站在人群后。

宋满仓含着泪指着苗坦之说："我闺女死在你家门上，你给我说清楚。"

苗自芳把嘴悄悄地附在刘匡道耳边嘀咕着。

刘匡道气鼓鼓地挤到前面，手指着苗坦之大吼："你个苗二赖子，还怎么赖？宋小丫是在我家干活的，怎么死在你家门上？"

苗坦之气愤地瞅着刘匡道说："我正要问你呢，宋小丫是被你弄去抵债当丫头的。"

刘匡道说："你说有人陷害，那你把陷害的人找出来呀！"

苗坦之向刘匡道瞄一眼说："我会找出来的！"

汤国珍惊恐地站在苗坦之身旁看着苗坦之。

宋满仓哭喊着："我不管谁陷害，女儿死在你家门上，你赔我女儿。"

这时，苗贵之、吴宝怀、周小民和李万福也早已挤在人群中，都焦急地看着苗坦之。

苗坦之向地保说："这明明是栽赃害我嘛！"

地保说："你们也不要争吵，你苗坦之要保护好现场。"转过脸向宋满仓大声地说，"你家人要哭到旁边哭，不准靠近，我要马上报告官府，他们来破案。"说完急忙走去。

现场围的人也都慢慢地离去。苗贵之、吴宝怀等人站在墙边没有走，都看着苗坦之，苗坦之在四处观看着。

苗自芳和刘匡道也和人群一起离开了现场。

苗贵之说："这分明是刘匡道家干的事。"

苗坦之说："是的，但是没有证据呀！"

汤国珍急忙问："那怎么办？"

"你们都别急，急也没有用，让我想想。"苗坦之看着他们说。

汤国珍看着大家说："对，我们急也无用，让他想想吧。"于是，都走到路上去了。宋满仓以及他带来的人也来到路上的另一个地方，站的站，蹲的蹲，也哭不出声了。

傍晚，州衙里派来的件作骑马飞奔而至，许多人又围了上来。小件作翻身跳下马，把马拴在路边树上，就直向吊死尸前走去，上下看看，左右瞧瞧，又找个板凳踏上去，伸手揭了揭女尸衣领，然后就跳下板凳，向围观的人看去，宣布说："此女宋小丫是被逼自缢而死。"停了一下又接着说："三天之后，你们苗家、宋家和刘家一起到海州大堂候审！停尸现场有苗家看管，不准其他人乱靠乱动。"

苗培元大声地喊："这也太马虎了吧，叫我家去大衙，冤枉！"

"是呀，凭什么叫苗哥家去大堂！"李万福和吴宝怀高声叫喊。

汤国珍着急地看着苗坦之说："怎么能这样，分明是陷害俺家！"

州件作翻身上马，打马而去。

苗坦之走到家人面前微笑着说："你们不要担心，州衙我不是常去吗，都散了吧。"转过脸向那些看景的乡亲说，"你们都回家吧，我苗坦之不怕去大堂。"

苗自芳和刘匡道边走边悄悄地说："哼，到了大堂，可就不由

371

你了！"

刘匡道接着说："首先三十大棍得尝尝吧！"

"哈哈——"两人情不自禁地不约而同笑起来。

苗坦之看着人都散去，自己还继续在门前场地上看着。当他走到门东旁麦垛边时，发现被人踩的泥坑里有一只鞋，他认真地看了一会，才弯腰去抠，结果是一只被泥水浸透的鞋，当他提起的时候，鞋上的泥水直往下流，他反复地看了看，又甩了甩鞋上的泥水，才看清楚是一只男子的鞋。他忙走进家，找了一块破布，把鞋包起来，放进自家的石磨底下，他坐在磨前思考了一会，又走出大门，向女吊尸看去，头脑里闪现出一线希望。

时间过得很快，州衙开审了，宋满仓和刘匡道在台下跪着，而苗坦之却坐在旁边的椅子上。

刘匡道不服气道："老爷，苗坦之为啥坐椅子上？"

知州王耀三角眼一竖，嘴一撇说："这个嘛，我允许的，你别管。"

刘匡道忍气吞声地直摇头，宋满仓两眼四下看像个呆子。知州王耀抓起惊堂木狠狠地一拍，把宋满仓吓得一愣。

知州王耀一本正经地说："老爷我现在开始审理你们这个案子！"转过脸向苗坦之看去问："苗坦之，你可知道杀人要抵命这个王法吗？"

苗坦之从容不迫地回答："这个嘛乡间百姓都懂，无须问我！"

王耀把惊堂木又一拍说："宋小丫吊死在你家门楼上，你还想耍赖，我看你苗二赖子这回赖不过去了吧！你要如实招来！"

苗坦之忙站起来看着王耀说："知州大人，我招什么？"王耀说："你杀死宋小丫的过程。"

苗坦之手伸向前说："你拿出破案的证据来给我看看。"

王耀气鼓鼓地说："你还强辩，那宋小丫现在还吊在你家门楼上，这其中干些什么，快快如实招来！"

苗坦之说："宋小丫下雨前一天还在刘匡道家干活好好的，我不知道夜里她怎么到我家门前的？"

王耀大耍威风，手指着苗坦之说："你胡说，想赖没门，你不知道，难道老爷我知道。"说完，手伸向签筒拿支签猛地扔台下，怒吼道，"给我打三十大棍。"

苗坦之手指着王耀说："慢着！请问知州，此案你到现场勘察了吗？宋小丫是怎么死的？身上有无什么痕迹？还有什么可以证明的？你把这几个问题说清楚了，不仅三十大棍，就是六十大棍我也接受！"

王耀张口结舌，半天才说："州衙里件作去验过尸了！"

苗坦之气愤地问："是怎么死的？"

王耀回答："是自缢身亡。"

苗坦之接上问："那宋小丫脖子上应该有什么样痕迹？"

王耀愣了半天，说不出话来。

苗坦之继续说："大家都知道，人命关天，出了人命案子，你知州不亲自去勘察，道听途说，就要治我，你讲不讲理。"停了一下，又接着说，"别说我不认识宋小丫，更没有仇，就是有仇，她深夜到我家还要走半里路，又下雨，那脚上、衣服，为什么连一点泥水也没有呢？她吊的绳子串在我家门楼梁又上，应有梯爬上，或下面有垫的东西，才能扣紧绳子，可什么也没有，难道她是飞到我家门楼找我这个冤头的？"

台下围观的人纷纷议论起来，师爷郑生安向苗坦之微微笑着。

王耀明知自己无理，也知道苗坦之是有理的，无论如何也想不出什么招数来治苗坦之了，本来事先想好了的，不管怎样先给苗坦之个下马威，打他三十大棍，灭杀苗坦之的气焰，可在大庭广众之下，身为知州又不得不讲理，又想到苗坦之是个不可惹的人，免得为此案弄出麻烦，被撤职，端不稳知州这碗饭，身败名裂，全家跟着受罪……无奈只好宣布："此案本官重新查验，再行公断！"

刘匡道愣愣地望着王耀。

苗坦之站起，拍拍衣服，大步走去。

师爷郑生安和判官胡仁贵都毫无表情地向后门走去。

知州王耀憋着满肚子气要治苗坦之，在庭审第二天，命州衙的师爷郑生安、判官胡仁贵、仵作和衙役都去南双店，就在南双店审理此案，让南双店的人都知道苗坦之杀人了，同时也树立一下自己的威风。

听说知州要亲自到南双店来审理案件，南双店像六月天烧开的热水一沸腾了，男女老少涌到了苗坦之的门前广场。

衙役在门前地上画了隔离线，围观的人都在线外，三面都有衙役手握水火棍站在线内指挥。

苗坦之家搬了桌子和板凳放在门前。

苗坦之看着知州王耀说："草民就这个条件，请知州大人委屈凑合用吧！"

知州向灰桌破凳看去，三角眼一竖说："那就凑合吧。"

王耀忙转过脸看着衙头周大年和另一个衙役说："把女尸放下来，本官查验。"

周大年和另一个衙役把绳索解开放在地上，王耀和仵作一起查看，叫仵作把宋小丫胸前衣服扒开，宋小丫的胸部和腹部都有被人抓破的血痕，内裤被撕破，很明显是被人强暴不从，撕打所留下的血印。又看死者脸色呈青紫色，脖子绳勒处并没有血肿痕印，证明死者是被捂死后，由其他人弄到门楼木梁叉上吊起来的，并不是自己上吊死的。

王耀和仵作看完后坐在桌子旁说了一会，王耀三角眼一睁一合，双眉紧皱。

苗坦之走向前悄悄地说："请问知州大人，是否想澄清此案？"

王耀的三角眼一竖说："不破此案我来干什么？"

"那好，我想知州大人经过验尸勘察，不难发现宋小丫白天还在刘匡道家干活，在暴雨的夜里跑半里多路到我家门楼上吊，衣服和鞋应该是湿的，鞋底应该是有泥水的吧，何况我家与宋小丫不相识，远无冤近无仇，宋小丫就是想死也不至于雨夜走半里路到我家门上死吧？"苗坦之看着王耀说。

王耀说："应该是，可你又有什么证据呢？"

苗坦之说："请大人考虑，既然宋小丫前一天还在刘家干活，那强暴者也应该是在刘家的人所为。"

刘匡道和苗自芳等人站在那边路上愣看着，宋满仓和家人也愣愣地看着。

王耀愣了半天问："你怀疑是刘匡道？"

苗坦之说："我不怀疑他，但是我断定是男子汉把宋小丫弄到门楼上的，我曾帮人与刘匡道打官司，刘与我有私仇，刘恨我，请等一下，我这有。"苗坦之说着忙跑进家院，从石磨下取出在泥地里抠出的泥鞋，忙走出来递给王耀说："这是我在泥泞地里抠出来的一只男人鞋，我认为是刘匡道家里人所为，刘匡道逃不了干系，这只鞋子必定是刘家人深夜移尸，慌乱之中致鞋子陷泥窝里丢失。"

王耀拿着被泥水浸泡的鞋子翻来覆去地看。

刘匡道和宋满仓惊奇地看鞋子。

苗坦之又悄悄地说："知州大人，我在帮你破案呢，只要把丢鞋的人找到，那凶手自然就知道了，刘匡道家家丁有好几个。"

王耀向苗坦之看去问："你怀疑是他家家丁干的？"

苗坦之说："不是怀疑，这鞋子不是刘匡道穿的，而是下人穿的。"

王耀手拿起鞋向人群一扬说："苗坦之在这门前泥地抠出这只鞋子，大家看看谁认识，是谁的？"

围观的人不约而同地向鞋子看去。

刘匡道也认真地看去。

霎时，围观的人议论不停。

"没有见过！"

"被泥水浸泡了，不好认！"

苗坦之看着王耀说："大人，你叫刘匡道叫他家家丁全部都来，审一下，不就知道了吗？"

王耀看着刘匡道说："刘匡道，你通知你家所有男子汉都来！"

刘匡道吃惊地说："怎么又怀疑是我家人干的？！"

王耀三角眼一合说："澄清不是你家人干的不更好吗？"

刘匡道愣了一下，"那好吧！"转过脸向身后一个人说了几句，那人就忙走去。

苗自芳看着王耀直摇头。

刘匡道悄悄地跟苗自芳说："知州大人怎么听苗坦之指挥？真的的。"

不多一会儿，刘匡道家儿子刘大福和家丁都急忙跑来。

王耀向苗坦之斜眼说："这要查不出来，你可不要怨我对你不客气了。"

苗坦之说："中！"

王耀甩甩衣袖坐在小桌子后，把惊堂木一拍说："升堂！"

两旁衙役手握水火棍向泥窝里捣，嘴里发出"嗷嗷"声。

王耀头晃了晃，耍起了威风说："原先、被告都给我跪下。"

苗坦之这下没有办法了，这不是大堂上，这是在自家门前，他愣了一下，微笑着跪下。

王耀向苗坦之投去藐视的目光，心里暗暗地想，你苗坦之现在是被告，不得不下跪，哼，审不出，我可要把你带人州衙大牢了……

汤国珍着急地向苗坦之不停地看去，苗贵之、吴宝怀等人的目

376

光都集中在苗坦之脸上，苗坦之坦然地向他们微微点点头。

王耀突然把泥鞋子朝小桌前边一扔，说："这是哪个鞋子？是哪个雨夜把宋小丫挂在苗坦之家门楼上的？坦白从宽，抗拒从严，老爷我知道你自己交代出来无罪，不交代甭说老爷我铁面无私，那一定要杀头的。"

围观的人立即"嗡嗡"地议论起来。刘匡道家的两个家丁，一个叫蒋呆子，另一个叫贾发才忙挤出人群，突然跪在小桌前，像鸡啄食似的向王耀边磕头边说："大老爷饶命！大老爷饶命！"

刘匡道看着两个家丁一跪下，知罪行已暴露，不由自主身子歪倒在苗自芳身上，苗自芳忙把揽住，悄悄地说："冷静，冷静！"

王耀看着刘匡道愣了。

苗坦之看着王耀说："知州大人审案哪！"

王耀看着两个家丁，半天才问："这鞋子是谁的？"

蒋呆子全身颤抖地说："是，是我的。"

王耀说："把事情经过陈述一遍。"

蒋呆子说："少爷他，他——"

王耀问："你少爷是谁？别怕，慢慢说。"

蒋呆子结结巴巴地回答："咱少爷就是刘匡道老爷的儿子刘大福，他把宋小丫摁床上要跟她睡觉，宋小丫就大喊大叫，我和贾发才在门外正进院子，听到喊叫声，忙跑去看，就看少爷把宋小丫衣服扒开，手拿着衣服捂在宋小丫嘴上，咱俩吓得忙往后退。后来少爷出来看见咱俩就叫咱不要说，接下来老爷就来家了，少爷叫咱俩回南屋去。晚饭后，老天下雨了，老爷叫我和贾发才到宋小丫住的屋，要把宋小丫尸体挂在苗坦之的门楼上，当时大雨已停，老爷叫我们要快，不要被人发现，由于心慌，挂完宋小丫转回跑的时候，我的一只鞋陷泥窝里去，由于害怕被人看见，我弯腰摸一下，没有摸到鞋，就跟贾发才一同跑回去了。"

王耀惊讶地向刘匡道看去一眼，又向刘大福瞅去。

刘大福早已全身发抖了，幸亏有两个家丁一边一个把他扶住没有倒。

王耀把惊堂木一拍，问："贾发才，蒋呆子说得属实吗？"贾发才跪在地上浑身颤抖不停地说："老爷，属实，属实。"

师爷郑生安忙捧着蒋呆子口供，走到蒋呆子面前叫画了押，接着贾发才也画了押。

王耀大声叫道："把刘大福绑了！"

衙头周大年和另一位衙役把刘大福绑了起来，拉到小桌前面摁倒跪地。

王耀问："蒋呆子所说是事实吗？"

刘大福结结巴巴地回答："是，是事实，宋小丫是我捂死的。"师爷郑生安忙捧着口供来到刘大福面前，刘大福画了押。

王耀气愤地说："把杀人凶手刘大福打入死牢！"转过脸向苗坦之看去说，"被告苗坦之无罪！"

围观的人群里又发出"嗡嗡"地议论：

"苗坦之不会干这杀人的事的。"

"这明明是陷害苗坦之家的。"

……

王耀把惊堂木一拍说："大家肃静！肃静。宋小丫由刘匡道家安葬，另外赔偿宋满仓家白银二百两，此案就这样结啦！"

苗坦之忙说："知州大人，此案怎么能这样结了呢？"

王耀一愣，看着苗坦之问："不是宣布你无罪了吗？你还有什么话说？"

苗坦之高声质问道："大人，哪有像你这样断案的，断一半就结了，那诬陷我，栽赃陷害我，想置我于死地的幕后罪魁祸首难道不应该受到惩罚吗！？"

围观人群中很多人叽叽喳喳喊叫着：

"应该受到惩罚！"

"应该受到惩罚！"

"老爷判案不公！"

……

王耀像热锅上的蚂蚁，坐在凳子上晃着身子，目不转睛地向刘匡道看去，心想：刘匡道，本官也偏袒不了你了，谁叫你碰苗二赖子这个对头呢，本官对此案要不秉公判案，苗二赖子不会甘心罢休的，他要认起真来，我这个知州也不一定坐稳呢，何况你南双店许多百姓亲眼目睹，本来想在你南双店现场办案，要使苗二赖子身败名裂，显示一下本官不是吃素的，可万万没有想到你刘匡道做事用人不谨慎，这也难怪，本官不得不对你用刑了……想到此，把惊堂木狠狠一拍，高声叫："刘匡道，你知罪吗？"

刘匡道心里早已忐忑不安，头脑里一直盘旋着，事情已暴露了，有两种可能：一是自己送了银子给知州王耀，王耀会不追究他了；二是，苗二赖子这个对头，不会善罢甘休，何况知州王耀也没有他点子多。正在思虑时，突然听到知州王耀高声叫他，他十分惊讶，慌慌张张走到知州王耀面前跪下说："我知罪，知罪！"

围观人群又一阵骚动：

"刘匡道还是这样的人啊！真坏！"

"真是坏心肠！走黑道一点不假！"

"自己干坏事，还想嫁祸给人！"

"要狠狠治治他！"

……

王耀又把惊堂木一拍说："肃静！肃静！"

全场立刻安静下来。

王耀伸手把筒里签字拿出扔向前，大声地说："给我打二十

379

大棍。"

于是两个衙役举起水火棍打了起来，刘匡道在泥地翻来覆去地滚着、喊叫着。

人群中许多人又"嗡嗡"说起话来，吴宝怀忙突然高喊："使劲打，这个坏蛋！"

于是，周小民几个人也接着喊："打得好，使劲打！"

二十棍打完之后，王耀说："刘匡道听着，先把宋小丫安葬好，等候处理！"

刘匡道跪在地上连声说："中！中！"

苗自芳皱着双眉目不转睛地看着王耀。

王耀向苗坦之斜视一眼，大声说："退堂！"

苗坦之还想说什么，可是王耀已经站起走到师爷郑生安面前，说着什么。

围观的百姓都散了，吴宝怀、周小民、李万福等人忙跑到苗坦之面前高兴地把苗坦之抬了起来，高兴地欢呼起来。

# 第三十章

本来苗自芳、严居林和刘匡道在海州时请王耀赴宴时说好了，只要知州王耀到南双店无论什么事，都由他三人招待。这次带着州衙有关人来到南双店现场办案，苗自芳做了精心安排。

当王耀审完这一案，宣布退堂之后，总觉得心里不痛快，案情的发展以及结果完全出乎自己的想象。开始听说苗坦之门上有少女上吊，苗坦之成了被告，心里有说不出的高兴，认为这下子你苗坦之难逃罪责，并亲自到南双店来当众办案，羞辱完苗坦之，再把苗坦之带回州衙打人死牢，显示一下自己的威风。可杀人犯罪的不是苗坦之，而是自己相信的并接受人银两的刘匡道，本来想偏袒刘匡道，可碰见的是聪明过人的对头，步步紧逼，又在大庭广众之下，众目睽睽，只有办到底。

宣布退堂之后，苗自芳看见王耀几人走到路口，忙跑向前说："大人，饭菜已准备好！"

王耀猛抬头看见苗自芳一怔，生气地说："不吃啦！"边说边向大路走去。

苗自芳站在路口感到十分尴尬，眼巴巴地望着王耀离去，直到刘匡道走到身后，才转过脸来气鼓鼓地说："怎么弄的，你养的是什么家丁？"

刘匡道难为情地说："真没有想到，会弄成这样！"

"知州气得连饭也不吃走啦。"苗自芳翻着牛眼瞪着说。

"唉，我也被气糊涂了，等我处理完事，还请苗兄帮我想办法。"

"走吧，快回家吧，办完事再说。"苗自芳说完转脸就走，边走边想，本来商量计划好的事，满认为移尸就把苗坦之治倒的，可事情会败露在家丁手里，又进一步想到：宋小丫脚上怎么会穿一双新鞋呢？刘匡道家不会给已经死了的丫头穿一双新鞋吧？是不是苗坦之做了手脚？苗自芳想到了苗坦之。

人都散去以后，苗坦之看着大家说："我考虑，这个移尸把宋小丫挂在我家门上这个点子好像不是刘匡道想出来的。"

"那会是谁？"苗贵之忙问。

大家都眼睁睁地向苗坦之看去。

苗坦之手摸一下耳朵说："我观察考虑，好像与苗自芳有关。"

"他？！"周小民和吴宝怀吃惊道。

"开始，我看苗自芳很得意的样子，到家丁跪下说出事情真相时，他表情变得很异常，又微微摇摇头，又不停地看刘匡道。"

"这个老东西，始终与你作对，哪天给他点颜色看看！"吴宝怀说。

"对，对！找点岔子，不然不老实！"周小民附和着。

"我怀疑他与刘匡道和严居林几个人勾结起来，办我的事。"苗坦之皱着眉说。

"苗自芳太不是个东西了，那天打小麦，我哥麦场靠近他家麦场，他家打完了，我哥向他借石滚用，他都不借。"李万福忙打断苗贵之的话说。

苗坦之把手伸向耳朵旁抚摸着说："走，他说我是苗二赖子吗，今天就赖他一回！"

"怎么赖？"苗贵之忙问。

"你们几个人就听我的，别多问。"苗坦之说。

"嘿嘿，看来我哥又想什么新鲜点子啦！"吴宝怀笑着看苗坦之说。

"像苗自芳这类人就得治治他，邻墙靠舍的，借个石磅用用都不给，没有人味儿！"李万福说。

"哥，到哪去？"周小民问。

苗坦之说："万福，你带我们几个人去你哥麦场看看。"

"那有什么看的，现在麦子打完，麦穰都堆好了。"李万福说。

"我叫你走就走是了。"苗坦之说。

不多一会儿来到麦场，李万福手指着麦场说："这边是我哥的麦场，麦穰垛子，那边是苗自芳的麦穰垛，旁边那四个石磅就是苗自芳家的。"

"走，去看看。"苗坦之边说边向石磅走去。

李万福带头，几个人就走了过去。这时，太阳快要落下去了，麦场上已没有人。苗坦之来到石磅旁弯腰数一下石磅的齿，然后又拉拉磅脐问："这是什么木做的？"

苗贵之说："一般都槐树做的，其他木头不结实，槐木经磨。"

"是槐木，都是槐木。"吴宝怀边看边说。

苗坦之直起腰向四周看了一圈说："这样，你们几个人，明早吃过早饭，贵之哥你帮我拉个牛车到我家门前路上，我们一起去把石磅装上车。"

"那是苗自芳家的石磅，你拉，他能让你？"周小民惊讶地说。

苗坦之微笑着说："是我的啦，你们都不要多说话。"

大家都惊疑地看着苗坦之。

"就这样，那一个磅子我们能抬动吧？"苗坦之看着苗贵之问。

"能，我们两个人就能抬起来。"苗贵之说。

"好，就这样。我今天晚上就要对苗自芳说，明天我拉磅子。"苗坦之说。

"可不要打架哟！"周小民担心地说。

"不会的，放心吧。"苗坦之微笑着看着大家说。

第二天早饭后，苗贵之赶着牛车，苗坦之、吴宝怀、周小民和李万福等人坐在车上有说有笑地来到苗自芳家麦场边上，他们下了车，就把四个碌磅向车跟前滚。

这时，苗自芳带着苗青早等家丁赶来，苗自芳边走边着急地喊："停下！停下！"

苗坦之几个人根本就不听，继续滚。

苗自芳几个人来到跟前就阻止说："不能滚！"

苗坦之说："二叔，你糊涂啦，你说你家麦子多，要借我家石磅用，我说俺家要用，你说我家麦子少，要不就租一个石磅，一个麦季两吊钱，四个共八吊钱，我同意了。你拉去用了，这用完了不仅不还，还要我找人来拉。"

苗自芳气得脸又红又紫说："你胡扯，这是我家石磅，怎么成你家的呢，谁说租你家的！"

苗坦之说："你还想赖我呀，这石磅是房山石头做的，六两银子一个，这大热天，也不用东西盖住，晒裂炸了，你赔得起吗？"

苗自芳气得脸上麻子直跳说："你这二赖子还成精了，还要赖我石磅！真是不讲理！"

苗坦之说："是我不讲理，还是你不讲理，明明是我家的石磅吗！"苗坦之向苗贵之看去说，"你几个人跟我把石磅往牛车上抬！"

苗自芳高声吼道："不能抬！"

苗贵之几人假装抬，吴宝怀惊讶地向苗坦之看去。

苗坦之说："你怎么不讲理呢！"

384

苗自芳气鼓鼓地说："明明是你不讲理，好，那咱俩到州衙去，看谁不讲理，由知州判！"

苗坦之说："好，我还怕你到州衙打官司不成！走！"边说边向苗贵之几个人挤挤眼。

苗自芳和苗坦之走一路吵一路来到海州衙，苗自芳主动去击鼓，两人走进大堂，双方都跟去几个人。苗坦之走到台子下边坐椅子上了。

知州向苗坦之看看，又向台下看看，笑着问："你两人又为何事来到州衙？"

苗自芳主动说苗二赖子赖他家石滚。

知州王耀微笑问："苗先生，苗坦之，你说那四个石滚是你家的，你家石滚是什么样子？"

苗坦之说："知州大人，我家石滚是祖传，是二十个齿，房山石做的。"

王耀问："苗自芳，你家的石滚呢？"

苗自芳说："大人，我家石滚也是二十个齿，房山石做的。"

吴宝怀吃惊地向苗坦之看去。

苗坦之接着说："我家的滚脐都是槐木做的。"

苗自芳忙接着说："我家的滚脐也是槐木做的。"

"怎么我说什么你说什么呢？知州大人，这下面让他先说，还有什么记号，说清了，说完了，我再说。"苗坦之说。

知州王耀忙接上说："好，那你先说，本老爷是公道的。"

苗自芳愣了半天，麻脸涨得又黑又紫，说："我没有的说了。"

知州王耀转脸向苗坦之看去说："苗坦之你说。"

苗坦之说："你没有的说了，那我就从头说，我家麦子少，四个滚子用不着，往年也经常借给人家用，有的是租的，我怕在麦场上与其他人家石滚弄混了，我就多了个心眼，在每个滚脐眼里放上

385

我写在纸片上的名字'苗坦之'三个字，有凭有据！"

苗自芳说："知州大人，他尽胡说，有名的苗二赖子，又想赖我家磅子，我家石磅子怎会有你名字呀？哼！鬼才相信呢！"

苗坦之说："知州大人，你看这样行吧，如果四个石磅脐里有我的'苗坦之'三个字，那就是我的，他苗自芳必须支付租金八吊钱，是他赖我的，如果那四个石磅里没有我名字，是我赖他，我给他八吊钱。"

苗自芳忙高兴地说："中！中，知州大人，就这样，苗坦之你可别后悔。"

苗坦之微笑着说："我从来没有后悔过。"

知州王耀看了看苗自芳，又转过脸看坐在椅子上的苗坦之说："你两人商量好了，那老爷我就判了？"

苗自芳高兴地说："就请大人判吧！"

苗坦之说："判吧！"

知州王耀晃了晃上身说："本官再重申一遍，四个石磅都是二十个齿，房山石做的，磅脐本是槐树木做的都一样，如果磅脐里有'苗坦之'名字，那石磅就给苗坦之拉走，苗自芳给苗坦之租金八吊钱；如果磅脐里没有'苗坦之'名字，那就证明是苗自芳家的，是苗坦之想赖人的，那要赔给苗自芳八吊钱，此案由判官胡仁贵带衙役去执行，现在退堂。"

苗自芳得意地向台上王耀投去笑意，忙转过脸走到苗青早跟前悄悄地说："你注意，不要让苗坦之他们有一个人先跑回家，他苗坦之就是现在写名字也来不及了。"

苗青早频频点头说："他跑不了！"

苗贵之走到苗坦之身旁说："你怎么胡说八道，那磅脐里怎么会有你名字呢？"

"哥，你就现在写，也来不及了。"吴宝怀着急地靠近苗坦之说。

"哥，你这次怎么这样粗心，那四个石磅里怎么会有你的名字，白白掏八吊钱给他！"周小民埋怨着。

苗坦之微笑着说："赔就赔呗，不就是八吊钱吗，咱又一次来到大堂。"

苗青早听到苗坦之的话，忙悄悄地跟苗自芳说："叔，你听到吗，赔就赔呗。"

苗自芳说："我听到了，哼！赔，你苗坦之是肯定赔给我八吊钱了，也有你赖过火的时候。"

苗青早说："这可是他自找倒霉，也不是我们找他的，无中生有，想赖，没有那么便宜！"

苗自芳说："你再聪明，也有你愚蠢的时候，那明明的四个石磅在那儿，那磅脐里就会有你的名字，简直是说昏话！"

苗青早说："这次我叫咱南双店男女老少都知道你是个赖子，从此你身败名裂，人见人嫌弃的癞皮狗！"

他们各自说着自己的看法，苗自芳和苗青早越说越高兴。可紧跟在苗坦之前后左右的苗贵之几个人就不那么高兴，都很担心，认为苗坦之赔苗自芳八吊钱十有九准了，这倒是小事，而苗坦之的名誉将在南双店的人们心中一落千丈，他们埋怨苗坦之不该胡说八道。

判官胡仁贵带着两个衙役，在苗坦之的人后边不声不响地跟着，胡仁贵想到：苗坦之既然说磅脐里有他的名字那就肯定有，因为这几年常到州衙打官司，他了解苗坦之不仅聪明过人，而且说话实在，有理。至于石磅脐里有苗坦之的名字是怎么弄的，他猜不出，因为苗坦之与苗自芳在麦场上发生争执就来到州衙大堂，苗坦之没有离开苗自芳，而且与苗坦之一起来的几个人，也没有中途离开大堂的，苗坦之现在写名字是来不及的，也是不可能的，说明苗坦之在家早已做了手脚，这一点给胡仁贵猜想到了。

当他们来到麦场上时，没等苗坦之说话，苗自芳就高兴地手指向那四个石滚对胡仁贵说："胡判官，那石滚就是我家的。"

苗坦之说："怎么你总是赖说你家的呢？"

这时，引来了许多百姓看热闹，都站在周围。

判官胡仁贵说："你俩还争什么？把滚脐心拔出来，看里面有没有'苗坦之'三个字就清楚了。"

胡仁贵说："你们都退后，有衙役拔。"

一个衙役弯腰去拔，费了很大劲才拔出来，手指又伸进去，摸出了一个纸条交给了胡仁贵。胡仁贵细心地把纸条理开。

苗自芳和苗青早头伸得像鸭脖子似的仔细看胡判官手中的纸条。

胡仁贵说："是'苗坦之'三个字。"把纸条伸到苗自芳、苗青早面前，又伸到许多百姓面前。

苗自芳和苗青早大惊失色，互相惊讶地看着。

苗自芳半天才说："怎么会这样，这石滚明明是我们家的，用了多少年了，怎么会有他的名字呢？"

苗青早也很纳闷地看着苗自芳。苗贵之他们兴奋无比，吴宝怀高兴地说："大哥会神机妙算！"

围观的众人也都议论纷纷。

胡仁贵说："再拔第二个滚子！"

那位衙役又去拔第二个石滚脐心，手指伸进里又摸出纸条，递给了胡仁贵。胡仁贵又把纸条理开，看着说："还是'苗坦之'三个字。"边说边把纸条送到苗自芳、苗青早面前，接着又送到围观的众人面前。

苗自芳看着苗青早气鼓鼓地说："真出鬼了，怎么回事呢？"

接着胡仁贵又叫那个衙役把第三、第四个石滚脐心拔出，都有"苗坦之"三个字。

苗自芳气得脸又紫又黑，怒吼："真他妈出鬼了，都有他的名字。"

苗坦之说："怎么样，我说得不假吧！胡判官！"

胡仁贵大声地说："你们两人都听着，按照知州大人的判案执行，石磴脐里有苗坦之的名字，这石磴是苗坦之借给苗自芳用的，四个石磴租金共八吊钱应交给苗坦之，事实证明，不是苗坦之赖苗自芳的。"胡仁贵转过脸看了一圈说，"苗自芳呢？"

苗自芳在人群后说："在这呢！"

胡仁贵说："赶快把八吊钱交给苗坦之，我们还要赶路呢。"

苗自芳对苗青早说："你身上有多少？我身上不够。"

苗青早向钱褡子里摸，然后摸出钱递给苗自芳。

苗自芳数了数递给苗坦之，气愤地说："八吊整，拿去！尽耍鬼点子，赖我！"

苗坦之微笑着说："知州大人和胡判官都判完了，四个石磴是我的，到底是谁赖谁。我这可不是要什么鬼点子，正大光明经知州判的，胡判官亲自到现场宣判，恐怕有人暗地里要些鬼点子不敢见人吧，结果还是惨败！"

苗自芳瞪着大眼问："你说谁暗地里要鬼点子？"

苗坦之板着脸说："谁要谁心中有数，企图想治倒我，结果还不是搬起石头砸自己的脚！"

胡判官向苗自芳瞅一眼，又看看苗坦之说："好了，此案处理完了。"

苗坦之向苗贵之说："贵之哥，你们几个人帮我把石磴拉去家！"

苗自芳和苗青早呆若木鸡。

有的围观人还不走，苗自芳气哼哼地说："还看什么看！都走！"

那些人都瞅着苗自芳而离去。

苗坦之向苗贵之几个人说："请你们几个人把我家石磴抬上牛车。"

话音没落，苗贵之几人就把石磅一个个抬上牛车。

苗坦之转脸向苗自芳说："二叔，做事为人要守信用，借东西要还，还要感谢人家，你可好，还要拉我去官府打官司，这还不算，还硬说石磅是你家的，说我赖你，到底是谁赖谁呀？这不，好好叔侄关系被你也搞生疏了。"

苗自芳眼巴巴地看着自己的石磅被人拉走，气得麻脸更黑更紫，两只大眼瞪得比鸡蛋还大。

苗贵之赶着牛车，吴宝怀、周小民和李万福捂嘴直笑。

苗青早看苗坦之把石磅拉到大路上，转过脸看着苗自芳说："叔，叔，走家吧！"

苗青早连喊两声，苗自芳才醒悟过来说："真他妈窝囊。"

苗青早说："这个苗二赖子，什么都赖，连石磅也赖！"

苗自芳突然"啊"了一声。

苗青早问："怎么啦？"

苗自芳看着苗青早说："我想起来了，这事出在李万福身上。"

"怎么又出在李万福身上呢？"

"前一时间打小麦，李万福他哥向我借石磅打麦，我没答应，李万福跟苗坦之说了，估计他们想点子来赖石磅子的。"

"不可能吧，是李万福他哥，也不是李万福事。"苗青早说。

"嗯，我越想越是的，这些穷鬼，看来以后我们还要注意了，弄不好就挨他算计！看来苗二赖子的名字纸条早就放进去了。"

"这谁会注意到这石头，打过麦子就放一边去了。"苗青早说。

苗自芳说："以后千万注意，这些穷鬼还不可得罪。"

苗自芳窝着一肚子气回到家，饭也不想吃，自个儿坐在家院槐树下，皱着眉头在回想着：这苗坦之赖石磅是苗坦之早已想好了的，损失就损失点吧，到秋天再买吧，可是，苗坦之最后的话确实留给了他无限的寻思，那就是说他暗地里耍鬼点子，想治苗坦之这个意思，令他惊讶，莫非在刘匡道家密商移尸一事泄露出去了，可是又一想，那天刘匡道找他没有人看见，密商时也就是他与刘匡道两人，连第三个人都不知道，那苗坦之的说话意思像知道他苗自芳与刘匡道出点子，陷害苗坦之……百思不得其解，最后，决意找刘匡道问个明白。

苗贵之几个人把石磅拉到苗坦之大门外，几个人就把石磅抬下来放下。

吴宝怀看着苗坦之问："哥，你要早说磅脐里有你的名字，俺也不叫担心，不憋得慌啦！"

"是啊，是啊！"周小民和苗贵之不约而同地说。

"我要早说啦，你们的表情都是兴奋的，万一被苗自芳发现，或者被知州发觉有问题，那不就泡汤啦。"苗坦之停下，又接着说，"在州衙出来，我看你们几个人仍然担心，我几次想跟你们几个人说，可我看前面有苗自芳的人，后有判官衙役，我怕万一出了问题，你们情绪再变化。"

苗贵之说："对，你这样想也是对的，这不大家都知道了！"

"哥，你怎么想起的，什么时候把纸条塞进石磅脐眼里的？"周小民忙问。

"李万福说苗自芳不借磅子给他哥用，我就动脑筋了，到麦场一看，我手摇磅脐的槐木，都是活动的，能拔能塞，我就想写个名字放进去，谁也不会想到，他苗自芳也不会想到，回来到家，天黑了我就去了，把写好的纸条塞进磅脐眼里，我怕有人拔掉，我特意用脚向里蹬了蹬。"

"哥，你真聪明，这个苗自芳不给他点颜色看看，更坏！"李万福说。

"这回苗自芳明知被你操了，又赔八吊钱，又失掉四个磅子，还不疼死。"周小民说。

"他会感到窝囊的，有苦说不出，这又是经官方处理的。"苗贵之笑着说。

　　"哥，这回就这样，看到像苗自芳这样人不老实，跟我们穷人玩阴的，我们就给他玩阳的。"吴宝怀气愤地说。

# 第三十一章

　　五月收过小麦时下了一场雨，然后就一直没有下雨，天干地旱，骄阳似火，庄稼都干死，人闲着身上全是汗水。

　　这天，苗坦之在学馆里回家，路过吴宝怀家看吴宝怀坐在门前槐树下乘凉，吴宝怀叫他凉快一会儿再回家，他也就坐下了。

　　不多一会儿，从路上走来一位青年走到吴宝怀面前问："这位大哥，请问苗秀才家住哪里呀？"

　　吴宝怀向苗坦之看去，然后向那位青年噘了一下嘴说："算你找巧了，他就是。"

　　那位小青年高兴地说："真巧。"

　　苗坦之向那小青年看去问："你找俺有啥事？"

　　"我叫贾小河，是黄庄的，因为与表叔一点小事吵起来，接着就打，我把表叔的两颗门牙打掉了，表叔昨天已到海州大堂去告我了。"

　　吴宝怀忙接上说："你这不对了，怎么打起表叔呢！"

　　贾小河说："他先拿鞋底橹我，我红了眼，忙抄起棍就打起来，没想到棍头打到表叔嘴上。"

"那他告你没错，不知礼数，晚辈对长辈行凶还得了。"苗坦之说。

贾小河说着眼泪流下了说："俺听那海州大堂，不管三七二十一，只要进去，先打几十大棍才让你说话，我就怕挨打，听说苗秀才苗先生点子多，是个好人，专为人打官司出点子，我想请苗先生给我出出点子，只要不挨打就成。"

吴宝怀看着苗坦之，又看一下贾小河说："你这亲戚怎么打起官司来了呢？这以后不就处生疏了吗？"

苗坦之皱着眉头，然后问："你经常到你表叔家去吗？""嗯！我与表叔家表哥很好，经常在他家吃住。"贾小河说。"那就叫你表哥劝劝你表叔不要告你了。"吴宝怀说。

"俺表叔脾气偏，谁的话也不听。"贾小河说。

苗坦之手摸着耳朵，然后停下愣一会说："你既然来找我，说明你相信我的。"

"是的，是的！"贾小河忙打断苗坦之的话说。

"你明日响午来。"苗坦之向吴宝怀过道里瞅一眼，接着说，"也就到这个地方来，你表叔叫什么名字？"

贾小河高兴地说："好！好，俺明天响午前准到，俺表叔叫黄大富。"

吴宝怀看着贾小河走远了，说："哥，这小青年的事不可揽，他们是亲戚，俗话说，真亲不恼一百天。"

"嗯，你说得对，我也这样想的，可他跑这么远路，又怕打，还是答应他吧。"

"哥，你这有什么办法想。"吴宝怀担心地看着苗坦之说。"

我想想呗，已经答应他了。"苗坦之皱着眉头边说边走了。

第二天吃过早饭后，苗坦之来到吴宝怀家门前，正巧吴宝怀从过道里走出来。

苗坦之说："我记得你有一件破羊皮棉袄的，你把它拿出来给我看看。"

吴宝怀惊奇地说："这大热天的，你要它干什么？"

"你拿出来就是了，我有用。"

"好，你等着。"吴宝怀边说边向家里走去。

吴宝怀把羊皮棉袄拿在手里边走边说："给你，手拿都淌汗。"

苗坦之接过，两手抓着领子扯了扯，然后向自己身上穿去，吴宝怀吃惊地看着。苗坦之穿好后，上下左右看看说："可以。"然后又脱下。

"可以什么，你要穿的话，到天气冷了，你拿去是了。"

苗坦之看着吴宝怀说："你抱一抱柴草放在过道里空地上，你坐在门旁向东面路上望去，贾小河来了，离你家几十丈远时，你对我说。"

"你要干什么，又是皮袄，又柴草的？"吴宝怀疑惑不解。"

现在不能跟你说，你也别多问。"苗坦之说。

"好，我的哥唉，又出什么新点子，现在我就坐在门旁望着贾小河。"吴宝怀说，"天也太热了，我得找把扇子，你要不要？"

苗坦之微笑着说："我暂时不要，我考虑贾小河要来了。"

"那我在门旁坐着。"吴宝怀边说边又回大门外坐着。

不多一会儿，贾小河在东边路上出现了，他头戴斗篷，上身披着小褂子向西走来。

"哥，贾小河来了。"

"他来问我，你就说在屋里呢。"苗坦之边说边点燃柴草，然后不慌不忙地穿上吴宝怀找出的破羊皮袄，坐在火堆旁烤起火来。

"苗先生呢？"贾小河边走边问吴宝怀。

吴宝怀向屋里噘了噘嘴："在屋里等你呢。"

贾小河推开一扇门，看见苗坦之身上穿着羊皮袄，坐在火堆旁，伸着双手在烤火。

贾小河吃惊地大叫："苗先生你怎么啦？"

苗坦之抬头看一眼说："你来这么快呀！快，往前蹲下烤烤呗。"

"不，不，这大热天烤什么火？你——"贾小河惊疑地向苗坦之看去。

苗坦之说："你往我跟前靠靠，我穿羊皮袄都不怕烤火，你上身光着还怕烤火呀！"

贾小河勉强向苗坦之面前凑去，苗坦之突然站起来，两手抱住贾小河的腰，嘴触贾小河肩头，狠狠地啃了一口，立即鲜血淌出。

贾小河向后挣扎，惊恐地问："你咬我干什么？"

苗坦之手擦一下嘴，看着贾小河说："好了，你明日到海州大堂，你就说是你表叔咬的，不是你打他的，你就不挨打了。"

这时，吴宝怀听到贾小河"哎哟"的叫喊，忙走进屋，看着贾小河肩头流血，血流到胳膊上，吃惊地看着苗坦之，穿着羊皮袄烤着火，还把贾小河肩头咬破了，很纳闷，因为苗坦之事先叫他不要多说话，所以他像傻子似的看着。

贾小河手捂着肩头，疑惑地看着苗坦之问："能成？"

苗坦之微笑着说："能成，保证你不挨打，你表叔年龄大，牙齿老朽了，下边话你会想到说的，我不教你了。"

贾小河一愣，然后高兴地说："我懂啦，我知道怎么说。"

"那好，你喝口水再走吧。"苗坦之微笑着说。

贾小河说："苗先生，你点子真多，谢谢你，我回去啦！"边说边向门外走去。

苗坦之说："不用谢，小事一桩，不送啦！"

吴宝怀跟贾小河走出门，贾小河转过脸说："吴哥，你歇着吧，不用送。"

吴宝怀还不知道苗坦之出了什么点子，正在纳闷，连一句话也没有说，忙走进屋。

苗坦之早已把羊皮袄脱了，正用水浇灭火呢。

"哥，你这是出什么新鲜点子，把自己热得要命，还把贾小河肩头咬出血。"

苗坦之忙拎着羊皮袄走出屋，来到槐树下，看着吴宝怀微笑着说："还没有看明白？"

"正是六月心，天气干燥，大地像火炉一样，你又穿皮袄又烤火的，谁能猜到你出什么洋相？"

"猜不到随你吧，我回家啦！"苗坦之微笑着装着要走的姿势说。

"今天呀，你别想走，把我羊皮袄穿一会，里面全被你汗水湿了，这不长霉哪，这还不算，还烧我一抱柴草，我受了损失，还不想告诉我出什么点子，今天你不说就甭想走！"吴宝怀佯装本着脸严肃地说。

苗坦之微笑着看吴宝怀说："看来这次不说，你今天憋死了。好，我跟你说。我把贾小河肩头咬破流血，有牙痕对吧！"

"对呀！"

"到大堂上，贾小河说他表叔咬的，人老了，牙又朽了。"

"懂，懂！"吴宝怀忙打断苗坦之的话，"知州就判他表叔咬贾小河，导致牙才掉的，不是贾小河打掉的。"

"对呀，贾小河他不会咬自己吧，我那牙痕还在。"苗坦之说。

"这就更加证明贾小河没有打他表叔，就不挨衙役打了。"吴宝怀笑着看苗坦之说："哥，你是怎么想出来的，真佩服，佩服！"说完笑得前俯后仰。

当吴宝怀停止大笑，向身旁看去，苗坦之已走几步远了，"你还没说完呢，怎么不注意你就走了呢！"

苗坦之边走边回转脸笑着说："下面，你自己猜去吧。"

贾小河回去后，一路上不仅越想越高兴，而且直到到海州大堂，他心里还乐滋滋的，心想：表叔你算白告我，苗先生出的主意高，我不会挨打了，可你要挨打了。贾小河到了大堂，两眼不停地向两边手持水火棍的衙役们瞅去，又看堂台子上坐着州大老爷和几个人，台下他表叔已跪在那儿像栓驴桩似的，正瞪着眼睛瞄向他呢。

他走到他表叔身旁也跪下，高声大喊："大老爷，我冤哪！"

知州王耀惊奇地问："你冤在哪，说！"

贾小河用哭腔说："我表叔他告我的都是假的！"

"你胡说，牙都被你打掉了，还说假的！"黄大富气愤地说。

知州王耀把惊堂木一拍："吵什么吵，一个个说！"

贾小河说："表叔他年纪大了，牙齿不结实，早就晃动了，他气得咬了我一口，把牙齿崩掉了。"转过脸手指着自己的肩头说："州大老爷，你不信，来看，我肩头被他咬的现在还有血痕牙印呢！"

黄大富气呼呼地跪在那儿乱晃身子说："老爷，这个小东西在胡许八扯。"

知州王耀说："请胡判官看验一下！"

胡判官胡仁贵忙走下台，来到贾小河面前，两眼仔细地看，然后向台上知州王耀说："是的，是牙咬的，牙印很清楚。"

贾小河得意地向黄大富瞄了一眼说："不会自己咬自己的肩头吧！"

黄大富气哼哼地向贾小河瞪着双眼骂："你个小狗东西，耍什么花招？"

知州王耀又把惊堂木一拍说："你黄大富无事生非，你以为这海州大堂给你来玩的！"边说边从筒里抽出签扔到台下："把原告黄大富重打三十大棍，被告贾小河无事，回去吧！"

黄大富脸气得发紫，看着贾小河站起身离去。

衙役们的大棍打得黄大富在地上翻来滚去地叫喊不停。

贾小河边走边转脸向被打的黄大富看去，自言自语地说：活该，还到大堂要告我，到底是苗先生想的点子管用，哈哈。

黄大富可就不那么得意了，被打完之后，拖着疼痛的两腿和屁股一拐一瘸地往家走，感到十分憋屈。明明是被贾小河打掉的牙，怎么变成我咬他的了，贾小河的肩头连靠也没有靠呀！他的肩头怎么会有牙痕呢。这是怎么回事呢？黄大富走到家也没有想明白到底是怎么回事。

大半年的时间过去了，贾小河早把与他表叔黄大富打官司的事忘记了，又经常到黄大富家找他表哥玩，跟以往一样，晚了就在黄大富家吃住，俗话说，真亲不恼一百天，九十九天就和好了。

这天贾小河又到黄大富家找他表哥玩，中午没有回自己家，就在黄大富家吃中午饭。这天中午，黄大富家炒了鸡蛋，又烧了猪肉，贾小河看到猪肉就高兴地边吃边说："表叔怎么知道我喜欢吃猪肉的？"

黄大富笑着说："你个小东西，常在我家吃饭，我不知道你喜欢吃什么吗？"

贾小河高兴地与黄大富和他表哥讲个不停。

黄大富笑着问贾小河："小河呀，咱叔侄俩关系这样好，可在六月里闹一场不该闹的事。"

贾小河只顾吃肉，根本不去思量，便随口答："是呢，谁说不是！"

黄大富说："这事情过去了几个月了，我就不明白了，你嘴怎么够到自己肩头去咬一口呢？"

贾小河边吃边说："哪是我咬的，谁的嘴也够不着自己肩头！"
黄大富问："那谁咬的？"

"那是南双店苗坦之苗先生咬的。"贾小河边吃边说。

黄大富一愣，接着问："苗坦之离我们黄庄有十几里路，他嘴伸那么长？"

贾小河说："听说你到海州大堂告我把你牙打掉了，我很着急又害怕，许多人说进了大堂就挨打，我怕打，又听人说南双店苗坦之点子多，我就去找他，他给我出的点子。"

"噢，原来是苗坦之出的点子。"黄大富说。

"是呀，那一点也不假呀！我能跟你说假话吗！"贾小河认真地说。

"小河，你的肩头被咬破了，到底谁咬的？"黄大富问。"是苗坦之呀。"贾小河本着脸说。

黄大富说："这明明是他咬的，怎么赖我咬的呢？叫我白白挨三十大棍，还憋屈。"

贾小河说："打你是有些亏，是冤枉你了。"

"他是栽赃陷害，小河，你想过吗？"黄大富问。

贾小河一愣，接着说："对呀，他把我肩头咬淌血，又害你吃了苦。"

"小河，你想想，他这种做法是栽赃陷害，挑起咱叔侄打官司的，倒头来你流了血，我挨了打。"黄大富说："咱俩联合起来，告他，叫官府治他罪。"

"告他，能行吗？苗坦之这人聪明，点子多。"贾小河疑惑地说。

黄大富眨着眼愣了一会儿，然后看着贾小河说："是的，我那姨弟那么有能耐还吃过苗坦之的亏。"

"你说是谁呀？"贾小河问。

"就是南双店的严居林。"

"你说的是那个姨叔啊，他可是有钱有势的人，听说买树买地吃亏，他以为柿树不卖，而契约写的是'是'树不卖，他可最了解苗坦之了，表叔你去问问他，咱俩这事能不能告苗坦之。"贾小河说。

"对，我去问问他，他与苗坦之住一个村，对苗坦之了解得比

400

咱俩全面。"

黄大富由于一直憋一口气在肚里，一直想出气，好歹今天从贾小河嘴里知道是苗坦之出的点子，挨了三十大棍。于是想来想去，决定去问问严居林，能不能告苗坦之，叫官府治苗坦之的罪。

第二天吃过早饭，黄大富就来到严居林家，把事情的经过向严居林说完之后，严居林高兴地一拍大腿说："能，能告他苗坦之，这很明显是栽赃陷害你的吗，官府肯定治他苗坦之罪的！哈哈，苗坦之呀，也有你聪明误的时候呢，哼，我们正愁想不出办法呢。"

黄大富惊奇地问："你想什么办法？"

"我们几个人都受苗坦之的赖，吃了亏，早就想办法治治他苗坦之呢。"

"啊，这么说你也要治他！"黄大富惊喜地看着严居林说。

严居林说："是呀，你告他，我们也出口恶气。"

"那我明天就去海州衙门告他去。"黄大富高兴地说。

"唉，那贾小河能作证吗？"严居林问。

黄大富说："咱俩商量好的，他肩头被咬淌血呢！"

"那好，有人证，你这个官司百分之百赢了。"严居林兴奋地说："治他苗坦之栽赃陷害你的罪十拿九准了，我也去，看个热闹去！"

黄大富回家第二天就与贾小河去海州了，两人走一路说一路，充满信心打赢这场官司。

黄大富和贾小河来到衙门前，击完鼓，就忙走进大堂。

知州王耀一看台下是黄大富和贾小河，不耐烦地说："你两人又来大堂瞎闹什么？"

黄大富忙说："大老爷，这回是咱叔侄俩共同告苗坦之的。"

知州王耀一听说共同告苗坦之，突然来了精神，心里想：我早就想治苗坦之的罪了，可是每次都败给苗坦之，整天埋怨没有人来告苗坦之，今天好歹有人来告苗坦之了，心花怒放道："你两人告他什么，详细说来。"

黄大富于是就把上次打官司，贾小河找苗坦之出点子的事全都讲了出来。

知州王耀高兴地说："这个苗坦之什么坏点子也出，他竟然能亲自咬人，这是栽赃陷害罪！本官非治他不可！周大年，你带个人火速去南双店，传苗坦之到大堂！"

周大年忙与另一位衙役向后门走去，边走边向师爷郑生安看去，师爷郑生安会意地点点头。

周大年和另一个衙役来到苗坦之家，苗坦之手里正拿着书本从家院出来，看见周大年一愣。

周大年说："有两人告你，是今年六月里，你咬了一个青年。"

苗坦之微笑着说："我就预料有今天。"

"你预料会有今天？"周大年惊讶地看着苗坦之问。

"对！"苗坦之说，"走，顺路我把吴宝怀叫上，顺便到学馆里去跟宋先生说一声。"

周大年愣看着苗坦之。

苗坦之高兴地看着周大年和另一个衙役说："走呀！"

汤国珍忙跑出大门问："怎么啦？"

苗坦之忙看着汤国珍微笑着说："放心，我没有事。"

苗坦之在前面走，周大年和另一个衙役在后跟着，来到吴宝怀家门前，苗坦之叫衙役在门外等一下，他进去找吴宝怀。

苗坦之到了家院看见吴宝怀说："你这几个月憋死了，六月里我咬人一口的事，他叔侄俩告我了，你去看看不就明白啦。"

吴宝怀说："好，我去看个明白，你穿皮袄、烤火是干什么的。"

到了海州大堂门外，苗坦之说："你吴宝怀只能在后面看听，我不叫你说话，你什么也不要说，不要问。"

吴宝怀满口答应："哥，你放心，我不会乱说的。"

苗坦之不紧不慢地走到自己的座椅上坐下，向台下看去，贾小河和黄大富并肩跪在地上。

黄大富惊奇地看着台上的知州王耀问："大老爷，他为什么不在台下跪，反而坐在椅子上呢？"

知州王耀半天才说："这个吗，这个是州府与苗坦之的约定，你别管，他犯法了，照样治他罪。"

黄大富满脸疑惑地看着。

知州王耀忙把惊堂木狠狠地一拍，说："苗坦之，这两人告你。"

苗坦之不慌不忙站起，走向黄大富和贾小河面前仔细地看去，忙回过脸向知州老爷说："老爷，这两个人我不认识。"

知州王耀吃惊地说："你不认识，那你两人把事情告诉他。"

贾小河急忙说："大老爷，我说，今年六月里你咬我肩头一口。"

"哈哈——"苗坦之大笑说："我咬你一口干什么，无爱无恨的。"

贾小河忙说："你，你就在六月下半月一天，天气很热很热，你穿着羊皮袄，在火堆前烤火时咬我肩头一口。"

苗坦之从椅子上站起来，不慌不忙地向全场人看了一圈说："大家都听见了，这个青年人狗咬虱子胡嚼，我没病没灾的，六月里穿什么羊皮袄？我烤什么火？"

台下围观的人立即议论开了。

苗坦之忙转脸对知州王耀说："老爷，你说呢！？"

知州王耀被苗坦之问得张口结舌，吞吞吐吐地说："你，你不要害怕，慢慢地说。"

贾小河忙高声道："大老爷，我说的没错，真的，那天特别热，我上身小褂都脱下，手拿着，他苗坦之穿羊皮袄，边烤火边叫我到他面前，冷不防被他猛咬一口，真事！"

苗坦之看着知州王耀问："老爷，你相信吗？"

知州王耀满以为这下可治苗坦之的罪，当时心急，就没有问清楚贾小河在什么情况下被苗坦之咬的，更不知道苗坦之会穿着羊皮袄烤火，他相信又不相信，正在疑虑中，苗坦之又催问一句："老爷，这个小子满嘴胡言乱语，违背自然天理规律，有意要弄知州，扰乱大堂，把诉讼当玩耍的游戏，该当何罪？"

知州王耀听到苗坦之句句有理，不得不考虑知州的形象和州衙的严肃，于是把惊堂木向案一拍说："真是胡言乱语，哪有六月份穿羊皮袄，还烤火的，戏要本官。"忙从筒里抽出一签掷向台下高声宣布："每人重打四十大棍，轰出大堂去！"

周大年和衙役们举起了水火棍打了起来，贾小河鬼哭狼嚎，黄大富"哎哟"直叫。

师爷郑生安微笑着向苗坦之看去，吴宝怀嘴裂开笑，但没有出声。

退堂之后，苗坦之和吴宝怀走出大堂，苗坦之看周围没有其他人就问："这回你明白了吧？！"

吴宝怀悄悄地说："哥，你是诸葛亮转世呀！事先预料他叔侄俩会联手告你呀？"

苗坦之说："贾小河找我时，我就考虑到了，他与黄大富是亲戚关系，亲戚不过百天就会和好，我又不认识他们，如果我用正常的做法，万一他们和好了告我，我不吃亏了吗！"

吴宝怀高兴地说："哥，你太聪明了，谁也不会相信六月里穿羊皮袄还烤火。"

当苗坦之和吴宝怀走出大堂来到衙门对面路旁树下时，吴宝怀向左前方看去，说："哥，今天严居林也来了。"

苗坦之疑惑地问："他怎么来看打官司？"

吴宝怀说："难道是严居林什么亲戚？"

"对啦，他们叔侄俩联合告我，看来与严居林有关。怪不得王耀最后吞吞吐吐，他们是串通一气的！"

吴宝怀兴奋地说："再串通，不是也败在你手下吗？他们点子不会赶上你！"

苗坦之高兴地说："走，去吃点东西。"

从大堂走出来的严居林没有看到苗坦之，他扶着被打的一瘸一拐的姨哥黄大富走到衙门的侧面路上，贾小河含着泪跟在身边，犹如丧家之犬。

严居林边走边埋怨："你当初要跟我说清楚苗坦之穿羊皮袄又烤火，我能不想想苗坦之玩花招吗，也更不能让你俩去大衙告他。"

"唉，当时，我憋着一口气，真想出出气，没有问具体情况。"黄大富唉声叹气道。

贾小河接着说："都怪我，没有告诉你苗坦之穿皮袄烤火，我当时一看见也很纳闷，想问，但是他叫我也上前烤烤火，我没有多想，他蹿上来就对我肩头咬上一口，我直顾疼，哪还会想问他为什么穿羊皮袄烤火呀？"

"事情过去了，甭想了，亏吃了，这个苗二赖子谁靠他准掉毛，甭说你俩人，就是知州王耀，也挨他赖、赚，吃了亏，还有我、刘匡道、苗自芳，很多人都吃过亏。"严居林边走边劝说‘

"什么？知州大老爷王耀也吃过苗坦之的亏？"黄大富惊奇地问。

"是呀，还不仅吃一次亏呢。"严居林说。

黄大富接着说："你这些识文解字的，有钱有势的都吃过他的亏，连知州老爷都斗不过他苗二赖子，咱认倒霉啦，今后这官司可不能打啦！"

严居林接着说："不是不能到衙门告他，而是要有真凭实据，能叫他无办法赖。"

黄大富说："唉，算了，越想越倒霉，进两次大堂挨两次打，以后死也不去啦！"

"那也不一定，我们几个人不服气，决心和州大老爷一起治治他苗二赖子不可，不然让他反天了。"严居林不服气地说。

黄大富惊讶地看着问："你们还想治他？"

严居林说："现在还没有发现他错的地方，一旦发现就到海州告他。"

# 第三十二章

苗坦之和吴宝怀昨晚上说好了，今天起个早，步行去赶海州白虎山庙会。

这天天气晴朗，万里无云，苗坦之和吴宝怀有说有笑向海州赶去，来到蔷薇河口三板桥，从身后赶来个骑毛驴的公子哥，毛驴先蹭了苗坦之一下，那公子哥看到得到便宜，便伸脚又踢了苗坦之一脚，苗坦之差点被踢倒。

吴宝怀看着生气地说："你这个人——"

苗坦之忙悄悄摆手，示意吴宝怀不要吱声，直起腰问："你是哪庄的？"

"我是张湾大陈墩陈老爷家大公子陈善明陈大少爷，你是哪庄的？敢挡我的路。"

苗坦之向吴宝怀悄悄地点一下头说："俺是南双店的。"

陈善明好奇地说："哎，我的姨弟也是南双店，听说南双店有个苗二赖子，会赖人，你知道吗？"

苗坦之微微摇摇头说："你都知道了，我还不知道。陈大少爷，你要遇到他，说不定你的驴和被子都保不住呢！"

陈大少爷忙翻身下驴，看着苗坦之问："他能怎治我？嗯？"

苗坦之微笑着说："我不过先跟你说这话，你要记住，可要小心点。"

陈善明不服气地说："哼，他想赖我，我赖他可是真的！"

苗坦之微笑着说："你能赖他？"

"哼，全大陈墩你去问问，男女老少谁不佩服我陈善明，又会动武又足智多谋。"陈善明趾高气扬地说。

"啊，是吗？"苗坦之瞅了陈善明一眼说。

"那还用说。"陈善明眉飞色舞。

两人边走边谈，吴宝怀跟后静听。

苗坦之手抚摸着耳朵，走了几步问："唉，陈大少爷，你到海州来怎么也不带个佣人，帮你牵个驴什么的。"

陈善明说："眼下春耕春种太忙了，哪有闲人跟我牵驴。"

苗坦之看着陈善明说："我就闲着，我跟你牵驴怎样？"

陈善明高兴地说："那好啊，我看你这人挺灵活的，中，我供你吃住。"

苗坦之说："你有钱付俺的吃饭和住宿？"

陈善明高傲地说："要啥没有？要钱我陈大少爷不缺，小意思，不就是吃饭住宿吗，能花几个钱！"

苗坦之说："你把驴绳和鞭子给我！"

苗坦之牵着驴，驴身上驮着被子，他很像个跑腿赶脚的，跟在陈善明身后。

吴宝怀悄悄地走到苗坦之身后，伸手触碰一下，苗坦之回头向吴宝怀摇摇头，继续向前走，吴宝怀皱着双眉跟着。

"唉，陈大少爷，我刚才忘记跟你说啦，这位是俺南双店的吴小弟，是跟我来赶会玩的。你看，到了海州住宿吃饭？"苗坦之说。

陈善明连头也不转，说："你看我是小气人吗，我堂堂陈大少

408

爷付不起一个人的住宿吃饭钱？"

苗坦之忙说："我不是那个意思，你陈大少爷甭说一两个人饭钱，就是十个八个也付得起。"

"那是，给你说对了，只要我高兴，甭说十个就是二十个，百八十个的我也付得起！"陈善明高傲地说。

苗坦之忙接着说："我这个小弟不爱说话。"

"看得出来，是个老实人，是个乡巴佬。"陈善明边走边说。

说着谈着，来到了海州，陈善明趾高气扬地在前面走，苗坦之牵着驴在后，看着陈善明的走相，不由自主地微微摇摇头。

进了西门，来到了白虎山酒店门前，陈善明转脸向苗坦之说："就住这个店，这白虎山酒店是全海州最好的了，我每次来都住这里，你把驴牵进去，叫人安排三个床位和吃饭，我在门外等你。"

苗坦之看着陈善明说："是！"就把驴牵进店里。由于苗坦之常来这店里住宿吃饭，店老板董加仁很熟悉。

苗坦之说："董老板，麻烦你把我驴和行李看好了，不能给别人赖去呀！"

董老板笑着说："你苗秀才尽会说笑话，咱不是一天熟人了，谁敢赖你的东西，放心吧！"

就这样，苗坦之、吴宝怀与陈善明三人一块赶会，一块住宿吃饭。

第二天清早，苗坦之悄悄地跟吴宝怀说："你别多说话，我要跟陈善明打官司。"

吴宝怀莫名其妙地看着苗坦之说："与他打官司？"

苗坦之微微点点头。

这时，陈善明走进房说他要回去了，苗坦之忙站起说："不要我赶脚啦？"

"不啦，我骑驴回家了。"陈善明边说边走出房门。

吴宝怀看着苗坦之说："人走家了，你还跟他打什么官司？"

苗坦之笑着说："他一会儿就回来找我啦！"

话音刚落，陈善明气呼呼地说："董老板不给我牵驴，说驴是你的，怎么能是你的呢？！"

苗坦之说："驴就是我的！董老板也会证明是我的。"

"走，到州衙大堂去说理去！"陈善明说。

"驴就是我的，还到什么大堂。"苗坦之说。

"不敢了吧，走，是我的驴，还说是你的！"陈善明说。

苗坦之站起身说："走就走！"

两人边走边吵，吴宝怀跟后听着、看着，心中纳闷着："这驴明明是陈善明的，怎么说是他的呢？怎么啦？住一宿昏头了。"吴宝怀怎么也想不明白，跟人家当赶脚的，就说人家驴是他自己的，真是……

陈善明气愤地拿起鼓槌，狠狠地敲起来，然后衙役传他们进大堂，陈善明说："哼，到大堂够你受的！"

苗坦之进了大堂不慌不忙地走到自己的地方，搬个椅子坐下。

陈善明跪在堂下看着苗坦之坐在椅子上忙问："老爷，他怎么坐那儿？"

知州王耀瞅了瞅苗坦之说："那是，那是他与本官先有约定。"

"约定，什么约定？"陈善明问。

知州王耀生气地说："不该问不要问！"边说边把惊堂木一拍问，"你们谁告谁？"

陈善明忙说："老爷，明明是我的驴，他说是他的驴！"

苗坦之说："明明是我的驴，他说是他的，真是无理！"

知州王耀向两位看了一眼问："你说是你的，他说是他的。苗坦之，本官问你，你的驴有什么记号吗？"

陈善明惊奇地看去，脱口而出："你是苗坦之？"

苗坦之说："有，我的驴毛是棕色的，长耳朵，白嘴唇，四蹄黑。"

410

陈善明忙说："俺的驴也是这样。"

苗坦之说："俺那被子是白底，月季花面，缝了六行针线。"

陈善明忙说："我那被子也是这样！"

"嗨，驴也是一样，被子也是一样。陈善明，我这回先问你啦。"王耀看着台下跪着的陈善明说。

"好，大老爷你问吧！"

知州王耀问："陈善明，你仔细想想，你驴和被子还有什么特殊记号？"

苗坦之心里明白，王耀这是提醒陈善明考虑，想找到特殊记号来治他，可惜他陈善明不会知道有什么特殊记号的。

陈善明直直向王耀看去，王耀也直直看着陈善明。

过了一会儿，陈善明说："没有什么其他特殊记号。"

知州王耀心里很惋惜，心想你陈善明要有什么特殊记号，那水火棍就要打在苗坦之身上了，你没有记号那可就难说了。

师爷郑生安和判官胡仁贵都看着王耀，等待王耀说话。

知州王耀过了半天才问："苗坦之，你的驴和被子有什么特别记号？"

苗坦之大声地说："老爷，谁的东西谁清楚，都有特殊记号，我的驴四蹄钉了四枚铜钱，被子有一个角被火烧个手指头大的窟窿。请老爷派人查看。"

知州王耀向判官胡仁贵看去："请胡判官带两位衙役迅速去查看，你二人等候！"

不多一会儿，胡仁贵带两个衙役进堂，胡仁贵到自己座位前向知州王耀："禀告知州大人，苗坦之说得不错，毛驴四蹄钉四枚铜钱，有一个被角被火烧个洞。"

陈善明晃着上身说："怎么是这样？"

吴宝怀在台下人群中惊奇地向苗坦之看去，心里暗自思忖：哥

411

是什么人？他怎么知道驴四蹄钉了四枚铜钱，被角被烧个洞？

知州王耀把惊堂木一拍，说："陈善明，你想赖人，有意扰乱大堂！给我打四十大棍！苗先生，驴你牵走，被子你拿去！"

陈善明忙高喊："大老爷，你断错了，那驴和被子明明是我的！"

知州王耀站起身大声说："本官断案多年，这点小事能错吗？打完轰出去，退堂！"

于是台下两边衙役举起了水火棍，打得陈善明喊娘叫爹。

陈善明被打得一瘸一拐走出大堂，迎面看见苗坦之和吴宝怀正向他看去。

陈善明气哼哼地走下台阶，来到苗坦之面前，吴宝怀捂嘴直笑。

苗坦之微笑着说："水火棍厉害吧！"

陈善明向苗坦之瞅去说："你真是苗二赖子！没想到今天栽你手上！"

苗坦之笑着说："是的，我赖你的，驴你牵走，被子你拿走，我赖你什么？"

陈善明气愤地说："就是你赖我嘛！"忙转过脸大声喊，"老爷，大老爷，苗先生真的是赖我的，他承认了！"

"嗨！你这个人想干什么，驴和被都是你的！"苗坦之边喊边跟着跑进大堂。

陈善明边跑边喊："大老爷，你糊涂，断错了，我说你断错就错了。"

知州王耀等人刚走到大堂后门就听见叫喊声，都忙转回身。

知州王耀认为陈善明真有什么特殊记号，忙坐案后，看着台下跪着的陈善明问："你想起什么特殊记号啦？"

陈善明由于急忙跑进大堂，上气不接下气，结结巴巴地说："他，他苗先生承认啦！"

苗坦之说："大人，这小东西不服你断案，到了大堂外，凭自己有力气，硬要抢被子和驴，说你糊涂，断错啦！"

知州王耀一听更加发火了，说："再打这个无赖四十大棍，以后长点记性，驴和被子都是你苗先生的啦！"王耀说完起身就往后门走去。

苗坦之边走边看陈善明，陈善明被打得在地上鬼哭狼嚎。

苗坦之和吴宝怀来到大堂对过路边树下，苗坦之人说："歇歇，等他出来！"

"哥，你这样好吗？"吴宝怀看着苗坦之疑惑不解地问。

"这样的有钱的公子哥，家里老的没有教育好，我替他父母教育教育有什么不好，等他出来，我还要教训他，叫他以后长点记性，怎么做人！"

吴宝怀说："这个年头，有钱人就是老大。"

苗坦之说："有钱是老大，必须站得正，在我面前不要惹我，惹我就不客气了，我最恨那些趾高气扬、欺负穷人的家伙，对付这样的有钱人就要想个法子捉弄捉弄他，教训教训。"

"哥，也就是你聪明，能很快想出点子去对付，一般人像昨天那样被驴蹭一下，又踢一脚，还不是白白受气，忍着。要遇个脾气不好的就与他干一仗，打过他，打个痛快，打不过又得受他罪。"吴宝怀说。

"是啊，一般人也最多说句话，忍气吞声算了，白挨欺负。要是无意撞到身上，说声对不起，双方也就过去了。"

两人说了一会儿话，陈善明一拐一瘸地从州衙大门走出来，走到台阶上，坐下又歇一会，才慢慢爬起来，双手捂着屁股，弯着腰艰难地走着。

吴宝怀说："哥，看来这陈大公子挨这八十棍够受的了。"

苗坦之说："这些衙役有的实打，有的虚的，看来这第二次四十大棍比第一次要重。"

413

"唉，哥，什么是实打虚打？"吴宝怀问。

"我记得跟你几个人讲过的，你忘记了。"

"没有听你说过，这衙役举起水火棍打下去还有虚有实，那怎么打下去？"

"我讲过，可能你不在场，或者你忘记了。本来我也不知道，我听周大年讲的，那还是第一次我带我大大来打官司，在大路边吃饼时，给了周大年一块饼吃，后来在第二次告状时，出了大堂，我在路边歇歇，他也没有事就坐在我身旁讲起衙门里的一些事。他讲，他们手中的水火棍打人有个诀窍，你看衙役有时举得不高，只发出低钝的扑扑声，却直往肉里钻，能伤到骨头，这叫实打；你看到衙役把水火棍举得很高，发出声音比较响亮而又清脆，却落在屁股上很轻，它既不伤筋也不伤骨头，至多留下红肿，这叫虚打。"

"啊，看来这水火棍打人还有讲究呀！"

"是呀，各行各业都有讲究，他们衙役打时间长了，自然也会得出经验。"

"看来这第二次，陈善明是挨了实打了。"

"也不一定，因为两次八十大棍，隔时间短，棍痕打一起了，也会很疼的。"

"哥，他这下子该有教训了吧？"

"不一定，这些东西成天欺负人习惯了。"苗坦之望着陈善明走下台阶也向对面走来。

"哥，我还忘记问你了，那驴蹄钉四枚铜钱和被子角被烧是怎么发现的？"吴宝怀问。

"我昨天挨陈善明一脚踢，驴又蹭我，他还笑，是有意的。所以，我就想办法，给他赶驴，夜里你睡着了，我干的！"

"啊呀，怪不得，你叫我不要多说话，我一直纳闷，你是火眼金睛，料事如神，原来是这么回事，哈哈！"吴宝怀大笑着。

苗坦之看陈善明来到，忙站起来说："陈大公子，咱是跟你开玩笑的，昨天我说的话，你还记得吗？"

陈善明气得乱翻白眼珠说："我都被打糊涂了，还记得你说什么呀！"

苗坦之说："昨天，我说，你要遇上苗二赖子，他能把你小毛驴和被子赖去，你不相信。"

"谁知你就是苗二赖子。"陈善明气得边瞅苗坦之边说。

苗坦之说："来，我扶你坐下歇歇，我还有话跟你说呢。"

"谁要你扶！"陈善明一手摸着屁股，咬牙切齿地艰难坐在路边说，"这八十棍真把我打昏了。"

苗坦之坐在陈善明对面说："这驴你牵去，这被子你也拿走。"边说边向包里掏出几串铜钱，说："这是咱兄弟俩的住宿和饭钱，你说我赖你什么了？"

陈善明惊讶地看着苗坦之问："真的，把驴和被子还我啦？"

"我这人从来不说假话，我的吴弟在这，你叫他说，我苗坦之长这么大了，在什么地方，在什么人面前说过假话了。"

"对，对，我哥说得没有错，他从来不说假话。"吴宝怀忙说。

"可是，还要看什么人，如果是当官的，有钱有势，横行乡里的一些人，惹了我，那不一定都是真话。"苗坦之说。

"唉，算我倒霉，怎么遇到你了呢！"陈善明懊恼着。

"我觉得你很幸运遇到我，收获不少。"苗坦之看着说。

"我还幸运，再幸运，屁股都给打烂了！"陈善明向苗坦之翻了翻白眼说。

"你认真想一想，如果我骑在驴身上，故意叫驴蹭一下，再伸脚踢你一脚，你会怎样对待我，将心比心，你是人，我也是人。"苗坦之耐心地说。

陈善明直愣眼，没有说话。

苗坦之继续说："那你一定会骂我几句，甚至举拳要打我，可我没有骂你，也没有打你，你考虑我当时心里是什么滋味吗？我很想把你从驴身上拖下来揍你一顿，我不怕，我们还是两个人，我这位吴弟还是杀猪宰羊的，他有力气，而且脾气刚烈，他一个人就能打你个半死，他还不怕你会武功，他在我身后悄悄地用手指抵我两次，我都向他暗示住手。"

陈善明向吴宝怀看去，吴宝怀说："那一点也不假，我身上还有一套杀猪的小刀具，要收拾你，小菜一碟，你不要认为你身大力大会武功，大黄牛到我手里不用两下，我就把它干倒！"

苗坦之说："我知道你看我没有驴骑，是个乡下平民，你是财主家公子，想欺辱我是不费吹灰之力，你觉得你很高贵，财主家的大公子，咱是穷民，不如你，你就随便要欺负就欺负。人生在世要有好的品行，你靠你父辈挣的钱，或者欺压百姓剥削的钱，认为就心安理得，应该是人上人，应该横行乡里，欺男霸女，为所欲为，一切穷人不在你眼里，你觉得这样好吗？是个人应该做的吗？"

陈善明向天空望一眼，叹口气，咬了咬牙，手摸了一下屁股。

苗坦之说："何况开始你不认识我，就能这样欺辱外乡人，可见你在家中，在村庄里，想欺负谁就欺负谁，我说给你当赶脚的，你大言不惭地也就高兴接受了，你可知道我还是全海州地区第一名秀才。你认为高高在上，飞扬跋扈，耀武扬威，人家就怕你了，相反人不但不怕你，还在背地里咒骂你。人家忍着，不要认为可欺，你认为你有钱有势就应该欺负人，不是的！我觉得你家老一辈也是这样的，不然怎么教育出你这样的人呢！"苗坦之越说越激动。

陈善明脸一阵红一阵白，直眨眼，没有吱声。

苗坦之说："你陈善明貌有貌相，身条也可看，怎么脑袋瓜子里有这些不会做人的东西呢，我真为你可惜生在人世上，白活。"

陈善明向苗坦之看了一眼想说什么，可张了张嘴想说，又咽下去了。

苗坦之接着说："你认真想一想，我今天对你这样应不应该，借知州老爷的衙役手揍你，给你一个教训。"

陈善明态度有些软，忙打断苗坦之的话问："哎，你怎么知道我的驴四蹄钉了四枚铜钱的？"

苗坦之回答说："你的驴蹄本没有钉四枚铜钱，是我夜里叫人做的。"

"那被角被火烧个洞你怎么发现的？"陈善明又接着问。

"那也不是我发现的，你被子本来没有烧洞，是我烧个洞的。"苗坦之说。

"为什么你要这样做？"陈善明追着问。

"因为你昨天在路上欺辱我，又说苗二赖子会赖人，我就想，用什么办法教训教训你这个财主的大公子。"

"所以你就想出这个愿意为我当赶脚的差使。"陈善明说。

"不然我接近不了你，你骑驴跑走了，我不白挨欺负了吗。"苗坦之说。

"你又怎么知道我会到州衙打官司呢？"陈善明又接着问。

"我做了手脚，驴和被子都是我的，你去牵驴，老板不给你牵，难道你不着急，肯定要和我到州衙里打官司来解决。"苗坦之微笑着说。

"没有想到你会在夜里做了手脚，我满以为到了大堂，老爷很顺利地判给我。可你做了手脚，这出乎我的意料，实际上我也不知道自己的驴四蹄钉的是什么掌子，也不知道被角有没有被火烧个窟窿。所以，叫我说有什么特殊记号，我怎么也想不出了，可你能说出有特殊记号，我心里极为纳闷，明明是我的驴，是我的被子，怎么你知道那么清楚，我不知道，只有听知州老爷判呗。"

"你第一次出来，我等你，并跟你说，跟你开玩笑的，话音还

417

没落你就跑进大堂，告诉老爷，说我承认赖你的驴和被子，好让知州老爷重判来治我是吧？可是你想错了，即使是判错了，也只有错，知州老爷是要面子的，他能在大庭广众之下承认判错吗？你想错了，可是我又考虑万一老爷听你的，我将接受惩罚，所以，我紧跟进去，说了激怒老爷的话，让他更加发脾气治你。"

"唉，我当时吃了亏，挨了四十大棍，当然想叫知州治你啦！"陈善明说。

"你的想法是正常的，可是你就没有想到，我已告诉你，是跟你开玩笑，驴你牵走，被子你拿去，我是白赶脚。可是你，你是个得理不饶人的主，古人说'有理也要让三分，得饶人处且饶人'，别把事做绝了，可你偏要不饶，要做绝，那我能让吗，要是你，也不会让吧！"苗坦之苦口婆心地说。

"苗先生，你说得不错，我心里想法，你怎么看得那么清楚，知道那么准确？"

"这是一般的道理，可你欠缺，我可以武断地说，你家父母对你娇惯有加，指责批评欠缺，纵养了你思想上出现了一些不符合常理的东西，尤其是趾高气扬、盛气凌人、麻木不仁的表现。"

陈善明被苗坦之说得无话可说，额头上冒出了汗水，忙用手抹一下说："你说得完全对，说到我要害处了，我的确是从小被父母娇生惯养坏了，在家中我要怎么着就怎么着，家中也有钱，失去了做人应有的德行，我长这么大还没有一个人像你这样批评指责我。我想明白了，做人应该低调，应该尊重人，无论什么人，不要欺负侮辱人，人都是一样的，做人要正。"

"对啦！"苗坦之高兴地说。

"苗秀才苗二爷，你大人不计小人过，我昨天做得不对，你这样对我没错，今天这八十大棍虽然打得我肉疼，可我的头脑清醒啦！"陈善明跪在苗坦之面前说："我拜你为师，请以后常对我教育！"

苗坦之惊讶地说："你这是干什么，起来，起来！我不过就事论事说这些，也不一定全对。"

陈善明仍然不起说："你说得全对，我接受，你不收我这个徒弟，我坚决不起来。"

吴宝怀吃惊地看着陈善明，然后又看着苗坦之说："既然他要拜你为师，那你就收下吧，我看陈大公子也是真心的。"

陈善明忙说："以后不要叫我陈大公子了，就叫我陈善明或者叫小陈。"

苗坦之伸手去拉陈善明说："好吧，看在我吴弟的面子上，也看在你能悔悟的情形下，收你这个弟子！"

陈善明高兴地说："师傅，请你原谅徒弟昨日的不对！"

"甭提啦，甭提啦！我不是跟你说吗，跟你开个玩笑，我是白赶脚的，好吧，有事到南双店找我。"苗坦之高兴地说。

"师傅，你两人走我家去看看吧！"陈善明说。

"以后吧，吴小弟回家还要杀猪宰羊的，挣钱糊口，我还要教几个学员呢。"苗坦之说。

"那好，以后。"陈善明边说边把钱掏给苗坦之，"师傅，这住宿和饭钱我不能要，我昨日就说过，今天你又成为我师傅了，更不能要！"

"这不好，再说这不是我的作为，你问吴弟！"苗坦之说。

"是的，咱哥他从来不占人家便宜，你收回吧！"吴宝怀说。

"这样吧，等以后到海州，你请我喝酒，行吧？苗坦之笑着说。

"好，好，我一定请师傅喝酒，还有你吴大哥！"陈善明高兴地。

# 第三十三章

　　乾隆年间，桃林镇每年的四月二十四到二十六这三天逢会，周围郯城、新安镇等外县的人都去赶会。

　　这天是四月二十五，早饭后，苗坦之来到吴宝怀家，问吴宝怀有没有事，无事去赶桃林会去。吴宝怀说没事，苗坦之说咱骑驴也快点，吴宝怀就与苗坦之两人各骑着小毛驴向桃林镇去了。

　　刚走不远，后面有一个青年大喊："苗先生，苗二爷—"

　　苗坦之向后转脸望去，一个穿着黑褂黑裤的青年男子在向他招手。

　　吴宝怀说："哥，看样子是找你有事。"

　　苗坦之和吴宝怀两人忙从驴身上跳下来，这位青年跑得上气不接下气，来到苗坦之面前，只顾大口大口地喘气，说不出话来。

　　苗坦之说："不慌，你慢慢说。"

　　那位青年边喘着粗气边说："俺是郯城码头人，名叫韩小宝。俺昨天推一车沙红（山楂）赶桃林镇会。俺到晌午才到集上，不一会儿就卖光了，卖了总共有四两银子，俺装在小褂包里，准备去饭店吃饭，听说桃林酒好，想喝两盅，到酒店先喝酒后吃饭，吃好掏钱，糟啦，四两银子一个子也不剩，我的小包光了，这不坑人吗，咱娶媳妇也就指望这钱呢。店小二向我要钱，我说钱被害呆手害去了，店小二就把我的独轮车扣下了，说还了饭酒钱，车子就还给我。我这没有办法，经一位好心的老大爷指点，叫我到南双店找你，我说我不认识你，那老大爷也说，'你是真有困难他会帮助你的，要不你就称他为表叔，你家亲戚是桃林镇的谁谁家，这家又与苗二爷是表亲，这不就表上了吗？'所以我找到你家，大嫂说你到桃林赶会，骑着小毛驴，是两个人一起走的，我就跟在你身后追来了。"

苗坦之看着面前憨厚诚实的青年人高兴地说："我这个表叔当定了。"

韩小宝乐得两手又搓手又挠头。

苗坦之问："你吃饭的是哪家酒店？"

韩小宝说："骆家饭店。"

"哦，骆家饭店，是桃林最大最有名的饭店，是海州西乡首富骆万荣开的，他家有油坊、酒坊、南北货、粮行、盐池、洗澡堂、马车行十几个呢，在郯城新安镇、徐州、海州还有几个店面，又批发又零售，生意兴隆得很，这骆万荣黑道白道都走，官私都通，地痞流氓都有关系，穷苦百姓受害无数，这样的人你不向他敲点白便宜他了，今天就靠他啦！"苗坦之把小辫子向脖后一甩说，"你慢些走，我俩到桃林先看看，你到骆万荣饭店门前找我。"说完与吴宝怀骑上驴身向桃林镇奔去。

苗坦之在驴背上对吴宝怀说："这个骆万荣，我早就想敲他一下，就是没有机会，好歹今天有机会啦！"

"哥，你可注意，据讲骆万荣家丁就有几十个，说还有枪。"吴宝怀担心地说。

"别怕，骆万荣也认识我，我今天叫他当面还韩小宝的钱或者——"

"或者什么？"吴宝怀问。

"我还在想，咱兄弟俩今天来了，饭钱要叫他贴上。"

"哥，你不是从来不占人便宜的吗，今天怎么啦？"

"我刚才不说了吗，这样人有钱有势，养些家丁流氓祸害穷百姓，叫他淌点血，得个教训！"苗坦之气愤地说。

"我懂啦，韩小宝要不找你，你也不会叫骆万荣贴钱的。"

"对啦，还是我的小弟知道哥的心思。"苗坦之高兴地说，"还是跟以往一样，你别多说话，看我眼色行事。"

"是，哥，咱知道，多说话，会坏了你的事。"吴宝怀说。

两人很快来到桃林镇，由于赶会人多，不能再骑驴了，只有下来牵着驴走，两人在人群中挤来挤去。

苗坦之说："这样不行，咱把驴牵到桃林河边扣住，光身，人方便。"

两人把驴扣好来到骆万荣开的饭店对面，附近是骆万荣开的浴池，苗坦之微笑着，两人等了好一会儿，韩小宝才赶到。

苗坦之说："你俩跟我走。"

三人来到骆家浴池旁的拐角处，苗坦之说："你们两人站一起，挡住我。"

吴宝怀惊奇地问："哥，你要干什么？"

苗坦之说："叫你干吗就干吗！"

韩小宝也惊奇地向苗坦之看去。

苗坦之忙脸朝墙，双手从长衫里把裤子脱下，卷起来塞给韩小宝说："你，你把抱好了，不要走，我给你要钱去！"

吴宝怀和韩小宝都像呆子似的望着苗坦之向浴池走去。

吴宝怀惊疑地说："怎么了，裤子脱了，光个脆去要钱，这又玩哪一套？"

韩小宝说："苗先生也是，把裤子脱了，幸亏有大褂子遮住，不然给人看见多丢人。"

"不是为了你钱被人害去吗，可是他怎么知道害你钱的三只手在浴池里？这就怪了！"吴宝怀疑惑地望着浴池说。

"咱三人不是一起在这儿的吗？也没有发现他看见什么人，更没有跟什么人说话，是不是在我没到之前，他跟什么人说话啦？"

吴宝怀说："没有，我始终跟在他的旁边，也没有看见熟人，也没有跟任何人说话。"

"人都传说苗先生点子多，聪明过人，这肯定又是他想的什么新办法。"韩小宝说。

苗坦之到了浴池，忙脱下衣服，走进浴池，浴池里热气腾腾，看不清谁对谁，他慌忙向身上抹了几下就跑出去，连个全身也没有湿就忙擦身上的水。

苗坦之边翻衣服边说："我的裤子呢，我的裤子呢？哎，老板，老板——"

一个年龄在四十多岁的男子忙走进问："什么事？"

苗坦之乱翻着衣服堆，说："我裤子怎么没有了呢？"

老板说："再找找，床下呢？"边说边与苗坦之一起找。

苗坦之说："怎么能这样，在澡堂里裤子就飞了。"

老板说："不可能呀。"边说边在屋里到处找，又过来把苗坦之的长衫提起来抖了抖，仍然没有找着，"妈的，这真是的，怎么会这样呢？在这里裤子就不翼而飞了？"

苗坦之说："来到你这浴池洗澡，裤子被人偷走，以后谁还会到你这儿洗澡呀！"

"甭大声说，甭说，我想办法！"老板忙说，"说给人听见，那我这小老板就当不成了，骆老爷知道了，还不赶我滚蛋，这碗饭也甭吃了。"

"我不能光个脆出去吧！"苗坦之说。

"是呀，哪能叫你光个脆从我洗澡堂出去，你等等。"老板边说边向门外走去。

不多一会儿小老板找来一条旧裤子，走到苗坦之面前说："请你把这条裤子先穿上，凑合吧！"

苗坦之说："这裤子太旧了。"

小老板问："你的裤子是什么样的？"

苗坦之边说边拉起长衫："你看我这长衫不是旧的吧，还有马夹也不是旧的吧，还有这个水晶眼镜，这新鞋。啊，这新鞋还是省总督给钱买的，你说我穿的裤子能差了？也是新做的裤子。"

小老板问："多少钱做的？"

苗坦之说："长衫是六两银子，马夹是三两银子，裤子是四两银子，总共是十三两。"

小老板忙说："你别喊，我赔你四两银子，旧裤子你先将就着穿吧，你等等我去给你拿银子去。"

苗坦之穿着旧裤子，有点短，脚脖露了出来，他不停地向下看。

这时，小老板拿着银子进来，苗坦之说："你看这裤子太短了，脚脖子露出这么长。"

小老板说："四两银子，给你，这裤子也不要了，你好歹凑合穿出去，不然光着脆怎办。"

苗坦之边穿边嘀咕："真倒霉，新裤子被人穿了。"

小老板忙说："请你多包涵，小的没有照顾好，下次来一定注意好！"

苗坦之穿完，扯一扯长衫，遮了遮脚脖子，可怎么也遮不住，自言自语地说："算了，真倒霉！"边说边走出门。

苗坦之走出澡堂，大摇大摆地来到吴宝怀和韩小宝面前。

吴宝怀和韩小宝都惊讶地向苗坦之看去。

苗坦之说："你两人站好，我穿裤子！"边说边把身上的旧裤子脱下，顺手把韩小宝手中自己的裤子拿去穿上，然后掏出银子递给韩小宝说："你卖沙红的四两银子给你，留春节娶媳妇吧！"

韩小宝接过银子一时像傻子似的，愣看着苗坦之。

苗坦之说："这回装好了，不能再让害呆手害去啊！"

韩小宝忙跪下说："谢谢苗二爷！"

苗坦之忙拉起说："快起来，给人看见还不知什么事呢！"

韩小宝说："二爷，你是神人，怎么说要来就要来呢？"

吴宝怀也惊喜地看着苗坦之。

苗坦之说："快走吧，到家也天黑了。"

韩小宝千恩万谢，边走边向苗坦之摇手。

吴宝怀惊疑地问："哥，你是怎么想的办法？"

苗坦之说："走，赶会去，回头告诉你。"

吴宝怀满脸的疑惑跟着苗坦之，没走几步，吴宝怀又问："哥，我就不明白了，你光脆进澡堂就没有人看见？谁会又给你裤子又给四两银子？"

苗坦之看见桃林河边有大树，说："走，到那树下坐着跟你讲。"

吴宝怀高兴地坐在苗坦之对面，看着苗坦之。苗坦之就把从进澡堂到小老板给银子的过程全部讲给吴宝怀听。

吴宝怀惊喜地说："嗨，你把裤子脱下了，光个脆去澡堂，我和韩小宝就纳闷死了，怎么想都想不明白，俗话说，光脆给人踹，谁也不踹，更不会给钱，世上没有这样憨蛋！"

苗坦之说："我这长衫、马夹都是大半成新，唯独裤子没了。澡堂里裤子飞了，裤子不会飞，肯定给人偷去了，他也不会想到我是光脆进澡堂的。"

吴宝怀手连续拍着大腿："哥，你点子真多，谁也想不到你会光脆进澡堂去呀！你就会利用人不会想到的事，你出其不意去做了，达到自己的目的，还使人家相信你！"

425

"对了，我的兄弟。"苗坦之说，"走，到骆家酒店吃饭去，叫骆万荣再掏点银子。"

吴宝怀说："骆万荣可不是呆子，你别想叫他也掏银子！"

"走着瞧，你看着吧！"苗坦之说。

苗坦之在前走，吴宝怀跟后，左拐右拐来到正街，街上人熙熙攘攘，挤了好长时间才走到骆家酒店。

苗坦之戴着水晶眼镜，长衫挺直，到门前一站，不慌不忙地说："店小二！"

一位年轻后生向苗坦之看去，忙跑过来问："客官先喝酒还是——"

苗坦之手推了推眼镜，半天才说："先来半斤桃林大曲，炒盘牛肉，一盘鸡蛋，还有什么好菜？再上两盘！"

店小二说："还有鸽子肉、兔肉、鹌鹑……"

苗坦之说："每样上一盘。"

吴宝怀悄悄地说："就咱两人吃不了那些菜。"

苗坦之说："都尝尝，会有人跟我们一起吃的！"

"谁？"吴宝怀惊奇地问。

"过一会你就知道了。"苗坦之说。

吴宝怀又一脸的疑惑。

苗坦之和吴宝怀刚坐下，忽然来了许多人，吴宝怀说："怎么来那么多人吃饭？"

苗坦之说："今天逢会你忘记啦！"

"对呀，我还真忘记了呢！"

"这个饭店又在镇中心，进出都很方便，又有客房，又有马车寄宿的地方，再加上年代长，骆万荣发财就是先从这个酒店开始的！"苗坦之说。

"是吗，我听说饭店是最赚钱的。"吴宝怀说。

"这个饭店远近闻名，桃林镇本来就他一家，最近几年已经四五家了。据讲，骆万荣企图挤垮那几家，可一了解都是有点后台的亲戚朋友开的，因此骆万荣一心想把他的酒店办好，超过那几家，无论在酒菜上，还是服务上都要好，骆万荣经常亲自督办，所以我断定，今天中午骆万荣会到饭店来看看的。"

"啊——我知道啦，哥你说的是他要跟我们一起吃的！"吴宝怀恍然大悟地说。

"是的，这是我的猜测，我估计这三天逢会，今天是第二天，如果他没有其他意外，这三天他是不会放过的。"

"为什么？"吴宝怀惊疑地问。

苗坦之向吴宝怀看去说："我个呆弟唉，逢会人多，不是挣钱的好机会吗？"

"对，对！那是好机会，平时哪有那么多的人呀！"

店小二把菜放桌上说："客官，你的酒菜齐啦！"

苗坦之向桌上扫了一眼说："好，动手！"

苗坦之和吴宝怀就抓起了筷子，吴宝怀说："哥，我斟酒！"边说边把酒壶抓过去。

"好，咱哥俩今天就喝半斤，喝多回不了家。"苗坦之瞅着吴宝怀说。

吴宝怀边斟酒边说："半斤酒还不够湿润嘴唇的，起码得一斤吧！"

"不，在家多点无所谓，我担心你喝多了，会惹事。"

"我能惹什么事，没有人得罪咱俩！"

"不行，就喝半斤。"苗坦之刚说完，骆万荣就从大门进来向全厅里扫了一圈，看桌桌都坐满了人，喜滋滋在通道里巡视着，当看到窗户下是两个人一桌，他忙走过来，向苗坦之瞅去，正巧苗坦之也向骆万荣看去。

"啊，是苗先生！"

"啊，是骆老板！"

骆万荣说："今天苗先生也来赶会。"

苗坦之起身推了推水晶眼镜笑着说："是啊，每年逢会不都是在你这块宝地上喝酒吗！"

"是，是。"骆万荣笑得合不拢嘴。

"骆老板，你坐下喝一杯，正好这桌上就咱兄弟俩。"苗坦之看着骆万荣说。

"好，好，你苗先生每次来非叫我喝几杯不成，那就不客气凑个热闹。"骆万荣坐下了，接着说，"人活着就要热闹，不热闹像个哑巴有什么意思。"

"骆老板，生意兴隆啊！"苗坦之说，"小弟给骆老板斟酒！"

"托苗先生的口福，生意兴隆，兴隆！"骆老板嘴咧像口袋一样大。

"来，我和小弟先敬骆老板一杯！"苗坦之举起了酒杯说。

"好，好，好！"骆万荣高兴地一昂头，一杯酒下去了。

吴宝怀忙又给骆万荣斟酒。

骆万荣放下酒杯，忙用手抹一下嘴巴问："苗先生看咱桃林镇热闹繁荣吧？"

苗坦之眨了眨眼说："倒很热闹，不过社会秩序不太安宁。"

吴宝怀惊讶地向苗坦之看去。

骆万荣问："怎么啦？"

苗坦之把眼镜向上推了推说："我山左口一个表弟推一车沙红来卖，卖四两银子准备留娶媳妇用的，结果被三只手扒去了。"

骆万荣吃惊地又问道："真有这事？！"

"你看看，咱俩也不是一天熟识了，我能跟你胡说八道吗？"苗坦之说。

"对，对，我了解你，你一向诚实待人，聪明过人，喜欢为人办事。好，你不说我上哪里知道！"骆万荣边说边向送菜的通道上望去，喊，"小山子，小山子！"

吴宝怀这才知道，原来给他上菜的小男孩叫小山子。

小山子忙跑到骆万荣身边问："老爷有啥吩咐？"

骆万荣气鼓鼓地说："赶快去，把大青龙给我叫来，妈的！"

小山子把捧盘向窗台一放，向门外跑去。

苗坦之又举起酒杯说："骆老板，咱喝！"

"喝，喝。"骆万荣又是一昂头，一杯酒又下去了。

苗坦之和吴宝怀也把酒喝下去。

吴宝怀向骆万荣酒盅中斟酒，可只滴了两滴，没有酒了，骆万荣大声喊："拿一壶酒来！"

苗坦之说："我这小弟不能喝酒，还要回家，谁知——"

"哼，怕啥，我这有吃有住，难得你苗先生光临！"骆万荣咧着嘴说。

跑堂又拿了一壶酒来，苗坦之知道这一壶又是半斤。

正喝着，叫大青龙的人来到骆万荣身旁，弯着腰说："老爷，你找我？"

骆万荣放下酒盅，骂道："你这狗东西，苗秀才苗先生表弟的钱你们也扒！"

大青龙低头说："不知是什么人？"

骆万荣说："是卖沙红的，四两银子！"

"啊，他们肯定不知道是苗先生的表弟，才……"大青龙说。

"快去，把银子拿来给苗先生，还给他表弟！"骆万荣瞅着大青龙说。

"是！"大青龙边答应边抬头走，吴宝怀这才看清楚这大青龙长得驴脸瓜腮，两只眉眼倒挂，满脸大麻子，满吓唬人的。

骆万荣向苗坦之说："请苗先生多包涵，这些小狗日的，三天两日地你就得收拾一顿，晚上我不能轻饶他们！"

苗坦之说："哎呀，骆老板，那就不必了吧，我那表弟确实穷，要好一点点，我也不提这事了。"

"不，不，在我桃林地面上出事，你苗先生就得说，我骆万荣不给其他人办，也要跟你办！"骆万荣大吹大擂起来。

大青龙把银子拿来递给了骆万荣说："老爷，这是规矩，这是三两九钱银子。"

"滚！滚！我知道！"骆万荣告诉苗坦之说，"苗先生你也懂，这些东西干这事，最后还给你，就是一根筷子，他也要咬一口去，没有完好的。"

苗坦之说："我知道，我知道，这还得感谢你骆老板呢！"

"咱甭客气，咱是谁对谁！"骆万荣转脸喊，"小山子，小山子！"

小山子忙跑过来："老爷何事？"

骆万荣说："苗先生这桌酒菜不收钱。"

苗坦之忙说："这不好吧！"

"有什么不好，这桌酒菜算我请你啦！吃完，你走你的，这里我说了算。这样，你兄弟俩继续喝酒，我到那边再瞧瞧，再会，再会！"骆万荣边说边转脸向通道那头走去。

苗坦之和吴宝怀站着目送骆万荣走过去。

吴宝怀高兴地说："哥，唉，我的诸葛亮哥唉，你真会神机妙算。"

苗坦之笑着说："甭吱声，咱喝！"

"喝！"吴宝怀高兴地一口一盅酒下肚了。

苗坦之和吴宝怀喝完酒，也吃饱了，吴宝怀说："咱回家吧？"

苗坦之说："走，小毛驴也饿了。"

苗坦之和吴宝怀骑着驴，肩并肩地边走边谈。

吴宝怀说："我在吃饭时就想问你，这个骆万荣对你还不错，怎么外边人都骂他？"

"那还是六七年前的事，那年秋天我在海州学馆里读书，吃过响午饭就到海州大街上闲逛。正巧海州这天逢集，人也不少，我走在街上，向前看去，一个人肩上扛着小扁担，扁担头系着筐，筐里是鱼，有两个小混混悄悄地跟在后面，有一个小混混已偷了两个有筷子长的鱼，另一个小混混已偷了一条。我忙走向前大喝一声，小偷偷鱼了。挑鱼的人转过脸来，两个小混混向后跑，被我伸一脚把一个绊倒在地，另一个被我抓住。那个挑鱼筐的人忙把那个人手中的鱼夺下，他要用扁担打那两个小混混，我说，算了吧，都是小孩，鱼没有损失就行了。我指责了那两个小混混，把他们放走了。那个扛鱼筐的人对我连声说感谢！我听到他说话是我们西乡的口音，我就问他，他告诉我他是桃林镇骆万荣，因开酒店，特意来海州买点海货。我告诉他我是南双店苗坦之，他高兴地说，早听说我了，说我聪明，为人打官司，就不认识我。我也说，我也早听说他是桃林镇的有名人物，可是没有见过面，互不认识。临走时说，他叫我以后要到桃林去玩，包吃包住，当时我心中想，你是个桃林地区有名的财主，我才不跟你废话呢。后来我去桃林赶会，也都是巧，到他酒店吃饭被他看见，他从此对我很亲切。"

"啊，原来有这么一段，我说他怎么会对你这么热情呢。嗨，你甭说，对你还真不错，这人还有点良心！"

"我说今天要敲他的，怎么样？"苗坦之瞅着吴宝怀说。

吴宝怀高兴地说："真有意思。"

苗坦之也高兴了，不由自主地唱起了小调："天上梭罗树什么人栽？天地混沌什么人开？什么人杀子自当女皇帝？什么人百岁挂过帅？"

吴宝怀接着唱："天上梭罗树王母娘娘栽，天地混沌女娲娘娘来开，武则天杀子自当女皇帝，佘太君百岁挂过帅。"

苗坦之唱："什么人女扮男装去从军？什么人天门阵前逞英雄？什么人尽节去和番？什么人守寒窑一十八冬？"

吴宝怀唱："花木兰替父去从军，穆桂英天门阵前逞英雄，王昭君尽节北国去和番，王三姐守寒窑一十八冬。"

……

# 第三十四章

.

由于几个月没有下雨，无法种小麦，南双店的鲁兰河里水已经很少了。苗自芳在自家的田头河岸下把鲁兰河打了个堤，拦住河水准备浇地种小麦，蓄了不多的水，其他农户看了气恨在心，敢怒不敢言，苗自芳有钱有势，因家中养了家丁，都不敢得罪他。这天下午，苗坦之和他大哥苗平之到地头一看，发现河水被苗自芳家打个拦水堤挡住了，下游河道干枯，根本连一滴水也没有。

苗坦之在苗自芳打的河堤上走来走去，蹲下身看水，然后才与他哥走回家。

第二天早饭后，苗自芳派几个家丁挑着水桶拿着水瓢准备挑水浇地，好种小麦。

当家丁来到拦河堤上，发现水已不多，苗坦之家五口人挑的挑水，抬的抬。一个家丁叫另一个家丁赶快回家报告苗自芳，苗自芳很快和苗青早一起赶到。

苗自芳还没有走到拦河堤上就大喊："苗坦之，你凭什么挑我拦的水？"

苗坦之根本不理睬，苗自芳跑去追，等苗坦之把水挑到自己的田里，正巧苗自芳也赶到，苗坦之被拉扯一个趔趄，后桶水全泼在苗自芳的鞋上，前桶水泼在苗坦之的双脚上。

苗自芳气鼓鼓地说："我家家丁花了两天打起的拦水坝，好容易拦点水，准备今天浇地好种小麦，你怎把水挑去浇你的麦地呢？"

苗坦之微笑着说："二叔，这鲁兰河的水是你家的？"

"我花费劳力打拦水坝才拦住水的，不是我的是你的？"苗自芳说。

"这河是你家的？"苗坦之又问。

苗自芳气得涨紫了麻脸说："你苗二赖子什么都赖，不讲理！"

苗坦之笑着说："不讲理的是你！"

苗自芳气愤地瞅着苗坦之说："我跟你二赖子讲不清道理，走，去官府讲理，你敢去吗？"

苗坦之笑着说："二叔，为了这点事咱爷俩还值得去海州？"

"那不行，你一没有花费劳力打坝，二你挑我的水，不讲理！"苗自芳说："不敢了吧，不敢你就赔我劳力钱，要不你赔我水钱！"

苗坦之说："我要不赔呢？"

"那就跟我去大堂！"苗自芳说。

苗坦之一愣，说："去就去，难道我怕你不成！"

"什么都想赖，连我打坝拦的水，你还想赖！"苗自芳边走边叽咕。

"不知是谁赖呢。"苗坦之笑着说。

这时，正是八月底，是秋收秋种的大忙季节，可是由于几个月的干旱，农民都着急，没法干活。苗自芳穿着长大褂子，骑着小驴。苗坦之穿着短褂，因为挑水干活，没有换长大褂，就骑着驴跟苗自芳到海州府打官司。

两头驴齐头并进，苗坦之笑着说："二叔，你看咱爷俩为这点事又到大堂打官司，人看了不笑话咱俩？"

苗自芳向苗坦之瞄一眼骂道："你个小东西心虚理亏了吧，今天不叫你吃点亏才怪呢，成天不赖张三就是赖李四的。哼，也有你二赖子理亏的时候啦，这回呀，无论是下州上州我不怕你！"

苗坦之笑着说："我赖？那都是些有钱有势的人不讲道理，知州哪次判我输的，你作为长辈还这样看待我，我心虚了吗？好，走着瞧！"

两人争论着，来到蔷薇河岸，由于多天没有下雨，河水不多，有的地方露出淤泥，有的地方还有涓涓细水流淌。到了三板桥，两人都下了驴，两人牵着驴走，本来桥面不宽，两人齐走就有点拥挤了，这时走到桥当中，苗自芳想出一个馊主意，趁苗坦之不注意，屁股用劲一歪把苗坦之抗到桥下淤泥水汪里，苗坦之跌了下去，满身衣服都湿了，满头满脸淤泥，成个花脸了。

苗自芳看着苗坦之满脸泥水，憋不住捂嘴笑。

苗坦之边爬出边说："二叔，你心还很坏，这下子该畅快了吧，我这样能跟你去大堂？"

苗自芳站在桥上说："又想借此耍赖不去是吧，不行！"

苗坦之走到一个大水汪前，把全身衣服脱下在水里洗了洗，把脸也洗一洗，然后走到桥上。

苗坦之手里提着直往下流水的衣服，光着屁股站在苗自芳面前说："你看我这样怎么跟你到大堂去呀！"

苗自芳憋住了笑，看着全身光光满是水的苗坦之。

苗坦之看着苗自芳说："你长衫大褂，脱给我穿可好？"

苗自芳说："我也只穿一件长大褂和一条裤子，怎办呢？"

苗坦之说："我要把这湿衣服身上会冻出病来。二叔，那我可真要赖你了，我看这样，你把裤子脱给我穿，你还有长大褂把全身遮住，我上身就光着吧。"

苗自芳犹豫着说："那怎么行。"

苗坦之说："要不你长衫给我穿，你光着上身。"

苗自芳忙说："不行，袒胸露臂不雅观。那就裤子脱给你穿吧！"边说边脱下裤子扔给了苗坦之。

苗坦之忙穿上苗自芳扔给他的裤子，把自己的湿裤子扔到桥下，问："你看我光着上身进大堂好看吗？"

苗自芳说："那我不能把长衫再脱给你吧。你把湿褂子拧干水，穿着吧！"

苗坦之边拧衣服上的水边说："叔，我这被你挤到水里，又穿湿衣服，要真的病了，可不是我赖你的吧！"

"不会呢，快上驴！"苗自芳边说边蹦上驴身，把长大褂一扯，大白屁股就露了出来。

苗坦之不由自主地笑了起来。

"你个小东西笑什么？"

"叔，你屁股好白呀！"苗坦之笑着说。

"快上驴，别瞎看！"苗自芳催促着。

两人跨上驴背，不多一会来到海州衙门外下了驴，把驴拴在路边树上，两人一前一后就走向衙门台阶，苗自芳忙去击鼓，苗坦之站着看，苗自芳转过脸说："走呀，不敢进去吧！？"

苗坦之说："我是被告，应在你后，你先走。"

苗自芳说："好，你跟着，可别耍赖哟！"

苗坦之说："我从来不耍赖。"

两人一前一后走进大堂，苗自芳走到大堂台下立即跪倒，苗坦之走到自己的座椅前转脸看着苗自芳慢慢地坐下。

苗自芳抬起头看着苗坦之坐在椅子上忙问："知州老爷，他怎么坐椅子上呢？"

知州王耀说："你又忘了，这是海州衙与他早有的约定。"

知州王耀看了看苗自芳又转脸看着苗坦之问："你两人怎么对

打官司有瘾是吧，今天又因何事到大堂？"

苗坦之忙接着说："知州大人，苗自芳他对打官司真有瘾，我不想来，他非要我来，他本事很大，说下头上头都不怕！"

苗自芳忙接着说："我说的是下州上州。"

苗坦之忙站起身说："大人，他苗自芳刚才在门外还说，今天不仅大头要会会老爷，而且小头也要见见老爷呢！"

苗自芳忙说："你胡说！"

知州王耀忙问苗坦之："苗坦之你说的大头小头，什么意思？"

苗坦之说："知州大人，你叫他把大褂子脱下来看看便知道啦！"

知州王耀忙说："苗自芳，脱件大褂有什么难处。"

台上台下所有的人都惊奇地向苗自芳看去。

苗自芳缩成一团，头蜷缩在裤裆里一动不动，犹如狗熊睡觉。

知州王耀感到纳闷，向衙头周大年看去说："周大年，你去帮忙他把大褂子脱下来。"

站在后边的吴宝怀和周小民齐声吆喝："脱！脱！"

苗坦之惊讶地向台下围观的人群望去，皱了一下眉。

周大年忙走到苗自芳跟前，弯下腰，双手来个倒扒皮，抓住大褂子从下往上脱，苗自芳两手抓住，周大年说："你松手，我帮你脱。"

苗自芳还不松手，周大年双手抓住大褂用劲向后拽，把大褂脱下，把苗自芳拉倒在地，光着屁股，全身一丝不挂。

顿时，台上台下的人都笑了起来。

知州王耀立即板着脸，三角眼直眨，疑惑地向苗坦之看去。

周大年把大褂子扔给苗自芳穿上。

苗坦之站起身，全场立即鸦雀无声。

苗坦之向知州王耀看去说："请问知州大人，这是什么地方？"

知州王耀说："这还用问吗，海州大堂！"

苗坦之说："海州大堂应该是个威严肃静的地方。"

知州王耀忙接着说："对，对！"

苗坦之把胸前的小辫子往后一甩说："这大堂是打官司的诉讼场所。"

知州王耀心里本来打算笑完后责备几句苗自芳，袒护他退堂了事的。可是，碰见苗坦之这个能言善辩的不会善罢甘休的人，心里感到无奈，自己一时也想不出妥善办法保护苗自芳，只有见机行事。

苗坦之严肃地说："这大堂，是知州大老爷评判民间百姓是非，除恶扬善的衙门，知州大人，我说得对吧？"

知州王耀忙答："对，对！"

吴宝怀和周小民都高兴地看着。

师爷郑生安向苗坦之悄悄地竖起了大拇指。苗坦之向郑生安看了一眼，对王耀说："既然是这么严肃的地方，请问知州大人，他苗自芳胆敢不穿裤子，光着屁股来到大堂，并且跪在你老爷面前，难道你不感到……"

知州王耀忙打断苗坦之的话，说："我感到不雅。"

苗坦之接着说："你是感到不雅吗？！"

知州王耀三角眼直眨，心想：坏了，苗坦之要穷追猛打了。又想，事情已经到这个地步，也无法袒护苗自芳了，心里又恨又气苗自芳，这是怎么一回事呀，光着屁股进大堂，暗暗埋怨。

苗坦之说："知州大人，你不感到苗自芳在无视这大堂吗？！"

苗自芳在台下低着头，眼瞄向苗坦之。

苗坦之继续说："知州大人，他这样光着屁股见你，是不是羞辱你呢？！"

台下人立即议论起来：

"成何体统，很不严肃。"

"他是在戏耍老爷。"

"他是在羞辱知州大人！"

……

知州王耀把惊堂木一拍，"苗自芳，你胆子不小啊，你是怎么想的，戏耍羞辱本官，又在大庭广众之下，你居心何在？"

苗自芳向苗坦之瞅一眼说："小民没有戏耍你的意思，只是另有原因。"

苗坦之忙接着说："他说另有原因，那就让他说吧！"

苗自芳支支吾吾半天也没有说出来。

苗坦之说："他无话可说了，请问知州大人，他这种无视公堂，羞辱大老爷该当如何处理？"

知州王耀心想坏了，苗坦之把他逼到对苗自芳用刑的地步，事情很明显，没有办法袒护苗自芳了，也没有抓到苗坦之说话漏洞，怎么办？情急之下，也只有对苗自芳少打几棍，轰出大堂完事。

知州王耀在众目睽睽之下，只有抓起惊堂木"啪"一下，说："苗自芳，你光着屁股上堂，成何体统，当众羞辱本官，无视大堂。来呀，给我打二十大棍，轰出大堂！退堂！"

苗自芳忙向知州王耀看去说："老爷，我，我……"吞吞吐吐却说不出。

苗坦之一听说退堂，忙起身向后门走去。

台下衙役们举起水火棍打了起来，苗自芳蜷在地上疼得直叫。

苗坦之手捂着嘴直笑。

师爷郑生安和判官胡仁贵跟着苗坦之走出后门，师爷郑生安笑着问："坦之，到底是怎么一回事？"

判官胡仁贵也凑上前问："怎么回事，他光着屁股？"

苗坦之边笑边讲给他两人听，他们两人笑得前俯后仰。

苗坦之告诉他俩到大堂外有事就走出了衙门，不远就发现吴宝怀和周小民站在四头驴旁边。

吴宝怀问："哥，你怎么叫苗自芳脱裤子？"

"哥，苗自芳怎么不穿裤子呢？"周小民也问。

苗坦之边笑边问："你俩怎么来的？"

吴宝怀说："大嫂找我说你与苗自芳到海州打官司，怕出意外，我就叫周小民一起骑驴赶来的。"

周小民兴奋地说："今天看个大笑话，哥，他怎么不穿裤子呢？"

苗坦之笑着说："等一会儿，苗自芳就会来，我等他，还要说他几句，你俩别插言，我看他还说什么，你俩就知道他为什么没有穿裤子啦。"

"中，大哥，咱俩听你的。"吴宝怀和周小民异口同声地说。

不多一会儿，苗自芳一瘸一拐地走了过来。

苗自芳走到苗坦之跟前，苗坦之笑着说："二叔，你大头疼还是小头疼？"

吴宝怀和周小民捂嘴暗笑。

苗自芳气得麻脸又紫又红："你个狗东西竟然胡诌八扯，我是说上州下州，到你嘴里就变成下头上头，我给你赚死了。"

苗坦之说："你呀，是自找的，谁叫你下头上头不老实，还怪我呢！"

苗自芳眼瞪着苗坦之，"我一脚踢死你！"

苗坦之笑着说："你踢吧，到大堂不用走路。"

苗自芳无奈道："我给你操死了，你小子不是个东西！"

"唉，二叔，你怎么真怪起我来呢！"

"不怪你，怪谁？"苗自芳眼一瞪说。

"唉，你这又不讲理了，你光屁股进大堂还怎么又怪起我来了呢。"

"不怪你，我能怪谁，我能怪谁？"

"是谁使坏点子把我挤到河下的？"

苗自芳翻了翻大眼没有吱声。

440

苗坦之说："你怎么不吱声了呢？"停了一下，又接着说，"我全身在泥水里浸湿了，你当时还笑，你忘记了？"

苗自芳自知理亏，忙转脸向旁边看去，不吱声。

苗坦之继续说："我要你把大褂子脱下给我穿，你说不雅观，袒胸露臂的，你自愿脱下裤子给我的，你有长衫遮全身，心里很自在地看着我披着哗哗向下淌水的湿小褂，对不对？你说呀！"停了一会儿，又接着说，"你怎么不吱声了，装哑巴了呢？"

"哎呀！被这熊事弄的，我倒忘记了，来告你的怎么忘了呢。"苗自芳恍然大悟道。

苗坦之微笑着说："你再去击鼓啊！"

苗自芳理直气壮地说："你认为我不敢呀，我歇歇，喘口气，妈的，怎么忘记向知州老爷说了呢？"

"好吧，我等你！"苗坦之认真地说，"我料想你不敢再进大堂了！"

"我有什么不敢，他知州不会再打我的。"

"咱打个赌行不行？"

"打什么赌？"苗自芳睁着大眼问。

苗坦之说："如果知州再叫衙役打你，输一百两银子给我。如果不打，我输一百两银子给你，行不行？"

苗自芳说："刚才我已挨了打，他凭什么还要打我？"苗坦之说："还凭你光屁股进大堂，这是又一次。"

苗自芳瞅了苗坦之一眼说："你个小东西又耍什么新花招？"

"我没有耍花招，不信，你在前走，我在后跟着，我保证你还要至少挨二十大棍，多则四十大棍。"苗坦之说。

"哼，我这回不受你赚啦！"苗自芳说。

"你刚才不是说，你忘记来干什么的吗？你现在可以再去击鼓，告我挑水浇地的事，你去告呀，我奉陪到底！"

"你认为我不敢去呀，我现在没有裤子穿，我要穿裤子就进大堂非告你不可！"苗自芳很自信地说。

苗坦之说："你就是穿裤子，你也告不赢我。"

吴小宝和周小民捂着嘴暗暗发笑。

"我要告，你小东西肯定输。"苗自芳不服气地说。"

知州大老爷问你两句之后，你就要挨打。"

苗自芳翻一下白眼问："哪两句？"

苗坦之说："这第一句问你，鲁兰河是你家的吗？"

"那当然不是我家的了。"

苗坦之又说："这第二句是问你，鲁兰河里流的水是你家的吗？"

"那也不是。"苗自芳回答。

苗坦之说："这河和水都不是你家的，你凭什么不给人家挑水呀，你这不是不讲理吗，无事生非，这能不打你吗！"

"那是我花费人工打坝拦蓄的水呀！"苗自芳说。

"那河与水都不是你家的，你凭什么打坝拦水呀，不是无理取闹吗，再打！"苗坦之说，"你觉得能轻饶你吗？"

"那你说，这场官司我又输了？"苗自芳涨着麻脸问。

"你输定了，在家里我就说，不要来打官司，给人看笑话，怎么样？官司还没有打，就给人看笑话啦，这下子，全衙里的人都知道南双店苗自芳光个脆来到大堂，戏要羞辱知州大人，无视大堂威严被打二十大棍，灰溜溜跑回家了，这话说传到咱南双店，我都感到丢人！"

吴宝怀和周小民点了点头。

"话怎么到你嘴里一说，这么难听。"苗自芳瞅着苗坦之说。

"事实就是这样，你想堵住他们的嘴，不可能吧！"苗坦之停了一下，看看苗自芳又接着说："你是我长辈，我还尊重你，叫你叔。你好好想想，我与你，我与他们打的官司都没有输过，可是你和他

442

们为什么都输了，因为我有理。说心里话，我不想惊动官府，去大堂都是被逼的，我无奈才去大堂的。"

苗自芳小麻摞大麻的脸像紫猪肝一样直愣愣地向远方看去。

两人沉默了一会儿，都没有吱声。

最后，苗坦之说："叔，我今天说句话摞这儿，如果你对我玩阴的，我就对你来阳的，咱正大光明到大堂。你不是给我起诨名苗二赖子吗，拼了，我就与你赖到底，反正也出名了，不过我这出名多数穷人喜欢。你那苗麻子，苗坏麻子人可就不喜欢了。"

苗自芳忙说："你个小东西又耍什么新点子，我说不过你。"

苗坦之边说边站起身向吴宝怀和周小民看去。

苗自芳坐在地上说："把裤子脱给我穿。"

苗坦之瞅一眼说："还不讲理，你有大褂遮住，走吧！"

苗自芳着急地说："难道我光个脆回家！"

苗坦之跨上驴背说："那你自己看着办吧，我先走了，驾！"边说边拍一下驴屁股，小毛驴忙向前跑去。

# 第三十五章

　　海州大地由于几个月的干旱，庄稼绝收，百姓多数逃荒要饭。知州王耀多次派人到乡下催钱要粮，成绩甚微，他亲自下乡也无法要到钱粮，很简单的道理，老天不下雨，老百姓种不下庄稼，就无钱无粮。他多次把州衙里的师爷、判官、钱粮官吏召集研究，决定全州统一筹款，按照各户人头数摊派，把款集中，选定吉日到海州上神庙拜神，向老天求雨。结果钱也花了，工也费了，可是，老天爷不听他的，仍然晴空万里，烈日炎炎，一滴雨也滴不下来，老百姓怨声载道。

　　苗坦之从板浦许乔林那儿回家，从板浦到海州一路上看到百姓有的拖棍讨饭，有的蹲在路边互相议论埋怨州衙不管百姓死活，还摊派款项给州官拜神，求龙王下雨。苗坦之不信这一套，他本来就很气愤，再加上一路上亲眼所见，亲耳所闻，胸中怒火在燃烧，他到海州之后没有马上回家，而到了他经常住宿的旅店，找了纸墨，奋笔疾书，写了一副对联，贴到州衙大门两旁，扬长而去。

　　第二天清早，王耀刚吃过饭，一位衙役慌慌张张跑到王耀面前禀告，州衙大门有一副对联，王耀吃惊地跟那衙役后脆跑到州衙大门，边看边念："拜神求雨未下一滴，血肉已被啃去三口。苗坦之题。"

王耀看过气呼呼地说："苗坦之，苗坦之，你妖言惑众，煽动百姓与州衙作对，这回你可不要怨本官不客气了。"忙转过脸说，"把这对联看好，叫周大年来。"

不多一会儿，周大年来到知州王耀面前，看着王耀气得直喘粗气，三角眼的棱角更加分明，忙问："老爷有何吩咐？"

王耀手指着对联说："你看这苗二赖子胆子也越来越大了，尽敢贴反对官府的对联，你带个人立即去把他给我绑来！"

周大年看完后说："是！"

周大年和另一个衙役来到苗坦之家，一问，苗坦之不在家，周大年知道苗坦之与杀猪宰羊的吴宝怀几个人的关系好，他也知道苗坦之经常帮助吴宝怀杀猪宰羊，就到吴宝怀家去找。

周大年和另一名衙役来到吴宝怀家门前，正巧，苗坦之正在与吴宝怀、周小民、苗贵之、李万福几个人坐在槐树下乘凉，大家看见州衙役到来都感到吃惊。

苗坦之看见忙站起问："哟，周衙头你们是来抓我的吧？！"

周大年惊疑地问："你怎么知道是来抓你的？"

大家都奇怪地向苗坦之看去。

苗坦之笑着说："我们那个知州大人把我看成他的眼中钉，肉中刺，还不时想个什么点子就要治我呀。"

周大年眨了眨眼说："州衙大门贴了一副对联，落款是你，老爷气得活蹦，令我俩来把你绑去大堂。"

"啊，有这事？"苗坦之假装吃惊地说，"好，那跟你去就是了，等一等，我去家换换衣服。"

周大年说："快点吧，不然到海州天黑了。"

"中！"苗坦之答应说，"就现在走，到了海州也升不了堂。"

吴宝怀和苗贵之异口同声地说："咱也跟你去看看。"

苗坦之笑着说："好啊，那就一起走，得带点吃饭钱，这时候天气炎热不用住旅店，在树下或过道就可以睡一夜。"

吴宝怀说："咱穿个章衣，戴个斗笠。"

苗坦之到家中换了身衣服，就跟周大年往海州去了。

对于衙役来到南双店绑苗坦之的事，这十多年来已不是什么新鲜事了。首先对于周大年来说，他不止一次，他也知道苗坦之人聪明，为人诚厚，每次打官司到大堂都是赢家，都占上风，他很佩服苗坦之，因而，每次来绑抓苗坦之，都暗示苗坦之为什么事，让苗坦之心中有数。其二，实际上有些事苗坦之心中是明白的，因为他所做的事会引起知州的气愤，断定知州会派衙役来抓他，他心中是有准备的。刚才周大年说了原因，就是不说，苗坦之心中明白，自己把对联贴出，就准备知州王耀派衙役来绑他去海州大堂。其三，对于苗坦之的家庭成员来说，也都习以为常了，尤其是苗坦之的父母亲和他大哥苗平之都感到平常，他们心中都有数，都认为苗坦之是个聪明人，从十多年的经历中，不知打了多少次官司，都没有输过，即使是有人设圈套谋害苗坦之，苗坦之都能化险为夷，这一点也让家人骄傲，特别是苗坦之妻子汤国珍她最了解，也最关心苗坦之的打官司之事，在她还没有嫁给苗坦之之前在家就常常听外人和他哥哥汤国泰讲过有关苗坦之打官司的有趣事，所以到了苗坦之家她更加信服苗坦之能力，内心很敬佩，她不怕，不担心，就是突然发生的事，只要苗坦之向她说："不要担心，没事。"汤国珍就知道苗坦之是没有事的。其四，对于苗坦之的几个穷哥们来说，更是了如指掌，他们的几个兄弟也经常跟苗坦之在现场，开始感到担心，害怕苗坦之会受罪，可是，一听到苗坦之说："你们不要多说话，不要担心。"他们心中就有数了，都为有苗坦之这机智诚实的兄弟而感到自豪，他们不怕那些有钱有势的人的欺负，因为有苗坦之为他们出点子。其五，对于南双店的百姓来说，尤其是穷苦人，他们相信苗坦之，只要州衙来人抓苗坦之或者外乡来人请求苗坦之帮助打官司，他们都感到是平常事，不再像开始那几年，有些担心，认为苗坦之又犯事了，不知官府要怎样治罪苗坦之，都很想知道结果，可是经历多了，在穷人心目中，苗坦之成了一个"常胜将军"了。

苗坦之到了州衙大堂门前站定，又向自己写的对联看去，高声念道："拜神求雨未下一滴，血肉已被啃去三口。苗坦之题。哈哈"苗坦之仰天爽朗地大笑起来。

苗贵之和吴宝怀互相嘀咕："就为这对联呀！"

苗坦之转眼向苗贵之和吴宝怀微笑了一下，苗贵之和吴宝怀会意地也微笑了。

周大年与另一位衙役莫名其妙愣站着。

苗坦之走向大鼓前，拿鼓槌就使劲地敲起来，这次鼓声比任何时候都响。

周大年与看门的几个衙役都惊奇地看着，议论着："苗坦之今天敲鼓为什么这么用劲？"

苗贵之和吴宝怀也感到纳闷，跟着苗坦之走进大堂。

苗坦之大摇大摆地走到自己常坐的地方，不慌不忙地坐下。

知州王耀看着苗坦之坐在椅子上，怒道："你苗坦之胆子真大，竟敢把对联贴在州衙大门上，这是一条罪状；第二条，本官为民着想，筹款求雨，好种庄稼，可你却写反对州衙的做法，你造谣惑众，夸大其词，什么居心，该当何罪？"

苗坦之说："知州大人，请问以拜神弄鬼求雨为名，强制乡民交集资款，挥霍浪费，是什么居心？以鬼神惑众之说诬民这应该是犯什么罪？"

知州王耀如坐针毡，屁股乱晃，气得三角眼更加分明，支支吾吾地手指着苗坦之说："你——你——"

台下吴宝怀和苗贵之互相笑着，师爷郑生安和判官胡仁贵也互相看着。

苗坦之站起身，把胸前小辫猛地向身后一用说："你知州大人求雨，乡民出血汗钱，你知州大人求神拜鬼，乡民跑断腿，我有什么错？"说完坐下。

苗坦之话音刚落，台上台下的人都把目光集中到知州王耀脸上。

知州王耀脸憋得又紫又红，瞅着苗坦之说："你写的对联还在，还想抵赖？"

苗坦之又站起来说："你知州就凭那一副对联，就把我绑来，硬逼说是我妖言惑众，反对州衙集资求雨。若真是我写的，我会端端正正写上我苗坦之的名字，自投罗网，伸长脑袋给你打，自找苦吃。"

知州王耀说："有人说那字体像你所写。"

苗坦之哈哈大笑说："恐怕就是你知州大人说的吧，找不着我的把柄，胡乱猜疑吧！"

知州王耀忙翻白眼手指着苗坦之："你——你——"

苗坦之气愤道："知州大人，也有人说你的媳妇，像我媳妇，你就信了？"

台下的人哈哈大笑起来。吴宝怀和苗贵之都笑得前俯后仰，师爷郑生安和判官胡仁贵都捂着嘴笑，台下的衙役也都偷偷笑起来。

知州王耀看到此种场面，忙挥手说："你走吧，你走吧！"

苗坦之站起身走了几步，马上又回头气狠狠地向知州王耀说："以后，请你知州大人少开这样的洋味！"

知州王坐在那儿直瞪眼，他不说退堂，台上师爷、判官和台下衙役都不敢走。

过了一会儿，判官胡仁贵才说："大人，该退堂啦！"

知州王耀才醒悟过来，结结巴巴地说："退堂，退堂。"

师爷郑生安和判官胡仁贵互相看了一眼，一起走出大堂。

知州王耀刚走到会客厅还没有坐下，一差役慌忙走到门前禀报："省总督等来了。"

王耀听到省总督来了，惊讶地问："你说什么？"

那差役又重复一遍说："省总督来了。"

王耀不顾一切就向门外冲去，正巧省总督带了一班人已经向会客厅走来。王耀看在还离省总督几丈远的地方，就跪下施礼，结结巴巴地说："下官不知总督大人到来，请恕罪。"

省总督名叫蒋仁近，看见王耀大声说："起来吧。"

王耀站起，战战兢兢地靠边站着，看着蒋仁近走到面前，忙弯腰伸手向前说："请总督大人客厅歇息。"

省总督蒋仁近等人走进客厅后按官阶坐下，王耀站立旁边，蒋仁近对王耀说："这次我和王监司、孙学正来到海州，来看看旱情。"

王耀忙说："感谢总督大人对海州百姓的关心。"

蒋仁近接着说："海州是个好地方，有海有山，名胜古迹多，土特产丰富，有鱼虾鳖蟹，豆丹，水晶，桃林大曲，看看今晚上——"

蒋仁近看王耀始终没有笑脸，便问："为难就不办啦！"

"不，不，不是，不难，不难，下官一定办好！"王耀忙结结巴巴地说。

蒋仁近又问："吏治民风如何？"

王耀回答："海州志有言，'其旧俗人颇劲悍轻剽，士矜直不可欺辱，民多愚不畏强御。惜名节，保身家，男尚义愤，女尚节烈。好争斗，乐饮博。群然横议，意为刁讼'。"

蒋仁近问："你们这里能有多少刁讼之徒，这么厉害？"

王耀微微摇摇头，叹口气说："就一个苗坦之就够我闹心的了。"

蒋仁近惊奇地问："这个苗坦之就这么厉害？"

王耀接着说："刚才就为他，把我气得要命呢！"

蒋仁近惊讶地说："怪不得，我一见到你，脸紧绷着。好，那

449

就把苗坦之请来，本官会会他，我倒要见见这个苗坦之有什么道道，我就不信一个乡间小老百姓他能刁钻到什么样。"

王耀听到总督要见苗坦之，高兴地向门外喊："周衙头！"

周大年忙走到门前说："大人有何吩咐？"

王耀说："你带个人赶快把苗坦之追回来，省里蒋总督要见他。"

"是！"周大年回答完忙转身走了。

王耀又向门外喊："来人！"

一位差役忙走到门前问："大人有何吩咐？"

王耀说："你去跟师爷郑生安说，省里蒋总督等大人来察看旱情，晚宴设在白虎山酒店，海州的所有名特产都给我捡好的上。"

"是！"那位差役转身走了。

蒋仁近总督站起，整一整官帽，理一理官服，那红色的官服有点皱褶，忙用手扯一扯，然后端端正正坐在客厅当中太师椅上，目光正视着门。

其他官员也都扯扯自己的衣服，端正坐着。

蒋仁近看着王耀说："小王，你也坐着，都看我的！"

周大年和另一个衙役不多一会儿在秦东门追上了苗坦之，苗坦之正与吴宝怀、苗贵之边谈笑边走。

周大年忙喊住苗坦之，把事情告诉了他。

苗坦之说："好啊，这省里总督要会会我，肯定又是王耀说了我的坏话，他蒋仁近才叫我去的。好，走！"

吴宝怀说："哥，你要有准备呀！"

"没事，甭说他省里总督来，就是皇上来，我也敢见！"苗坦之边走边说。

苗坦之看着吴宝怀和苗贵之说："在会客厅里，你俩不能进去，就在门外旁听吧！"

"中，中，你说话声音大点，咱哥俩准能听清楚。"吴宝怀说。

周大年说："会客厅离大门不远，厅里说话门外全都能听到。"

"那好，我两个兄弟就喜欢听我说话。"苗坦之笑着来到会客厅。

周大年走向前忙说："大人，苗坦之带到。"

王耀忙挥手说："去吧，苗坦之进来！"

蒋仁近目光直向苗坦之看去，苗坦之不紧不慢地走进，向各位施礼："草民向各位老爷、大人行礼啦！"

蒋仁近问："你是苗坦之？"

苗坦之答道："正是！"

蒋仁近说："我是省总督，姓蒋名仁近，草字头下面是将帅的将，仁是仁义道德的仁，近是远近的近。"

苗坦之接着说："小民姓苗名坦之，草字头下面田地田，坦是土字旁，右边是旦晨的旦，之是言之有理的之。"

蒋仁近瞄苗坦之一眼，发现未有敬畏之意，不高兴地愣了半天，大家都向蒋总督看去。

苗坦之神情自若，心想：看你还要说什么，拭目以待。

蒋仁近说："我是来察看旱情的，天不下雨，田地无苗，土疙瘩蛋子都想称雄。"

王监司、孙学正、王耀等人洋洋得意，都鄙视着苗坦之。

门外的苗贵之和吴宝怀惊疑地互相看着。

苗坦之听后，心想：你骂我田地无苗，不是灭苗的意思吗。于是，脱口说道："草木之人想称将帅，害人离亡不远也。"

蒋仁近一听又惊又气，心想你个草民还咒骂我离死不远了，够狠的，看我怎么收拾呢。

王监司、孙学正、王耀等人大惊失色。

王耀忙气愤地指着苗坦之说："大胆你苗坦之。"

蒋仁近忙向王耀摆一下手。

门外的苗贵之和吴宝怀捂着嘴笑。

蒋仁近皱一下眉头，鄙视着苗坦之说："屎壳郎穿蓝衫，冒充个秀才。"

王监司、孙学正、王耀又向苗坦之笑了起来。

苗坦之听后，心想：你骂我是屎壳郎，假秀才，好吧，"臭蟑螂披红衣，冒充煮螃蟹！"

蒋仁近听后直瞪眼，心想：这苗坦之真厉害，我比喻他是活的，而他把我比喻成死的，皱着眉头在思索。

王监司、孙学正、王耀大惊失色，尽敢把总督比喻成锅中死螃蟹，胆子也够大的了，眼睛都集中到蒋仁近的脸上，等待蒋仁近发落处治苗坦之。

门外的吴宝怀高兴地向苗贵之伸出大拇指。

苗坦之不动声色地看着蒋仁近，看你还有什么词，玩什么花样。

蒋仁近晃了晃上身，向苗坦之翻了翻眼说："瘦猴耍赖人厌恨，官府捉拿要治罪。"

苗坦之看着蒋仁近说："肥猪吃饱乱拱地，主人愤恨定杀之。"

蒋仁近满以为难住了苗坦之，可万万没有想到，自己把苗坦之比作瘦猴要治他罪。而他把我比喻成猪，乱拱地，那是说自己吃饱饭，没有事，乱来吗，真厉害，真厉害。蒋仁近气得直吹胡须。

王监司、孙学正都睁着大眼睛瞪着苗坦之，盼望总督蒋仁近治他罪。

蒋仁近沉静了一会儿，顷刻之间，脸变红了，勉强笑着说："本官今天有意考考你，真没想到你苗坦之肚子里有货，反应机敏，言辞厉害，是乡间真秀才，好。"说完，转过脸向王耀看去说，"王知州，安排酒席招待苗秀才！"

王监司、孙学正、王耀都非常惊讶，满以为总督大人要狠狠治罪于苗坦之的，可倒过来还要酒席招待，都一头雾水，感到十分费解。

门外苗贵之跟吴宝怀悄悄地说："这省里大官也没有难倒苗

坦之！"

蒋仁近说完，苗坦之说："谢谢夸奖，你耽误了我走十几里路呢！"说完忙向大门外大步走去。

蒋仁近和王监司等人都目瞪口呆地望着苗坦之走出门外。

蒋仁近看着知州王耀说："王知州，听到了吗？他临走还指责我一句，你这个官也真不容易当，一个乡间草民竟然这么厉害，得罪不起呀！小心坐垫里有钢针那！"

王耀说："我都挨他几次了。"

苗坦之走出大门，手向苗贵之和吴宝怀一挥手说："咱走！"

吴宝怀走到苗坦之身旁高兴地说："这省里大官，不过如此，也没有说过你吗，最后没词了，哈哈——"

苗贵之也随之大笑起来，然后说："今天咱可长见识了，州官、省官也不过如此！"

苗坦之说："他们也是人，只要你有理，心胸坦荡，没有什么可怕的！"停了一下，又接着说，"今天，王耀向蒋仁近说我的坏话，蒋以自己是总督大官，想制伏我，显示自己，给王耀看看自己的本事。王耀也希望蒋仁近能把我制伏，可都成了泡影，到头来都落个难看，真是搬起石头砸自己的脚！"

# 第三十六章


这天下午，吴宝怀、苗贵之、周小民和李万福都来到苗坦之家闲聊。苗坦之把和省总督对话的事讲完之后，吴宝怀又提出要苗坦之讲故事，大家都齐声说好。

苗坦之说："今天下午都没有事，好，讲就讲吧。"苗坦之又向周小民看去，"我讲完，周小弟再唱一段。"

"好，好！"大家异口同声地说。

苗坦之说："讲个长工张三的故事。这张三在本庄朱财主家打长工，经常听见朱财主说，'有钱能使鬼推磨'这句话。一天，又挨到张三推磨了，他向朱财主说，磨担子坏了，拿钱修修。朱财主认为真坏了，就给张三钱，张三拿钱就去磨前，把钱绑在磨担子上，倒下就睡着了，一直睡到天大亮。朱财主走到磨房一看，张三在磨道还呼啦呼啦地睡，于是忙叫醒，生气地问，你睡死啦，天都早亮了，你怎么不推磨？张三伸了伸腰，指着磨担子上的钱说，你常说有钱能使鬼推磨，我睡一夜也没有一个鬼来推磨！朱财主被气得半死。"

"哈哈——"大家哄堂大笑。

苗坦之说："张三还有一次天亮逮虱子。朱财主把长工不当人待，经常虐待长工，天不亮就叫长工起来给他干活，长工们都气得没办法。有一次，天还没有亮，还不到五更天，他就叫喊，'张三，太阳都出来了，还不出去干活？'张三应了一声，没有动静，过一会儿，朱财主又来喊，'张三，你怎么不起来去上工？'张三说，'我逮完虱子就去。'朱财主说，'天还没有亮，你能看见虱子？'张三说，'你不是说太阳出来了么！'朱财主哑口无言。好了，不讲了。"

"这张三聪明。"李万福说，"周小民，到你啦，唱！"

周小民说："好，我唱，唱个《月儿过花墙》。一呀一更里呀月儿过花墙，小妹妹心呀么心发慌呀啊。站在那廊檐下呀，等着我有情郎，来往行人挨个认，哪有我的郎啊呀。"

周小民说："我再唱个《绣花灯》给你们听听。正月那个啊里呀来正啊月正，于二姐在房中呼唤春红。为奴打开描金柜呀，取出来五色绒，闲来无事绣花灯，嗯哎哎嘿哟嘿哟，显一显手段敬敬名公，哎嘿哟。花灯绣上五位先生，刘伯温辞朝离了京城，能掐会算是苗广义，许茂公有神通，斩将封神姜太公,诸葛亮烧战船借过东风……"

门外突然响起了敲门声，"苗二爷在家吗？"

"在家，谁呀？"苗坦之问。

话还没有落音，一个高个子青壮年后面跟着四五个人一起拥进院子。

苗坦之几人都愣愣地看着他们。

那个高个子壮年突然跪下说："苗二爷，你想办法救救我们吧！"接着后面几个人也都跪下了。

苗坦之忙前去拉扶那个壮年说："快都起来，起来说话。"

那个壮年说："我是竹墩的梁二柱，他们都是竹墩的。"

"坐，都坐下吧。"苗坦之说。

梁二柱说："不用，咱就站着说。苗二爷，你都知道，这天大旱，田里庄稼颗粒不收，又种不下去，庄上有不少人饿死。钱万三家囤积粮食很多，他趁这大旱灾年向外卖高价，又赚了很多钱，咱穷老百姓都饿得家破人亡，哪来钱去买高价粮呢，你说咱这日子咋过呢？"

"是啊，是啊！"跟梁二柱子一起来的几位齐声说。

苗坦之把手习惯地放在耳朵旁摸了摸，皱了一下眉，看着梁二柱说："你们是等死呢，还是想吃粮食呢？"

梁二柱说："谁不想活命，可哪有粮食吃呀！"

苗坦之把小辫往身后一甩说："这样，你们都听着，我想个办法，你们出了我的大门，谁都不要说。"

"苗二爷，请放心，咱知道你是为咱穷人想办法的人，咱不能不知好歹吧！"梁二柱说。

"是呀，是呀！我们绝不会乱说的。"梁二柱身后几个人齐声说。

苗坦之说："梁二柱，你先带个头，找个铜锣，在村庄上来回敲，大喊穷人到一起开个穷民大会。"

梁二柱忙打断苗坦之的话说："这样一喊，钱万三的团练和家丁就要抓我。"

"那不是自找苦吃吗，给他们抓去那还有个好。"一位跟梁二柱一起来的名叫梁如意的人说。

"对，团练家丁肯定抓你。你多找些穷兄弟，一个被抓，两个被抓，抓到钱万三家，他又得给饭吃，又得给房住，抓得越多，咱穷兄弟不就饿不死了！"苗坦之说。

"嗨，好办法，到底是苗二爷，都说你老人家点子多，还真多，好，就这样。"梁二柱转过脸向他们几个人看去，"你们几个人听懂了吧？"

"听懂了，听懂了。"其他几个人异口同声地说。

苗坦之说："这样比在家饿死要好，等我叫你们出来，你们再出来，那时也就有粮食吃了。"

"这样，老爷你——"梁二柱疑惑地说。

"别担心我，有事我承担，他钱万三最后会找我的。"苗坦之说。

"他会找你？"梁二柱惊奇地看着苗坦之。

"哥，钱万三他能找你？"李万福惊疑地问。

"钱万三他一定会找我的，到那时我就有办法了。"苗坦之说，"就这样，回去就敲锣大喊。"

"是！二爷，我听你老的！"梁二柱高兴地带几个人走了。

梁如意说："二柱哥，我从庄东头敲，你从庄西头敲。"

梁二柱说："一个人敲，两个人跟后，如果钱万三的家丁来抓，你就把铜锣传给后面跟着的人继续敲。当抓我们进钱万三家房子里，咱就大喊大叫他无辜抓人，一天三顿饭吃完也喊，他撵咱也不走。等苗先生来叫，咱再走，你们听见了吗？"

"听见了，就这样办！"梁如意和其他几个人一起说。

他们回到村里，不多一会儿庄东西两头都敲起了铜锣，大喊开穷人大会，钱万三的家丁听见了忙向钱万三报告，钱万三气得把桌子一拍："这两个穷鬼想干什么，把他抓来关起来，我叫他还敲还喊！"

家丁不管三七二十一，听见有敲铜锣的喊穷人开会的就抓起来，不多一会儿就抓了四五个人。到了吃饭时，家丁就提着篮子送饭给关着的人吃。吃过饭后，家丁又听见有人敲锣，就向家丁头头汇报，家丁头头说："钱老爷叫抓，咱就抓，关起来！"

就这样连续抓了百多人，将钱万三那些空房都关满了，几个家丁送饭都忙不过来，家丁头头实在没有办法，就向钱万三汇报："抓那些穷鬼没有房子关怎么办？几个人送饭也忙不过来了。"

钱万三一听火冒三丈："抓了几个人？"

家丁头头说："有一百多人了。"

钱万三睁着牛蛋大眼骂道："谁叫你抓那么多的，供他们吃住有几天了？"

家丁头头回答："有五天了。"

钱万三心疼地说："啊呀，这五天吃了我多少粮食呀！你们这些饭桶，猪！"

家丁头头瞅着说："老爷你叫抓的。"

钱万三说："快，快，快把他们都放了，今天不供饭了。"

家丁头头忙跑去，不多一会又跑来报告："老爷，他们不走。他们都一起叫着说，凭什么抓他们，说你私设公堂，私设牢房，死也不走。"

钱万三急得像热锅上的蚂蚁在屋里来回踱着步子，"这还得了，这万一真的有人死在我家房子里，那可要吃官司，赔大本了！"

家丁头头看着钱万三说："今天咱就不抓了，由他敲由他喊去。"

"那这一百多人吃饭你供呀！"钱万三气得向家丁头头大吼。家丁头头低头无语。

钱万三说："你去跟他们好好说，你就说一时糊涂，是你们几个人抓的，不是钱老爷叫抓的，你说挨了我的骂，叫立即放。"

家丁头头连连称是，向门外走去。

钱万三坐在椅子上长吁短叹，束手无策，为百多人吃了他五天粮食而心疼不已。

家丁头头跑来汇报说："他们不走，他们不相信我的话，怎办？"
钱万三站起身说："我去。"

钱万三来到关押的地方，说："我叫家丁头头跟你们说啦，你们怎么还不走呢？"

梁二柱说："凭什么抓人，凭什么关我们？"

钱万三说："是我没有教育好他们，我替他们向你们赔不是，你们赶快出来，回家该做什么就做什么去，我保证他们不会再抓你们啦！"

梁二柱说："说出理由来，为什么抓我们，为什么关我们？"

钱万三无话可说，碰了一鼻子灰，气呼呼走了。

钱万三急得在客厅里乱转，"怎么办，怎么办？"

钱万三的老婆进屋说："你也想想办法，这么多人一天吃去粮食就二百多斤，弄得全家不得安身，几个做饭的都喊叫说累死了。"

钱万三抬头眼瞪着老婆说："你眼瞎呀，我不比你急呀，不正在想吗，真他妈晦气，倒给一帮穷鬼治了。"

钱万三老婆说："你要不叫抓，哪有这种事啊！"

"滚，滚！这就够我烦心的了，你又来废话！"钱万三气对老婆大发雷霆。

"走就走，反正我没有叫抓！"钱万三老婆忙转身跨出门槛走了。

钱万三直愣愣望着老婆离去，半天没有回过神。

"老爷，我想个办法，你看中不中？"一个佣人从门旁走过来说。

"你能有什么办法？"

那位佣人向前走了一步说："听说南双店的苗秀才点子多，那些穷鬼都喜欢苗坦之，我看你去请苗坦之想想办法，或者说说让穷人都散去。"

"苗二赖子！"钱万三一愣，头脑里立即想到他表弟刘匡道刨树让田的事，就是苗二赖给秦大牛出的点子，忙说，"找他？"

"我想你老爷出面，他能不给老爷你面子？"那位佣人又说。

那位佣人看钱万三依然犹豫不决，忙说："老爷，算下人白说。"然后就走了。

钱万三仍然在客厅里走来走去，最后狠狠地跺一下脚，"小福子，小福子——"

"来啦！来啦！"名叫小福子的佣人边跑边答应。

钱万三说："快备驴，跟我去南双店！"

"是！"小福子立即跑去准备了。

于是，钱万三骑着驴，小福子在后跟着向南双店走去。

钱万三骑在驴身上边走边思忖，越想越窝囊，自己身为有钱有势的老爷，去求一个穷鬼赖皮，实在有点失身份，于是忙勒住驴绳停下，紧皱眉头。

小福子忙跑到面前问："老爷，怎么啦？"

钱万三边想边说："没有什么。"过了一会儿，又抬起头，无可奈何地说，"走吧！"

钱万三和小福子来到苗坦之的大门前，小福子牵着驴，他在前面走着，没有防备，突然从门旁草窝蹦出一条小黄毛狗，狂叫乱蹦。

钱万三吓了一跳，忙往后退，边退边喊："苗二——"忽然觉得喊苗二赖子不妥，忙改口喊，"苗先生，苗先生——"

苗坦之从院子里边向外走边问："谁呀？"

"我，竹墩老钱。"钱万三说。

苗坦之走到门说："哟，钱老爷怎么走到苗二赖子门前了。"

钱万三说："苗先生，我可没喊你苗二赖子呀！"

苗坦之笑着说："无所谓了，我现在觉得苗自芳他们几个人把我许成苗二赖子，倒还使人怕起我了，还挺好的。"

钱万三说："苗先生真会开玩笑，我是特意来找你的。"

"啊，难得钱老爷相信我，什么事说，只要我能帮的，决不推辞，咱又是邻庄，经常到你竹墩赶个集，走个亲戚的，低头不见，抬头见的。"苗坦之说。

吴宝怀和苗贵之几个人从院里走出来。

钱万三惊疑地说："他们——"

苗坦之转脸看见吴宝怀几个人走出来说："他们几个人都是我的穷兄弟，来找我商量，要出去讨饭，家中没有法子生活了，他们刚到，你就来了。"

"啊，是这事。"钱万三皱了一下眉头没有往下说。

苗坦之笑着说："没事，他们跟我都像亲兄弟一样，他们没办法都来找我。我说，出去讨饭不容易，可在家又没有吃的，他们都愁呢。"苗坦之看着吴宝怀几个人说，"你们先回院子去，等钱老爷说完事，我跟你们再商量。"

吴宝怀几个人也就又回院子里去了。

苗坦之问："钱老爷，你有什么事只管讲，我苗坦之是个干脆人，能办就帮你办，不能办也不硬撑。"

"那好，我就跟你说了吧，你可能也听说了，咱们竹墩有些穷鬼啊，不是，有些人没有饭吃，在大街上敲锣喊穷人开会，我叫家丁把他们抓了，哪知越抓越多，家里几间房子都盛不下了，一天还供三顿饭吃。这近二百人，一天也得吃我二百斤粮食呀，我骂家丁，叫赶快放他们回家，可这些人不管怎么劝，就是不听，赖着我家不走，这已在我家吃了五天了，这样下去怎么得了。我想请你为我想一想办法，叫他们回家。"

苗坦之佯装为难，手抚摸着耳朵说："你怎抓那么多？"

"全是家丁干的，我根本不知道。"钱万三说。

吴宝怀在大门里悄悄地把大门关上，几个人躲在门后静听着。

"啊呀，怎么能这样呢！钱老爷你也是知道的，大清律例有文规定，不准私自乱抓人，你这不仅乱抓人，而且关起来，这要有人往上告，你钱老爷可就吃不了兜着走！"苗坦之看着钱万三说。

"就是，就是！"钱万三有些害怕道。

"还有，这咱与你钱老爷也无仇无恨的，我说句实话，如果有一个人生病或者饿死在你房子里，那你可就完了！"

"是呀，我也怕这事呢，所以我亲自来请你想个办法呢。"钱万三说。

苗坦之说："你怎么抓那么多人的，要抓一个两个还可说，这么多。"

"你苗先生点子多，全海州人都知道你，你费心为我想一想！"钱万三央求道。

苗坦之说："钱老爷，这么多穷人不可得罪。他们现在遇上旱灾，没有饭吃，听说你竹墩有饿死几个人了，他们现在可饿红了眼的，他们可天不怕，地不怕的，他们要一起对付你，你还怎不着他们，他们目前急需要粮食吃饭，可粮价又日日抬高，你想他们哪里有钱去买粮食吃。你抓了去你家，你家就得一天三顿供吃，他们巴不得的呢！"

"啊呀！到底你读过书的，给你说对啦，他们就是这样想的。你真是聪明，名不虚传，我真佩服！"钱万三高兴地说。

苗坦之说："想要叫他们出来，我想有个办法，也是两全其美的办法，就看你钱老爷能不能想明白。"

钱万三急着说："你说，你说！"

苗坦之在原地走了两步说："他们目前主要是想活命，跟我这几个兄弟一样的，有饭吃，人就稳定了，不会闹事了。"

"对，对！你说得对！"钱万三说。

苗坦之继续说："你家粮食囤积也多，倒不如每家每户给他二斗，再借给他二斗，使他们有饭吃，不就都回家了吗！"

"借给他们二斗，再给二斗，那不成！"钱万三说。

"我说借和给他们共四斗，一方面他们能活命，都夸你钱老爷。另一方面等老天下雨，他们能种下粮食收了再还你，不好吗。"苗坦之看着钱万三说。

钱万三眉头紧皱。

苗坦之瞅一下钱万三说："这个办法如果钱老爷不同意，那我也没有别的办法了，我还要和他们商议到哪去讨饭呢！"苗坦之边说边欲要走。

"别，别走，我，我——"钱万三结结巴巴地说，"这粮食给两斗，再借给他们两斗，得有……"

苗坦之说："得有个字据是吧，这是应该的，你把他们一个个名字写上，我当证人，如果不嫌弃，我愿给你代笔又当证人。"

"那好，有你代笔、作证我就放心了，好，那我就回去登记姓名，叫他们走！"钱万三边说边要走。

"钱老爷，你觉得你叫他们走，他们能听你的吗？"苗坦之说。

钱万三一愣，"那怎办，我叫他们肯定不走。"

苗坦之说："我可以去试试，必须把字据拿给他们看见，他们才能相信我说的话。"

"中，中呢！就照你说的去办，只要他们能赶快离开我家就成！"钱万三忙说。

苗坦之手抚摸一下耳朵说："钱老爷，你看——"

钱万三看着苗坦之忙问："你还有什么交代的？只管说，你今天给我钱万三好大的面子啦，开始来时，我还有顾虑呢，恐怕你不理睬我，没有想到你真是个爽快人，为人办事的人。"

苗坦之说："你看我这几兄弟要出去讨饭吃，我有点不忍心，你看是不是与你抓去的一百多个人一样。"

"不，不，我不能再抓了，再说你几个兄弟也不是咱竹墩的。"钱万三慌忙手摆着说。

"我不是叫你抓我几个兄弟，而是跟你抓去的人一样，也给借同样多的粮食，给他们度过饥荒，省得到外讨饭去。"苗坦之说，"他们也在借据上签名，你看，中吗？"

钱万三愣了一下，心中想，求他一趟，如果不答应，怕苗坦之

463

不给他去说服那些被抓的人，那就更麻烦，多借几斗粮食，也就多这四五个人，那两百人都同意借了，还计较这四五个人吗？再说都是苗坦之的好兄弟。钱万三想到此说："中，你不就这四五个人吗，跟咱竹墩抓去的人一样，每家给借二斗粮，再给二斗。"

"还是钱老爷痛快，有仁德思想，大仁大义，同情乡里！"苗坦之夸奖着。

吴宝怀和周小民在院门后听到不约而同都竖起大拇指。

苗贵之高兴地点点头。

钱万三说："那什么时候去啊？"

苗坦之说："就现在，我叫他们也去。"忙转脸向家院大声喊，"贵之哥，你们几个人不用愁出去讨饭啦，钱老爷同意跟他们抓去的人一样，每家每户给借给粮食度过春荒啦！"

苗贵之几个人把门拉开一起涌出门外，苗贵之说："还是钱老爷开通，对咱们穷人还有感情，我们谢谢钱老爷。"

钱万三这个人是顺毛驴，喜欢表扬他，三句好话一说，他特别高兴，本来不能办的事，他能答应很干脆。

钱万三高兴地说："还谢什谢，竹墩到你南双店只一箭地，放个屁都能听见。"

"哈哈——"大家都笑了。

钱万三看着苗贵之几个人说："你们都去家拿家伙，去我那借粮食给你们。"

苗坦之说："钱老爷说啦，你们都去家拿口袋。吴弟，你还有贵之哥拉个车，把我的也带来，我现在跟钱老爷先走。"

"对，对，我跟你先走。"钱万三急慌地说。

来到了钱万三家，钱万三把苗坦之带到关押处，指着第一间说："你先从这间房说呀！"

苗坦之说："钱老爷你怎么又忘了呢，没有写好字据给他们看，他们也不理睬我呀！”

“噢，对对，我急就忘记了，快进客厅，坐下写！”

苗坦之在钱万三带领下来到了客厅，苗坦之说：“钱老爷客厅收拾很漂亮吗！”

钱万三听到表扬话高兴地说：“一般一般，这都是我想的。”

“钱老爷真有雅兴，有画有字的！”苗坦之又表扬着。

钱万三高兴得合不拢嘴说：“本人有这点爱好。”

苗坦之在八仙桌一边坐下，从自己的小布包里取出纸笔就要写，忽然抬头看着钱万三说：“老爷，你快叫家丁把抓来的人名字报来。不然，你把粮食借出去，不留下姓名，你找谁要粮食呀！”

“对，对，还是苗先生想得周到，你是真心为我想的，来人哪！”钱万三高声喊道。

一位佣人走到门前，钱万三说：“叫小福子对家丁头说，快把所有抓来的人名单报来，我急等要呢。”

一会儿家丁头头把名单拿来交给了钱万三，钱万三忙交给了苗坦之。

苗坦之挽了挽衣袖，坐下就挥起笔写起来。

钱万三拉个椅子坐在旁边，过一会儿忙转过脸向门外大喊：“来人哪！”

一位佣人走到门外问：“老爷，有何吩咐？”

钱万三说：“彻两杯茶来！”

苗坦之边抄写名单边说：“还真不少人，万老爷，你手下这些家丁怎么这样对你不负责任，怎么抓那么些人来也不向你禀报一声。”

钱万三一听，更加火冒三丈，“这些小狗日的，我供他们吃喝，他们就是不听话，这四五天，吃了我多少粮食，真心疼！”

苗坦之边写边说：“你幸亏早找我，不然还要多吃你几天粮

465

食呢。"

钱万三说:"我听你今天跟我说的话,很对我口味,是个实在人,他们怎么把你诌成二赖子呢,妈的,真胡闹!"

苗坦之说:"诌就诌呗,我这人不在乎!"

"你这人真大度,我认为你是个好人。"钱万三说。

"谢谢老爷夸我了!"苗坦之写完一张又写一张,一袋烟的工夫写完了,苗坦之拿起一张从头至尾看一遍,用嘴吹一吹还没有干的墨字痕迹。看完之后,苗坦之递给钱万三说,"你看看!"

其实苗坦之知道钱万三不认识字,装不知道。钱万三也就装识字了,跟真事似的拿起纸一行一行看着,看完第二张,说:"你再念给我听听。"

于是,苗坦之就从头念起来:"乾隆四十六年春四月二十日,由海州西乡竹墩钱万三借给如下人每户两斗粮食度饥荒,等有粮食如数归还。借粮人:梁二柱、梁如意……苗坦之、吴宝怀、苗贵之、周小民、李万福等共计二百零二人。代笔人苗坦之,证人苗坦之,借出粮食人钱万三。画押。"

"中,中!共计二百零二人。"

钱万三在苗坦之手指的地方画押,然后苗坦之也画了押。

苗坦之说:"走,我去叫他们回家,钱老爷你叫家丁准备粮食吧!"

钱万三高兴地说:"中,中,来人哪!"

小福子忙跑来问:"老爷何事?"

"快叫几个家丁到南仓库准备粮食,按名单每人借两斗,再送两斗每人,不得怠慢!"钱万三说。

"是!"小福子急忙跑走了。

钱万三跟在苗坦之屁股后一间屋一间屋地说,苗坦之边说边把字据拿给抓进屋里的人看。看完之后,他们一窝蜂地都飞出屋,梁二柱和梁如意等人看着苗坦之想说什么，苗坦之大声说："快回家拿口袋来弄粮食，钱老爷开恩了！"

被抓的一百多人得到四斗粮食，都高兴地赞扬苗坦之为他们办了件大事。

这消息风一样传遍了竹墩和南双店，当然也传到了钱万三的表弟刘匡道的耳朵里，刘匡道恨死苗坦之了，可他表哥钱万三去找他出主意，不知到底是怎么回事，他听后第三天就骑着毛驴到钱万三家，进了门就大喊大叫。

钱万三从客厅里出来忙问："你喊什么？"

刘匡道说："听说你请苗二赖子为你想办法说服抓的穷鬼，并给两斗粮又借了两斗粮食。"

"对呀！"钱万三说。

"有字据吗？"

"有呀，哪能不立字据！"

"快拿给我看看！"

钱万三忙走进堂屋取出字据递给刘匡道，刘匡道一把抓过认真地看着，气愤地说："表哥，你受苗二赖子赚啦！"

"你胡说，他写完念给我听啦！"钱万三说。

"问题出现在这句，'等有粮食如数归还'，这些穷鬼什么时候有粮食？我吃过苗二赖子的亏，这又轮到你啦！"刘匡道把字据向桌子上一拍说。

"是啊，什么时间有粮食呀！"钱万三着急地问，"事已至此怎办？"

刘匡道说："这样，他苗二赖子，你现在不好找他，叫他找你，你到那时候就叫他怎着就怎着啦！"

"表弟，你说怎办？"钱万三急着问。

"他苗二赖子不是和那帮穷鬼有感情吗，你还把带头敲锣大喊的梁二柱抓起来。"

"我不能再抓了！"钱万三忙争辩说。

"我叫你抓起来送州衙去，叫知州大老爷处理，到那时苗二赖子必然找你，要求把梁二柱子放了。"

"唉，对呀，好，现在就抓，叫他苗坦之来找我！"钱万三气愤地说，"来人！"

小福子忙跑到门前问："老爷有何吩咐？"

"你赶快去叫家丁头头，立刻把梁二柱抓起来，连夜送州衙去。"钱万三气愤地说。

梁二柱被抓走后，梁如意就跑南双店找苗坦之，苗坦之一愣，说："这个钱万三受人蛊惑，是叫我去求他，为了借据的事。好吧，你回去，我一会就去。"

梁如意走后，苗坦之叫吴宝怀和周小民一块去，苗坦之跟他俩说："你们不要多说话，在他家大门外等我，看什么情况，我叫你俩。"

苗坦之到了钱万三家，钱万三听到佣人禀告，忙摆起架子，坐在客厅太师椅上，气呼呼地等待苗坦之进客厅。

苗坦之不慌不忙地走进客厅说："钱老爷就想叫我来，但是我猜这不是你的本意，你不是这样转脸之间不认人的人。"

钱万三惊奇地看着苗坦之，半天才问："你怎么知道不是我的本意？"

"这个想法是刘匡道替你出的！我说对吧？"苗坦之在另一个椅子上坐下，不慌不忙地说。

"不，不，我听他干吗。"钱万三支支吾吾道。

"咱打个赌中不中？"

钱万三为难地瞅着苗坦之，说："你给我写的什么借据呀？"

"唉，我说钱老爷，写过后你又看了，又叫我念一遍给你听了，你当时就同意了，怎么你反悔啦？"苗坦之说。

钱万三忙从包里掏出借据说："你写的'等有粮食如数归还'，那什么时候有粮食呀？"

"钱老爷，你是个通情达理的人，他们没有粮食怎么还你，就现在你治死他们，也没有粮食还你呀！"

"你给我改一下！"

"怎么改，你也看了，我也看了。"苗坦之把借据从头到尾又看一遍，说，"怎么改？你说。"

钱万三直眨巴双眼说不出话来。

苗坦之把借据往身上一装说："算我白写了，你另找高明写吧！对不起，我走了！"苗坦之边说边站起向门外走去。

钱万三忙上前拉住苗坦之哀求说："不改，不改！借据给我吧。"

苗坦之板着脸说："本来看你是可交的一个人，不像人传说的那么坏，今天看来一点不假，两面三刀，言行无常，你就听刘匡道的话吧！"

钱万三忙跪下苦苦求道："唉，全怪我，全怪我！"

"本来做好的事，你听他的话，把事情越办越糟。你听了他的话，又把梁二柱抓了，连夜送到海州州衙去了，我问你，梁二柱犯什么罪？你凭什么派家丁抓？"

钱万三惊恐地说："这你也知道了。"

"告诉你，凡是我苗坦之参与做的事，只要与我办的相反的，都会随时有人跟我说，刘匡道什么时候到你家，说什么，什么时候走的，你怎么干的，我都知道。你要愿意做个反复无常的小人，那你就做到底！如果你听我的，你现在就拿着银子去海州州衙把梁二柱给我带回来，我看见了，这借据保证给你，我看不到梁二柱回来，或者你再抓他们，永远也甭想着这借据，更麻烦的事还在后头呢。吴弟，咱回家。"

钱万三忙伸手去抓苗坦之，苗坦之一扭身扬长而去，边走边说：

"把梁二柱带回来再说话。"

钱万三像丧家之犬，瘫在地上好长时间没有起来。

第二天下傍晚，钱万三带着梁二柱来到苗坦之家，苗坦之二话没说，把借据给了钱万三。

钱万三不好意思地说："都怪我听信他的话了。"

苗坦之说："刘匡道不是你的表弟吗？"

钱万三说："甭提他，甭提他，算我倒霉，我给他坑了，害我舍了二十两银子。"

# 第三十七章

由于天气干旱，无水浇地，老百姓心如火燎，庄稼种不下去，秋收一颗粮食也没有收到，许多人家到外地逃荒要饭。南双店的穷苦百姓也不例外，生活极端困苦，可是官府不管百姓死活，那些钱粮还要照原来的数字摊派到各家各户的头上。

这天早饭后，苗坦之跟全家人说："咱这头小驴也喂不起了，大大你牵到集市卖了吧，人都生活困难，哪有草料再喂呀！"说着说着哭了起来，"咱这小驴特别听话，这些年来跟我走南闯北，跑东奔西的，唉！"

苗坦之的哭引起全家人的痛苦，很长时间没有一个说话的。

苗坦之说："我实在舍不得卖呀，多好的小驴，在外，我说句话，拍一下屁股，它就能找着家自个回来。"

汤国珍也舍不得把小驴卖掉，忙擦着泪说："不能卖，咱这小驴真好，它通人性呢，我叫它走它就走，叫它停它就停，听话呢！"

苗坦之看着汤国珍说："现在喂不起啦，不卖不行。"

苗培元无可奈何地说："没办法，卖就卖了吧！"

汤国珍忙说："这样，我把驴牵到咱娘家，叫咱大大暂时先喂着，等好转了，再牵回来！"

苗坦之说："那怎么成呢？他家虽然要比咱家生活好些，也不能给他增加负担，他们家生活肯定也紧巴巴的，算了吧。"

汤国珍说："反正我也舍不得卖，我今天就牵去。"

苗培元说："孩子，算了吧，坦之说得对，不给你大大增加烦恼。"

"不，就这样定啦，我现在就去！"汤国珍边说边向门外走。

苗坦之说："那我跟你去。"

就这样，汤国珍把小毛驴牵给紫竹村娘家养了起来。

苗坦之虽然在学馆里教孩子识字读书，但是由于生活困难，只剩下几个财主、乡绅家的孩子了，所以，他与宋先生两人去分那点粮食也是捉襟见肘了。

尽管老百姓生活困难，可是海州府知州王耀还多次召开衙门会议，安排人分别到乡下催缴钱粮。前几天派几个差役下乡，回到州衙都说百姓没粮交。这天，又把师爷、判官等人派下乡，判官胡仁贵骑着一头小毛驴来到南双店，到了村东头，他从驴身上下来，皱着眉头想了半天，忙又跨上驴背，直向苗坦之家走来。

胡仁贵到了苗坦之家大门外，从驴身上下来，把驴牵到旁边的槐树上拴着，然后走到门前，边拍门边喊："苗先生，苗坦之在家吗？"

苗坦之在路上边向家走边回答："我在这呢。"

判官胡仁贵忙转过脸，微笑着说："我们又见面了。"

苗坦之走到门楼旁边站定："胡判官今天怎么一个人来咱南双店呀？"

"知州要我们下乡催交钱粮呢，我就到你这儿来了。"

"胡判官，这你也知道的，打从去年六月到现在没下一滴雨，颗粒无收，大多数人家都出去讨荒要饭去了，哪有什么钱粮交呀，知府应向上面要救济才对呀！"苗坦之不高兴地说。

胡仁贵说："不管怎样，这官府的钱粮是必须交的。"

"老百姓拿什么交呀？"

"有些人家还是有的，我找几个地保帮我一起催催！"胡仁贵走了几步又回头看着苗坦之说，"你把我的驴弄点草料喂，你聪明点子多，再弄点什么招待招待我吧，今天我是自个儿来的。"

苗坦之为难地说："弄什么给你吃呢？"

胡仁贵微笑着说："听说好吃的，'天上莫过龙肉，地上莫过驴肉'，你马陵山地区驴肉最好吃。"

苗坦之很生气，可是不得不笑着说："驴肉是好吃，可现在人都把树皮剥吃了，我家驴都养不起了，牵给亲戚家了……"

胡仁贵没等苗坦之说完，忙打断苗坦之话说："谁不知道你苗秀才点子多，在你苗先生面前没有难的。好，就这样，我得快点去找那几个里正、地保！"

苗坦之看着胡仁贵远去，心里不由自主地说："你们这些当官的就知道吃喝，吃惯了，无论什么情况都要吃，并且还要吃好的，这不是有意逼我吗？"苗坦之越想越生气，慢慢地转过脸准备去家，抬眼看见胡仁贵骑来的驴拴在自个儿家的槐树上，他习惯性用手抚摸一下耳朵，然后把胸前的小辫子猛地向后一甩，大步流星地向大路走去。

苗坦之不多一会儿来到杀猪宰羊的吴宝怀家，吴宝怀正挎着簸箕拿着刀出门。

"你要到哪去？"苗坦之问。

"我去后河岸，去挖野菜，或找点什么能吃的。"吴宝怀回答。

苗坦之微笑着说："别去啦，你这'刽子手'今晚有美餐啦！"

吴宝怀一愣，说："开什么玩笑，人都没有饭吃，哪有猪狗杀。"

"不要你杀狗宰猪。"苗坦之说。

吴宝怀忙打断苗坦之的话问："那你叫我杀什么？"

"杀驴！"苗坦之高兴地说。

吴宝怀惊奇地看着苗坦之，半天才说："杀驴？你家驴你舍不得杀，就是你舍得，大嫂也舍不得，平时爱如宝贝。"

"不是我家驴，我家驴已被你大嫂牵去她娘家喂着呢！"

"那是谁家的驴？"吴宝怀睁大眼睛问。

苗坦之说："州衙里胡判官骑着个小毛驴来，他叫我想办法招待他，并说咱这驴肉好吃，还夸奖我点子多，能想办法找驴肉给他吃。"

"这狗日的就知道吃。"吴宝怀说，"哥，其他事我听你的，可这事我不听你的，他是衙门里判官，又是下乡为官府催钱粮的，那你把他的驴杀了，他不治你罪呀！不行！"

"没有事，我想过了，有事我承担。"苗坦之看着吴宝怀说，"你哥我什么时候做事不经过考虑的，走，还是把驴牵来？"

"能行？"吴宝怀为难道。

"保证没事！"

"那你把驴牵我这来，什么刀具都有，你家也不方便。"

"好，我牵，你准备家伙！"苗坦之边走边说。

吴宝怀高兴地说："你快点，不然今晚吃不成了。"

等苗坦之把小毛驴牵来后，吴宝怀已找好了两根绳子，一根扣驴的后大腿，一根扣在驴的前腿上，牵驴的绳子扣在槐树上。

吴宝怀看着苗坦之说："这可真的杀了？"

苗坦之疑惑地说："你还有啥要说的？"

"我一直在想，你把州衙判官的驴杀了，要打官司的后果你想过没有啊？"吴宝怀担心道。

"我不是说过吗，你哥我做什么事没有把握是不做的，这些年来你亲身经历亲眼所见，我做的事不在理我不做，即使有事我担着，与你无关。"苗坦之说。

"我考虑咱不必要去找州衙的麻烦，胡判官他不同其他人。"

"动手吧！甭废话！"苗坦之催着说。

吴宝怀手抓着绳子一头说："好！还像杀牛一样，你拉住前腿绳，我拉后腿绳，把驴放倒。"

吴宝怀对于杀猪宰羊这套活很娴熟，因为他父亲就是杀猪宰羊的，吴宝怀从小就帮他父亲一起干，天长日久，他父亲的一套技术他都学会了，他的父亲不幸过世，他也就干起了屠宰这个行当。

吴宝怀曾跟苗坦之等几位穷哥们讲过，他父亲在世时曾多次跟他讲，干杀猪宰羊这件事虽说脏点累点，但也有他的好处，不耽误种田，还能挣点钱，全家还能混点吃的，同时，也能为人帮个忙。

吴宝怀干屠宰这一行已不少年了，远近闻名，因为家传的技术，吴宝怀为人诚厚正直，从来不短斤少两，对人和气，乐于帮人，无论请他到要杀猪的人家里，还是要杀猪的人把猪牵到他家里，他都帮人杀好，使人满意，至于工钱从来不向人要，都人给。后来由于时间长了，杀一头猪多少钱，杀个羊多少钱已形成固定，双方不说不讲，请杀户把钱如数扔在案上就走了，吴宝怀也不数，也有的请杀户一时没有钱，就割块肉给吴宝怀，吴宝怀也不计较，即使欠账，吴宝怀也从来不向人讨要。同时，吴宝怀所杀的猪羊，整理得很干净。这样一传十，十传百，大家都愿意到吴宝怀摊上去买肉。

当然，也有人恨吴宝怀，也就是把吴宝怀许成"吴三坏"的那些财主乡绅，这里还有段故事。

就在吴宝怀的父亲去世后，他干起了父亲的营生，有时没有猪狗杀了，就扛着扁担带着绳索等工具下乡到村去喊："谁家卖狗卖猪的！"有一天，他从外村回来，走到严居林家前面的巷子里，严居林家养了一条黑白大花狗，蹿上去就要咬吴宝怀，吴宝怀没有注意，被吓了一跳。他走得紧，狗就跟得紧，一直跟着吴宝怀追了很远，那大花狗才回去。吴宝怀听人说用蒙汗药放在一块猪肉中，狗吃了一会儿就趴着不动了，于是，吴宝怀就用此办法，一天晚上，来到严居林家前面的巷子里，故意打嗓子，惊动了狗，吴宝怀把一块里面放好蒙汗药的肉扔给狗，狗闻到肉香一口就吃了，结果过不多会狗就趴下了。吴宝怀忙用绳子把狗四条腿和嘴扎起来，急忙扛去家了，连夜把狗杀了，把狗皮埋在土里，严居林来找也没找到，气得半死。

吴宝怀把这件事情告诉了苗坦之，苗坦之夸奖了吴宝怀，后来苗自芳和钱开通等几户财主家的狗都没有了，有的人看见吴宝怀把他们的狗弄走杀了，可是到吴宝怀家找，翻一些狗皮没有他们家的狗皮，都气着走了。从此，吴宝怀被苗自芳等人许成"吴三坏"。

吴宝怀直到太阳要落下去时才把驴杀好，把驴肉和下水分盆放好后，按照苗坦之的交代，用大锅烨煮哪块肉，不煮哪块，一一放好。并整理好桌凳，准备好了就去叫苗坦之。

天刚上黑影，判官胡仁贵向苗坦之家走来，苗坦之早在门前坐着等他。

苗坦之站起身说："来了，胡判官，你也很辛苦，下乡走户的，理应好好招待招待，慰劳慰劳。可你到了南双店，不去财主乡绅家，而找我这个穷教书的，我没有财主家那些丰盛佳肴。"

"停，停，不要说那些废话，今晚怎么招待我？"胡仁贵忙打断苗坦之的话问。

"哎哟，我说胡判官大人呀，我不开始就说了吗，许多人都讨荒要饭去了，哪有什么好吃的！"苗坦之说。

"那今晚没有驴肉吃了？"胡仁贵看着苗坦之不高兴地说。

苗坦之瞄了胡仁贵一眼说："你判官亲自下乡催粮钱，我想神法也得达到你的要求呀！"

"哼，我就知道你苗秀才有办法，走，吃驴肉去！"胡仁贵高兴地说着就要往苗坦之家走。

"慢，不在我家，我叫宝怀弟做了，他对做什么肉都有经验，什么肉放什么作料！"苗坦之说。

"那好，走呀！我肚子早已叫了。"胡仁贵说。

"那些地保乡绅家还没有请你吃呀！"苗坦之说。

"有，我也不想在他们家吃，没有跟你熟悉。"胡仁贵说。

苗坦之接上说："我这跟你熟悉，我可就倒霉啦！"

"不叫你倒霉，叫谁倒！"胡仁贵边走边说。

"你这是官压民哪！"

"就压你，你去知州王耀那儿告我呀！"

"你跟他穿一条裤子，他不偏袒你，还能向着我吗！"

"知道就好，唉，不跟你要嘴皮子了，有没有酒？"胡仁贵问。

"嗨，我说判官，有驴肉给你吃就不简单啦，你这些官老爷也会得寸进尺，我到哪里给你买酒去！"苗坦之说。

"没有酒就没有酒，吃驴肉也好！"胡仁贵说。

两人说着来到吴宝怀大门前，正巧，吴宝怀从过道里走出来。

苗坦之问："怎么样？"

吴宝怀说："烀好了，胡判官真有口福啊！"

胡仁贵忙说："多亏苗先生点子多。"

吴宝怀说："你们稍等，我到屋里点灯，把肉剁好放碗里，你们再上桌不迟。"

"好，快点，胡判官早饿了。"苗坦之说。

"你这一说呀，我更饿了，走，上桌！"胡仁贵迫不及待地向屋内走去。

屋内灯光如豆，吴宝怀在桌上摆着碗盘。

苗坦之说："宝怀，这一盏灯不亮堂，再把你屋的灯端来。"

"好，我就去。"吴宝怀边说边跑向自己住的屋去把灯端来点上。

"这下好了，全看清了。"胡仁贵看着桌上直冒热气的驴肉说，"这驴肉真香！"

苗坦之说："咱马陵山的驴肉就比州府的驴肉香！"

胡仁贵忙抓起了筷子。

吴宝怀忙说："判官等一下，我再放点盐搁盘子里。"

"对，对，驴肉沾着盐吃更香！"胡仁贵手拿筷子插着肉说。

苗坦之和吴宝怀没有立即拿筷子，他们看着胡仁贵夹块驴肉往嘴里送。

胡仁贵边吃边对苗坦之和吴宝怀说："吃呀！"

苗坦之佯装卷衣袖，然后伸手拿筷子向吴宝怀看去说："吃！"

吴宝怀才慢吞吞地拿起筷子。

苗坦之说："我这宝怀弟没有与你这州官同桌吃过饭，心里还害怕呢！"

"州官也是人，也要吃饭，不怕，吃，吃！"胡仁贵说。

吴宝怀故意慢吞吞地去夹肉。

"这要有小酒喝着多好呀。"胡仁贵说。

"胡判官，委屈了，草民确实没找着酒。"苗坦之说。

"嗨，咱俩就猜到今晚吴宝怀招待客人。"苗贵之和周小民走到门口说。

苗坦之说："你们真是馋猫，鼻子尖。"

"什么，有驴肉？"苗贵之边向前走边惊喜地说。

"坐下吧，尝尝，今天苗先生专门做驴肉招待本官。"胡仁贵边吃边看着苗贵之说。

吴宝怀忙搬来两个板凳，苗贵之和周小民坐下，苗贵之向桌上一看，忙说："停吃！"

胡仁贵、苗坦之和吴宝怀惊讶地看着苗贵之。

"这么香的驴肉，连酒也没有，你们等我拿酒来，回来如看到没有驴肉了，我酒也不给你们喝。"边说边跨出门外。

胡仁贵一听说有酒，忙放下筷子说："停吃，等酒来再一起吃。"

苗坦之看着胡仁贵说："判官，你看我这个哥哥够朋友吧？！"

"够，够，我要交这个朋友！"胡仁贵高兴地说。

不多一会儿，苗贵之拿着一瓶桃林大曲走进屋。

胡仁贵看到是桃林大曲，连声说："好，好！"

苗坦之看着苗贵之说："贵之哥，上天你说你没酒喝了，这看胡判官来了，把酒拿来了，这是什么意思？"

苗贵之边斟酒边说："说实话，你是草民，胡判官是判官，能跟我们坐一块儿，是我们的荣幸，这酒是今天我表哥送来的，也只送了一瓶，我表哥因为与酒厂的老板是好老交，所以，你几个人平时才会有酒喝，沾点光。"

"啊，你老表会送酒给你喝，这个关系可密切呀！"胡仁贵羡慕地说。

"那是，比亲兄弟还亲！"苗贵之说。

苗坦之说："贵之哥，刚才胡判官说要与你交个朋友呢。"

苗贵之一愣说："那敢情好啊，可是，咱穷人攀不起这州官呐。"

"什么州官，我攀你的，咱交个朋友，交个朋友。"胡仁贵边说边举起杯说，"来，都来，我敬你们一个！"

苗坦之向几位看去说："既然胡判官能看得起咱们这些穷兄弟，那就喝一个，我看胡判官从来没有像今天晚上这样高兴。"

"高兴，高兴，这马陵山的驴肉还真好吃，真香！"胡仁贵赞叹道。

苗坦之说："比你州城里的驴肉怎么样？"

"那还用说，州城里的驴肉不香，还有一股骚味。"胡仁贵说。

吴宝怀向苗坦之看去，然后又向苗贵之和周小民看去。

周小民说："今晚上真有福气，我能与州里胡判官一起吃驴肉一起喝酒，这是哪辈子修来的福气呀！"

"没想到你这小鬼还真会说话。"胡仁贵瞄一眼周小民说。

"胡判官还不知道吧，周小民是我们几个穷哥们中最小的一个，号称小鬼精。"苗坦之说。

"我知道，前些年在大堂里打官司，苗坦之计救民女，周小民冒称那个梁玉花丈夫的事，我与师爷郑生安退堂后就觉察到，周小民不像！"胡仁贵瞅着周小民说。

"啊，你与师爷看出来啦？"苗坦之惊奇地问。

"退堂之后，我们两人商议着，估计又是苗坦之设的计。"胡仁贵瞅一眼苗坦之说。

"啊呀，真厉害，为什么你们能当州官的，眼睛真毒！"苗坦之说。

"哼，没有两把刷子，能吃那碗皇家饭吗？"胡仁贵傲气十足地说。

苗坦之忙附和着说："是，是！胡判官记性真好！"

"不谈那些事，今晚真高兴，苗先生你真有办法，能办来驴肉。还有你苗贵之，能把你亲戚刚送给你的酒拿来给我喝，真是感激不尽，你们够朋友，够朋友！"胡仁贵越喝越高兴。

苗坦之向苗贵之几个人看了一圈说："胡判官，今天看到了吧，我们虽然是平民百姓，但心里是善良的。"

"是，是，你们都有诚意，对人善良。"胡仁贵说，"古人说的一点也不假，世上最好吃的，'天上莫过于龙肉，地上莫过于驴肉'，这驴肉吃到了，何时能吃到天上的龙肉呢？"胡仁贵边吃边说边向苗坦之瞅去。

苗坦之说："我就没有看到天上龙住什么地方，如让我知道了，我一定搞来慰劳慰劳你胡判官。"

"好，好兄弟，我等你搞到龙肉来，过过馋瘾。"胡仁贵显然有些喝多了。

苗坦之瞄一眼胡仁贵问："胡判官今天到咱南双店来催钱催粮，

可有收获呀？"

胡仁贵咽下一块肉说："你说一点也不假，我找几个地保和乡绅，也带我到几户人家看了，确实没有粮食，都吃菜和树皮。有许多人家没有人，都出去要饭了。"

"那你没有催到钱粮回去怎么交差？"苗坦之问。

"好办，我向知州王耀如实说。"胡仁贵说。

"胡判官，那知州王耀不埋怨你无能呀！"苗坦之接着问。

胡仁贵把眼一瞪说："他说我无能，他下乡来催，我看他能不能催到。"停了一下，接着说，"我叫他下乡来看看。"

"他身为知州能到咱这南双店来吗？"苗贵之问。

"能来，他早说过，要到南双店喝桃林酒呢！"胡仁贵说。

"唉，胡判官，你可不能告诉他我给你喝桃林酒的，我可没有了，今晚都给你喝啦！"苗贵之看了苗坦之一眼说。

胡仁贵向苗贵之瞅一眼说："你，你以为我，我胡仁贵是肝腑充心，我才不会告诉他呢。他是个酒鬼，见酒走不动路的主，你有酒留给我喝，他别，别喝！"

苗贵之说："以后我有桃林酒一定留给胡判官你喝。"

"嗯，够朋友，够兄弟，我就喜欢这样的人！"胡仁贵说，"我饱了，不吃了，到驿站还有多远？"

苗坦之说："我们几个兄弟的驴都卖了，换钱买粮食吃了，我的小驴早已送亲戚家去了，不能拉车送你，为了你判官安全，我们几个弟兄送你去驿站，那儿条件好。"

"好，好，那现在就走，我，我今天在你们南双店转了不少家，有点累了，想睡觉了。"胡仁贵慢慢站起来说。

"那好吧，宝怀你把灯熄了，咱兄弟四人送你。"苗坦之说。

"好，好，你们真够朋友，今晚苗大秀才弄了驴肉，苗贵之又拿来桃林酒，真够味！"胡仁贵边走边说。

吴宝怀说："还有我忙了一下午。"

"对，对，还有你辛苦，只有周小民吃白食。"胡仁贵说。

周小民说："我要不陪你吃驴肉，你能感到咱马陵山驴肉香呀，你也不会这么高兴。"

"你个小鬼精，真会说话，本官今晚的确很高兴，很高兴！"胡仁贵趔趔趄趄地被苗坦之四个夹在中间走着，显然喝得有点多。

他们边走边说，不知不觉到了驿站，苗坦之对驿站的驿卒交代后，他们四人就回来了。

吴宝怀说："哥，我看你明天怎么向他交代？"

苗坦之说："我就如实跟他说。"

"什么向他交代？"苗贵之和周小民齐声问。

"啊，你们还不知道，我跟你们说，你们只顾吃驴肉了，可我一直担心，哥大祸临头了。"吴宝怀悄悄地说。

"什么大祸？"苗贵之忙打断吴宝怀话问。

吴宝怀说："今晚吃的驴肉是胡判官骑来的驴，被我杀了！"

苗贵之和周小民异口同声地惊叫起来："是真的？"

"是胡判官骑来的驴。"苗坦之说。

苗贵之说："这真惹祸了，州官的驴你也敢杀，再说他是下乡为官府催钱要粮的，是公事，你这明目张胆与州官对着干，能有好果子吃吗？"

周小民说："我看，你说得也对，可坦之哥心中必定有想法，也不必担心。我相信哥既然能把胡判官的驴杀了，给他吃了，必定经过深思熟虑的，我说对吧，坦之哥？"

"对，你们不必担心，明天早饭后，胡仁贵必定在驿站吃过饭来到我家牵驴，你们都来，看看胡仁贵如何对我。还跟以往一样，你们不要多说话，看我眼色行事。"苗坦之说。

第二天早饭后，吴宝怀、苗贵之、周小民就到苗坦之家。过了一会儿，胡仁贵哼着小调也向苗坦之家走来。

胡仁贵走到苗坦之大门前向吴宝怀几个人说："嗨，你们真够朋友，我骑驴走了，不要你们送，还来送我！"

苗坦之微笑着说："你胡判官是州官，来到乡下，草民理当迎送，热情招待。"

胡仁贵也随声附和着："也是，也是！"

苗坦之向吴宝怀几个瞄了一眼，他们几个人都微笑着。

胡仁贵向苗坦之看去说："你把驴牵出来，我急着回去，知州要我今天回去汇报情况呢！"

苗贵之几个人立即向苗坦之看去。

苗坦之不慌不忙地说："胡大人，胡判官，驴不是昨晚杀给你吃了吗？你还向我要什么驴？"

胡仁贵说："你瞎说，别开玩笑了，你不牵，我去牵！"边说边忙向家院走去，走到苗坦之家的驴槽找驴，可是里面光光的，又跑到几间屋瞅了瞅，忙转回头向外走。

苗坦之看着胡仁贵说："胡判官，我苗坦之从来不说假话，尤其对你。"

胡仁贵气得跺着脚吼叫着："苗秀才，苗坦之，你个苗二赖子，你连我的驴也敢杀，你叫我怎么回去呀？你，你跟我到府衙去，我决不轻饶你个二赖子，竟然赖到本官头上了。"

苗贵之和吴宝怀刚要走向前说什么，只见苗坦之把胸前的小辫梢向脖后一甩说："胡判官，在宝怀家还剩点驴肉下水和驴皮什么的，你一并带走，算我们白忙乎半天，贵之的桃林酒也算你白喝了，咱俩清了。"

"你，你个苗二赖子，我真拿你没办法？"胡仁贵站住瞅着苗坦之说。

苗坦之说："你一来找我，就跟你说了，许多人讨荒要饭去了，有的卖儿卖女，原先凡是有驴有牛的户，都卖了买粮食吃了。就连我这当先生的，小毛驴也送给亲戚家了，我也养不起了，我上哪里去找驴肉给你吃。你要吃驴肉，说我有办法，一定能办到，还说马陵山的驴肉最香，你最喜欢吃。可把我难住了，我实在想不出办法，找不到驴肉给你这位想吃驴肉的判官，万般无奈就把你骑来的驴杀了呗！"

胡仁贵支吾地说："你，你呀，你真是歪点子多！"

苗坦之说："胡判官，你应该感谢我才是。"

胡仁贵瞪着着苗坦之说："把我驴杀了，我还谢你？！"

苗坦之说："你把海州城里的骚驴牵到这儿，得了马陵山的灵气，还亏我这位吴师傅的灵刀巧技，才把驴肉焆得特别香，你昨晚不是也赞不绝口吗，说咱马陵山驴肉就比海州城里的驴肉香。"

胡仁贵气得半死，眼不停地向苗坦之瞅去。苗贵之几个人捂着嘴直笑。

吴宝怀忙说："胡判官，你还应该感谢我才是，我费尽全身力气为你杀驴，累得半天加一个晚上，你应该给我点加工费，别人来找我帮杀个小猪还给我几个钱哩。可你是州官，咱不好意思向你要，就留个交情吧，你也口口声声地说，咱几个穷兄弟够朋友。"

"是呀，够朋友，不谈钱不钱的，我那一瓶桃林大曲给你胡判官喝了大半瓶，也不说了，你胡判官昨晚上也说了，今后我有桃林大曲还留给你喝，他知州王耀来也不给喝。胡判官，咱听你的！"苗贵之笑着说。

胡仁贵气得直张嘴说："没想到你们，你们几个人都长着巧嘴，尤其你苗先生苗二赖子，还有你吴三坏，真能操人，糟蹋人！"

苗坦之说："胡判官，我这回跟你去海州吗？"

胡仁贵睁着大眼瞅向苗坦之说："算了，算我倒霉！走了，这得到什么时候才到海州，唉！"说完，胡判官大步向前走去。

苗坦之笑着说："请胡判官慢走，欢迎下次再来啊！"

# 第三十八章

判官胡仁贵走后，苗贵之担心地说："胡仁贵这步行回海州，还不知道他想什么办法治你呢。"

吴宝怀忙说："我一直担心，胡仁贵不是其他人，他是判官，再说他是为官府催钱要粮，他要捏造个你妨碍公务，治你罪该如实是好？"

"你们放心，他不会的，是他逼我去弄驴肉给他吃的，百姓生活这样困难，你作为州里判官到乡下要吃要喝，他没有理，活该吧！"苗坦之停了一下，又接着微笑着说，"他回到海州衙，还不敢跟知州王耀和其他人说我把他骑的驴杀了招待他了，他只有吃个哑巴亏。"

"对呀！他胡仁贵不敢说，如果说了，知州王耀还不是又气又指责他，那他在州衙里的威风还不扫地了。"苗贵之打断苗坦之的话说。

周小民说："咱坦之哥做的事，你就别担心，他会有办法的。"

吴宝怀接着说："虽然是他骑来的驴，但是驴肉他也吃了，贵之哥的酒他也喝了，他不好说，有些当官的即使吃点亏，表面上还是要脸面的。坦之哥估计得对，他胡仁贵回去不会说驴被我们杀吃的。"

这话一点也不假，胡仁贵不是笨蛋，在官场上混了多年，他边走边考虑好了，回到州衙，如果知州王耀要问回来怎么这么晚，就说跑了几个地保和乡绅家，时间耽误了。至于驴被杀吃了，不能说，喝了桃林大曲更不能说，王耀要知道就会疑心他与乡下穷鬼，尤其是和苗坦之在一桌吃驴肉喝酒，那王耀会又嫉妒又气，认为他与苗坦之一个鼻孔出气，那以后判官也别当了，这个利害关系，胡仁贵是非常清楚的。

知州王耀听了胡仁贵的汇报，气得把桌子一拍，骂道："这些刁民！"接着又埋怨道，"你们怎么了，派差役去不行，你判官也说催钱要粮难，明天我去看看，平时你们不是都说西乡百姓生活还可以吗，那些无赖刁民得想个办法治治！"

判官胡仁贵只有听着，没有吱声。

知州王耀向门外大喊："周大年！周大年！"

周大年来到门前问："老爷有啥吩咐？"

知州王耀严肃地说："你去对轿头小猛说，他四个轿夫明早早起，我要到西乡去！"

"是！"周大年答应着，走了两步忙又转过身问，"老爷，几时动身？"

王耀向胡仁贵看去说："这大热天的，如果天一亮到白塔埠，那到南双店就少挨热点。胡判官你经常去，到白塔埠天亮要几时起轿呀？"

判官胡仁贵被王耀这么问，忙一惊，支支吾吾地说："这我得算算。"他忙伸出一只手，默默地掐算，然后说："恐怕要寅时起轿。"

"哟，起那么早呀！"周大年惊讶地说。

"也真有点早。"王耀说。

487

"你说天一亮到白塔，这抬轿子走远路，我不知道能不能走得快。"胡仁贵说。

"恐怕快不了，路又不好。就寅时动身，早起少挨热！"王耀坚定地说。

周大年忙说："那老爷辛苦了。"

"钱粮交不上来，是个大事！"王耀说。

就这样，第二天，天还黑漆漆的，知州王耀就坐着四人抬的小轿出了衙门。

刚走出城外，来到蔷薇河桥头，走在前面的轿头小猛说："这也起得太早了，路上都看不清楚，你们后面的要小心脚底被石子绊倒。"

知州王耀在轿子里忙说："慢点，慢点，不起早，过一会儿太阳出来了，你们要多流汗，我这是关心你们。"

轿头小猛说："谢老爷关心。"

后面一位轿夫说："这也太慢了，像这样走，天黑也走不到南双店呀！"

轿头小猛说："等过了桥，路好些我们再快一点。"

知州王耀把窗帘子撩开向外看着说："小猛子说得对，到好路再快点走，我估计到白塔埠天还不亮。"

虽说是夜间没有烈日晒要清凉些，可是在轿子里坐着还是感到热。过了桥，小猛说这段路比较平坦，要大家把脚步放快些，于是轿子就上下颠簸地向前走，王耀向后倚着，不知不觉就打起呼噜来了。

到了白塔埠南面的河边，小猛说："落轿，喘口气！"

由于后面两人动作有些慢，轿身就向前倾斜，王耀突然吓醒了，忙问："怎么啦？"

小猛说："我不是说落轿，喘口气吗？"

王耀弯腰走下轿，向东边天空望去说："好，东方这才泛白，怎样？我说早走，趁早凉，少挨日晒，这样晌午饭就可以到南双店吃啦！"

四个轿夫手拿着汗巾边擦汗水，边往河边跑去。

王耀忙问："你们干什么？"

小猛边跑边说："到河边洗把脸。"

知州王耀说："要快点，前面路还远。"

当太阳出来时，他们来到了驼峰，小猛说："老爷，到驼峰了，太阳出来了，你要不要下轿看看？"

知州王耀说："趁太阳还不厉害，走，到石榴树再歇歇。"

到了西石榴树，小猛说："老爷，到西石榴树大白果树啦，落轿洗把脸吧？"

"好，落轿。"知州王耀说，"这一段路把我闷死了，衣服都被汗浸透了。"

王耀从轿中走出，手中小纸扇子不停地扇着说："好炎热的天。"话音还没有落，四个轿夫就冲下河。

王耀忙跟后向河边跑去，到河边，四个轿夫连衣服也没有脱就坐进了一块还有水的水汪里去了。

王耀穿着官服，也早已汗流浃背，看到轿夫都坐水里，他愣了半天，认为是知州，不可不雅，再热也不能像他们轿夫那样随便，于是，就在水边用汗巾向脸上沾水擦着。

小猛说："老爷，你也下来坐水里，水里真凉快！"

王耀说："本官能跟你们一样吗？你们快点，争取到南双店吃晌午饭。"

小猛回答："是，你们三人快洗。"

四个轿夫从水汪里走出，也不脱衣服，全身的水从头上直往下流，到了轿旁把斗笠戴上，抬起轿子就走。

天还没有响午，到了黑龙潭南岸，小猛说："老爷，现在到了黑龙潭了，也就到了南双店了，我们下河洗洗再走也不迟。"

"不行，到南双店的中心路，那里有个大水汪，到那儿你们洗澡，我得找点水喝，可把我渴死了。"知州王耀大声地说。

小猛和知州王耀说的话全被在岸边洗澡的两个小孩听见，一个胖子叫苗小住，一个瘦一点的叫吴小猫，两个孩子走下堤，直向庄里跑去。这是苗贵之早已安排好的，自从苗坦之把判官胡仁贵的驴杀吃了后，他一直担心胡仁贵会来南双店对苗坦之进行报复，他就叫他儿子苗小住和吴小猫在黑龙潭河边玩，假装洗澡，看到有骑驴的或坐轿的要马上跑回家告诉他，因为从海州来南双店是必经黑龙潭南岸的。

苗坦之看着苗贵之说："看来这王耀大热天来，肯定是催钱要粮的。"

苗贵之问："怎办？"

苗坦之忙凑近苗贵之耳畔悄悄地嘀咕起来，说完，苗贵之忙走出苗坦之家。

知州王耀不给在黑龙潭洗澡，四个人忍气吞声抬着轿一气来到南双店中心路旁的大水汪边，小猛说："老爷，到大水汪了。落轿，我们热死了，得洗澡。"

知州王耀忙从轿中钻出来，手中的小扇子不停地扇着说："我的天，怎么这么热呀！"

四个轿夫把轿一落，直向水汪冲去。这时，水汪里的水已经不多了，水汪里有几个孩子和大人在洗澡。

王耀在轿旁向四周望了一圈，路上和巷子里没有人，纳闷起来，他突然想起，天已到了响午，天气炎热，人都在家中。他向巷头那一排房子望去，有几户人家锅屋的顶上冒着炊烟，由于早已渴急了，他边擦汗边向巷头一家走去。这户人家一进大门就是锅屋，他一脚门里一脚门外，伸头一看锅屋里坐着一位老妈妈，他想缩头退回去，可那老妈妈一看有位陌生的男人没有敲门就进屋，便开口大骂："哪里来的不知好歹的畜生，要吃奶也得喊叫声娘啊！"边说边爬起，端起旁边的一盆脏水，向王耀身上泼去，王耀被吓得转身向外跑。这位老妈妈光着上身，手端着盆大声喊，"你们大婶、二娘都来帮我追打个流氓！"

老妈妈这一声喊，左右邻居立即跑出六七位妇女，有的光着上身，有的披着褂子，不用说那光着上身的老妈妈，那双垂下的奶子都露出来了。有的拿着锅铲，有的握着火又，还有的拿着菜刀，一窝蜂地边追向王耀边大喊大叫："打流氓！"

王耀被追得不敢向那些妇女看，忙跑到巷头的墙边，手扶着墙站着，两腿不停地发抖。

那位老妈妈向路上看去说："你们看这个流氓还坐轿呢。"

于是，又一窝蜂拥到轿子周围。

那位老妈妈说："给我砸！"

于是大家一顿乱砸。

有位妇女气着说："把它烧了！"

不知谁跑去家点燃了一把柴火，跑到轿跟前扔向轿子，那布和木板立即燃烧起来。

王耀见轿子正冒着火焰，心里像百只老鼠在挠心。

有位妇女说："这一定是有钱人家没有教育好的龟孙子！"

"不管是谁家的，不知好歹的东西，瞎眼了，乱向人家里跑。"

"追上，非打他个鼻青眼肿不可！"她们边骂边各自回家了。

王耀直到听不见声音了，才慢慢地走近轿子，只见轿子只剩下半截轿杆，还在冒烟。王耀像呆子似的蹲在轿子旁。

烈日无情，晌午更加厉害，王耀蹲下不多一会儿，被晒得站起身，心想，自己是一州的知州，这成什么样子，想来想去又气又窝囊，得去找苗坦之，可是又想到不能去找，多次受苗坦之羞辱，早就想治苗坦之，他能想什么办法为自己出气？在这进退两难之时，又想到自己是知州，在你南双店出事，就找你苗坦之，看你怎办。于是决定只有去找苗坦之了，因为苗坦之点子多，有办法，看你苗坦之能替我想到什么办法来治治这些泼妇……

王耀忙走到苗坦之家大门外，心想刚才的教训不能忘记了，要先敲门，于是边敲门边喊："苗坦之在家吗？"

苗坦之知道王耀要来找他，苗坦之事先安排好叫苗贵之跑这几户人家的，出了事他承担，他们都相信苗坦之。在王耀看来，他认为这些事找那些乡绅、财主、地保没有用，一来穷人不会理睬那些有钱有势人；二来自己无理在先。所以思来想去，就来找苗坦之了。

"谁呀？正晌午还敲门！"苗坦之边说边不高兴地拉开门。

王耀说："是我。"

苗坦之故作惊讶地说："哟，大热天，知州老爷怎么到我家来？进家吧？"

王耀忙说："不进了，天热不方便，就在这槐树下，我跟你说个事。"

"啊，跟我说什么事呀？"苗坦之惊讶地问。

知州王耀就把自己渴了，到一户人家找水喝，结果被骂，被泼了一身脏水，几个妇女又把他轿子烧了的经过讲给苗坦之听。

苗坦之本着脸说："知州老爷，你四书五经都读过的呀，一般不读书的人也知道这简单的道理呀，你怎么就忘了呢？我们的祖先就教导我们，'父不进子房，官不进民宅'，你作为知州，穿着一身官服，私闯民宅，又不敲门，又看妇女光着上身，大人，这是你自讨此辱，无论到哪里讲理，也是你错，人还会说你居心不良。"

"哎呀，我知道这不妥，可她们不该把我轿烧了呀！"王耀着急地说。"

知州老爷，幸亏你跑得快，不然把你打个半死，到海州大堂，她们也有理！"苗坦之向王耀瞅着说。

"她们敢打我，我治她们！"王耀气愤地说。

苗坦之说："你大人脸上也没有贴上字，'我是海州知州王耀'。即使你贴上字，可她们乡下妇道人，都是穷人出身，不认识字。她们打你活该，把你轿子烧了也活该，无论到哪里讲理，你也输！"

王耀不吱声，直喘着粗气，"你看看我成什么了！"

苗坦之看着王耀从官帽到鞋，浑身脏污，"你是一州的父母官，你大人宰相肚里能撑船，她们那么多人，法不责众，你这州里大老爷还能跟子民计较吗？如果那样，显得你就不是知州了，就是你治，又有什么理由治她们？"

王耀被苗坦之这么一说，像皮球一样慢慢泄了气，不吱声了。

苗坦之说："不知大人是路过呢，还是专程来咱南双店？"

知州王耀说："我派了差役和胡判官来催钱要粮，结果都无功而返，我今天特别起个大早来你们南双店看看。"

苗坦之说："那你就看看吧！"

"啊，对啦，还有四个抬轿的，他们肯定在找我，我得赶快去。"王耀边说边转过脸向停轿子地方急忙走去。

四个轿夫站在停轿的地方愣站着，王耀皱着眉头走到轿夫的身后，四个轿夫忙转过脸，都愣了。

小猛问："老爷，这是怎么回事啊？！"

王耀气愤地说："被村里泼妇烧掉了！"

"啊，泼妇烧掉？她们也太胆大了，敢烧老爷的轿子！"小猛惊讶地说。

那三个轿夫都睁大了眼睛看着王耀。

"该抓起来治她们罪！"小猛说。

王耀说："算了，不是一个两个人，算我们倒霉，走，找个地方喝口水，吃点饭。"

小猛问："老爷，落轿时，你不就去找水喝的吗，怎么到现在还没找到水喝？"

"唉，甭提啦！甭提啦！晦气，晦气！"王耀沮丧着说。

"唉！老爷，这南双店的苗坦之聪明过人，他有办法，去找他替老爷想想怎么办，这没有轿，你怎么回海州府呀！"小猛凑到王耀身边说。

"不找啦，找他也没有用，咱走吧。"王耀没精打采地说。

当苗坦之把门关上，汤国珍问："王耀走了吗？"

"走了，不走他也不好意思找我做什么，他肯定去找苗自芳他们了。"苗坦之笑着说。

汤国珍说："快，吃饭吧，都等你呢。"

"好，吃饭喽！"苗坦之高兴地向饭桌前走去。

吃饭时，苗培元说："你把胡判官的驴杀吃了，这又把知州的轿子烧了，这州里的官都给你得罪了，你可要有防备啊！"

"是呀，大大说得对，你这是与官府作对呢，他们能对你不报复？"苗平之担心地说。

"大，哥，你们都放心，无论到哪里讲理，他们都是输，我既然做了，我就有准备。"苗坦之说。

"你有理由，也要有准备，他们不会善罢甘休的。"汤国珍说。

"他不善罢甘休，我还不善罢甘休呢，这个知州王耀比前任知州范思玉差远了。"苗坦之说。

苗培元说："范知州的确是个好官，从几次打官司看，人家公正，判案公道。"

"可惜调走了，这个王耀他一来就偏袒那些财主，与他们抗蓬一气，想办法来治我，来治穷人。"苗坦之说。

汤国珍放下碗筷说："古人不是说了吗，物以类聚，人以群分，他们有钱有势的人当然是臭味相投了，他们怎么能与穷人混一起呢？"

"还在吃饭呢。"苗贵之边说边推门走进。

苗坦之忙放下碗，抬头看见苗贵之、吴宝怀、周小民、李万福等人走进家院。

苗贵之高兴地说："今天干得痛快，他王耀有苦难言。"

"我大娘真厉害，她端着一盆脏水向王耀头上泼去，王耀吓得狼狈逃跑。"吴宝怀兴奋地说。

"哈哈……"他们都一起大笑起来，爽朗的笑声飞出院外。

苗贵之说："看来知州大人得步行回州衙了！"

又是一阵笑声。

李万福说："王耀他肯定去找苗自芳、严居林和刘匡道了，他们三人还不为他想办法呀。"

周小民说："肯定没有轿子给坐，除非到马车行去雇毛驴。他即使雇到，那去了海州又得送来呀，再说他王耀不会给四个轿夫也雇吧，这个账他会算的。"

"嗨，苗自芳几个人会贴银子的，就是要送回来，叫谁送回来，反正他王耀、胡仁贵是不会送到咱南双店。"苗贵之说。

吴宝怀忙说："看来这事又难住王耀了。"

"不仅难住了王耀，也难住了苗自芳几个人。"苗坦之笑着说。

这件事被苗坦之言中了。王耀和四个轿夫在苗自芳的安排下，在酒店里刚刚吃过饭，正在商量这事。

苗自芳说："雇轿雇驴，我们几个人都可以跟你知州大人去，可你得按时送给主家呀。雇顶四人轿，你又得四个人送来吧，雇五头驴，你得要起码两个人送来吧。"

王耀皱着眉头，由于喝了酒，脸像母鸡下蛋一样憋得通红，半天没有说话。

小猛说："老爷又喝了酒了，有驴也不能给骑，路上万一……"

严居林拍马屁道："那可是，老爷身体重要。"

刘匡道忙接上说："要不，大老爷，你在驿站住下，等他们四人回去叫郑师爷或胡判官雇顶轿子来接。"

"别！别！"知州王耀忙打断刘匡道话说，"不行，那问起来怎么说？本官受辱，坐轿又被几个妇道人家烧掉了，这好听吗？他们不笑话我吗？"

"也是，知州大人的名誉很重要，这事呀，真还不好说出口。"苗自芳绷着麻脸说。

王耀向四个轿夫看去说："你们四人回去后，对任何人也不要讲今天的事，万一谁讲了出去，那就是对本官的不敬，我可翻脸不认人！"

"是！是！我们决不说！"四个轿夫忙齐声说。

苗自芳说："这样吧，我们三人为你五人雇一辆马车，你们坐一辆马车回州衙，马车来回的银子我们付。"

"还是你点子多，那就这样吧，快去雇马车。"王耀高兴地说。

# 第三十九章

由于杀了胡判官的驴和烧了知州王耀的轿子，苗坦之和吴宝怀、苗贵之前来海州打探州衙里的动静。苗坦之、吴宝怀和苗贵之边谈笑边走，来到通往板浦的岔路，路边的大树下四五个人正在乘凉，在谈论着什么。

"嗨，那不是苗先生吗？"一位穿着蓝衫的高个子欣喜地说。苗坦之惊奇地看着问："唉，汪兄，你几位老兄老弟怎么在这聚会？"

"找主不如撞主，不用我们几个人跑腿了。"一位矮个子笑着说。

苗坦之有点丈二和尚摸不着头脑，忙问："什么找主撞主？"

那位汪兄忙指着那几位介绍说："这是桑墟的蒋秀才，这是米阳的贾秀才，这是锦屏的万秀才，他是板浦的潘秀才。"

"不用你说，我们不都是曾在海州教馆学习过吗，我都认识，你汪士乾兄就更熟了。"苗坦之说。

汪士乾说："你看我们都是舞文弄墨的，怎么聚一起的？"

苗坦之摇摇头说："这个我就猜不到了啦！"

"嗨，我们几个都是本镇本村穷兄弟推荐，准备找你想办法的。"汪士乾说。

苗坦之问："什么事？你们几个人还不成，还要来找我。"

汪士乾说："这整个海州地区大旱大灾，百姓讨荒要饭，每个村庄都有饿死人的，州衙不但不免钱粮税，而且还一文不少，一粒不免，向百姓征收。乡团地保硬逼百姓交，百姓没有什么交，他们不是打人，就是捆人，家中有什么东西就拿什么东西，就连锅碗瓢盆也不放过。他们没有办法，说我们是秀才，识文解字，有办法。正巧，我们几个人都来到海州，他们就找到我，我也没有办法，就想到你，你是我们一起学习时大家公认的点子最多的人，走到这岔路口，正商议怎么去找，正巧你来了。"

"啊，为这事呀，全海州都一样，我们西乡也是一样，乡团地保整天逼百姓交钱交粮。州老爷应该上报皇上免除才是。"苗坦之说。

汪士乾说："苗弟，你还不知道吧，皇上不但将海州田赋全免，而且下拨每人两斗救济粮呢。"

"你怎么知道的？"苗坦之惊讶地问。

汪士乾指着万永生说："万秀才老兄说的。"

万秀才说："我家表弟在衙里当差，知州王耀、判官胡仁贵、钱粮爷汤自元有一天晚上，在客厅里商量这事，王耀叫他们不要说出去，这笔救济粮不拨，留给州里机动。"

苗坦之气愤地把小辫子向脖后一甩："奶奶的，竟有这事！你表弟说得可是真的？"

"那还有假，他还是衙役的头头呢，他还多次提到你，他很敬佩你呢。"万永生说。

"你表弟是不是叫周大年？"苗坦之问。

"是呀，他经常奉命去抓你呢。"万永生说。

苗坦之高兴地说："周大年是我的知心朋友，他的话我信。"

汪士乾气愤地说："这些狗官拿百姓的命不当回事，皇上都拨下了，他却要扣下。"

潘秀才说："我看，我们都回去发动人和他们拼啦！"

"对，对，我们也是这样想的！"蒋秀才和万秀才异口同声地附和道。

贾秀才说："反正日子也难过，他们官府和各镇钱粮柜互相勾结，鱼肉乡民，中饱私囊，我们起来与他们对抗！"

苗坦之说："你能对抗了吗，我想这不是与他们拼命的时候，也不能拼，要想办法来对付他们。"

汪士乾说："我们找你，就想叫你想个办法治治这些狗日的。"

"对，哥，你想想办法！"吴宝怀看着苗坦之说。

苗坦之皱着眉头，手不停地摸着耳朵，突然说："我想个办法，不知你们怕不怕。"

汪士乾忙说："你说，我们几个人死都不怕，还怕什么！"

"对，对！我们不怕，苗兄你说给我们听听！"万秀才和潘秀才齐声说。

苗坦之说："你们几个人各负责几个镇，组织可信的人，在这月的初十夜晚，把全海州的五十四个镇十六家钱粮柜的房子都烧掉！"

汪士乾忙打断苗坦之的话说："这可不得了，抓到那是死罪！"

"是，那还了得，即使不杀头，也是蹲大狱判无期徒刑！"万秀才说。

苗坦之笑着说："把他们的钱粮柜征交的钱粮册名单全部烧个精光，你们在纸条上写我苗坦之的名字，你们谁也没有事。"

汪士乾忙说："不，哪能让你苗兄一个人承担罪名。"

"对，对！不中，不中！"万秀才忙说。

"是呀，不能让你一个人去受罪。"其他几个人异口同声地说。

苗贵之和吴宝怀忙惊讶地说："不行，你一个人承担，那肯定是死罪！"

"别担心，我既然想到此办法，他知州王耀就不会怎么着我。"

苗坦之说。

"那就按照你说的办？"汪士乾边说边向其他人征询。

"反正你苗兄有点子，那就按苗兄说的办。"其他几个人也附和着。

吴宝怀忙说："哥，这件事可与你办其他事不一样呀！"

"没有事，我会考虑的。"苗坦之笑着说。

苗贵之说："这事有点让人不放心。"

苗坦之说："你们都放心，但是必须按照我要求去做，有两条，这第一条必须保密，第二条要在同一时间烧掉！"

汪士乾说："这两条都成，坚决做到！"

"对，能做到，这要传出去可不得了！"万秀才说。

苗坦之说："那就定在本月初十，寅时，不要早，也不能晚！"

"中，中，就这么定啦！"大家都异口同声地说。

海州府里有一名专管钱粮的师爷叫汤自元，这人是州里有名的贪财。新知州王耀来到海州不长时间就打得火热，由于王耀贪财，想多吃多占些必要通过汤自元，凡王耀能占有的，那也少不了汤自元的。汤自元是州里负责田赋的，设一钱粮总柜，下面设二十个钱粮分柜，每年征收多少钱粮，都由汤自元按各镇人口名单分配下去，汤自元把总数分配好之后，交给王耀过目，然后就发到下面二十个钱粮分柜，由地保、乡团催征催缴。可各镇负责分钱粮柜的柜书与汤自元密切合作，征收的钱粮，首先要给点给汤自元，钱粮柜的柜书也想得到点好处，于是，汤自元也就睁一只眼闭一只眼了。这段时间各镇下面的地保和乡团都在征收，可他们万万没有想到就在本月初十寅时，全州二十个钱粮分柜都被烧光，连房子都烧了，不用说那些钱粮名册也都化为灰烬，在墙上都贴着"放火者苗坦之"的字条。

第二天，全州二十个钱粮分柜的柜书都慌慌张张地跑到州衙，他们跌跌爬爬地来到大堂跪下，手中拿着"放火者苗坦之"的纸条。知州王耀十分吃惊，气得把案一拍"啪——"，大声吼道："衙头周大年把苗坦之快捉拿归案！好你个苗二赖子，尽敢放火烧钱粮柜，真是吃了豹子胆了，这二十家钱粮柜都被你烧光了，你不想活了？这回你可是自投罗网，本官治你罪可是天经地义的了，我看你还有什么本事使，你还能往哪里赖，写字条在此，想抵赖也赖不过去了。"

天晌时，苗坦之来到大堂，不慌不忙地在自己坐的地方坐下，向知州王耀看去。知州王耀气得脸色发紫。

苗坦之问："不知老爷传小民有何事？"

王耀把惊堂木狠狠地一拍，大声吼道："你苗坦之，苗二赖子胆大包天，竟敢把全州二十家钱粮分柜全烧了，你犯下滔天大罪，还装什么糊涂，如实招来！"

苗坦之神情自若地说："知州大人，你心里光想治我罪，可也得有证据，盲目向我身上栽赃陷害恐怕不行吧？我可以说是你知州大人指使的。"

知州王耀暴跳如雷："你胡说八道，竟敢信口雌黄，诬陷本官！"

"噢，你也知道诬陷栽赃不好受吧，你诬陷有何证据？"苗坦之说。

王耀望着台下站起身说："你们都把纸条字拿给他看看！"

吴宝怀、苗贵之、周小民、李万福等人听说苗坦之被州衙抓了，他们都跟来在台下后面站着。汪士乾等秀才也默默地挤在人群中观看。

全州二十家钱粮分柜的柜书每人都拿着字条走到苗坦之面前。

苗坦之说："你们都整齐放好，我看看！"

二十家柜书把大小不一样，纸张颜色不一，字体不一的字条都摆在一起，像书法展览一样。苗坦之一眼扫过，哈哈大笑起来。

知州王耀惊奇地问："你笑什么？"

苗坦之说："请知州大人、判官、师爷们看看，这字体是不是我苗坦之的字？"

知州王耀等都走向前，认真地一张一张看过，都摇头，不像。

王耀说："明明落款是苗坦之，'放火者苗坦之'！"

苗坦之说："知州大人你是断案的。"说着站起身，走向台前，把小辫子猛地向脑后一甩说，"你们大家都想想，在这正大光明的大堂之上，作为一州的老爷断案，要讲道理，明辨是非，对吧？"

知州王耀说："那当然，本官是讲理的。"

苗坦之说："知州大人，你说你是讲理的，我相信。可你没有细细想想，咱这海州地盘大，北从沭河，南边到灌河，有一百九十里吧？从东海边西到马陵山古道也有二百里吧？这二十个钱粮分柜分在二十个片区，这一夜有多长时间呢，而且是在同一寅时烧掉的，我长了飞毛腿，还是孙悟空？"

苗坦之接着说："知州大人你说我放火，请问，是你诬陷栽赃，还有什么证据？"

知州王耀说："那些字条分明是写的你苗坦之。"

大家都向苗坦之看去，吴宝怀和苗贵之惊讶地看着苗坦之。

苗坦之说："请知州大人好好想想，如果这火真是我放的，我能不打自招，写个字条，让你们衙役抓我？请大家也想一想，那我不是个大笨蛋吗？"

"不能！不能！"台下有好多人喊着。

知州王耀一时说不出话来，台上台下的人都向王耀看去。

苗坦之问："大人，你说此事怎了？如果你还想凭空治我罪，那你就与我到省总督那儿讲理去！"

知州王耀一听到省总督，吓得要命，那还得了，忙说："那我们上报省吧，把今年的大旱受灾，粮食征收情况，还有完不成的钱粮，核准免除了吧！只是那些钱粮名册烧了，怎么办？"边说边向汤自元看去。

汤自元轻声地说："那只有重新弄呗。"

苗坦之又站起身说："听说皇上已免除了咱全海州旱灾之年的钱粮。"

知州王耀忙惊诧地问："你，你听谁说的？"

苗坦之接着大声地说："我听说不仅免除了今年的钱粮赋，而且还下拨了救济粮，每人二斗。"

知州王耀惊恐地忙站起来，手指向苗坦之大吼道："你胡说八道！"

台下又一阵骚动。

苗坦之本着脸说："是我胡说八道，还是有人要隐瞒，那可是皇上给海州穷人的救命粮呀，最近各地都有饿死人的，你们尽然隐瞒不分！"

知州王耀坐立不安，不时向汤自元瞄去。

苗坦之接着说："知州大人，你能说皇上没有拨吗？"

师爷郑生安和判官胡仁贵都吃惊地向王耀看去。

苗坦之说："如果说没有，那你敢与我一同去见皇上吗？"

知州王耀支支吾吾，说不出话来。

苗坦之说："知州大人，要多想想怎样为穷苦人救命吧，因你扣压皇上救济粮而饿死的人，你已有罪了，乌纱帽要掉了，不要整天花天酒地，挖空心思想治我，我苗坦之不是谁想治就能治的！要早想到灾民，也不会发生这些事了吧！大人，既然此事与我无关，那我就走了。"苗坦之边说边大踏步走向大门。

知州王耀像泄了气的皮球瘫坐在椅子上。

等人都离开大堂，汤自元看着王耀问："大人，这是怎么回事？"

知州王耀把三角眼一竖说："我正想问你呢？"

汤自元忙说："大人，反正我没有跟任何人讲过。你也应该知道，凡是你跟我说的话，我从不传说，我对你是忠诚的，还有你叫我办的事，谁也没有讲。"

"是不是胡仁贵说出去的，你快把胡仁贵叫来。"王耀着急地说。

胡仁贵走向王耀，王耀向胡仁贵瞪着眼，半天没有吱声。

胡仁贵问："大人有啥吩咐？"

王耀生气地问："救济粮事是你传出去的？"

胡仁贵说："那天就我们三人知道，你叫不要讲出去，我绝对听你的。"

王耀三角眼转着说："那就怪了，汤自元没有说，你又没有说，我没说，那这苗二赖子怎么会知道的。"

汤自元说："既然我们三人都没有讲出去，我听苗二赖子两次说到，要与你去省里见总督，是不是省里有他什么人？"

王耀一愣说："没有听说他苗二赖子省里有什么人当官。"

胡仁贵说："这到底是怎么回事呢？是不是看管粮仓的差役说出去啦？"

"不可能，我根本没有说过那救济粮事。"汤自元说。

"这也难说，有时不注意也会走露风声。"胡仁贵说。

汤自元说："要不我回去找那两个差役试探一下。"

知州王耀忙把手一摆说："算了，反正这救济粮也隐瞒不下去了，你抓紧布置二十个分柜造名册，把救济粮发下去，快！越快越好！"

"是，我现在就去安排！"汤自元忙答应。

胡仁贵看着王耀说："大人，你也别气，凡事没有不透风的墙。"

王耀说："我就纳闷了，他怎么会知道的？"

胡仁贵说："大人，经过这么长时间，你与他交手也多次，这个苗二赖子的确聪明过人，他点子多，远远超过你我。他人缘也好，有钱有势的财主怕他，穷人拥护他，西到郯城，北到涝枝，南到沭阳，许多人都听信他的。所以，我猜这四面八方不可能没有不知道此事的人。"

王耀说："你说也对，这四面八方的人都可能传递消息给他，可这二十个分柜被烧之事，又在同一时间，又都写下苗坦之的名字，我想这肯定有人统一布置策划的。我也看了，这二十张字条没有一张是苗坦之的字迹，但是又为什么都写他的名字？再说苗坦之他也根本不敢光明正大写上自己的名字，他不是个大笨蛋，他也知道我这几年要找他的短处，他更不会，可这会是谁这么大胆呢，这个人是有意陷害苗坦之，还是设障眼法呢？"

胡仁贵说："这二十个分柜分布在全州四面八方，这肯定是事先预谋策划好的，他们不只是一个人，放火的就是一个人这是最少的，说不定有几个人，那这二十个点，就不只是二十个人，也可能几十个人参与。大人，这可是值得注意的事，这要让省里知道"

王耀忙打断胡仁贵的话说："绝对不能让省里知道，这明明是与本官本府作对，那省里总督要知道了，不责怪我治理无方呀，这些人真是不可低估了。"

胡仁贵悄悄地说："大人，烧轿子的事，你考虑是谁干的呢？"

"什么烧轿子？"王耀慌忙反问。

"大人，你对我不必隐瞒了。"胡仁贵说。

"你是怎么知道的？"王耀睁着三角眼问。

"我说了，没有不通风的墙，你也甭问了。还有我骑驴到南双店，驴被人杀吃了。"胡仁贵说。

王耀问："有这事？"

"有，都不是光彩的事。所以，我不敢说，你的轿子被烧，你也不敢说。可是，是永远瞒不住的，跟我们去的差役，那些穷人人多嘴杂，不就传开了。"

王耀说："是，出现这事，不光彩，可你估计是什么人干的？"

"还能有谁，苗二赖子出的点子呗！"胡仁贵说。

"不可能,我坐轿去的那天,根本没见苗二赖子!"王耀争辩说。

"你想,那些妇道人真的胆子那么大?我不信!"胡仁贵说。

"算了,不提那些不愉快的事。总之,苗二赖子的确是难缠头,是本官本府的心头大患,一日不除,一日不得安宁,你老胡也要想办法来对付苗二赖子,本官给他害苦了。"

胡仁贵说:"你知州都想不出好办法,我能有什么办法。"

王耀瞅着胡仁贵说:"那你赔人驴钱就算了,我回头跟汤自元说一下,州里赔你驴钱,你是为州衙去办事,还能叫你损失。"

胡仁贵笑着说:"那感谢知州大人。"

"感谢个啥,咱们都是端皇家这碗饭的,为皇家办事,哪能叫自己吃亏,你说是不是?"

"是,是,知州大人说得对。"胡仁贵连声附和着。

王耀说:"这苗二赖子真他妈的神通广大,就我们三人商量的事,他竟然知道。这可是件大事,要真的捅出去,省里知道了,我这个知州也甭干了。"

胡仁贵说:"刚才你叫汤自元赶快处理那救济粮是对的,穷人饿死多了,你知州大人可就麻烦了。"

"走,我们俩去看汤自元去办了没有,州里也要派人下到二十个分柜去落实这件事!"王耀着急地看着胡仁贵说。

苗坦之从大堂里大踏步走出,苗贵之等几个兄弟也都高兴地随苗坦之走出大堂,以汪士乾为首的那几个秀才也紧跟出了大堂。

苗坦之转脸向后望去,正好与汪士乾目光相对,汪士乾高兴地笑着向苗坦之招了招手。

苗坦之把手一挥向前走去,他们又来到上天聚会的岔路口树下。

汪士乾兴高采烈地看着苗坦之说:"苗兄,你胆子真大,小弟佩服!"

"对,咱们佩服,你是穷苦人的大救星!"几个秀才异口同声地说。

"你两次提到要去省里，他王耀不敢应付，底气不足，显然说到他的要害处，尤其提出救济粮的事，那王耀表情十分惊恐，我可看清楚了。他感到十分意外，又十分害怕，明明是他们三个人密谋的事，你苗坦之怎么知道。更加害怕的是，皇上的救济粮是救穷苦人的命，他把救济粮私吞或者隐瞒不下拨，他该被判重罪！"汪士乾说。

万秀才说："苗兄一说，他王耀不敢跟你上省里去了，证明真有此事，被你一句话引出来了。"

吴宝怀说："我哥真厉害，这下子有多少穷人能活命了。"

贾秀才说："那天苗兄一说，我这几天一直睡不好觉，担心苗兄要受罪，没想到把钱粮柜烧了，又把救济粮敲出来了，厉害！我替我那里的穷人谢谢苗兄。"

"别，别！我只是动动头脑罢了，州里这几个人是混蛋，什么都中饱私囊，那救济粮是皇上发下来的救命粮，他也敢扣压！这个事就到此吧，请各位心中有数，不要说啦！"苗坦之说。

# 第四十章

苗坦之和汪士乾等几位秀才分手后，苗坦之向天空一望说："今天回家天也晚了，只能在这住一夜了。"

"唉，哥，这离天黑还早呢，你带我们几个看看景呗！"周小民说。

"到哪去看，天热死了。"苗贵之说。

李万福忙说："上次，哥你说，有时间带我去石棚山去看看，那山上有刘备试剑石，还有什么石曼卿读书的地方。"

"对，对，带我们去看看！"周小民说。

"好，那我带你几个人去看看。"苗坦之说。

苗坦之几个人走到尼姑庵的门前，一位老汉和老妈子正在拉一位姑娘，那姑娘头发散乱，哭喊着要进尼姑庵。

苗坦之看了一愣，然后忙走向前问那位老汉，老汉眼含着泪，边抹泪边向苗坦之看去。

原来老汉姓许，叫许文善，老妈子是他的老伴儿，那位姑娘是她唯一的闺女，名叫许宝珠。因许文善拖欠锦屏镇财主葛大歪租子，葛大歪就把许宝珠抵租做了佣人。由于许宝珠能干事，长得又有点姿色,时间长了,葛大歪的大公子葛富荣就看中了许宝珠,日久生情,许宝珠也看中了葛富荣,两人就私定终身。可是,此事被葛大歪从中作梗,葛大歪已娶了三房姨太,心中也早已惦记许宝珠,准备娶做第四房姨太。

有一天,葛富荣和许宝珠在花园假山幽会,被葛大歪发现,葛大歪当场就发火,撵走了许宝珠,向葛富荣大发雷霆。

葛富荣以为他父亲管教他,不能与佣人瞎谈,结果葛大歪说:"许宝珠是我早已相中的,准备娶做第四房姨太,不准你胡来。"

葛富荣听到此话,立即生气地说:"你已娶了三房姨太了,这许宝珠与你年龄相差也太大了,你不能胡来,我早已就看中了许宝珠了,我们两人并立下誓言,她非我不嫁,我非她不娶了!"

"你个狗东西,怎么能与父争媳妇呢!揍你个没有教育好的小东西!"葛大歪边说边向前就要打葛富荣,葛富荣被吓跑了。

从那以后,葛大歪经常到他许家威逼他许文善,对许宝珠动手动脚的,许宝珠性子有点烈,坚决不让葛大歪接近。葛大歪就认为是葛富荣唆使许宝珠不理睬他的,于是,怒火就发泄在葛富荣身上。于是,葛大歪爷俩经常舌枪唇剑,有时还动棍棒,从此爷俩成为仇人,双方互不相认。

有一天,葛富荣提出要与许宝珠完婚,葛大歪气急败坏,抓住身边擀面杖就打向葛富荣,葛富荣眼尖手快,抓住了擀面杖另一头向自己身前拽,结果爷俩像拉大锯一样你来我往。最后,葛富荣一松手,葛大歪跌了个狗晒蛋,四爪朝天,头跌了个口子,忙叫佣人找郎中,郎中来了边处理边说很危险,如果不及时处理,得了破伤风那命就完了。葛大歪听后,暗自思忖:这个小东西为了争宝珠,企图害死他,越想越气,越想越不能容忍,于是就到州衙告发葛富荣,企图害死他父,结果州衙就把葛富荣打入大牢。

葛大歪这回高兴了,认为儿子不会与他争许宝珠了,当他头还包扎着就跑到许文善家说，要许文善准备，等他选好良辰吉日就娶许宝珠为四房姨太。并告诉许宝珠，葛富荣把他头打伤了，被衙门抓去坐牢了，还要判罪。

许宝珠听到葛大歪的一番话，想到与葛富荣不能成婚配，将要落入葛大歪这只色狼之口，于是想来想去，告诉许文善，她要到尼姑庵去当尼姑了，许文善和老伴儿就慌忙跑出门追，追到尼姑庵前才追上，左劝右说许宝珠还是硬要进尼姑庵，许文善老两口就硬拉住不准进。

苗坦之听到许文善把事情经过说了后，苗坦之习惯性地把小辫梢向脑后一甩说："姑娘家，你爹娘只有你一个女儿，你去当尼姑，你就忍心不问你父母事啦？你与葛富荣的情缘就能斩断？我看不能吧！再说，你是情窦初开的女子，岂能终生要与木鱼为伴，把青春年华浪费在晨钟暮鼓、黄卷青灯之中呢！只有那些被挫折和灾难吞尽欲念和尘心的人，才可借古寺尼姑庵打发那无欲、无求、无挂心之事的余生。而你，我看不是，你还是很疼爱父母的，不过是为葛大歪所逼，感到走投无路了，是吧！"

许文善忙说："宝珠，你听听，这位先生说得多对呀！"

吴宝怀说："就是嘛，咱哥说得就对！"

许宝珠只是趴在她娘肩头哭。

许文善说："孩子，你真的当尼姑了，我跟你妈不就得哭死啦！"

苗贵之说："有一分希望，谁去当和尚尼姑呀！"

许文善抹着眼泪看着苗坦之，问："先生，我看你是个好人，不知尊姓大名？"

周小民忙说："咱哥是西乡南双店有名的苗坦之秀才。"

"啊呀！你就是苗秀才啊，咱早就听说过，你足智多谋，州官都拿你没有办法，今天我们可遇见救星啦！"许文善转过脸看着许宝珠说，"孩子，有救啦，请苗先生为咱想个办法！"

"哥，你就给想个办法吧，很可怜的。"李万福忙说。

"对，对！你就帮想个办法！"吴宝怀与周小民异口同声地说。

苗坦之问："宝珠姑娘你是不是真心要嫁给葛富荣？"

许宝珠只是哭，却不好意思说。

许文善忙说："先生，俺闺女说了，非葛富荣不嫁，可这葛大歪把葛富荣告进大牢啦，怎么办？"

"老人家别急，只要宝珠真心要与葛富荣完婚，我给你想办法。"苗坦之说。

许文善听到后，立即高兴地说："咱早已得知苗先生的为人，你是智多星，有办法的人，苗先生你说怎么办就怎办。"

周小民说："哥，这事怎么办，葛富荣已打人大牢，那知州王耀会听你的？"

"不找王耀。"苗坦之说。

"那咋办？"吴宝怀惊疑地问。

苗坦之说："到州衙里去告葛大歪！"

许文善忙说："咱告不倒他，他有钱有势，再说是葛富荣父亲，不成！"

苗坦之说："许宝珠一定要与葛富荣成为夫妻，我写个条子，由许宝珠到大堂告，不知宝珠敢不敢。"

许宝珠忙抹一下眼泪说："苗先生，我敢！"

大家都吃惊地看着许宝珠，没有想到许宝珠胆子大，回答很干脆，都由衷钦佩起来。

苗坦之说："好，我没有想到宝珠姑娘真敢到大堂告状，这就好办了。"

吴宝怀惊疑地看着苗坦之问："怎么办？"

苗坦之从自己身上的包里取出笔和纸说："我写。"边说边向四周看去，正好在尼姑庵的墙角处堆放有两块大板石，高兴地说，"到

511

那写。"

　　大家都跟着苗坦之来到石块旁，苗坦之挥毫写了两句话，交给许宝珠说："谁也不要给看，你到州衙门边去大胆击鼓，然后衙役就会传你进大堂，台上就坐着知州大老爷，台下两侧有十几个衙役手执水火棍，棍头乱捣地，你别怕，他们不会打你。你到台前当众跪下，只管大声喊冤枉，台上知州大老爷就会问你话，你就伤心地哭着不要忙回答，等知州大老爷感到又烦又可怜的样子，你就说，老爷，我丈夫葛富荣被抓进大牢，冤枉。大老爷必定要问你有没有状纸，到那时你就把我写的纸条递给衙役呈给知州老爷就行了。"

　　吴宝怀忙担心地问："这个大老爷与你有太多的成见，他能听你的？他抓了葛富荣无外乎是想敲诈葛大歪的银两，父子为这事也构不成犯罪。"

　　许文善忙说："这位小哥说得对，我想这大老爷能放了葛富荣。"

　　周小民说："哥要这样办，说明就能办成。"

　　苗坦之说："你们别担心，能办成。如果出差错，我们几个人都与那些看热闹的一起进大堂，我会再想办法的。"

　　许文善高兴地说："有你苗先生到场，我就放心了。"转脸看着许宝珠说，"孩子，你就不要再犹豫了，就大胆去告！"

　　许宝珠说："那我现在就去！"

　　"好，好！宝珠姑娘真有勇气！"苗坦之说。

　　许文善说："咱女儿平时胆子就大，也很聪明，性子有点烈，可讲理。因为旱灾，收不到粮食，欠了葛大歪租子，葛大歪成天到门上威逼，最后把许宝珠要去当佣人抵租，宝珠为了使我不受罪，也就同意去了，可谁知，他爷俩会出这事呢！"

　　"老人家别担心，走，我们一起去大堂看看去！"苗坦之说。

　　苗贵之说："这知州王耀这才停下，这满肚子气呢，能升堂？"

　　"能！"苗坦之说。

许宝珠在前面走，大家在后面跟着向州衙走去。

听到击鼓声，从四面八方迅速跑来许多看热闹的人。

不多一会儿，衙役传许宝珠进大堂，大家也都跟着进了大堂。

苗坦之没有到自己的三尺地去坐，而是与吴宝怀等几人夹在人群中看热闹。

事情的发展完全按照苗坦之教给许宝珠的办法一步步进行着。

许宝珠走进大堂，不慌不忙地走到台前中间，不用衙役们喊威武，就自动跪下，大声地喊："老爷，冤枉！"

知州王耀向台下仔细看了一会，原来是一位青丝女子，惊奇地问："你是一位女子，你是何人，有什么冤屈，告状哪个？——说来。"

许宝珠跪着只是嚎嚎大哭，哭声震动大堂。

知州王耀看哭得很伤心，忙问："你别一个劲地哭，你回答我问话呀！"

许宝珠还是哭，知州王耀左右看看，判官胡仁贵也向王耀看去。

许文善向苗坦之看去，苗坦之微笑着向许文善默默地点头，大家都向许宝珠望去，等待许宝珠的诉冤。

许宝珠慢慢地抬起头，擦着眼泪。

知州王耀说："回答我的问话。"

知州王耀等了半天，许宝珠才说："民女许宝珠，锦屏镇人，为昨天被州衙抓进大牢的丈夫葛公子伸冤。"说完又低头哭了起来。

知州王耀惊奇地说："那葛富荣是被他父亲告人狱的，葛富荣企图害死他父亲葛大歪，把葛大歪头打个洞，鲜血直流，这小的犯上还冤吗？"

许宝珠忙抬起头说："大老爷，错了，不是那么回事。"

"啊，你说不是，那是怎么回事？你来告状，光凭口说不行，有状纸吗？"王耀忙问。

大家都向许宝珠看去。

许宝珠一愣不哭了,忙说:"咱有。"边说边伸手从身上取出纸条。

一位衙役把纸条接过呈给王耀,王耀把折好的纸条慢慢放开,一看只有两句话,边看边念道:"叹媳枉长貂蝉貌。"王耀读完这句忙抬头向许宝珠看去,仔细地看着,许宝珠长得果真很漂亮,脸似三月桃花,柳叶眉,杏子眼,樱桃小口,糯米牙,头发有些乱,可还是很妩媚。王耀忙低头看下一句,又念道:"恨父偏生董卓心。"读完向许宝珠看去,愣了一会儿,暗暗思忖:原来葛大歪这个老东西不正经,与儿子争媳妇,胡乱纲常。葛大歪是锦屏镇有名的财主,本来想借他手把他儿子抓进大牢,然后再想方设法敲一下葛大歪银两,没有想到许宝珠先到大堂,又看到很多看热闹的人在此静看审案,等待他王耀审判结果,又看了看这两句话,想到这不是一般人所写,看来有能人支持许宝珠,如果不判许宝珠冤的话,后面是什么结果,不堪设想。可转念又想,也好,成全你葛大歪儿子的好事,再给你葛大歪一个教训,不怕你今后不求本官,到那时,你葛大歪可要自动掏银子了。

王耀晃了晃上身,把惊堂木狠狠向案上一拍,说:"立即释放葛富荣,让他与许宝珠完婚。"

周大年说:"是!"忙转脸对另一个衙役说:"去牢中把葛富荣带进大堂。"那衙役忙走出。

台下有几个人高喊:"判得好,判得对!"

许文善惊喜地看着苗坦之,周小民向吴宝怀竖起大拇指。

王耀听到夸赞声,立即高声喊道:"将葛大歪立即捉来大堂!"

周大年立即答道:"是!"于是三个衙役向大堂外跑去。

台下看热闹的人立即"嗡嗡"起来。

不多一会儿,葛富荣被一衙役带进大堂。葛富荣走到大堂台前立即跪下,高声喊道:"谢大老爷释放!"

知州王耀说:"快起来吧,谢谢你的媳妇吧!"

葛富荣转脸看见许宝珠站在身后，忙走过去，笑着看着许宝珠。

这时，周大年和另一个衙役驾着葛大歪走到大堂台前，被周大年两人硬按着跪下。

知州王耀气愤地把惊堂木一拍道："葛大歪，你个好色之徒，在镇上欺男霸女，本官早有耳闻，依仗自己有势有钱，不把官府看在眼里，胡乱纲常，还想当三国时的董卓。"说完，把手伸向签筒，抽出一签掷台下地上，高声道，"本官已宣布葛富荣无罪释放与许宝珠完婚！把葛大歪给我打八十大棍，关他七天狱！"

于是，台下两侧的衙役举起水火棍打了起来。

王耀站起身说："退堂！"向台下望去，正巧与苗坦之目光相遇，王耀皱了一下眉头走到判官胡仁贵跟前说，"你看台下人群中那个是不是苗坦之？"

判官胡仁贵向台下人群中仔细望去，边看边说："不是他是谁，他那一伙都在呢！"

王耀猛然醒悟道："我看许宝珠那状纸的字迹，当时就有感觉字体好像在哪里见过，简短两句话把事情说得很明白，我就猜许宝珠有高人指使了，不能马虎断案，原来又是这苗二赖子。"

判官胡仁贵说："看来他们没有回家。"

王耀惊奇地说："那怎么这么巧？又遇到了许宝珠这事啦！"

"俗话说，无巧不成书呀！"胡仁贵忙说。

王耀说："看来这葛大歪倒霉了，本来想——"王耀没有说完下面的话，胡仁贵尽知什么意思，忙说，"想叫葛大歪出点血那还不容易！"

"哼！这个葛大歪，我上任不长时间就有人告他状，但我没理，我以为他会自动到州府来，可他架子蛮大的，这回我叫他大，老胡想想办法叫他松松腰！"

判官胡仁贵微笑着说："咱一起想，据说葛大歪银子多得是。"

知州王耀说："走，吃过饭，咱俩再商量。"

许文善一家跟在苗坦之身后走出州衙大堂，来到州衙大门外广场对过的大树下。

许文善喜笑颜开地说："苗先生，真是名不虚传，你点子真多，这叫咱怎么感谢你呢？"

"是的，怎么谢你呢？"许宝珠和她娘异口同声地说。

苗坦之说："不用说谢，我问你，许大爷，你听到知州老爷要把葛大歪抓狱中叫他蹲七天了吗？"

"听见，听见了，老爷说打他八十大棍，关他七天狱！"许文善忙回答。

"那你就抓紧在这七天时间内，把宝珠姑娘的婚事给办了！"说完，转过脸看着葛富荣问，"你看如何？"

"好，我也是这么想的！"葛富荣忙回答。

苗坦之看着葛富荣说："如果你父亲出狱了，对你和许宝珠不好，你就找我。"

葛富荣忙跪下说："感谢恩人，要不是你苗先生想办法救，我不仅不能出狱，而且更不能与宝珠成婚了。"说完，转脸看宝珠说，"你也得谢恩人。"

许宝珠忙跪下说："谢恩人！"

"快起来，快起来！"苗坦之伸手说。

吴宝怀说："你们不知道呀，咱哥尽是给人家做好事呢！"

"好吧，走吧，去家准备婚事！"苗坦之边说边转身要走。

葛富荣、许宝珠和父母都一起向苗坦之看去，好久好久才转身走去。

苗坦之看着李万福几个人说："看来今天不能去石棚山了。"

李万福高兴地说："这比去看景有意思，成全了一桩姻缘。"

苗贵之说："这许宝珠真是命好。"

周小民说："这葛大歪也真是个大混蛋，都娶三房姨太了，还和自己儿子争，真是大色鬼，作妖到尽头了，今天八十大棍也够他受的了。"

"活该，凡是这种人就得给他这种下场。"吴宝怀说。

"走,吃点饭，晚饭后带你几个人在海州大街逛逛！"苗坦之说。

李万福说："我还没有逛过海州大街呢。"

"我也没有逛过，晚上大街上还能有人吗？"周小民问。

"有，中心大街两旁商店、旅店、饭店、澡堂、戏院、妓院、大烟馆、赌场，什么都有。"苗坦之说。

"戏院、妓院、赌场、烟馆，那些地方都是有钱人去的地方，没有一个是我们穷兄弟进去的。"苗贵之说。

"就是有钱，咱乡下人也不能进那些地方！"吴宝怀说。

苗坦之说："我们还是到白虎山饭店去吧，那里老板熟悉。"

"行了，咱又不喝酒，吃点便饭就中！"苗贵之说。

苗坦之几个兄弟到饭店吃过饭后，天也就黑了，饭店董老板走进苗坦之面前问："苗先生，还住宿吧？"

苗坦之说："我们四五个人呢，天又热，不开房，你找几张小席子，在大树下边聊天边乘凉，也省点。"

"中，席子多得是，你是我的恩人！"董老板说。

吴宝怀忙问："哥，你怎么成他恩人呢？"

"对呀，他怎么说你是他恩人呢？"周小民忙问。

苗坦之说："那还是三年前的一个晚上，我从板浦赶到海州天已黑了，就到这饭店住宿，当时董老板也不认识我，我到柜台前交钱准备住宿，这时，从门外走进来两个公子哥，要董老板给点银子花花，董老板就不给，两个公子哥就开始打董老板，我还没有交钱，就去拉仗，那两个小东西要打我，我说，你们不敢打我，那两个小东西一愣，问我是谁？我说，还是不说的好，要说出来，你们就吓跑了，那两个小东西说我吓唬他们，又要举手打我，我说我是苗二赖子，那两个小东西当时就愣了，忙下跪求饶，说有眼无珠。我说我认识他们，是海州有名的殷财主和杨财主家的公子，他俩听我一说，更加求饶。我就教训他俩，今后不要敲诈勒索，董老板是开店的，也苦不了多少钱，你俩必须向董老板赔礼道歉，保证今后不来！我最后说，如果再让我发现，那州衙大堂上见。他们连连叩头求饶。从那以后，那两个小东西就没有找过董老板麻烦。"

"原来有这么回事，怪不得董老板每次对你都那么客气。"吴宝怀忙忙说。

"那你平时来吃饭住宿，董老板还收你钱吗？"周小民问。

"每次都不收，可我不是那样的人，该多少给多少，但是对我照顾有加，饭菜好一点，住宿关心些。他们挣钱也不容易，那些海州有头有脸的以及衙门里混蛋，到店里就想吃好的，少花钱，甚至不给钱，董老板有苦难言，不好对你明说，他还想养家糊口把店继续开下去，他不想与那些人弄僵了，万一得罪了，他店也开不成了。那次他跟我说，州衙的钱粮师爷带他亲戚来吃了几次饭，都没有付钱，还有那知州王耀每次来都叫上好酒上海鲜，有时给个一半钱，有时说下次一并给，结果下次根本就不提，我说我要到州衙里去讲理，董老板无论如何不让我去，他说那就等于他要倒霉了。我细想也是，今天不怎么着他，过后说不定在哪儿会给点罪受受，所以，我也不硬要去州衙了。"

"这些王八蛋，都是披着人衣的狼！"吴宝怀骂道。

"怎么不想办法治治这些白吃白喝的家伙呢？"苗贵之说。

"我也想过，办法倒能想出来，可是这样就牵扯到董老板，为了董老板安全开店，必须想与董老板开店无关的办法。就不提这些事了，到大街逛逛。"苗坦之说。

# 第四十一章

苗坦之和几位兄弟边说笑边逛大街，不知不觉来到中心街，这中心街是东西长，过了秦东门往东，那是海州府最热闹的繁华地方，街两旁商铺、旅店等门前都拉着灯笼，所以整条大街被照得很亮堂。

李万福惊奇地说："乖乖，这街晚上跟白天似的。"

由于天热，夜晚街上的人特别多，他们几个人就站在路边看，苗坦之说前边还有更热闹的呢，于是几个人又边走边看。

周小民突然问："哥，那些人都急着往前走是做什么的？"

苗坦之说："你向前边天空望，那四个火红的大字是什么？"

"啊，是海州戏院，我知道了他们都是去看戏的。"周小民说。

苗坦之说："这些人都是有钱人啊！"

"那是，没有钱，戏院也不会给进呀！"吴宝怀说。

走了不多远，苗坦之说："咱们都走这边。"

李万福忙问："走这边不一样吗？"

苗坦之说："你看前面灯光雪亮，彩灯乱闪，门上方字是什么？"

李万福和周小民异口同声地说："喜乐院！"

吴宝怀惊奇地问："哥，喜乐院是干什么的？"

"是妓院。"苗坦之回答。

李万福不以为然地说："咱又不进去，走咱的路，它管得着吗？"

"那些妓女、老鸨在门前硬拉硬拽，你摆脱不了。"苗坦之说。

李万福说："她要伸手拉，我拳头对待。"

"算了，不必要找那些麻烦，再说开妓院的后台都比较有钱有势，咱们乡下来的逛街玩，不要惹麻烦。"苗贵之说。

苗贵之这么一说，大家都跟苗坦之走到喜乐院对过的路边上，来到两棵大树下，苗坦之说："我们站一会儿，你看看是不是我说的那样。"

不多一会儿，喜乐院门里走出五个女人，她们红唇彩面，穿的花枝招展，扭动屁股和腰肢，手捏花手帕，怪腔怪调，两个人一起拉着男子的两只胳膊，硬挎硬拉往门里拽。

"乖乖，这些妓女那么不要脸，你看！你看！那个男的不想进，硬被两个妓女架进去了，亏走这边！"李万福惊奇地说。

周小民说："那个年纪大的也是妓女？"

"是妓女头子，叫老鸨子。"苗坦之说。

"哥！哥！你看后边那个男的，手拿个斗笠，好像是知州王耀。"吴宝怀惊奇地手指向王耀说。

苗坦之几人不约而同地向那个人看去。

苗坦之说："是的，他拿斗笠干什么，已是夜晚了。"

"他把斗笠戴上了。"李万福忙说。

知州王耀走到喜乐院门前迅速往四周看了看，这时老鸨嬉笑着向王耀走来，并说着什么，由于比较远，听不清。顿时，门里走出两个妓女，扭动着腰肢，把王耀迎进了门。

"他娘的，知州还进妓院，还怕人认出他，可恶！"苗坦之气愤地说。

苗贵之说："白天你看他人模狗样坐在台上，暗地里还是这样子的，真不可想象！"

"他这是违反大清律例，省里和皇上要是知道了，他就麻烦了。这样，你们几个人在这个地方等我，我进去核实一下，到底是不是王耀！"苗坦之说。

"不能进去，你进去那就麻烦了，被妓女纠缠你怎办？还是不进去为好。"苗贵之说。

"对，千万不能进去，千万不能进去！"吴宝怀忙说。

"不然，怎么确定是不是王耀呀！"苗坦之说。

"还是少惹事吧，就是王耀你又怎么样？"苗贵之说。

"要确实是他王耀，那他就别在海州任知州了，他自到海州已犯了不少错误了，根本不能当知州，我早就想到省里告他了。"苗坦之气愤地说。

苗贵之惊讶地说："你要告他？！"

"对，我非告他不可，你们几个人心中有数，不要乱说。"苗坦之说。

吴宝怀说："哥，你要想到，官官相护，省里大官能听你的？"

"对，哥，告知州可不是小事，民告官，又告不赢，还是不去告吧！"李万福说，"就这，他王耀多次想办法治你呢，他要知道你告他，还不恨透你了，狗急会跳墙呢！"

"不能告，就这样，他也怎不着你。哥，王耀不是一次次都输给你了吗？别再告了！"周小民说。

"你们不要担心，我要想好了理由再告他。这样，吴宝怀跟我去，咱俩一个唱红脸一个唱白脸。"苗坦之说。

吴宝怀惊讶地看着苗坦之，半天才说："我跟你去！？"

"你去，妓女也不想靠你，一看你长个凶相，络腮胡子，不怕你下边扎，还怕你上边扎呢！"周小民笑着说。

"哈哈——"大家都笑了起来。

"妓女不管你丑俊，只要有钱就行！"苗坦之说。

"我，我不去。"吴宝怀说。

"你别怕，我教你，咱俩不分开。"苗坦之说。

"那成，只要我跟你在一起，我谁也不怕！"吴宝怀高兴地说。

"你这是捅马蜂窝了，要准备王耀治你吧！"苗贵之仍担心地说。

"哥，你放心！我该怎么做我知道，走！"苗坦之看着吴宝怀说，"你那一套家伙带没有带来呀？"

"吃饭家伙随时带身上，不杀猪还要防止坏人呢，哥！你看！"吴宝怀边说边拿出刀鞘。

"我跟你说，这样……"苗坦之边走边附吴宝怀耳畔嘀咕着。

吴宝怀连续点头，嘴里不停地"嗯，嗯。"

苗坦之和吴宝怀大踏步地走向妓院大门，门旁的三个妓女忙上前，嬉皮笑脸地说："官人，跟我来！"边说边伸手要挎苗坦之的胳膊，接着另两个妓女也走上来，要挎胳膊。

苗坦之气哼哼地说："滚，我俩去找你妈的！"

吴宝怀气得向那些妓女直瞪眼。

那两个妓女异口同声地说："那么凶干什么？"

"滚，滚，咱两位爷看不中你们！"苗坦之边说边往门里走。

吴宝怀边走边说："哥，这些妓女都不要脸！"

"要脸，她接不到客，就没有钱，老鸨还要打骂。"苗坦之说。

"想想这些妓女也真可怜。"

"是呀，这里妓女多数是走投无路，生活逼迫的，有的是被卖来的。如果生活有着落，谁还会到妓院当妓女呀！"

不多一会儿来到老鸨屋里，老鸨惊奇地看着苗坦之和吴宝怀，半天才问："两位官人，怎么没有孩子迎接你们呀？"

苗坦之不慌不忙地坐下，示意吴宝怀也坐下。

老鸨惊疑的问："你们是不满意？"

"不是，我想问一下，刚才你在大门外，迎接那位戴斗笠的是什么人？"

老鸨一愣，又佯装笑脸说："官人，来的都是客，何须问人姓甚名谁？"然后又突然变了脸，大声说，"你俩给我滚出去！"

苗坦之慢吞吞地站起来，走了两步把门关上。

老鸨胆战心惊道："你们要干什么？"

"不干什么？你聪明点，就老老实实地说，要装糊涂，那可不好说了！"苗坦之站起，把小辫向脖后一甩说。

"哼，你们哪里来的野东西，老娘经事多了，还怕你不成，我说出来，你俩得吓得屁滚尿流，还得求老娘，还得掏银子呢！"老鸨气哼哼地说。

"是吗，我要是非叫你说呢！"苗坦之看着老鸨说。

"你不信是吧，只要我一张口，州衙里马上来人就把你俩抓去蹲几天！"老鸨高傲地说，"你再不走，我要喊人啦！"

苗坦之向吴宝怀瞄一眼："我就不走！"

吴宝怀忙从刀鞘里抽出杀猪刀，猛地向桌上一扎，绷着黑脸气愤地说："你去喊吧，老子先宰了你！"

老鸨吓得跪下，连连说："请官人饶命，请饶了我吧，我是收人家的银子，叫我不能告诉任何人的！"

"你说清楚了，我们也不为难你，否则，不要怪我们不客气。"苗坦之边说边把吴宝怀扎在桌上的刀按倒。

老鸨头点得像鸡啄米似的连连说："我说，我说，我全说。"

苗坦之从包里掏出笔和纸准备记录。

老鸨惊讶地说："你还要记下呀？！"

苗坦之漫不经心地说："我不是说过吗，不为难你，只要说清楚，我们为你保密，你混这碗饭吃也不容易。"

"是呀，是呀，他们经常来敲我钱。"老鸨忙说。

苗坦之手握好笔问："你叫什么名字？"

老鸨吞吞吐吐地说："我叫，我叫刁玉花。"

"我说啦，你要撒谎说假话，你这碗饭也就别想吃啦！"苗坦之说。

"不，不，我说真话，只要你们保密，我全说。"老鸨胆怯地说。

苗坦之问："这个戴斗笠的是什么人？"

刁玉花战战兢兢地回答："他是，他是州官大老爷，叫王耀。"

苗坦之向吴宝怀对视一下，忙问："他什么时候开始到你喜乐院的？"

刁玉花回答："有两年多啦，我们这两位头牌都给他包了。"

"啊，两个头牌他都包了？"苗坦之惊奇地问。

"是呀，我不说假话，他一年给两名头牌一百两银子。"刁玉花说。

苗坦之手握笔不停地记着，刁玉花睁着大眼看苗坦之写字。

"乖乖，一百两银子一年包两个妓女！"吴宝怀惊奇地说。

苗坦之问："第一个头牌叫什么名字，原名和现名，家住哪里，怎么到喜乐院的，你花了多少钱？——说来！"

刁玉花为难地说："第一个头牌原名叫穆少萍，现名叫春萍，家是张湾穆跳人，被锦屏镇葛大歪拐卖来的，那时春萍还小，我只给葛大歪二十两银子，在这里有五年啦。"

"那第二个呢？"苗坦之接着问。

刁玉花喘着粗气说："第二个原名叫骆秋霞，现名叫秋菊，家住深阳桑墟，因家里欠当地骆财主的租子，而被卖到喜乐院的，当时也是付给骆财主二十两银子，在这里四年半啦。"

苗坦之手握笔，抬头看刁玉花问："你说的都是真的？"

"真的，如假了，天打五雷轰！"刁玉花赌咒发誓道。

"好，那我问你，自从王耀包了春萍和秋菊，有没有其他客人指名道姓要春萍和秋菊接待？"苗坦之问。

刁玉花支支吾吾地不敢说，吴宝怀拿起刀鞘又抚摸起来。

"我说，我说！"刁玉花吓得忙说，"开始有，有一位，也就是葛大歪点了春萍，结果王耀叫两个衙役抓了葛大歪痛打一顿。还有一位，也就是海州的谢财主点名要秋菊，结果也被两个衙役抓去痛打二十大棍，还关了五天牢。这两件事传出后，凡来客点名要春萍和秋菊接待的，都不敢点了。"

"他们都知道是王耀包的？"苗坦之又问。

"他们都不知道，只是猜是衙门里当官包的，王耀从来不出面，他们不知道。"刁玉花说。

"那你也没有跟他们讲？"吴宝怀问。

刁玉花忙说："葛财主和谢财主都给我银子，叫我说出姓名，我都没敢要，也不敢说出王耀的名字。"

苗坦之又问："那以后也没有客人指名要春萍和秋菊？"

刁玉花说："自从王耀包了春萍和秋菊，她两个也就不出面接客了。"

"那王耀都什么时候来？"苗坦之问。

"都是晚上，白天从来不来喜乐院。"刁玉花回答。

"一个月来几次？"苗坦之手握笔抬头又问。

"每月来四次，她俩各接待两次。"刁玉花回答。

"唉，他王耀真有福气！我去宰了他！"吴宝怀气愤地说。

苗坦之瞪着吴宝怀："不可鲁莽！"

"王耀什么时间交银子给你？"苗坦之又问。

刁玉花回答："半年交一次，年底交一次，很按时的！"

"狗日的，他哪来那么多银子！"吴宝怀气呼呼地说。

苗坦之把写好的从头到尾看了一遍，推向刁玉花面前说："你看，全是你说的。"

刁玉花说："官人，我不识字。"

苗坦之说："我念你听，有不对的地方，你就说。"

"好，你念吧。"刁玉花说。

苗坦之就从头至尾念完，把最后的年月日也念了，笔录人苗坦之也念了，口述人刁玉花也念了。

刁玉花忙说："还把我名字写上啦？"

"别担心，我会处理好的，他王耀就是知道了，他也不敢拿你怎么样。"苗坦之边说边把朱砂印红小盒掏出来说，"你在你名字上画押。"

"我——我——我不画押！"刁玉花吓得忙双手摆着说。

吴宝怀忙说："你都说啦，还怕啥，你要不画押，你考虑你的后果将是什么样子？"

苗坦之把纸向刁玉花面前推了推，刁玉花无可奈何地说："我画，我画。"她颤抖着画了押，然后扑通跪下，流着泪说，"请客官饶小人一命，饶命。"

"起来吧！我也告诉你，我是海州西乡苗坦之，他们都说我是苗二赖子。"苗坦之说。

刁玉花边起身边惊讶地说："啊呀，小人有眼无珠，原来你是苗秀才，苗二爷，早就听说你是个好人，聪明，点子多，州官都怕你，你讲道理，你帮助穷人打官司出气，我也敬佩你，有你替我做主，我也不怕他州官王耀啦！"

"不，该保密还是要保密的，今天这事，你就说我俩硬闯进妓院的，是我们在门外看见王耀戴斗笠进来的，就跟进来看看到底是不是知州。"苗坦之说。

"不敢，小的不敢，苗二爷，你就饶了我吧。"刁玉花求饶道。

"你就这样说，你就没有责任了，他也不会找茬了，如果真要找你茬，就找我！"苗坦之生气地说。

"好，那好，有你苗二爷的话，我不怕，我不怕了。"刁玉花说。

苗坦之把记好的纸折起来放进自己随手带的小包里，然后问："今天是谁接的王耀？"

刁玉花回答："是春萍。"

"在哪个房间？"苗坦之问。

"在一号房间，门前有个大红灯笼。"刁玉花说。

"这样，你随我俩去呢，还是不去，你决定。"苗坦之说。

刁玉花犹豫了半天，最后说："我先去门上通报一声，就说有位官人找他。"

"不，你就说西乡苗坦之和吴宝怀两人找他。"苗坦之说。

"能行吗？"刁玉花为难地问。

"没有事，你就这样说！"苗坦之说。

"那好，我就在前边带路。"

刁玉花来到春萍门前愣了一会，还犹豫不决，难为情地看着苗坦之和吴宝怀。苗坦之向刁玉花噘一下嘴。刁玉花手敲了一下门，说："老爷，有人找你。"

王耀在屋里气愤地说："是哪个不喘气的，你也不喘气呀？等着吧！"

刁玉花说："老爷，是西乡苗坦之和吴宝怀二位找你有事，叫我告诉你，通报你。我走了，没有我的事了。"

刁玉花向苗坦之看去，苗坦之向刁玉花点了点头。

苗坦之走到门前说："是知州大老爷在里吗？"

屋里传出窸窸窣窣的声音，并没有回答。

苗坦之追问："屋里到底是不是知州老爷，要是就回答一声，我们就去外面，等老爷办完事再说。如不是老爷在屋里，那我可要砸门啦！"

"别砸门，别砸门，我是知州王耀，请苗秀才到门外等候，我一会就到！"王耀在屋里着急地说。

"那好吧，那咱俩到老妈妈屋里等你，咱走！"苗坦之说完走了。

苗坦之和吴宝怀来到老鸨房里坐下，刁玉花吓得全身颤抖着。

苗坦之说："坐下，别怕，他怎不着你。"

刁玉花边看苗坦之边颤抖地坐下。

不多一会儿，知州王耀满脸通红地走到老鸨屋里。

苗坦之看着王耀说："小民有罪，不好意思打扰大人的美事！"

王耀不好意思地说："没有，没有！"

苗坦之说："大人真有艳福，包下春萍和秋菊，对吧？"

王耀向刁玉花瞅去，忙回答："是，是，玩玩呗！"

"每年一百两银子，是吧？"苗坦之说。

王耀支吾着说："这你也知道呀。"

苗坦之说："俗话说得好，想要人不知，除非己莫为，没有不通风的墙，就像你三个人订的攻守同盟，扣押皇上救济粮一样，不会隐瞒下去的。"

王耀头上汗立即流了下来。

苗坦之看着王耀说："知州大人，今天这事与刁玉花无关，如果你对她有不妥之处，你考虑后果。"说完，转脸对吴宝怀说，"咱走，对不起了，大人，打扰你的好事，你回去再继续。"苗坦之和吴宝怀大步流星地走了。

王耀和刁玉花像木偶似的站着，望着苗坦之和吴宝怀离去。

苗坦之走到拐弯处突然又走了回去，吴宝怀问："唉，你又走回去干吗？"

苗坦之说："我还得跟王耀说一句。"

"你跟他说什么？"吴宝怀问。

"你跟我走就听到了。"苗坦之说。

苗坦之来到门前，王耀和刁玉花四目惊恐地看着苗坦之和吴宝怀。

苗坦之没有进屋，站在门外说："请知州大人放心，你逛妓院的事，咱哥俩不会外传一个人，就看你和刁玉花的嘴严不严了！"说完转身就走。

王耀瘫坐在椅子上，什么话也说不出来。刁玉花惊恐地看着知州王耀。

苗坦之和吴宝怀兴奋无比地走出妓院，周小民忙说："我以为你俩人被妓女勾去干那事了呢！"

"就你周小民鬼心眼多，咱和哥是那种人吗！"吴宝怀生气地说。

"开个玩笑吗！"周小民说，"唉，怎么样，那人是王耀吧？"

"是，一点也不假，今天可有意思了。"吴宝怀高兴地说。

苗贵之说："快说说，怎么有意思？"

吴宝怀就把事情的经过讲给他们听了。

"这下好了，知州大人逛妓院的事可就被我们掌握了，你俩一个红脸一个白脸演得好，把老奸巨猾的老鸨震住了，乖乖说出王耀包妓女的事！"苗贵之高兴地说。

"咱哥的胆子就是大，那些妓女没有硬缠着你俩？"李万福问。

"咱俩严肃，那些妓女看到吴小弟很凶，不容靠近，他又大喝一声滚蛋，那些妓女就吓跑了！"苗坦之说。

"这下把王耀软肋抓住了，他软了，可是，我想他不会死心的，他仍然丧心病狂地会想办法治你。"苗贵之担心地说。

"我没有什么被他抓住的，放心吧！我还要告他呢，有这样的知州，是我们海州人的耻辱，不为民办事，贪污受贿，腐化堕落，鱼肉百姓，伤害良民，是我们海州一祸害！"苗坦之越说越气。

"这个王耀和范知州比起来可差远了。"苗贵之说。

"他与范知州就是无法比，范知州那人的确是父母官，是百姓穷人的官。"苗坦之说。

周小民说："吴哥，你那刀向桌上一扎，那老鸨头子还不吓淌尿？"

"没吓淌尿也吓得够呛，立即跪下求饶了。"苗坦之说，"开始还依仗着知州王耀给她撑腰，还要告诉王耀叫衙役来抓我俩呢，我把门一关，吴小弟把刀一扎，软蛋了，什么都说了。"

"哥，今天跟你来，咱可见世面啦，奶奶的，婊子院咱也进啦！"吴宝怀高兴地说。

"唉，宝怀弟，你可不能这样说呢，其他人要听见你说这话，还真以为你逛窑子呢，回家弟媳妇听见了她可不让你！"苗坦之说。

"哼，那一点也不假，这个地方不能说你进去过的。"苗贵之说。

苗坦之说："唉，我想起来刚才要说的话，被你们打岔忘了，今天这事只能我们几个人知道，其他任何人不能说出去，就连王耀和那老鸨我都说了，不对任何人讲。"

"你跟王耀和老鸨也说不要讲，他干的丑事，你还为他遮丑干吗？"李万福说。

"你要知道王耀现在还是知州，俗话讲，人要脸，树要皮，把他逛妓院的丑事宣扬出去，那整个海州事谁去做，再说目前正是旱灾时，虽然不是好父母官，但毕竟还是父母官，给他点脸面，将来由省里处理他。"苗坦之说。

苗贵之说："坦之说得对，王耀再不好，由上面大官处理，咱平民百姓能怎么着他。所以，咱几个人都不要讲这丑事，就连你两人进妓院的事都不能说，人家还以为苗坦之和吴宝怀两人逛窑子呢。"

"哈哈——"大家又一阵笑。

# 第四十二章

知州王耀从喜乐院出来如丧家之犬，头上戴着斗笠，慢吞吞地边向前走边两眼不停地向四周看，担心被熟人看见，害怕苗坦之和吴宝怀会怎么捉弄他，可是他完全不了解苗坦之，苗坦之说过的话是算数的。

王耀到床上躺下了，合眼想睡，可怎么也睡不着，怎么办？难道我这个六品州官，就被他苗坦之这个乡间草民治倒吗？想来思去，不能，绝对不能，必须下决心把这块绊脚石搬掉，俗话说无毒不丈夫，想着想着，知州王耀忙穿上衣服，走出房屋，来到庭院，来到钱粮师爷汤自元的大门前，他认为在这海州府衙里与他感情最好的是汤自元了。于是，敲开了汤自元的门，两人在汤自元的客厅里谈起了知心话，汤自元拍着胸对他表了忠心：他也想整治苗坦之，因为三人计划扣押皇上下拨救济粮的事，使他们损失了很大的利益，在大堂里又弄得很不光彩。听到知州王耀说想办法搬掉苗坦之，非常赞成，并很主动说请人叫苗坦之在人间消失！王耀听到后极为高兴，并说自己也有这个意思。汤自元并说，那要得花代价，最少要二百两纹银，知州王耀满口答应，并说只要能叫苗坦之消失，就是三百两、四百两银子也行。汤自元高兴地说，这请人以及后面的事你知州大人就不要管了，万一出现了什么差错，好有个退路。

苗坦之自从掌握了知州王耀逛妓女院包妓女的事后，心中又气又恨，决心要到省里去告状，他想到在没有去省里告状之前，要把自己的想法告诉紫竹村的好友汤国泰和许乔林，还有汪秀才……

苗坦之从板浦回到家的第二天，又去紫竹村汤国泰家，他把去省里告状的事跟汤国泰说了。汤国泰跟他谈了一会儿，最后说，这些年来，我是了解你的脾气的，只要你想好要做的事谁也劝不了你，苗坦之笑着说，那我就回家了，准备准备就去省里。

苗坦之从汤国泰家出来，紧走慢走，到了家天就黑了，他一路哼着小调，来到吴宝怀家院墙外的小巷子里，快要走到拐弯的巷头，忽然从墙拐弯处蹿出一个人，直扑向苗坦之，苗坦之没有来得及反应，那人左手已抓住了苗坦之的衣领口，那人右手举起了寒光闪闪的朴刀，向苗坦之头砍去……

"救命啊！"苗坦之惊呼一声，知道已经躲不及了，闭上眼睛，听凭命运安排吧。

"当！"朴刀突然落地，接着"哎哟"一声，那人忙抓起掉地上的朴刀。

苗坦之没有觉到哪地方疼痛，忙睁开眼一看，在那人抓起朴刀的时候，后面来了一人，举宝剑互相格斗起来，两人不相上下。

这时虽说是黑天，但满天星星，那第一个要刺杀他的人，脸蒙着黑布，个子较矮些，后来的那个人个子比较高，身材魁梧，高个子手中的宝剑"呼呼"地在那矮个子头上响，白光乱闪。

高个子边向矮个子刺去边喊："苗师傅，快躲开！"

苗坦之听到后向吴宝怀家大门退去，边退边看那矮个子只有招架之力，突然，矮个子一蹲，利落地跳跃到吴宝怀家的院子里。高个子紧跟着翻进院子里。

苗坦之急忙拍门高喊："吴宝怀，家院有刺客！"

这时，吴宝怀与苗贵之几个人正在过道里闲谈，几个人听到苗坦之的喊声，忙拿起身边的物件，有的抓板凳，有的拿棍，还有的抓个锅盖，跑到院子里。这时，高个子手握宝剑站着向屋顶跑去的矮个子说："这人会轻功，可惜让他跑了！"

苗坦之和吴宝怀忙走到高个子面前，仔细看去，异口同声地说："你是陈善明！"

高个子陈善明忙把宝剑插入刀鞘说："是我，师傅，你没受伤吧？！"

苗坦之吃惊地问："我没受伤，你怎么知道今晚上有刺客要杀我？"

吴宝怀、苗贵之、李万福、周小民都惊奇地看着这个陈善明。

苗坦之忙说："宝怀弟快点上灯，让陈善明坐下讲。"

于是，吴宝怀点上灯，大家都围在陈善明面前，等待他讲。

陈善明说："这事还得从五天前说起，那天我到海州去玩，中午在白虎山饭店吃饭，正巧，我的表哥也在饭店吃饭。他悄悄地走到我身边说，他听到隔壁那间房里有三个人吃饭，说要跟踪西乡苗坦之，要把他杀了，花了二百两银子，先给那杀手五十两，完成了再给一百五十两银子。我听到后忙问什么时候，我那表哥说，就听见越快越好，没有听见具体日期。我心想坏了，我告诉我表哥，我说那苗坦之是我师傅，他问什么时候拜的师傅，我说'以后跟你说，快带我去听听'，当我和表哥走到那间房门旁，发现那三人已经走了。我就急忙跑出去，四处看也没有发现那三个人，我急得连问怎么办，我表哥说，那只有你赶快去西乡告诉苗坦之，叫他思想有准备。于是，我忙回家，我考虑，那刺客肯定身上有刀、剑什么的，我不能空手，我慌忙到家把我的宝剑、飞镖带上，我又考虑那个刺客是要跟踪苗师傅，那我必须跟踪那刺客，还要不让他发现我。于是，我带了三身衣服，把假面具也带上了。"陈善明边说边解开外衣，"你们看，这是青年穿的，这是装扮先生的，这是装扮讨饭乞丐的，还有这是我的假胡须，还有眼镜……"

"啊呀！你考虑真多！"苗坦之惊讶地说。

"是呀，是呀！你真聪明！"苗贵之几人异口同声地说。

陈善明继续说："我收拾好，怕赶不上那刺客，我就骑上了驴，急忙向你南双店赶来，当我到西石榴树时，我发现在我前面走的那个人后背斜挎一个布包，我走近一看是一把朴刀装在布包里，于是我心中就有数了，当我要走到他身旁时，他忽然转脸跑下河去洗脸了，我还没有看清脸，心想：如果是刺客，我先走，到了南双店，我躲路边再看你是什么样的人。"

"我到了南双店把驴拴在我姨哥家，我说我有事，就出来直奔黑龙潭，因为我知道要到南双店的人必须走黑龙潭南边河堤上，所以，我就爬上一棵大树上，坐树杈里又能望得远，又不被人发现。"

"唉，你点子真多！"周小民打断陈善明的话说。

陈善明继续说："等有两个时辰，那位刺客真的来了，他走到黑龙潭岸上停下了，四处望了一下，然后就走下堤岸向南双店走去。这下我看清楚了，他满脸毛，胡须有二寸长，我一愣，在西石榴树看到的好像没有胡须，于是，我想到了，他也化装了，因为我也准备了三身衣服，这个人肯定是来刺杀苗师傅的，我决心跟踪他。"

李万福向苗坦之看去，苗坦之看着陈善明。

陈善明说："他到了村庄，走一条小巷子向南拐弯，我就看不见他了，我心急如焚，边跑边追，到了南巷子头，我放慢脚步，假装没有事的样子，悄悄地来到小巷头，我向两旁瞄去，他正倚在路旁的一棵大树根下，我就躲在他的东面巷头拐弯处，我也蹲下观察他的动静。过了半袋烟的工夫，苗师傅背着包，就是现在的样子，斗篷挂在脑后，手里拿着这棍，从路西头向东走来，当时是吴大哥陪在身旁。"

"对，对，是我，大哥他要到紫竹村去，我是在他家里的，跟他一同出来的。"吴宝怀忙说。

"那位刺客向苗师傅看了两次，看见吴大哥在身旁不好动手，等苗师傅自个走儿了，吴大哥去家了，那位刺客就站起身，尾随着苗师傅。这时，我才断定这个人就是要来刺杀苗师傅的人，于是，我也跟踪在后，因为这条路通往东去是一条大道，路上会有人来往，他始终不好动手。到了西石榴树大白果树的南面，苗师傅的脚不知怎么了，蹲下坐地上，把鞋脱下，然后穿上又继续走。"

"对啦，我鞋里钻进了小石子有些垫脚，我脱下抖了一下，把石子甩出去。"苗坦之忙醒悟似地说，"可我没有注意身后的行人。"

陈善明说："一直走到紫竹村，那个刺客始终也不好动手，他就在前面走，我在后面跟，他快我也快，他慢我也慢。苗师傅到了一家拍门进去后，那位刺客就在斜对面的墙角处蹲了下来，我在隐蔽处也坐了下来，我能看见他，他却看不见我。大约有一袋烟的工夫，苗师傅走出家门，身后有一个男人一起出了门，边走边说话，两人走到房子的山头，那位男子就站着看着苗师傅又从原路返回了。"

苗坦之忙说："对，是汤国泰送我的，到屋山头，我叫他不要送我了，我就顺原路走回了。"

陈善明说："那位刺客也尾随苗师傅走着，当我再向他看去，那刺客原来毛脸胡须不见了，变成一个青壮年，他把斗笠戴在头上，我还是没有看清他的脸。于是，我紧紧地跟着，直到这吴大哥墙外巷子里。"

"哎呀！善明呀，谢谢你呀！你成了我的救命恩人了！受我一拜！"苗坦之激动地说。

陈善明忙伸手拉苗坦之的手说："师傅，这是我当学生应该做的，自从那天你教育了我，我就感到你确实是个好人，不像有些人说的那么坏，那么难听。所以，我听到有人要暗算你，我决心要保护你，不能叫他们得逞，可惜，我不会轻功，那个刺客会轻功，让他跑了。"

"这就不简单啦，想杀我没有成功，要不是你暗地里跟踪，关键时与他打拼，我这条小命早给他拿去了！"苗坦之说。

"真危险，幸亏你会武功，你真不简单！"吴宝怀看着陈善明说。

"那天因忙，听你说你会武功，你是有钱人家的少爷，怎么能吃得了学武功那苦呢？"苗坦之问。

陈善明笑着说："我从小就爬墙上屋，天不怕，地不怕，喜欢与人打架。我们庄上有一个人在少林寺当过和尚，武功很厉害，因与方丈闹别扭，一气回家来了，我是跟他学的。那时，我想学点武功不被人欺负，但是主要是想欺负人，做个无敌手。自从苗师傅那天一席话，使我认识到了我那是错的，会武功要对付坏人，不能对付软弱的好人。因此，那天一听到有人要暗算师傅，说实话，我的手也有些痒，我就决定跟踪这个刺客，要誓死与他较量一下，不管怎么样我不能辜负师傅对我的教育！"

"哎呀，善明呀！师傅我就是个教儿童的先生，不值得你这么敬重！"苗坦之说。

"不，不，苗先生你是个聪明人，是正直为穷苦人的人，是一个高尚的人，值得敬重！"陈善明说，"可惜，我不会轻功，让他跑掉了，也不知是什么人指派来加害师傅的。"

苗坦之说："那还有谁，狗急跳墙了！"

"哥，你说是知州王耀？"吴宝怀问。

苗坦之说："这里没有旁人，陈善明对我这样，我也不瞒着他，知州王耀做那些丑事，无论哪一条，要捅到上面去，他的知州就甭当了。"

"是知州王耀要害师傅你？"陈善明惊疑地问。

"对，王耀早就要治大哥，可都输给大哥了！"周小民说。

苗贵之说："有好些事，陈善明恐怕不知道吧。"

陈善明说："我上哪去知道知州的事呀！"

苗坦之说："他知州王耀来到海州，贪污受贿，扣压皇上下拨的救济粮，迫害穷人，与牢狱中死囚串通一气，污蔑陷害好人，逛妓院包妓女。"

"啊！知州也干这事呀？！"陈善明惊讶地说。

"那一点也不假，干坏事多了，咱哥都有人证物证呢！"吴宝怀来说。

苗坦之说："他着急雇人暗算我，这事不能告他，你没有证据，光听说不中，那刺客要抓住了，有人证，有口供，那能告他，这不中！"

"对，唉，我要会轻功就好了，论武功，他打不过我。"陈善明说。

苗坦之说："不要懊悔，这就不错了，我说了，多亏你，不然我的命就上西天了！"

陈善明说："师傅，这回你要到哪里去，我陪你，他再派人，你也不怕了。"

"不用，不用，这次他没有得逞，知道我身边已有武功高强的人，他不敢再派人啦，他要另想办法啦。"

"那怎么办？"陈善明问。

"我跟你们说，我决定到省里告知州王耀啦，你们都不要乱讲。"苗坦之说。

陈善明惊讶道："你告知州，到省里你要走多少天，我跟你去吧。"

苗坦之说："放心，他不会再派杀手跟踪我啦。"

吴宝怀说："哥，你就让陈善明跟你去，他会武功，又有飞镖，几丈远都能飞到。"

"噢，师傅，我得到巷子里找回我的两只飞镖，一只打在他朴刀上，一只可能打到他肩头上了。"陈善明说。

苗坦之看着李万福和周小民说："你两人出去找找，别人问，你俩就说自己的好玩意丢了，别说这事。"

"知道了！"李万福和周小民答应道。

不多一会儿，李万福和周小民两人每人手里拿着飞镖高兴地走进屋。

苗坦之说："给我看看！"

李万福和周小民把飞镖放在苗坦之手上，苗坦之边看边惊奇地说："这飞镖很锋利。"接着又说，"这个飞镖的角上还有血！"

陈善明手指着说："那就证明那刺客肩头负伤了。"

吴宝怀说："看来这刺客回去后领不到银子了，王耀又埋怨又懊恼了。"

"这是肯定的，他王耀又失败啦！"苗贵之说。

"我说，这事是王耀狗急跳墙，他跳不过去了，肯定吃不好饭，睡不好觉了。"苗坦之说。

"哈哈——"大家都笑了。

# 第四十三章

苗坦之从学馆回到家，又听说村庄里饿死了几个人，气得手直摸耳朵。他来到家院石磨前，从身上把小包摘下，把吃饭小桌搬到树下，铺开了纸，刚把笔拿出，汤国珍就从大门外走进，看见苗坦之要写字，就走向前说："邻居家大娘的侄儿，被州衙抓走了，听说北双店抓好几个人。"

苗坦之一愣，半天才说："这个知州王耀收不了银子就胡乱抓穷人，牢里关的大多数是穷人，这个知州，我非告他不成！"

汤国珍惊讶地问："你要告知州王耀？"

"是的，这个人来到咱海州就没有干一件好事，罪恶累累。"

"那不得到省里去吗？"

"是呀，只有到他上面才能告他。"

"他们官官相护，伉瀣一气，你告不倒他。再说你个平民，到省里那些大官谁理睬你。"汤国珍说。

苗坦之手握笔看着汤国珍说："夫人说得也对，我一个乡间草民想告一个知州确实不容易。可是，他这样祸害穷苦百姓，他贪污受贿，草菅人命，腐化堕落，乱抓穷人，扣压皇上救济粮，饿死多少人，我能袖手旁观吗？我考虑好了，我告状，他也怎么不着我。"

"谁怎么着你？"吴宝怀和几个兄弟推开大门问。

"啊，你们都来啦，正好，我要跟你几个人说说呢。"苗坦之边说边站起身。

汤国珍忙搬来板凳给他们坐。

周小民笑着说："谢谢嫂子！"

"常来常往的，还谢什么，就你个小鬼嘴甜！"汤国珍笑着说。

苗坦之笑着说："咱周小民小弟是出了名的鬼精，又会说话。"

"哥，谁怎么你了？"吴宝怀急着问。

苗坦之笑着说："我正与你嫂子谈，我要去省里告知州王耀，我说到省里，他们也怎么不着我。"

"噢，是这么回事。"吴宝怀接着说，"那天你说要告，我思忖着，能行吗？"

"有啥不行？"苗坦之说。

苗贵之说："这你要考虑周全，省里当官的必定是王耀的上司，肯定与王耀关系好，你不知是谁，万一告他手里，他能不替王耀说话。"

"是，那你等于白告，那他再告诉王耀，王耀还不想办法治你，一次次都想要你命，你还没有教训！"李万福说。

"可是，他一次次不是都输给我了吗！"苗坦之说，"王耀做了那么多丑事，坏事，不告，难道我们就忍气吞声过日子吗？"

"哥，还是不去告吧，你只有自个儿去省里了，咱几个兄弟也不能跟你去。"周小民说。

"不用，再说路那么远，不需要你们跟我去受累，他们也怎不了我。"苗坦之看着他们说。

苗贵之担心地说："这民告官能行吗？"

"就是呢，哪有乡民告知州大老爷的。哥，算了吧，他知州王耀再否，全海州几万人都是他的子民，都能受，咱也能受，不去吧，万一……"吴宝怀也担心起来了说。

"不是为我自己，我是看到那么多穷苦人饿死的饿死，讨荒要饭，他还扣压救济粮，还花天酒地，贪污受贿，乱抓无辜乡民。我心不忍，我越想越生气，非告他不可！"苗坦之坚定地说。

"你们几个兄弟也不要劝了，他的脾性你们几个都了解的，凡是他想好了的，非做不可，就是套九头牛也拉不回来！"汤国珍说。

"对啦，你嫂子说得对，凡事我想好的事一定要做，就是上刀山下火海我也要走一趟！"苗坦之说，"我现在就写状子。"

"你什么时候走，还需要什么，我们几个兄弟凑一凑！"苗贵之说。

"不需要什么，好，我写完后，想想缺什么，就找你几人。"苗坦之说。

"那我们几人走了，让你安心写。"苗贵之说。

"唉，吴弟，我跟你说过，叫你了解严大嘴四姨太王严氏回竹墩娘家，有没有谈到严居林送银子给知州王耀的事吗？"苗坦之突然想起来问。

吴宝怀说："哎呀，你不问我，我早忘记了，我早就打听好了，你一说，我就跟俺姑家的表嫂说了，表嫂跟严居林的四姨太王秀珍关系特别好，王秀珍什么话都跟我表嫂讲，说严居林与苗自芳、刘匡道三人专门送银子给知州王耀，表嫂听到王秀珍说两次，每次每人五十两银子，两次严居林拿了一百两，心里疼得一揪一揪的。"

"乖乖，那三个人，两次，王耀就受贿三百两银子，这个贪官，他妈的，胃口真大！"苗贵之气愤地说。

"这是你知道的，还有那些你不知道的呢，像我们进妓院的事，你不进去还不知道他作为一个知州能去逛窑子，想象不到吧。"苗坦之手握着笔说。

"他能包两个妓女，银子哪里来的，反正不是他的俸禄！"吴宝怀说。

"够了，其他也不用了解了，我早已考虑好了，知州王耀十大罪状。"苗坦之气愤地说。

"十大罪状？"吴宝怀惊讶地问。

苗坦之说："等我写好了，念给你们听！"

他们几个人走后，汤国珍说："我来为你磨墨！"边说边卷起衣袖，弯着腰磨起了墨。

苗坦之皱了一下眉，然后拿起了笔写了起来。

第二天吃过早饭，苗坦之准备到南京去告状，边收拾行李边对汤国珍说："我不在家，你回娘家去，把我的小毛驴喂好，你娘家生活比俺家好些。"

汤国珍说："知道了，路上注意安全，天黑就住店。看情况，不能告，咱就立马回家。"

"是，我听夫人的，你把我的小毛驴喂好。"

"知道啦，三句话不离你的小毛驴。"汤国珍边说边瞅了苗坦之一眼。

苗坦之笑着说："那是咱俩赶集上店的轿子呀！"

"哥，我们几个人来送送你。"吴宝怀推开院门说。

"来，来，正准备呢。"苗坦之边说边走出房门，愣了，半天说不出话来。

苗贵之手里拿着两个菜饼说："我把你嫂子现烙的两个菜饼带给你，够你一天吃的。"

吴宝怀说："我这还有两吊钱，你带上。"

周小民手从包里掏出一吊钱说："哥，我只有一吊钱。"

李万福把手提的煎饼放在石磨上说："哥，我带来几张煎饼，你路上吃。"

苗坦之默默地看着，张了几次口，没有说出话来，两行热泪滚滚而下。

汤国珍看着苗坦之哭了，她也不由自主地擦起双眼。

吴宝怀看着说："哥，你怎么哭了呢？"

这时，家院里寂静无声。苗坦之手抹着泪水，结结巴巴地说："我——我——我的好兄弟，在，在这生活极为困难的时候，你们还惦记我，把自己的口粮送给我，我怎么忍心带呢，兄弟们的心意我坦之心领了，还请你们拿回去，国珍昨天在她娘家带点吃的和钱给我，够了！"

吴宝怀说："你还嫌少呀！"

"说哪里话，兄弟送我一口都不嫌少，我感谢都来不及呢，我说实话，你们家里生活都困难。"苗坦之说。

苗贵之说："坦之，既然兄弟都拿来了，你就收下，我们再拿回家也不好，这也是咱几位兄弟的心意！"

苗坦之为难地瞅着汤国珍，汤国珍说："大哥说得也对，这是兄弟同甘苦共患难的心意，就收下吧。"

"还是大嫂识文解字，说的话真到位，比咱这些爷们还会说。"周小民瞅着汤国珍说。

"就你周小鬼会说话，难道不是同甘苦共患难的兄弟吗？"汤国珍说。

"对，对，是同甘苦共患难的兄弟！"几个人异口同声地说。

"好，好，我收下，这下子够我吃几天的啦！"苗坦之高兴地说。

苗坦之收拾好行李后，对几个兄弟说："你们都不要跟外人讲我到省里去告状，就说我去板浦给许先生编书啦！"

"放心吧，你这几位兄弟不会乱说的。"汤国珍白了苗坦之一眼说。

"是的，咱们几个人不是一天的，你叫不说绝对没有说的。"

苗贵之说。

"哥，我们几个人送送你。"吴宝怀看着苗坦之说。

"不用，我跟你大嫂一起走，到紫竹村后，我就自个儿走啦！"苗坦之笑着说。

苗坦之和汤国珍来到紫竹村东头岔路口，苗坦之向四周望了一圈，然后突然把汤国珍抱在怀里亲热起来。

汤国珍忙说："给人家看见多不好呀。"

苗坦之看着汤国珍说："俺早就看好了，四周无人。夫人，等我从南京回来一起回家。"

"嗯，我等你，走路要小心，身上带的钱要装好了，防止小偷。"

"夫人，我听你的，你把我那小毛驴喂好。"

"又是你的小毛驴，难道小毛驴比我还重要！"汤国珍边说边瞪着苗坦之。

苗坦之笑着说："还是夫人重要呗，嗯，来一口！"苗坦之猛地嘴触到汤国珍嘴上。

"好啦！好啦，快滚蛋！"汤国珍笑着说。

苗坦之笑着说："好，夫人，我滚蛋，马上滚蛋！"

汤国珍手捂着嘴笑得弯着腰。


此时，正是夏末秋初，由于天气炎热，走到沭阳，苗坦之实在又渴又饿，可前不接村，后不靠店，嗓子里直冒烟，于是他走到河边柳树下，放下包把带的煎饼全部放开，在树荫下晾着，苗坦之知道，天热，背在身上会长霉，人吃了会生病。他拿起一张饼就啃，没有茶喝，只有到河边，双手捧着河水喝，喝完后，歇了一会又往前走。就这样累了就歇，不累就走，不知走了几天，这天来到南京，刚从船上下来，夹在人群中，看到有的人穿着后跟高的鞋很神气，再一看自己的麻布鞋，心里咯噔一下，两只脚的"大哥二哥"出来看人啦，他将两脚直往后缩，每只鞋都露出两个黑洞，心中暗暗地想，这可怎么办？脚趾头露出来多不雅呀！转而一想，反正不是来相亲的，就是赤脚也要达到自己的目的，于是随着人群向城里走去。

经打听，苗坦之找到了省按察使司。来到了路边，倚在路边树根向省按察使司看去，只见红漆大门紧闭，门上方金色大字"省按察使司"已落灰尘，台阶下门两侧一对大石狮子张着大口，苗坦之自言自语道："乖个隆咚的，比海州衙门的石狮子大多了。"石狮的后面是古柏参天，投下的阴影显得门前阴森森的，狮子前各站着两个衙役，身背大刀，手握大刀柄威严站立着，两人互相对峙并不言语。

苗坦之一手提着包，一手拄着桃木棍头，头发蓬松，小辫几天也没有梳理，显得要散开了一样。他满头满脸尘垢，由于天气炎热，额头上流下的汗水直挂到下巴，猛一看像个叫花子。

苗坦之显得疲惫不堪，步子蹒跚，来到狮子旁，被衙役拦住。两个衙役首先上下打量苗坦之，然后问："你是干什么的？"

苗坦之说："我是来告状的。"

一个衙役说："你等着，我去禀告一声。"那衙役说完，向台阶上大门跑去。

苗坦之站着，向四周看去，在大门的东边有一个小门，门关着无人看护。

这时，那位衙役从台阶上走下，来到苗坦之面前大吼道："快滚！不接待！"

另一位衙役也大吼道："叫你快滚就快滚！别废话！"

苗坦之愣了一下说："这按察使司不就是办案的吗，怎么会不接待呢？"

"老爷叫你快滚，你就快点，免得我们动手！"一个衙役瞪着眼说。

苗坦之说："那我就不走了，我来就是告状的！"

一个衙役立即拳头打向苗坦之，苗坦之一个趔趄。

另一个衙役同时"唰"地抽出大刀，把刀尖对准苗坦之的胸部，苗坦之被这突然的行为吓到，不由自主往后退，两位衙役的刀紧紧地逼着苗坦之往后退，直把苗坦之逼到东西大路上，两位衙役才收刀退回到原处。

苗坦之站到路边思忖着："乖乖，这省里大官还真难见，说告状都不给进，这可怎么办？辛辛苦苦走那么些天才到，连门都不给进，这有冤屈向那里申诉呀？"苗坦之想不通，来到一棵树下，坐在地上向衙门前望去。这时，天色已经晚了，怎么办呢？苗坦之手抚摸一下耳朵站起身，自言自语地说，"奶奶的，还这样，能白白来吗？先找个地方住下吃饭歇歇再想办法吧。"于是慢慢站起身，提着包，拄着棍向前走去。他走了几步又回来坐下，向按察使司的石狮子两旁瞅去，不由自主地微笑着，掏出一张煎饼边啃边向衙门望去，由于几天的行路，吃过煎饼后哪儿也不想走了，累瘫了，就倚在路边的树桩上不知不觉睡着了，直到有两位行路人路过看见了他，才把他叫醒。一位老者唉声叹气地说："看样子是个讨饭的。"那位壮年人说："这地方不能睡觉，到夜里冷，找个背风的地方吧。"苗坦之睁开眼没有说话，只是微微点点头，那两个人看到苗坦之醒了也就走了。

苗坦之慢慢站起身，提着包拿着棍向省按察使司大门走去，他白天看好了的地方，省按察使司的大门上方是向前伸出了很长的一片，尤其是门两旁的拐角处又避风雨又能睡觉，南京的天气虽然是夏末秋初，但是还是有点热，于是，他走到拐角处就倚着墙角的木头框睡了起来。

按察使司的大门离门前大路还有几十丈远，路上的动静在按察使司的门旁听不见，苗坦之感到很理想，心里在想：怎样才能使按察使司知道他苗坦之来告状，告的是谁，今天衙役赶我滚，不让我进，天亮了，他们再赶我滚怎么办？想着想着又睡着了。天亮了，听到衙役放开门的声音，苗坦之才睁开眼左右看看，衙役并没有发现他，他悄悄地向台阶下看去，这台阶有二三十级，衙役在台阶下值岗，要上到台阶上的门前还得走一会儿，苗坦之瞅着离门旁的大鼓很近，于是喜上眉梢，他整理一下包，戴上斗篷，手拿好棍，趁衙役不注意时，他忙跨步到鼓前"咚、咚、咚"三下敲完，连鼓槌都没有放好，掉在地上也不管，忙向大堂里跑去，等台阶下两个衙役反应过来时，苗坦之已经跑到大堂前跪下。

王监司端坐在台上大案子后面，威严地向台下看了看问："堂下是哪里人，姓什么名谁，告状何人？——说来！"

两个值岗衙役慌忙跑进大堂，看见王监司已在问案，忙悄悄地退了出去。

苗坦之把斗篷摘下，磕头说："小民乃是海州西乡人氏，姓苗名坦之。"

王监司一愣说："你是苗坦之？啊，我想起来了，上次我与总督大人一起到海州，在知州王耀的客厅里你与总督对话的，就是那个苗坦之，被称为苗二赖子，是吗？"

苗坦之心里一惊，忙回答："正是！"

"苗坦之你好聪明的头脑，好厉害的嘴呀！"王监司说。

苗坦之感到这个王监司在讽刺他，头脑立即作出判断，此人不是好人，忙回答说："多蒙王监司夸奖！"

"哼，你跑那么远路到南京来告谁呀？"王监司问。

苗坦之抬起头看着王监司说："我告海州知州王耀！"

王监司愣了一会，然后气愤地说："你一个草民告州官！"

苗坦之反问："草民不能告官吗？"

这一问把王监司问哑巴了，半天没有吱声，王监司心想：我知

548

道你苗坦之长一张厉害的嘴，上次总督都没有说过你，我也说不过你，你告王耀，算你瞎了狗眼了，你苗坦之知道我与王耀是什么关系，是叔侄关系，虽说不是亲叔侄，也是本家，你告他……

王监司慢吞吞地问："你告他，有状子吗？"

苗坦之从包里掏出一份状子递给一个衙役呈上。

王监司接过状子，展开一看，大惊失色，默默念道："十大罪状。"然后强做镇静道，"好啦，你可以走了，状子放下。"

苗坦之忙说："你王监司还没有……"

王监司气愤地大声吼道："把这个无赖轰出大堂！退堂！"

两个衙役拿着水火棍就向苗坦之打去，苗坦之忙提起包，带上斗篷，拿起桃木棍说："我走，我是乡间草民来告状的，凭什么不问不断就要打我？"

两个衙役大声喊："快滚！快滚！不然就多打你几棍！"

苗坦之被赶到台阶下面，转过身向省按察使司几个字望了一眼，自言自语地说："真是没有想到，真是没有想到！"

苗坦之又来到昨天晚上倚的那棵大树下，放下包，这时才想起今早还没有吃饭呢，于是拿起煎饼开始啃了，苗坦之边吃边考虑，这省按察使司干什么的？结果想到了在家里早就听说王耀与王监司是亲戚关系，这才恍然大悟，状子交给他王监司，等于石沉大海，等于告诉了王耀，这怎么是好？苗坦之不得其解，苦苦地思索着，王监司是王耀的亲戚，那这按察使司是没有人敢问此案的了，那只有找能管得着王监司的人，于是他想到了总督蒋仁近，可是转而又想，这蒋仁近是上次被自己辱骂的，怎好到他面前去告状呢，可是又能找谁呢，又能到省里哪个衙门告呢？想来想去也只能到总督府去告了，不管成不成，反正已来了，可是怎么能进总督府呢？苗坦之又苦想着……

吃完饼后，感到渴了，忙背上包，拿着棍，走到一个卖茶的茶馆前，他买了两碗茶，边喝边问端茶的跑堂生，什么地方有卖仿纸的，总督府在什么地方。喝完茶之后，他来到文房四宝店，叫店家铺好一张大纸，剪裁成对联。

店家疑惑半天问："你怎么写白纸对联？"

苗坦之说："这你就别问了，你也别看，我付你钱就是啦！"

店家说："好，好，我走，不看！"

苗坦之就提起笔写了一副对联，然后用嘴吹一吹还没有干的墨痕，等全部干后，他折叠起来，装进自己的包里，来到了总督府对过一家卖布店的房檐下蹲下。他向左右看去，发现在布店的墙角处堆了一堆树枝，他拣了一根有三尺长的树枝，然后坐在布店门旁向总督府望去。

不多一会儿，布店里走出一个青年看着苗坦之问："你这人蹲在这地方干什么？"

苗坦之笑着说："这位小哥，请问你，总督老爷什么时候出来，我是他远房亲戚，现在咱那地方大旱，出来讨饭，来见见他。"

那位青年听说是总督亲戚忙说："蒋总督早上坐轿子往东去了，不知什么时候回来。"

苗坦之喜笑颜开地说："谢谢你，请问他坐什么颜色的轿子，他回府来还走这条路吗？"

那位青年说："他回来必走这条路，他今天坐的是绿色带花边的轿子，你在这等他总能等到，就不知道什么时候能回来。"

"好啦，你忙吧，麻烦你啦！"苗坦之说。

"没什么！"那位青年说完就又进店去了。

苗坦之心中有数了，他把斗篷戴好，把包背好，把写好的对联绑在手中的桃木棍上头，手握着不停地向东面望去。

天快晌午了，在路的东头来了一顶绿色的轿子，轿前四个衙役在两侧开道，轿后还跟着两顶小轿，浩浩荡荡向西走来。苗坦之早望清楚了，这绿色花轿又大又漂亮，是八个轿夫抬的，断定是蒋仁近总督了。于是，他悄悄地迎了上去，离轿前还有三四丈远时，他突然蹿到路中心跪下，把手中桃棍上横担的对联展开，大声喊："总督大老爷！"

这时，两个衙役大喊大叫："快滚开！快滚开！"

蒋仁近总督在轿子里听得很清楚，忙问："什么人在喊？"

靠近轿前的一个衙役说："是一个人举着白纸对联喊总督大老爷呢！"

蒋仁近感到很奇怪，忙说："停轿，我看看是怎么回事？"

一位跟班的忙把蒋仁近扶下轿，蒋仁近定眼向前望去，然后向前走去，大声问："你是什么人？胆敢拦我的轿。"

苗坦之跪着说："小民是海州西乡人氏，叫苗坦之，是送挽联来的！"

蒋仁近感到奇怪，忙问："你是苗坦之？"

"回老爷的话，正是！"苗坦之仍低着头说。

蒋仁近说："你抬起头，我看是不是真的苗坦之？"

苗坦之忙把斗篷摘下，小辫向脖后一甩，仰脸向蒋仁近看去。

蒋仁近说："嗯，是苗坦之，好个苗坦之，你敢拦我的轿，就不怕我治你罪！"

苗坦之说："你不会，你是省里总督大老爷，你肚里能撑船，你大人不计小人过，我早已听说你是最最清廉的官，最体谅下层百姓的官，还是最会办事的官……"

"好啦，好啦，我知道你聪明过人，小嘴会说，我问你，你送什么挽联？"蒋仁近问。

苗坦之说："听说包公、况公都死了，我来哀悼呢。"边说边把桃木棍一举，挽联就此展开。

蒋仁近边看边念道："悼包公，公来前，冤民难听救拯令。挽

551

况翁，翁走后，贪官未闻警钟鸣。"蒋仁近念完，头脑立即反应，苗坦之此来不可小看，心里立即浮现到海州的那次，知道苗坦之肚里有货，才智超人，要认真对待。

蒋仁近总督说："你不去按察使司，而拦我的轿子干什么？"

苗坦之说："小民已到南京三天，第一次到按察使司，一衙役去禀报，他出来就把我赶到大路上了。我夜宿按察使司门旁的拐角处，天亮后，我趁衙役不注意，突然敲鼓跑进大堂，王监司问我哪里人，我告诉他，我说告知州王耀，他愣了一会儿，也把我状子收去就令衙役把我打出大堂，幸亏跑得快，不然就被打伤，今天就见不着青天大老爷你了。我想了一夜，还是要见你，我们乡民都知道你是包公、况翁在世，信得过你，你是乡民心目中的好官。我知道我这个小民拦总督老爷的轿子有罪，要打、要骂、要砍头，随你总督大老爷了，就是我死了，我也高兴，今天终于见到你了。"

"哎，我说你长一张会说话的巧嘴，我问你，你状告何人？本官为你做主啦！"

苗坦之高兴地说："多谢总督大老爷，我代表全海州穷苦兄弟，感谢你清官大老爷！"

蒋仁近向前后看了看说："这路上不好，到府里说吧！"说完转身上轿。

苗坦之随轿后来到总督府门里，走到一排房前，一位衙役拦住了苗坦之说："等总督大人叫你进，你再进去。"

苗坦之高兴地说："是，是！"

不多一会儿，由一位差役带着苗坦之穿过一条走廊，来到一个大厅。

苗坦之抬头看见蒋仁近已换了官服，端坐在正门的太师椅上。苗坦之不慌不忙地抬脚跨过门槛，被蒋仁近看见了，苗坦之光着脚丫子进去。

蒋仁近问："苗坦之你什么意思，进总督府见本官怎么光着脚丫子？"

苗坦之跪下说："请大人息怒，小民在家来时，媳妇做了一双新鞋，我高兴地穿来，谁知到南京心切，日夜赶路，走了七八天，到了南京，两只新鞋已破得不成样子，又臭又脏，觉得穿那破鞋对总督大老爷不尊敬，所以，昨晚上洗完脚，干脆把破鞋扔掉，光着脚见总督大老爷，还感到有点虔诚。"

"啊，是这样，从海州西乡到南京几百里路，一双布鞋哪能不坏！你告知州王耀，能想起你交给王监司状子上的内容吧？"蒋仁近说。

"总督大人，小民不用想，这还有一份呢！"苗坦之边说边向小包里去掏，递给了一位差役，那位差役把状子递给了蒋仁近。

蒋仁近展开状子，看着看着雷霆道："十大罪状？你苗坦之是诬陷吧！哪能像你写得那么严重，又包妓女两个，又扣压皇上发放的救济粮，又受贿银子和水晶石，如有其中一条，知州也甭干啦！"

苗坦之他知道写得再好，没有人证物证是不成的，他在考虑此去南京告状，光有状子不行，可又带不走人证物证，只能把每件事情的发生时间、地点和知情人、数目写清楚，交给办案老爷，他可派下人去调查。

苗坦之边向小包里掏边说："总督大人你别慌，小民这有证据！"

蒋仁近吃惊地看着苗坦之掏证据。

苗坦之把折起的纸递给那位差役，那位差役立即呈给蒋仁近。

蒋仁近忙展开看，苗坦之说："总督大人，那证据第一条就是状子上的第一条，各条相对，都有时间、地点、数目、人证，请总督大人明察，小民如有一条不符，你总督大人立即砍我的头！"

蒋仁近向苗坦之看去，半天问道："这张证据，你也交给了王监司了？"

苗坦之说："不瞒总督大人，咱海州许多人都知道，王监司与王耀是亲戚关系，我来告状就心中有数啦，又加上王监司那样子对待我，我哪能放心把证据交给他呢！"

蒋仁近高兴地说："好你个厉害的苗坦之，你真聪明，本官佩服！"

苗坦之不好意思地说："不见你清官大老爷，谁也不给！"

蒋仁近高兴地看着状子和证据，半天没有说话。

苗坦之悄悄地瞄向蒋仁近说："总督大人——"

蒋仁近说："我说过了，本官为你做主！你先回去吧，本官督办此案！"说完，转过脸对身旁的那位差役说，"小贵子，你到账房去拿十两银子给苗坦之到鞋店买两双鞋，另外作为路上盘缠用，光个脚怎么回家。"

小贵子忙答应："是，跟我来吧。"

苗坦之又跪下道："多谢总督大人关心小民，多谢总督大人关心小民！"

蒋仁近说："起来吧，跟去拿银子去！"

苗坦之站起身，擦着眼泪看着蒋仁近，泣不成声地说："谢谢……"

蒋仁近说："这么大人，怎么还哭了呢？"

苗坦之依依不舍地离开了蒋仁近。

苗坦之拿了十两银子买了两双鞋，高兴地一路唱着回了家。这天回到了海州，他又来到州衙对过的大树下，坐下歇歇，准备到晌午去白虎山饭店吃完饭再回家。

这时，衙头周大年走过来，惊奇地说："哟，苗先生，多日不见你，干什么去了？"

苗坦之也惊喜地看着周大年说："我有二十多天没有来海州啦！"边说边拉周大年到路边树下蹲下说，"我跟你说……"

周大年惊奇地问："还有什么怕人知道的事呀！"

苗坦之悄悄地说："我到省里告状的。"

"你告谁呀？"

"还能告谁，知州王耀呗！"

"嘿嘿，真有意思，王耀已撤职罢官回老家了，你什么时候去告的？"

苗坦之惊喜地说："我走了近二十天了，我从南京走到这海州就是八天，由于路不熟悉，累了就睡，睡醒就走，不知去是几天，我估计也得八九天吧！"

周大年兴奋地说："王耀刚走三天。"

苗坦之高兴地说："真快呀，蒋总督你老人家真说话算话呀！"

"什么蒋总督？"周大年不明白地问。

苗坦之就把告状的经过跟周大年从头到尾说了。

周大年高兴地说："上次来不是被你弄得很难堪吗，怎么没有记恨你？"

"没有，看来蒋总督是好官，我临来时，他还吩咐手下人去账房取十两银子给我买鞋和路上盘缠呢。"苗坦之越说越高兴。

"是吗？蒋总督真是为民办事的官，听新来的知州刘汉青说，王耀的案子牵扯到省里王监司，王监司也调走了，还有谁，我记不清了！"周大年说。

苗坦之说："看来王耀与王监司是亲戚关系还是真的，在蒋总督面前我也说了，蒋总督没有吱声，看来总督心中有数。"

周大年说："这当然了，蒋总督对他手下的人是什么样的，心里怎会没数。"

"太好了，海州穷兄弟们好歹出口气了。"苗坦之高兴地说。

"走，我请你喝一盅，算是为你接风洗尘，并祝贺你告状成功！"

"好啊，走！"苗坦之提着包，拿着棍，跟着周大年去了饭店。

苗坦之与周大年边喝着酒边谈着，直到饭店董老板来催才结束。

周大年说："今晚天太晚了，不必回家，就住一夜呗。"

董老板也劝道："不要走啦，我安排你住下。"

"可我将近二十天没有在家啦，思家心切！"苗坦之说。

周大年笑着说："是想那嫂子吧，又想亲嘴了吧！"

"哈哈"三人同时都笑了。

第二天凌晨，天还没有亮，苗坦之就拍董老板的门告诉董老板，他饭也不吃回家了。

苗坦之像换了一个人，穿着蒋总督发话给银子买的鞋，格外轻松爽快，一路欢歌来到紫竹村，还没到汤国泰家大门前就大喊："国珍，国珍！"

汤国珍忙从院里走到门前拉开门，看是苗坦之，惊喜地扑上去，不管三七二十一抱着苗坦之的头就亲。

苗坦之忙说："被你家人看见，快松开！快松开！"

汤国珍说："他们都不在家。"

苗坦之忙扔下身上的包和手上的棍，抱着汤国珍就往屋里跑。

汤国珍瞅着苗坦之说："看你急的！"

"哎呀！我的夫人，到省里我赢啦！我高兴呐！"苗坦之兴奋地说。

第二天早饭后，苗坦之辞别了汤国珍的父亲和母亲，把汤国珍扶上小毛驴，苗坦之在后赶着，向南双店走去。

苗坦之边走边讲在南京的经过，汤国珍高兴地说："真没有白跑一趟，到家讲给他们听，肯定都高兴疯了。"

"是啊，所以，我在路上巴不得一步到家。"苗坦之边说边向小毛驴猛抽一鞭，小毛驴一用蹄，差点把汤国珍用掉。

汤国珍惊吓道："我的妈呀！"

苗坦之忙跑向前说："我忘记叫你准备啦，我一心想快点到家，小毛驴走得太慢啦！"

"不慢，你心光想快，哪能一步到家呀！不准打驴，你看小毛驴被咱妈喂得长膘了。"

"是啊，没有人骑它，光吃，还吃好的，怎么不上膘呢！得感谢岳父岳母大人，刚才我也忘记说啦。"

"你呀，光顾着回家，哪还顾其他，你斗篷呢？"

"哟，忘了，算啦，下次来拿。"苗坦之说完又唱起了小调，"一只小船漂江南，半船银子半船钱，还有半船小金莲。哎哟唉嗨哟，还有半船小金莲呐。"

汤国珍唱道："大哥哥我问你，什么是银子，什么是钱，什么是个小金莲呐？"

苗坦之眼瞅着汤国珍边笑边唱："小妹妹对你说，白边银子黄边线，小妹就是小金莲。"停了一下，又接着唱，"一只小船漂江西，半船文章半船诗，还有半船长相思。"

汤国珍接着唱："大哥哥我问你，什么是文章，什么是诗，什么是那长相思哟？"

苗坦之看着汤国珍边笑着问："你什么时候学会唱的？"

汤国珍白了苗坦之一眼说："你上次从海州回来，因为打官司赢了，在吴宝怀家，你们兄弟几个人又是喝酒，你又讲故事，最后唱了《姐儿溜》，我们几个娘们在门外听到的，后来我又听到有人唱，我就学会了呗！"

"啊呀呀，我的小夫人呐，你真聪明！"

苗坦之和汤国珍边唱边聊来到了吴宝怀家门前的大路上，吴宝怀正好从家中出来，他兴奋地边跑边喊："哥，你回来啦？"由于光往前看，被脚下的木棍绊倒，他忙爬起跑到苗坦之面前，双手把苗坦之脖子抱住。

汤国珍从驴身上下来，笑得连连弯腰说："一个大男人竟然被木棍绊倒！"

吴宝怀不好意思地说："我光顾看哥去了，谁晓得脚下有——"

苗坦之高兴地说："哥胜了！"

"是吗！那我叫几个兄弟到你家去，你给咱讲讲！"说完撒腿就跑走了，边跑边大声喊，"哥胜了，哥回来了！"

"他干吗去啦？"汤国珍问。

"他去叫几个兄弟到咱家，叫我讲给他们听呢。"

汤国珍说："那快回家！"

不多一会儿，吴宝怀把苗贵之、周小民、李万福都叫来了，由于他们边走边议论，好多人也跟他们身后跑来。

苗坦之看着几个兄弟都来了，高兴地说："大家别吱声，我从头讲。你把大门放开吧，反正这事不是什么丑事，让他们都听听。"

汤国珍把大门一拉开，门口挤了许多人。

苗坦之说："都进来吧，进来吧！想听我就从头讲，大家甭吱声。"

苗坦之家院里挤满了人，门外还有些人。

苗坦之把告状的经过全都讲了，大家都聚精会神地听着。

吴宝怀气哼哼地说："知州王耀十大罪状还少的，二十也有，根本不配当知州，拿公家银子包养两个妓女！"

"还贪污受贿，咱们南双店还有几个人送给王耀银子呢！"苗贵之说。

人群里立即议论开来。

苗坦之说："大家别吱声，王耀扣压皇上的救济粮，全海州已饿死许多人才发下来，他干那些丑事，我能不告吗，他不顾咱穷人的死活，我能不告吗！"

大家异口同声地说："该告，该告！"

苗坦之说："我这次告到蒋仁近总督那儿，是他为咱穷人做的主，把王耀撤职啦，并把王监司也处理啦，现在咱海州已来了新知州啦。"

人群又一阵"嗡嗡"声。

等大家都走了之后，吴宝怀向苗坦之看去说："哥，俺知道你喜欢喝酒吃猪耳朵，我上天在讲习给人杀猪，特地要了猪耳朵，留着你回来喝酒呢！"

苗贵之忙接着说："我那桃林亲戚送给我一斤桃林大曲，也没有舍得喝，正好，咱们几个人为你庆贺！"

苗坦之说："好啊，那就今晚上。"

由于二十多天没有见，又加上喝酒说笑到半夜才睡觉，苗坦之一直睡到太阳升起一竿高，才被汤国珍叫醒。

苗坦之刚洗过脸，就听见外面有人敲门，忙去开门，一愣，原来是一个老道士，他向苗坦之施礼道："打扰施主！"

苗坦之走出门问："你有什么事吗？"

老道士说："我是郯城大埠庙道士，一位姓王的新科进士刚封了官，想霸占庙前十几亩庙地来建造他的府第。他来找过我两次，我不同意，他就派人打我，硬要拆庙。我告到县衙，哪知县衙老爷收了王家的钱，反倒把我打出门外，我愁无法，听人说南双店有个苗二爷苗秀才聪明过人，点子多，为患难人打官司，所以贫道冒昧来求。"老道说着说着老泪纵横。

苗坦之习惯地手抚摸一下耳朵，把小辫子梢往脖后一用说："好，我帮你打这官司，不过我得先看看你的庙田，你先走，我收拾一下后跟你去。"

苗坦之收拾好每天带在身上的小包，并斜挎在身上，然后头戴瓜皮小帽，眼戴圆形水晶眼镜，穿着长衫，骑着小毛驴，又踏上为患难人打官司的路。

# 后　记

当长篇小说《山中秀才》终于脱稿，看着面前这三十多万字的书稿，心里感到无比欣慰。

社会在前进，科技在进步，使用电脑已经普及。可是，由于自己的笨拙和眼力，深感用电脑打字不如手拿笔运用自如，书写得快而流畅。粗略计算从草稿到定稿，最少也有两个 37 万字，写完定稿再请人打印。虽然写作是项艰苦的工作，但是，当实现自己的预定目标时，又不感到苦，而感到有种成就感。尤其是写小说，虽然有些素材，但是你想编织一个比较系统完整的故事，那就要花一定的心血，去选材、构思、安排情节、人物主次，以及性格刻画、遣词造句等等。

《山中秀才》之所以能够出版，在前言中已说过，主要是苗坦之这个机智勇敢的人物，在东海民间流传 200 多年，使我不得不拿起笔，书写在东海这片古老而美丽的大地上出现的令世世代代传诵的人物故事。

在这里衷心地感谢朱守和先生提供的有关采录的资料，感谢广大的讲述者：苗雨增、苗兴之、王尘、藏书勤、黄现照、宋怀飞、

560

陈德健、王维仁、苗绍昌、桑爱国、陈思启、梁子斌、张巨扬、仇从兵、陆文龙、朱守松、朱千英、孔庆玉、尹继明、尹华章、梁继光、张云省、潘国哲、王运田、李进、马钝、翟云清、沈明川、李善久、朱家俊、王运家、高兰好、高兰武等人。

由于本人水平有限，该书难免存在不足之处，请读者指教！


作者

2016 年 2 月